भारत एवं विश्व का भूगोल

अ अक्षर
प्रतियोगी पुस्तकें

भारत एवं विश्व का भूगोल

चन्द्रमणि सिंह

पूर्व सदस्य, उ.प्र. लोक सेवा आयोग

लोकभारती प्रकाशन

अ अक्षर
प्रतियोगी पुस्तकें

लोकभारती प्रकाशन
पहली मंजिल, दरबारी बिल्डिंग, महात्मा गांधी मार्ग
प्रयागराज-211 001
वेबसाइट : www.lokbhartiprakashan.com
ईमेल : info@lokbhartiprakashan.com

शाखाएँ : 1-बी, नेताजी सुभाष मार्ग, दरियागंज
नई दिल्ली-110 002
अशोक राजपथ, साइंस कॉलेज के सामने
पटना-800 006
36 ए, शेक्सपियर सरणी, कोलकाता-700 017

पहला संस्करण : 2021

मूल्य : 275

मुद्रक : यश प्रिंटोग्राफिक्स
ग्रेटर नोएडा-210 310 (उत्तर प्रदेश)

BHARAT EVAM VISHVA KA BHOOGOL
by Chandra Mani Singh

ISBN : 978-93-90625-31-4

एलिना
कार्तिकेय
राजवर्धन
आञ्जनेय
एवं
नन्हीं रेया
को
सस्नेह!

क्रम

पुरोवाक्

अति सुन्दर! ये शब्द थे प्रथम रूसी अन्तरिक्ष यात्री यूरी एलेक्सेविच गागारिन के जब उन्होंने अपने अन्तरिक्ष यान बोस्टाक-1 से पृथ्वी की परिक्रमा करते समय उसे 12 अप्रैल, 1961 को प्रथम बार अन्तरिक्ष से देखा। उसके पश्चात् जो भी अन्तरिक्ष में गया पृथ्वी की नीलाभ छवि ने उसे सम्मोहित किया और उन सभी ने बिना किसी अपवाद के यही कहा—अद्‌भुत...अति सुन्दर!

आकाशकाल में पृथ्वी का अस्तित्व लगभग 4.54 अरब वर्षों से कायम है और इसका भी निर्माण उसी ग्रह नीहारिका की सामग्री से हुआ है जिससे सूर्य एवं सौरमंडल के अन्य ग्रह निर्मित हुए हैं। पृथ्वी की विशालता का अनुमान इसी तथ्य से लगाया जा सकता है कि इसका धरातल 51 करोड़ वर्ग कि.मी. *(19.69 करोड़ वर्ग मील)* क्षेत्र में फैला हुआ है जिसमें 36.1 करोड़ वर्ग कि.मी. *(13.94 वर्ग मील)* क्षेत्र में महासागरों का विस्तार है जो कुल क्षेत्रफल का लगभग 71% है। पृथ्वी का थल भाग 14.9 करोड़ वर्ग कि.मी. *(5.75 करोड़ वर्ग मील)* क्षेत्र में विस्तृत है जिसमें पर्वतीय क्षेत्र, मैदान, वन्य क्षेत्र, मरुस्थल, झीलें एवं ध्रुव प्रदेशीय हिमाच्छादित क्षेत्र सम्मिलित हैं।

पृथ्वी सौरमंडल का तीसरा ग्रह है जिसका धरातल ठोस है परन्तु विशेषता इसकी यह है कि 71% भाग पर तरल जल है जिसका आयतन लगभग 40 करोड़ घनमील *(133 करोड़ घन कि.मी.)* है जो धरती के सम्पूर्ण आयतन का 1/800 है। यदि महासागरों के जल का एक गोला बनाया जाए तो उसका व्यास 864 मील होगा जो एस्टरायड पट्टी के किसी भी ग्रहिका से बड़ा होगा और कदाचित् उसका आयतन सभी ग्रहिकाओं के सम्मिलित आयतन से भी अधिक होगा। धरती के जल भाग को हाइड्रोस्फीयर कहते हैं और अभी तक हम इसके 5% भाग को ही जान पाए हैं।

ब्रह्मांड में जल का उत्पादन तारों की निर्माण-प्रक्रिया के साथ ही सर्वत्र हुआ। तारों के निर्माण के समय बहिर्गामी दाब के कारण गैस एवं धूल के कणों का एक सैलाब-सा निकलकर तारों के चारों ओर विपरीत दिशा में अन्तरतारीय माध्यम की

गैसों को सम्पीडित कर देता है जिससे सम्पीडित गैसों का तापमान बढ़ जाता है। ब्रह्मांड में हाइड्रोजन एवं ऑक्सीजन गैसें सर्वत्र विद्यमान हैं। अन्तरतारीय आकाश में भी इन्हीं गैसों की प्रमुखता है। सम्पीड़न के फलस्वरूप उच्च दाब एवं ताप की परिस्थितियों में जल के मूल घटक हाइड्रोजन एवं ऑक्सीजन गैसों के परमाणु संयोजित होकर जल अणु बनाते हैं। ये जल अणु धूल-कणों पर संघनित होकर धूमकेतुओं के नाभिकों का निर्माण करते हैं तथा तारों के निर्माण के पश्चात् अवशेष निर्माण-सामग्री के साथ मिश्रित होकर ग्रहों, उल्कापिंडों, छुद्र ग्रहिकाओं आदि के निर्माण के समय उसमें भी आ जाते हैं। 22 जुलाई, 2011 को वैज्ञानिकों ने दावा किया है कि पृथ्वी से 12 अरब प्रकाशवर्ष दूर एक 20 अरब सूर्य द्रव्यमान वाले ब्लैक-होल *(क्वासर)* APM 08279+5255 का पता चला है जिसके चारों ओर जल-वाष्प का एक अति विशाल मेघमंडल है जिसका विस्तार सैकड़ों प्रकाशवर्ष की दूरी तक है। इसमें पृथ्वी पर उपलब्ध पानी की आयतन-मात्रा जो 1.4 अरब घन किलोमीटर आँकी गई है, से भी 140 खरब गुना अधिक पानी है। यह खोज इस तथ्य की पुष्टि करती है कि ब्रह्मांड के सृजन के बाद शीघ्र ही जल भी सर्वत्र अस्तित्व में आ गया था। हमारी आकाशगंगा में भी जल-वाष्प भारी मात्रा में विद्यमान है किन्तु उक्त क्वासर के मेघमंडल से लगभग 4000 गुना कम वाष्प इसमें आँकी गई है। आकाशगंगा की वाष्प जमे हुए हिम कणों के रूप में है।

जल एक आदर्श विलायक होने के साथ-साथ एक ऐसा यौगिक है जिसके रासायनिक एवं भौतिक गुण भी पृथ्वी पर जीवन के पनपने में सहायक सिद्ध हुए हैं। पृथ्वी पर उपलब्ध समस्त जल का 97 प्रतिशत भाग महासागरों एवं सागरों का खारा जल है। शेष 3 प्रतिशत ही पीने योग्य मीठा जल है जिसमें से 68.7 प्रतिशत हिमाच्छादित ध्रुव प्रदेशों एवं हिमनदों में तथा 30.1 प्रतिशत जल धरती के नीचे संगृहीत है। मीठे जल के शेष 1.2 प्रतिशत का 86 प्रतिशत जल झीलों एवं जलाशयों में तथा 11 प्रतिशत जल दलदली इलाकों में एवं मात्र 2 प्रतिशत जल ही नदियों में पाया जाता है। मीठे जल का अवशेष 1 प्रतिशत जल धरती के धरातल पर व उसके नीचे अन्य रूप में उपलब्ध रहता है।

समुद्री जल में औसतन 3.5 प्रतिशत लवण पाए जाते हैं जिसके कारण उसमें खारापन होता है। सबसे कम लगभग 0.7 प्रतिशत लवण बाल्टिक सागर में तथा सबसे अधिक लवण लगभग 4 प्रतिशत लाल सागर में पाया जाता है। वैज्ञानिकों का मानना है कि समुद्र में जीवन के लिए लवण की अधिकतम सीमा 5 प्रतिशत होनी चाहिए। समुद्री जल में लवण का स्तर किस प्रकार नियंत्रित होता है उसकी क्रिया-विधि अभी तक ज्ञात नहीं है। समुद्री जल खारा होने के कारण देर से जमता है और इसका हिमांक मीठे जल की अपेक्षा 1.9^0 से.ग्रे. कम होता है अर्थात् इसका हिमांक 0^0 से.ग्रे. न होकर -1.9^0 से.ग्रे. होता है। दूसरी विचित्रता यह है कि इसका घनत्व

तापमान के कम होने के साथ बढ़ता जाता है जबकि मीठे जल का घनत्व तापमान कम होने के साथ 40 से.ग्रे. तक तो बढ़ता है किन्तु उससे कम तापमान पर घटता जाता है। यही कारण है कि बर्फ पानी पर तैरती रहती है।

जल के पारदर्शी होने के कारण इसमें सूर्य का प्रकाश जा सकता है जिसके कारण जल के भीतर जीवन एवं वनस्पतियाँ इसका उपयोग आसानी से कर सकती हैं। चूँकि जल-अणुओं की संरचना एकरेखीय (linear) नहीं होती इसलिए इसमें हाइड्रोजन परमाणु कुछ धनात्मक एवं ऑक्सीजन परमाणु कुछ ऋणात्मक आवेश धारण करते हैं जो जल-अणुओं को द्विध्रुवी बना देता है और फलस्वरूप उनका एक विद्युतीय द्विध्रुवी आघूर्ण (Electrical Dipole Moment) होता है जिससे दो अणुओं के बीच एक शुद्ध आकर्षण बल सृजित होता है जो जल को एक उच्च पृष्ठतलीय तनाव (Surface Tension) प्रदान करता है। इसके अतिरिक्त जल-अणुओं के बीच एक शक्तिशाली हाइड्रोजन-बांड भी बनता है जो उन्हें दृढ़ता के साथ बाँधे रहता है।

जल का क्वथनांक (Boiling point) अन्य तरल पदार्थों की भाँति दाब पर भी निर्भर करता है जिसके कारण एवरेस्ट शिखर पर जहाँ दाब धरातल की अपेक्षा कम होता है जल 68^0C पर उबल सकता है जबकि समुद्रतल पर वह 100^0C पर उबलेगा और इसके विपरीत समुद्र की तलहटी में भू-उष्मीय छिद्रों के पास प्रचंड दाब के कारण बिना उबले जल का तापमान सैकड़ों डिग्री से.ग्रे. तक पहुँच सकता है। यही जल दरारों के रास्ते मैण्टल तक पहुँचकर उच्च ताप के कारण भाप बन जाता है और ऊपर धरातल की पपड़ी पर भयंकर दाब डालने लगता है। जहाँ पपड़ी कमजोर होती है वहाँ से ज्वालामुखी विस्फोट के माध्यम से मैग्मा (पिघला हुआ लावा) के साथ यह भाप निकलने लगती है।

जल के पृष्ठतलीय तनाव के कारण इसमें केशिका क्रिया (Capillary Action) के गुण पाए जाते हैं जो इसे गुरुत्वाकर्षण की विपरीत दिशा में केशिकाओं के रास्ते ऊपर चढ़ने में मदद करता है। पौधों एवं वनस्पतियों को भोजन इसी गुण के कारण मिलता है।

अमोनिया के अतिरिक्त जल की विशिष्ट उष्मा किसी भी ज्ञात रसायन से अधिक होती है तथा इसकी वाष्पीकरण उष्मा भी उच्च होती है जो जल-अणुओं के बीच लगने वाले उच्च हाइड्रोजन बांड का परिणाम है। जल के ये दोनों विशिष्ट गुण पृथ्वी की जलवायु को नियंत्रित करने की अद्वितीय क्षमता उसे प्रदान करते हैं। अधिक विशिष्ट-उष्मा के कारण जल की उष्मा-धारिता भी अधिक होती है जिसके कारण जल देर से गर्म होता है और देर से ही ठंडा भी होता है। जल का यही गुण ध्रुव प्रदेशों या ठंडे प्रदेशों को भी रहने योग्य बना देता है।

जल का अधिकतम घनत्व 3.98^0 से.ग्रे. तापमान पर होता है। जमने पर जल का घनत्व कम हो जाता है तथा आयतन 9 प्रतिशत बढ़ जाता है। यह गुण पानी में

रहने वाली मछलियों एवं अन्य प्रकार के जीवन के लिए वरदान है क्योंकि जाड़े के दिनों में ठंडे प्रदेशों में जब जलाशय, नदियों, झीलों आदि के ऊपर बर्फ की परत जम जाती है तो भी उसके नीचे तरल जल 4^0 से.ग्रे. तापमान पर ही बना रहता है। बाहर के वातावरण में शून्य से काफी नीचे तापमान होने पर भी उष्मा का कुचालक होने के कारण पानी के भीतर की गर्मी को बर्फ की परतें बाहर नहीं आने देतीं और इस प्रकार एक विलक्षण ढंग से विशिष्ट जीवन संरक्षित रहता है।

धरती पर तरल जल का होना ही इसे ब्रह्मांड में विशिष्ट बना देता है। सौरमंडल में किसी भी ग्रह अथवा उनके उपग्रहों के धरातल पर तरल जल उपलब्ध नहीं है। यूरोपा, इन्सेलाडस, गेनीमीड एवं सेरेस के धरातल के नीचे तरल जल का भंडार होने का अनुमान है। तरल जल का सीधा सम्बन्ध जीवन से है। पृथ्वी की वे परिस्थितियाँ जिन्होंने महासागरों का निर्माण होने दिया और उन्हें कायम रखा, अन्य ग्रहों पर नहीं हैं। उदाहरण के लिए पृथ्वी की कक्षा जो उसे निवास्य-प्रक्षेत्र में लाती है; ज्वालामुखीय गतिविधियाँ जो कार्बोनेट-सिलिकेट चक्र का संचालन करती हैं; वायुमंडल की परतदार संरचना जो जल-वाष्प या हाइड्रोजन की क्षति को रोकती है; ओजोन की परतें जो पराबैंगनी किरणों के घातक प्रभावों से बचाती हैं—कुछ ऐसी परिस्थितियों को जन्म देती हैं जो सौरमंडल में कहीं अन्यत्र नहीं दिखाई देतीं। परन्तु ब्रह्मांड बहुत विशाल है, और असंख्य ग्रह दूसरे सितारों के चारों ओर उसी तरह परिक्रमारत हैं जैसे हमारे सौरमंडल के ग्रह, जिनकी खोज वैज्ञानिक लगातार करते जा रहे हैं। अतएव उनमें से कुछ ग्रहों पर तरल जल के महासागरों के होने की सम्भावनाओं से इनकार नहीं किया जा सकता। और यदि ऐसा है तो वहाँ जीवन भी होगा।

मनुष्य स्वभावत: खोजी प्रवृत्ति का है। प्राचीन काल से ही धरती पर नये स्थलों की खोज में उसने थल एवं जल मार्ग से अनगिनत जोखिम भरी लम्बी-लम्बी यात्राएँ की हैं और अनवरत रूप से धरती के विभिन्न भागों एवं भू-दृश्यों को जानने का प्रयास करता रहा है। मार्को पोलो (1254-1324), क्रिस्टोफर कोलम्बस (1451-1506), वास्कोडिगामा (1460-1524), फर्दिनन्द मैगलन (1480-1521), कैप्टन जेम्स कुक (1728-1779) एवं वैरेनियर (1622-1650) जैसे महान् अन्वेषकों ने सीमित संसाधनों के साथ अपनी जान की बाजी लगाकर धरती के नये-नये स्थलों की खोज की और धरती को विस्तार से जानने का प्रयास किया। इन अन्वेषकों से भी पूर्व वाइकिंगजनों ने 10वीं शताब्दी में ही ग्रीनलैंड एवं न्यूफाउंडलैंड में अपनी बस्तियाँ बसा ली थीं। प्राचीन काल से ही भारत एवं एशिया के विभिन्न देशों के बीच व्यापारिक सम्बन्ध स्थापित थे किन्तु उत्तरी एवं दक्षिणी अमेरिका की जानकारी यूरोप एवं एशियावासियों को तब हुई जब क्रिस्टोफर कोलम्बस ने क्रमश: 1492 एवं 1498 में इनकी खोज की। इसे नई दुनिया का नाम दिया गया। इसी तरह कैप्टन जेम्स कुक (1728-1779) ने 19 अप्रैल, 1770 को आस्ट्रेलिया की खोज की।

उत्तरी ध्रुव की खोज तो काफी दिनों तक चर्चा में बनी रही। अमेरिकी अन्वेषक राबर्ट एडविन पीयरी (1856-1920) एवं फ्रेडरिक ए कुक (1865-1940) ने पृथक्-पृथक् उत्तरी ध्रुव की खोज करने का दावा प्रस्तुत किया जो वर्ष 1988 तक अनिर्णीत रहा। वर्ष 1989 में नेशनल जियोग्राफिक सोसाइटी ने उनके दावों की जाँच में अन्ततः पाया कि कुक ने पीयरी से एक वर्ष पूर्व ही 21 अप्रैल, 1908 को उत्तरी ध्रुव पर पहुँचने में सफलता प्राप्त कर ली थी अतएव उन्हें ही अन्ततः उत्तरी ध्रुव का अन्वेषक माना गया। परन्तु इससे राबर्ट पीयरी के 23 वर्षों के जोखिम भरे आठ साहसिक अभियानों को अनदेखा नहीं किया जा सकता। वे अपने लक्ष्य से केवल 60 मील ही दूर रह गए थे और 80 वर्षों तक दुनिया उत्तरी ध्रुव की खोज का श्रेय उन्हें ही देती रही। दक्षिणी ध्रुव की खोज नार्वे के महान् अन्वेषक रोल्ड एम्डसन ने 14 दिसम्बर, 1911 को किया।

धरती के दुर्गम एवं अनछुए भू-दृश्यों की खोज का क्रम अनवरत रूप से चलता रहा। दुनिया के सर्वोच्च शिखर माउंट एवरेस्ट (8846 मीटर) पर न्यूजीलैंड के पर्वतारोही सर एडमंड हिलेरी एवं ब्रिटिश भारत के पर्वतारोही शेरपा तेनजिंग नोरके ने सर्वप्रथम अपना कदम 29 मई, 1953 को रखा।

फिर आया 4 अक्टूबर, 1957 का वह रोमांचकारी दिन जब मानव निर्मित कृत्रिम उपग्रह स्पुतनिक-1 पृथ्वी की कक्षा में स्थापित किया गया, जिसने 98 मिनट में पृथ्वी की परिक्रमा की। 21 दिनों तक स्पुतनिक-1 सन्देश भेजता रहा फिर उसकी बैटरी समाप्त हो गई, परन्तु वह परिक्रमा करता रहा। तीन माह तक अपनी कक्षा में 7 करोड़ कि.मी. (4.35 करोड़ मील) की परिक्रमा के बाद धरती पर आते समय वायुमंडल में प्रवेश करते ही वह जल गया। अन्तरिक्ष युग का शुभारम्भ हो चुका था। 18 वर्षों बाद भारत ने 19 अप्रैल, 1975 को 'आर्यभट्ट' को पृथ्वी की कक्षा में स्थापित किया। गोडार्ड स्पेस फ्लाइट सेंटर के अनुसार 2271 उपग्रह सम्प्रति पृथ्वी की परिक्रमा कर रहे हैं जिनमें रूस के सर्वाधिक 1324 उपग्रह हैं। संयुक्त राज्य अमेरिका के 658 तथा भारत के 87 उपग्रह हैं। विभिन्न आधुनिक उपकरणों एवं सेन्सरों से युक्त ये उपग्रह धरती के धरातल के विभिन्न भू-दृश्यों एवं महासागरीय गतिविधियों के सटीक पर्यवेक्षण एवं छायांकन के साथ-साथ मौसम, संचार, वायुमंडल, जंगलों की आग, जलधाराओं का परिसंचरण, ज्वालामुखीय गतिविधियों एवं समुद्री तूफानों एवं चक्रवातीय गतिविधियों पर न केवल नजर रख रहे हैं बल्कि समय-समय पर सचेत भी कर रहे हैं।

पृथ्वी पर परिचर्चा करते समय एक बिन्दु जो सर्वाधिक महत्त्व का है, वह यह कि पृथ्वी जैसी वर्तमान में दिखती है वैसी अतीत में नहीं थी और न ही भविष्य में रहेगी। 'पृथ्वी' की रचना करते समय यह मेरे संज्ञान में था और इसी कारण पुस्तक के प्रथम भाग में पृथ्वी का भूजैविक इतिहास क्रमवार प्रस्तुत करने का प्रयास किया

गया है। हैडियन कल्प की सुलगती धरती कालान्तर में कैसे हिम गोला बन गई और किस तरह उसकी आन्तरिक संरचना एवं भू-दृश्य परिवर्तित हुए, से सम्बन्धित बिन्दुओं पर विचार करने के साथ-साथ धरती को प्रभावित एवं पुनर्नियोजित करने वाले कारकों यथा-भूगर्भीय गतिविधियाँ, भूचाल, हिमाच्छादन एवं उनके प्रभावों आदि की विस्तार से चर्चा की गई है। इसी के साथ वायुमंडल एवं उसकी संरचना एवं वायु संचार की विशिष्टियों की विस्तृत चर्चा भी की गई है।

महासागरों की चर्चा करते समय महासागर तल की भू-आकृति, महासागरों के जल का खारापन, तापमान, जलधाराओं का परिसंचरण, जलसम्पदा एवं जलजीवन तथा उनकी खाद्य शृंखला पर अत्याधुनिक शोधों से प्राप्त जानकारी के परिप्रेक्ष्य में विचार किया गया है तथा उनकी विशिष्टताओं के उल्लेख के साथ-साथ वैश्विक पारिस्थितिकतंत्र एवं पर्यावरण तथा जलवायु पर कार्बन-सिलीकेट चक्र में होने वाले असन्तुलन से पड़ने वाले प्रभावों का निरूपण करने का प्रयास किया है। धरती की जलवायु, ऋतुओं एवं मौसम को नियंत्रित एवं विनियमित करने में वायुमंडल एवं महासागर दोनों की ही पृथक्तः एवं संयुक्ततः भूमिका होती है। वे संयुक्ततः एक वृहद् थर्मोस्टेट की तरह काम करते हैं। विषुवत्‌रेखीय प्रदेश की उष्मा का हस्तान्तरण ठंडे प्रदेशों में करने में दोनों बराबर की भूमिका निभाते हैं। वायुसंचरण एवं महासागरीय जल परिसंचरण गर्म व ठंडी वायु तथा जलधाराओं के माध्यम से सम्पूर्ण धरती पर सूर्य से मिलने वाली ऊर्जा का वितरण सतत करते रहते हैं। महासागरों एवं वायुमंडल का गठजोड़ प्रशान्त महासागर में एक अनोखी एवं रहस्यमयी भूमिका में नजर आता है। भूमध्यरेखीय क्षेत्र में प्रशान्त महासागर का विशाल एवं विस्तृत जलभाग जितना सौर ऊर्जा ग्रहण करता है उतना कोई भी महासागर नहीं करता। वहाँ वायु एवं सागर मिलकर एक गत्यात्मक किन्तु बेहद नाजुक सन्तुलन स्थापित करते हैं जो अत्यन्त संयमित रहते हुए भी कभी-कभी बिगड़कर विक्षोभित हो जाता है। इससे अल निनो एवं ला-निना परिघटनाएँ होती हैं जो दक्षिणी प्रशान्तमहासागर में विक्षोभ पैदा कर देती हैं जिससे प्रभावित क्षेत्रों में मॉनसून कम आती है और सूखा पड़ जाता है तथा दूसरी ओर दक्षिणी अमेरिका के पश्चिमी तटों पर अतिवृष्टि एवं बाढ़ की स्थिति पैदा हो सकती है।

वायु एवं जल संचरण तथा इनके द्वारा उष्मा के हस्तान्तरण पर पृथ्वी की गतियों, पृथ्वी की कक्षा की उत्केन्द्रता, अक्षीय झुकाव एवं अग्रगमन का भी प्रभाव पड़ता है जिससे दोलित क्रम में एक लाख वर्षों के अन्तराल पर हिमाच्छादन के बढ़ने-घटने का क्रम चलता रहता है जिसे **मिलानकोविच चक्र** कहते हैं। पुस्तक में इन बिन्दुओं पर विस्तार से चर्चा की गई है। पृथ्वी की जलवायु, ऋतुओं एवं मौसम को प्रभावित करने वाले एक नहीं बल्कि अनेक कारक हैं जिनका समेकित प्रभाव उन्हें नियंत्रित एवं सन्तुलित करता रहता है।

सौरमंडल में पृथ्वी ही ऐसा ग्रह है जहाँ जीवन अपने विविध रूपों में विद्यमान है। तरल जल जो जीवन का आधार है कहीं और नहीं पाया गया है। यद्यपि अन्य रूपों में जल के होने की सम्भावनाएँ मंगल, शुक्र, यूरोपा एवं टाइटन पर अवश्य व्यक्त की गई हैं। आज की तुलना में सूर्य पहले ठंडा था उस समय शुक्र ग्रह पर कदाचित् तरल जल रहा होगा, इसलिए सम्भावना दिखती है कि जीवन भी किसी-न-किसी रूप में रहा होगा, परन्तु अब वहाँ की विषम परिस्थितियों के कारण जीवन के कोई चिह्न वहाँ नहीं दिखते। अब तक अन्य तारक-मंडलों में 2700 से भी अधिक ग्रह ढूँढ़े जा चुके हैं जिनमें पृथ्वी के आकार से लेकर बृहस्पति से भी कई गुना बड़े ग्रह हैं। कुछ तारक-मंडलों में तो ग्रह अत्यन्त सीमित दायरे में जो 0.1 AU से भी कम है, अपने तारों की परिक्रमा कर रहे हैं जिनकी कक्षाएँ बुद्ध की कक्षा से भी कम हैं। इनका स्थायित्व कक्षीय-अनुनाद से ही सम्भव है, परन्तु अपने तारे के अति समीप होने के कारण तारे से निर्गत सौर-वायु, विकिरण एवं ताप के कारण वहाँ जीवन के पनपने की सम्भावनाएँ नगण्य हैं। पृथ्वी जैसी परिस्थितियों वाले क्षेत्र जिसे गोल्डीलाक क्षेत्र कहते हैं, अभी नहीं मिल पाए हैं। तो फिर ब्रह्मांड में हम क्या अकेले हैं? अपनी पूर्व प्रकाशित पुस्तकों '**अद्‌भुत ब्रह्मांड**' एवं '**असीम सृष्टि**', '**पृथ्वी**' में इस पर विस्तार से चर्चा की गई है। उसी चर्चा को आगे बढ़ाते हुए इस पुस्तक के प्रथम अध्याय में धरती पर ही जीवन के पनपने की सम्भावनाओं पर नये सिरे से विचार किया गया है। ब्रह्मांड के अन्तरतारीय आकाश में विषम एवं प्रतिकूल परिस्थितियों के बावजूद क्वाण्टम् टनेलिंग क्रियाविधि से कई गुना अधिक गति से रासायनिक क्रियाओं के होने एवं उससे कार्बनिक अणुओं का निर्माण अकार्बनिक तत्त्वों से होने की पुष्टि नवीनतम शोधों के अन्तर्गत हुई है। जटिल आणविक संरचना वाले अणुओं में कार्बन तत्त्व की उपस्थिति से एक सम्भावना यह भी व्यक्त की गई है कि जटिल संरचना वाले कार्बनिक अणु जैसे अमीनो अम्ल, जो प्रोटीनों की निर्माण इकाई हैं, भी नीहारिका मेघों एवं अन्तरतारीय आकाश में कदाचित् विद्यमान रहे हों और पृथ्वी के निर्माण के समय अथवा जब वह सौरमंडल के साथ इनके मध्य से होकर कभी गुजरी हो तो उसके वायुमंडल में ये अणु आ गए हों। खगोलविद् फ्रेड हायल (1915-2001) इस मत के हैं कि धूमकेतुओं के नाभिक अपेक्षाकृत काफी सघन होते हैं और इस कारण उनमें जीवन के बीजाणुओं के होने की सम्भावनाएँ भी अधिक होती हैं। जब ये धूमकेतु सूर्य के पास आते हैं तब उनके नाभिक वाष्पित होकर विपरीत दिशा में एक पुच्छ का निर्माण करते हैं जो करोड़ों मील लम्बी हो सकती है। यदि उनके बीच से पृथ्वी या कोई अन्य ग्रह गुजरता है तब ये बीजाणु धूल या हिमकणों के साथ उस पर आ सकते हैं। वर्ष 1910 में हैली धूमकेतु की पुच्छ के बीच से होकर पृथ्वी गुजरी थी जो इतनी विरल थी कि किसी को उसका अनुभव ही नहीं हुआ परन्तु इस बात की पूरी सम्भावना थी कि उनमें निहित सूक्ष्म

बीजाणु जिनमें विषाणु भी हो सकते हैं पृथ्वी के वायुमंडल में आ गए हों। वर्ष 1918 में स्पेनी इन्फ्लूएन्जा का प्रकोप कदाचित् इसी कारण रहा हो।

सौरमंडल आकाशगंगा के केन्द्र की परिक्रमा 22 से 25 करोड़ वर्षों में एक बार कर लेता है। अपनी यात्रा के दौरान इस तरह अन्यान्य घन पुंजों, नीहारिकाओं एवं अन्तरतारीय आकाश से पृथ्वी सौरमंडल के साथ गुजरती रहती है जिससे उसके संक्रमित होने की सम्भावनाएँ प्रबल हैं। वर्ष 1969 तथा उसके बाद रेडियो खगोल तकनीक से बहुपरमाणविक कार्बनिक अणु फार्मेल्डिहाइड की उपस्थिति ब्रह्मांड में सभी ओर पाई गई है जिससे उसकी सर्वव्यापकता का बोध होता है। इसके अतिरिक्त पिरीमिडीन पालीसायक्लिक ऐरोमैटिक हाइड्रो कार्बन (PAHs) भी ब्रह्मांड में प्रचुरता के साथ पाए गए हैं। कदाचित् सितारों की अन्तिम परिणति लालदैत्यों (Red Giants) की बाहरी खोल, अन्तरतारीय आकाश अथवा धूल के बादलों में इन अणुओं का सृजन हुआ होगा, जो धूमकेतुओं, उल्कापिंडों आदि के साथ हमारी धरती पर आ गए होंगे। इस अवधारणा को **पानस्पर्मिया का सिद्धान्त** कहते हैं।

पानस्पर्मिया सिद्धान्त के विरोध में सबसे बड़ा तर्क यह दिया जाता है कि जीवाणु अथवा जीवन के बीजाणु अन्तरतारीय आकाश की विषम परिस्थितियों में जीवित नहीं रह सकते विशेषकर पराबैंगनी किरणों एवं ब्रह्मांडीय किरणों से उनकी रक्षा नहीं हो सकती। इसके अतिरिक्त तारों से निकलने वाली गर्मी भी उन्हें जीवित नहीं रहने देगी। नवीनतम शोधों से यह पता चला है कि पराबैंगनी किरणों को भी झेलने की ताकत कुछ जीवाणुओं में है जो बहुत ऊँचाई पर पृथ्वी के स्ट्रैटोस्फीयर में पाए जाते हैं। इन्हें एक्सट्रीमोफाइल्स (Extremophiles) कहते हैं। दूसरी बात यह कि पृथ्वी पर पनपने वाले जीवाणुओं को धरातल से 40 कि.मी. ऊपर ले जाने की कोई तकनीक अथवा तरीका हमें नहीं ज्ञात है। अतएव यह माना जा रहा है कि इन जीवाणुओं की उत्पत्ति इस धरती पर नहीं हुई है बल्कि ये पृथ्वी के वायुमंडल में कहीं और से आए हैं। समस्थानिक विश्लेषण (Isotopic analysis) से उनके स्रोत के विषय में जानकारी की जा सकती है। यदि उनमें कार्बन के समस्थानिकों की उपलब्धता पृथ्वी पर पाए जाने वाले जीवाणुओं से पृथक् होगी तो उसका सहज तात्पर्य यह है कि उनका स्रोत पृथ्वी पर न होकर कहीं और है।

पानस्पर्मिया के विरुद्ध एक तर्क यह भी दिया जाता रहा है कि अन्तरतारीय आकाश की विषम परिस्थितियों में रासायनिक तत्त्व अपने मूल परमाणविक अवस्था में ही रह सकते हैं। आणविक संरचनाएँ सम्भव नहीं हैं। ब्रिटिश खगोलविद् फ्रेड हायल अपने गैरपरम्परागत विचारों के लिए विख्यात हैं। वर्ष 1950 के ही दशक में उन्होंने कहा कि अन्तरतारीय आकाश में हाइड्रोजन के अणुओं के साथ कई प्रकार के अन्य अणु भी हो सकते हैं। यह विचार तत्समय वैज्ञानिकों को हास्यास्पद लगा क्योंकि तब यही मान्यता थी कि अन्तरतारीय आकाश में आणविक संरचनाएँ सम्भव

ही नहीं हैं। उनके शोधपत्र को उस समय ख्याति प्राप्त शोध पत्रिकाओं ने छापने से मना कर दिया। तब उन्होंने एक नायाब तरीका निकाला। उन्होंने एक उपन्यास लिखा '**दि ब्लैक क्लाउड**' जिसमें उन्होंने अपने विचारों को रखा। देखते-ही-देखते यह उपन्यास सर्वाधिक बिकने वाले उपन्यासों की श्रेणी में आ गया। कुछ ही वर्षों में आणविक मेघों की परिकल्पना हकीकत बन गई जब हमने जाना कि आणविक हाइड्रोजन के हजारों प्रकाशवर्ष विस्तार के विशाल मेघों का अस्तित्व अन्तररातीय दिक् में विद्यमान है, तब हमें हायल की परिकल्पना की वास्तविकता का एहसास हुआ। यही नहीं कुछ कार्बनिक अणु भी मिले हैं जिनमें वे अणु भी सम्मिलित हैं जो DNA की संरचना निर्मित करने में योगदान करते हैं। ये ही जीवन के निर्माणघटक हैं अतएव यह सोचा जा सकता है कि जीवन के बीज कदाचित् नीहारिकाओं में छिपे हैं जहाँ उन्हें पनपने एवं विकसित होने के लिए उपयुक्त वातावरण एवं परिस्थितियाँ उपलब्ध हैं। सौरमंडल के अतिरिक्त अन्य रहने योग्य ग्रहों की तलाश में इसके बाद और अधिक तेजी आ गई है। ऐसा माना जाता है कि नीहारिकाओं के द्रव्य से जब तारों एवं ग्रहों का निर्माण हुआ तो उसी समय जीवन के बीजाणु भी ग्रहों अथवा उपग्रहों में आ गए और अपने-अपने तरीकों से विकसित होने लगे।

ब्रह्मांड की परास्थितियों में रहने वाले जीव मुख्यत: एकलकोशिकीय सूक्ष्म जीवाणु हैं। किन्तु बहुकोशिकीय एवं जटिल संरचना वाले सूक्ष्म कीटों, कृमियों एवं मकड़ियों की भी प्रजातियाँ पाई गई हैं जो परास्थितियों में भी जीवित बची रह सकती हैं। टार्डीग्रेड जल में रहने वाला एक अष्टपदीय जीव है जिसकी लगभग 1150 प्रजातियों को चिह्नित किया जा चुका है। यह लगभग 0.5 मिमी. अथवा 0.02 इंच लम्बा होता है और पानी में रहने वाली वनस्पतियों, शैवाल एवं काई पर जिन्दा रहता है। परास्थितियों में रहने की इसमें अद्‌भुत क्षमता विद्यमान है। यह परम शून्य (-273^0 से.ग्रे.) से ठीक ऊपर के तापमान पर जहाँ हीलियम को छोड़कर ब्रह्मांड के सभी पदार्थ जम जाते हैं, जीवित रह सकता है। दूसरी ओर खौलते पानी से भी अधिक तापमान सह सकता है और समुद्र की अधिकतम गहराई में लगने वाले प्रचंड वायुमंडलीय दाब से भी छह गुना और अधिक दाब सह सकता है। ब्रह्मांड के अन्तरतारीय आकाश के परम निर्वात में भी यह बचा रह सकता है तथा ब्रह्मांडीय विकिरण की वह खुराक जो अन्य जीवों के लिए हानिप्रद है, से भी सौ गुना अधिक शक्तिशाली विकिरण को सहजता से सहन कर सकता है। यही नहीं टार्डीग्रेड बिना भोजन-पानी के दस वर्षों तक जीवित रह सकता है और इसके शरीर में यदि मात्र 3 प्रतिशत भी नमी बची रहे तब भी पुनर्जलीकरण के फलस्वरूप यह अपनी पूर्वावस्था में आकर प्रजनन जैसी क्रियाएँ भी पूर्ववत् कर सकता है।

परमगुरुत्वीय परिस्थितियों में भी जीवाणुओं के जीवित बचे रहने के उदाहरण मिले हैं। जापान में हो रहे शोधों से पता चला है कि एसचीरीसिया कोलाई (Escherichia Coli) एवं पैराकोकस डिनाइट्रीफिकेन्स (Paracoccus Denitrificans) को

403627g की परमगुरुत्वीय परिस्थितियों में भी जीवित पाया गया है। पैराकोकस बैक्टीरिया न केवल बचे रहे वरन् उसमें वृद्धि भी होती दिखी।

हाइपर त्वरण केवल ब्रह्मांडीय परिस्थितियों में ही सम्भव है, जैसे भीमकाय तारों एवं सुपरनोवा विस्फोटों में ऐसी परिस्थतियाँ उत्पन्न होती हैं जिसमें पदार्थ कण अत्यधिक त्वरणशील गतियाँ प्राप्त कर लेते हैं जो अन्य परिस्थितियों में सम्भव नहीं है। शोध में यह भी पता चला है कि प्रोकैरियाटिक कोशिकाओं के सूक्ष्म आकार का होना परागुरुत्वीय दशाओं में अभिवृद्धि के लिए अनिवार्यत: आवश्यक है। 26 अप्रैल, 2012 को वैज्ञानिकों ने जानकारी दी कि जर्मन एयरो स्पेस सेंटर (GAC) के मार्स सिमुलेशन प्रयोगशाला (MSL) में कृत्रिम रूप से निर्मित मंगल ग्रह की परिस्थितियों में लिचन (Lichen) 34 दिनों तक जीवित बचा रहा। नवीनतम शोधों के परिणामों के आधार पर 20 अप्रैल, 2013 को फ्रांसीसी वैज्ञानिकों ने बताया कि अन्तरिक्ष यात्रा के दौरान सूक्ष्म जीवाणु एवं जीव अन्तरिक्ष के वातावरण के प्रति अनुकूलित हो जाते हैं। इन जानकारियों से पानस्पर्मिया की सम्भावनाओं की पुष्टि होती है।

पृथ्वी पर जीवन प्रारम्भ से ही विद्यमान था किन्तु बहुकोशिकीय जीवन का पदार्पण पृथ्वी पर लगभग 70 करोड़ वर्ष पूर्व ही हो पाया। इसके पूर्व तीन अरब वर्षों तक पृथ्वी पर एकलकोशिकीय जीवाणुओं का ही राज था। एकलकोशिकीय से बहुकोशिकीय जैविक विविधतावाले जीवन के आने में इतने लम्बे अन्तराल का होना ब्रह्मांड में बहुकोशिकीय जीवन के पनपने की सम्भावनाओं को भी कम कर देता है। जटिल संरचना वाले जीवन के श्वसन हेतु ऑक्सीजन गैस की आवश्यकता की पूर्ति भी प्रकाश संश्लेषण की मदद से बैक्टीरिया ही करते हैं। यदि वायुमंडल में श्वसन हेतु ऑक्सीजन उपलब्ध नहीं होगी तो बुद्धिमान् प्राणी भी नहीं होंगे। सोचने-समझने की क्षमता रखने वाला मनुष्य तो अत्यन्त ही दुर्लभ प्रजाति है जिसे जैविक विकास प्रक्रिया का नैसर्गिक चमत्कार कहना अधिक उपयुक्त होगा। 14 करोड़ वर्षों तक इस पृथ्वी पर राज करने वाले डायनासोर विशालकाय होते हुए भी बुद्धिमान् नहीं बन पाए। किन्तु यह भी सच है कि उनका यदि विनाश न हो गया होता तो धरती के वैविध्यपूर्ण जीवन की नियति ही कुछ और होती। भौतिकविद् ब्रैण्डन कार्टर (Brandon Carter) ने वर्ष 1983 में यह निष्कर्ष निकाला कि ब्रह्मांड में अन्यत्र विद्यमान सभ्यताओं का हमारी जैसी होना नितान्त असम्भावित है भले ही पृथ्वी जैसी परिस्थितियाँ वहाँ विद्यमान रही हों।

प्रसिद्ध वैज्ञानिक अर्हीनियस इस मत के थे कि जीवन के बीजाणु प्रकाश कणों से गति पाकर सम्पूर्ण ब्रह्माण्ड की यात्रा करते हैं। आश्चर्यजनक साम्यता के साथ यही बात हजारों वर्षों पूर्व रचित ऋग्वेद (10-56-5) में पाई गई है। ऋग्वेद (10-56-6) में यह कहते हुए और भी स्पष्ट कर दिया गया है कि हमारे पितरगणों ने सन्तानोत्पादन द्वारा सन्तानों की देह में वंशानुगत संस्कार स्थापित किए हैं। यहाँ

उस आनुवंशिक कूटबद्ध सन्देशों की बात की गई है जो पीढ़ी-दर-पीढ़ी एक खास नस्ल के प्राणियों में ही संस्थापित होते रहते हैं। हायल एवं विक्रम सिंहा भी इसी मत के हैं। क्रिक का सोचना है कि अति बुद्धिमान प्राणी किसी ऐसे ग्रह पर विकसित हुए हैं जो हमारी धरती से अधिक पुराना है जिसके कारण उन्नत जीवन के विकास के लिए पर्याप्त समय उन्हें मिल गया और धरती के साथ उनका संसर्ग अकस्मात् न होकर सोद्देश्य है। निबिरू अथवा निमेसिस ग्रहों से संसर्ग होने की परिकल्पनाएँ इसी सिद्धान्त पर आधारित हैं। पानस्पर्मिया का सिद्धान्त अब इस परिदृश्य में और भी अधिक प्रासंगिक लगने लगा है।

पृथ्वी के अतिरिक्त और कहाँ होगा जीवन? अपने सौरमंडल में या उसके बाहर कहीं क्या ऐसे लोग हैं जो हमसे अधिक बुद्धिमान् हैं और लगातार हम पर नजर रखे हुए हैं? यदि कहीं और भी जीवन है तो क्या वह हमारी धरती पर विकसित जीवन से भिन्न है? ये और ऐसे ही न जाने कितने प्रश्न हमारे मस्तिष्क में उमड़-घुमड़ रहे हैं। कुछ का कहना है कि ब्रह्मांड में हम अकेले हैं तो कुछ कहते हैं कि हम इतने विशिष्ट नहीं हैं बल्कि ब्रह्मांड में जीवन अन्यत्र भी है। स्थिति जो भी हो हमारी तलाश जारी है।

सौरमंडल से ही हम अपनी यात्रा प्रारम्भ करते हैं बल्कि यूँ कहें कि अपनी धरती से ही। भूवैज्ञानिक अभिलेखन से हमें विदित होता है कि पृथ्वी के निर्माण के बाद से ही जब आकाशीय पिंडों का इससे टकराना बन्द हुआ, जीवन के लिए वातावरण अनुकूल बनना प्रारम्भ हो गया और जीवन के चिह्न भी नजर आने लगे। अन्तिम टक्कर लगभग 4.4 से 4 अरब वर्ष पूर्व हुई थी। जीवाश्मों की सूक्ष्म कोशिकाओं एवं कार्बन समस्थानिक (Carbon Isotopic) साक्ष्यों से विदित होता है कि धरती पर जीवन के चिह्न 3.85 अरब वर्ष पूर्व विद्यमान थे और लगभग 3.5 अरब वर्ष पूर्व तक तो जीवन धरती पर काफी फैल भी चुका था। एक बार जब जीवन के लिए वातावरण अनुकूल बन गया तो आगामी 50 करोड़ वर्षों या सम्भवत: 10 से 20 करोड़ वर्षों में ही धरती पर जीवन की जड़ें जम चुकी थीं। पिछले 40-50 वर्षों में वैज्ञानिकों ने हमें यही बताया है कि जैव कार्बनिक अणुओं के बनने के पूर्व वायुमंडल में आकाशीय विद्युत् के ताप और ऊर्जा ने गैरजैविक अणुओं के निर्माण में प्रमुख भूमिका निभायी। उच्च ताप की स्थिति में वे गैस परमाणु, जो साधारणतया सामान्य परिस्थितियों में संयोजित नहीं होते, ने संयोजित होकर विभिन्न अणुओं का निर्माण किया। अब इसके अतिरिक्त एक वैकल्पिक सम्भावना भी व्यक्त की गई है। समुद्र का पानी धरती के भीतर दरारों से होता हुआ ज्वालामुखियों की श्रृंखलाओं के मध्य से गुजरता रहता है जिसके कारण यह $400^{0}C$ तक गर्म हो जाता है और जब यह वापस समुद्र में आता है तो यह एक अपचयन कारक (Reducing Agent) के रूप में कार्य करता है जिससे कार्बनिक अणुओं के निर्माण में आसानी होती है। यह

अपचयनी वातावरण अन्य बड़े एवं जटिल कार्बनिक अणुओं के निर्माण हेतु एक उत्प्रेरक एवं ऊर्जा के स्रोत के रूप में कार्य करता है।

जीवन के विकास-क्रम में उष्ण जलीय तंत्र (Hydrothermal System) की उपयोगिता जीवन-वृक्ष (Tree of Life) के निर्माण में देखने को मिलती है जिसे हाल ही में आर.एन.ए. (RNA) अणुओं, जो आनुवंशिक सन्देशों को पीढ़ी-दर-पीढ़ी ले जाने वाले वाहक हैं, में निहित आनुवंशिक अनुक्रम (Genetic Sequence) के आधार पर बनाया गया है। जीवन-वृक्ष का निर्माण पृथ्वी पर व्याप्त सभी प्रकार के जीवन में अनिवार्य रूप से विद्यमान आर.एन.ए. अनुक्रमों में अन्तर के आधार पर किया गया है। ऐसे जीव जिनमें अन्तिम सर्वनिष्ठ मूल (Last Common Ancestor-LCA) से पृथक् होने के उपरान्त बहुत ही कम बदलाव आया था, उनमें वही आधारभूत आर.एन.ए. अनुक्रम देखने को मिलता है। ऐसे जीव जो सकल जैविक जगत में अन्तिम सर्वनिष्ठ मूल के सर्वाधिक निकट हैं वे हाइपर थर्मोफाइल्स (Hyper Thermophiles) हैं जो काफी गर्म पानी में रहते हैं जिसका तापमान उबलते पानी से भी अधिक लगभग 115^{0}C होता है। इससे एक प्रबल सम्भावना यह बनती है कि प्रारम्भिक जीवन या तो उष्णजलीय वातावरण में ही पनपा था या वह उष्णजलीय परिस्थितियों से गुजरता हुआ तथा उसके अनुरूप अपने को ढालते हुए विकसित हुआ। जो भी हो किन्तु यह तो निश्चित है कि इसका सम्बन्ध उष्णजलीय वातावरण से अवश्य रहा है।

जब हम अपनी धरती के अलावा अन्यत्र कहीं जीवन की तलाश करते हैं तब हमारे ध्यान में एक बात अवश्य होती है और वह यह कि धरती पर जीवन के लिए आवश्यक जो वातावरण एवं परिस्थितियाँ विद्यमान हैं वैसी ही कहीं और भी हैं क्या? पहली आवश्यकता तरल जल की है। यह एक ऐसा माध्यम है जिसकी सहायता से जीव पोषक तत्त्वों को ग्रहण करते हैं और अवशिष्ट (waste) का त्याग करते हैं। यद्यपि अन्य तरल द्रव जैसे मीथेन एवं अमोनिया भी यह कार्य कर सकते हैं किन्तु जल सर्वाधिक उपयुक्त है क्योंकि इसके ब्रह्मांड में किसी-न-किसी रूप में उपलब्ध होने की सम्भावनाएँ अधिक हैं और इसके रासायनिक एवं भौतिक गुण इसे एक आदर्श विलायक (Solvent) बनाते हैं। यह न तो अम्लीय है और न ही छारीय बल्कि उदासीन है। उल्लेखनीय है कि किसी भी द्रव का मान पी.एच. पैमाने पर 7 से कम है तो वह अम्लीय होगा और यदि अधिक होगा तो वह छारीय होगा। ये दोनों ही परिस्थितियाँ सर्वव्यापी जीवन के लिए अनुकूल नहीं हैं। इसलिए सम्पूर्ण ब्रह्मांड में जल ही एक आदर्श माध्यम (Medium) है जहाँ जीवन विकसित होकर पनप सकता है।

जीवन के लिए जिन तत्त्वों की आवश्यकता होती है, वे इस धरती पर किसी-न-किसी रूप में उपलब्ध हैं। इन तत्त्वों में कार्बन (C), हाइड्रोजन (H), ऑक्सीजन (O),

नाइट्रोजन (N), सल्फर (S), कैल्सियम (Ca), सोडियम (Na) एवं फास्फोरस (P) को सम्मिलित करते हुए जीवन के लिए दो दर्जन से भी अधिक तत्त्वों की आवश्यकता होती है। हो सकता है कि अन्य स्थानों पर विकसित जीवन के लिए उन सभी तत्त्वों की आवश्यकता न पड़े जो हमारी पृथ्वी पर हैं किन्तु उन्नत जीवन के लिए इनमें से कई का होना अपरिहार्य है। पृथ्वी पर जीवन सिलिकान (Si) की अपेक्षा कार्बन (C) पर निर्भर है क्योंकि कार्बन परमाणु की विशिष्टता यह है कि यह अनगिनत यौगिकों का निर्माण कर सकता है। कार्बन तत्त्व कार्बन डाइऑक्साइड (CO_2) गैस के रूप में भी उपलब्ध है तथा पानी में घुलनशील है अतएव वायुमंडल एवं जल दोनों में कार्बन की प्रचुर उपलब्धता है, दूसरी ओर सिलिकान डाई आक्साइड (SiO_2) दोनों में से किसी में भी प्रचुरता के साथ उपलब्ध नहीं है। वैज्ञानिक कार्बन तत्त्व का बनना दिव्य संयोगों में से एक मानते हैं और इसकी ब्रह्मांड में सर्वव्यापकता तथा नानाविध यौगिकों का निर्माण करने की क्षमता ही इसे जीवन की उत्पत्ति एवं विकास के लिए अपरिहार्य बना देती है।

जीवन को पनपने के लिए निश्चित तौर पर एक ऊर्जा स्रोत भी चाहिए जो रासायनिक एवं जैविक क्रियाओं को आगे बढ़ाये। पृथ्वी पर जीवन सूर्य पर आश्रित है। फोटोसिन्थेसिस अथवा प्रकाश संश्लेषण पर आधारित जैविक एवं रासायनिक क्रियाएँ जो जीवन के लिए आवश्यक हैं सूर्य के बिना नहीं हो सकतीं। फिर भी रासायनिक ऊर्जा के स्रोत प्रारम्भिक जीवन के विकास के लिए पर्याप्त रहे होंगे। इसमें भूगर्भीय ऊर्जा जो ज्वालामुखियों के पास में विकसित उष्णजलीय तंत्र के माध्यम से उपलब्ध रही होगी या खनिजों एवं चट्टानों के रासायनिक एवं भौतिक परिवर्तनों के फलस्वरूप उपलब्ध ऊर्जा प्रारम्भिक जीवन को विकसित करने में काम आई होगी। इस पृष्ठभूमि में यह देखना बेहद दिलचस्प होगा कि सौरमंडल के अन्य ग्रहों अथवा उनके उपग्रहों पर जीवन के पनपने एवं विकसित होने की क्या सम्भावनाएँ हैं? **'पृथ्वी'** के चौथे अध्याय में इन विषयों एवं सम्भावनाओं पर विस्तार से चर्चा की गई है।

पृथ्वी के अतीत में महाविनाशक घटनाएँ कई बार घटी हैं जब धरती से जीवन लगभग समाप्त हो गया था परन्तु आश्चर्यजनक तथ्य तो यह है कि प्रत्येक महाविनाशक घटना के बाद जीवन और अधिक विविधता एवं बाहुल्यता के साथ एक विस्फोट की तरह नई प्रजातियों के साथ पुनः विकसित हुआ। धरती की जैवसंहति घटने के बजाय बढ़ती ही रही। महाविनाशों के क्या कारण रहे होंगे और क्या भविष्य में उनकी पुनरावृत्ति होगी और क्या तब भी जीवन बचा रह पाएगा—कुछ ऐसे प्रश्न हैं जिन पर विस्तार से चर्चा **'पृथ्वी'** के पाँचवें व अन्तिम भाग में की गई है।

18 दिसम्बर, 1999 को नासा ने टेरा *(EOS-AM-1)* नाम का एक उपग्रह पृथ्वी की स्थायी कक्षा में 703-713 कि.मी. की ऊँचाई पर स्थापित किया है जो औसतन 27010 कि.मी. प्रति घंटा की गति से 96 मिनट में लगातार पृथ्वी की परिक्रमा कर

रहा है। यह वैश्विक भू-सर्वेक्षण तंत्र (*Earth Observing System-EOS*) का भाग है, जो भू-विज्ञान-परियोजना (*Earth Science Enterprise-ESE*) का एक अत्याधुनिक महत्त्वाकांक्षी उपक्रम है जिसने 16 दिनों के चक्र का अनुगमन करते हुए 24 फरवरी, 2000 से आँकड़े भेजना प्रारम्भ कर दिया। यह एक बहुराष्ट्रीय परियोजना है जिसमें तीन देशों ने विभिन्न प्रयोजनों हेतु पाँच अत्याधुनिक सेन्सर उपकरण लगाए हैं। वे जापान प्रायोजित एस्टर (ASTER), संयुक्त राज्य अमेरिका प्रायोजित सेरेस (SERES), मिसर (MISR) तथा मोडिस (MODIS) एवं कनाडा प्रायोजित मोपिट (MOPITT) हैं, जो पृथ्वी के वायुमंडल, बादल, वर्षा, तूफान, भूमि, जंगल, वर्षा एवं ध्रुवीय प्रदेशों के हिमटोपों, महासागर, ऊर्जा सन्तुलन, जलवायु आदि से सम्बन्धित गतिविधियों के अध्ययन के साथ-साथ मानवी गतिविधियों का प्रकृति, पारिस्थितिकी एवं पर्यावरण तथा मौसम पर पड़ने वाले प्रभावों से उत्पन्न परिस्थितियों का अध्ययन कर आँकड़े उपलब्ध करा रहे हैं। इससे प्राप्त आँकड़ों के विश्लेषण से कार्बन-सिलिकेट चक्र, वर्ष 2015 के अल निनो के वैश्विक स्तर पर पड़ने वाले प्रभावों, प्रदूषण कारक मानवीय गतिविधियों एवं प्रबल ग्रीन हाउस प्रभावोत्पादक मीथेन रिसाव के प्रभावों को समझने में सफलता मिलने की आशा है जिससे व्युत्पन्न दुष्परिणामों से धरती की रक्षा की जा सकेगी। इसके अतिरिक्त एक बहुराष्ट्रीय अनुसन्धान पहल—'**भावी धरती**' या '**फ्यूचर अर्थ**' का भी शुभारम्भ वर्ष 2015 में किया गया है जो धरती को भावी खतरों से सचेत करने के साथ-साथ ऐसे उपाय भी बताएँगे जिससे उन घटनाओं की पुनरावृत्ति न हो और आवश्यकता पड़ने पर पूर्व में ही उचित रक्षात्मक कदम उठा लिए जाएँ। उल्कापात एवं आकाशीय पिंडों के भी पृथ्वी के वायुमंडल में आकर टकराने की सम्भावनाओं को दृष्टि में रखते हुए सम्भावित टक्करों पर नजर रखी जा रही है।

यद्यपि धरती की विभिन्न गतिविधियों पर वैज्ञानिक नजर रखे हुए हैं फिर भी कुछ घटनाएँ अथवा परिघटनाएँ, ऐसी हो सकती हैं जिन पर किसी का वश नहीं। यहाँ ऐसी ही कुछ स्थितियों पर जो सर्वदा सम्भावित हैं, चर्चा किया जाना समीचीन एवं प्रासंगिक होगा।

कैसा होगा धरती का भविष्य? वैज्ञानिक न केवल चिन्ताग्रस्त हैं बल्कि अतीत को देखते हुए महाविनाशक घटनाओं की पुनरावृत्ति को लेकर सशंकित भी हैं।

प्लेट-टेक्टानिक गतिविधियों से अनुप्रेरित वर्तमान महाद्वीपीय संरचना अगले 25 से 35 करोड़ वर्षों में एक बृहत् अखंडित महाद्वीप का रूप ले सकती है जैसा कि अतीत में एक से अधिक बार हो चुका है। अतीत में पेंजिया के विघटन के बाद ही वर्तमान महाद्वीपों का निर्माण हुआ है। वैज्ञानिकों को अनुमान है कि किसी समय 1.5-4.5 अरब वर्षों के बीच धरती का कक्षीय झुकाव 23.50 से बढ़कर 900 हो जाएगा तब निश्चित रूप से जलवायु, ऋतुएँ एवं मौसम सभी कुछ अस्त-व्यस्त हो

जाएगा और ऐसी विप्लवकारी परिस्थितियाँ जन्म ले सकती हैं जिनकी कल्पना भी नहीं की जा सकती।

अगले चार अरब वर्षों में सूर्य की चमक क्रमबद्ध ढंग से बढ़ेगी जिसका सीधा एवं सरल अर्थ है कि पृथ्वी को अधिक ऊर्जा मिलेगी जिसके कारण सिलीकेट खनिजों का कालाधारित क्षरण अधिक होगा जिससे धरती का कार्बन-सिलीकेट-चक्र प्रतिकूलतः प्रभावित होगा जिससे वायुमंडल में कार्बन-डाइआक्साइड गैस का स्तर गिरेगा। अगले 60 करोड़ वर्षों में कार्बन-डाइआक्साइड गैस का स्तर इतना अधिक गिर जाएगा कि वनस्पतियों द्वारा कार्बन-3 आधारित प्रकाश संश्लेषण की क्रियाएँ समाप्त हो जाएँगी, जिसके फलस्वरूप उन पर आधारित वनस्पतियों का लोप हो जाएगा, परन्तु कार्बन-4 आधारित कुछ वनस्पतियाँ ही बची रह सकेंगी पर वे भी तभी तक जब तक कि कार्बन-डाइआक्साइड का स्तर क्रान्तिक स्तर 10ppm से ऊपर बना रहेगा। अन्ततः क्रान्तिक स्तर से कार्बन-डाइआक्साइड का स्तर वायुमंडल में गिरने पर कार्बन-4 आधारित वनस्पतियों का भी लोप हो जाएगा और धरती की वनस्पतिक खाद्य शृंखलाएँ टूट जाएँगी जिससे उन पर आधारित समस्त प्राणि जगत् समाप्त हो जाएगा।

कार्बन चक्र को प्रभावित करने वाला दूसरा प्रमुख कारण सूर्य की उत्तरोत्तर बढ़ती कान्ति है। एक अरब वर्ष बाद सूर्य की चमक (ल्यूमिनासिटी) आज की तुलना में 10% अधिक होगी जिसका सीधा प्रभाव धरती पर उपलब्ध तरल जल के वाष्पीकरण पर पड़ेगा। बढ़ते तापमान के साथ वाष्पीकरण बढ़ेगा तथा वाष्प वायुमंडल में पहुँचकर ग्रीन हाउस प्रभाव को बढ़ायेगी जो धरातल को गर्म कर देगा और महासागरों से वाष्पीकरण का कभी न रुकने वाला सिलसिला प्रारम्भ हो जाएगा और अन्ततः धरती के महासागर सूख जाएँगे। परिणामतः टेक्टानिक गतिविधियाँ थम जाएँगी और उन्हीं के साथ कार्बन सिलीकेट चक्र भी। टेक्टानिक गतिविधियों का ज्वालामुखीय गतिविधियों से सीधा सम्बन्ध है अतएव परिणामतः ज्वालामुखी उद्गार नहीं होंगे जिससे वायुमंडल में कार्बन-डाइआक्साइड नहीं पहुँचेगी जिससे उसके स्तर में और भी कमी होती जाएगी। कार्बन चक्र अन्ततः टूट जाएगा। जल एवं थल का जीवन समाप्त हो जाएगा।

सुपरनोवा विस्फोट से धरती का वायुमंडल रेडियो सक्रिय आइसोटोपों से प्रदूषित हो जाएगा जिससे वायुमंडल की नाइट्रोजन एवं ऑक्सीजन संयोजित होकर नाइट्रस आक्साइड बनाएँगे जो ओजोन परतों में क्षरण कर उन्हें विरल बना देगी और फिर सूर्य से उत्सर्जित होने वाली पराबैंगनी किरणें बिना किसी अवरोध के धरती पर आकर जीवन को नष्ट कर देंगी। एक ऐसा सुपरनोवा जो 32 प्रकाशवर्ष के दायरे में फटेगा वह ओजोन की परतों के घनत्व में आधे से भी अधिक कमी कर सकता है। औसतन कुछ करोड़ वर्षों में 32 प्रकाशवर्ष के दायरे में ऐसे विस्फोट हो सकते हैं जिनसे निर्गत गामा-किरण प्रस्फुरण धरती के जीवन को तबाह कर सकते हैं।

गुरुत्वीय विक्षोभ की सम्भावनाएँ भी यदा-कदा व्यक्त की जाती रही हैं जिससे सौरमंडल के आन्तरिक ग्रहों की कक्षाएँ व्यतिक्रमित होकर ग्रहों की स्थायी कक्षाओं को अव्यवस्थित कर सकती हैं, जिससे आपसी टक्करों की सम्भावना बढ़ जाएगी। यद्यपि इसकी सम्भावना 1% से भी कम है किन्तु यदि ऐसा हुआ तो सर्वनाश निश्चित है।

धरती का अन्दरूनी क्रोड़ ठोस है जिसका दायरा बढ़ रहा है जिसकी दर 0.5 मिलीमीटर (0.02 इंच) प्रति वर्ष है। परिणामत: 3 से 4 अरब वर्षों में बाह्य क्रोड़ आन्तरिक क्रोड़ की ही तरह जमकर ठोस हो जाएगा। बाह्य क्रोड़ मुख्यत: लौह और निकिल धातुओं का तरल मिश्रण है जिसमें संवहन गतिविधियों के कारण डायनमों प्रभाव उत्पन्न होने से पृथ्वी का विशाल चुम्बकीय क्षेत्र सृजित होता है, इसलिए इसके ठोस बन जाने के कारण संवहन क्रियाएँ थम जाएँगी और डायनमों प्रभाव समाप्त हो जाएगा जिसके परिणामस्वरूप पृथ्वी का चुम्बकीय रक्षा कवच नहीं रहेगा। ब्रह्माण्डीय किरणें एवं गामा किरणें बेरोकटोक धरती पर आने लगेंगी और जीवन को नष्ट कर देंगी।

सूर्य जब एच.आर. आरेख के मुख्य क्रम पर आया तब उसकी चमक आज की तुलना में केवल 70% ही थी। तीन अरब वर्षों में 33% की वृद्धि होगी और 5 अरब वर्षों में इसके क्रोड़ में स्थित नाभकीय ईंधन हाइड्रोजन समाप्त हो जाएगी तब आज की तुलना में सूर्य 67% अधिक कान्तिमान् हो जाएगा। उसके क्रोड़ की बाहरी खोल में उपलब्ध हाइड्रोजन तथा भारी तत्त्वों के नाभिक तब नाभिकीय भट्टी में जलेंगे और सूर्य की कान्ति 121% हो जाएगी। सूर्य मुख्य क्रम से हट जाएगा और लघु लाल दैत्य बन जाएगा तथा उसका आकार बढ़ने लगेगा। 7.5 अरब वर्षों में उसका आकार इतना अधिक बढ़ जाएगा कि उसका व्यास 30 करोड़ कि.मी. तक विस्तृत हो जाएगा और परिणामत: सूर्य लाल दैत्य (Red Giant) बन जाएगा। तब पहले बुद्ध, शुक्र और अन्त में पृथ्वी भी उसमें समा जाएगी। अपने जन्म से 12 अरब वर्ष तक आकाश काल में रहने के बाद पृथ्वी का अस्तित्व सदैव के लिए समाप्त हो जाएगा।

सृष्टि सृजन एवं उसके विकास के सन्दर्भ में वैदिक अवधारणाएँ आश्चर्यजनक रूप से आधुनिक ब्रह्मांडिकी से मेल खाती हैं जिस पर विस्तृत चर्चा मेरी प्रथम पुस्तक 'वेद, विज्ञान एवं ब्रह्मांड' में की गई है। ब्रह्मांड विषयक चर्चा को आगे बढ़ाते हुए मेरी द्वितीय पुस्तक 'अद्‌भुत ब्रह्मांड' में ब्रह्मांड की मौलिक सत्ताओं तथा बलों पर एवं उनकी क्रियाविधि पर विचार किया गया है जिसके परिप्रेक्ष्य में उपनिषदों के महावाक्य '**ब्रह्म सत्यं - जगन्मिथ्या**' के गूढ़ अर्थों को वैज्ञानिक पृष्ठभूमि में समझने का प्रयास किया गया है। '**असीम सृष्टि**' एवं '**पृथ्वी**' उसी श्रृंखला की तीसरी व चौथी कड़ी के रूप में प्रस्तुत की गई है जिसका प्रकाशन केन्द्रीय हिन्दी निदेशालय, मानव संसाधन विकास मंत्रालय, भारत सरकार के आर्थिक सहयोग से किया गया है। उसी श्रृंखला की पाँचवीं कड़ी के रूप में यह पुस्तक प्रस्तुत है।

यह अनुभव किया जा रहा है कि पिछले कुछ दशकों में ब्रह्मांडिकी, विश्व भूगोल तथा भारत की भौगोलिक स्थिति के सम्बन्ध में विद्वानों के साथ-साथ विद्यार्थियों की जिज्ञासा बढ़ी है और वे नित नये ज्ञान के स्रोतों की तलाश कर रहे हैं।

यह पुस्तक भूगोल की मूल अवधारणाओं को ध्यान में रखकर लिखी गई है तथा भारत के भूगोल से सम्बन्धित सभी पहलुओं को तथ्यात्मक और विश्लेषणात्मक तौर पर प्रस्तुत किया गया है, जो सिविल सेवा, विश्वविद्यालयों एवं प्रतियोगी परीक्षाओं के लिये महत्त्वपूर्ण हैं। ब्रह्मांडिकी एवं भूगोल में रुचि रखने वाले सभी पाठकों के लिए यह पुस्तक उपयोगी सिद्ध होगी, ऐसा हमारा विश्वास है। किसी भी तरह के सुझाव एवं परामर्श का मैं स्वागत करूँगा।

पुस्तक की रचना-प्रक्रिया एवं तैयारी के मध्य मुझे अपने कई शुभचिन्तकों का सहयोग प्राप्त हुआ जिसके लिए मैं उनका आभारी हूँ। इस श्रमसाध्य कार्य में मेरी पत्नी डॉ. मालती सिंह सदा की भाँति मुझे सहयोग प्रदान करती रहीं। मेरे पुत्रद्वय आलोक एवं दीपक तथा पुत्रवधुएँ मोनिका एवं जयश्री ने पुस्तक की अध्ययन-सामग्री उपलब्ध कराकर मेरे इस कठिन कार्य को अत्यन्त सहज बना दिया। पुत्री साधना एवं पुत्रवत् हिमांशु ने पुस्तक के मुखपृष्ठ की सज्जा कर, इसे अत्यन्त आकर्षक बना दिया है। इन सभी स्वजनों के प्रति मेरे मन में आदर एवं सम्मान है तथा उनके प्रति मैं अपना आभार प्रकट करता हूँ।

पुस्तक की रचना के क्रम में अनेक विद्वानों एवं मित्रों ने अपने सुझावों एवं विचारों से मुझे लाभान्वित किया है जिनमें श्री नवीन चन्द्र वाजपेयी, न्यायमूर्ति श्री आलोक सिंह, प्रो. एच.एल. निगम, प्रो. लल्लन मिश्र, डॉ. विजय कर्ण, डॉ. धर्मेन्द्र कुमार, श्री चन्द्रभूषण त्रिपाठी, श्री राधेश्याम सिंह, श्री विनोद कुमार सिंह एवं श्री मनोज कुमार सिंह विशेषत: उल्लेखनीय हैं। मैं हृदय से उनके प्रति आभारी हूँ। पुस्तक के टंकण एवं आरूप के लिए श्री मोहम्मद अहमद अंसारी का अनवरत सहयोग यदि न मिला होता तो कदाचित् मैं अपने उद्देश्य में सफल न हो पाता। मैं उनके प्रति हृदय से आभारी हूँ।

केन्द्रीय हिन्दी निदेशालय, मानव संसाधन विकास मंत्रालय, भारत सरकार, नई दिल्ली द्वारा असीम सृष्टि तथा 'पृथ्वी' के प्रकाशन हेतु उपलब्ध करायी गई वित्तीय सहायता ने हमारे मनोबल को बढ़ाया है और राष्ट्रभाषा हिन्दी की सेवा के लिए मेरे अन्दर एक नई शक्ति एवं ऊर्जा का संचार किया है जिसके लिए मैं केन्द्रीय हिन्दी निदेशालय एवं मानव संसाधन विकास मंत्रालय के प्रति कृतज्ञ हूँ।

राजकमल प्रकाशन के श्री आमोद महेश्वरी तथा श्री अंजुम शर्मा एवं लोकभारती प्रकाशन के श्री रमेश चन्द्र ग्रोवर जी के प्रति आभार व्यक्त किए बिना मैं अपने दायित्वों से मुक्त नहीं हो सकता। मैं उनके प्रति हृदय से आभारी हूँ।

—चन्द्रमणि सिंह

अध्याय-1

पृथ्वी पर जीवन कब और कैसे आया तथा पनपा

यह रहस्य आज भी कायम है कि धरती पर जीवन कैसे पनपा? अरबों वर्ष तक एकलकोशिकीय जीवों के रूप में ही जीवन हमारी धरती पर रहा फिर अचानक क्या हुआ कि बहुकोशिकीय जीवन एक विस्फोट की तरह अपने विविध स्वरूपों में धरती के जल एवं थल में फैल गया और इससे भी अधिक विस्मित करने वाली बात तो यह है कि बार-बार महाविनाशक घटनाओं में लगभग सम्पूर्ण प्रजातियों के नष्ट हो जाने के बाद भी जैविक विस्फोट होता रहा और जीवन अपनी और अधिक विविधताओं के साथ धरती पर फैल गया।

वर्ष 1953 में मिलर-ऊरे (S. Miller & H Urey) प्रयोग में वे परिस्थितियाँ तैयार की गईं जो धरती पर प्रारम्भ में विद्यमान रही होंगी। प्रारम्भिक वातावरण में मीथेन, अमोनिया, हाइड्रोजन एवं जल वाष्प के ही अणु विद्यमान रहे होंगे। बहुकोशिकीय जीवन के लिए आवश्यक ऑक्सीजन तब नहीं थी। धरती के वायुमंडल में ऑक्सीजन धरती के निर्माण के लगभग 2.5 अरब वर्ष बाद आई। मिलर-ऊरे प्रयोग में इसी कारण ऑक्सीजन सम्मिलित नहीं की गई। प्रारम्भिक गैसों के मिश्रण में तत्समय विद्यमान परिस्थितियों के अनुरूप तड़ित का प्रभाव उच्च वोल्टेज की विद्युत् स्फुलिंग द्वारा पैदा किया गया जिसमें कार्बनिक अणुओं का निर्माण हुआ जिससे यह निष्कर्ष निकाला गया कि पृथ्वी की प्रारम्भिक अवस्था में जीवन सरल कार्बनिक रसायनों से ही पैदा हुआ होगा।

जीवन के लिए तीन चीजें आवश्यक हैं। स्वत: अपनी प्रतिकृति तैयार करने की क्षमता जिसे सेल्फ रेप्लिकेशन (Self Replication) कहते हैं, जीवों का ऐसा गुण होता है जिसके तहत वह अपनी जैसी सन्तानें उत्पन्न करता है। दूसरा उपापचयन की क्षमता जिसे मेटाबालिज्म (Metabolism) कहते हैं जिसके तहत जीव शक्ति अर्जन के लिए भोजन को पचाकर जीवनोपयोगी पोषक तत्त्वों का निर्माण शरीर के उपयोग के लिए करता है तथा इससे अपनी रुग्ण कोशिकाओं की मरम्मत तथा

नई कोशिकाओं के निर्माण की क्षमता विकसित करता है तथा तीसरी आवश्यकता कोशिका-झिल्लियों (Cell membranes) का निर्माण करना है जिससे पोषक तत्त्व कोशिका के भीतर जा सकें और उपापचयन के पश्चात् अनुपयोगी पदार्थ बाहर निकल सकें। सरल-से-सरल जीव भी जीवन-योग के लिए DNA का उपयोग करते हैं। इसके अतिरिक्त DNA, RNA एवं प्रोटीन अणुओं की जटिल संरचना वाला ऐसा एक तंत्र विकसित होता है जो जीवन-योग के अनुदेशों को समझकर तदनुसार कार्य करता है, जिससे जीव का विकास, उसका अनुरक्षण एवं वंशवृद्धि हो सके।

नये अध्ययनों से यह जानकारी मिली है कि RNA अणु जिन्हें राइबोजाइम (Rybozyme) कहते हैं, अपनी प्रतिकृति तैयार करने और प्रोटीनों का निर्माण करने में स्वयं उत्प्रेरक का कार्य करते हैं। इससे यह निष्कर्ष निकाला गया है कि प्रारम्भिक जीवन पूरी तरह RNA आधारित था। DNA अधिक स्थायी अणु हैं जिन्होंने जैविक विकास की प्रक्रिया में आगे चलकर RNA को प्रतिस्थापित कर दिया होगा और जटिल संरचना वाले जीवन के मुख्य निर्माण घटक बन गए होंगे। अधिक स्थायी होने के कारण DNA लम्बे जीनोम बना सकते हैं और जीवन की विविधताओं का दायरा बढ़ा देते हैं। राइबोजाइम फिर भी राइबोसोमों के मुख्य घटक हैं और वर्तमान कोशिकाओं की प्रोटीन निर्माणशाला हैं।

यद्यपि वैज्ञानिकों को स्वयं अपनी प्रतिकृति तैयार करने वाले RNA अणुओं को कृत्रिम तौर पर प्रयोगशालाओं में निर्माण करने में सफलता मिली है किन्तु फिर भी वही प्रश्न उनके सम्मुख उपस्थित है कि क्या अजैविक पदार्थों से प्राकृतिक RNA अणुओं का निर्माण सम्भव है? सरल न्यूक्लीइक अम्लों जैसे PNA (पेप्टाइड न्यूक्लीइक अम्ल), TNA (थ्रीओज न्यूक्लीइक अम्ल) एवं GNA (ग्लाइकोल न्यूक्लीइक अम्ल) को कृत्रिम रूप से निर्मित करने में वैज्ञानिकों को सफलता मिल चुकी है। ये अणु प्राकृतिक तौर पर उपलब्ध नहीं हैं किन्तु इनमें भी RNA, DNA जो प्राकृतिक तौर पर उपलब्ध हैं, की तरह स्वयं अपनी प्रतिकृति तैयार करने की क्षमता होती है। RNA एवं DNA अणुओं की ही तरह ये कृत्रिम अणु भी वाटसन-क्रिक युग्मन की क्रिया-विधि का पालन करते हैं। RNA एवं DNA की ही तरह ये अणु भी आनुवंशिक अनुदेशों को धारण कर सकते हैं और उन्हें आवश्यकतानुसार प्रतिहस्तान्तरित भी कर सकते हैं। इनके इन्हीं गुणों के कारण इन्हें RNA एवं DNA जैसे जैविक अणुओं का अग्रदूत माना जा रहा है और उन सम्भावनाओं पर विचार किया जा रहा है जिसमें धरती पर पनपने एवं विकसित होने वाले सरलतम जीवन के विकास के प्रारम्भिक चरण में कदाचित् इन्हीं की भूमिका रही हो।

ऐसा विश्वास किया जाता है कि लगभग चार अरब वर्ष पूर्व अति ऊर्जित रासायनिक संलयन की क्रियाओं के फलस्वरूप एक स्वकृत्यानुगामी (Self-replicating) अणु की रचना हुई और इसके 50 करोड़ वर्षों के बाद सभी प्रकार

के जीवन के अन्तिम उभयनिष्ठ पूर्वज (Last Common ancestor of All Life-LCAL) अस्तित्व में आ चुके थे। ऐसा माना जाता है कि जटिल जैविक-रासायनिक संरचनाएँ भी मूलतः सरल रासायनिक क्रियाओं का ही परिणाम हैं। जीवन के प्रारम्भिक विकास में स्वकृत्यानुगामी अणु जैसे आर.एन.ए. (RNA) एवं सामान्य कोशिकाओं की ही भूमिका मुख्य रही होगी।

पृथ्वी पर समस्त सूक्ष्म जीव एक ही उभयनिष्ठ पूर्वज से प्रादुर्भूत हैं जिनकी वर्तमान प्रजातियाँ अपनी विविधतापूर्ण सृजन एवं विनाश की एक लम्बी यात्रा तय करते हुए विभिन्न परिवर्तनों के अधीन विकास-क्रम की शृंखला में कड़ियों की तरह गुँथी हुई हैं। इन जीवाणुओं के उभयनिष्ठ उद्‌गम की अवधारणा मुख्यतः चार बातों पर निर्भर है। प्रथमतः विस्तृत भौगोलिक छितराव जो स्थानीय अनुकूलन की प्रक्रिया से सम्भव नहीं है। द्वितीयतः जैविक विविधता पूर्णरूप से विशिष्ट जीवाणुओं का समूह न होकर उन जीवाणुओं का समुच्चय है जो आपस में रूपात्मक साम्यता रखते हैं। तृतीयतः किसी प्रजाति की ऐसी कोई अवशेष विशेषता जिसका कोई प्रयोजन वर्तमान में सुस्पष्ट न हो किन्तु उसके पूर्वजों की प्रयोजनमूलक अथवा वृत्तिमूलक विशेषताओं से अवश्य मेल खाती रही होगी, और चतुर्थतः इन जीवों को उनकी विशिष्टताओं के आधार पर वर्गीकृत कर उनका वंशवृक्ष तैयार किया जा सकता है। यद्यपि आधुनिक मान्यता के अनुसार क्षैतिज आधार पर जीन हस्तान्तरण से उनका विकास स्वतंत्र रूप से होने लगता है जिसके कारण वंशवृक्ष की संरचना काफी जटिल हो सकती है।

लुप्त प्रजातियाँ भी अपने विकास-क्रम की गाथा जीवाश्मों के रूप में छोड़ गई हैं जिनसे वर्तमान प्रजातियों की तुलना करने से उनके पूर्वजों का पता चल सकता है। यद्यपि ऐसा करना उन मामलों में काफी कारगर साबित हुआ है जिनकी संरचना का ढाँचा कठोर होता है जैसे अस्थिपंजर, कपोल अथवा दाँत आदि, किन्तु प्रोकैरियोट्स (Prokaryotes) जैसे बैक्टीरिया अथवा आर्केइया (Archaea) की उभयनिष्ठ रूपात्मकता बहुत कम होती है इसलिए उनके जीवाश्मों से उनके पूर्वजों का बहुत अधिक विवरण नहीं प्राप्त किया जा सकता।

हाल के वर्षों में सूक्ष्म जीवों की जैव-रासायनिक साम्यता के अध्ययन से उनके उभयनिष्ठ वंशानुक्रम की जानकारी मिली है। उदाहरण के लिए सभी जीवित कोशिकाओं द्वारा एक ही तरह के न्यूक्लियोटाइड्स (Nelcleotides) एवं अमीनो अम्लों (Aminoacids) का उपयोग किया जाता है।

आणविक आनुवंशिकी (Molecular Genetics) के विकास के साथ-साथ हमें यह भी विदित हुआ है कि सूक्ष्म जीवाणुओं के जीनोम (Genome) में उनकी विकास-गाथा उस समय से आनुवंशिक कूट (Genetic Code) के रूप में अंकित रहती है जब उत्परिवर्तन (Mutations) के फलस्वरूप प्रजातियाँ अपनी आणविक

संरचना में किंचित् परिवर्तन कर पृथकत: उनसे भिन्न प्रजातियों को जन्म देती हैं। उदाहरण के तौर पर अध्ययन से ज्ञात हुआ है कि मानव एवं चिम्पैंजी के जीनोम के डी.एन.ए. (DNA) सीक्वेंस 98 प्रतिशत एक जैसे ही होते हैं और जहाँ अन्तर है उसके अध्ययन से अतीत के उभयनिष्ठ पूर्वज की जानकारी की जा सकती है।

आणविक-घड़ी परिकल्पना पर आधारित एक ऐसी तकनीक विकसित की गई है जिससे आणविक विकास क्रम का विवरण परिवर्तन दर को ध्यान में रखते हुए उस समय से प्राप्त किया जा सकता है जब उत्परिवर्तन (Mutation) के फलस्वरूप एक प्रजाति का विकास क्रम अपने मूल पथ से विचलित होकर अन्य दिशा में चलते हुए नई प्रजातियों को जन्म देता है। इसका उपयोग घटना-क्रम में लगने वाले समय का आकलन करने के लिए किया जाता है जिसे स्पेशियेशन (Speciation) अथवा रेडियेशन (Radiation) कहते हैं। आणविक आँकड़े जिनका उपयोग इसमें किया जाता है वे सामान्यत: डीएनए के न्यूक्लियोटाइड सीक्वेन्स होते हैं अथवा प्रोटीनों के अमीनो अम्ल। इसे जीन-क्लॉक (Gene Clock) या विकास-घड़ी (Evolutionary Clock) भी कहते हैं।

वर्ष 1962 में एमिली जकरकैण्डल (Emile Zuckerkandle) एवं लीनस पार्लिंग (Linus Parling) ने पाया कि विभिन्न वंशों के बीच उनके रक्त के हेमोग्लोवीन के अमीनो अम्लों के बीच अन्तर में समय के साथ परिवर्तन एकरेखीय तौर पर होता है जैसा कि जीवाश्मों के अध्ययन से विदित हुआ। इससे यह निष्कर्ष निकाला गया कि किसी विशिष्ट प्रोटीन में विकास परिवर्तन की दर समय के साथ स्थिर व नियत होती है और वह विभिन्न वंशों पर भी लागू होती है। उदाहरण के लिए मनुष्य की आँखें चार प्रकार के जीन से एक ऐसे दृश्य तंत्र का निर्माण करती हैं जो प्रकाश-संवेदन की तरह कार्य करता है। इनमें से तीन जीन रंगों के प्रति संवेदनशील होते हैं तथा चौथा रात में देखने के लिए। ये चारों जीन एक ही पूर्वज जीन से अवतरित हुए हैं।

ऐसी सम्भावना हो सकती है कि एकलकोशिकीय जीवन पृथ्वी पर ब्रह्मांडीय धूल के साथ आया होगा किन्तु बहुकोशिकीय जटिल संरचना वाला जीवन पृथ्वी पर समय के विभिन्न अन्तरालों में दूसरे ग्रहों से ही आया होगा क्योंकि पृथ्वी पर उसके स्वत: विकसित होने की सम्भावना अल्पावधि को देखते अत्यन्त क्षीण प्रतीत होती है। कहीं अन्यत्र से धरती पर जीवन के आने के संकेत हमें प्राचीन ग्रन्थों एवं पुरातात्त्विक अवशेषों के गहन अध्ययन में मिलते हैं। परग्रहवासी कदाचित् हमारी धरती पर आए और रहे भी। इनका ज्ञान व तकनीक काफी उन्नत रही होगी और उन्होंने अपने विकास के दौरान पृथ्वी पर निवास करने वाले होमोइरेक्टस (Homoerectus) के साथ मिलकर मानव-प्रजाति तैयार की जो परग्रहवासियों एवं वानरों की संकर (Hybrid) सन्तान है। हमारे परग्रहवासी पूर्वजों ने अपनी सभ्यता का भी बीजारोपण

मानवों में किया जिन्हें मनुष्य ईश्वर या भगवान मानते थे। विभिन्न सभ्यताओं के प्राचीन ग्रन्थ इस अवधारणा का समर्थन करते प्रतीत होते हैं जिसमें मुख्यतः यह कहा गया है कि ईश्वर ने अपने ही जैसा इंसानों को बनाया। पुरातात्त्विक साक्ष्यों एवं शास्त्रगत उल्लेखों को आधार मानकर लायड पाई (Lloyd Pye) ने वर्ष 1997 में प्रकाशित अपनी पुस्तक **'एवरीथिंग यू नो इज रांग'** (Everything you Know is Wrong) एवं उनके पूर्व वर्ष 1968 में प्रकाशित पुस्तक **'चैरियट्स आफ गाड्स'** (Chariots of Gods) में एरिक वान डेनिकन (Erich von Daniken) ने उक्त अवधारणाओं को दृढ़ता प्रदान की है और साथ ही यह भी कहा है कि प्राचीन काल में आकाशगमन की घटनाएँ होती रहती थीं जिनका उल्लेख विश्व की धरोहर ऋग्वेद एवं अन्य वेदों में स्पष्टतः मिलता है। उक्त के अतिरिक्त ग्राहम हैनकाक (Graham Hancock), डेविड हैचर चाइल्ड्रेस (David Hatcher Childress) एवं कई अन्य ने पुरातात्त्विक साक्ष्यों के आधार पर इस अवधारणा को बल प्रदान किया है।

आर्थर सी. क्लार्क (Arthur C. Clarke) का कथन है कि या तो ब्रह्मांड में हम अकेले हैं या अकेले नहीं हैं। पृथ्वी जैसे अन्य ग्रह भी हो सकते हैं जहाँ न केवल जीवन हो बल्कि वह उन्नत अवस्था में हों। प्राचीन अन्तरिक्षयात्री सिद्धान्त (Ancient Astronaut's Theory) की अवधारणा मुख्य रूप से पिछली शताब्दी के उत्तरार्द्ध में प्रचलन में आई। इस सिद्धान्त के मुख्य प्रवर्तकों में एरिक वान डेनिकेन प्रमुख हैं जिन्होंने 1960 एवं 1970 के दशकों में इस सिद्धान्त पर कार्य करते हुए यह अवधारणा प्रस्तुत की कि कुछ प्राचीन शिल्प उपकरणों एवं स्मारकों के निर्माण में अतिविशिष्ट तकनीकी योग्यता एवं दक्षता की आवश्यकता थी जो उस समय मानवों के पास उपलब्ध नहीं थी अतएव अनुमान लगाया गया कि उनके निर्माण में दूसरी दुनिया के लोगों ने मदद की अन्यथा उनका निर्माण सम्भव नहीं था। स्टोनहेंज (Stone Henge), पूमापंकु (Pumapunku), ईस्टर द्वीप के मोआई (Moai of Easter Island) तथा गिजा के महान पिरामिड एवं बगदाद की विद्युत् उत्पादन बैटरी का उल्लेख उन्होंने अपनी अवधारणा के समर्थन में किया है।

डेनिकेन का कथन है कि विश्व भर की प्राचीन कलाकृतियों एवं भित्तिचित्रों में वायुयानों अथवा अन्तरिक्षयानों एवं अन्तरिक्षयात्रियों का चित्रण एवं उल्लेख मिलता है जिनकी आकृति मनुष्यों से पृथक् एवं अपार्थिव प्रतीत होती है। ऐसा लगता है कि कोई अन्तरिक्षयात्री अपनी अन्तरिक्षयात्रा के दौरान पहनने वाली पोशाक पहने हुए है। दूसरा तर्क उनका यह है कि भौगोलिक दृष्टि से अलग-थलग पड़े स्थानों पर भी एक ही जैसी सभ्यता एवं विकास के चिह्नों का मिलना यह संकेत देता है कि उनका उद्गम पृथक्-पृथक् न होकर एक ही है। मनुष्यों ने ऐसे परग्रहवासियों को आकाश से अवतरित देवता समझा जिन्हें अपरिमित शक्ति प्राप्त थी। उन्होंने मनुष्य को ज्ञानवान एवं सक्षम तथा समर्थ बनाया जिनके आख्यान एवं गाथाओं से प्राचीन ग्रन्थ भरे पड़े

हैं। अतिशयोक्ति एवं अतिरंजना स्वभावतः लेखन अथवा चित्रांकन में आ ही जाती है अतएव इसे स्वाभाविक मानते हुए भी यदि प्राचीन साक्ष्यों का तार्किक विश्लेषण किया जाए तो भी डेनिकेन की अवधारणा में बल प्रतीत होता है।

प्राचीन अन्तरिक्षयात्री सिद्धान्त के दूसरे मुख्य प्रवर्तक जकारिया सिचिन (Zecharia Sitchin) हैं जिन्होंने वर्षों तक सुमेराई एवं मध्य पूर्व के प्राचीन ग्रन्थों का गहनतापूर्वक अध्ययन करने के साथ-साथ विश्वभर में महापाषाणी स्थलों (Megalithic Sites) का भ्रमण किया तथा प्राचीन शिल्प उपकरणों का अध्ययन किया। उनकी अवधारणा है कि दजला (टिगरिस) एवं फुरात (इयुफ्रेटीस) नदियों के प्राचीन देश मेसोपोटामिया के देवता वस्तुतः निबिरू (Nibiru) ग्रह के अन्तरिक्षयात्री हैं जिसके सम्बन्ध में सुमेरवासियों को विश्वास है कि वे सौरमंडल के बारहवें ग्रह (सूर्य, चन्द्र एवं प्लटो को भी सम्मिलित करने पर) निबिरू अथवा प्लेनेट-X के निवासी हैं। सिचिन की मान्यता है कि निबिरू ग्रह एक अति उत्केन्द्रित दीर्घवृत्तीय कक्षा (Highly Elliptical Orbit) में 3600 वर्षों में सूर्य की परिक्रमा करता है, यद्यपि आधुनिक खगोल विज्ञान इस कथन का समर्थन नहीं करता फिर भी निबिरू से जुड़े तथ्यों की विवेचना खगोलशास्त्री गहनता से कर रहे हैं।

निबिरू ग्रह का अर्थ है पारगामी ग्रह (Planet of Crossing)। सुमेराई एवं मिस्र की सभ्यताओं में इसका उल्लेख है। कहा जाता है कि अपनी दीर्घवृत्तीय उत्केन्द्रित कक्षा में सूर्य की परिक्रमा करते हुए यह 7,50,000 वर्षों के अन्तराल पर मंगल एवं वृहस्पति ग्रह की कक्षाओं का अतिक्रमण करता है और तब लगभग सभी ग्रहों पर तबाही आ जाती है। पुरातत्त्वशास्त्री जकारिया सिचिन एवं वराक अल्दीय ने भी कहा है कि यह ग्रह बहुत-कुछ CR-105 की तरह लगता है, परन्तु CR-105 की कक्षा निबिरू की परिकल्पित कक्षा से काफी हद तक मिलती-जुलती होने के बावजूद दोनों ग्रहों का पारगमन पथ अलग-अलग है। निबिरू की 80 प्रतिशत कक्षा सूर्य से काफी दूर रहती है जबकि CR-105 की 60 प्रतिशत कक्षा सूर्य से दूर तथा 40 प्रतिशत कक्षा सौरमंडल के अन्य ग्रहों के समीप रहती है।

प्लेनेट-X के समर्थन में खगोलीय साक्ष्य नहीं मिले। सर्वप्रथम इसके विषय में यूरेनस एवं नेपच्यून की कक्षाओं में परिलक्षित विसंगतियों के परिप्रेक्ष्य में इसकी उपस्थिति की परिकल्पना की गई थी, तत्पश्चात इसे प्लूटो से जोड़ा गया किन्तु प्लूटो का आकार एवं द्रव्यमान इतना कम है कि वह कथित विसंगतियों को नहीं स्पष्ट कर सकता। 50 वर्षों की अथक खोज के बाद भी ऐसे किसी ग्रह का पता नहीं चला। वर्ष 1992 में खगोल विज्ञानी माइल्स स्टैण्डिस ने अन्ततः स्पष्ट किया कि यूरेनस एवं नेपच्यून की कक्षाओं की विसंगतियाँ भ्रामक हैं जो नेपच्यून का द्रव्यमान अधिक आँकने के कारण जनित हुआ। वैज्ञानिक अब प्लेनेट-X का अस्तित्व स्वीकार नहीं करते।

प्लेनेट-X की ही तरह हरकोलुबस ग्रह की परिकल्पना भी काफी चर्चा में रही। वस्तुतः प्राचीन काल से ही इसे पृथ्वी पर आए विनाश के साथ जोड़ा जाता रहा है जिसमें कहा जाता है कि अटलांटिस भू-भाग समुद्र में अचानक जलमग्न हो गया और साथ ही एक अति उन्नत सभ्यता का भी अन्त हो गया। उस समय हरकोलुबस ग्रह पृथ्वी के बहुत करीब आ गया था जिसके निकट-भविष्य में फिर आने की आशंका व्यक्त की जा रही है। वर्ष 1999 में वी.एम. राबलू (V.M. Robulu) ने एक पुस्तक प्रकाशित की जिसका शीर्षक हरकोलुबस या लाल ग्रह था। इसमें उन्होंने बताया कि प्राचीन काल में 'बर्नर्ड तारे' को ही लोग हरकोलुबस समझते थे। पृथ्वी से यह तारा लगभग 6 प्रकाश-वर्ष (352 खरब मील) दूर है। जब यह पृथ्वी के सर्वाधिक निकट होगा तब भी इसकी दूरी कम-से-कम 3.8 प्रकाश-वर्ष होगी और वह समय 11,700 ई.ए.डी. होगा। यह दूरी निकटतम तारे प्राक्सिमा सेंटौरी (4 प्रकाश वर्ष दूर) से कुछ ही कम होगी। ऐसा नहीं लगता कि इसका कोई व्यापक प्रभाव हमारे सौरमंडल अथवा पृथ्वी पर पड़ेगा।

निमेसिस (Nemesis) परिकल्पना के जन्मदायक भौतिकविद् रिचर्ड ए. मूलर (R.A. Muller) हैं जिन्होंने वर्ष 1984 में यह कहा कि पृथ्वी पर होने वाली महाविनाश की घटनाएँ अनायास ही नहीं होतीं बल्कि उनके घटने की एक आवृत्ति है जिसकी समयावधि 2.6 से 3.4 करोड़ वर्ष है। उन्होंने यह परिकल्पित किया कि सूर्य का कोई साथी तारा है जो मद्धिम लाल वामन अथवा भूरा वामन हो सकता है। यह सूर्य के ही कक्षा-तल में 2.6 करोड़ वर्ष की अवधि में परिक्रमा करता है। इस तारे का नाम मूलर ने निमेसिस रखा जो प्रत्येक 2.6 करोड़ वर्ष में अपनी परिक्रमा के दौरान ऊर्ट मेघ मंडल से गुजरता है जो दीर्घावधि धूमकेतुओं का उद्गम क्षेत्र है और सूर्य की प्लूटो की दूरी से भी 1000 गुना अधिक दूरी से अति दीर्घ वृत्तीय कक्षाओं में सूर्य की परिक्रमा करते हैं। निमेसिस का गुरुत्वाकर्षण ऊर्ट मेघमंडल के धूमकेतुओं में विक्षोभ पैदा कर उनके परिक्रमा-पथ को विचलित कर देता है जिनमें से कुछ अन्दरूनी ग्रहों की कक्षाओं की ओर ढकेल दिए जाते हैं और पृथ्वी तथा अन्य ग्रहों से उनकी टक्कर होने की सम्भावनाएँ बढ़ जाती हैं। यद्यपि अभी इसका कोई सीधा साक्ष्य नहीं मिला है किन्तु निमेसिस की परिकल्पना निबिरू जैसी ही है।

सिचिन का यह दावा है कि सुमेराई ग्रन्थों में यह उल्लिखित है कि निबिरू ग्रह पर निवास करने वाले 50 अनुनाकी (Anunnaki) अन्तरिक्षयान में बैठकर लगभग चार लाख वर्ष पूर्व पृथ्वी पर आए जिनका मुख्य उद्देश्य था, खनिजों का खनन करके, जिनमें स्वर्ण मुख्य था, अपने ग्रह निबिरू पर ले जाना। वे थोड़ी संख्या में थे अतएव खनन के कार्य के लिए उन्हें अधिक श्रम बल की आवश्यकता पड़ी जिसकी पूर्ति के लिए उन्होंने कई सफल-असफल प्रयोगों के बाद वनमानुषों जैसी प्रजाति

के वानरों से संसर्ग करके मानव जाति को उत्पन्न किया जिसे बाद के मिथकों में आदपा (Adapa) या आदम कहा गया।

अनुनाकी को अनुना (Annunna), अनुनाकू (Anunnaku) अथवा अनानाकी (Ananaki) भी कहते हैं। प्राचीन मेसोपोटामियायी संस्कृति, जिसमें सुमेर, अकादी, असीरिया एवं बेबीलोन की सभ्यताएँ भी सम्मिलित थीं, में इन्हें देव समूहों के रूप में माना गया है जो उर्वरता एवं समृद्धि के प्रदायक थे। सिचिन के अनुसार अनुनाकी मानवजाति के कार्यकलापों में काफी रुचि लेते थे किन्तु 12000 वर्ष पूर्व हिमयुग की अचानक समाप्ति के बाद आई बाढ़ में उनकी संस्कृति अचानक विलोपित हो गई। यह देखकर कि मानव जाति उस विनाश से बच गई और उन्होंने जो भी बनाया था नष्ट हो गया अनुनाकी पृथ्वी छोड़कर चले गए और इस प्रकार मनुष्यों को अपनी तरह से रहने का अवसर मिल गया। सिचिन के कार्यों को विद्वानों एवं विशेषज्ञों का समर्थन नहीं मिला बल्कि भाषाविद् माइकेल एस. हाइसर (Michael S. Heiser) का तो यह भी कहना है कि सिचिन द्वारा सुमेराई एवं मेसोपोटामियायी शब्दों के अनुवाद प्राचीन अकादियन विद्वानों द्वारा बनाए गए द्विभाषी शब्दकोशों में उन शब्दों के दिए गए अर्थों से मेल नहीं खाते।

राबर्ट के.जी. टेम्पल्स (Robert K.G. Temples) ने अपनी पुस्तक दि साइरियस मिस्ट्री (The Sirius Mystery) में लिखा है कि उत्तरी-पश्चिमी माली के डोगोन जनों (Dogon People) ने अपनी परम्परागत गाथाओं में लगभग 5000 वर्ष पूर्व परग्रहवासियों के आगमन का विवरण सुरक्षित रखा है।

वर्ष 1966 में लिखी अपनी पुस्तक **'इंटेलिजेंट लाइफ इन दि यूनिवर्स'** में खगोल भौतिकविद् आई.एस. श्कोलोवस्की (I.S. Shkolovski) एवं कार्ल सैगन (Karl Sagan) ने कहा है कि यद्यपि इन विचारों की पुष्टि साक्ष्यों से नहीं की जा सकी है फिर भी इतिहासकारों एवं वैज्ञानिकों को परग्रहवासियों के पृथ्वी पर आगमन के विषय में गम्भीरता से सोचना होगा।

एक सम्भावना यह भी व्यक्त की जाती है कि जीवन का प्रादुर्भाव पृथ्वी पर ही अजैविक परिस्थितियों में हुआ परन्तु इसके समर्थन में न ही कोई तथ्य और न ही कोई साक्ष्य प्रस्तुत किए गए हैं। पार्थिव आर.एन.ए. (RNA) की परिकल्पना, जिसमें यह कहा गया था कि सर्वप्रथम पृथ्वी पर जीवन आर.एन.ए. आधारित जीनोम से पनपा, भी वैज्ञानिक कसौटी पर खरी नहीं उतरी है। वायरस की प्रजनन-कार्यविधि के सम्बन्ध में यह उल्लेखनीय है कि आर.एन.ए. आधारित जीनोम को भी प्रजनन के लिए एक जीवित डी.एन.ए. (DNA) मेजबान की आवश्यकता होती है। बल्कि इसके विपरीत यह कथन कि जीवन केवल जीवन से ही पनप सकता है अधिक तर्कपूर्ण एवं उचित प्रतीत होता है।

ऐसा सम्भव है कि सौरमंडल एवं पृथ्वी के बनने के पूर्व अरबों वर्ष के अन्तराल में जीवन नीहारिका मेघों में किसी समय पनपा हो और धरती के निर्माण के ही समय

से धरती के निर्माण में प्रयुक्त होने वाली ब्रह्मांडीय धूल एवं तात्त्विक सामग्री में वह किसी-न-किसी रूप में विद्यमान रहा हो। यही स्थिति अन्य ग्रहों के साथ भी रही होगी किन्तु अनुकूल परिस्थिति एवं वातावरण उसे पृथ्वी पर ही मिला, जहाँ विविध ढंग से वह पनपा एवं फला-फूला। अन्य तारक मंडलों के पृथ्वी जैसे ग्रहों पर जीवन के पनपने की पर्याप्त सम्भवनाएँ हैं, अतएव यह भी नहीं कहा जा सकता कि ब्रह्मांड में हम अकेले हैं।

एकलकोशिकीय जीवों एवं उनके डी.एन.ए. की जटिल संरचनाओं को देखने से तो ऐसा नहीं लगता कि जीवन का प्रादुर्भाव अजैविक वातावरण में हमारी धरती पर हुआ है। आर. जोसेफ एवं शाइल्ड ने वर्ष 2010 में अपनी शोधों के आधार पर बताया कि अनन्त ब्रह्मांड में अनन्त सम्भावनाओं के बीच जीवन-घटकों के संयोगों की अनन्त सम्भावनाएँ विद्यमान हैं इसलिए यह निष्कर्ष निकालना सर्वदा उचित होगा कि जीवन कई स्थानों पर एक बार से अधिक कई बार पनपा होगा और उसके बीज सम्पूर्ण ब्रह्मांड में बिखरे हुए हैं। जब भी कहीं अनुकूल परिस्थितियाँ उन्हें मिलती हैं जीवन वहीं किसी-न-किसी रूप में प्रकट हो जाता है। पानस्पर्मिया के सिद्धान्त, जिसमें यह कहा गया है कि पृथ्वी पर जीवन धूमकेतुओं के साथ अथवा अन्य ग्रहों से अथवा दिक् के किसी कोने से आया, के समर्थक लार्डकेल्विन, वान हेल्महोल्ट्स, सर फ्रेड हायल, चन्द्रविक्रम सिंह एवं नोबेल पुरस्कार विजेता स्वन्ति अर्हीनियस एवं फ्रांसिस क्रिक जैसे वैज्ञानिक हैं।

अर्हीनियस ने कहा कि जीवन के बीजाणु प्रकाश-कणों (Photons) से गति पाकर सम्पूर्ण ब्रह्मांड की यात्रा करते हैं। आश्चर्यजनक साम्यता के साथ यही बात हजारों वर्ष पूर्व रचित ऋग्वेद (10-56-5)1 में कही गई है कि हमारे पितरगण अपनी सामर्थ्य शक्ति से सम्पूर्ण विश्व ब्रह्मांड का परिभ्रमण कर चुके हैं। जिन सभी पुरातन लोकों में जाने की सामर्थ्य भूवासियों में नहीं, वे वहाँ भी गए हैं। अपने सूक्ष्म शरीरों में रहकर उन्होंने सम्पूर्ण लोकों को नाप लिया है। सूक्ष्म शरीर वाले पितरगण जीवन के बीजाणु हैं जो अर्हीनियस के अनुसार फोटान से गति पाकर सम्पूर्ण ब्रह्मांड की यात्रा करते हैं। ऋग्वेद के उपर्युक्त उल्लेख में पुरातन लोकों का जिक्र किया गया है अर्थात् ब्रह्मांड के वे स्थल जो पृथ्वी से भी पुराने हैं जहाँ मनुष्य नहीं जा सके हैं। इससे यह भी निष्कर्ष निकलता है कि प्राचीन काल में भी यही मान्यता थी कि जीवन के बीजाणु इस पृथ्वी पर कहीं बाहर से आए। ऋग्वेद (10-56-6)2 में यह कहते हुए और भी अधिक स्पष्ट कर दिया गया है कि हमारे पितरगणों ने सन्तानोत्पादन द्वारा सन्तानों की देह में वंशानुगत संस्कार स्थापित किए हैं। वे अपना वंशानुगत चिरस्थायी संस्कार स्थापित कर गए हैं। यहाँ उस आनुवंशिक कूटबद्ध सन्देशों (Genetic Code) की बात की गई है जो पीढ़ी-दर पीढ़ी एक खास नस्ल के प्राणियों में ही स्थानान्तरित होते रहते हैं।

हायल एवं विक्रम सिंहा का मत है कि धूमकेतु एवं ब्रह्मांडीय धूल जीवन के बीजाणुओं के वाहक हैं। क्रिक का सोचना है कि अति बुद्धिमान प्राणी किसी ऐसे ग्रह पर विकसित हुए हैं जो हमारी धरती से बहुत अधिक पुराना है जिसके कारण उन्नत जीवन के विकास के लिए पर्याप्त समय उसे मिल गया। उनका यह भी कहना है कि हमारी धरती के साथ संसर्ग अचानक न होकर सोद्देश्य है। इस तथ्य के भी साक्ष्य मिले हैं कि हमारी पृथ्वी किसी अन्य सौरमंडल की सदस्य रही है जो उस सौरमंडल के तारे के सुपरनोवा विस्फोट के पूर्व ही किसी कारणवश उससे पृथक हो गई थी। यदि ऐसा है तो पृथ्वी पर जीवन अपने सूक्ष्म रूप में सूर्य एवं उसके सौरमंडल के अस्तित्व में आने के पूर्व से ही नीहारिका मेघ एवं ब्रह्मांडीय धूल कणों में विद्यमान रहा होगा और जब सूर्य एवं पृथ्वी आदि अस्तित्व में आए तो 4.5 अरब वर्ष पूर्व जीवन के विकास का दूसरा चरण प्रारम्भ हुआ।

हारनेक, मैक्लीन, निकरसन, निकोलसन, ओस्मान, श्जिवकजिक (Szewczyk) एवं विल्सन ने पिछले दशक में वर्ष 2000 से 2010 तक की शोधों के आधार पर यह कहा है कि सूक्ष्म जीवाणु (Microbes) ही जीवन के बीजाणुओं (Spores) में परिवर्तित हो जाते हैं और ब्रह्मांड की विषम परिस्थितियों के अनुकूल अपने को ढालते हुए सुप्तावस्था में रहकर ब्रह्मांडीय धूल, धूमकेतुओं, ग्रहों, शिलापिंडों आदि के साथ तब तक ब्रह्मांड की यात्रा करते रहते हैं जब तक कि उन्हें पनपने के लिए अनुकूल वातावरण नहीं मिल जाता। ब्रीलैंड ने वर्ष 2000 में बताया था कि ये जीवाणु करोड़ों-अरबों वर्ष बाद भी जीवित हो उठते हैं। सूक्ष्म जीवाणुओं के जीवाश्मों के रूप में उनके अतीत के जो साक्ष्य मिले हैं उनसे विदित होता है कि ये जीवाणु 15 कार्बनमय कोनड्राइट शिलाखंडों में मिले हैं जो हमारे सौरमंडल के बाहर के किसी अन्य ग्रह से धरती पर आए हैं। इस सन्दर्भ में यह परिकल्पना की गई है कि किसी तारक मंडल में तारक जब अपने जीवन काल के आखिरी पड़ाव पर पहुँचकर लाल-दैत्य (Red Giant) बन जाता है तब उसके सुपरनोवा बनने के पूर्व ही उसके फूल रहे बाहरी आवरण (खोल) का 40 प्रतिशत से 80 प्रतिशत द्रव्यमान स्खलित होकर व्योम में विलीन हो जाता है। ऐसे ही किसी लाल-दैत्य की बाहरी कक्षाओं में परिक्रमारत कोई ग्रह जहाँ जीवन विद्यमान रहा होगा, छिटककर अलग हो गया होगा अथवा सुपरनोवा विस्फोटों के मलबे में जीवन के बीजाणु बच रहे होंगे जो ब्रह्मांडीय धूल अथवा शिलाखंडों के साथ पृथ्वी के निर्माण के समय आ गए होंगे। इस बात के भी प्रमाण मिले हैं कि पृथ्वी अपनी प्रारम्भिक अवस्था में धूमकेतुओं एवं उल्कापिंडों की बारिश के दौर से गुजरी है। स्वतंत्र रूप से किए गए अध्ययन में भी इस बात के साक्ष्य मिले हैं कि सम्पूर्ण हेडियन कल्प (4.60 अरब से 3.80 अरब वर्ष पूर्व) में पृथ्वी के निर्माण के समय लगभग 80 करोड़ वर्षों तक शिलाखंडों की बारिश का सिलसिला पृथ्वी पर चलता रहा। इन्हीं शिलाखंडों के साथ पृथ्वी

पर जल एवं जीवन दोनों आए। ग्रीनलैंड में पाए गए 3.8 अरब वर्ष पुराने क्वार्ज के टुकड़े में जीवन के संकेत मिले हैं।

जैविक क्रम-विकास

जीवों में वातावरण एवं परिस्थितियों के अनुसार या अनुकूल कार्य करने के लिए क्रमिक परिवर्तन या इसके फलस्वरूप नई प्रजाति के जीवों की उत्पत्ति को क्रम-विकास या उद्विकास (Evolution) कहते हैं। क्रम-विकास एक मन्द किन्तु गतिशील प्रक्रिया है जिसके फलस्वरूप आदि युग के सरल संरचना वाले जीवों से अधिक विकसित जटिल संरचना वाले नये जीवों की उत्पत्ति होती है। जीव-विज्ञान में क्रम-विकास किसी जीव की आबादी की एक पीढ़ी से दूसरी पीढ़ी के दौरान जीन में आया परिवर्तन है, यद्यपि किसी एक पीढ़ी में आए ये परिवर्तन बहुत ही सूक्ष्म होते हैं किन्तु हर पीढ़ी के गुजरते रहने के साथ ये परिवर्तन संचित हो सकते हैं और पर्याप्त समय बीतने के उपरान्त उनके लक्षण अधिक स्पष्ट एवं विशिष्ट हो सकते हैं। यह प्रक्रिया नई प्रजातियों के उद्भव में परिणित हो सकती है। वास्तव में विभिन्न प्रजातियों के बीच समानता इस बात की द्योतक है कि सभी प्रजातियाँ एक ही आम पूर्वज अथवा पुश्तैनी जीन पूल की वंशज हैं और क्रमिक विकास की प्रक्रिया ने इन्हें विभिन्न प्रजातियों में विकसित कर दिया है।

पृथ्वी पर जीवों का किस प्रकार आविर्भाव एवं विकास हुआ यह सदैव से ही विवाद का विषय रहा। नये प्रकार के जीवों की उत्पत्ति के सम्बन्ध में चार्ल्स डारविन ने 1858 ई. में प्राकृतिक वरण (Natural Selection) का सिद्धान्त प्रतिपादित किया और उसी वर्ष उनकी पुस्तक **'जीव जाति का उद्भव'** (Origin of Species) प्रकाशित हुई।

प्राकृतिक वरण के सिद्धान्त की पुष्टि के लिए उन्होंने जीवन-संघर्ष (Struggle of Existence) का एक सहायक सिद्धान्त प्रस्तुत किया। इसके अनुसार जीवों में जनन बहुत ही द्रुतगति एवं गुणोत्तर अनुपात में होता है किन्तु जीव जितनी संख्या में उत्पन्न होते हैं उतनी संख्या में जीवित नहीं रहने पाते क्योंकि जिस गति से उनकी संख्या में वृद्धि होती है उस गति से उनके वास-स्थान एवं भोजन में वृद्धि नहीं होती वरन् दोनों ही सीमित हैं। इसलिए जीवन के लिए संघर्ष होता है और बहुत से मर जाते हैं। इस प्रकार प्राकृतिक सन्तुलन बना रहता है।

एक सिन्धी मछली एक ऋतु में छह करोड़ अंडे देने की क्षमता रखती है। यदि सभी जीवित बच रहें तो पाँच पीढ़ियों में उनकी संख्या 66×1032 हो जाएगी। इनके छिलके के ढेर का ही द्रव्यमान पृथ्वी के द्रव्यमान से आठ गुना अधिक होगा। पैरामीशियम (Paramecium) 48 घंटे में तीन बार विभाजन करता है। यदि इसकी सभी सन्तानें पाँच वर्ष तक जीवित रहें तो उनके जीवन-द्रव्य का आयतन पृथ्वी के आयतन से 10 हजार गुना अधिक हो जाएगा। 9000 वर्षों में तो यह सम्पूर्ण सौरमंडल

में न समा सकेगा और रिक्त स्थानों में प्रकाश-गति से फैलता चला जाएगा। जीवों की भाँति वनस्पतियों में भी अंकुर निकलने के पश्चात् उनमें खाद्य पदार्थ, धूप एवं प्रकाश के लिए परस्पर स्पर्द्धा प्रारम्भ हो जाती है और एक-दूसरे को पीछे छोड़ वे आकाश की ओर बढ़ने की चेष्टा में लगे रहते हैं।

संघर्ष तीन तरह के हैं। एक ही जाति या प्रजाति के बीच के संघर्ष को **अन्तर्जातीय संघर्ष** (Intra Speciesic Struggle) कहते हैं। दो या दो से अधिक वर्गों या जातियों के बीच के संघर्ष को **अन्तराजातीय संघर्ष** (Inter Speciesic Struggle) कहते हैं और पर्यावरण के लिए किए जाने वाले संघर्ष को **पर्यावरण-संघर्ष** (Environmental Struggle) कहते हैं।

समय के साथ-साथ अणुओं में परिवर्तन परिलक्षित होते हैं। डी.एन.ए. एवं आर.एन.ए. तथा विभिन्न प्रकार के प्रोटीन अणुओं में होने वाले सूक्ष्म परिवर्तनों का भी असर जीवों एवं वनस्पतियों के क्रम-विकास पर पड़ता है। इस प्रक्रिया को आणविक क्रम-विकास अथवा मालीक्यूलर इवोल्यूशन कहते हैं। किसी भी जीव के अन्दर मौजूद आनुवंशिकी (जेनेटिक) अणु ही यह निश्चित करते हैं कि जीव की प्रकृति क्या होगी। मनुष्यों में भी रंग-रूप, लम्बाई-नाटापन, रक्त समूह की विशेषताएँ आनुवंशिकी के अणु ही निर्धारित करते हैं।

जीन डी.एन.ए. के न्यूक्लियोटाइडों का एक ऐसा अनुक्रम है जिसमें सन्निहित कूटबद्ध सूचनाओं से अन्ततः प्रोटीन के संश्लेषण का कार्य सम्पन्न होता है। ये आनुवंशिकता के बुनियादी घटक होते हैं। क्रोमोसोम पर स्थित डी.एन.ए. की अति सूक्ष्म संरचनाएँ जो आनुवंशिक लक्षणों को धारण कर एक से दूसरी पीढ़ी तक हस्तान्तरण करती हैं, को जीन कहते हैं।

जीन आनुवंशिकता की मूलभूत शारीरिक इकाई है जिससे हमारी आनुवंशिक विशेषताओं की जानकारी मिलती है और यह जानकारी कोशिकाओं के केन्द्र में मौजूद जिस तत्त्व में रहती है उसे डी.एन.ए. कहते हैं। जब किसी जीन के डी.एन.ए. में कोई स्थायी परिवर्तन होता है तो उसे उत्परिवर्तन अथवा म्यूटेशन (Mutation) कहते हैं। यह कोशिकाओं के विभाजन के समय किसी दोष के कारण पैदा हो सकता है या फिर पराबैंगनी किरणों, रासायनिक तत्त्वों या किसी वायरस से भी हो सकता है। यह एक प्रकार का आनुवंशिक परिवर्तन-कारक है।

कोशिका विज्ञान (Cytology) में हम पढ़ते हैं कि कोशिकाओं के केन्द्रक में गुण सूत्र (Chromosomes) एक नियत युग्म-संख्या (number of pairs) में पाए जाते हैं। इन सूत्रों पर निश्चित दूरियों एवं स्थानों (loci) पर मटर की फलियों की भाँति जीन लिपटे रहते हैं। जैव रासायनिक दृष्टि से जीन न्यूक्लीइक अम्ल (Nucleic Acid) होते हैं। उनकी एक विशेषता यह होती है कि वे कोशिका विभाजन के समय स्वतः आत्मप्रतिकृत (Self-replicated) हो जाते हैं। जब डी.एन.ए. की

दुहरी कुंडलिनी (Double Helix) प्रतिलिपित होती है तब मूल संरचना की हूबहू अनुकृति (Replica) तैयार होती जाती है। इस प्रक्रिया में विरले से ही अन्तर पड़ता है। प्रतिलिपिकरण के समय कभी-कभी न्यूक्लीयोटाइडों के संयोजन में दोष उत्पन्न हो जाता है जो कदाचित् अकस्मात ही होता है। इसी परिवर्तन को उत्परिवर्तन या म्यूटेशन की संज्ञा दी गई है।

क्रम-विकास अथवा उद्विकास के अनेक साक्ष्यों अथवा लक्षणों में म्यूटेशन का अपना एक विशिष्ट स्थान है। इक्नोथेरा लैमार्कियाना (Ecnothera Lamarckiana) नामक एक पौधे पर शोध करते हुए हालैंड के वनस्पतिशास्त्री ह्यूगो दिव्राइज (Hugo De Vries) ने कई महत्त्वपूर्ण निष्कर्ष निकाले। इस पौधे की विशेषता यह है कि इसमें प्रतिवर्ष कई प्रकार की प्रजातियाँ उद्भूत होती जाती थीं जिससे एक महत्त्वपूर्ण निष्कर्ष यह निकाला गया कि नवीन प्रजाति की उत्पत्ति क्रमिक न होकर तात्कालिक (अचानक) होती है। आरम्भ में ये प्रजातियाँ अपने जनक प्रजाति की भाँति ही स्थिर रहती हैं किन्तु अचानक एक ही समय में सामान्य तौर पर एक साथ एक जैसी बहुत-सी प्रजातियाँ उत्पन्न हो जाती हैं। उत्परिवर्तनों की कोई निश्चित दिशा नहीं होती, वे किसी भी रूप में विकसित हो सकते हैं और बीच-बीच में भी कई बार हो सकते हैं।

पृथ्वी पर जीवन की विविधता उत्परिवर्तन के ही कारण है जिसे कई तरह से परिभाषित किया गया है किन्तु सभी का सारभूत निष्कर्ष यही है कि विभिन्न प्राणियों के क्रम-विकास के किसी सोपान पर होने वाला उत्परिवर्तन (म्यूटेशन) एक प्रकार का आनुवंशिक परिवर्तन है। सजीव प्राणियों के आकार, आकृति, जैव-रासायनिक संरचनाएँ, रोग आदि लक्षणों को उत्पन्न करने वाले आनुवंशिक कूटबद्ध सन्देशों से युक्त डी.एन.ए. के अणुओं के किसी भाग में उत्परिवर्तन हो सकता है। इसी आधार पर उत्परिवर्तन की कई कोटियाँ बना ली गई हैं जैसे जीन-उत्परिवर्तन, गुणसूत्र उत्परिवर्तन आदि।

उत्परिवर्तन कब होगा यह निश्चित तौर पर नहीं कहा जा सकता। कोशिका विभाजन के बाद बर्द्धन की किसी भी अवस्था अथवा चरण में उत्परिवर्तन की घटना घटित हो सकती है। यदि उत्परिवर्तन किसी एक ही बीजाणु या युग्मक में होता है तो भावी सन्तति में से केवल एक में वह परिलक्षित होगा। उत्परिवर्तित पीढ़ी में से आधे में इसके प्रभाव दिखेंगे और आधे में नहीं दिखेंगे। उत्परिवर्तनों के लक्षणों से युक्त सन्ततियों की भावी पीढ़ियों में भी वे ही लक्षण स्थानान्तरित होते रहेंगे।

जीन-विनिमय के समय कुछ विसंगतियाँ घटित हो सकती हैं जैसे न्यूक्लियोटाइड का अतिरिक्त संयोग, न्यूक्लियोटाइड का विलोपन अथवा उनका स्थानान्तरण जिनमें से प्रथम दो तो गम्भीर प्रकृति के हैं जिनके परिणामस्वरूप कोशिकाएँ मर सकती हैं।

जीवोत्पत्ति की आदिम परिस्थितियाँ आज जैसी नहीं थीं। भौतिक एवं रासायनिक दृष्टि से पृथ्वी एक विशेष प्रकार की संक्रमणकालीन परिस्थितियों से गुजर रही थी।

वायुमंडलीय प्रभावों से जीव-जंतुओं की आकृति, आकार, वर्ण आदि प्रभावित थे। जो सबल थे, अनुकूलन की सामर्थ्य रखते थे, केवल वे ही जीवित रह पाते थे। भौगोलिक एवं वायुमंडलीय विषम परिस्थितियों का प्रभाव जीवों एवं उनकी प्रजातियों के गुणसूत्रों को प्रभावित करता रहा और उनमें उत्परिवर्तन का आना उनके क्रम-विकास में कड़ियों की तरह गुँथता चला गया। इससे नई प्रजातियों का जन्म हुआ और पुरानी लुप्त हो गईं। उनके अस्तित्वों के चिह्न भर जीवाश्मों के रूप में धरती के भीतर विभिन्न परतों में छिपे पड़े हैं।

सबसे बड़ा साक्ष्य जो डार्विन के प्राकृतिक वरण के क्रम-विकास के सिद्धान्त के विरुद्ध प्रस्तुत किया गया है वह इस तथ्य पर आधारित है कि पृथक्-पृथक् समय के अन्तरालों में पृथ्वी पर जीवन की कुछ प्रजातियाँ अचानक प्रकट हुईं, जिनकी पुष्टि उनके जीवाश्मों से हुई है। क्रम-विकास की अवधारणा में निरन्तरता अन्तर्निहित है, अतएव किसी प्रजाति का अचानक अस्तित्व में आ जाना क्रम-विकास के मौलिक अवधारणाओं के विरुद्ध है।

आदि जीव, जीवाणु एवं दूसरे एकलकोशिकीय जीव जिन्हें सम्मिलित रूप से प्रोकैरियोट्स (Prokariyotes) की संज्ञा दी गई है, लगभग 3.9 अरब वर्ष पूर्व ही अस्तित्व में आ गए थे, जब पृथ्वी का धरातल ठोस हो गया था और वह ठंडा हो चुका था। प्रोकैरियोट अकेन्द्रिक जीव होते हैं जिनकी कोशिकाओं में केन्द्रक (न्यूक्लियस) नहीं होता जबकि इसके विपरीत सुकेन्द्रिक या यूकैरियोट कोशिकाओं में एक झिल्ली से घिरा हुआ केन्द्रक (न्यूक्लियस) होता है जिसके अन्दर आनुवंशिक तंत्र होता है। अधिकांशत: अकेन्द्रिक जीव एकलकोशिकीय होते हैं, यद्यपि कुछ के जीवन-क्रम में कभी-कभी एक बहुकोशिकीय अन्तराल भी आता है। प्रोकैरियोट्स की रचना उन्हीं डी.एन.ए. के न्यूक्लियोटाइडों एवं प्रोटीनों से हुई है जो आज के जटिल जीवन के भी निर्माण-घटक हैं। प्रोकैरियोट जीवों में विपरीत परिस्थितियों जैसे गर्मी, दाब एवं अम्लीय वातावरण में भी जीवित बने रहने की अद्‌भुत क्षमता होती है, किन्तु साथ ही यह भी उल्लेखनीय है कि पृथ्वी जब ठंडी हुई तभी महाद्वीप एवं महासागर भी बने और जीवन के लिए आवश्यक तरल जल भी उपलब्ध रहा। प्रारम्भिक जीवन एकलकोशिकीय था जिसमें नाभिक नहीं थे किन्तु यह हिलडुल सकता था, भोजन पचा सकता था, मल उत्सर्जन कर सकता था और सबसे महत्त्वपूर्ण तो यह कि वह अपने वंश को आगे बढ़ा सकता था तथा प्राणवायु ऑक्सीजन (O_2) बना सकता था जो अन्य बहुकोशिकीय जीवों के विकास के लिए अनिवार्य तत्त्व था।

जीवाश्मों से मिले साक्ष्यों को देखते हुए यह कहा जा सकता है कि दूसरे चरण में हुए विकास-क्रम के दौरान लगभग 1.3 अरब वर्ष पूर्व ऐसे एकलकोशिकीय जीव विकसित हुए जिन्हें यूकैरियोट्स (Eukoriyotes) कहते हैं। ये प्रोकैरियोट जीवों से भिन्न थे और इनकी आन्तरिक संरचना भी भिन्न एवं जटिल थी जिसमें नाभिक होते

थे जो एक प्रकार की झिल्ली में आवेष्टित होते थे। अपेक्षाकृत बड़ी कोशिकाओं वाले ये जीव ऑक्सीजन का प्रचुर उत्पादन करने वाले जीव थे जिससे ऑक्सीजन युक्त धरती पर वायुमंडल बना जिसने क्रमशः ऑक्सीजन पर आधारित और जटिल संरचना वाले जीवों के विकास में महत्त्वपूर्ण भूमिका निभाई। यद्यपि सरल से जटिल संरचना वाले जीवों से युक्त पृथ्वी पर जीवन 3.9 अरब वर्ष से 60 करोड़ वर्ष पूर्व तक विकसित होता रहा और वायुमंडल में ऑक्सीजन की मात्रा बढ़ती रही, किन्तु सभी जीव जो इस दौरान विकसित हुए वे एकलकोशिकीय ही थे।

बहुकोशिकीय जीवों का प्रादुर्भाव पृथ्वी पर 60 करोड़ वर्ष पूर्व अचानक ही हुआ जहाँ अंटार्कटिका को छोड़कर सम्पूर्ण विश्व में विभिन्न आकार-प्रकार के जीवों एवं वनस्पतियों का सैलाब सा उमड़ आया। इसे **एडियाकरन युग** कहते हैं जिसकी अवधि 60 करोड़ वर्ष पूर्व से 54.5 करोड़ वर्ष पूर्व तक निर्धारित की गई है। इस युग के जीव जेलीफिश या समुद्री घास की तरह दिखते थे जिनका अस्तित्व लगभग 6 करोड़ वर्षों तक कायम रहा।

फिर पृथ्वी पर जैविक इतिहास का सबसे अधिक महत्त्वपूर्ण युग आया जिसमें एक करोड़ वर्षों से भी कम अवधि में एडियाकरन युग की जैविक एवं वानस्पतिक विविधताओं से पृथक् एक विस्फोट की तरह जीवन अपने वैविध्यपूर्ण रूपों में प्रकट हुआ। इस युग में अन्यान्य जैविक एवं वानस्पतिक प्रजातियाँ विकसित हुईं जिसमें ऐसे जन्तु जिन्हें हम फाइला (Phyla) कहते हैं भी विकसित हुए। जैविक इतिहास का यह सर्वाधिक महत्त्व का युग था जिसे **कैम्ब्रियन-विस्फोट-युग** कहते हैं जिसमें प्रजातियाँ तेजी से बढ़ीं फिर कम हुईं जो एक अल्प समय में अचानक हुआ।

कैम्ब्रियन-विस्फोट युग के सभी जीव पानी वाले जीव थे जिनमें अधिकांश सूक्ष्म अथवा लघु थे। अनेक जीवों की शारीरिक संरचना विचित्र थी किन्तु उनके वंशज आज भी किसी-न-किसी रूप में मौजूद हैं। इस युग में एन्थ्रोपाड जैसे जीवों की भरमार थी। एन्थ्रोपाड द्विपार्श्व सममित एवं सखंड काया वाले जीव हैं जिनकी खोल सख्त तथा कई जोड़े पैर मिले हुए होते हैं। इसी तरह एन्थ्रोपाड वर्ग के जीव सैंक्टाक्लारिस की लम्बाई 9 से.मी. तक होती थी जो पानी में सदैव तैरते रहते थे और अपना शिकार मुँह के आगे बने पंजेनुमा उपांगों से पकड़कर मुँह में डाल लेते थे। इन्हें पवित्र झींगा (Holyshrimp) भी कहते हैं। आज के अधिकांश फाइला का अस्तित्व इसी युग में सर्वप्रथम देखा गया किन्तु ब्रायोजोआ (Bryozoa) अपवाद हैं जिनका पदार्पण **आर्डोवीसियन-युग** के अन्तिम भाग में होना बताया जाता है। यद्यपि **पैलियोजोइक महायुग** (59 से 50.5 करोड़ वर्ष पूर्व) के प्रारम्भिक काल से ही **कैम्ब्रियन-युग** प्रारम्भ होता है परन्तु जैविक विस्फोट की दृष्टि से कैम्ब्रियन विस्फोट युग की समयावधि 54 करोड़ बीस लाख वर्ष पूर्व से 50 करोड़ वर्ष पूर्व तक सामान्यतया निर्धारित की जाती है। कैम्ब्रियन युग के जीव ट्रिलोवाइट् के जीवाश्म की खोज करने का

श्रेय सर्वप्रथम जीवाश्मविज्ञानी एवं आक्सफोर्ड संग्रहालय के अध्यक्ष एडवर्ड ल्यूड (Edward Lhuyd) को जाता है जिन्होंने वर्ष 1698 में इसका विवरण तैयार किया था। कैम्ब्रियन युग में जैसे एक विस्फोट की तरह बहुकोशिकीय जीवों का सैलाब उमड़ आया था जिनके पूर्वजों का पता नहीं क्योंकि उसके पूर्व के जीवाश्मों का पता नहीं लग सका है। अमेरिकन जीवाश्मविज्ञानी चार्ल्स वालकाट, जिन्होंने बर्गेसशेल के जीवाश्मों की खोज की थी, का कथन है कि जीवाश्मों के वर्गीकरण में लगभग 54.2 करोड़ वर्ष पूर्व लिपैलियन अंतराल (Lipalian interval) का प्रतिनिधित्व करने वाले जीवाश्म नहीं पाए गए हैं जिससे एक निष्कर्ष यह भी निकाला जाता है कि कैम्ब्रियन-युग के प्राणियों के पूर्वज कदाचित् उसी युग में विकसित हुए थे।

कैम्ब्रियन-युग के पश्चात् शीघ्र ही 48 करोड़ 90 लाख वर्ष पूर्व जैविक स्फोट का दूसरा ज्वार आया जिसे आर्डोवीसियन-विस्फोट कहते हैं जिसका चरम उत्कर्ष 44 करोड़ 30 लाख वर्ष पूर्व था किन्तु तभी एक हिमयुग भी आया जिसमें अधिकांश प्रजातियाँ विलुप्त हो गईं परन्तु हिमयुग की समाप्ति के पश्चात् जीवन फिर एक ज्वार की तरह उफना और जैविक विविधताओं की एक बाढ़-सी आ गई। यद्यपि कैम्ब्रियन एवं आर्डोवीसियन विस्फोट-युग की प्रजातियाँ वर्तमान जैविक एवं वानस्पतिक प्रजातियों से विविधता एवं वृत्तिमूलक दृष्टि से तो तुलनीय हैं किन्तु तब से आज तक इनके कार्यकलापों में काफी परिवर्तन हो चुका है और इनमें अधिकांशत: नई प्रजातियों का विकास हुआ है जिन्होंने पुरातन प्रजातियों का स्थान ले लिया है।

पिछले 50 करोड़ वर्षों में यदि देखा जाए तो जैविक विविधताओं के स्वरूपों में परिवर्तन का समय संयोगवश दैवी आपदाओं की घटनाओं के समय के अनुरूप ही पाया गया है जब बड़े पैमाने पर विनाश हुआ और अधिकांश प्रजातियाँ सदा के लिए विलुप्त हो गईं। सर्वाधिक चर्चित महाविनाश की घटना 6 करोड़ 50 लाख वर्ष पूर्व घटित हुई बतायी जाती है जिसमें 95 प्रतिशत समुद्री जीवों एवं 70 प्रतिशत थल की प्रजातियाँ विलुप्त हो गईं। इसी महाविनाश की भेंट डायनासोर चढ़ गए। डायनासोर सर्वप्रथम ट्रायासिक-युग (24.8 से 21.3 करोड़ वर्ष पूर्व तक) में 23 करोड़ 14 लाख वर्ष पूर्व अस्तित्व में आए और पृथ्वी पर 16 करोड़ 64 लाख वर्षों तक रहे। इन भीमकाय दैत्यनुमा प्राणियों का पृथ्वी के धरातल से समूल विलुप्त हो जाना आज भी वैज्ञानिकों के लिए रहस्य बना हुआ है। इसमें एक बात महत्त्वपूर्ण है और वह यह कि प्रकृति की व्यापक पैमाने पर होने वाली इस तरह की विनाश लीलाओं में जीवन जितनी ही तेजी से विलुप्त हुआ उतनी ही तेजी से विनाश के बाद अपने नये रूपों एवं स्वरूपों में स्थायी तौर पर उन्हीं अथवा नवीन प्रजातियों के रूप में पुन: पनपा और तब तक कायम रहा जब तक कि किसी दूसरी विनाशकारी घटना के फलस्वरूप उसमें से अधिकांश प्रजातियों का विलोपन नहीं हो गया। पर इसमें एक बात निश्चित तौर पर कही जा सकती है वह यह कि जैविक एवं

वानस्पतिक विविधताओं का जो ज्वार कैम्ब्रियन एवं आर्डोबीसियन-युग के दौरान आया महाविनाश की अन्यान्य घटनाओं के बाद भी उसका सिलसिला कायम रहा और परिवर्तन, उत्परिवर्तन तथा संवर्द्धन के दौर से गुजरते हुए जीवन अपने बदले स्वरूप में आज भी विद्यमान है।

क्रम-विकास की लुप्त कड़ियाँ

ईसा पूर्व 9000 से 7000 वर्षों के बीच मेसोपोटामिया के उपजाऊ मैदानों में मनुष्यों के उपयोग में आने वाले फलों, सब्जियों, अन्न एवं खेतों में कार्य करने वाले पशुओं के सन्दर्भ में जो साक्ष्य मिले हैं उनसे विदित होता है कि उनका पदार्पण अचानक हुआ है। उनके अतीत से सम्बन्धित कोई साक्ष्य उपलब्ध नहीं हैं। क्रम-विकास की अवधारणा उनके अचानक प्रकट होने की गुत्थी सुलझा पाने में असमर्थ है। अन्न की कोई पूर्वज वन्य प्रजाति नहीं पाई गई है जहाँ से इनका आना सम्भव हो सका हो। फिर कहाँ से ये आए? मैक्सिको के आदि निवासी इसे देव प्रदत्त मानते हैं। ऐसी ही मान्यता भारतीयों की भी है जिसका उल्लेख वेदों एवं उपनिषदों में करते हुए अन्न को ब्रह्म के समान माना गया है।

डार्विन ने प्राकृतिक वरण का सिद्धान्त प्रस्तुत करते हुए क्रम-विकास के सन्दर्भ में कहा है कि अन्तत: यदि ऐसे जीवाश्म नहीं मिले जो एक प्रजाति से दूसरी में हुए क्रमिक परिवर्तन को दर्शाते हों अथवा संक्रमणकालीन परिस्थितियों में हुए परिवर्तनों को उजागर करते हों, तो उस स्थिति में क्रम-विकास की उनकी अवधारणा गलत सिद्ध होगी। वैज्ञानिकों को आज तक अनेक ऐसे जीवाश्म मिल चुके हैं जिनमें किसी प्रकार के संक्रमण के साक्ष्य नहीं मिले हैं। यदि दो प्रजातियों के बीच संक्रमण (Transition) जैसी स्थिति की पुष्टि नहीं होती है तो क्या यह माना जाए कि डार्विन का क्रम-विकास का सिद्धान्त गलत धारणाओं पर आधारित है? इस विषय पर विस्तार से चर्चा जोनाथन वेल्स ने वर्ष 2000 में प्रकाशित अपनी पुस्तक '**आइकन्स आव इवोल्यूशन**' में तथा जेम्स पेरलाफ ने वर्ष 1999 में प्रकाशित अपनी पुस्तक '**टारनैडो इन अ जंकयार्ड**' में किया है।

डार्विन ने अपनी पुस्तक '**दि ओरिजिन आफ स्पेसीज**' में अर्न्स्ट हाइकेल (Ernst Haeckel) के कुछ चित्रों को आधार मानते हुए अपने क्रम-विकास के सिद्धान्त को विकसित किया है। हाइकेल ने मेरुदण्डी भ्रूणों (Vertebrate Embryos) के विकास के विभिन्न चरणों को चित्रित किया है जिसका आशय यह बताने का था कि विभिन्न प्रजाति के प्राणियों का अविकसित भ्रूण लगभग एक सा ही होता है। जैवविज्ञानी अब यह जान गए हैं कि हाइकेल के चित्र नकली थे, वे विकास के किसी मध्य चरण से शुरू होते थे और विभिन्न प्राणियों के भ्रूणों की किसी समानता को दर्शाने की अतिशयोक्ति मात्र थे।

दूसरा एक बहुचर्चित उदाहरण पिल्टडाउन-मानव (Pilt down Man) का है। वर्ष 1912 में चार्ल्स डाउसन (Charles Dowson) ने दावा किया कि उन्हें पूर्वी ससेक्स, इंग्लैंड के पिल्टडाउन में एक स्थान पर पथरीले गड्ढे में मानव खोपड़ी की कुछ हड्डियाँ मिली हैं जिसके जबड़े वनमानुषों (Apes) के हैं किन्तु उसके दाँत छोटे हैं जो वनमानुषों के लम्बे व नुकीले दाँतों की तरह न होकर मानव दंत जैसे हैं। इसे 'पिल्टडाउन मैन' कहा गया और यह अनुमान लगाया गया कि यह मनुष्य एवं वनमानुषों के बीच क्रम-विकास की कड़ी है। चालीस वर्षों के बाद वर्ष 1953 में यह सिद्ध हो गया कि खोपड़ी किसी आधुनिक मानव की है, जबड़ा सुमात्रा एवं बोर्नियो में पाए जाने वाले लम्बे लाल बाल वाले किसी ओरंग उटंग (Orang-utang) बन्दर का है जिसके दाँत घिसकर छोटे कर दिए गए थे ताकि वे मानव-दन्त लगें तथा हड्डियों को रासायनिक उपचार के माध्यम से ऐसे रंग में ला दिया गया था जिससे कि वे बहुत पुरानी लगें। विज्ञान के क्षेत्र में जालसाजी का यह एक अक्षम्य नमूना साबित हुआ साथ ही सच सामने आने पर यह अनुमान गलत साबित हुआ कि विकास-क्रम की प्रक्रिया में मानव का सम्बन्ध कभी वानर प्रजाति से भी था।

वर्ष 1999 में स्टीफेन जरकस (Stephen Czerkas) एवं नेशनल ज्योग्राफिक सोसाइटी (NGC) ने डायनासोरों एवं पक्षियों के बीच लुप्त कड़ी को ढूँढ़ने का दावा किया। बाद में पता चला कि किसी विशाल पक्षी के शरीर पर डायनासोर की पूँछ चिपकाकर प्रतिकृति तैयार की गई थी। इस प्रकार डायनासोरों एवं पक्षियों के बीच के सम्बन्धों का दावा भी अन्ततः गलत साबित हुआ। पिल्टडाउन मैन की ही तर्ज पर इसे 'पिल्टडाउन बर्ड' की संज्ञा दी गई। उक्त दोनों ही उदाहरण वैज्ञानिक-सत्यनिष्ठा पर कलंक जैसे हैं।

वैज्ञानिक नई प्रजातियों के सम्बन्ध में केवल उन्हीं साक्ष्यों को मानने में सहजता अनुभव करते हैं जिससे यह पता लगता है कि प्रजातियों का उद्भव किसी उभयनिष्ठ पूर्वज प्रजाति से हुआ है। यद्यपि वर्ष 2005 में डायनासोरों के जीवाश्मविज्ञानी मार्क नोरेल (Mark Norrel) को चीन में कुछ ऐसे भी जीवाश्म मिले हैं जिनके पंख थे। उत्तरी कैरोलिना स्टेट विश्वविद्यालय की आणविक जीवाश्मविज्ञानी मैरी स्वाइजर (Mary Schweitzer) ने बताया कि डायनासोर की एक प्रजाति टाइरानोसारस रेक्स (Tyrannosaurus Rex) अथवा टी-रेक्स के 6.8 करोड़ वर्ष पूर्व के अवशेषों से प्राप्त प्रोटीन उतकों के नमूनों एवं आधुनिक मुर्गियों के प्रोटीन उतकों के नमूनों में आश्चर्यजनक आणविक समरूपता है, जिससे डायनासोरों एवं आधुनिक पक्षियों के बीच का अन्तर्निहित आणविक सम्बन्ध प्रथम दृष्ट्या उजागर होता है किन्तु अभी पूर्णरूपेण यह सुनिश्चित नहीं किया जा सका है कि डायनासोर एवं पक्षी एक ही उभयनिष्ठ पूर्वज से अवतरित हुए हैं।

डायनासोर विशालकाय छिपकलियों के संवर्ग के प्राणी हैं और टी-रेक्स का अर्थ है आततायी छिपकलियों का राजा। ये परभक्षी और विशालतम डायनासोरों में से एक थे। जीवाश्मविज्ञानी स्यू हेन्डरिक्सन (Sue Hendrickson) ने टी-रेक्स के सबसे बड़े एवं लगभग पूर्ण जीवाश्म को प्राप्त किया है जो 40 फीट लम्बा एवं 13 फीट ऊँचा रहा होगा। इसका नाम जीवाश्मविज्ञानी स्यू के नाम पर ही स्यू रखा गया। नवीनतम विश्लेषण के निष्कर्ष जो शोध पत्रिका प्लस-वन (PLUS ONE) में वर्ष 2011 में प्रकाशित हुए थे उनके अनुसार इसका वजन 9 टन रहा होगा। इसके जंघे मजबूत एवं पूँछ शक्तिशाली रही होगी जो इसके 5 फुट लम्बे सिर को सन्तुलित करती रही होगी। इसकी शक्तिशाली मांसपेशियों एवं अस्थिपंजर से यह अनुमान लगाया गया है कि यह 17 से 40 कि.मी. प्रति घंटे की गति से दौड़ता रहा होगा। इसके अगले दोनों हाथ बहुत छोटे थे जिनके उपयोग के बारे में अभी वैज्ञानिक एक मत नहीं हैं।

टी-रेक्स के जीवाश्म उन चट्टानों में मिले हैं जिनका निर्माण क्रिटेशियस-युग के उत्तरार्ध अर्थात् 6.7 करोड़ वर्ष पूर्व से 6.5 करोड़ वर्ष पूर्व के बीच हुआ था। इस अवधि को मास्ट्रिश्चियन-काल (Mastrichtian Age) कहते हैं जो मेसोजोइक महायुग के अन्त की अवधि थी। यह के.टी. महाविनाश-काल के पूर्व का समय था, जिसमें महाविनाश के कारण समुद्री जीवन का 95 प्रतिशत और थलीय जीवन का 70 प्रतिशत विलुप्त हो गया था और इसी में डायनासोरों का भी सफाया हो गया था। टी-रेक्स उत्तरी अमेरिका के पश्चिमी भाग में रहते थे। अब तक 50 से भी अधिक टी-रेक्स के अस्थिपंजरों की पहचान की गई है।

जीवाश्मों के जो साक्ष्य मिलते रहे हैं उन्हें नकारने के साथ-साथ उन पर परदा डालने के भी प्रकरण सामने आए हैं। स्मिथसोनियन संस्थान के निदेशक चार्ल्स डूलिटिल वालकाट (Charles Doolittle Walcott), जो एक जीवाश्मविज्ञानी थे और जिन्हें मेरुदण्डरहित प्राणियों के विशेषज्ञ होने का गौरव प्राप्त था, ने वर्ष 1909 में ब्रिटिश कोलम्बिया, कनाडा के बर्गीज पर्वत (Mount Burgess) के दर्रे के पास के पथरीले क्षेत्र में कैम्ब्रियन युग के 54 करोड़ वर्ष पूर्व समुद्री जल में रहने वाले मेरुदण्ड रहित कोमल एवं लचीले अंग वाले प्राणियों के जीवाश्मों की अपार सम्पदा को ढूढ़ निकाला जिसे बर्गीज शेल (Burgess Shale) का नाम दिया गया। कैम्ब्रियन-युग में जीवाश्म स्थल समुद्री जल से आप्लावित था जिसके कारण समुद्री जीव पंक स्खलन (Mud slide) होने पर रेत और मिट्टी की परतों के बीच दबे रह गए जिसके फलस्वरूप जीवाश्म प्राकृतिक तौर पर इतने दिनों तक अच्छी हालत में संरक्षित रहे। वालकाट की खोजों के बाद उसी तरह के जीवाश्म आस्ट्रेलिया, चीन, ग्रीनलैंड, साइबेरिया, स्पेन एवं उत्तरी अमेरिका में भी मिले हैं।

वालकाट ने लगभग 65000 जीवाश्मों का संग्रहण किया था जो आज भी जीवाश्मविज्ञानियों के लिए शोध के विषय हैं। बर्गीज शेल आज भी अति महत्त्वपूर्ण

जीवाश्म स्थलों में सर्वोपरि स्थान रखता है जहाँ जैविक विविधता के साथ-साथ उनके जीवाश्मों का प्राकृतिक संरक्षण उच्चकोटि का है। यही कारण है कि वर्ष 1981 में यूनेस्को (UNESCO) ने उस स्थल को विश्व-धरोहर का दर्जा देते हुए संरक्षित क्षेत्र घोषित किया है।

वालकाट ने यह तर्क देते हुए कि वे आज के विद्यमान प्राणियों के ही पूर्वज हैं, विभिन्न जीवाश्मों को आधुनिक वर्गीकरण की पद्धति के अनुरूप वर्गीकृत किया। वालकाट का जीवाश्म-स्थल, जिसे वालकाट-खदान के रूप में जाना जाता है, के 20 मीटर ऊपर खनन का कार्य वर्ष 1930 में हारवर्ड के पर्सी रेमंड (Percy Raymond) ने किया। वहाँ से मिले जीवाश्मों एवं वालकाट द्वारा संकलित जीवाश्मों का अध्ययन फिर से किया जाने लगा। इसके पूर्व ही 9 फरवरी, 1927 को 77 वर्ष की अवस्था में वालकाट दिवंगत हो चुके थे, अतएव पुनः शोध का कार्य उनकी अनुपस्थिति में ही करना पड़ा। रेमण्ड की खदान से मिले जीवाश्म वालकाट के जीवाश्मों से कुछ बड़े थे। वर्ष 1966-1967 में दोनों खदानें फिर से खोल दी गईं और तब कुछ जीवाश्मों का संकलन पुनः किया गया। इसमें कुछ नये और अनजान प्राणियों के जीवाश्म मिले। इस तरह 50 वर्ष बाद कैम्ब्रिज के जीवाश्मविज्ञानी हैरी ह्वीटिंगटन (Harry Whittington) ने वालकाट के जीवाश्मों का अध्ययन नये सिरे से करने के लिए 1970 के दशक में एक अध्ययन दल का नेतृत्व किया। जो परिणाम आए वे चौंकाने वाले थे। बहुत से जीवाश्मों के नमूने ऐसे थे जिन्हें आधुनिक वर्गीकरण पद्धति के अनुरूप वर्गीकृत नहीं किया जा सकता था। इसलिए उन्हें अज्ञात प्राणियों की श्रेणी में रखना पड़ा जिससे एक बात साफ हो गई कि वालकाट का वर्गीकरण त्रुटिपूर्ण होने के साथ-साथ पूर्वाग्रह से ग्रसित था और दूसरी बात यह कि आज से पचास करोड़ वर्ष अथवा उसके पूर्व जैविक विविधता मूलतः आज की तुलना में अधिक थी। इससे क्रम-विकास के सन्दर्भ में हमारी अब तक की समझ को नई दिशा मिली और पुरानी मान्यताओं को आघात पहुँचा।

ह्वीटिंगटन की शोधों के आधार पर 1989 में लिखी बहुचर्चित पुस्तक **'वंडरफुल लाइफ'** के लेखक स्टीफेन जे. गौल्ड (Stephen J. Gowld) ने निष्कर्ष निकाला कि कैम्ब्रियन युग के मुख्य समुद्री जीवों में से 50 प्रतिशत विलुप्त हो गए जिससे अग्रेतर यह भी निष्कर्ष निकलता है कि जितना हम सोचते हैं उससे कहीं अधिक उग्र प्रभाव महाविनाश जैसी आपातिक परिस्थितियों का इस पर पड़ा है। वस्तुतः पृथ्वी के इतिहास में पाँच महाविनाश की घटनाएँ घटित हुई हैं जिनमें से एक से तो हम सभी परिचित हैं, जब लगभग 6.5 करोड़ वर्ष पूर्व क्रिटैशियस युग के अन्त में डायनासोरों का सफाया हो गया था और उसके उपरान्त जीवन और अधिक वैविध्यपूर्ण ढंग से विकसित हुआ जिसमें स्तनधारियों की विविधता में भी वृद्धि हुई जिनकी आगे आने वाली पीढ़ियों में मानव का भी पदार्पण इस धरती पर हुआ।

वालकाट के उत्खनन स्थल के आस-पास 20 कि.मी. के दायरे में एक दर्जन से भी अधिक नये उत्खनन स्थलों से भी जीवाश्मों के नमूने प्राप्त किए गए हैं जिनमें नई एवं दुर्लभ प्रजातियाँ मिली हैं जिनके उभयनिष्ठ पूर्वजों को खोजा नहीं जा सका है। ऐसी जानकारियाँ मिलने के बाद भी क्रम-विकास के सिद्धान्त पर नये सिरे से पुनर्चिन्तन की आवश्यकता नहीं समझी गई क्योंकि अधिकांश वैज्ञानिक आज भी इस मत के हैं कि किसी प्रजाति का अवतरण अचानक बिना किसी पूर्वज प्रजाति में उत्परिवर्तन हुए नहीं हो सकता। ऐसे प्राणियों के विकास के सन्दर्भ में जो अचानक उद्भूत हुए हों, के विकास-क्रम को खंडबाधित सन्तुलन (Punctuated Equilibrium) कहते हैं। इतने अधिक विरोधाभासों एवं विपरीत साक्ष्यों के बावजूद डार्विन के प्राकृतिक वरण के क्रम-सिद्धान्त से चिपके रहना विज्ञान के इस आधुनिक युग में दुराग्रहपूर्ण मतान्धता ही माना जाएगा जबकि विज्ञान सदैव ऐसा करता रहा है कि वैचारिक एवं तर्कसंगत अभिव्यक्तियों के लिए उसके द्वार सदैव खुले रहें।

इस स्थिति में उत्परिवर्तन पर पुन: गौर करने की आवश्यकता प्रतीत होती है। प्राकृतिक वरण अथवा सर्वाधिक सक्षम के ही अस्तित्व का बचा रहना क्रम-विकास के सिद्धान्त के मौलिक आधार हैं जिनको नकारा नहीं जा सकता किन्तु अन्य बातें भी इसके लिए कम महत्त्वपूर्ण नहीं हैं क्योंकि वे अनियोजित प्राकृतिक उत्परिवर्तनों (Natural Random Mutations) को प्रभावित करती हैं जो प्रजातियों के अस्तित्व को बनाए रखते हुए उनकी प्रकार्यात्मकता (Functionality) को विकास क्रम में आगे बढ़ाती हैं। उत्परिवर्तन प्रजातियों की कार्य वृत्तियों में कमी ला देता है। वैज्ञानिकों ने फलों पर बैठने वाली मक्खियों में उत्परिवर्तन लाने के लिए उन पर विकिरण का प्रयोग किया फिर भी मक्खियाँ मक्खियाँ ही बनी रहीं। एक बार वैज्ञानिक एक जोड़ा अतिरिक्त पंखों को उगाने में सफल हुए किन्तु उन पंखों में मांसपेशियाँ नहीं थीं। एक अक्षम मक्खी को नई प्रजाति की प्रतिनिधि के रूप में नहीं माना जा सकता। अंगरहित अथवा अतिरिक्त अंगों के साथ मानव एवं अन्य प्राणियों में सन्तानों के जन्म लेने की घटनाएँ उत्परिवर्तन द्वारा नई प्रजातियों की उत्पत्ति का उदाहरण नहीं बन सकतीं।

हारवर्ड के विख्यात विकासविज्ञानी अर्नस्ट मेयर (Ernst Mayr) ने अपनी शोधों में पाया कि आनुवंशिक समस्थिरता (Genetic Homeostasis) का अवरोध वरणात्मक प्रजनन (Selective Breeding) को रोकता है। उन्होंने बल्कि यह कहा कि क्वाण्टम् जाति उद्भवन (Quantum Speciation) से नई प्रजातियाँ आकस्मिक रूप से प्रकट होती हैं जैसा कि जीवाश्मों के साक्ष्यों को देखने से विदित होता है।

क्रम-विकास की लुप्त कड़ियों के सन्दर्भ में जो भी साक्ष्य उपलब्ध हैं उनके आधार पर इसकी गुत्थी नहीं सुलझायी जा सकती। इसलिए इसके कारण अन्यत्र तलाशने होंगे। उत्परिवर्तन, जिससे एक प्रजाति दूसरी प्रजाति में रूपान्तरित होती है, का कोई निश्चित समय इंगित नहीं किया जा सकता और न ही जीवाश्मों की

तारतम्यता ही सुनिश्चित की जा सकती है जिससे यह बोध हो सके कि कोई प्रजाति किसी दूसरी प्रजाति में किस समय और कैसे परिवर्तित हुई है। अतएव जीवन-विकास की आशा कई अरब अथवा खरब वर्षों में ही की जा सकती है जो पृथ्वी की आयु को देखते हुए पृथ्वी पर होना सम्भव नहीं है। इससे यह विदित होता है कि जीवन का विकास पृथ्वी पर न होकर ब्रह्मांड में कहीं अन्यत्र हुआ है। पृथ्वी पर जीवन विकास में लगने वाली अल्पावधि को देखते हुए एक विचारधारा वैज्ञानिकों की यह भी है कि पृथ्वी की आयु जितनी आँकी गई है उससे वह कदाचित् अधिक है। परन्तु अन्य विधियों से इसकी आयु की गणना करने पर पृथ्वी की आयु 4 अरब 60 करोड़ वर्ष से अधिक नहीं आँकी जा सकती।

यदि जीवन यहाँ इस धरती पर नहीं पनपा तो फिर वह कहाँ से आया? एक सिद्धान्त जिसे **पानस्पर्मिया** (Panspermia) का सिद्धान्त कहते हैं के अनुसार जीवन वाहक सूक्ष्म कण शिलाखंडों एवं ब्रह्मांडीय धूल कणों के साथ हमारी धरती पर ब्रह्मांड की अतल गहराइयों से आए, पर कहाँ से—यह कहना कठिन है। जहाँ से भी जीवन वाहक शिलाखंड अथवा धूलकण आए हों इतना तो निश्चित है कि इनमें जीवन के मूल घटक डी.एन.ए. को सावधानीपूर्वक सुरक्षा देकर ब्रह्मांड में व्याप्त हानिकारक एवं हिंसक विकिरणों एवं ब्रह्मांडीय किरणों से बचा पाने में सफलता प्राप्त की गई है। फिनलैंड के क्योपियो (Kuopio) विश्वविद्यालय के ओलावी काजन्दर (Olavi Kajander) ने अभी हाल ही में जीवन के आदिरूप नैनोबैक्टीरिया की खोज की है जो वायरस के आकार के हैं। ये बैक्टीरिया अपने डी.एन.ए. को वातावरण के हानिकारक प्रभावों से सुरक्षित रखने के लिए कैल्सियम की एक परत ओढ़ लेते हैं। ये बैक्टीरिया मनुष्य की किडनी एवं धमनियों में कैल्सीफिकेशन करके बीमारियाँ पैदा करने के साथ-साथ कैन्सर जैसी घातक बीमारियों के लिए भी जिम्मेदार माने जाते हैं। वर्ष 1996 में नासा के वैज्ञानिक डेविड मैके (David Mekay) ने अंटार्कटिका से प्राप्त मंगल ग्रह के उल्काखंड ALH 84001 में नैनोबैक्टीरिया के जीवाश्मों के होने की पुष्टि की है। ये अतिसूक्ष्म नैनोबैक्टीरिया गामा-किरणों एवं ताप के प्रभावों को भी आसानी से सह लेते हैं। इनका आकार इलेक्ट्रान सूक्ष्मदर्शी तकनीक से 0.2 से 0.3μm मापा गया है जो अन्य बैक्टीरिया एवं कुछ वायरसों से छोटा है। अल्ट्राफिल्टरेशन तकनीक से यह विदित हुआ है कि ये 0.1μm आकार के छिद्रों से पार हो सकते हैं जिससे यह निष्कर्ष निकलता है कि या तो इनका आकार 0.1μm से भी छोटा है अथवा इनकी संरचना आवरण सहित इतनी लचीली है कि ये अपने आकार से भी कम आकार वाले छिद्रों से गुजर सकते हैं। किसी भी जीवित कोशिका का आकार सिद्धान्ततः 0.14μm से कम नहीं हो सकता। जीवित कोशिकाओं की भाँति अपनी प्रतिकृति तैयार करने की क्षमता इनमें होती है, यद्यपि ये बहुत ही धीमी गति से तीन से पाँच दिनों में अपनी प्रतिकृति तैयार कर पाते हैं अतएव ऐसा अनुमान किया जाता

है कि इनका आकार इसी के आस-पास हो सकता है। इनकी एक विशिष्टता यह भी है कि अन्तरिक्षयानों में शून्य गुरुत्व की स्थिति में अन्तरिक्षयात्रियों के रक्त एवं कोशिकाओं में उपलब्ध नैनो-बैक्टीरिया बहुत तेजी से बढ़ते हैं जिसके कारण उनके गुर्दे एवं धमनियों में कैल्सिफिकेशन के प्रकरण अधिकांशतः पाए गए हैं। मनुष्यों में नैनो-बैक्टीरिया जनित बीमारियों के लक्षण दिखने में 25 से 40 वर्ष तक लग सकते हैं भले ही वे इससे जन्म से ही संक्रमित क्यों न रहे हों।

वैज्ञानिक यह मानते हैं कि यदि कैल्सियम (Ca) की आवरण परतों में ऐसी क्षमता है कि ब्रह्मांड के हानिकारक विकिरणों एवं ताप से एकलकोशिकीय बैक्टीरिया की रक्षा कर सकें तो इसके साथ ही यह भी सम्भावना पूरी तौर पर है कि ऐसे नैनोबैक्टीरिया सम्पूर्ण ब्रह्मांड में व्याप्त होंगे। इसके अतिरिक्त इस सम्भावना से भी इनकार नहीं किया जा सकता कि वायरस की तरह के ही बैक्टीरिया माइकोप्लाज्मा (Mycoplasma), जिनमें कैल्सियम की परतों जैसा आवरण नहीं होता, भी इतने अधिक सक्षम होते हैं कि वे दिक् की विपरीत परिस्थितियों में भी जीवित रह सकते हैं। माइकोप्लाज्मा सर्वाधिक सूक्ष्म एकलकोशिकीय संरचना वाले जीवित प्राणी हैं जिनका आकार 0.1μm है। इनकी दूसरी विशेषता यह है कि वे बिना ऑक्सीजन के जीवित रह सकते हैं। फिर भी अभी यह स्पष्ट नहीं है कि नैनोबैक्टीरिया तथा माइकोप्लाज्मा किस प्रकार बिना पूर्वतः विद्यमान जीवन की कोशिकाओं का सहारा लिए पूर्ण बैक्टीरिया कोशिकाओं में विकसित हो पाते हैं।

यदि यह मान भी लिया जाए कि पृथ्वी पर एकलकोशिकीय जीवन का प्रादुर्भाव 3.9 से 1.3 अरब वर्ष पूर्व नैनोबैक्टीरिया या माइकोप्लाज्मा के रूप में हुआ तो भी यूकैरियोट्स का अचानक प्रकट होना, वनस्पतियों एवं जीव-जन्तुओं का कैम्ब्रियन-विस्फोट-काल में अचानक प्रकट होकर तीव्र गति से विकसित होना और नई प्रजातियों का उस समय आना जब महाविनाश के पश्चात् उनकी सर्वाधिक आवश्यकता रही हो, ब्रह्मांड में अन्यत्र किसी स्थान पर विकसित उन्नत सम्यता के हस्तक्षेप का ही परिणाम प्रतीत होता है। डार्विन के क्रम-विकास के सिद्धान्त में परिलक्षित होने वाली विखंडित तारतम्यता तथा लुप्त कड़ियों की गुत्थी कदाचित् पानस्पर्मिया के ही सिद्धान्त से सुलझ सकती है।

जैविक विकास के लिए वांछित समय का अभाव

कोशिकीय जीवन के विकास के लिए जितने समय की आवश्यकता होती है वह पृथ्वी की उत्पत्ति के बाद भी अपर्याप्त है। एकलकोशिकीय बैक्टीरियल कोशिका को विकसित होने में भी काफी समय लगता है। एक आवश्यक प्रोटीन के बनने में 10^{450} वर्ष लगेंगे जबकि धरती को अस्तित्व में आए अभी केवल 4.6×10^9 वर्ष (4 अरब 60 करोड़ वर्ष) ही हुए हैं। आवश्यक एक प्रोटीन के निर्माण के लिए

केवल 10 करोड़ वर्ष का समय उपलब्ध था जबकि एक कोशिका के निर्माण हेतु कई सौ प्रोटीनों की आवश्यकता होती है। येल विश्वविद्यालय के जैव रसायनज्ञ पीटर बी. मूरे (Peter B. Moore) का मानना है कि RNA जगत्, यदि था, तो उसका अस्तित्व शीघ्र ही समाप्त हो गया होगा क्योंकि जीवाश्म साक्ष्य यह इंगित करते हैं कि कोशिकीय जीवन 3 अरब 60 करोड़ वर्षों पूर्व अस्तित्व में आ चुका था और वह आज के बैक्टीरिया की ही तरह दिखता रहा होगा और यह भी लगता है कि प्रारम्भिक जीव प्रकाश-संश्लेषण की क्रिया से भोजन बनाते रहे होंगे और वह क्रिया प्रोटीन आधारित रही होगी। इस प्रकार यह माना जा सकता है कि पृथ्वी के अस्तित्व से आने के लगभग 90 करोड़ वर्ष बाद एकलकोशिकीय ही सही किन्तु प्रोटीन के मेटाबालिज्म (उपापचयन) पर आधारित जीवन धरती पर अस्तित्व में आ चुका था। RNA जगत को विकसित होने के लिए जो समय मिला होगा वह 90 करोड़ वर्षों से काफी कम रहा होगा जिसके विषय में पृथ्वी की तत्कालीन परिस्थितियों को देखते हुए विश्वासपूर्वक कहा जा सकता है कि ऐसा होना सम्भव ही नहीं था क्योंकि हेडियन कल्प के अन्त तक अर्थात् 4 अरब वर्ष पूर्व तक तो पृथ्वी सुलगती आग का गोला रही होगी और तरल जल वायुमंडल में वाष्प के रूप में छाया रहा होगा। इन परिस्थितियों में RNA अणु का अस्तित्व सम्भव नहीं है। अनुकूल परिस्थितियाँ होने पर RNA आधारित जीवन की समयावधि 10 करोड़ वर्षों से अधिक नहीं रही होगी।

फ्रैंकाइस जैकब (Francoise Jacob : 1920-2013) जिन्हें जैक्वीस मोनाड (Jacques Monad) के साथ चिकित्सा के क्षेत्र में वर्ष 1965 में नोबेल पुरस्कार मिला था, का कहना है कि RNA जगत् के अस्तित्व के बारे में विचार करते समय यह कहने की आवश्यकता नहीं है कि RNA जगत् से DNA जगत् की अन्तर्यात्रा में कई पड़ाव आते हैं जिसमें अगला चरण पिछले से अधिक असम्भावित प्रतीत होता है।

पूर्व कोशिकीय जीवन के कोई साक्ष्य अभी नहीं मिल सके हैं, इसलिए इनके विषय में केवल अभी अनुमान ही लगाया जा सकता है। यद्यपि अजैविक पदार्थों से जीवन की उत्पत्ति के विषय में विश्वास कर पाना वैज्ञानिकों के लिए कठिन है किन्तु सबसे अनोखी बात तो यह है कि पूर्व कोशिकीय जीवन का पदार्पण अकस्मात् ही हुआ होगा। सरलतम एकलकोशिकीय बैक्टीरियल में विकसित होने वाले पूर्व कोशिकीय जीवन को विकसित होने के लिए तो समय ही नहीं मिला होगा। कृत्रिम रूप से प्रयोगशाला में पूर्व कोशिकीय जीवन को बना पाने में सफलता अभी नहीं मिली है।

इन सबके बावजूद यह भी सच है कि धरती पर जीवन अपने विविध रूपों में प्रचुरता के साथ विद्यमान है जिनकी बहुकोशिकीय संरचना अत्यन्त जटिल है, जिनका अल्प समय में विकसित होना कदाचित् पृथ्वी पर सम्भव नहीं है। अब केवल एक ही विकल्प बचता है, और वह यह कि सम्पूर्ण कोशिकाएँ धरती पर कहीं और से आईं।

दिक् की अतल गहराइयों से कास्मिक धूल हमारी धरती पर निरन्तर गिरती रहती है तथा वायुमंडल की ऊपरी परतों में भी छायी रहती है। इसका आकार कुछ अणुओं के आकार से लेकर 0.1 माइक्रोमीटर तक हो सकता है। एक वैज्ञानिक अनुमान के अनुसार प्रतिवर्ष धरती पर 40,000 मै. टन कास्मिक धूल का आपतन होता है और यह क्रम धरती के जन्म लेने से अब तक निरन्तर जारी है। कास्मिक धूल में जटिल संरचना वाले कार्बनिक द्रव्य होते हैं जिनके अध्ययन से उनके निर्गम स्रोत की भी जानकारी की जा सकती है। इनमें निहित अणुओं में तापमान, दाब एवं गुरुत्व आदि की चरम अवस्थाओं को सहने की अद्‌भुत क्षमता होती है जिसके कारण ये अणु अनन्तकाल तक दिक् में यात्राएँ कर सकते हैं। इनमें सिलिकान कार्बाइड, ग्रेफाइट, एल्यूमिनियम आक्साइड जैसे अणु मिले हैं।

सितम्बर, 2012 में नासा ने बताया कि इस बात के साक्ष्य मिले हैं कि पालीसायकालिक एरोमैटिक हाइड्रोकार्बन (PAHs) अन्तरतारीय आकाश में हाइड्रोजन, ऑक्सीजन एवं हाइड्रोक्सिल अणुओं की क्रियाओं के फलस्वरूप और अधिक जटिल कार्बनिक संरचना वाले अणुओं में बदल गए होंगे जिनसे जीवन के घटक अमीनो अम्ल एवं न्युक्लियोटाइड अणुओं का निर्माण हुआ होगा जिससे अन्ततः आर.एन.ए. एवं डी.एन.ए. अणुओं का निर्माण हुआ होगा जो उल्कापिंडों एवं धूमकेतुओं के निर्माण के समय उनमें पाशित हो गए होंगे और उनके साथ धरती पर आ गए होंगे। आर.एन.ए. की अपेक्षा डी.एन.ए. के अणु अधिक स्थायी होते हैं और दिक् की चरम् अवस्थाओं में भी संरक्षित रह सकते हैं।

मार्च, 2015 में नासा के वैज्ञानिकों ने सर्वप्रथम बाह्य अन्तरिक्ष एवं दिक् जैसी परिस्थितियाँ प्रयोगशाला में निर्मित कर पिरीमिडीन जैसे मौलिक रसायन जो उल्कापिंडों में मिले हैं, से आर.एन.ए. एवं डी.एन.ए. जैसे जटिल जैविक अणुओं तथा उनके घटक यूरेसिल (U), सिस्टोसिन (C) एवं थायामिन (T) न्यूक्लिओटाइडों का निर्माण करने में सफलता प्राप्त कर ली है। पिरीमिडीन भी PAHs अणुओं की तरह ब्रह्मांड में सर्वत्र विद्यमान हैं जिसका निर्माण सूर्य जैसे तारों की अन्तिम अवस्था जिसमें वे लाल-दैत्य बन जाते हैं, के समय हुआ होगा। श्वेत वामन बनने के पूर्व जब लाल-दैत्य अपना बाहरी खोल स्खलित करते हैं तब ये अणु दिक् में बिखर जाते हैं। धरती पर 1031 वायरस हर समय रहते हैं जो धरती के जैविक विकास में महत्त्वपूर्ण भूमिका निभाते हैं। पानस्पर्मिया के पक्ष में वैज्ञानिक साक्ष्य अब काफी मिल चुके हैं। अब इसको मानने वालों की संख्या बढ़ रही है कि धरती पर जीवन बाह्य अन्तरिक्ष से आया।

अध्याय-2

धरती का भू-जैविक इतिहास

धरती के कालखंड

- हैडियन कल्प (Hadeon Eon)-4.50 से 3.80 अरब वर्ष पूर्व तक।
- आर्कीयन कल्प (Archeon Eon)-3.80 से 2.70 अरब वर्ष तक।
- प्रोटेरोजोइक कल्प (Proterozoic Eon)-2.7 से 0.59 अरब वर्ष तक।
- फेनेरोजोइक कल्प (Phanerozoic Eon)-0.59 अरब वर्ष पूर्व से वर्तमान तक।

(क) पैलिओजोइक महायुग (Paleozoic Era)-59 से 24.8 करोड़ वर्ष पूर्व तक।

(1) कैम्ब्रियन युग (Cambrian Era)-59 से 50.5 करोड़ वर्ष पूर्व तक।

(2) आर्डोवीसियन युग (Ordovician Era)-50.5 से 43.8 करोड़ वर्ष पूर्व तक।

(3) साइलूरियन युग (Silurian Era)-43.8 से 40.8 करोड़ वर्ष पूर्व तक।

(4) डेवोनियन युग (Devonian Era)-40.8 से 36 करोड़ वर्ष पूर्व तक।

(5) कार्बोनीफेरस युग (Carboniferous Era)-36 से 28.6 करोड़ वर्ष पूर्व तक।

(6) पर्मियन युग (Permian Era)-28.6 से 24.8 करोड़ वर्ष पूर्व तक।

(ख) मेसोजोइक महायुग (Mesozoic Era)-24.8 से 6.5 करोड़ वर्ष तक।

(1) ट्रायसिक युग (Triassic Era)-24.8 से 21.3 करोड़ वर्ष पूर्व तक।

(2) जुरासिक युग (Jurassic Era)-21.3 से 14.4 करोड़ वर्ष पूर्व तक।

(3) क्रिटेशियस युग (Createaceous Era)-14.4 से 6.5 करोड़ वर्ष पूर्व तक।

(ग) सिनोजोइक महायुग (Cenozoic Era)-6.5 करोड़ वर्ष पूर्व से वर्तमान तक।

(1) टर्शियरी युग (Tertiary Era)-6.5 करोड़ वर्ष से 1.8 करोड़ वर्ष पूर्व तक।

(2) क्वार्टरनरी युग (Quartenary Era)-1.8 करोड़ वर्ष पूर्व से वर्तमान काल तक।

भू-वैज्ञानिक काल पैमाना (Geological Time scale-GST) धरती के इतिहास को चार बड़े कालखंडों में विभाजित करता है। हैडियन कल्प (Headean Eon) में उस काल-खंड को रखा गया है जो धरती की उत्पत्ति से धरती पर जीवन के प्रथम चिह्न के आने तक का समय है। अन्तरराष्ट्रीय अवधारणा के अनुसार इसका कालखंड 4.54 अरब वर्ष पूर्व से 4 अरब वर्ष तक निर्धारित किया गया है।

इसके पश्चात् आर्कीयन एवं प्रोटेरोजोइक कल्प आते हैं जिसमें अजैविक तत्त्वों से जीवन के पनपने एवं विकसित होने का एक लम्बा इतिहास निहित है। इसके पश्चात् फेनेरोजोइक कल्प आता है जिसे तीन महायुगों क्रमशः पैलियोजोइक, मेसोजोइक एवं सिनोजोइक कालखंडों में विभाजित किया गया है।

पैलियोजोइक एवं मेसोजोइक कालखंडों में विशालकाय उभयचरों, सरीसृपों एवं धरती के भूभाग पर 15 करोड़ वर्षों से भी अधिक समय तक राज करने वाले विशालकाय डायनासोरों का आविर्भाव हुआ और वे विलुप्त भी हो गए। सिनोजोइक कालखंड में स्तनपाई जीवों का विकास हुआ जो आज भी अपने विविध रूपों में विद्यमान हैं।

उपलब्ध साक्ष्यों के आधार पर अब यह स्वीकार कर लिया गया है कि आर्कीयन कल्प में जब धरती की ऊपरी पपड़ी ठोस बनने लगी थी तब लगभग 3.5 अरब वर्ष पूर्व जीवन प्रस्फुटित हुआ। उसके पूर्व हैडियन कल्प में धरती अर्द्धतरल द्रव्य का एक धधकता एवं सुलगता गोला थी जिसमें जीवन के पनपने की सम्भावनाएँ नगण्य थीं। स्ट्रामेटोलाइट्स जैसे सूक्ष्म जीवाणुओं के पट्टिका-जीवाश्म पश्चिमी आस्ट्रेलिया के रेतीले पत्थरों के बीच मिले हैं जिनका काल 3.48 अरब वर्ष निर्धारित किया गया है। इसी तरह दक्षिणी-पश्चिमी ग्रीनलैंड की 3.7 अरब वर्ष पुरानी मेटासेडीमेंटरी चट्टानों में ग्रेफाइट, जो एक जैविक पदार्थ है, के होने के साक्ष्य मिले हैं। पश्चिमी आस्ट्रेलिया में ही 4.1 अरब वर्ष पूर्व के जैविक साक्ष्य मिले हैं। यदि ऐसा है तो पृथ्वी पर जीवन उसके अस्तित्व में आने के कुछ ही समय बाद अस्तित्व में आ चुका था, यद्यपि पृथ्वी का तापमान उस समय भी इतना अधिक था कि किसी भी तरह के जीवन के बचे रहने की सम्भावनाएँ नगण्य थीं। तो क्या जीवन के बीज पृथ्वी पर कहीं और से आए? वैज्ञानिक इसकी सम्भावना से इनकार नहीं कर रहे हैं। इस सम्बन्ध में पानस्पर्मिया का सिद्धान्त प्रचलित है जिसके पक्ष एवं विपक्ष में लगातार दावे प्रस्तुत किए जा रहे हैं। अभी कोई निश्चयात्मक स्थिति नहीं बन सकी है।

चन्द्रमा एवं अन्य ग्रहों के क्रेटरों के अध्ययन से विदित हुआ कि हैडियन कल्प की समाप्ति पर 4.10 अरब वर्ष पूर्व से 3.8 अरब वर्ष पूर्व तक के 70 करोड़ वर्षों के अन्तराल में भयंकर उल्कापात हुआ। उल्कापात से निःसरित ऊर्जा के कारण ज्वालामुखीय एवं भूगर्भीय गतिविधियाँ बढ़ गई थीं, फिर भी डीट्राइटल जरकान क्रिस्टल का 4.4 अरब वर्ष पूर्व निर्माण होना यह साबित करता है कि पृथ्वी पर उस समय तरल जल उपलब्ध था।

धरती की प्रारम्भिक पपड़ी का निर्माण धरती के अस्तित्व में आने के कुछ समय बाद ही उसके ठंडी होने की प्रक्रिया के साथ ही प्रारम्भ हो गया था परन्तु हैडियन कल्प की तीव्र टेक्टानिक गतिविधियों एवं उल्काओं की भीषण बमबारी से उत्पन्न ताप से, वह विनष्ट हो गई थी। यह समझा जाता है कि पपड़ी बेसाल्ट चट्टानों की बनी थी, जैसा कि आज महासागरों की तली की चट्टानें हैं। महाद्वीपीय पपड़ी का बृहत् खंड, जिसका निर्माण पपड़ी के निचले भाग की हलकी चट्टानों के पिघले हुए मैग्मा के ठोस बनने से हुआ था, हैडियन कल्प के अन्तिम समय में लगभग 4 अरब वर्ष पूर्व अस्तित्व में आया। पपड़ी के बचे हुए छोटे टुकड़ों को क्रेटन्स (Cratans) कहते हैं जिनसे पपड़ी का मध्यवर्ती भाग बना जिसके चारों ओर महाद्वीप विकसित हुए। सबसे पुरानी चट्टानें उत्तरी अमेरिका में कनाडा के क्रेटन पर पाई गई हैं। उच्च ताप के कारण इनमें रूपान्तरण के लक्षण दिखते हैं किन्तु साथ ही सेडीमेंटरी गोल पत्थर भी पाए गए हैं जिनका स्वरूप बहते पानी में उनके चलते रहने के कारण ही तराशा गया होगा। ये उन्हीं सुडौल पत्थरों की तरह हैं जो नदियों और समुद्री किनारों पर मिलते हैं। क्रेटन प्रारम्भिक तौर पर दो प्रकार के भू-दृश्यों को दर्शाते हैं। पहले वाले भू-दृश्यों को ग्रीन स्टोन पट्टियाँ कहते हैं जो अपकृष्ट एवं घटिया किस्म की सेडीमेंटरी चट्टानों का रूपान्तरित रूप हैं। ये उसी तरह की चट्टानें हैं जैसी कि आज महासागरों की गर्तों में सबडक्शन जोन के ऊपर की जमावटी चट्टानें होती हैं। इसीलिए ग्रीन-स्टोन-पट्टियों को आर्कीयन कल्प में होने वाली सबडक्शन की गतिविधियों के निश्चयात्मक प्रमाण के तौर पर देखा जाता है। दूसरे किस्म की चट्टानें मैग्मा से बनी जटिल संरचना वाली फेल्सिक चट्टानें हैं जो मुख्यतः टोनालाइट, ट्रान्जेमाइट या ग्रैनोडियोराइट हैं जो एक किस्म की ग्रेनाइट चट्टानें हैं। इसीलिए इस तरह के भू-भाग को टी.टी.जी. टेरेन्स कहते हैं।

प्रारम्भिक एकलकोशिकीय जीवों द्वारा सौर-ऊर्जा का उपयोग 3.4 अरब वर्ष पूर्व प्रकाश संश्लेषण के माध्यम से जीवन को कायम रखने के लिए रासायनिक यौगिकों यथा—ग्लूकोज के निर्माण के लिए किया गया। आज की तरह तत्समय क्लोरोफिल अणु उपलब्ध नहीं थे, इसलिए प्रकाश संश्लेषण के दौरान ऑक्सीजन तत्त्व का उत्पादन नहीं होता था।

प्लेट टेक्टानिक्स की प्रक्रिया 3 अरब वर्ष पूर्व प्रारम्भ हुई जब पृथ्वी की पपड़ी ठंडी होकर ठोस बन गई थी जो आठ मुख्य एवं कुछ छोटे प्लेटों में विभाजित है। ये प्लेटें मेंटल की अर्द्धतरल चट्टानों, जिन्हें मैग्मा कहते हैं, के विशाल सागर में कागज की नाव की तरह तैर रही हैं जिनकी पारस्परिक गतिशीलता के कारण उनमें कभी टक्कर होती है अथवा वे अलग हो जाती हैं। इन्हीं प्लेटों पर महाद्वीप एवं महासागर अवस्थित हैं। ये प्लेटें अलगाव एवं टक्करों की प्रक्रिया से अनवरत गुजरती रहती हैं जिनके कारण महासागरों की तली एवं भू-भाग के भू-दृश्य बदलते रहते हैं। इन्हीं

गतिविधियों के कारण पर्वतों, घाटियों, सपाट मैदानों, झीलों एवं पठारों आदि का निर्माण होता है। ज्वालामुखीय गतिविधियाँ भी इन्हीं टेक्टानिक प्लेटों की आन्तरिक गतिविधियों के कारण होती हैं।

धरती के अस्तित्व में आने के कुछ ही समय बाद चन्द्रमा का निर्माण आकाशीय टक्कर से हुआ और अपार ऊर्जा नि:सरित हुई। इस ऊर्जा ने तथा सघन उल्कापातों के कारण नि:सरित ऊर्जा एवं गर्मी से हैडियन काल में ज्वालामुखीय गतिविधियाँ भी काफी तेज हो गईं जिसके फलस्वरूप अन्य गैसें जो चट्टानों एवं खनिजों में संयोजित थीं, वे मुक्त होकर वायुमंडल में आईं। यह धरती के वायुमंडल के निर्माण के द्वितीय चरण का शुभारम्भ था जिसमें तत्समय ऑक्सीजन नहीं थी बल्कि मीथेन, कार्बन डाइऑक्साइड एवं सल्फरडाई आक्साइड तथा जलवाष्प जैसी ग्रीन हाउस प्रभावोत्पादक ग्रीन-हाउस गैसें थीं। महा आक्सीकरण परिघटना धरती के इतिहास की एक अत्यन्त महत्त्वपूर्ण परिघटना है जिसने धरती को सौरमंडल के अन्य ग्रहों की जमात से पृथक् कर विभिन्न प्रकार के जीवन के पनपने एवं विकसित होने योग्य बनाया। यही विशिष्टता हमारी धरती को ब्रह्मांड में एक अलग स्थान प्रदान करती है। यह समय 2.8 अरब वर्ष पूर्व का था।

महाआक्सीकरण परिघटना 2.8 अरब वर्ष पूर्व से 2.4 अरब वर्ष पूर्व की अवधि में प्रारम्भ हुई जब धरती के वायुमंडल में ऑक्सीजन गैस की मात्रा बढ़ने लगी। इसके पूर्व तक वायुमंडल में मीथेन (CH_4) एवं कार्बन डाइऑक्साइड (CO_2) गैसों का प्रभुत्व था जो प्रमुख ग्रीन-हाउस गैसें हैं। तब साइनो बैक्टीरिया ने सूर्य के प्रकाश में

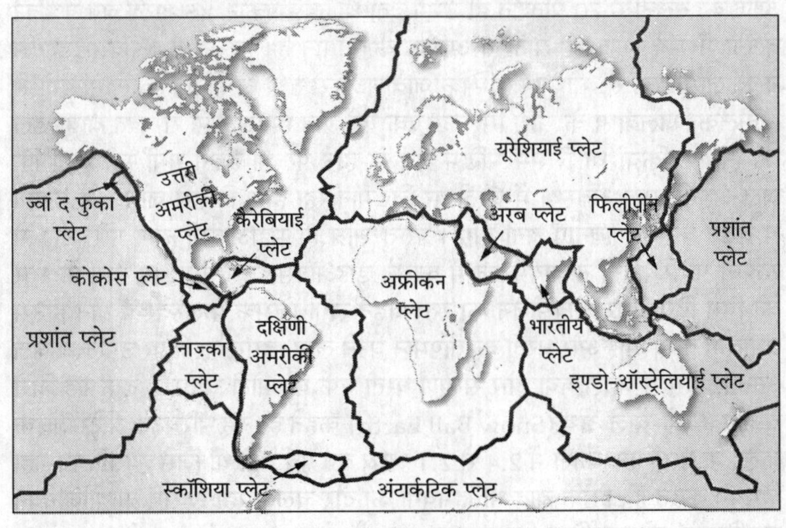

टेक्टॉनिक प्लेट

प्रकाश संश्लेषण कर कार्बन डाईआक्साइड एवं जल से ग्लूकोज एवं ऑक्सीजन गैस बनाई जो वायुमंडल में चली गई। इस आक्सीकरण की प्रक्रिया में वायुमंडल की कार्बन डाइऑक्साइड का स्तर गिरने लगा। वस्तुतः यह धरती के वायुमंडल के निर्माण का द्वितीय चरण था। प्रथम चरण में धरती के निर्माण के समय सौर-नीहारिका की हलकी गैसें यथा—हाइड्रोजन एवं हीलियम की ही प्रधानता थी जिन्हें सौर वायु के थपेड़ों एवं धरती के धरातल की गर्मी ने वायुमंडल से बाहर कर दिया जिसके कारण धरती के वायुमंडल में इन गैसों का अभाव है, जबकि ब्रह्मांड में इन्हीं दोनों गैसों की प्रधानता है और इन्हीं से सूर्य जैसे अरबों-खरबों तारों का अस्तित्व सम्भव है।

धरती पर पानी 2.5 A.U. से दूर के धूमकेतुओं एवं उल्का पिंडों द्वारा लाया गया होगा, यद्यपि अधिकांश धूमकेतु आज नेपच्यून की कक्षा से भी दूर हैं परन्तु कम्प्यूटर अभिरूपण तकनीक से तब की स्थिति ज्ञात करने पर विदित हुआ कि वे तत्समय धरती के काफी समीप थे। साक्ष्य कहते हैं कि 4.4 अरब वर्ष पूर्व से ही महासागर बनने प्रारम्भ हो गए थे किन्तु धरातल की गर्मी के कारण वाष्पित महासागरों का जल वायुमंडल में जल-वाष्प के रूप में चला जाता था जो संघनित होकर तरल जल के रूप में पुनः धरती पर आता था और धरातल की गर्मी के कारण पुनः वाष्पित होकर वायुमंडल में चला जाता था। यह प्रक्रिया लाखों-करोड़ों वर्ष तक चलती रही। हैडियन कल्प के बाद तरल जल धरती पर टिकने लगा और अन्ततः महासागरों का निर्माण हुआ। आर्कीयन कल्प के आते-आते धरती पर महासागर बन चुके थे। मद्धिम युवा सूर्य विरोधाभास (Faint Young Sun Paradox) के कारण तब सूर्य आज की तुलना में 70 प्रतिशत ही उष्मा देता था। इस प्रकार 4.5 अरब वर्ष पूर्व की तुलना में सूर्य आज 30 प्रतिशत अधिक कान्तिमान है। कार्बन डाइऑक्साइड गैस ने ज्वालामुखियों से, मीथेन प्रारम्भिक जीवाणुओं से तथा अमोनिया ज्वालामुखियों से निकलकर जलवाष्प के साथ मिलकर एक ऐसे ग्रीन हाउस गैसों से युक्त वायुमंडल का निर्माण किया था जिसमें मद्धिम सूर्य के होने पर भी इतनी गर्मी रही होगी कि जल अपनी तरल अवस्था में धरती पर विद्यमान रहा होगा जिससे जीवन के पनपने व बढ़ने की सम्भावनाएँ बनी होंगी। परन्तु शीघ्र ही महाआक्सीकरण परिघटना से उत्पन्न परिस्थितियों ने वायुमंडल में कार्बन डाइऑक्साइड एवं मीथेन गैसों के स्तर को गिरा दिया और ऑक्सीजन का स्तर बढ़ने लगा जिसके फलस्वरूप ग्रीन हाउस प्रभाव में कमी आई और धरती का तापमान घटने लगा। इससे धरती पर उपलब्ध जल अन्ततः हिम में बदल गया और सम्पूर्ण धरती बर्फ की मोटी चादर से ढक गई जिसे वैज्ञानिक स्नो-बाल अर्थ (Snow Ball Earth) कहते हैं। यह परिघटना प्रोटेरोजोइक कल्प के प्रारम्भिक काल में 2.4 से 2.1 अरब वर्ष पूर्व घटी थी जिसे ह्यूरोनियन महा हिमयुग कहते हैं। इसके बाद भी हिमयुगों का दौर चलता रहा जिसमें क्रायोजिनियन महाहिमयुग को सर्वाधिक विषम माना जाता है जो प्रथम महाहिमयुग के एक अरब

25 करोड़ वर्ष बाद 85 करोड़ वर्ष पूर्व से 63 करोड़ वर्ष पूर्व के बीच होना बताया जाता है। इस महाहिमयुग के दौरान पृथ्वी वस्तुतः हिम के गोले में परिवर्तित हो गई थी। इसके पश्चात् भी हिमयुगों का आगमन तीन बार इस धरती पर हुआ। अन्तिम कार्टनरी महाहिमयुग 25 लाख 80 हजार वर्ष पूर्व प्रारम्भ हुआ जो अभी चल रहा है।

जटिल कोशिकाओं वाले जीवन का पदार्पण धरती पर 2.1 अरब वर्ष पूर्व हुआ जिन्हें यूकैरियोट्स (Eukaryotes) कहते हैं। इनमें ऊर्जा के स्रोत के रूप में माइटोकाण्ड्रिया विकसित हुए जो कभी मुक्त बैक्टीरिया थे और एंडोसिमबियासिस (Endosymbiosis) प्रक्रिया के तहत जटिल संरचना वाली कोशिकाओं में आ गए। प्रत्येक वनस्पति एवं जीव जिन्हें हम जानते हैं, वे सभी यूकैरियोट्स हैं।

1.8 अरब वर्ष पूर्व से 80 करोड़ वर्ष तक के जीवाश्मों का इतिहास मुख्यतः अनजाना है, कदाचित् इसीलिए इसे उबाऊ अवधि (Boring Billion) के नाम से जाना जाता है परन्तु ऐसा नहीं कि इस कालखंड में कुछ हुआ ही नहीं, बल्कि कुछ जीवों ने स्वतंत्र जीवों के विकास हेतु कोशिकाओं के विभाजन की प्रक्रिया त्यागकर सेक्स कोशिकाओं को विकसित कर लिया किन्तु ऐसा भी एक अरब 20 करोड़ वर्ष पूर्व तक हो चुका होगा क्योंकि लाल शैवाल (Red algae) के जीवाश्म जो उस अवधि के पाए गए हैं, उन्होंने तब तक विशिष्ट सेक्स कोशिकाओं का निर्माण कर लिया था जिन्हें स्पोर्स (Spores) अथवा बीजाणु कहते हैं।

बहुकोशिकीय बड़े जीवों का विकास लगभग एक अरब वर्ष पूर्व से होने लगा था जिनके विभिन्न अंग जैसे मुख आदि विकसित हो चुके थे। विभिन्न वनस्पतियाँ पहले विकसित हुईं, जो बड़े जीवों की खाद्य श्रृंखला निर्मित करने में सहायक बनीं।

हिमयुगों का आगमन पुनः हुआ। 85 करोड़ वर्ष पूर्व से 63.5 करोड़ वर्ष पूर्व तक महाहिमयुगीन काल को क्रायोजीनियन हिमकाल (Cryogenioan Ice Age) की संज्ञा दी गई है जब धरती 20 करोड़ वर्षों के अन्तराल में ध्रुवों से विषुवत् रेखा तक दो बार लगभग पूरी तरह से हिमाच्छादित होकर हिम के गोले में परिवर्तित हो गई। इस अवधि में 71 करोड़ वर्ष पूर्व आए हिमयुग को स्टर्शियन (Sturtion) स्नोबाल अर्थ तथा 64 करोड़ वर्ष पूर्व आए हिमयुग को मेरीनोअन (Marinoan) स्नोबाल अर्थ कहते हैं। हिमगोला धरती का तापमान लम्बे समय तक वैश्विक स्तर पर औसतन -50^{0}C (-58^{0}F) रहा होगा तथा विषुवतरेखीय क्षेत्र में अधिकतम तापमान -20^{0}C (-4^{0}F) रहा होगा जो वर्तमान में अंटार्कटिक क्षेत्र के तापमान के समतुल्य है। फिर भी इस अवधि में जटिल संरचना वाले बहुकोशिकीय जीवों का विकास हुआ जो नलिकाओं (Tubes) एवं फ्राण्ड (Frond) अथवा अपुष्पपर्ण की आकृतियों वाले थे जिन्हें एडियाकरन्स (Ediacarans) कहते हैं।

कैम्ब्रियन विस्फोट (Cambrian Explosion) का समय 53.5 करोड़ वर्ष माना गया है जब एक विस्फोट की तरह जैविक विकास हुआ जिसमें एक अत्यन्त

अल्पावधि में वर्तमान जीवन के लगभग सभी पूर्वज अस्तित्व में आ गए जिनमें वे जीव भी हैं जिनके आवरण कठोर थे, जिसके कारण उनके जीवाश्म अधिक स्पष्टता के साथ संरक्षित रह पाए। फिर 48.9 करोड़ वर्ष पूर्व प्रत्येक जीव और अधिक समुचित ढंग से विकसित हुआ। इस परिघटना को महान् आर्डोवीसियायी-जैव- विविधीकरण-परिघटना (Great Ordovician Biodiversification Event) के रूप में जाना जाता है।

50 करोड़ वर्ष पूर्व से ही कुछ जीवों ने समुद्र से निकलकर भू-भाग के थलीय जीवन को आंशिक रूप से अपनाना प्रारम्भ कर दिया था। जैसे, अपने अंडे देने के लिए वे किनारों के थल भाग तक आते थे ताकि परभक्षियों से उनकी रक्षा हो सके। वनस्पतियों ने थल भाग पर अपना आश्रय लेना प्रारम्भ कर दिया था जहाँ उनका विकास स्थायी ढंग से होने लगा। प्रथम वनस्पतियाँ जो थल पर आकर विकसित हुईं वे हरित शैवाल की ही तरह थीं, जो विविध रूपों में विकसित होती चली गईं।

46 से 43 करोड़ वर्ष पूर्व की अवधि में जहाँ आर्डोवीसियन अवधि के प्रारम्भ में जैविक विविधता एक विस्फोट के रूप में आई वहीं इस अवधि के अन्त तक अचानक महाशीत युग का आगमन हो गया, जब ध्रुवों से विषुवत् रेखा तक हिम की एक मोटी चादर से धरती ढक गई। इस महाशीतयुग को एण्डियन-सहारन हिमयुग (Andean Saharan Ice Age) कहते हैं क्योंकि इसके साक्ष्य एण्डीज पर्वतमालाओं एवं सहारा मरुस्थल में मिले हैं। इस महाशीत ने धरती के इतिहास के दूसरे महाविनाश की घटना को जन्म दिया जिसे भू-वैज्ञानिक आर्डोवीसियन साइल्यूरियन महाविनाश कहते हैं। इस अवधि में चूँकि अधिकांश जीवन समुद्री जीवन ही था, इसलिए लगभग 85 प्रतिशत समुद्री जैव प्रजातियाँ नष्ट हो गईं, परिणामतः मछलियों की प्रधानता आगे भी बनी रही क्योंकि हिमाच्छादित समुद्रों में भी वे हिम के नीचे तरल जल में जीवित बची रह गईं।

जब थल भाग में वनस्पतियाँ पूरी तरह से विकसित होकर अपने विविध रूपों में फैल गईं तब इसके द्वितीय चरण में जीव पानी से निकलकर थलभाग की ओर आने लगे। सबसे पहले कीट (Insects) लगभग 40 करोड़ वर्ष पूर्व थल पर आए पर शीघ्र ही उनके पीछे-पीछे कठोर पृष्ठास्थियों वाले बड़े जीव जैसे टिकटालिक (Tiktaalik), एक प्रकार की सलामैण्डर (Salamander) की तरह दिखने वाली मछली, धरती के थल भाग पर आए। मछलियों की तरह दिखने वाले टिकटालिक थल की अनुकूलता ग्रहण करने लगे और उनमें पैरों की तरह दिखने वाले अंग भी विकसित हो गए जिससे उभयचरों, सरीसृपों एवं स्तनधारियों का विकास हुआ। इनके लिए यह अच्छा ही हुआ कि समय रहते उन्होंने अपने जल आश्रय त्यागकर थल आश्रय ग्रहण कर लिए अन्यथा डिवोनियन महाविनाश में बड़े समुद्री जीवों के साथ, वे भी समाप्त हो जाते। समुद्र से थल की ओर जीवों का महाप्रवास लगभग 37.5 करोड़ वर्ष पूर्व माना गया है।

सर्वप्रथम जब धरती के थलभाग में उभयचर एवं सरीसृप आए उस समय धरती लम्बे अन्तराल वाले पश्चातवर्ती पैलियोजोइक हिमयुग (Late Paleozoic Ice Age) की चपेट में थी। सरीसृपों का विकास न्यूट (Newt) जैसे उभयचरों से हुआ। अपने पूर्वजों के विपरीत उनकी त्वचा कठोर एवं स्केली थी और उनके अंडे कठोर आवरण में, जिन्हें शेल (Shell) कहते हैं, सुरक्षित रहते थे, और जिन्हें पोषित करने के लिए जल की आवश्यकता नहीं थी। वे शीघ्र ही थल के प्रभावशाली जीवों के रूप में विकसित होने लगे। सरीसृप, जैसे डाइमेट्रोडन (Dimetrodon) की लम्बाई 4.5 मीटर तक थी, विशालकाय होने लगे। ये डायनासोर नहीं थे। सरीसृपों के इस विकास-युग का समय 32 करोड़ वर्ष पूर्व माना जाता है।

30 करोड़ वर्ष पूर्व धरती का थलभाग एवं विशालकाय भूखंड, जिसे पेंजिया (Pangea) कहते हैं, के रूप में था जिसमें धरती के लगभग सभी भू-भाग विषुवत् रेखा के आस-पास ही एकजुट थे। यह विशाल थलभाग विशाल समुद्र, जिसे पैन्थालसा (Panthalassa) कहा गया है, से चारों ओर से घिरा हुआ था। यह लगभग 17.5 करोड़ वर्ष पूर्व तक एक विशाल एवं अखंड भू-भाग की तरह बना रहा किन्तु धरती की अनवरत चलने वाली टेक्टानिक गतिविधियों के कारण विखंडित होकर पृथक् होने लगा। इस अवधारणा की पुष्टि में सर्वप्रथम यह देखा गया है कि वर्तमान महाद्वीपों का आकार ऐसा है जैसे कि कभी ये एक-दूसरे से जुड़े रहे हों। भूवैज्ञानिक साक्ष्य भी इसका समर्थन करते हैं जैसे पेन्सलवानिया में पाया जाने वाला कोयला पोलैंड, ब्रिटेन एवं जर्मनी में पाए जाने वाले कोयले की रासायनिक संरचना एवं उसके निर्माण की कालावधि के अनुरूप है। पर्वत शृंखलाएँ जो विभिन्न महाद्वीपों में पाई गई हैं, की बनावट आदि के अध्ययन से भी उक्त अवधारणा की पुष्टि होती है। उदाहरण के लिए संयुक्त राज्य अमेरिका की आपलेशियन पर्वत श्रेणियाँ एवं मोरक्को (अफ्रीका) के एटलस पर्वत एक ही जैसे हैं जिनका निर्माण विशाल महाद्वीपीय भूखंडों गोंडवाना एवं लौरेन्शिया की टक्करों के परिणामस्वरूप हुआ है। राबर्ट एस. डाइट्ज (Robert S. Dietz) के **'जर्नल ऑफ ज्योफिजिकल रिसर्च'** में वर्ष 1970 में प्रकाशित एक शोध-पत्र से विदित होता है कि पेंजिया की निर्माण-प्रक्रिया कई करोड़ वर्षों तक जारी रही जिसकी शुरुआत सम्भवत: 48 करोड़ वर्ष पूर्व हुई थी। एक महाविशाल भूखंड जिसे लौरेन्शिया (Laurentia) कहा गया है, में उत्तरी अमेरिका के भाग सम्मिलित थे, कई अन्य छोटे भूखंडों के साथ मिलकर एक विशाल भूखंड बना जिसका नाम यूरेमेरिका (Euramerica) पड़ा जो अन्तत: एक दूसरे महाभूखंड गोंडवाना से टकराया जिसमें अफ्रीका, आस्ट्रेलिया, दक्षिणी अमेरिका एवं भारतीय उप महाद्वीप के भूभाग शामिल थे। लगभग 20 करोड़ वर्ष पूर्व महाद्वीपीय विशाल भूखंड पुन: पृथक् होने लगे। गोंडवाना जिसमें आज अफ्रीका, दक्षिणी अमेरिका, अंटार्कटिका, भारत एवं आस्ट्रेलिया हैं, प्रथमत: लारेशिया (Laurasia) जिसमें यूरेशिया एवं उत्तरी अमेरिका हैं,

से पृथक् हो गया। इसके पश्चात् लगभग 15 करोड़ वर्ष पूर्व गोंडवाना विघटित हुआ। भारत अंटार्कटिका से विघटित हो गया और अफ्रीका एवं दक्षिणी अमेरिका एक-दूसरे से पृथक् हो गए। लगभग 6 करोड़ वर्ष पूर्व उत्तरी अमेरिका यूरेशिया से पृथक् हो गया।

एक ही भूखंड होने पर जलवायु एवं जीवन दोनों ही प्रभावित हुए होंगे। भू-भाग का भीतरी भाग सूखा रहा होगा क्योंकि वह चारों ओर से पर्वत श्रृंखलाओं से आबद्ध रहा होगा जिसके कारण समुद्र की नम हवाएँ वहाँ बहुत कम पहुँच रही होंगी जिससे वर्षा कम होती होगी। परन्तु संयुक्त राज्य अमेरिका एवं यूरोप के कोयला भंडार के अध्ययन से ज्ञात हुआ है कि प्राचीन भूखंड में विषुवत् रेखा के पास का भू-क्षेत्र आमेजन के जंगलों की तरह काफी हरा-भरा रहा होगा। दलदली इलाकों में पेड़ों तथा मृत पशुओं के दब जाने से नमी एवं दाब के प्रभाव से पहले पीट (Peat) तथा बाद में कोयला बन गया होगा।

पेंजिया का अखंड अस्तित्व लगभग 10 करोड़ वर्षों तक कायम रहा जिसमें जैविक एवं वानस्पतिक विकास प्रचुरता के साथ हुआ। इसी में ट्रैवर्सोडोंटाइडे (Traversodonitidae) जीवों का भी विकास हुआ जो वनस्पतियों पर आश्रित थे जिनमें हमारे स्तनपाई पूर्वज भी शामिल हैं।

पर्मियन काल में कीट जैसे बीटल (Beetles) एवं ड्रैगन फ्लाई काफी पनपे किन्तु पेंजिया का अस्तित्व एवं पर्मियन-ट्रायसिक महाविनाश की घटना समसामयिक थी। इसे महामारक (Great Dying) भी कहते हैं जिसमें 25 करोड़ 20 लाख वर्ष पूर्व लगभग सभी जैविक प्रजातियों का विनाश हो गया था।

पूर्ववर्ती ट्रायसिक काल में आर्कोसारस (Archosaurs) विकसित हुए। ये एक तरह के ऐसे जीव-समूह थे जिनसे बाद में चलकर मगरमच्छ, पक्षी एवं अन्य सरीसृप अस्तित्व में आए और लगभग 23 करोड़ वर्ष पूर्व पेंजिया के अखंडित भू-भाग पर धरती के सम्पूर्ण जैविक इतिहास के सर्वाधिक विशालकाय जीव डायनासोर विकसित हुए जिनमें थेरोपाड्स भी थे और मांसाहारी डायनासोर भी जिनकी पोली हड्डियों में पक्षियों की तरह हवा भरी होती थी और उनके डैने भी होते थे।

वर्तमान में महाद्वीपीय संरचना को अन्तिम नहीं माना जाना चाहिए क्योंकि उनके आपस में मिलने एवं पृथक् होने का क्रम चलता रहेगा इसलिए इसमें भारी परिवर्तनों का होना भी अवश्यम्भावी है। उदाहरण के लिए महाद्वीपों का जुड़ना एवं पृथक् होना टेक्टानिक गतिविधियों के कारण होने वाली एक अनवरत चलने वाली प्रक्रिया है। इस बात के प्रमाण मिल रहे हैं कि आस्ट्रेलिया एशिया के पास आ रहा है और अफ्रीका का पूर्वी भाग शेष अफ्रीकी महाद्वीप से अलग हो रहा है। इस बात के भी संकेत मिले हैं कि 30 से 40 करोड़ वर्षों में इस चक्र की पुनरावृत्ति होती है, पर क्यों और कैसे, यह अभी रहस्य है। पृथ्वी वर्ष भर में सूर्य की परिक्रमा करते हुए लगभग 95 करोड़ कि.मी. की दूरी तय करती है और सूर्य के साथ आकाशगंगा के

क्रोड़ की परिक्रमा लगभग 22 से 25 करोड़ वर्षों में करती है। इस यात्रा के दौरान अन्तरतारीय आकाश का घनत्व एक जैसा नहीं होता जिसके कारण पृथ्वी पर लगने वाला गुरुत्वाकर्षण बल भी एक जैसा नहीं होता। इन बलों में आने वाले अन्तर के कारण पृथ्वी की पपड़ी जो पृथ्वी के अर्द्ध तरल मेंटल पर तैरती रहती है, पर गुरुत्वीय ज्वार का सर्वाधिक प्रभाव पड़ेगा। कदाचित् यह एक कारण हो सकता है जो टेक्टानिक गतिविधियों को प्रभावित करता रहता है।

25 करोड़ 20 लाख वर्ष पूर्व जब धरती के थलभाग में सरीसृप अपने विविध रूपों में विकसित हो रहे थे तभी धरती के जैविक इतिहास की सर्वाधिक विनाशकारी महामारक घटना घटी थी जिसमें धरती के जल एवं थल पर निवास करने वाली लगभग 96 प्रतिशत प्रजातियाँ नष्ट हो गई थीं। यह क्यों और कैसे हुआ कोई निश्चित रूप से नहीं बता सकता किन्तु तत्समय बड़े पैमाने पर होने वाली ज्वालामुखीय गतिविधियों जिससे वर्तमान साइवेरियन ट्रैप्स का निर्माण हुआ, को इसका कारक वैज्ञानिक मानते हैं। इस सम्पूर्ण परिघटना का विस्मित करने वाला पक्ष यह भी है कि महाविनाश के तुरन्त बाद जीवन फिर अपने विविध स्वरूपों में प्रस्फुटित हुआ और यही वह समय भी था जब प्रथम पीढ़ी के डायनासोर भी अस्तित्व में आए, जो 15 करोड़ वर्षों से भी अधिक समय तक धरती के सर्वाधिक विशालकाय एवं ताकतवर जीवों का स्थान ग्रहण करने के बाद 6.5 करोड़ वर्ष पूर्व इस धरती से अचानक विलुप्त भी हो गए।

22 करोड़ वर्ष पूर्व प्रथम बाल वाले स्तनपाई जीव अस्तित्व में आए। इसी समय डायनासोर भी अपने विविध रूपों में विकसित हो रहे थे। इनके पूर्वज सरीसृप थे जिन्हें साइनोडोंट्स (Cynodonts) कहते हैं जिनके मुख कुत्तों की तरह दिखते थे और उनके शरीर पर बाल थे। प्रारम्भिक स्तनपायी जैसे मार्गैनूकोडान (Marganucodon) आकार में छोटे थे और रात में ही सक्रिय रहते थे। ये गर्म खून वाले प्राणी थे जो दिन में कई बार खाकर अपने शरीर के तापमान को नियंत्रित रखते थे।

20 करोड़ 10 लाख वर्ष पूर्व तक थल पर विशालकाय डायनासोरों का विकास होता रहा और जल में विशालकाय मीन सरीसृप जिन्हें इक्थ्योसोर्स (Ichthyosaurs) कहते हैं मुख्य परभक्षी बन चुके थे। तभी एक महाविनाश की घटना फिर घटी जिसे ट्रायसिक महाविनाश (Triassic Extinction) कहते हैं। इसमें 80 प्रतिशत प्रजातियाँ नष्ट हो गईं। परिणामस्वरूप डायनासोर अब जमीन पर स्वच्छन्द विचरण करने वाले एकमात्र जीव थे जिनका कोई प्रतिस्पर्द्धी नहीं था और न ही कोई शत्रु। भोजन की कोई कमी नहीं थी फलतः उनका आकार बढ़ता गया। इनकी सबसे बड़ी प्रजाति ड्रेडनॉट्स श्रानी (Dreadnoghtus Schrani) के डायनासोर 59 टन के होते थे।

प्रथम नभचर 16 करोड़ वर्ष पूर्व आए जिनके पंख विकसित हो गए थे और वे हवा में उड़ सकते थे। इनका विकास पंख वाले डायनासोरों से हुआ था। आधुनिक पक्षी वस्तुतः विलोसिरैप्टर हैं जिनके थूथन की जगह चोंच तथा हाथों की जगह पंख

होते हैं। विख्यात पक्षी आर्किआप्टेरिक्स (Archaeopteryx) 15 करोड़ वर्ष पूर्व रहते थे, परन्तु अभी हाल में इससे पुराने जीवाश्म जैसे जियाओटिंगिया जेंगी (Xiaotingia Zhengi) एवं आरोर्निस (Auronris) चीन में पाए गए हैं जो लगभग 16 से 17 करोड़ वर्ष पूर्व अस्तित्व में थे।

13 करोड़ वर्ष पूर्व वानस्पतिक विस्फोट हुआ। यह सुनने में विचित्र लगेगा कि धरती के भू-भाग में 46 करोड़ 50 लाख वर्ष पूर्व ही वनस्पतियाँ जल से आकर विकसित होने लगी थीं किन्तु फूल वाले पौधे दो-तिहाई अवधि तक विकसित नहीं हो पाए। ये डायनासोर युग के मध्य में विकसित हुईं। सबसे पुरानी घास के जीवाश्म केवल 7 करोड़ पूर्व के ही ज्ञात हैं परन्तु वैज्ञानिक इस मत के हैं कि घासें विविध रूपों में इससे पूर्व विकसित हो चुकी रही होंगी।

पाँचवीं महाविनाश की घटना 6.5 करोड़ वर्ष पूर्व घटी। यह घटना मैक्सिको की खाड़ी में एक उल्कापात के कारण घटी जिसके पश्चातवर्ती प्रभाव बहुत विनाशक थे। धूल एवं बारीक कणों की एक गाढ़ी पर्त वायुमंडल के ऊपरी भाग में काफी समय तक बनी रही जिसने सूर्य का प्रकाश बाधित कर दिया जिससे धरती का तापमान काफी गिर गया और अँधेरा छाया रहा। जिसके फलस्वरूप प्रकाश संश्लेषण की क्रियाएँ रुक गईं और वनस्पतियाँ नष्ट हो गईं। वनस्पतियों पर आश्रित रहने वाले जीव भोजन के अभाव में कालकवलित हो गए। जल में फलने-फूलने वाली वनस्पतियाँ जैसे फाइटोप्लैंकटन सूर्य के प्रकाश के अभाव में नष्ट हो गईं। 30 मीटर की गहराई तक समुद्र में विकसित होने वाले केल्प के जंगल एवं कोरल जीव नष्ट हो गए जो मुख्य रूप से समुद्री खाद्य शृंखला का निर्माण करते हैं। खाद्य शृंखला के टूट जाने से थल के जीवों की ही तरह जल के जीव भी कालकवलित हो गए। इस महाविनाशक घटना के फलस्वरूप डायनासोरों का तो पूरी तरह धरती से सफाया हो गया और उनके साथ ही टेरोसारस (Pterosaurs) एवं समुद्र में रहने वाले विशाल सरीसृपों का भी सफाया हो गया।

6 करोड़ से 5 करोड़ 50 लाख वर्ष पूर्व प्रथम प्राइमेट (Primates) विकसित हुए। डायनासोरों के विनाश के बाद से ही स्तनपाई जीव अपने गर्भ में ही अपनी सन्तानों को पोषण नली (प्लेसेंटा) के माध्यम से पोषण करने की दक्षता अर्जित कर उन्हें विकसित करने लगे, जो पूर्ण रूप से विकसित होकर एक निश्चित अवधि के उपरान्त बाहर आते थे। इनमें से कुछ प्रथम प्राइमेट्स (Primates) के रूप में विकसित हो गए। इनसे बन्दरों, बनमानुषों एवं मानवों का विकास हुआ। इनमें भी पहले छोटे प्राणियों का विकास हुआ। सबसे पुराना अस्थिपंजर जो मिला है वह एक प्रजाति जिसका नाम आर्किसेबस एकिलीज (Archicebus achilles) का है जो केवल 30 ग्राम वजन के होते थे। ये उष्ण कटिबंधीय वर्षा वाले नम एशियाई वन क्षेत्रों में रहते थे।

3.2 करोड़ वर्ष से 2.5 करोड़ वर्ष पूर्व की अवधि में वनस्पतियों ने सौर ऊर्जा का अधिकाधिक उपयोग कर प्रकाश संश्लेषण की क्रिया द्वारा ग्लूकोज का निर्माण

अपने भोजन के रूप में करने की दक्षता प्राप्त कर ली थी, यद्यपि प्रकाश संश्लेषण विधि से भोज्य पदार्थों का निर्माण वे करोड़ों वर्ष से करती चली आ रही थीं। कुछ पौधों ने और भी अधिक क्षमता वाली प्रक्रिया विकसित कर ली जिसे सी-4 प्रकाश संश्लेषण कहते हैं जिसका उपयोग और भी कठिन परिस्थितियों में उनके द्वारा किया जाने लगा था। सी-4 तकनीक का प्रयोग आज वैज्ञानिक धान की कुछ प्रजातियों पर कर रहे हैं।

1.3 करोड़ वर्ष से 70 लाख वर्षों के बीच मनुष्य जैसी दिखने वाली प्रजातियाँ विकसित हुईं जिन्हें होमिनिन्स (Hominins) कहते हैं। पहले कपि (Apes) अफ्रीका में 2 करोड़ 50 लाख वर्ष पूर्व दिखे तब फिर वे किसी समय आज के मानवों व बन्दरों की पूर्वज प्रजातियों में विभक्त हो गए। ज्ञात सर्वाधिक पुरातन होमोनिड (Homonid) साहेलेन्थ्रोपस चडेन्सिस (Sahelanthropus tchdensis) था, जो लगभग 70 लाख वर्ष पूर्व धरती पर दिखा।

आधुनिक मानव जाति दो लाख वर्ष पूर्व अस्तित्व में आई। मानव प्रजाति को होमोसेपियन्स (Homosapiens) कहते हैं। इस तरह यह धरती के जैविक इतिहास में अत्यन्त नई प्रजाति मानी जाएगी। अपने जन्म-स्थान अफ्रीका से निकलकर आज मानव प्रजाति सम्पूर्ण विश्व में फैल गई है और इसने लगभग सभी तरह की भौगोलिक परिस्थितियों में रहने के लिए अपने को अनुकूल बना लिया है।

ब्रिटेन के 10,000 वर्ष पुराने मानव के एक पूर्ण कंकाल के कपाल की अस्थियों के आधार पर चेड्दार मानव (Cheddar Man) की मुखाकृति की पुनर्रचना की गई है जिसे 6 फरवरी, 2018 को लन्दन के नेशनल हिस्ट्री म्यूजियम में प्रदर्शित किया गया है। यह कंकाल मेसोलिथिक युग के एक आधुनिक मानव की है जिसे दक्षिणी-पश्चिमी इंग्लैंड की मेण्डिप पहाड़ियों के चेड्दार दर्रे की एक गुफा से वर्ष 1903 में प्राप्त किया गया था। यह सभी के लिए आश्चर्य का विषय है कि तत्समय ब्रिटेन में निवास करने वाले लोगों के बाल घुँघराले और आँखें नीली थीं। वैज्ञानिकों के अनुसार तत्समय मानव प्रस्तरयुगीन कार्यकलापों यथा आखेट शिकार आदि से अपना भरण-पोषण करते थे। कृषि कार्यों में वे बाद में संलग्न हुए। उनकी त्वचा की श्वेत होने की प्रक्रिया लगभग 6000 वर्ष पूर्व प्रारम्भ हुई। अध्ययन में यह भी पाया गया है कि आज के ब्रिटिश समुदाय के 10% लोग चेड्दार मानव के ही वंशज हैं जिनके DNA समान हैं।

अनुमान है कि धरती पर जीवों की 5 अरब प्रजातियों से भी अधिक प्रजातियाँ कैम्ब्रियन युग में पनपीं जिनमें से 99 प्रतिशत प्रजातियाँ समय के साथ विलुप्त हो गईं। अब धरती पर महाविनाश के कई चक्रों के बाद जीवित प्रजातियाँ एक करोड़ से एक करोड़ चालीस लाख अनुमानित हैं जिनमें से केवल 12 लाख प्रजातियों का ही चिह्नांकन किया जा सका है। वैदिक मान्यता के अनुसार 84 लाख योनियाँ अथवा प्रजातियाँ पृथ्वी पर निवास करती हैं जो आधुनिक वैज्ञानिक अनुमान के काफी सन्निकट है।

अध्याय-3

धरती की संरचना

धरती कई सकेन्द्री परतों से बनी है। सबसे ऊपरी परत को इसकी पपड़ी (Crust) अथवा लीथोस्फीयर (Lithosphere) कहते हैं। इसके दो भाग हैं। ऊपरी अथवा ऊँचाई वाला भाग ग्रेनाइट पत्थरों से बना है जिससे महाद्वीपों का निर्माण हुआ है। इसमें मुख्यतः दो प्रकार के खनिज सिलिका एवं एल्यूमिनियम की प्रधानता है इसलिए इसे सिआल (Sial) भी कहते हैं जिसका औसत घनत्व 2.7 है। निचला भाग अपेक्षाकृत निरन्तरता लिए हुए सघन चट्टानों से बना है। इसे बैसाल्ट (Basalt) कहते हैं। बैसाल्ट का निर्माण धरती की भू-गर्भीय एवं ज्वालामुखीय गतिविधियों से निकले लावा के ठंडा होने से होता है। बैसाल्ट महासागरों की तली का निर्माण करते हैं। इसमें मुख्यतः सिलिका, लौह एवं मैग्नीशियम तत्त्वों की बहुलता है जिसके कारण इसे सिमा (Sima) कहते हैं। इसका औसत घनत्व तीन है। सिआल एवं सिमा मिलकर धरती की पपड़ी का निर्माण करते हैं जिसकी मोटाई कहीं कम कहीं अधिक है। यह महासागरों के नीचे तीन से चार मील की मोटाई तथा महाद्वीपों की नीचे कहीं-कहीं 30 मील की मोटाई लिए हो सकती है। चूँकि सिआल अपेक्षाकृत सिमा से हलका होता है अतएव यह कहा जा सकता है कि महाद्वीपों की आधारभूत संरचना महासागरों की आधारभूत संरचना पर तैर रही है।

पपड़ी (Crust) अथवा लीथोस्फीयर के ठीक नीचे उससे लगी हुई लगभग 1800 मील मोटी मैण्टल (खोल) है जिसे मेसोस्फीयर (Mesosphere) कहते हैं। यह काफी सघन पिघली हुई चट्टानों से बनी है जिसमें ओलिवाइन (Olivine) की प्रधानता है। अन्दरूनी मैण्टल में सिलिका, मैगनीशियम, ऑक्सीजन, लौह, कैल्सियम एवं एल्यूमिनियम तत्त्वों की प्रधानता है तथा बाहरी मैटल में लौह एवं मैग्नीशियम सिलीकेट की पिघली हुई चट्टानें हैं। मैण्टल के नीचे धरती का क्रोड है जिसे बेरीस्फीयर (Berysphere) भी कहते हैं। यह गोल है जिसका अर्द्ध व्यास लगभग 2160 मील है। इसमें निकिल एवं लौह तत्त्वों की प्रधानता है जिसके कारण

इसे निफे (Nife) भी कहते हैं। यहाँ का तापमान पूर्वानुमानों से अधिक लगभग 6000°C है तथा दाब 33 लाख वायुमंडलीय दाब है जिससे सहज ही यह अनुमान लगाया जा सकता है कि क्रोड पिघली हुई दशा में होगा, किन्तु नवीन शोधों से यह विदित होता है कि 1520 मील व्यास वाले भीतरी क्रोड की संरचना क्रिस्टलीय एवं ठोस है। उल्लेखनीय है कि सूर्य के सतह का तापमान भी लगभग वही है जैसा कि पृथ्वी के क्रोड का है।

आनुपातिक तौर पर पृथ्वी में 34.6% लोहा, 29.5% ऑक्सीजन, 12.7% मैग्नीशियम, 15.2% सिलीकान, 2.7% निकिल, 1.9% सल्फर, 0.6% कैल्सियम, 0.4V एल्यूमिनियम तथा 1% से कुछ कम अन्य तत्त्व विद्यमान हैं। प्राकृतिक तौर पर पाए जाने वाले 92 तत्त्व पृथ्वी पर उपलब्ध हैं।

पृथ्वी के धरातल पर 29.2% भू-भाग हैं तथा 70.8% भाग जल है जिसे हाइड्रोस्फीयर कहते हैं। धरातल से लगभग 15 मील ऊपर तक गैसों का एक पारदर्शी खोल है जिसे वायुमंडल या एट्मास्फीयर कहते हैं।

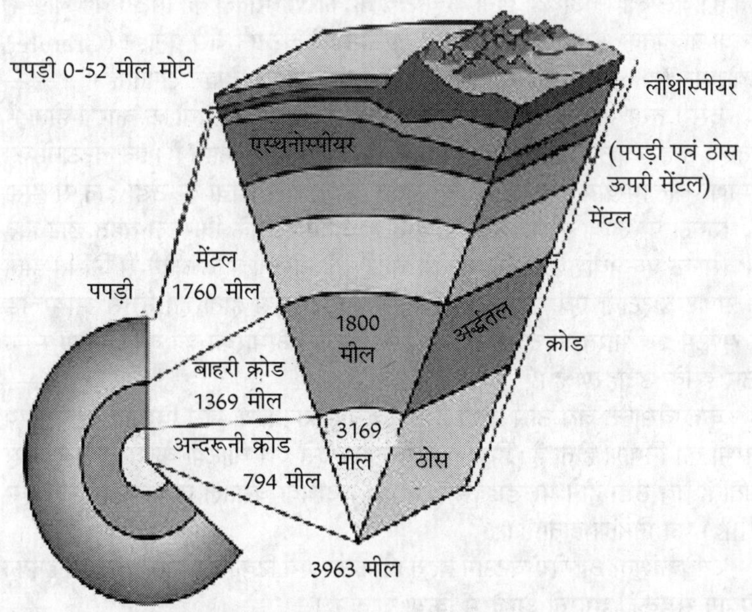

पृथ्वी की आन्तरिक संरचना

धरती की पपड़ी ठोस है जो तीन प्रकार की चट्टानों से बनी है। इन्हें उनकी संरचना के आधार पर इग्नीयस, सेडीमेंटरी एवं मेटामार्फिक चट्टानों में वर्गीकृत किया गया है जिनकी निर्माण प्रक्रिया भिन्न है। इनके अध्ययन से पृथ्वी का इतिहास जाना

जा सकता है। इग्नीयस या आग्नेय चट्टानों का निर्माण भू-गर्भीय गतिविधियों के फलस्वरूप ज्वालामुखी विस्फोटों में धरती की गहराइयों से निकले मैग्मा, जो चट्टानों का पिघला हुआ रूप है, के धरातल पर आकर जमने से हुआ है। ये चट्टानें सामान्यतया क्रिस्टलीय संरचना वाली होती हैं, पर इनमें परतें नहीं होतीं न ही जीवाश्म होते हैं। खनिजों की उपलब्धता के आधार पर इनका उप वर्गीकरण भी किया जा सकता है। जब इनमें सिलिका की मात्रा अधिक होती है तब इन्हें एसिड राक (Acid Rocks) कहते हैं। एसिड इग्नीयस चट्टानें ग्रेनाइट बेसिक चट्टानों की तुलना में कम सघन एवं हलके रंगों वाली होती हैं। बेसिक चट्टानों (Basic Rocks) में बेसिक आक्साइड जैसे लोहा, एल्यूमिनियम या मैग्नीशियम के आक्साइड, काफी सघन, कठोर एवं गहरे रंगों वाले होते हैं। इग्नीयस या आग्नेय चट्टानों को उनके स्रोत के आधार पर भी वर्गीकृत किया जा सकता है। इनमें प्लूटानिक चट्टानों (Plutonic Rocks) का निर्माण धरती की पपड़ी के निचले और गहरे भाग में इनके धीरे-धीरे ठंडा होने एवं ठोस बनने की प्रक्रिया के दौरान होता है जिसके कारण इनके क्रिस्टल स्पष्टत: पहचान में आ जाते हैं। जलप्लावन अथवा पानी के कटाव के कारण धरातल की मिट्टी बह जाने के अथवा प्राकृतिक क्षरण के फलस्वरूप इस वर्ग की चट्टानें जैसे ग्रेनाइट (Granite) डियोरायट (Diorite) एवं गैब्रो (Gabbro) धरातल पर दिखने लगती हैं।

दूसरी तरह की चट्टानों का निर्माण ज्वालामुखी गतिविधियों के कारण होता है अतएव उन्हें ज्वालामुखीय चट्टानें (Volcanic Rocks) कहते हैं। इन चट्टानों का निर्माण ज्वालामुखीय उद्गारों से निकलकर बहने वाले लावा के ठंडा होने से होता है। धरातल पर लावा शीघ्रता से ठंडा होता है अतएव इसके क्रिस्टल बहुत छोटे होते हैं। बैसाल्ट एक विशिष्ट ज्वालामुखीय चट्टान है जो लावा के बहने से निर्मित होती है। सपाट चट्टानों एवं पठारों का निर्माण इसी तरह से होता है। उत्तरी आयरलैंड के सण्ट्रेम एवं भारत के दकन के पठार तथा उत्तरी अमेरिका का कोलम्बिया स्नेक पठार इसके उदाहरण हैं।

कुछ बैसाल्ट जब ठोस बनते हैं तो विचित्र आकृतियों जैसे विशाल बहुकोणीय स्तम्भों का निर्माण होता है। पिघला हुआ लावा दर्रों एवं घाटियों के रास्ते जब ऊपर आता है तब ठंडा होने पर डाइक्स (Dykes) अथवा धरातल के समानान्तर सिल्स (Sills) का निर्माण होता है।

अधिकांशत: आग्नेय चट्टानें बहुत ही कठोर एवं टिकाऊ होती हैं अतएव इनका उपयोग सड़कों, इमारतों आदि में किया जाता है।

दूसरे किस्म की चट्टानें परतदार होती हैं जो लम्बे समय तक पत्थर के रेतीले कणों के जमने से बनती हैं। इन्हें परतदार जमावटी चट्टान अथवा सेडीमेंटरी चट्टान (Sedimentary Rocks) कहते हैं। परतों की मोटाई कुछ इंच से कई फिट तक हो सकती है। रेत के बारीक कण जलधाराओं, हिमनदों अथवा हवाओं के द्वारा लाए

जाते हैं। ये चट्टानें क्रिस्टलीय नहीं होतीं किन्तु इनके विभिन्न परतों में विभिन्न जीवों के जीवाश्म मिलते हैं। परतों की आयु इन जीवाश्मों की कार्बन डेटिंग से ज्ञात की जा सकती है। सेडीमेंटरी चट्टानों के निर्माण के लिए पानी का होना आवश्यक है, इसलिए धरती के किसी भूभाग में यदि इस तरह की चट्टानें पाई जाती हैं तो एक सहज निष्कर्ष यह निकाला जाता है कि किसी समय वहाँ पानी अवश्य था।

पत्थरों के बारीक कण किसी अन्य आग्नेय चट्टानों के हो सकते हैं जिनका निर्माण जल एवं वायु की क्रियाओं से होने वाले क्षरण के कारण होता है। सैण्ड स्टोन (बालू की चट्टानों) का निर्माण रेत के कणों से होता है जो सामान्यत: ग्रेनाइट पत्थरों के होते हैं। इनकी बनावट एवं रंग आदि काफी विविधतापूर्ण होते हैं। खुरदुरे सैण्ड स्टोन से ग्रिट बनती है जिसका उपयोग सड़क, पुल, इमारत आदि बनाते समय सीमेंट-कंक्रीट तैयार करने में करते हैं। सम्पीडित सैण्ड स्टोन जो सुघड़ गोलाकार होते हैं, को कांग्लोमरेट (Conglomerate) कहते हैं, तथा जो कोणिकाश्म नुकीले कोणयुक्त होते हैं उन्हें ब्रेसिया (Breccia) कहते हैं। बहुत बारीक कणों से मिट्टी बनती है जिसका उपयोग ईंट बनाने में किया जाता है। कार्बनिक प्रक्रिया से निर्मित होने वाली बलुई चट्टानों का निर्माण जीवाणुओं एवं जैव सूक्ष्माणुओं जैसे मूँगा एवं शेलफिश से होता है जिनका मुलायम मांसल भाग सड़-गल जाता है किन्तु इनका कठोर आवरण बचा रहता है। इस तरह से निर्मित होने वाली चट्टानें खटीमय चूनेदार (Calcareous) होती हैं जैसे चूना पत्थर एवं खड़िया मिट्टी (Chalk)।

कार्बनमय चट्टानें कार्बनिक प्रक्रिया के तहत ही निर्मित होती हैं किन्तु वे वानस्पतिक स्त्रोतों जैसे दलदली वनस्पतियों एवं जंगलों से बनती हैं। ऊपरी चट्टानों का दाब एवं गर्मी वानस्पतिक पदार्थों को सम्पीडित कर देती है जिससे उनमें निहित कार्बनद्रव्य पीट, लिग्नाइट अथवा कोयले में बदल जाता है। रासायनिक क्रियाओं से भी सेडीमेंटरी चट्टानों का निर्माण होता है। उन्हें राक साल्ट्स (Rock Salts) कहते हैं, जो उस परत से सम्बन्धित हैं जिससे कभी समुद्रों अथवा झीलों की तलों का निर्माण हुआ था। लवणयुक्त झीलों के वाष्पीकरण से जिप्सम एवं कैल्सियम सल्फेट प्राप्त होता है जैसे मृत-सागर (Dead sea) जिसमें लवणता का प्रतिशत वाष्पीकरण के कारण बहुत अधिक है। इसी तरह पोटाश एवं नाइट्रेट युक्त चट्टानों का भी निर्माण होता है।

सभी चट्टानें चाहे वे आग्नेय हों या परतदार जमावटी उच्च ताप व दाब पर रूपान्तरित हो सकती हैं जिसमें उनके पूर्व गुण, संरचना एवं विशिष्टियाँ बदल जाती हैं। इस तरह रूपान्तरित चट्टानों को मेटामार्फिक चट्टानें (Metamorphic rocks) कहते हैं। इस प्रक्रिया में चिकनी मिट्टी स्लेट में, चूने का पत्थर संगमरमर में, बलुआ पत्थर क्वार्ज में, ग्रेनाइट नाइस (Gneiss) या पट्टिताश्म में तथा कोयला ग्रेफाइट में रूपान्तरित हो जाता है।

धरती की पपड़ी जलमंडल एवं वायुमंडल की औसत रासायनिक संरचना प्रतिशत में संहति एवं आयतन की दृष्टि से नीचे दी गई तालिका में प्रदर्शित है—

धरती की पपड़ी, जलमंडल एवं वायुमंडल की औसत रासायनिक संरचना

तत्त्व	पपड़ी		जलमंडल	वायुमंडल
	संहति प्रतिशत	आयतन प्रतिशत	आयतन प्रतिशत	आयतन प्रतिशत
ऑक्सीजन (O)	46.4	94.04	33.0	21.0
सिलीकान (Si)	28.15	0.88	—	—
एल्यूमिनियम (Al)	8.23	0.48	—	—
लोहा (Fe)	5.63	0.49	—	—
कैल्सियम (Ca)	4.15	1.18	—	—
सोडियम (Na)	2.36	1.11	—	—
मैग्नीशियम (Mg)	2.33	0.33	—	—
पोटैशियम (K)	2.09	1.42	—	—
नाइट्रोजन (N)	—	—	—	78.0
हाइड्रोजन (H)	—	—	66.0	—
अन्य	0.66	0.07	1.0	1.0

अध्याय-4

धरातल

पृथ्वी पूरी तरह से गोल नहीं है। विषुवत् रेखा पर इसकी परिधि 24897 मील है जबकि ध्रुवों पर यह 83 मील कम है। इसी प्रकार विषुवत् रेखा पर इसका व्यास 7926 मील अर्थात् 12756 कि.मी. है जबकि ध्रुवों पर इसका व्यास 26 मील कम है। यह एक नारंगी की तरह ध्रुवों पर थोड़ी चपटी दिखती है। दिक् में धरती दो तरह से गतिमान रहती है। यह अपनी धुरी पर पश्चिम से पूरब की ओर लगभग 24 घंटे में पूरी घूम जाती है जिससे रात-दिन होते हैं और ऐसा करते हुए यह एक स्थायी कक्षा में सूर्य से औसतन 9 करोड़ 37 लाख मील अर्थात् 15 करोड़ कि.मी. की दूरी पर रहते हुए 365¼ दिनों में सूर्य की एक परिक्रमा कर लेती है। इस अवधि को पृथ्वी का एक वर्ष कहते हैं।

पृथ्वी जिस तल पर सूर्य की परिक्रमा करती है उसे इक्लिप्टिक (Ecliptic) कहते हैं। पृथ्वी की धुरी इक्लिप्टिक तल के लम्बवत् न होकर 66½ अंश का कोण बनाते हुए पूरब की ओर झुकी हुई है जिसके कारण दिन व रात बराबर नहीं होते हैं तथा वर्ष के दौरान मौसम बदलते हैं। यदि धुरी परिक्रमा तल के लम्बवत् होती तब वर्ष भर दिन व रात बराबर होते। उत्तरी गोलार्द्ध में दिसम्बर के महीने में जैसे-जैसे हम उत्तर की ओर बढ़ते हैं, रातें लम्बी होती जाती हैं। आर्कटिक वृत्त (66½^{0}N) पर सूर्य कभी नहीं उगता और 22 दिसम्बर को तो पूरे दिन अँधेरा रहता है। आर्कटिक वृत्त से और अधिक उत्तर जाने पर रातों की लम्बाई बढ़ने लगती है और जब हम उत्तरी ध्रुव (90^{0}N) पर पहुँचते हैं तो वहाँ 6 माह तक रातों का अँधेरा रहता है। दूसरे शब्दों में यहाँ 6 महीने की रात व 6 माह का दिन होता है। उत्तरी ध्रुव पर जब रात होगी तो दक्षिणी ध्रुव पर दिन होगा और इसी तरह जब उत्तरी ध्रुव पर दिन होगा तो दक्षिणी ध्रुव पर रात होगी। गर्मियों में जून के महीने में स्थिति विपरीत होती है। 21 जून को आर्कटिक वृत्त (66½^{0}N) पर सूर्य कभी नहीं डूबता और वहाँ 24 घंटे का दिन होता है। गर्मियों में आर्कटिक वृत्त के उत्तर

स्थित क्षेत्र को मध्य रात्रि के सूर्य का क्षेत्र कहते हैं। उत्तरी ध्रुव पर 6 माह का दिन होगा और इसके विपरीत जैसा कि पूर्व प्रस्तर में व्यक्त किया गया है, दक्षिणी ध्रुव पर 6 महीने की रात होगी।

वर्ष के दौरान अपने परिक्रमा तल से ($66\frac{1}{2}^0$) झुकी होने के कारण पृथ्वी पर मध्य दिवसीय सूर्य की आभासी ऊँचाई बदलती रहती है। वर्ष में दो दिन सूर्य विषुवत् रेखा पर ठीक ऊपर चमकता है। सामान्यतया ये तिथियाँ 21 मार्च एवं 21 सितम्बर की हैं किन्तु इनमें किंचित् अन्तर भी आ जाता है क्योंकि वर्ष की अवधि 365 दिनों से लगभग एक चौथाई दिन अधिक है। यही कारण है कि चार वर्षों बाद वर्ष की अवधि 366 दिनों की मानी गई है जिसे लीप-इयर कहते हैं जिसमें फरवरी माह 28 दिनों के स्थान पर 29 दिन का माना जाता है। 21 मार्च एवं 21 सितम्बर की तिथियों को इक्वीनाक्सेज (Equinoxes) अथवा विषुव या सायन कहते हैं। 21 सितम्बर को शारद विषुव (Autumnal Equinox) तथा 21 मार्च को बसन्त विषुव (Vernal Equinox) कहते हैं। इन तिथियों का विशेष महत्त्व है क्योंकि इन तिथियों को सम्पूर्ण पृथ्वी पर दिन व रात बराबर होते हैं।

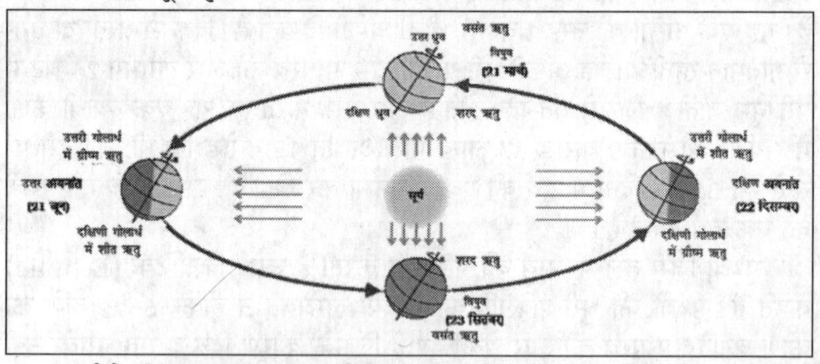

मार्च के विषुव (Equinox) के पश्चात् सूर्य उत्तरी गोलार्द्ध में भ्रमण करता है और लगभग 21 जून को वह कर्क रेखा (Tropic of Cancer) पर $23\frac{1}{2}^0$ उत्तर होता है। इसे जून या उत्तर अयनान्त (Summer Solstice) या कर्क संक्रान्ति कहते हैं। इस दिन उत्तरी गोलार्द्ध में सर्वाधिक लम्बा दिन एवं सर्वाधिक छोटी रात होती है। 22 दिसम्बर को सूर्य $23\frac{1}{2}^0$ दक्षिण मकर रेखा (Tropic of Capricorn) के ठीक ऊपर चमकता है जिसे शरद अयनान्त (Winter Solstice) अथवा मकर संक्रान्ति कहते हैं। इस दिन दक्षिणी गोलार्द्ध का सबसे बड़ा दिन तथा रात सबसे छोटी किन्तु इसके ठीक विपरीत उत्तरी गोलार्द्ध में रात सबसे बड़ी व दिन सबसे छोटा होता है। सूर्य जिस गोलार्द्ध में होता है उसमें गर्मी तथा दूसरी गोलार्द्ध में सर्दी का मौसम होता है। इस प्रकार विषुवत् रेखा के $23\frac{1}{2}^0$ उत्तर एवं $23\frac{1}{2}^0$ दक्षिण सूर्य वर्ष के दौरान दोलित होता रहता है जो धरती पर मौसम में बदलाव का प्रमुख कारण है।

आर्कटिक वृत्त ($66\frac{1}{2}^0$ उत्तर) के उत्तर एवं अंटार्कटिक वृत्त ($66\frac{1}{2}^0$ दक्षिण) के दक्षिण में जहाँ रात दिन की अवधि छह-छह माह की होती है वहाँ मौसम सदैव ठंडा होता है। गर्मियों में भी यहाँ ठंडक होती है। ऊष्ण कटिबन्धीय परिक्षेत्र में चूँकि सूर्य की आभासी ऊँचाई में बहुत अधिक अन्तर नहीं आता है इसलिए वहाँ एक ही तरह का मौसम सामान्यतया वर्ष भर रहता है। रात और दिन की अवधि भी लगभग बराबर ही होती है किन्तु इस परिक्षेत्र में उत्तर अथवा दक्षिण की ओर बढ़ने पर अन्तर साफ दिखने लगता है।

पृथ्वी का धरातल बहुत विशाल है। इसका क्षेत्रफल लगभग 51 करोड़ वर्ग कि.मी. है। इसलिए किसी स्थान की निश्चित जानकारी के लिए अक्षांश एवं देशान्तर रेखाओं का उपयोग करते हैं। अक्षांश रेखाएँ विषुवत् रेखा के समानान्तर पूरब-पश्चिम खींची गई कल्पित रेखा वृत्त हैं जिन्हें पैरेलल्स आफ लैटीट्यूड्स (Parallels of Latitudes) कहते हैं और देशान्तर रेखाएँ उत्तर-दक्षिण की ओर उत्तरी एवं दक्षिणी ध्रुवों से गुजरने वाली रेखाएँ हैं जिन्हें मीरिडियन्स आफ लांगीट्यूड्स (Meridians of Lonitudes) कहते हैं। ग्लोब पर जहाँ ये रेखाएँ एक-दूसरे को काटती हैं उससे उस स्थान का बोध होता है जिसे उत्तर-दक्षिण एवं पूरब-पश्चिम दर्शाते हुए अंशों में प्रदर्शित किया जाता है। विषुवत् रेखा को शून्य अक्षांश माना गया है। इसके उत्तर की अक्षांश रेखाएँ 0^0 से उत्तरी-ध्रुव अर्थात् 90^0N तथा दक्षिण की अक्षांश रेखाएँ दक्षिणी ध्रुव अर्थात् 90^0S में विभाजित की गई हैं। इसी प्रकार दोनों ध्रुवों से गुजरने वाली देशान्तर रेखाओं में ग्रीनविच (इंग्लैंड) से गुजरने वाली देशान्तर रेखा को 0^0 देशान्तर माना गया है। इसके पूरब एवं पश्चिम से गुजरने वाली देशान्तर रेखाओं को उनके कोणीय अंश के साथ पूरब (E) अथवा पश्चिम (W) से प्रदर्शित करते हैं। उदाहरण के लिए जैसे दिल्ली $28^0 37'$N एवं 77^0 $10'$E है। इसी प्रकार लन्दन 51^0 $30'$N तथा 0^0 $5'$W, सिडनी 33^0 $55'$ S एवं 151^0 $12'$E है।

कुछ महत्त्वपूर्ण अक्षांश रेखाएँ यथा विषुवत् रेखा (0^0), कर्क रेखा (ट्रापिक आफ कैन्सर) $23\frac{1}{2}^0$N, मकर रेखा (ट्रापिक आफ कैप्रीकार्न) $23\frac{1}{2}^0$S, आर्कटिक वृत्त $66\frac{1}{2}^0$N एवं अंटार्कटिक वृत्त $66\frac{1}{2}^0$S है। चूँकि पृथ्वी ध्रुवों पर थोड़ी चपटी है इसलिए विषुवत् रेखा की अपेक्षा ध्रुवों पर 1^0 के समतुल्य रेखीय दूरी (Linear Distance) कुछ अधिक होती है। उदाहरण के लिए विषुवत् रेखा पर यह दूरी 68.704 मील है जबकि 450 अक्षांश पर यह दूरी 69.054 मील तथा ध्रुवों पर यह दूरी 69.407 मील है। इसलिए 1^0 अक्षांश की औसत दूरी 69 मील मानी गई है। यह एक अत्यन्त महत्त्वपूर्ण राशि है जिससे किसी स्थान की विषुवत् रेखा से दूरी ज्ञात की जा सकती है। उदाहरण के लिए मुम्बई का अक्षांश 18.55^0N है अतएव विषुवत् रेखा से यह 18.55×69 अर्थात् 1280 मील की दूरी पर स्थित है।

देशान्तर एक कोणीय दूरी है जो अंशों, मिनटों एवं सेकंडों में व्यक्त की जाती है जिसे मुख्य या प्रथम मीरीडियन के पूर्व या पश्चिम इंगित करते हैं। ग्लोब में देशान्तर दोनों ध्रुवों के बीच अर्द्धवृत्ताकर होती है जो विषुवत् रेखा से होकर गुजरती है। इन रेखाओं को मीरीडियन भी कहते हैं। अक्षांश रेखाओं को विषुवत् रेखा के उत्तर या दक्षिण प्रदर्शित कर सकते हैं किन्तु इसके विपरीत देशान्तर रेखाओं में किसी भी रेखा को मुख्य मीरीडियन माना जा सकता है। वर्ष 1884 में अन्तरराष्ट्रीय सहमति से लन्दन के पास स्थित रायल एस्ट्रोनामिकल वेधशाला, ग्रीनविच से गुजरने वाली मीरीडियन को शून्य मीरीडियन मान लिया गया था, तभी से समस्त गणनाएँ ग्रीनविच को शून्य देशान्तर मानते हुए किए जाने की परम्परा है। इसे शून्य मीरीडियन मानते हुए 180^0 पूर्व एवं 180^0 पश्चिम तक मीरीडियन विभाजित कर दी गई हैं। जैसे अक्षांश रेखाओं का वृत्त ध्रुवों की ओर बढ़ते-बढ़ते छोटा होता जाता है और अन्ततः ध्रुवों पर पहुँचकर एक बिन्दु बन जाता है उसी तरह सभी देशान्तर रेखाएँ ध्रुवों पर जाकर एक बिन्दु में सिमट जाती हैं। देशान्तर रेखाओं का उपयोग स्थानीय समय का बोध कराने के लिए भी किया जाता है। चूँकि पृथ्वी गोल है और एक बार अपनी धुरी पर घूमने में अर्थात् 360^0 घूमने में इसे 24 घंटे लगते हैं अतः 15^0 घूमने में इसे एक घंटा लग जाएगा और 1^0 घूमने में इसे चार मिनट लगेंगे। ग्रीनविच से गुजरने वाली देशान्तर रेखा शून्य समय का बोध कराती है अतएव इसे पूर्व प्रतिअंश जाने पर समय चार मिनट बढ़ेगा और पश्चिम जाने पर उसी तरह चार मिनट प्रतिअंश घटेगा। इसका तात्पर्य यह है कि ग्रीनविच से पूर्व के लोग सूर्य को पहले देखेंगे और पश्चिम के लोगों के यहाँ सन्ध्या बाद में ढलेगी इस प्रकार यदि ग्रीनविच (लन्दन) में दोपहर है तो तमिलनाडु (80^0E) में सायं के 5 बजकर 20 मिनट हो रहे होंगे और न्यूयार्क (74^0W) में लन्दन से चार घंटे 56 मिनट पीछे अर्थात् सुबह के 7 बजकर 4 मिनट हो रहे होंगे। धरती का अपनी धुरी पर पश्चिम से पूर्व घूमना विभिन्न स्थानों पर समय का बोध पृथक्-पृथक् करायेगा।

महाद्वीप एवं द्वीप

द्वीप भूमि के उस भाग को कहते हैं जो चारों ओर से पानी से घिरा होता है। ये एकाकी भी हो सकते हैं और समूहों में भी। खुले महासागरों में या समुद्रों में या विशाल झीलों में ये कहीं भी हो सकते हैं।

महाद्वीपीय द्वीप कभी मुख्य भू-भाग के ही भाग रहे होंगे जो कालान्तर में उससे पृथक् हो गए। उनके बीच की भूमि के धँसने अथवा समुद्र के जल-स्तर में वृद्धि होने के कारण उसमें पानी भर जाने से भी अलगाव हो गया होगा। मुख्य भाग से उनके सम्बन्धों को उनमें निवास करने वाले जीव-जन्तुओं तथा उगने वाली वनस्पतियों की समानता के आधार पर समझा जा सकता है किन्तु अलगाव के बाद लम्बे समय

तक सम्पर्क न होने के कारण मुख्य भू-भाग की विशिष्टियों एवं लक्षणों से भिन्न विशिष्टियाँ एवं परिदृश्य उनमें विकसित हो सकते हैं। कुछ उदाहरणों से स्थिति और स्पष्ट हो जाएगी।

कुछ एकाकी द्वीप जैसे न्यूफाउंडलैंड तथा मुख्य भू-भाग के बीच बेले आइल स्ट्रेट (belle Isle Strait) है, मेडागास्कर एवं मुख्य भू-भाग के बीच मोजाम्बीक चैनल है। श्रीलंका एवं भारतीय उपमहाद्वीप के बीच पाक स्ट्रेट (Palk Strait) तथा तस्मानिया एवं उसके मुख्य भू-भाग के बीच बासस्ट्रेट (Bass Strait) है। इसी प्रकार फारमोसा द्वीप को उसके मुख्य भू-भाग से फारमोसा स्ट्रेट ने पृथक् कर रखा है।

धरती के सम्पूर्ण भू-भाग को महाद्वीपों में विभक्त किया गया है जिसकी संख्या सात है। ये एशिया, यूरोप, अफ्रीका, आस्ट्रेलिया, उत्तरी अमेरिका, दक्षिणी अमेरिका एवं अंटार्कटिका महाद्वीप हैं जिनकी विशिष्टियाँ एवं जलवायु आदि अन्य भौतिक एवं पर्यावरणीय लक्षण पृथक्-पृथक् हैं। इनकी भौगोलिक स्थिति इनके अक्षांशों एवं देशान्तरों पर निर्भर करती है। प्रत्येक महाद्वीप के सन्दर्भ में विस्तार से चर्चा करना इस पुस्तक का उद्देश्य नहीं है अतएव सन्दर्भगत विषयों पर चर्चा करते समय ही इनका उल्लेख किया जाएगा।

प्रायद्वीपों या द्वीप समूहों का आकार-प्रकार भिन्न-भिन्न हो सकता है जैसे ब्रिटिश द्वीप समूह, भूमध्य सागर एवं एजियन सागर के वैलियारिक द्वीप समूह। कभी-कभी मुख्य भू-भाग के अन्तिम छोर के चारों ओर द्वीपों का एक आर्क या घेरा बन जाता है जिसे फेस्टून (Festoon) या द्वीप आर्क कहते हैं। द्वीपों के इस समूह को आर्कीपेलागो (Archipelago) कहते हैं। इनकी पर्वत श्रेणियों की निरन्तरता मुख्य भू-भाग में भी देखी जा सकती है। इस्टइण्डीज, एल्यूटियन द्वीप समूह (Aleutiam Islands), रियूकियू (Ryukyu) द्वीप समूह, कुराइल द्वीप समूह एवं प्रशान्त महासागर के द्वीप समूहों के घेरे इसके उदाहरण हैं।

महासागरों के बीच पाए जाने वाले द्वीपों का मुख्य भू-भाग से कोई सम्बन्ध नहीं होता है बल्कि वे भू-भागों से सैकड़ों-हजारों मील दूर महासागरों के बीच में होते हैं। उनके जीव-जन्तु तथा वनस्पतियाँ मुख्य भू-भाग से पृथक् विकसित होती हैं। मुख्य भू-भाग से दूर होने के कारण ये द्वीप अधिकांशतः वहीं के निवासियों से आबाद होते हैं जिनका आबादी-घनत्व बहुत कम होता है। इनका निर्माण भूगर्भीय गतिविधियों एवं ज्वालामुखीय गतिविधियों के कारण होता है। अधिकांश ऐसे द्वीप सुषुप्त अथवा निष्क्रिय ज्वालामुखियों के शंकुशीर्ष हैं। हवाई का मौना लोवा (Mauna loa) इसका सर्वोत्तम उदाहरण है। यह समुद्र के जल-स्तर से 13680 फुट ऊपर तथा इसका आधार समुद्र की सतह से 18000 फुट नीचे समुद्र तल पर है। अधिकंाश ज्वालामुखीय द्वीप महासागरों की जलमग्न पर्वत श्रेणियों के शीर्षों पर अवस्थित हैं। ज्वालामुखीय द्वीपों का बिखराव लगभग सभी महासागरों में है। प्रशान्त महासागर में कई समूहों में

वे बिखरे पड़े हैं जैसे हवाई, गैलाप-गोज द्वीप समूह तथा दक्षिणी सागर द्वीप समूह, अट्लांटिक महासागर में अजोर्स, असेन्शन, सेंट हेलेना, मदायरा एवं कैनारी द्वीप समूह। हिन्द महासागर में मारीशस एवं रीयूनिमान द्वीप समूह। अंटार्कटिक महासागर में साउथ सैंडविच द्वीप समूह, बोबेटद्वीप एवं दूसरे अन्य इसके उदाहरण हैं।

कोरल या मूँगा-द्वीप

ऊष्ण कटिबन्धीय समुद्रों में कई तरह के सूक्ष्म जीवों एवं वनस्पतियों की विशाल आबादी रहती है जैसे मूँगे के सूक्ष्मजीव, जिन्हें पालिप्स (Polyps) कहते हैं, कैलकेरियस एलगी या सैवाल, कठोर आवरण वाले शंख जीव तथा चूना ($CaCO_3$) निःसरित करने वाली वनस्पतियाँ। यद्यपि ये जीव बहुत ही सूक्ष्म होते हैं किन्तु उनकी सूक्ष्म कोशिकाओं के अन्दर कैल्सियम कारबोनेट ($CaCO_3$) निःसरित करने की उनकी क्षमता ने समुद्र के अन्दर एक विशिष्ट प्रकार के भू-दृश्य का निर्माण किया है जिन्हें कोरल रीफ (Coral-Reef) या प्रवाल भित्तियाँ कहते हैं, जो विभिन्न आकार-प्रकार एवं रंगों में पाई जाती हैं। समुद्र की सतह के ठीक नीचे अनुकूल परिस्थितियों में ये खूब फलती-फूलती रहती हैं।

मूँगे के जीव पालिप मूँगे के छोटे-से आवरण जैसे खोल में रहते हैं जो मूँगे की चट्टानें बनाते हैं। जब ये जीव मरते हैं तब इनके आवरण एक-दूसरे से चिपककर कठोर चूने की चट्टानों का आकार ग्रहण कर लेते हैं जिसे कोरललाइन लाइम स्टोन (Coralline Lime Stone) कहते हैं। मूँगे की कुछ प्रजातियाँ ऐसी भी होती हैं जो चट्टानों का निर्माण नहीं करतीं जैसे प्रशान्त महासागर का प्रेशस कोरल (Precious Corals) एवं भूमध्य सागर के लाल मूँगा (Red Corals) जो गहरे ठंडे पानी में भी जीवित रह सकते हैं। सामान्यतया मूँगे के जीव उष्णकटिबन्धीय क्षेत्र के उथले गुनगुने जल में ही प्रचुरता के साथ फलते-फूलते हैं।

मूँगे की चट्टानों का निर्माण करने वाले सूक्ष्म जीव उष्णकटिबन्धीय क्षेत्र में, जहाँ समुद्री जल का तापमान 200 सेल्सियस (68^0F) से कम न हो तथा वहाँ ठंडे जल की धाराएँ न हों, पाए जाते हैं। यही कारण है कि महाद्वीपों के पश्चिमी किनारों पर इनकी बस्तियाँ दिखाई नहीं देतीं। दूसरी तरफ गर्म जलधाराओं जैसे गल्फस्ट्रीम, जो समुद्र के जल सतह के ठीक नीचे बहती है और उसका रुख उत्तर की ओर होता है, के कारण मूँगे की आबादी अन्ध महासागर में वेस्टइंडीज के उत्तर की ओर दूर तक फैली देखी गई है। वैसे प्रशान्त एवं हिन्द महासागर में भी प्रचुरता के साथ प्रवाल भित्तियों का सिलसिला वहाँ अधिक पाया जाता है जहाँ का तापमान इनके लिए सर्वाधिक अनुकूल होता है।

मूँगा अपने पोषण के लिए शैवाल (एलगी) पर आश्रित रहता है जिसे अपना भोजन बनाने के लिए सूर्य के प्रकाश की आवश्यकता होती है। इसलिए समुद्र की

गहराई 180 फीट से अधिक नहीं होनी चाहिए क्योंकि इसके नीचे सूर्य का प्रकाश इतनी मात्रा में उपलब्ध नहीं हो पाता कि प्रकाश संश्लेषण की क्रियाएँ प्रचुरता के साथ सम्पन्न हो सकें और शैवाल अपना भोजन बना सके। शैवाल यदि नहीं होगी तो मूँगा भी पोषण के अभाव में जीवित नहीं बचेगा। पालिप के लिए पानी भी आवश्यक है अतएव उसके अभाव में भी वह जीवित नहीं रह पाएगा, अतएव जहाँ इनकी आबादी बनेगी वह पानी में डूबा रहना चाहिए जिसकी गहराई लगभग 100 फीट से अधिक न हो। पानी स्वच्छ एवं निक्षेपरहित होना चाहिए, जो बहता हुआ तथा खारा हो, इसलिए किनारे में कुछ दूर समुद्र में उथला निर्मल पानी ही मूँगे के विकास के उपयुक्त माना गया है। यही कारण है कि मूँगे का विकास नदियों के मुहाने पर नहीं होता क्योंकि वहाँ पानी मिट्टीयुक्त गँदला तथा मीठा होता है जो मूँगे के लिए उपयुक्त नहीं है। यही कारण है कि मूँगा समुद्र की ओर निचली चट्टानों के सहारे पनपता है क्योंकि वहाँ निरन्तर लहरों का आना-जाना लगा रहता है जो अपने साथ लवण एवं ऑक्सीजनयुक्त स्वच्छ जल लाती हैं। इसके अतिरिक्त लहरें अपने साथ सूक्ष्म जीवों एवं जीवाणुओं का सैलाब भी लाती हैं जो मूँगे का भोजन है।

जो चट्टानें (Reef) मुख्य भू-भाग से समुद्र की ओर निकलकर समुद्र में दूर तक बढ़ती चली जाती हैं उन्हें फ्रिंजिंग रीफ्स (Fringing Reefs) कहते हैं। मुख्य भू-भाग से कभी-कभी ये किसी उथले जल वाली लगून (Lagoon) से पृथक् हो जाती है। फ्रिंजिंग रीफ्स के बाहरी ओर मूँगे काफी तेजी से विकसित होते हैं क्योंकि वहाँ लहरें प्रचुर मात्रा में ऑक्सीजन एवं सूक्ष्म कीटाणुओं की आपूर्ति करती हैं जो पालिप का भोजन है। ये चट्टानें दूर तक गहराई में चली जाती हैं किन्तु 100 फुट तक की गहराई तक ही मूँगे पनप पाते हैं।

एक बैरियर रीफ (Barrier Reef) मुख्य भू-भाग से किसी बड़े एवं गहरे जलमार्ग अथवा गहरी लगून द्वारा पृथक् की गई होती है। बैरियर रीफ आंशिक रूप से पानी के भीतर डूबी रहती हैं। जहाँ ये पानी के ऊपर होती हैं वहाँ इनके ऊपर रेत और मिट्टी जम जाती है जहाँ कुछ वनस्पतियाँ उग आती हैं। बैरियर रीफ में स्थान-स्थान पर निकास मार्ग भी प्राकृतिक तौर पर उपलब्ध रहते हैं जहाँ से लगून एवं खुले सागर में जल का आदान-प्रदान होता रहता है। ये जलमार्ग व्यापारिक दृष्टि से भी बहुत महत्त्वपूर्ण होते हैं क्योंकि इसके माध्यम से लगून के भीतर जलयानों का आना-जाना सम्भव हो पाता है। क्वीन्स लैंड, आस्ट्रेलिया के समुद्री किनारों से दूर समुद्र की ओर जो रीफ है उसे ग्रेट बैरियर रीफ कहते है जो लगभग 1200 मील (1931 कि.मी.) लम्बी है और समुद्री किनारे से 100 मील (161 कि.मी.) चौड़े एवं औसतन 200 फीट गहरे एक जलमार्ग से पृथक् की गई है।

एटाल (Attol) बैरियर रीफ की ही तरह होते हैं किन्तु ये किसी उथले लगून जिसके बीच में कोई भू-भाग नहीं होता, को चारों ओर से एक वृत्ताकार परिधि बनाते

हुए घेरे रहते हैं। परिधि किसी-किसी स्थान पर टूटी होती है जिससे साफ पानी खुले समुद्र में आ-जा सकता है। रीफ के अन्दरूनी हिस्से में रेत और चूने की चट्टानों के मलबे इकट्ठा हो जाते हैं जहाँ खजूर एवं ताड़ के पेड़ उग आते हैं। ये पेड़ लगून के खारे एवं गँदले पानी में बहुत अच्छी तरह विकसित होते हैं। इनके फल पानी में गिरते हैं और पानी के बहाव के साथ दूर-दूर तक छितरे टापुओं पर चले जाते हैं और फिर वहाँ विकसित होते हैं।

लगून का जल अपेक्षाकृत शान्त होता है जहाँ मछली मारने में आसानी होती है। इसके अतिरिक्त वहाँ नाव चलाना भी अपेक्षाकृत सरल एवं निरापद होता है। इसलिए ऐसी झीलों में जल क्रीडाएँ भी आयोजित की जाती हैं। मालद्वीप की शुभदीवा लगून झील जो श्रीलंका के पश्चिम स्थित है 40 मील चौड़ी है। हवाई उड़ानों एवं सैनिक अभ्यासों के लिए भी ये एटाल उपयोग में लाए जाते हैं।

अध्याय-5

धरती के भू-दृश्य

धरती का आमुख लगातार बदलता रहता है जिसको करने वाले कारक प्राकृतिक शक्तियाँ हैं जैसे बहता हुआ पानी, वर्षा, पाला, धूप, वायु, हिमनद एवं समुद्र की लहरें। इस प्रक्रिया को डीन्यूडेशन (Denudation) अथवा अनाच्छादन या निरावरण कहते हैं जो निरन्तर चलती रहती है। इसमें उपर्युक्त कारक कठोर चट्टानों के ऊपरी आवरण को हटा देते हैं और तब धरातल का बदला हुआ स्वरूप नजर आने लगता है। यह प्रक्रिया कभी न थमने वाली प्रक्रिया है जिसके कारण धरातल का स्वरूप भी समय-समय पर बदलता रहता है।

धरती के भौमिकी इतिहास के प्रारम्भिक क्षणों से ही कम-से-कम 9 पर्वतोत्पत्ति (Orogenic) अर्थात् पर्वत निर्माण भौमिकी गतिविधियाँ हो चुकी हैं जिसमें धरती की पपड़ी में वलन, उठान एवं दरारें पड़ गईं। इनमें से कुछ तो कैम्ब्रियन युग के पूर्व लगभग 60 करोड़ से 35 करोड़ वर्षों के बीच घटीं। हाल की पर्वतोत्पत्ति की घटनाओं में कैलीडोनियन, हरसिनियन एवं अल्पाइन पर्वतमालाओं का निर्माण हुआ, है। कैलीडोनियन पर्वतोत्पत्ति की प्रक्रिया में 32 करोड़ वर्ष पूर्व स्कैंडेनेविया एवं स्काटलैंड तथा उत्तरी अमेरिका के पर्वतों का निर्माण हुआ। समय के साथ इन पर्वतों ने अपने आकार-प्रकार तथा अपनी विशिष्टताओं को भी बहुत-कुछ खो दिया है। लगभग 24 करोड़ वर्ष पूर्व हरसिनियन भू हलचलों के फलस्वरूप यूराल पर्वत, ब्रिटेन के पेनाइन्स तथा वेल्श हाईलैंड्स, जर्मनी के हार्ज पर्वत, अमेरिका की अप्लेसियन पर्वतमालाओं तथा साइबेरिया एवं चीन के ऊँचे पठारों का निर्माण हुआ। इन पर्वतों के आकार में भी प्रकृति ने समय के लम्बे अन्तराल में बहुत-कुछ परिवर्तन ला दिया है। 3 करोड़ वर्ष पहले अल्पाइन पर्वतोत्पत्ति की प्रक्रिया के तहत आल्प्स, एण्डीज, हिमालय तथा राकीज जैसे विशाल एवं सर्वाधिक ऊँची पर्वत श्रेणियों का निर्माण हुआ किन्तु समय बीतने के साथ अन्य की ही तरह इनका भी आकार घटेगा और समय के साथ क्षयित द्रव्यों से अगली पीढ़ी की पर्वतोत्पत्तिक गतिविधियाँ सक्रिय होंगी।

धरती के अन्दर होने वाली हलचलों एवं गतिविधियों तथा अनावरणीकरण (Denudation) की अनवरत चलने वाली प्रक्रिया से ही पृथ्वी का आमुख बनता-बिगड़ता रहता है जिसके फलस्वरूप पहाड़ियाँ, पर्वत, मैदान, पठार, रेगिस्तान, झीलों आदि का निर्माण हुआ है। उत्तरी कनाडा एवं उत्तरी यूरोप में ऐसी झीलों का निर्माण हिमयुग के उपरान्त हिम के पिघलने से निचले भू-भागों में जल के एकत्रित हो जाने के कारण हुआ है। फिनलैंड का 10% भाग झीलों से आच्छादित है जिसमें 35000 झीलें हैं।

हिम की तरह वायु भी परिदृश्य परिर्वतन का एक प्रबल कारक माना जाता है। शुष्क मरुस्थलों एवं कम शुष्क क्षेत्रों में क्षरण वायु के द्वारा ही होता है जहाँ से भारी मात्रा में रेगिस्तानी रेत एवं धूल अन्यत्र स्थानान्तरित कर दी जाती है और वे इलाके रेत से खाली होकर निचले इलाकों में बदल जाते हैं और कहीं-कहीं रेत की पहाड़ियाँ एवं ड्यून्स बन जाते हैं।

भूगर्भीय गतिविधियों एवं भूचाल से निर्मित भू-दृश्य

भूगर्भीय गतिविधियाँ धरती के धरातल के आमुख को बदल देती हैं। ठोस, तरल एवं गैसीय द्रव्य ऊपर धरातल तक भूरन्ध्रों, दरारों एवं ज्वालामुखियों के रास्ते आते रहते हैं। तरल मैग्मा चट्टानों के पिघलने से बनता है जो धरती की पपड़ी की कमजोर परतों को भेदकर ऊपर आकर ढलानों की ओर बढ़ने लगता है। धरातल का परिदृश्य मैग्मा की शक्ति एवं उसकी तरलता पर तो निर्भर करता ही है साथ ही रन्ध्रों, दरारों, सुराखों की बनावट तथा मैग्मा के बाहर निकलने के तरीकों का भी प्रभाव उस पर पड़ता है। तरल एवं तप्त मैग्मा धरातल तक आने के दौरान धरातल के नीचे से ठंडा होकर अन्तर्वेधीय (Intrusive) चट्टानों का रूप ले सकता है जैसा कि प्लूटोनिक चट्टानों के सन्दर्भ में पाया जाता है। जो मैग्मा धरातल तक या उसके ऊपर आ जाता है वहाँ ठंडा होकर चट्टानें निर्मित करता है जिन्हें इग्नीयस अथवा आग्नेय चट्टानें कहते हैं।

भूगर्भीय गतिविधियों से बनने वाले भू-दृश्य सामान्यतया सिल एवं डाइक्स हैं। जब तरल मैग्मा का अन्तर्वेधीय रिसाव सेडीमेंट्री चट्टानों के सहारे धरातल के समानान्तर होता है तो उसे सिल कहते हैं। डीन्यूडेशन अथवा अनावरणीकरण की क्रिया के फलस्वरूप ये चट्टानें दिखने लगती हैं जैसा कि उत्तरी-पूर्वी इन्सलैंड के ग्रेट ह्वीन सिल के सन्दर्भ में हम पाते हैं।

इसी प्रकार जब मैग्मा का अन्तर्वेधीय रिसाव लम्बवत् होता है तो उसके ठंडा होने से आग्नेय चट्टानों की एक पतली दीवार जैसी संरचना अस्तित्व में आ जाती है जिसे डाइक्स कहते हैं। अपने सँकरेपन के कारण डाइक्स भू-दृश्य को अधिक प्रभावित नहीं कर पातीं। इंगलैंड के यार्कशायर की क्लीवलैंड डाइक्स, स्काटलैंड के आरन तथा माल के टापुओं (Isles Of Mall) पर सैकड़ों की तादात में बिखरी

डाइक्स इसका उदाहरण हैं। क्वालालम्पुर के उत्तर में स्थित एक विशाल एवं प्रतिरोधी क्वार्जाइट डाइक द्वारा लम्बी रिज (Ridge) का निर्माण हुआ है।

बड़े पैमाने पर लावा के अन्तर्वेधीय रिसाव से बनने वाली चट्टानों का नामकरण उनके धरातल के नीचे बनने के तरीकों तथा उनके आकार का बोध कराता है जैसे लैकोलिथ्स (laccoliths), लोपोलिथ्स (Lapoliths), फेकोलिथ्स (Phacoliths), बाथोलिथ्स (Batholiths)।

लैकोलिथ एक विशाल फफोले के आकार की गुम्बदनुमा संरचना होती है जिसका ऊपरी भाग धरातल की ओर होता है और निचले भाग का आधार उन नलिकाओं के ऊपर अवस्थित होता है जहाँ से अन्तर्वेधीय लावा सेडीमेंटलीय चट्टानों के बीच में रिसता है। उत्तरी अमेरिका के उटाक क्षेत्र की हेनरी पर्वत शृंखलाएँ इसका उदाहरण हैं।

लोपोलिथ चट्टानों का आकार एक तश्तरी (Saucer) जैसा होता है। इसमें पत्थरों के बीच एक छिछली बेसिन का निर्माण होता है। दक्षिणी अफ्रीका के ट्रांसवाल के बुशवेल्ड लोपोलिथ्स इसके उदाहरण हैं।

फेकोलिथ आग्नेय चट्टानों का आकार लेन्स की तरह होता है जिसका शीर्ष एन्टीक्लाइन (Anticline) तथा पेंदा सिनक्लाइन (Syncline) होता है जिसमें धरातल के नीचे लावा का अन्तर्वेधीय रिसाव नलिकाओं द्वारा होता है। इंग्लैंड के श्रापशायर की कार्नडन पहाड़ी इस तरह की संरचना की उदाहरण है।

बाथोलिथ संरचना आग्नेय चट्टानों द्वारा निर्मित एक विशाल संरचना है जो मुख्यत: ग्रेनाइट पत्थरों से बनी होती है जिसके ऊपर की चट्टानों को हटाने के बाद विशाल एवं प्रतिरोधक ऊँचे भूतल का भू-दृश्य नजर आता है। आयरलैंड की विकलो (Wicklow) पर्वत श्रेणियाँ इसकी उदाहरण हैं। ब्रिटेन एवं फ्रांस के ऊँचे भाग और पश्चिम मलेशिया की मुख्य श्रेणियाँ भी इसी तरह की चट्टानों से निर्मित हुई हैं। समझा जाता है कि भूगर्भीय मैग्मा का विशाल सैलाब ऊपर आकर स्थानीय चट्टानों से संयोगित होकर ताप एवं दाब की उच्च अवस्था में चट्टानों के साथ रूपान्तरित (Metamorphised) हो गया और सैकड़ों मील तक फैल गया। अन्तर्वेधीय रिसाव से बनी यह चट्टानीय संरचना अद्भुत दृश्य उत्पन्न करती है।

ज्वालामुखीय उद्गार तथा धरती के भू-दृश्य

आज हम जानते हैं कि ज्वालामुखीय गतिविधियों का सम्बन्ध भूगर्भीय गतिविधियों के साथ-साथ धरती की पपड़ी में होने वाली उथल-पुथल से भी है। प्राचीन यूनान में यह विश्वास था कि पाताललोक का अधिपति देवता वलकन (Vulcan) जब सिसली के पास स्थित ज्वालामुखीय द्वीप वलकेनो (Vulcano) के नीचे स्थित भूगर्भीय भट्टी को दहकाता था तभी ज्वालामुखीय विस्फोट होते थे। उसी देवता एवं द्वीप के नाम पर ज्वालामुखी पर्वत का नाम वालकैनो (Volcano) पड़ा।

ज्वालामुखीय गतिविधियाँ वहाँ अधिक सक्रिय होती हैं जहाँ धरती में भूगर्भीय दरारें होती हैं। पर्वतों के मोड़ अथवा फोल्डिंस (Foldings) पर भी इनकी सक्रियता बढ़ जाती है। धरातल के नीचे प्रत्येक बीस मीटर गहराई पर तापमान में 170 से.ग्रे. की वृद्धि होती जाती है। धरती के नीचे पपड़ी से मिले हुए मैण्टल में द्रव्य अर्द्ध तरल अवस्था में रहता है जिसमें ठोस, तरल एवं गैसों का तप्त मिश्रण रहता है जिसे मैग्मा कहते हैं। मैग्मा में भूगर्भीय चट्टानें पिघली हुई दशा में होती हैं और प्रचुरता के साथ जो गैसें विद्यमान होती हैं उनमें कार्बन डाई-आक्साइड, हाइड्रोजन सल्फाइड, सल्फर डाई आक्साइड मुख्य हैं। थोड़ी मात्रा में नाइट्रोजन, क्लोरीन तथा प्रज्वलनशील एवं विस्फोटक गैसें भी उपलब्ध होती हैं जो भाप एवं अन्य गैसों के साथ मिलकर एक अत्यन्त विस्फोटक स्थिति को जन्म देती हैं जिनके साथ पिघला हुआ लावा ज्वालामुखी के मुख से निकलकर बाहर धरातल पर आता है।

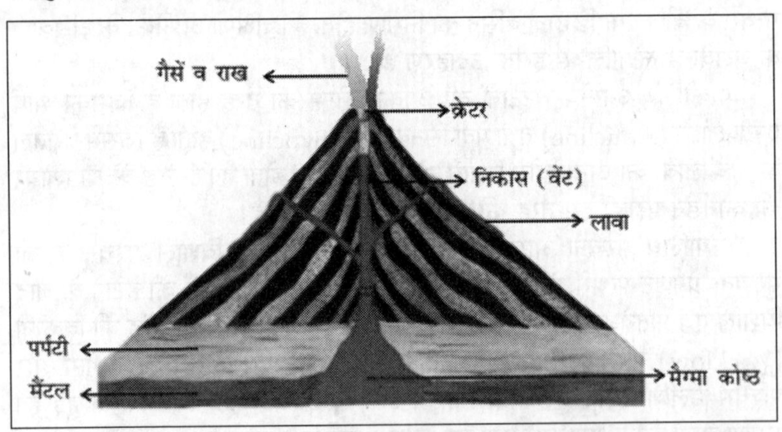

लावा दो प्रकार के होते हैं। एक तो वह जो अत्यधिक तप्त होता है जिसका तापमान 1000^0C या उससे भी अधिक हो सकता है, जिसमें लौह एवं मैग्नीशियम धातुओं की प्रचुरता होती है किन्तु सिलिका की मात्रा कम होती है। यह बैसाल्ट की तरह गहरे रंगों वाला और काफी तरल होता है और जब यह ज्वालामुखी के मुख से निकलकर उसकी ढलानों पर बहता है तो बिलकुल शान्त भाव से बहता है जिसमें सामान्यतया विस्फोट नहीं होता। इसका गाढ़ापन चूँकि बहुत कम होता है इसलिए इसके बहने की गति भी बहुत अधिक होती है—लगभग 15 से 50 कि.मी. प्रति घंटा। जमने के पूर्व यह लावा काफी लम्बे-चौड़े क्षेत्र में एक विशाल परत के रूप में फैल जाता है जिसकी मोटाई अधिक नहीं होती। परिणामी ज्वालामुखी पर्वत की ढलान का कोण (आधार के साथ) अधिक नहीं होता, इसलिए आधार पर उसका घेरा बहुत बड़ा होता है, इसलिए इसे लावा गुम्बद या

लावा ढाल (Lava Shield) कहते हैं। भूवैज्ञानिक इस तरह के लावा को बेसिक लावा (Basic Lava) कहते हैं।

दूसरे तरह का लावा जिसे एसिड लावा (Acid Lava) कहते हैं बहुत गाढ़ा होता है तथा रंग हलका होता है। इस लावा का घनत्व कम होता है किन्तु गलनांक बहुत अधिक होता है। इसमें सिलिका धातु की प्रचुरता होती है। गाढ़ा होने के कारण इसकी गति बहुत धीमी होती है अतएव जमने के पूर्व यह अधिक दूरी तक नहीं जा पाता जिसके कारण धरातल के साथ ढलान का कोण अधिक बनता है जिसके फलस्वरूप ऐसे ज्वालामुखी काफी ऊँचे होते हैं। कभी-कभी तो लावा इतना अधिक गाढ़ा होता है कि वह भूगर्भ से जुड़ने वाली नलिका जिससे लावा का उत्सर्जन होता है, में ही जम जाता है और आगे उत्सर्जन में अवरोध उत्पन्न करने लगता है जिसके कारण नीचे दाब बढ़ने लगता है और क्रान्तिक दाब से अधिक होने पर लाखों बमों की शक्ति से भयानक विस्फोट के साथ लावा उत्सर्जित होता है। इस तरह के विस्फोट को ज्वालामुखी बम या पाइरोक्लास्ट्स कहते हैं। कभी-कभी जब भूगर्भीय दाब इतना अधिक नहीं होता कि वह विस्फोट पैदा कर सके तो नलिका में जमा लावा एक गुम्बदनुमा उभार लिए हुए आकृति बना लेता है और धीरे-धीरे बहुत अधिक कठोर बन जाता है। मार्टिनिक (martinique) का पोली पर्वत (Mt. Polee) इसका उदाहरण है। क्षरण के कारण इस तरह से निर्मित गुम्बदनुमा आकृति बड़ी दिखने लगती है जैसे कि फ्रांस का पाई डि डोम (Puy De Dome)।

कुछ ज्वालामुखी सक्रिय होते हैं जिनसे सदैव अथवा रुक-रुककर धुआँ, गैसें तथा लावा निकलता रहता है। इनका मुख एक ही की तरह दहकता रहता है। ऐसे ज्वालामुखी, जिनका इतिहास सक्रिय ज्वालामुखी का इतिहास रहा हो किन्तु काफी समय से वे ठंडे पड़े हों और भविष्य में उनके सक्रिय होने की सम्भावनाएँ विद्यमान हों, को सुषुप्त ज्वालामुखियों की श्रेणी में रखा जाता है। और ऐसे ज्वालामुखी जो पुरातन काल में कभी सक्रिय रहे हों किन्तु हजारों वर्ष में उनमें कोई हलचल या उद्गार न हुआ हो को निर्जीव अथवा मृत मान लिया जाता है। सभी ज्वालामुखियों को सक्रिय, सुषुप्त एवं मृत इन तीनों अवस्थाओं से गुजरना पड़ता है, पर भूगर्भीय गतिविधियों की अनिश्चितता के कारण हम विश्वास एवं निश्चय के साथ नहीं कह सकते कि कोई सुषुप्त अथवा मृत ज्वालामुखी अपनी चुप्पी त्यागकर कब भड़क उठेगा। विसुवियस (Vesuvious) एवं क्राकाटाऊ (Krakatau) पर्वतों के विषय में कहा जाता था कि ये मृत हो चुके हैं किन्तु दोनों में अचानक भीषण विस्फोट हुआ जिनकी गिनती मानव इतिहास के सर्वाधिक भयानक विस्फोटों में की जाती है।

वैज्ञानिक यद्यपि इस पर एकमत नहीं हैं किन्तु पिछले 10000 वर्षों में जो ज्वालामुखी सक्रिय हुए उन्हें सक्रिय माना जा रहा है जिनकी संख्या 1500 बतायी जाती है और जिनके आस-पास लगभग 50 करोड़ लोग रहते हैं। सबसे अधिक

ज्वालामुखी प्रशान्त महासागर में हैं जो एक घेरा जैसा क्षेत्र है, जिसमें 400 से अधिक ज्वालामुखी एक श्रृंखला की तरह हैं जिसे आग का घेरा (Ring Of Fire) कहते हैं। भूमध्यसागर एवं अन्धमहासागर में भी सक्रिय ज्वालामुखी हैं।

समुद्र के नीचे भी ज्वालामुखी विस्फोट होते रहते हैं जिनसे निकलने वाला मैग्मा पृथ्वी पर सभी ज्वालामुखियों से निकलने वाले मैग्मा का 75 प्रतिशत आकलित किया गया है। समुद्र के नीचे ज्वालामुखी गतिविधियाँ टेक्टानिक प्लेटों के सन्धिस्थलों पर अधिक होती हैं जहाँ उनकी हलचलों के कारण सुराख अथवा दरारें बन जाती हैं जहाँ से मैग्मा निकल सकता है।

समुद्र के नीचे होने वाले विस्फोटों का प्रभाव पानी के कारण भू भाग में होने वाले विस्फोटों से पृथक् होता है। ताप सुचालक होने के नाते पानी भूगर्भ से निकले तप्त मैग्मा को बहुत शीघ्र ही ठंडा कर ठोस बना देता है जिसे ज्वालामुखी ग्लास कहते हैं। समुद्र में 2200 मी. की गहराई पर दाब 218 वायुमंडलीय दाब से भी अधिक रहता है जिसे पानी का क्रान्तिक दाब कहते हैं जहाँ पानी उबलता नहीं है। इस दाब पर पानी अतिक्रान्तिक तरल (Supercritical Fluid) बन जाता है। पानी के उबलने की आवाज न आने पर गहरे समुद्र में होने वाली ज्वालामुखीय गतिविधियों को सुन पाना कठिन होता है। ठंडे पानी के सम्पर्क में आने पर लावा का एक ठोस आवरण-सा बन जाता है जिसके भीतर लावा भूगर्भ से आकर उसे तकिए की तरह फुलाता रहता है जिसे पिलो लावा (Pillow Lava) कहते हैं। एक वैज्ञानिक अनुमान के अनुसार समुद्री जल में छिपे 30,000 ज्वालामुखी हो सकते हैं जिनकी औसत ऊँचाई समुद्र तल से 1000 मीटर है।

प्रशान्त महासागर में जल के नीचे दुनिया का सबसे बड़ा ज्वालामुखी छिपा है। इसे टामू मासिफ (Tamu Massif) कहते हैं जो हवाई के मौना लोवा से भी बड़ा है। मंगल ग्रह के ओलम्पस मान का यह तीन चौथाई है। टामू 400 मील चौड़ा है और केवल 2.5 मील अर्थात् 04 कि.मी. ऊँचा है। क्रीटेसियस युग के पूर्वार्द्ध में इसमें विस्फोट हुए हैं जो 14.4 करोड़ वर्ष पूर्व का समय है किन्तु उसके बाद से यह बुझा पड़ा है।

समुद्र में जो ज्वालामुखी हैं उनकी ढलान पानी के दाब के कारण तीखी अथवा खड़ी नहीं होती बल्कि उनका लावा आधार पर फैल जाता है जिसके कारण उनका घेरा बढ़ जाता है और वे समुद्री पठार जैसे दिखते हैं। टामू मासिफ के बारे में भी पहले यही सोचा जाता था और इसे वैज्ञानिक शैटस्काई उठान (Shatsky Rise Plateau) नामक समुद्री पठार का ही हिस्सा मानते थे। टामू मासिफ के आधार का क्षेत्रफल एक लाख वर्ग मील से भी अधिक है जबकि अब तक समझे जाने वाले सबसे बड़े ज्वालामुखी मौना लोवा का आधारीय क्षेत्रफल 2000 वर्ग मील ही है। टामू मासिफ की ढलान बहुत ही कम है इसलिए यदि कोई उस पर खड़ा हो तो यह कह पाना कठिन होगा कि उसकी ढलान किधर है। शीर्ष पर ढलान केवल 10 है

और यह आधार तक जाते-जाते बहुत कम अर्थात् $\frac{1}{2}^{0}$ से भी कम हो जाती है जबकि हमारे घरों की सीढ़ियों की ढलान 400 होती है।

ज्वालामुखियों से निकले लावा, राख एवं मलबे से आस-पास का भू-दृश्य बदल जाता है। तरल बेसिक लावा कम गाढ़ा होने के कारण दूर तक बहता चला जाता है जिससे मैदानों एवं पठारों का निर्माण होता है जैसे उत्तरी अमेरिका की स्नेक बेसिन (Snake Basin) का विशाल लावा मैदान। बैसाल्ट पठार लगभग सभी महाद्वीपों में पाए जाते हैं जैसे डकन के उत्तर-पश्चिमी भाग एवं आइसलैंड के पठार।

ज्वालामुखीय शंकुओं का निर्माण बहिर्बेधी (Extrusive) रिसाव की एक अद्‌भुत संरचना है। अति तरल लावा गुम्बदों एवं ढाल की आकृति वाली संरचना का निर्माण करते हैं जिनका शीर्ष लगभग सपाट होता है और ढलान बहुत हलकी होती है। हवाई द्वीप के ज्वालामुखी इसी तरह के पूर्ण विकसित गुम्बद की आकृति के हैं। दर्शनीय मौना लोवा (Mauna Loa) एवं किलोइया (Kilauea) तो इतने सुगम हैं कि उनका अध्ययन बहुत ही बारीकी से किया गया है। किलोइया में खड़ी चट्टानों वाला एक कालडेरा (ज्वाला मुख-कुंड) जिसमें सक्रिय निर्गम रन्ध्रों द्वारा लाल तप्त लावा भूगर्भ से निरन्तर उड़ेला जाता है, जिससे एक उफनते लावा कुंड का निर्माण होता है, जिसमें हजारों लावा के फौआरे ऊपर तक उठते हैं और गिरते हैं। भूवैज्ञानिकों का मत है कि एक शक्तिशाली विस्फोट ज्वालामुखी की संरचना को कमजोर बना देता है अतएव जब विस्फोट का प्रभाव कम हो जाता है तब तक ज्वालामुखी की कमजोर पड़ गई संरचना नीचे तरल मैग्मा के खौलते कुंड में ढहकर गिर जाती है। इससे खड़ी दीवारों वाले कूप के आकार का एक विशाल तप्तकुंड बन जाता है जिसमें लावा उफनता रहता है। इसी को कालडेरा (Caldera) कहते हैं। इसका आकार काफी विशाल होता है जो कई मील व्यास का हो सकता है। जब लावा का रिसाव बन्द हो जाता है तब कुंड के ऊपर की परत ठंडी होकर कठोर बन जाती है जो पेंदी का काम करती है जिसके ऊपर वर्षा का पानी भर जाता है और इस तरह एक खूबसूरत झील बन जाती है।

कम तरल या गाढ़ा लावा जो भीषण विस्फोट के साथ निकलता है अपने साथ राख, अंगारे और गाढ़ा धुआँ लेकर आता है। ऐसा लावा खड़ी ढलान का निर्माण करता है। ऐसे ज्वालामुखी कम ऊँचे किन्तु समूहों में पाए जाते हैं जिनकी ऊँचाई एक हजार फीट से अधिक नहीं होती जैसे नेपल्स के पास स्थित नूआवो (Nuovo) पर्वत एवं मैक्सिको का पारीकुटीन (Paricutin) पर्वत। यह लावा इतना गाढ़ा होता है कि दूर तक नहीं जा पाता। जब यह घाटियों से गुजरता है तब यह एक जीभ जैसी आकृति बनाता है जिसे लावा जिह्वा अथवा लावा टंग (Lava tongue) कहते हैं। नदियों के सँकरे भाग को कभी-कभी यह अवरुद्ध कर उसमें बाँध जैसा बना देता है जिससे जल प्रवाह रुक जाता है और वहाँ एक झील बन जाती है।

ज्वालामुखी उद्‌गारों में छोटे-छोटे पत्थर के टुकड़े हजारों फीट ऊपर प्रक्षेपित कर दिए जाते हैं जो धीरे-धीरे ज्वालामुखी के चारों ओर दूर तक गिरकर बिखर जाते हैं। राख एवं धूल के सूक्ष्म कण इतनी अधिक ऊँचाई तक प्रक्षेपित कर दिए जाते हैं कि गिरने के पहले वे कई बार पृथ्वी का चक्कर लगा चुके होते हैं। राख काली बर्फ के रूप में गिरती है जो घरों तक को ढक सकती है। विस्फोट में प्रक्षेपित पत्थर के टुकड़ों को पायरोक्लास्ट्स (Pyroclasts) कहते हैं जिसमें सुलगते एवं धधकते अंगारों अथवा लापिली (Lapilli), स्कोरिया (Scoria), प्यूमिस (Pumice) एवं ज्वालामुखी बमों को भी शामिल कर लिया जाता है।

सबसे ऊँचे एवं सर्वाधिक आम ज्वालामुखी कई शंकुओं के एक संयुक्त तंत्र की तरह होते हैं जिनका निर्माण कई विस्फोटों के दौरान मुख्य भाग से निकलने वाले लावा, राख एवं अन्य पदार्थों से होता है। प्रत्येक विस्फोट एक नई परत जमा कर देता है जिससे पर्वत ऊँचा उठता जाता है। मुख्य नलिका से अधिक नलिकाएँ अथवा डाइक्स ढलान तक आती हैं जहाँ से लावा निकलता रहता है। सिसली के एटना पर्वत में सैकड़ों ऐसे शंकु हैं जहाँ से लावा एवं धुआँ निकलता रहता है। स्ट्रामबोली पर्वत तो धधकता ही रहता है जिसके कारण उसे भूमध्यसागर का प्रकाश-स्तम्भ कहते हैं। विसूवियस, फूजी, पोपाकैटापेट एवं चिमबोराजी पर्वत संयुक्त ज्वालामुखियों के उदाहरण हैं।

विस्फोट के बाद ज्वालामुखी पर्वत का मुख एक कटोरे के आकार का हो जाता है जिसे क्रेटर कहते हैं जिसमें ज्वालामुखी के सक्रिय न होने पर वर्षा का पानी भर जाता है जो एक झील की तरह लगता है। सुमात्रा की तोबा झील इसी तरह बनी है।

मानव जाति के इतिहास में जिन ज्वालामुखियों ने भयानक तबाही मचायी थी उसमें विसूवियस, क्राकाटाऊ एवं पेली पर्वतों का नाम पहले लिया जाता है।

24 अगस्त, 79 ई. को विसूवियस पर्वत जो नेपल्स की खाड़ी के 4000 फीट ऊपर स्थित है जैसे सोते से जाग गया और भयानक विस्फोट के साथ उसमें से अति तप्त श्वेत लावा उसके पराश्रयिक शंकुओं (Parasitic Cones) से बहने लगा। कानों को बहरा कर देने वाले विस्फोट के साथ गैसीय मैग्मा विशाल चमकीले बादल की तरह आकाश में बहुत ऊँचे तक छा गया। पाम्पेई नगर, जो दक्षिण-पूर्व में बसा था 20 फीट राख व मलबे के नीचे दब गया और विस्फोट के बाद जब पानी बरसा तब यह मलबा सीमेंट की तरह कठोर होकर कांक्रीट बन गया। इसी तरह पश्चिम की ओर बसा हरकुलेनियम नगर 50 फीट मोटाई के कीचड़, सुलगते पत्थर एवं राख के नीचे दब गया। दोनों नगरों के निवासी कालकवलित हो गए। इसके बाद छोटे-मोटे विस्फोट यदा-कदा होते रहे किन्तु विसूवियस की ढलानों की उपजाऊ मिट्टी ने किसानों को पुन: आकर्षित किया और वे वहाँ जाकर बस गए। और तब आया कयामत का दिन जब दिसम्बर 1631 ई. में एक भीषण विस्फोट के साथ

ज्वालामुखी के तपते हुए, लाल मलबे के साथ गाढ़े एवं शक्तिशाली गैसों के सैलाब ने 15 नगरों को तबाह कर दिया जिसमें लगभग सभी 4000 निवासी काल के गाल में समा गए। नेपल्स के ऊपर एक फुट मोटी राख की परत जम गई।

जावा एवं सुमात्रा के बीच सुण्डा जलडमरूमध्य में एक छोटा सा ज्वालामुखी द्वीप क्राकाटाऊ है जिस पर स्थित क्राकाटाऊ ज्वालामुखी में अगस्त, 1883 ई. में एक भीषण विस्फोट हुआ जिसे मानव के इतिहास का सर्वाधिक शक्तिशाली विस्फोट माना जाता है। राख के गहरे काले बादल 20 से 30 मील ऊपर तक चले गए थे जो वर्षा के साथ कीचड़ के रूप में जमीन पर बरसे और आस-पास के द्वीपों पर फैल गए। इतना अधिक मैग्मा विस्फोट से निकला कि समुद्र के नीचे एक विशाल कालडेरा (ज्वालामुखी तप्त कुंड) बन गया जिसमें दो-तिहाई द्वीप समा गया। विस्फोट का धमाका तीन हजार मील दूर आस्ट्रेलिया तक सुना गया। महीन धूल के कणों ने, जो वायुमंडल के ऊपरी भाग में चले गए थे, कई बार पृथ्वी के चक्कर लगाए। कई दिनों तक सन्ध्या के समय आकाश दमकता रहा। यद्यपि क्राकाटाऊ द्वीप पर आबादी नहीं थी परन्तु विस्फोट के कम्पन से 100 फुट ऊँची लहरें सागर में उठीं जिससे समुद्री किनारों पर रहने वाले 36000 लोग काल-कवलित हो गए। अर्द्ध शताब्दी तक शान्त रहने के बाद 1927 ई. में पुनः इसमें विस्फोट हुआ जिससे दहकता शंकु कुछ और ऊपर उठ गया जो 1952 ई. तक समुद्र की सतह से 220 फीट ऊपर उठ चुका था। इस नये ज्वालामुखी द्वीप का नाम अनक क्राकाटाऊ रखा गया है जिसका अर्थ है—क्राकाटाऊ पर्वत का शिशु।

मई, 1902 ई. में वेस्टइंडीज का पेली पर्वत फट पड़ा जो आधुनिक युग के महानतम विस्फोटों के लिए जाना गया। तप्त श्वेत लावा तथा अति तप्त भाप ढलानों पर तेजी के साथ फैली जिसे धधकते सैलाब नूई आर्देन्ते (Nuee Ardente) की संज्ञा दी गई। मार्टीनिके (Martinique) की राजधानी सेंटपियरे (St. Pierre) दहकते लावा के रास्ते में आ गई जो पूरी तरह जलकर नष्ट हो गई। 30000 की आबादी वाले इस शहर में केवल दो बचे। यह क्रम कई महीने तक चलता रहा, यहाँ तक कि आस-पास का समुद्र भी उबलने लगा और उसमें जो जहाज थे वे नष्ट हो गए। 1903 ई. के मध्य तक शंकु मुख के ऊपर धाराएँ 1000 फीट ऊपर तक आ गईं। धाराओं का निर्माण चिपचिपे लावा के ठंडा होने से हुआ था जो धीरे-धीरे मौसम के कारण क्षरित होते-होते छोटा हो गया है।

भूगर्भीय एवं ज्वालामुखी गतिविधियों के कारण ही गर्म पानी के सोते, कुंड बनते हैं एवं भाप तथा गैसों का उत्सर्जन होता है। गर्म जल के फव्वारों को गेसर (Geysers) कहते हैं जो अधिकांशतः विश्व में तीन स्थलों पर ही प्रमुखता के साथ उपलब्ध हैं। इनमें आईसलैंड के रुटोरुआ जनपद, न्यूजीलैंड तथा उत्तरी अमेरिका के यलोस्टोन पार्क के गेसर विख्यात हैं एवं पर्यटकों की खास पसन्द हैं। विश्व का सर्वाधिक चर्चित

गेसर यलोस्टोन नेशनल पार्क का 'ओल्डफेथफुल' (Old-Faithful) गेसर है जो औसतन प्रत्येक 63 मिनट के अन्तराल पर प्रस्फुटित होता रहता है।

गर्म जलधाराएँ तो बहुत आम हैं जो विश्व में लगभग हर कहीं पाई जाती हैं। हिमालय की पहाड़ियों में गर्म जल के सोते धार्मिक भावनाओं से भी जुड़े हैं। बदरीनाथ के तप्त कुंड में स्नान करना एक पवित्र कर्म माना जाता है। गर्म पानी के इन स्त्रोतों में कई प्रकार के खनिज एवं लवण घुले होते हैं। इसके कारण उनमें चिकित्सकीय गुण आ जाते हैं। आईसलैंड में तो हजारों गर्म पानी के स्त्रोत हैं जिनके गर्म जल को नलों के द्वारा पहुँचाकर घरों को गर्म रखा जाता है। जापान तथा हवाई में ऐसे स्थलों को पर्यटन केन्द्रों के रूप में विकसित कर दिया गया है।

भूकम्प

एक वैज्ञानिक अनुमान के अनुसार वर्ष में 50,000 से भी अधिक भूचाल अथवा भूकम्प की घटनाएँ घटती हैं। कुछ तो बहुत अधिक शक्तिशाली होते हैं जो भयानक तबाही मचा देते हैं। भूकम्प स्थानीय तौर पर तो सीमित दिखते हैं परन्तु उनका प्रभाव-क्षेत्र व्यापक होता है। यदि उनका उद्‌गम स्थल समुद्र में कहीं है तो विशाल लहरें जिन्हें ज्वारीय लहरें (Tidal Waves) या सुनामी (Tsunami) कहते हैं, भयानक तबाही मचा देती हैं। धरती में एक चौथाई इंच की भी कम्पन तरंगें भूकम्प लाकर भीषण तबाही पैदा कर सकती हैं।

1 नवम्बर, 1755 ई. को विस्वन में आया भूकम्प महानतम भूकम्पों की श्रेणी में रखा जाता है जिसके कारण समुद्र में 35 फीट ऊँची लहरें उठीं और समुद्र के किनारों पर बसने वाली आबादी को तबाह कर दिया। अधिकांश भवन ध्वस्त हो गए और अनुमानतः 60000 लोग मारे गए। इस भूकम्प का प्रभाव 410 मील के दायरे में देखा गया।

1 सितम्बर, 1923 ई. को टोकियो एवं याकोहामा थर्रा गए। चारों तरफ आग लग गई जिससे 02 लाख 50 हजार जानें गईं और इससे भी अधिक जख्मी हो गए।

वर्ष 1906 ई. में सैन फ्रांसिस्को के भूकम्प ने सैन फ्रांसिस्को के अधिकांश भाग को तबाह कर दिया था। चीन के काँसू क्षेत्र में वर्ष 1920 ई. में आए भूकम्प ने दो लाख मनुष्यों की जान ले ली और पुनः वर्ष 1927 ई. में आए भूकम्प ने तो एक लाख लोगों को जिन्दा दफन कर दिया। वर्ष 1968 ई. में मोरक्को में आए भूकम्प में 10,000 लोग मारे गए थे। इसी तरह की अन्यान्य घटनाएँ आएदिन घटती रहती हैं जिसमें भारी पैमाने पर धन-जन की क्षति होती है।

भूकम्पों के आने के कई कारण हैं किन्तु इनका सम्बन्ध ज्वालामुखियों से अधिक है। प्रशान्त महासागर में आग का घेरा इनके विशिष्ट क्षेत्र हैं। बताया जाता है कि 70% भूकम्प सरकम पैसेफिक पट्टी (Circum Pacefic Belt) में आते हैं।

20% भूकम्प एशिया माइनर को लेते हुए भूमध्य-हिमालय पट्‌टी (Mediterranean Himalayan Belt) तथा उत्तरी पश्चिमी चीन में आते हैं। अन्य स्थानों पर धरती की पपड़ी सुस्थिर एवं दृढ़ है अतएव वहाँ भूकम्पों के आने की सम्भावना कम है किन्तु यह कोई प्रामाणिक कथन नहीं है। इस प्रकार ऐसे 10% भूकम्प कहीं भी आ सकते हैं।

हिमाच्छादन एवं उसका प्रभाव

इस समय लगभग 2.5 करोड़ घन कि.मी. (60 लाख घन मील) हिम धरती पर है जिसमें मुख्यत: अंटार्कटिक तथा ग्रीनलैंड के क्षेत्र हैं। हिमयुग के दौरान उसके उत्कर्ष काल में आधे से अधिक उत्तरी अमेरिका का उत्तरी भाग एवं स्कैंडेनेविया तथा उत्तरी साइबेरिया के भू-भाग हिम की विशाल परतों के नीचे दबे थे। उस समय एक अनुमान के अनुसार कदाचित् 7.5 करोड़ घन कि.मी. (1.8 करोड़ घन मील) हिम धरती पर था, अर्थात् आज जो जल महासागरों में है का 5 करोड़ घन कि.मी. (1.2 करोड़ घन मील) जल उस समय धरती के भूभागों पर सघन ठोस हिम के रूप में था।

हिमयुग के उत्कर्ष के समय भी धरती पर उपलब्ध कुल जल का केवल 4 प्रतिशत ही हिम के रूप में उपलब्ध था जो धरती का तापमान बढ़ने पर हिमनदों के रूप में हिमयुग के उत्तरार्द्ध में सरकने लगा। इसका अर्थ यह हुआ कि हिमयुग के दौरान भी 96 प्रतिशत जल महासागरों में तरल रूप में ही था। परिणामस्वरूप जलीय जीवन पर हिमयुग का कोई उल्लेखनीय प्रतिकूल प्रभाव नहीं पड़ा होगा। यद्यपि समुद्री जल का तापमान कुछ कम अवश्य हो गया होगा, परन्तु दूसरी ओर ठंडे जल में ऑक्सीजन गैस जो समुद्री जीवों को भी साँस लेने के लिए आवश्यक है, अधिक घुलती है और कदाचित् यही कारण है कि ध्रुवप्रदेशीय क्षेत्र के जलक्षेत्र में विशाल स्तनपाई जीव जैसे ह्वेल, ध्रुवीय भालू, सील आदि रह पाते हैं क्योंकि उनके खाने के लिए वहाँ प्रचुर मात्रा में छोटे जल-जीव एवं मछलियाँ उपलब्ध रहती हैं।

हिमयुग का पर्यावरण समुद्री जीवन के लिए कदाचित् अधिक उपयुक्त था। परन्तु इसके विपरीत थल भाग की परिस्थितियाँ जीवन के लिए अधिक अनुकूल नहीं थीं। वर्तमान में धरती के थल भाग का 10 प्रतिशत क्षेत्र हिमाच्छादित है जबकि हिमयुग के दौरान इसका तीन गुना अर्थात् 30 प्रतिशत भाग हिम से ढका हुआ था जिसका अर्थ यह है कि वर्तमान में उपलब्ध 11.7 करोड़ वर्ग कि.मी. (4.5 करोड़ वर्ग मील) हिमरहित थलक्षेत्र के स्थान पर उस समय केवल 9 करोड़ वर्ग कि.मी. (3.5 करोड़ वर्ग मील) क्षेत्र ही रहने के लिए उपलब्ध रहा होगा। इतने मात्रा से ही हिमयुग की विभीषिका का आकलन नहीं किया जा सकता। स्थिति कदाचित् अधिक गम्भीर रही होगी।

हिमयुग के उत्कर्ष काल में तरल जल में हुई 4 प्रतिशत की कमी का तात्पर्य यह है कि समुद्र के जल-स्तर में 150 मीटर (490 फीट) की गिरावट आई होगी।

इससे महासागरों पर वैसे तो कोई विशेष असर नहीं पड़ा होगा परन्तु महासागरों के किनारे के उथले भाग जिन्हें महाद्वीपीय शेल्फ कहते हैं, से महासागर सरककर नीचे चला गया होगा और इस प्रकार जल से अनाच्छादित थल भाग थल-जीवन के लिए उपलब्ध हो गया होगा। उत्तर से दक्षिण की ओर पहले वनस्पतियाँ फिर उन पर आश्रित रहने वाला थल-जीवन धीरे-धीरे फैला होगा। वर्षा क्षेत्र भी दक्षिण की ओर सरके होंगे और जहाँ हिमयुग के पूर्व वर्षा की कमी अथवा न होने कारण मरुस्थल रहे होंगे, वहाँ वर्षा के होने से हरियाली आ गई होगी। आज का सहारा मरुस्थल हिमयुग के दौरान लहलहाता हरा-भरा मैदान रहा होगा। इस प्रकार यह कहा जा सकता है कि मरुस्थलों के कम होने और समुद्री जल-स्तर में कमी होने के कारण महाद्वीपीय शेल्फ से पानी के उतर जाने से थल-जीवन के लिए भू-भाग बढ़ गए होंगे और हिमयुग के दौरान मनुष्य हरे-भरे क्षेत्र की तलाश में दक्षिण की ओर आया होगा और हिमयुग के उपरान्त जब वर्षा-क्षेत्र पुनः उत्तर की ओर सरक गए होंगे और बर्फ पिघल गई होगी तो मनुष्य भी उनका अनुसरण करते हुए उत्तर की ओर गया होगा। हिमयुगों के आने-जाने का चक्रीय क्रम अनादि काल से चलता आ रहा है, परन्तु मनुष्यों के रहन-सहन पर इनका क्या प्रभाव पड़ा होगा, यह देखना बहुत ही दिलचस्प होगा।

गत हिमयुग के दौरान धरती की आबादी अधिक-से-अधिक 2 करोड़ थी। आज वह 750 करोड़ है। पहले मनुष्यों के आवास अस्थायी होते थे और पशुओं के लिए चरागाह एवं खाने के लिए हरे-भरे मैदानों एवं वन्य स्थलों की तलाश में वह अपने कबीलों के साथ वर्ष भर घूमता ही रहता था। उसके प्रवास कभी उत्तर तो कभी दक्षिण अथवा कभी पूर्व एवं पश्चिम कहीं भी हो सकते थे। यही कारण था कि हिमाच्छादन बढ़ने के साथ वह दक्षिण की ओर आ जाता था और घटने के साथ फिर उत्तर की ओर अपना रुख कर लेता था। वर्तमान में मनुष्य ने अपने स्थायी निवास बना लिए हैं और देशों की सीमाएँ मुक्त आवागमन तथा प्रवास के लिए प्रतिबन्धित कर दी गई हैं। इस प्रकार मनुष्यों के रहन-सहन एवं उनकी जीवन-शैली में पूर्वकाल की अपेक्षा बहुत अधिक बदलाव आ गया है।

पूर्वकाल में मनुष्यों की अधिकतर आबादी गावों में कबीलों के रूप में रहती थी जिसके अपने रीति-रिवाज एवं नियम होते थे। उनकी प्रकृति घुमक्कड़ी थी जिसके कारण जब वे किसी स्थान पर जाते थे वहाँ पहले से निवास करनेवालों के साथ वे संघर्ष भी करते रहते थे। जब राज्य विकसित हुए तब वर्चस्व स्थापित करने के लिए उनके बीच युद्ध भी होते थे। आज भी यह प्रवृत्ति देखी जा सकती है। विभिन्न देशों के सीमा विवाद आज भी विद्यमान हैं। तत्समय किसी दैवी आपदा अथवा मौसम में होने वाले बदलाव के कारण वे अपने स्थान बदल लिया करते थे। वर्तमान में स्थिति पूर्णतया भिन्न है। लोग चल एवं अचल सम्पत्तियों के स्वामी हैं जिन्हें छोड़कर जाना

उनके लिए काफी कठिन हो जाता है। स्थान परिवर्तन की प्रवृत्ति में कमी आ जाने के कारण अचानक मौसम में आए बदलाव के फलस्वरूप आई विभीषिका का असर पूर्व की अपेक्षा आज बहुत अधिक होगा। परन्तु हिमयुग की वापसी पर, जो अचानक नहीं होगा बल्कि उसमें हजारों वर्ष लग जाएँगे, हिमनदों अथवा ग्लेशियरों का आगे बढ़ना व पीछे हटना एक बहुत ही मन्थर गति से होने वाली प्राकृतिक गतिविधि है जिसके कारण मनुष्यों के प्रवास का बदला जाना एक बहुत ही मंद गति के साथ सम्पादित होने वाली प्रक्रिया होगी। इसके एक चक्र में अनुमानतः एक लाख वर्ष का समय लगता है जिसमें 50,000 वर्ष तक तो ग्लेशियर आगे बढ़ते हैं, कुछ समय के लिए थम जाते हैं फिर पीछे हटते हैं जिसमें 50,000 वर्ष लग जाते हैं। इस समय गत हिमयुग के उत्तरार्द्ध में हिमनदों के ध्रुवीय क्षेत्रों की ओर सिकुड़ने का क्रम लगभग समाप्ति पर है।

गत हिमयुग के हिम अग्रसरण (Advance) के अवशेष अभी शेष हैं क्योंकि वापसी (Retreat) पूर्णतया उतनी नहीं होती जितना अग्रसरण हो चुका होता है। ग्रीनलैंड का हिम-टोप गत हिमयुग की ही निशानी है। बढ़ते ग्रीन-हाउस प्रभावों अथवा किसी अन्य प्राकृतिक गतिविधि के फलस्वरूप भविष्य में कभी यदि महाग्रीष्म आए तब ग्रीनलैंड एवं ध्रुवों के हिम-टोपों की बर्फ पिघल सकती है जिसके फलस्वरूप महासागरों का जल-स्तर बढ़ जाएगा और जलप्लावन की भयावह स्थिति आ जाएगी। ग्रीनलैंड में 26 लाख घन कि.मी. (6,20,000 घन मील) हिम है। इसकी तथा कुछ उत्तरी ध्रुव के निकट द्वीपों की बर्फ पिघल जाए तो महासागरीय जल-स्तर में 5.5 मीटर (17.5 फीट) की वृद्धि हो जाएगी जिसके फलस्वरूप सागर तटों पर बसी निचले इलाकों की बस्तियाँ जैसे न्यूओरलीन्स जलप्लावित हो जाएँगी, परन्तु यदि यह प्रक्रिया धीरे-धीरे होती है तो स्थान परिवर्तन के लिए पर्याप्त समय मिल जाएगा और वहाँ रहनेवालों को अन्य सुरक्षित स्थानों पर स्थानान्तरित किया जा सकेगा। बिना किसी पूर्व संकेत अथवा अचानक घटने वाली आपदाओं जैसे भूकम्प, ज्वालामुखी विस्फोट, उल्कापात, बादल फटने आदि से होने वाली आकस्मिक प्रबल जलवृष्टि, सुनामी आदि से होने वाले जलप्लावन से भयंकर तबाही मच सकती है जो वैश्विक न होकर स्थानीय होगी, परन्तु उसके परिणाम दूरगामी हो सकते हैं।

यदि कभी ऐसी स्थिति आए जैसे किसी विशाल उल्कापिंड अथवा किसी क्षुद्र ग्रह से पृथ्वी की टक्कर हो जाए तो अंटार्कटिक का हिमटोप, जिसमें पृथ्वी पर उपलब्ध सम्पूर्ण हिम का 90 प्रतिशत समाहित है, भी पिघल सकता है, यद्यपि पिछली कई विनाशक घटनाओं के दौरान भी यह सुरक्षित रह गया था। तब समुद्र का जल-स्तर 55 मीटर (175 फीट) या उससे भी अधिक ऊपर उठ जाएगा। फ्लोरिडा, खाड़ी के कुछ देश ब्रिटेन के कुछ द्वीप, उत्तरी जर्मनी, नीदरलैंड आदि कुछ निचले इलाके उफनते समुद्र में समा जाएँगे।

हिमयुग के उपरान्त भू-दृश्य परिवर्तन

प्लाइस्टोसीन (Pleistocene) युग को हिमयुग भी कहते हैं जो 18 लाख वर्ष पूर्व से 11700 वर्ष पूर्व तक माना गया। लगभग 30000 वर्ष पूर्व शीतोष्ण कटिबन्धों के अधिकांश महाद्वीपीय भाग बर्फ की मोटी परतों के नीचे ढके थे। ऐसा अनुमानित है कि उत्तरी गोलार्द्ध का एक करोड़ बीस लाख वर्ग मील से भी अधिक भाग तत्समय बर्फ से ढका था जिसका आधा भाग तो केवल उत्तरी अमेरिका का ही भू-भाग था। इसमें यूरोप, ग्रीनलैंड एवं यूरेशिया के ऊँचाई वाले पर्वतीय इलाके सम्मिलित थे। कालान्तर में जब धरती का तापमान बढ़ गया और जलवायु गर्म होने लगी तब हिमाच्छादित क्षेत्र की सीमाएँ भी उत्तर की ओर सरकने लगीं। आज भी धरती पर दो हिम-टोप (Ice-Caps) विद्यमान हैं। उत्तर में उत्तरी ध्रुव एवं ग्रीनलैंड तथा दक्षिणी ध्रुव पर अंटार्कटिक-हिम क्षेत्र आज भी बर्फ की मोटी परतों से ढके हैं। उत्तरी ध्रुव का हिमाच्छादित क्षेत्र लगभग 7 लाख 20 हजार वर्ग मील में फैला है जबकि दक्षिण ध्रुव का हिमाच्छादित क्षेत्र बहुत ही विशाल है और वह 50 लाख वर्ग मील तक विस्तृत है जो उत्तरी ध्रुव के हिमाच्छादित क्षेत्र से सात गुना अधिक है। ये हिमाच्छादित क्षेत्र क्रिस्टलनुमा हिम की कठोर जमी हुई मोटी परतों से ढके हैं जिनकी औसत मोटाई एक मील से भी अधिक है। कहीं-कहीं तो यह मोटाई 2 से 3 मील है। अंटार्कटिका के मेरी वायर्ड लैंड (Marie Byrd Land) में हिम की मोटाई का मापन लिया गया है जो लगभग 14000 फुट अर्थात् 2.6 मील पाई गई है। इसके इतने अधिक भार से भू-भाग धीरे-धीरे धँस रहे हैं।

हिम-टोप के मध्य भाग से चारों तरफ हिम धीरे-धीरे ढलान पर सरकता है जिससे हिमनद (Glaciers) बन जाते हैं। ऊँचे पर्वतों की चोटियाँ सतह के ऊपर नूनाटक (Nunataks) की तरह उभरी होती हैं। जब विशाल हिमखंड जिन्हें आइस शीट्स (Ice sheets) कहते हैं सरकते-सरकते ध्रुव प्रदेशीय समुद्र के जल तक पहुँचते हैं तो वे मुख्य भाग से पृथक् होकर तैरने लगते हैं और फिर किसी खड़ी चट्टान से टकराकर छोटे हिमखंडों में विभक्त हो जाते हैं, जिन्हें आइसबर्ग (Iceberg) कहते हैं जिनका कोई निश्चित आकार नहीं होता है किन्तु उनका केवल एक नौवाँ भाग ही ऊपर दिखता है, बाकी जल के सतह के नीचे रहता है। बहते-बहते जब ये अपेक्षाकृत गर्म जल की ओर बढ़ते हैं तब इनका आकार हिम के पिघलने के कारण घटता जाता है और अन्ततः पूरी तरह पिघलकर ये सागर के जल में मिल जाते हैं और इसमें हिमीकरण के दौरान यदि कोई पत्थर का टुकड़ा अथवा कोई वस्तु अथवा मलबा फँसा रहता है तो वह समुद्र की तली में जा टिकता है।

ध्रुव प्रदेशों के अतिरिक्त धरती के अन्य भागों में भी हिमरेखा (Snowline) के ऊपर पर्वतीय क्षेत्रों से भी हिमनदों के सरकने एवं हिम स्खलन की प्रक्रिया अनवरत

चलती रहती है। हिमरेखा का तात्पर्य उस ऊँचाई से है जिसके ऊपर हिम टिका रहता है। ध्रुव प्रदेशों के पास तो यह रेखा समुद्र के जल-स्तर पर ही हो सकती है। आल्प्स पर्वत शृंखलाओं में यह रेखा 9000 फीट पर और विषुवत्‌रेखीय क्षेत्र में तो यह 17000 फीट पर बनती है जैसा कि किलिमंजारो पर्वत (Kilimanjaro) के सन्दर्भ में हमें ज्ञात है।

हिम के स्थायी क्षेत्रों का निर्माण सर्दियों में भारी हिमपात एवं गर्मियों में बर्फ के अत्यन्त कम पिघलने तथा कम अथवा नगण्य वाष्पीकरण के कारण सम्भव होता है। जहाँ ढलान हलकी होती है और खाली स्थान जहाँ धूप और हवा नहीं आती वहाँ हिमपात की बर्फ जमकर ठोस हिम बन जाती है। दिन में ऊपरी सतह की बर्फ थोड़ी खिसकती है किन्तु रात में फिर जम जाती है। यह प्रक्रिया निरन्तर चलती रहती है जब तक कि कठोर दानेदार बर्फ नहीं बन जाती, जिसे लैटिन भाषा में नेवे (Neve) तथा जर्मन भाषा में फर्न (Firn) कहते हैं। ढलान पर होने के कारण यह नेवे अपने भार से ही धीरे-धीरे सरकने लगती है जो अन्ततः हिम की नदी का रूप ले लेती है। इसका आकार जीभ जैसा होता है—आधार अथवा स्रोत की ओर चौड़ा किन्तु आगे की ओर नुकीला।

हिमनद यद्यपि तरल नहीं होता किन्तु इसके भार के कारण आधार चट्टान एवं इसके बीच पानी की एक तरल फिल्म बन जाती है जो इसे सरकने में मदद करती है। चूँकि इसके मध्य भाग में घर्षण कम होता है इसलिए आगे की अपेक्षा यहाँ सरकने की दर अधिक होती है। इसलिए मध्य भाग का हिम आगे के हिम पर आगे सरकने के लिए एक प्रकार का दबाव बनाए रखता है जिसके कारण हिम आगे बढ़ता है। आल्प्स में हिमनद के सरकने की गति औसतन तीन फीट प्रतिदिन है। ग्रीनलैंड में यह 50 फीट से अधिक हो सकती है किन्तु अंटार्कटिक में जहाँ नीचे की बर्फ न के बराबर पिघलती है और ढलान अधिक नहीं है वहाँ बहुत कठिनाई से दिन भर में हिमनद कुछ ही इंच अथवा कुछ भी नहीं सरकता। बर्नीज ओवर लैंड, स्विट्जरलैंड का एलेट्श हिमनद (Aletsch Glacier) 14 मील लम्बा है जो अल्पाइन पर्यटकों के लिए आकर्षण का केन्द्र बना रहता है। यद्यपि यह यूरोप का सर्वाधिक लम्बा हिमनद है किन्तु अलास्का एवं हिमालय के हिमनदों की तुलना में यह बहुत छोटा है। वे हिमनद इससे पाँच गुना बड़े हैं। पर्वत श्रेणियों की तलहटी में कई ओर से आकर हिमनद मिलकर एक बड़े हिमनद का रूप ले लेते हैं। इन्हें गिरिपद या पीड्मॉण्ट ग्लेशियर (Piedmont Glacier) कहते हैं। अलास्का का मालस्पिना हिमनद पीड्मॉण्ट ग्लेशियर है जो 65 मील लम्बा तथा 25 मील चौड़ा है और जो 1625 वर्ग मील क्षेत्र में फैला हुआ है। इतने विशाल संयुक्त हिमनद अब बड़े दुर्लभ हैं और अब अधिकांशतः घाटियों वाले या अल्पाइन हिमनद ही दिखाई देते हैं।

हिमनदों की भूमिका भूदृश्य-निर्माण में बहुत ही महत्त्वपूर्ण है। पर्वतीय एवं ऊँचे भू-भाग में इनकी भूमिका क्षरण उत्पन्न करने की होती है जबकि निचले इलाकों में

ये निक्षेपण का कार्य करते हैं। इस तरह हिमनद अपने पूरे जीवन-काल में क्षरणकर्त्ता, स्थानान्तरक एवं निक्षेपक तीनों ही भूमिका में नजर आते हैं।

एक हिमनद अपनी घाटी का क्षरण दो प्रकार से करता है जिसे प्लकिंग (Plucking) एवं एब्रैजन (Abrasion) कहते हैं। प्लकिंग से हिमनद जोड़ों को तथा आधार शिलाओं को जमा देता है किन्तु अलग-अलग पड़े पत्थरों एवं शिलाखंडों को उनके स्थान से उखाड़कर अपने साथ आगे लिए चलता है। एब्रैजन की क्रिया से हिमनद घाटी की तली एवं उसके किनारों पर एकत्रित मलबे आदि को साफ कर चमका देता है। बड़े एवं नुकीले पत्थर जब हिमनदों के साथ चट्टानों पर से गुजरते हैं तो उन पर वे अपनी रगड़ के निशान छोड़ जाते हैं जिन्हें स्ट्रीऐशन (Striation) या स्क्रैचिंग (Scratching) कहते हैं। ऐसे निशान सभी हिमनदों के गुजरने वाले रास्ते की आधारशिलाओं एवं भित्तियों पर देखे गए हैं। इस प्रक्रिया में चट्टानों के चूरे बन जाते हैं जिन्हें राक फ्लोर (Rock Flour) या पत्थर का आटा कहते हैं। क्षरण की दर कई बातों पर निर्भर करती है जैसे सरकने की गति, ढलान का कोण, हिमनद का वजन, हिम का तापमान और घाटी की भौगोलिक संरचना।

चट्टानों की दरारों में वर्षा का पानी तापमान अनुकूल होने पर जब जम जाता है तब उसका आयतन बढ़ जाता है और वह चट्टानों को तोड़ देता है। यह प्रक्रिया प्राकृतिक तौर पर सतत चलती रहती है और इस तरह बड़ी चट्टानें टूटती रहती हैं और उस रास्ते से जब कोई हिमनद गुजरता है तब वह इन पत्थरों के टुकड़ों के साथ अन्य मलबों को भी लेकर आगे बढ़ता है जिन्हें मोरेन (Moraine) कहते हैं। घाटी की तली पर उनको निक्षेपित करता हुआ जब वह समुद्र में मिलता है तब बचा-खुचा मोरेन समुद्र में उड़ेल देता है।

यद्यपि हिमयुग 30000 वर्ष पूर्व अपने उत्कर्ष पर था किन्तु उसके प्रभाव धरती के भू-दृश्यों के साथ-साथ मानवी गतिविधियों पर भी पड़ते रहे हैं जिसका क्रम आज भी जारी है। सबसे अधिक प्रभाव यूरोप और उत्तरी अमेरिका के समशीतोष्ण कटिबन्धों पर पड़ा है जो हिमयुग के दौरान बर्फ की चादर से ढके थे। दक्षिण की ओर एवं ऊँचे पर्वतीय तथा पहाड़ी क्षेत्रों में मन्थर गति से सरकने वाले हिमनद आज भी भू-दृश्यों को तराश रहे हैं। आल्प्स, एण्डीज एवं हिमालय में यह प्रक्रिया आज भी चल रही है।

मानवी गतिविधियों पर इसका प्रभाव दोनों ही तरह से पड़ता है। स्कैंडेनेविया के पहाड़ी क्षेत्रों में हिमनदों ने उपजाऊ मिट्टी को खुरचकर पहाड़ों को मिट्टीविहीन कर दिया है जिस पर कोई वनस्पति नहीं उगती। मिट्टी यदि है भी तो उसकी परतें इतनी पतली हैं कि फसलें नहीं उगायी जा सकतीं। जहाँ इनका असर नहीं है वहाँ वातावरण खूब हरा-भरा है तथा गर्मियों में वहाँ के हरे-भरे मैदान मवेशियों के लिए स्वर्ग की तरह होते हैं। सर्दियों में मवेशी फिर नीचे घाटियों में उतर आते हैं। चारा

आदि तलाशने में मवेशियों के इस आवागमन को ट्रांसह्यूमेन्स (Transhumance) कहते हैं। ईस्ट एंग्लिया एवं उत्तरी अमेरिका के मध्य-पश्चिम तथा यूरोप के मैदान दुनिया के सर्वोत्तम कृषि योग्य उपजाऊ मैदानों में से एक हैं, जिनका सृजन हिमयुग की समाप्ति के उपरान्त ही हुआ है। दूसरी ओर रेतीले और पथरीले मैदान हैं जो हिमनदों के निक्षेपण से बने हैं तथा दलदल एवं हिमाच्छादित मैदान जो हिम के पिघलने पर भी उपजाऊ नहीं बन पाए, वे हमें उत्तरी जर्मनी, मध्य आयरलैंड एवं बाल्टिक शील्ड में देखने को मिलता है।

धरती के भू-दृश्यों में नदियों एवं पहाड़ों तथा विशाल मैदानों की तरह झीलों की भी विशिष्ट भूमिका है। विशाल झीलें जो हिमयुग के उपरान्त हिम के पिघलने से अस्तित्व में आईं जैसे अमेरिका की विशाल झीलें, उत्तम जलमार्गों के निर्माण में सहायक बनीं। ऐसे देश जैसे स्कैंडेनेविया, स्विट्जरलैंड एवं कनाडा जहाँ कोयले का अभाव है, वहाँ जलधाराओं एवं जल-प्रपात, जो ऊँची घाटियों में बर्फ के पिघलने से बनते हैं, को बाँधकर जल-विद्युत् का उत्पादन किया जा रहा है। इसके अतिरिक्त इनकी मनोहर दृश्यावली पर्यटकों को भी आकर्षित करती है।

शुष्क क्षेत्र एवं मरुस्थल

देश के समस्त भू-भाग का पाँचवाँ भाग चट्टानी, पथरीला, रेतीला है अथवा मरुस्थलों से आच्छादित है। मरुस्थलों या रेगिस्तानों में कुछ भी नहीं उगता। यदि हम विश्व के मानचित्र का सावधानीपूर्वक अध्ययन करें तो हम यह पाएँगे कि विश्व के लगभग सभी मरुस्थल विषुवत् रेखा के 150 से 300 अक्षांश उत्तर एवं दक्षिण के क्षेत्र में ही सीमित हैं। ये सभी शुष्क क्षेत्र एवं मरुस्थल, व्यापारिक हवाओं की पट्टी में महाद्वीपों के पश्चिमी भाग में जहाँ व्यापारिक हवाएँ समुद्री किनारों से दूर बहती हैं, पाए जाते हैं। सागर की ठंडी जलधाराएँ उनकी नमी पूरी तरह सोख लेती हैं जिससे वर्षा नहीं होती। इन मरुस्थलों को इसी कारण ट्रेड-विंड मरुस्थल भी कहते हैं। ये मरुस्थल उष्णकटिबन्धीय तपते हुए मरुस्थल हैं, जहाँ जीवन दुर्लभ एवं कठिन है। इनमें विशाल सहारा मरुस्थल, अरब, ईरान एवं थार के मरुस्थल, कालाहारी, नामिव एवं अटाकामा के मरुस्थल, दक्षिणी-पश्चिमी अमेरिका (यू.ए.एस.) एवं उत्तरी मैक्सिको के रेगिस्तान मुख्य हैं।

महाद्वीपों के बीच में तापमान की विषमताओं के कारण भी शुष्क क्षेत्र सृजित हो जाते हैं जहाँ या तो बहुत कम वर्षा होती है या होती ही नहीं। गोवी एवं तुखकस्तान के मरुस्थल इसी तरह के हैं।

ऊँचे भू-भाग का क्षरण हवा एवं पानी के द्वारा सर्वाधिक होता है। क्षयित द्रव्य इनके द्वारा वहाँ से हटाकर दूसरे किसी स्थान पर स्थानान्तरित कर दिया जाता है जिनसे पाँच तरह के भू-दृश्यों का निर्माण होता है—

(1) पथरीले मरुस्थल या हमादा (Hamada) में रेतकण एवं धूल हवाओं द्वारा उड़ा ले गई होती है जिसके फलस्वरूप दूर-दूर तक केवल पथरीला एवं चट्टानी क्षेत्र ही नजर आता है। खुली हुई चट्टानें साफ-सुथरी व चिकनी दिखती हैं, पर वहाँ कुछ भी पनपने की सम्भावना नहीं होती। सहारा मरुस्थल के पथरीले रेगिस्तान जैसे लीविया का हमादा क्षेत्र होमरा (Hamada el Homra) एक इसी तरह का विशाल रेगिस्तान है जो 20 हजार वर्ग मील क्षेत्र में फैला है।

(2) रेग या पथरीले रेगिस्तान (Reg Or Stony Desert) विशाल होते हैं जिनमें पत्थर के छोटे-बड़े टुकड़े बिखरे पड़े होते हैं जिन्हें हवा उड़ा नहीं पाती किन्तु छोटे कण जैसे रेत व धूल उड़ा ले जाती है। इस तरह के रेगिस्तानों में आवागमन सम्भव है जिसके कारण ऊँटों के बड़े-बड़े झुण्ड यहाँ रखे जाते हैं। इसके लिए लीबिया एवं मिस्त्र में सरिर (Serir) शब्द का प्रयोग करते हैं परन्तु अफ्रीका में अन्यत्र इसे रेग (Reg) कहते हैं।

(3) अर्ग या रेतीले मरुस्थल में बेशुमार बादामी रंग की रेत होती है जिसमें हवा विभिन्न भू-दृश्यों की रचना करती रहती है—कभी टीले बन जाते हैं तो कभी लहरदार भू-दृश्य जिन्हें ड्यून्स (Dunes) कहते हैं अथवा कभी रेत पर पानी की लहरों जैसी आकृतियाँ बन जाती हैं। लीबिया का कैलान्शियो (Calanscio) रेत-सागर इसी तरह का एक विशिष्ट रेतीला मरुस्थल है। तुर्किस्तान में रेतीले मरुस्थल को कौम (kaum) कहते हैं।

(4) बैडलैंड नाम सर्वप्रथम अमेरिका के दक्षिणी डकोटा के शुष्क क्षेत्र को दिया गया जहाँ हवाओं और वर्षा ने पहाड़ियों का कटाव करते-करते तंग दर्रों एवं गहरी सँकरी घाटियों का निर्माण किया है जिन्हें रवाइन्स (Ravines) कहते हैं। एरिजोना का पेन्हेड मरुस्थल जो कोलोरेडो नदी के ग्रैण्ड कैनियन के दक्षिणी-पूर्वी भाग में स्थित है, इसका एक उदाहरण है।

(5) पर्वतों एवं ऊँचे पठारों पर पाए जाने वाले रेगिस्तान वायु एवं जल के क्षरण से बनते हैं। इनकी ढलानें खड़ी होती हैं जो बीच से सीधी कटकर घाटियाँ बनाती हैं जिन्हें वादियाँ (Wadia) कहते हैं। सहारा रेगिस्तान में अहागर (Ahaggar) पर्वतमालाएँ एवं तिबेस्ती (Tibesti) पर्वतमालाएँ इस तरह के पर्वतीय रेगिस्तानों के अच्छे उदाहरण हैं।

चूने के पत्थर एवं खड़िया (Lime Stones & Chalk) से निर्मित भू-दृश्य

चूने के पत्थर एवं खड़िया जमावटी चट्टानें हैं जिनका स्त्रोत कार्बनिक है। मूँगे (Corals) एवं समुद्री जीवों के कठोर खोलों (Shells) के समुद्र में जमने से इनका

निर्माण होता है। अपने शुद्ध रूप में चूने का पत्थर कैल्सियम कार्बोनेट या कैल्साइट (Calcite) का बना होता है पर यदि उसमें मैगनीशियम भी विद्यमान है तब उसे डोलोमाइट (Dolomite) कहते हैं। खड़िया चूने के पत्थर का शुद्ध रूप है जो नरम व सफेद होती है। चूने का पत्थर पानी में घुलनशील है अतएव वर्षा के पानी में घुलने के बाद वातावरण से कार्बन डाइऑक्साइड गैस लेकर यह एक दुर्बल अम्ल का निर्माण करता है। एक ऐसा क्षेत्र जहाँ चूने के पत्थरों का विस्तार हो एक अलग तरह का भू-दृश्य प्रस्तुत करता है। ऐसे भू-क्षेत्रों को कार्स्ट (Karst) कहते हैं जिनका नामकरण यूगोस्लाविया के कार्स्ट जनपद के नाम पर किया गया है जहाँ इस तरह के भू-दृश्य काफी विकसित रूप में विद्यमान हैं।

सामान्य तौर पर कार्स्ट क्षेत्र का भू-दृश्य बहुत ही उजाड़ एवं वनस्पतिविहीन होता है जहाँ कभी-कभी सीधी ढलानें देखने को मिलती हैं। सामान्यत: धरातल पर पानी के निकास का कोई साधन नहीं होता क्योंकि लगभग सभी पानी नीचे सोख लिया जाता है। दूसरी चट्टानों पर बहने वाली जलधाराएँ ही चूने के पत्थरों पर बहती हुई नजर आती हैं किन्तु वे भी कुछ ही दूर तक, आगे वे भी धरती द्वारा सोख ली जाती हैं। धरती के नीचे चट्टानों की दरारों अथवा उनके बीच के खाली स्थानों से गुजरती हुई ये धाराएँ जमीन के अन्दर-ही-अन्दर अपना रास्ता बनाती हुई आगे बढ़ती हैं। इस प्रकार धरती के नीचे जलधाराओं के बहने का एक जाल सा बिछा होता है जिनमें पानी बहता रहता है किन्तु धरातल की घाटियाँ एवं मैदान सूखे रहते हैं। पानी जब चूने के पत्थरों से रिसता हुआ धरती के नीचे कठोर रन्ध्ररहित (non porous) चट्टानों पर एकत्रित हो जाता है तो वह किसी उपयुक्त स्थान पर चश्मे के रूप में फूट पड़ता है। चूने के पत्थर बहुत अच्छी तरह से आपस में मिले होते हैं। इन्हीं सन्धियों एवं दरीचों में रिसता हुआ पानी नीचे कठोर रन्ध्ररहित चट्टानों तक पहुँचता है। चूने से बनी चट्टानों के तल पर असंख्य छेद होते हैं जिन्हें सिंक होल्स (Sink Holes) कहते हैं जिनके रास्ते पानी नीचे रिस जाता है। यार्कशायर का गोपिंग घीयल (Goping Ghyll) इसका एक उत्तम उदाहरण है। ये छिद्र विलायक (पानी) की क्रियाओं से आकार में बढ़ते भी जाते हैं। एक बार पानी जब चूने के पत्थरों द्वारा सोख लिया जाता है तब वह कन्दराओं, गह्वरों एवं रास्तों का निर्माण सन्धिस्थलों, अथवा कठोर रन्ध्ररहित चट्टानों के किनारे-किनारे स्वयं कर लेता है और जब भीतरी भाग की सुरंगें ढहती हैं तब एक खड़ी दीवारों वाली तंग घाटी या दर्रे (Gorge) का निर्माण होता है जैसा कि चेद्दार गोर्ज (Cheddar Gorge)। जहाँ छोटे-छोटे जल सोखने वाले छिद्र रहते हैं वहाँ एक बड़ा-सा छिद्र अथवा पोल बन जाता है जिसे डोलाइन (Doline) कहते हैं। कई डोलाइन छिद्र मिलकर गर्त-जैसा बड़ा गड्ढा बना लेते हैं जिसे उवाला (Uvala) कहते हैं। कुछ तो मीलों चौड़े होते हैं जिनमें चूने की बनी चिकनी मिट्टी होती है।

यूगोस्लाविया के भू-दृश्य में इस तरह के विशाल गर्त मिलते हैं जिन्हें पाल्जे (Polje) कहते हैं जो सैकड़ों वर्ग मील क्षेत्र में बिखरे होते हैं। वर्षा का पानी उनमें एकत्रित होकर झील बना देता है और सूखा क्षेत्र काफी उपजाऊ होता है।

धरती के नीचे मधुमक्खियों के छत्तों की तरह जलधाराएँ अपना रास्ता बना लेती हैं जिसके कारण उनके ढहने पर गुफाएँ और कन्दराएँ बन जाती हैं जिनमें कुछ में तो जलाशय एवं झीलें भी बन जाती हैं। चूने की चट्टानों के नीचे गुफाओं एवं कन्दराओं में अन्य विस्मयकारी संरचनाएँ पाई जाती हैं जैसे स्टैलेक्टाइट्स (Stalactites), स्टैलेग्माइट्स (Stalagmites) एवं स्तम्भ।

गुफाओं की छतों से जब पानी नीचे टपकता है तो पानी में घुले कैल्सियम कार्बोनेट ($CaCO_3$) की एक क्रिस्टलाइन ठोस एवं पतली नुकीली छड़ी जैसी छत से टपकती हुई संरचना अस्तित्व में आती है जिसे स्टैलेक्टाइट्स कहते हैं। जहाँ कैल्सियम कार्बोनेटयुक्त जल ऊपर से नीचे गिरता है वहाँ कैल्सियम कार्बोनेट के जमने से एक उभार जैसी संरचना बन जाती है जिसे स्टैलेग्माइट कहते हैं जो अधिक ऊँची नहीं हो पाती पर आधार उसका काफी बड़ा होता है तथा आकृति गोल होती है। इसी तरह काफी लम्बे समय तक पानी टपकने या बहने से स्टैलेक्टाइट्स एवं स्टैलेग्माइट्स के आकार बढ़ते रहते हैं और अन्ततः वे आपस में मिल जाते हैं तथा छत से फर्श तक एक स्तम्भ-जैसी संरचना अस्तित्व में आ जाती है जिसे कैलसाइट (Calcite) स्तम्भ कहते हैं। इस तरह की संरचनाएँ किसी भी लाइमस्टोन की सुविकसित गुफाओं में देखी जा सकती हैं जहाँ पानी ऊपर से नीचे टपकता है या धीरे-धीरे गिरता है। कुवालालम्पुर की वाटू गुफाएँ, मैमथ केव्स, न्यूमैक्सिको की कन्टुकी एवं कार्ल्सवाद की गुफाएँ तथा यूगोस्लाविया की पोस्तोजना गुफाएँ इस तरह की संरचनाओं के लिए विख्यात हैं।

यूगोस्लाविया का उत्तरी-पश्चिमी क्षेत्र चूने की चट्टानों से भरा पड़ा है। इसके अतिरिक्त विश्व में और भी स्थल हैं जहाँ इन्हें देखा जा सकता है जैसे दक्षिणी फ्रांस का कासेस (Causses) जनपद, ब्रिटेन का पेन्जन्स (Pennjnes) विशेषतः यार्कशायर एवं डर्विशायर, उत्तरी अमेरिका का केण्टुकी (Kentucky) क्षेत्र, मैक्सिको की यूकाटन पेनिन्सुला (Yucatan Peninsula), जमैका की काकपिट कण्ट्री (Cockpit Country) और पर्लिस (Perlis) की चूने की पहाड़ियाँ विशेषतः उल्लेखनीय हैं।

खड़िया अथवा चाक (Chalk) के भू-दृश्य चूने की चट्टानों वाले भू-दृश्य से थोड़ा भिन्न होते हैं। धरातल पर बहुत कम अथवा न के बराबर पानी बहने के साधन होते हैं। उन घाटियों में जहाँ नदियाँ बहती थीं वहाँ अब वे सूखी पड़ी हैं। इन्हें कूम्ब्स (Coombes) कहते हैं। चाक की पहाड़ियाँ गोल एवं कम ऊँची होती हैं। दक्षिणी एवं दक्षिणी-पूर्वी इंग्लैंड में उन्हें डाउन्स (Downs) कहते हैं। उत्तरी फ्रांस में भी ऐसी ही पहाड़ियाँ हैं। चाक के मैदानों में छोटी घास एवं झाड़ियाँ उगती हैं जो

चरागाह के रूप में विकसित की जा सकती हैं। चाक के भुरभुरेपन (Friable) के कारण उसकी चट्टानों में जल सोखने वाले छिद्र एवं धरातल के नीचे गुफाओं और कन्दराओं की जाल जैसी संरचनाएँ नहीं बनतीं।

झीलें

धरती के धरातल पर झीलें सर्वत्र पाई जाती हैं। पर्वतों पर घाटियों में और मैदानी क्षेत्रों में जहाँ कहीं भी पानी के रुककर संचित होने की सम्भावना होगी वहीं झील या जलाशय बन जाएँगे। इन्हें इनके आकार-प्रकार, गहराई अथवा निर्मित होने के तरीकों को दृष्टि में रखते हुए वर्गीकृत किया जा सकता है। छोटी झीलें कभी-कभी छोटे जलाशयों अथवा तालाबों जैसी दिखती हैं किन्तु कुछ तो इतनी बड़ी हैं कि उन्हें समुद्र कहना ही अधिक उपयुक्त होगा जैसे कान के आकार का कश्यप सागर 760 मील लम्बा एवं 3215 फीट गहरा है जिसका क्षेत्रफल 143550 वर्ग मील है जो मलेशिया देश के क्षेत्रफल से भी अधिक है।

विश्व की अधिकांश झीलें मीठे पानी की झीलें हैं जिनमें पानी नदियों द्वारा लाया जाता है और उनमें अतिरिक्त पानी के बाहर निकलने का भी रास्ता होता है जिसके कारण उनका जल-स्तर एक सीमा से अधिक बढ़ता नहीं और न ही उनमें बाढ़ आने की कोई सम्भावना होती है। उदाहरण के लिए जेनेंवा झील, पायांग झील, तथा अमेरिका की विशाल झीलें (ग्रेटलेक्स) मीठे पानी की ऐसी ही झीलें हैं।

ऐसी झीलें जो अधिकांशत: भूमध्यरेखीय क्षेत्रों में अवस्थित हैं जहाँ वाष्पीकरण अधिक होता है और वर्षा तथा नदियों द्वारा जल आपूर्ति कम होती है, उनका जल लवणयुक्त होता है और वे नमकीन होती हैं। उदाहरण के लिए मृत सागर (Dead sea) की लवणता 25% है और उटाह, अमेरिका की ग्रेटसाल्ट लेक की लवणता 22% है किन्तु काला सागर (Dead sea) जहाँ कई बड़ी नदियों से मृदुजल की आपूर्ति होती रहती है की लवणता केवल 1.7% है। प्लेआस (Playas) या साल्ट लेक्स (Salt Lakes) अधिकांशत: रेगिस्तानों में पाई जाती हैं।

झीलों का निर्माण कई तरीकों से होता है। धरती की पपड़ी जिसे क्रस्ट (Crust) कहते हैं अर्द्धतरल मैण्टल के ऊपर टेक्टानिक प्लेटों (Tectanic Plates) की पारस्परिक गतियों के कारण कहीं ऊँची और कहीं नीची हो जाती है। निचले भागों में पानी भर जाने से झीलें बन जाती हैं जिन्हें टेक्टानिक झीलें कहते हैं ये झीलें काफी विशाल एवं गहरी होती हैं। टिटीकोका झील का निर्माण एण्डीज पर्वत श्रेणियों के अन्दरूनी भाग में स्थित पठार के धँसने से हुआ है जो समुद्र की सतह से 12500 फीट की ऊँचाई पर स्थित है। कश्यप सागर जिसका क्षेत्रफल 143550 वर्ग मील है दुनिया की सबसे बड़ी झील है जो अपने निकटतम प्रतिद्वन्द्वी लेक सुपीरियर से भी पाँच गुना बड़ी है।

धरती की पपड़ी में दो समानान्तर फाल्टिंग के कारण रिफ्ट घाटी का निर्माण होता है जिसकी गर्त में वर्षा का जल अथवा नदियों-नालों द्वारा लाए गए जल के भराव से झील बन जाती हैं जिन्हें रिफ्ट घाटी झील कहते हैं। ये गहरी, सँकरी और लम्बी होती हैं। इनकी तली समुद्र की सतह से भी नीची हो सकती है। ईस्ट अफ्रीकन रिफ्ट वैली इसका एक उदाहरण है जो जाम्बिया, मलावी, तंजानिया, कीनिया और इथियोपिया से गुजरती हुई लाल सागर के किनारे-किनारे 3000 मील की दूरी तय करती हुई इजरायल एवं जार्डन तक चली जाती है। इस रिफ्ट तंत्र में तंगनीका झील विश्व की सर्वाधिक गहरी झील है जिसकी गहराई 4700 फीट है। इसके अतिरिक्त इसी रिफ्ट घाटी में मलावी रूडोल्फ, एडवर्ट, एलवर्ट झीलें भी हैं तथा मृत सागर भी है जो समुद्र की सतह से 286 फुट नीचे है और विश्व की सर्वाधिक नीची झील है।

ईस्ट अफ्रीकन रिफ्ट वैली (East African Rift Valley) को एफ्रो-एरेबियन रिफ्ट वैली (Afro-Arabian Rift Valley) भी कहते हैं जो एक अद्भुत रिफ्ट-तंत्र है। ब्रिटैनिका विश्वकोश के अनुसार इस तंत्र की लम्बाई 4000 मील (6400 कि.मी.) तथा औसत चौड़ाई 30 से 40 मील (48 से 64 कि.मी.) है।

भूविज्ञानियों का मत है कि लगभग 3 करोड़ वर्ष पूर्व अफ्रीका एवं अरब प्रायद्वीप के भू-भाग पृथक् हुए थे तभी से यह खाई (Rift) भी अस्तित्व में आई। इसका निर्माण सोमाली एवं न्यूबियाई प्लेटों का अरबी प्लेटों से पृथक् होने के कारण हुआ है। इस खाई का पूर्वी भाग इथियोपिया एवं कीनिया से गुजरता है तथा पश्चिमी भाग युगांडा से मलावी तक एक विशाल घेरा बनाता है। पहले पूर्वी भाग का निर्माण हुआ जिसका समय 3 करोड़ वर्ष से 2.5 करोड़ वर्ष पूर्व अनुमानित है, फिर इसके पश्चात् पश्चिमी भाग का निर्माण 1.5 करोड़ वर्ष से 1 करोड़ वर्ष पूर्व के बीच हुआ। नये साक्ष्यों से विदित होता है कि पश्चिमी भाग का निर्माण पहले आकलित समयावधि से पूर्व हो चुका था।

हिमयुग के दौरान हिमाच्छादित भू-भाग में हिमानी गतिविधियाँ झीलों के निर्माण में एक विशिष्ट एवं महत्त्वपूर्ण भूमिका निभाती हैं। हिमाच्छादन की प्रक्रिया जब प्रारम्भ होती है तो भूभागों के निचले भागों, गर्तों, घाटियों में हिम जम जाता है और उसके ऊपर समय के साथ परतें जमती जाती हैं जो अवक्षेपण की प्रक्रिया (Relegation) के फलस्वरूप जमकर ठोस हिम का रूप ले लेती हैं और इससे उनकी मोटाई बढ़ती जाती है।

हिमयुग के उपरान्त जब हिम पिघलता है तब कई क्रियाएँ एक साथ अथवा क्रमबद्ध ढंग से होती हैं जो भूदृश्यों को अपने-अपने तरीके से तराशती हुई नई दृश्यावली प्रस्तुत करती हैं। एक हिमनद जब घाटी में नीचे सरकता है तब वह घाटी के ऊपरी सिरे पर पत्थरों में अवतल आकार की धसकनें छोड़ जाता है जिन्हें हिमज गह्वर या सर्क (Cirque) या कोरी (Corrie) कहते हैं। इनकी आकृति गोल अथवा एक आरामकुर्सी की तरह होती है जिसमें पानी भरने से झील बन जाती हैं जिन्हें सर्क

झील कहते हैं। ब्रिटेन के लेक जनपद की रेक-टार्न झील इसका उदाहरण है। हिमानी गर्तों में पानी इकट्ठा होने से जो झीलें बनती हैं उन्हें रिबन लेक्स (Ribbon Lakes) कहते हैं। लेक अल्सवाटर इसका उदाहरण है।

मैदानी क्षेत्र में गड्ढों एवं निचले भागों में जमी हुई बर्फ जब पिघलती है तब उससे भी झीलें बन जाती हैं किन्तु इनका कोई निश्चित आकार नहीं होता और ये बहुत बड़ी भी नहीं होतीं। भूवैज्ञानिक इस तरह की झीलों को केटिललेक्स (Kettle Lakes) कहते हैं। इंग्लैंड की श्रापशायर की झीलें (Mores of Shropshire) एवं स्काटलैंड के आर्कनी (Orkney) की केटिल लेक्स इसका उदाहरण हैं।

हिम निर्घर्षण (Ice Scouring) से झीलें उस समय निर्मित हो जाती हैं जब घाटी में हिमानी गतिविधियाँ या हिम-पट्टिकाएँ निर्घर्षण से धरातल में गह्वर निर्मित कर देती हैं। हिमानी स्रोतों वाली ऐसी झीलों को राक-हालो झीलें (Rock Hollow Lakes) कहते हैं जिनकी फिनलैंड में तो भरमार है जिनके कारण फिनलैंड के निवासी अपने देश को सुओमी (Suome) अर्थात् झीलों का देश भी कहते हैं। 35000 से भी अधिक झीलें फिनलैंड में हैं।

हिमनद जब गुजरते हैं तब अपने साथ बहुत सारा पत्थर, मिट्टी, कार्बनिक एवं वानस्पतिक मलबों को लिए चलते हैं और रास्तों में तथा किनारों पर उन्हें निक्षेपित करते हुए आगे बढ़ते हैं। कभी-कभी यदि घाटी का तल सँकरा अथवा उभरा हुआ होता है तो वहाँ ये पत्थर एवं मलबे जिसे मोरेन (Morain) कहते हैं निक्षेपित हो जाते हैं और उनका आकार बढ़ते-बढ़ते एक बाँध का रूप ले लेता है। वहाँ पानी भर जाने से झील बन जाती है जैसे इंग्लैंड के झीलों के जनपद की विंडरमेयर (Windermere) झील।

हिमाच्छादित निचले भू-भाग जहाँ से जल निकासी की सम्भावनाएँ बहुत कम अथवा नहीं होती हैं वे छोटे-बड़े जलाशयों का स्वरूप ले लेते हैं। उत्तरी आयरलैंड की कण्ट्रीडाउन झील एक ऐसी ही झील है।

हिमानी गतिविधियों के अतिरिक्त अन्य प्राकृतिक कारणों जैसे ज्वालामुखीय गतिविधियों से भी झीलों का निर्माण होता है। ज्वालामुखी विस्फोटों से पर्वतशंकु का ऊपरी हिस्सा उड़ जाता है और वहाँ एक प्राकृतिक गह्वर जिसे क्रेटर कहते हैं का निर्माण हो जाता है। दीवारों के ढहने से इसका घेरा बड़ा हो जाता है जिसे काल्डेरा कहते हैं। सामान्यतया ये धसकनें सूखी होती हैं जिनकी पेंदी के चारों ओर गोलाकर प्राकृतिक दीवारों की एक अभेद्य संरचना होती है। सुषुप्त अथवा निर्जीव ज्वालामुखियों के इन क्रेटरों में वर्षा का पानी भर जाता है और इस प्रकार वहाँ एक झील बन जाती है। अमेरिका के ओरेगान क्षेत्र की क्रेटर झील वास्तव में एक कालडेरा झील है। उत्तरी सुमात्रा की तोबा (Toba) झील एवं नेपल्स के पास स्थित अवर्नस (Avernus) इसी तरह की झीलें हैं।

ज्वालामुखी विस्फोटों से निकला लावा ढलानों से सरकता हुआ जब घाटियों से गुजरता है तब घाटियों में जमकर बाँध बना देता है और वहाँ पानी रुककर एक झील का आकार ले लेता है। जार्डन घाटी में लावा के बहने तथा जमने से झील का निर्माण हुआ है जिसे गेलिली सागर के नाम से जाना जाता है। इसी तरह धरती के किसी भू-भाग के वर्षा, हिम, हवाओं तथा अन्य प्रकार से हुए क्षरण के फलस्वरूप अवतल (Concave) आकार की घसकनें हो सकती हैं जहाँ पानी इकट्ठा हो सकता है और तदनुसार झील बन सकती है। आइसलैंड की मीवाटन् झील (Myvatn) इसी तरह की एक झील है।

चूने के पत्थरों पर पानी के विलायक गुणों के कारण वर्षा के पानी के बहने से गह्वर बन जाते हैं जिनमें मलबा व महीन चिकनी मिट्टी उनकी पेंदी में बैठ जाने पर पानी का रिसाव रुक जाता है और इस प्रकार एक झील बन जाती है। चूने के पत्थरों से बनी भूमिगत गुफाओं अथवा कन्दराओं की छत के ढह जाने से भी लम्बी, सँकरी, भूमिगत झील बन जाती है जो ऊपर से पत्थरों के ढह जाने से दिखने लगती है। जुरा पर्वतमालाओं में लाक दि शैलेक्शां (Lac De Shaillexon) झील इसी तरह निर्मित हुई है।

विशाल धसकनें (Depressions) जिन्हें पोल्जीस (Poljes) कहते हैं, में समान्यतया पानी के निकलने का रास्ता नहीं होता अतः इनमें पानी भर जाने से झील बन जाती है। वर्षा के दिनों में तो पोल्जीस का पूरा क्षेत्र पानी से भर जाता है किन्तु सूखे मौसम में दायरा सिकुड़ जाता है जिसका प्रमुख कारण नीचे तली से पानी का रिसना है। यूगोस्लाविया की स्कुटारी झील इसका उदाहरण है।

रेगिस्तानों में हवा की गतिविधियों के कारण रेत उड़कर दूसरे स्थानों पर चली जाती है और वहाँ गहरा गड्ढा बन जाता है जहाँ से भूमिगत पानी फूटकर बाहर निकल आता है और उसमें एकत्रित होकर झील बना देता है। अत्यधिक वाष्पीकरण से इन झीलों का पानी नमकीन हो जाता है। ऐसी झीलें क़तर, मिस्र एवं अमेरिका के उटाह में पाई जाती हैं।

मनुष्यों द्वारा भी पानी के बड़े-बड़े जलाशयों का निर्माण जल विद्युत् परियोजनाओं के लिए तथा सिंचाई के लिए किया गया है। अमेरिका में कोलरैडो नदी पर हूवर बाँध (Hoover Dam) बनाकर मीड झील का निर्माण किया गया है।

मनुष्य ही नहीं पशुओं द्वारा भी बाँध बनाए जाते हैं। बीवर अथवा ऊदबिलाव इसमें माहिर हैं। ये समूहों में रहते हैं और पूरे पेड़ को अपने पैने दाँतों से काटकर गिरा देते हैं। फिर उनके छोटे-छोटे टुकड़े करते हैं और उन टुकड़ों को लुढ़काते हुए पानी के निकास की ओर ले जाकर बाँध बना देते हैं जिनके छिद्र मिट्टी से बन्द कर दिए जाते हैं और इस तरह पानी का रिसाव बन्द हो जाता है। प्रकृति के ये अभियंता इतने दक्ष एवं कुशल होते हैं कि इनके द्वारा बनाए गए बाँध अतिस्थायी होते हैं। उत्तरी

अमेरिका के यलोस्टोन नेशनल पार्क की बीवर लेक विश्वविख्यात है।

झीलें मनुष्य के लिए बहुत उपयोगी हैं। पर्यावरण सन्तुलन के साथ-साथ सामाजिक एवं आर्थिक दृष्टि से भी इनका महत्त्व है। उत्तरी अमेरिका की विशाल झीलें भारी वस्तुओं के परिवहन के लिए वरदान हैं। ग्रेट लेक्स-सेंट लारेन्स जलमार्ग 1700 मील (2736 k.m) की दूरी तक कोयला, लोहा, भारी मशीनें, अन्न एवं लकड़ी का परिवहन सुनिश्चित कराता है। एक अनुमान के अनुसार लेक ह्यूरान एवं लेक सुपीरियर को मिलाने वाली साल्ट-स्टेमैरी नहर (Sault-Ste Marie Canal) या सू कैनाल (Soo Canal) के रास्ते वर्ष के दौरान किया गया परिवहन स्वेज कैनाल एवं पनामा कैनाल के रास्ते किए गए परिवहन की सम्मिलित मात्रा से भी अधिक है।

विश्व भर में जल-विद्युत् के उत्पादन हेतु विशाल झीलों अथवा जलाशयों का निर्माण किसी नदी पर जिसमें वर्ष भर पानी प्रचुर मात्रा में रहता है, किया गया है। बिजली उत्पादन के लिए प्रयुक्त पानी को पुनः नदियों या नहरों के रास्ते ले जाकर कृषि हेतु तथा पीने हेतु उपयोगित किया जाता है। नियागरा जैसी नदियाँ जो एरी झील से निकलकर अण्टोरियो झील में गिरती है, को सदैव पानी पर्याप्त मात्रा में विद्युत् उत्पादन के लिए मिलता रहता है जबकि कैरोलिना की कैटावा नदी जो किसी झील से नहीं निकली है, में सूखे मौसम में पानी की कमी हो जाती है। पानी की कमी के कारण इसके किनारे पर बसने वाले उद्योगों पर भी प्रभाव पड़ता है जिसके कारण कई सूती मिलों को बन्द करना पड़ा। नील नदी पर बना आसवान डैम तथा सिंधु नदी पर सुकुर में बना बैराज भी इसी समस्या से ग्रस्त है।

नदियों के प्रवाह को नियंत्रित करने के साथ-साथ झीलों की प्रमुख भूमिका जलवायु को नियंत्रित करने की भी है। जल की उष्माधारिता अधिक होती है जिसके कारण वह थल (भू-भाग) की अपेक्षा देर से गर्म होता है और देर से ही ठंडा भी होता है। विशाल एवं गहरी झीलें इस कारण समुद्र तटों की ही तरह अपने किनारे से लगे भू-भाग के मौसम एवं जलवायु को न तो अधिक गर्म होने देती हैं और न ही अधिक ठंडा। सम जलवायु का होना वहाँ के रहन-सहन, उद्योगों और सामान्य जनजीवन सभी कुछ को प्रभावित करता है। ऐरी ओण्टारियो एवं ह्यूरान झीलों का पूर्वी किनारा पश्चिम किनारे की अपेक्षा गर्म रहता है क्योंकि आने वाली हवाएँ गर्म हो जाती हैं और वहाँ पाला (frost) विलम्ब से गिरता है। अंगूर की फसल के लिए यह क्षेत्र इसी कारण बहुत ही उपयुक्त है। विशाल झीलें जैसे मिशिगन लेक एवं कश्यप सागर भी जलवायु को इसी तरह नियंत्रित करती हैं।

झीलें लवण एवं खनिजों का भी स्रोत हैं। मृत सागर की लवणता बहुत अधिक होती है अतएव उसके जल से नमक निकाला जाता है। मोजेव रेगिस्तान की खारे पानी की झील से बोरेक्स निकालते हैं।

ध्रुव प्रदेश

उत्तरी गोलार्द्ध में आर्कटिक एवं दक्षिणी गोलार्द्ध में अंटार्कटिका ध्रुव प्रदेशों के नाम से जाने जाते हैं।

अंटार्कटिक यूरोप से बड़ा है और आस्ट्रेलिया का दो गुना है। इसका अधिकांश भाग एक मील (1.6 कि.मी.) मोटी बर्फ से ढका है। चूँकि यहाँ पानी न के बराबर बरसता है इसलिए इसे सर्द मरुस्थल भी कहते हैं। यह धरती का सर्वाधिक सर्द क्षेत्र है जहाँ का न्यूनतम तापमान 1983 में बोस्टाक शोध केन्द्र पर -89.2C (129^0F) दर्ज किया गया था जबकि आर्कटिक क्षेत्र में न्यूनतम तापमान -68^0C (-90^0F) दर्ज किया गया है। अंटार्कटिका में धरती का 90 प्रतिशत हिम है। यदि यहाँ की सभी बर्फ पिघल जाए तो समुद्र के जल का स्तर 200 फीट बढ़ जाएगा और आधी दुनिया डूब जाएगी।

अंटार्कटिका का हिम (Ice Sheet) 4 करोड़ वर्षों से विद्यमान है। सर्वाधिक तापमान 14.5^0C (58^0F) मापा गया है। अंटार्कटिका की बर्फ के नीचे लगभग 300 झीलें हैं जो धरती की गर्मी के कारण जमने से बची हुई हैं। अमेरिकी शोध केन्द्र के पास एक सक्रिय ज्वालामुखी है जो क्रिस्टल उगलता है। वर्ष 2000 में विशालतम हिमखंड जिसका क्षेत्रफल लगभग 11000 वर्ग कि.मी. था अंटार्कटिका से टूट गया था। यह हिमखंड जमैका से भी बड़ा था। वैज्ञानिकों का मानना है कि ये क्रियाएँ वहाँ होती रहती हैं।

बोस्टक झील एक मीठे पानी की झील है जो 2.5 मील बर्फ के नीचे है। यह ओनटारियों के बराबर है। इसकी अधिकतम लम्बाई 250 कि.मी., चौड़ाई 50 कि.मी. एवं गहराई 1.2 कि.मी. है। वायुमंडल से इसका सम्पर्क पिछले 1.5 वर्षों से नहीं हुआ है। कुछ समय पूर्व वहाँ ऐसे बैक्टीरिया मिले हैं जिन्हें पहले कभी नहीं देखा गया है। अब तक 3500 से भी अधिक जैविक प्रजातियाँ चिह्नित की जा चुकी हैं। इसी तरह की एक दूसरी झील एल्सवर्थ भी पश्चिमी अंटार्कटिका में 2.1 मील बर्फ के नीचे है जो 10 कि.मी. लम्बी एवं 150 मीटर गहरी है। इसे वर्ष 1996 में ढूँढ़ा गया था। अनुमान है कि पिछले 5 लाख वर्षों से इसका सम्पर्क बाहरी वातावरण से नहीं है। इन झीलों में पाए जाने वाले जीव वैज्ञानिकों के लिए विशेष महत्त्व रखते हैं।

गहरी झीलें इतनी नमकीन होती हैं कि वे जम नहीं सकतीं यद्यपि उनका तापमान हिमांक से बहुत नीचे लगभग -4^0F (-20^0C) होता है। अंटार्कटिका एक अत्यन्त बीरान क्षेत्र है जहाँ 200 मील प्रति घंटा अर्थात् 360 कि.मी. प्रति घंटे की गति से ध्रुवीय हवाएँ चलती हैं।

यद्यपि हिम एक बहुत ही असरदार उष्मा अवरोधक है किन्तु इसकी मोटी परतों में सुराख हो जाते हैं जिन्हें लीड्स एवं पालीन्यास (Leads & Ploynyas)

कहते हैं। लीड्स लम्बे आयताकार चैनल होते हैं जबकि पालीन्यास खुले और बड़ी झील जैसे होते हैं, जो प्राकृतिक निकास (Natural Vent) या चिमनी की तरह कार्य करते हैं जो सैकड़ों-हजारों वाट उष्मा प्रति वर्ग कि.मी. क्षेत्र से वायुमंडल में भेजते रहते हैं।

ध्रुव प्रदेशीय जलवायु एवं वनस्पतियाँ मुख्यत: उत्तरी गोलार्द्ध में आर्कटिक वृत्त ($66\frac{1}{2}^0$N) के उत्तर की ओर पाई जाती हैं। इन दीर्घ अक्षांशों वाले प्रक्षेत्र में हिमीकरण ग्रीनलैंड एवं ऊँचाई वाले क्षेत्रों तक ही सीमित रहता है, जहाँ पूरे वर्ष भर हिम पिघलता नहीं है। निचले भाग में कुछ माहों में बर्फ आंशिक रूप से पिघल जाती है, जहाँ टुण्ड्रा प्रदेशीय वनस्पतियाँ उग जाती हैं। इसमें ग्रीनलैंड के समुद्री किनारे, उत्तरी कनाडा एवं अलास्का के बंजर इलाके तथा यूरेशिया के आर्कटिक सी-बोर्ड आते हैं।

दक्षिणी गोलार्द्ध का अंटार्कटिक महाद्वीप बेहद सुनसान इलाका है जहाँ की बर्फ कभी नहीं गलती (Permafrost)। इसकी औसत मोटाई लगभग 2 मील है।

ध्रुव प्रदेशों की जलवायु बहुत ही सर्द होती है। उत्तरी गोलार्द्ध में जून एवं जुलाई माह में इसका तापमान सर्वाधिक होता है जो 10^0C (-30^0F) से कभी अधिक नहीं हो पाता। सर्दियों के मध्य जनवरी माह में तापमान बहुत नीचे अर्थात् -50^0C (-58^0F) तक गिर जाता है। भीतरी इलाकों में तो और भी कम तापमान रहता है। इस तरह देखा गया है कि वर्ष में केवल चार माह तक ही तापमान हिमांक के ऊपर होता है। सर्दियाँ लम्बी और असह्य होती हैं। गर्मियाँ छोटी किन्तु सहन करने योग्य ठंडी होती हैं।

आर्कटिक एवं अंटार्कटिक वृत्तों के भीतर कई सप्ताह तक लम्बे रात या दिन हो सकते हैं। उत्तरी एवं दक्षिणी ध्रुवों पर 900 उत्तर या दक्षिण अक्षांशों पर 6 माह की रात एवं 6 माह का दिन होता है। गर्मियों में यद्यपि 6 माह तक सूर्य नहीं डूबता किन्तु सूर्य आकाश में नीचे होता है जिसके फलस्वरूप सूर्य के प्रकाश एवं उष्मा का एक बड़ा भाग धरातल की बर्फ द्वारा प्रत्यावर्तित कर दिया जाता है और शेष भाग कुछ बर्फ को पिघलाने में व्यय हो जाता है। बर्फ के पिघलने में गुप्त उष्मा (Latent Heat) व्यय होती है जो वायुमंडल से ग्रहण की जाती है जिसके कारण हवा और भी अधिक सर्द हो जाती है इस कारण दिन होने के बावजूद मौसम सर्द ही बना रहता है।

जमीन के नीचे गहराइयों तक पानी मिट्टी में ठोस बर्फ के रूप में जमा हुआ रहता है और गर्मियों में गर्मी केवल ऊपरी 6 इंच तक ही मिट्टी में जमे पानी को पिघला पाती है। जमीन वर्ष के तीन-चार माह को छोड़कर शेष अवधि में हिमाच्छादित ही रहती है जिससे वनस्पतियाँ पनप नहीं पातीं। पाला तो कभी भी पड़ सकता है और बर्फीले तूफान जिनकी गति 130 मील प्रति घंटा (209 कि.मी.) हो सकती है आते ही रहते हैं। समुद्र के किनारे के इलाके जहाँ गर्म जलधाराएँ ठंडे वाले भाग को छूती हैं वहाँ घना कुहरा हो जाता है जो कई दिनों तक छाया रह सकता है।

टुण्ड्रा प्रदेश में वर्षा के दौरान तापमान एवं वर्षा का मापन अपरनाविक (Upar navik) ग्रीनलैंड (72^0N; 56^0W) में किया गया है। सर्दियों में सामान्यतः तापमान -8^0F (-22.2^0C) तक नीचे गिर जाता है जबकि गर्मियों में जुलाई माह सबसे गर्म होता है जब तापमान 41^0F (5^0C) तक हो जाता है किन्तु वर्ष का औसत तापमान 49^0F (9^0C) से नीचे ही रहता है। वर्षा केवल 9.1 इंच ही होती है जो अधिकतर हिमपात के ही रूप में होती है।

टुण्ड्रा प्रदेश में पेड़ नहीं होते क्योंकि पेड़ों के उगने एवं बढ़ने के लिए न्यूनतम तापमान जो आवश्यक है वह 50^0F (10^0C) है इसलिए यहाँ अधिकांशतः काई (Mosses), पत्थर का फूल या शैवाल जिसे लिचेन (Lichen) कहते हैं तथा नरकट एवं फूलों वाली घास जैसी वनस्पतियाँ जिन्हें सेज (Sedge) कहते हैं, ही उग पाती हैं। पानी के निकास की यहाँ समस्या रहती है क्योंकि जमीन के नीचे भी पानी जमी हुई हालत में ही रहता है। कहीं-कहीं अनुकूल परिस्थितियों में अविकसित बौनी प्रजातियों की चिकनी छाल वाले भूर्जदण्ड (Birches), विलो (Willow) एवं छोटे आल्डर (Alders) ही पनप पाते हैं। इन्हीं स्थानों में रेण्डीयर इनको चरकर जिन्दा रह पाते हैं। गर्मियों में बहुत थोड़े समय के लिए आर्कटिक पुष्प खिल उठते हैं जिससे टुण्ड्रा की अन्तहीन उदासी छँट जाती है। और इसी समय प्रवासी पक्षी भी यहाँ दिखते हैं, जो बर्फ के पिघलने से उत्पन्न कीड़े-मकोड़ों की तलाश में आ जाते हैं। स्तनपाई पशु जैसे भेड़िये, लोमड़ियाँ, मस्क-आक्स (Musk-Ox), आर्कटिक खरगोश एवं लेमिंग (Lemming) भी यहाँ रहते हैं।

समुद्री किनारों के आस-पास मानवी आबादी भी पाई जाती है जिन्हें एस्किमोज (Eskimos) कहते हैं। इनका जीवन बहुत ही कठिन है। सर्दियों में ये बर्फ के गोले जैसे घरों में जिन्हें इग्लू (Igloo) कहते हैं, रहते हैं, जिनकी फर्श एवं दीवारों पर ध्रुव प्रदेशीय जानवरों की खाल लगा दी जाती है। चूँकि बर्फ उष्मा की कुचालक होती है, इसलिए भीतर की गर्मी न तो बाहर जाती है और न ही बाहर की ठंडक भीतर आती है। इस प्रकार एस्किमोज अपने परिवार के साथ रह लेते हैं।

एस्किमोज का जीवन खानाबदोशों की तरह है। गर्मियों में ये जल-स्रोतों के आस-पास जानवरों की खालों से बने खेमे लगाकर रहते हैं जहाँ से ये मछलियों, सील, वालरस एवं ध्रुव प्रदेशीय भालुओं का शिकार कर अपना भरण-पोषण करते हैं। शिकार के लिए ये विशेष प्रकार के एक भाले जिसे हारपून कहते हैं का प्रयोग करते हैं। इनका निशाना अचूक होता है। पिछले 100 वर्षों में यूरोप एवं अमेरिका के प्रभाव के कारण तथा आवागमन की सुविधाओं में विकास होने से इनके रहन-सहन में भी बदलाव आया है। अब इनके घर लकड़ियों के बनने लगे हैं जिनको गर्म रखने के लिए आधुनिक संसाधनों का प्रयोग किया जाने लगा है तथा शिकार करने के लिए बन्दूक से छोड़ने वाले हारपूनों का प्रयोग होने लगा है।

अध्याय-6

धरती का वायुमंडल

धरती का वायुमंडल गैसों व पानी के वाष्प से बना है जो एक पारदर्शी खोल की तरह इसके चारों ओर इसके गुरुत्वाकर्षण से आबद्ध है। इसे सूरज से ऊर्जा मिलती है जिससे जलवायु बनती है। धरती के धरातल पर वायु सर्वाधिक सघन होती है और जैसे-जैसे हम ऊपर की ओर बढ़ते हैं इसकी सघनता कम होती जाती है। यह निश्चित नहीं है कि इसकी अन्तिम सीमा कहाँ है परन्तु सामान्यत: समुद्र की सतह से 600 मील अर्थात् लगभग 1000 कि.मी. ऊपर तक इसकी अन्तिम सीमा मानी गई है।

सबसे निचला स्तर जो धरातल से लगा हुआ है और जहाँ मौसम की सक्रियता बनी रहती है, को ट्रोपोस्फीयर कहते हैं जिसकी ऊँचाई लगभग 06 मील अर्थात् 10 कि.मी. तक मानी गई है। इसमें ऊँचाई के बढ़ने के साथ तापमान में गिरावट आती है। एक अध्ययन के अनुसार ट्रोपोस्फीयर धरातल से ध्रुवों के ऊपर 9 कि.मी. तथा विषुवत् रेखा पर 16 कि.मी. ऊपर तक फैला है जो वायुमंडल के सम्पूर्ण आयतन का मात्रा 1.4% है परन्तु इसमें सम्पूर्ण गैसीय मात्रा का 80% भाग समाहित है। इसका तापमान इसकी अन्तिम सीमा तक $-55^{o}C$ रह जाता है।

जलवायु निर्धारक तत्त्व जैसे तापमान, वर्षा, बादल, दाब एवं नमी ट्रोपोस्फीयर में स्थानीय तौर पर जलवायु एवं मौसम दोनों को ही सर्वाधिक प्रभावित करते हैं जिनका असर हमारे जीवन पर भी पड़ता है। वायुमंडल के निचले हिस्से में गैसों का एक निश्चित अनुपात पाया गया है जिसके अनुसार इसमें 78% नाइट्रोजन, 21% ऑक्सीजन, 0.03% कार्बन डाइऑक्साइड और अत्यन्त अल्प मात्रा में आर्गन, हीलीयम एवं अन्य दुर्लभ गैसें हैं। इसके अतिरिक्त इसमें जल अपने तीनों रूपों में अर्थात् जलवाष्प गैस के रूप में, वर्षा, बादल, सहिम वृष्टि (Sleet) में जल द्रव के रूप में तथा ठोस जल बर्फ एवं उपल वृष्टि के रूप में धरती पर आता है तथा जल-चक्र को पूर्ण करता है। ठोस कण जैसे धूम्रकण एवं जल के कण भी वायुमंडल में होते हैं जो वायुमंडल में विद्यमान जल वाष्प के कणों के संघनन एवं बादलों के

बनने में एक विशिष्ट भूमिका अदा करते हैं। वायुमंडल में जल का अनुपात घटता-बढ़ता रहता है और इसी कारण पृथ्वी के विभिन्न भागों की जलवायु एवं मौसम भिन्न-भिन्न होते हैं। यदि हमारा वायुमंडल शुष्क होता अर्थात् उसमें नमी न होती तो यहाँ कोई जलवायु न होती और न ही कोई मौसम।

ट्रोपोस्फीयर के ऊपर 50 कि.मी. तक स्ट्रैटोस्फीयर है। यह न केवल बहुत ठंडा है बल्कि बादल रहित भी है। इसकी हवा बहुत ही पतली एवं विरल है। इसमें जलवाष्प, धूल एवं धूम्रकण नहीं हैं किन्तु मौसम के साथ इसके तापमान में परिवर्तन होते हुए देखा गया है। इसे दो भागों में विभाजित किया गया है। **स्ट्रैटोस्फीयर** की सीमा प्रारम्भ होने के साथ इसका तापमान बढ़ने लगता है और समताप सीमा तक लगातार बढ़ता जाता है। उसके बाद **मेसोस्फीयर** आरम्भ होता है जहाँ से तापमान फिर गिरने लगता है और 80 कि.मी. की ऊँचाई तक पहुँचते-पहुँचते तापमान -75^{0}C रह जाता है, जहाँ से **थर्मोस्फीयर** प्रारम्भ हो जाता है और जैसे-जैसे ऊपर बढ़ते जाते हैं तापमान फिर बढ़ने लगता है। इस प्रकार हम पाते हैं कि वायुमंडल की विभिन्न

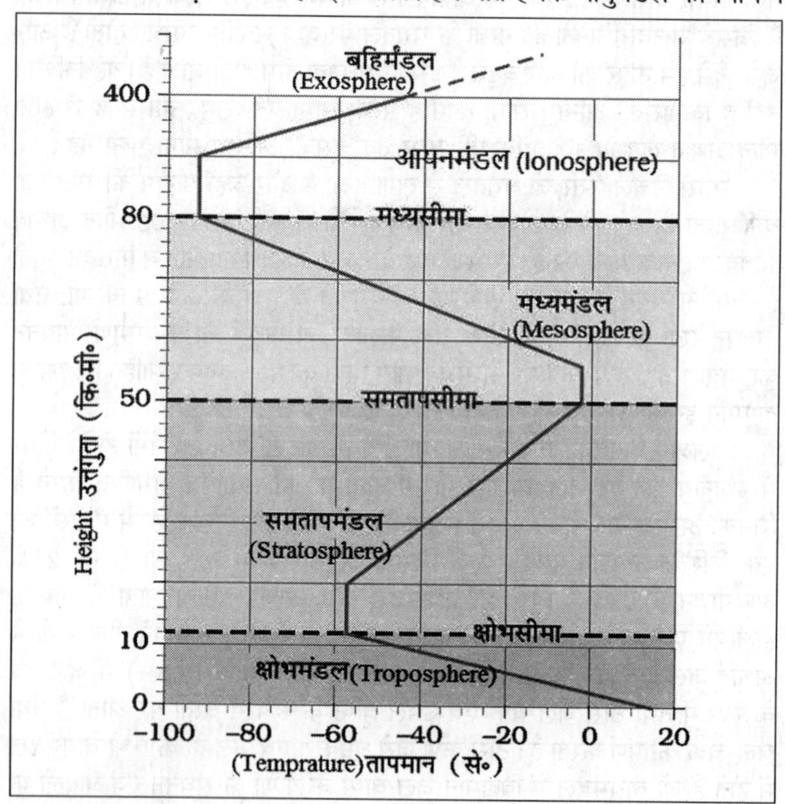

परतों के तापमान का क्रम एक जैसा नहीं है। **थर्मोस्फीयर** का तापमान 1400^{0}C तक बढ़ जाता है क्योंकि सूर्य की किरणें सीधे इसकी पतली व विरल हवा के अणुओं को अपनी उष्मा देती हैं जिसमें बादलों, धूलकणों अथवा वाष्पकणों का कोई अवरोध नहीं रहता है। इसमें उल्कापिंड गर्म होकर चमकने लगते हैं और इसी में उत्तरी एवं दक्षिणी ध्रुव-प्रकाश भी दिखते हैं।

स्ट्रैटोस्फीयर के ऊपरी परतों में सूर्य की पराबैंगनी किरणों के कारण गैस के अणुओं एवं परमाणुओं के विभवयुक्त आयन बन जाते हैं जिनकी कई परतें होती हैं जो कई सौ मील ऊपर तक विस्तृत हो सकती हैं। ये आयनीकृत परतें रेडियो संचार व्यवस्था के लिए अनिवार्य हैं जहाँ से रेडियो एवं दूरदर्शन की लघु तरंगें परावर्तित होकर पुनः धरती पर लौटती हैं जिन्हें रेडियो-रिसीवर तथा टी.वी. सेट द्वारा ग्रहण कर सुना अथवा देखा जा सकता है। विद्युत् विभवयुक्त आयनों के कारण इसे **आयनोस्फीयर** भी कहते हैं।

धरती के वायुमंडल का ऊर्जा-स्रोत सूर्य है जिसकी सतह का तापमान लगभग 6000^{0}C है। लगभग 9 करोड़ 30 लाख मील अथवा 15 करोड़ कि.मी. की दूरी तय करके सौर-ऊर्जा हम तक 8 मिनट 20 सेकंड में पहुँचती है। इस प्रक्रिया को इन्सोलेशन (Insolation) या सूर्यातपन कहते हैं। सौर-ऊर्जा विद्युत्-चुम्बकीय तरंगों के रूप में हमें प्राप्त होती है जिसमें पराबैंगनी विकिरण (Ultraviolet), दृश्य प्रकाश (Visible light) एवं अवरक्त (Infra-red) विकिरण निहित होते हैं। धरती पर पहुँचने वाला दृश्यप्रकाश अथवा श्वेत प्रकाश सर्वाधिक तीव्रतायुक्त होता है, इसलिए इसी का प्रभाव जलवायु पर सर्वाधिक पड़ता है। पराबैंगनी किरणें अधिक समय तक यदि हमारे शरीर पर पड़े तो त्वचा झुलस सकती है। अवरक्त किरणें धूल के कणों तथा कुहरे को भी बेध सकती हैं। सूर्य की गर्मी अवरक्त अथवा इन्फ्रारेड किरणों के ही माध्यम से हमें मिलती है। सूर्य के विकिरण का केवल वह भाग जो धरती तक आता है उसे ही इनसोलेशन अथवा सूर्यातपन कहते हैं।

धरती की जलवायु के निर्धारकों में वायुमंडल की भूमिका काफी महत्त्वपूर्ण है। वायुमंडल की धूल, बादल एवं हवा के अणु धरती की ओर आने वाली सौर-ऊर्जा के 35% भाग को परावर्तित कर पुनः दिक् अथवा स्पेस में भेज देते हैं जिनकी कोई भूमिका पृथ्वी अथवा इसके वायुमंडल को गर्म रखने में नहीं होती है। सौर-ऊर्जा का 14% भाग जल-वाष्प, कार्बन डाइऑक्साइड एवं अन्य गैसों द्वारा सोख लिया जाता है। वायुमंडल की गैसें सूर्य के श्वेतप्रकाश को प्रकीर्णित कर देती है जो मिलकर आसमानी नीला रंग बनाता है जिसके कारण ही आकाश हमें नीला दिखता है, अथवा अन्तरिक्ष में यदि हम जाएँ तो वहाँ वायुमंडल न होने के कारण दृश्य प्रकाश प्रकीर्णित नहीं होता और आकाश गहरा काला दिखता है। शेष 51% विकिरण धरातल तक पहुँचता है और उसे गर्म करता है। धरातल से लगी हवा गर्म होती है जिससे उसमें

संवहन धाराएँ बनती हैं जिनसे गर्मी पाकर वायुमंडल गर्म होता है। उष्मा धरातल से रात में भी विकरित होती है जब सौर-ऊर्जा धरातल पर नहीं आती होती है, इसलिए रात में धरातल ठंडा हो जाता है।

धरती के भू-भागों एवं महासागरों की सतह के गर्म होने की दर अलग-अलग है। पानी की अपेक्षा भू-भाग बहुत शीघ्रता से गर्म हो जाता है। क्योंकि पानी उष्मा के लिए पारदर्शी है और सदैव गतिमान रहता है इसलिए किसी स्थान पर जो भी उष्मा सूर्य से प्राप्त होती है वह गहराई तक विस्तृत जल राशि में बँट जाती है जिसके कारण जल का तापमान शीघ्रता से नहीं बढ़ता। इसके अतिरिक्त जल की उष्मा-धारिता अन्य तरल द्रव्यों की तुलना में अधिक होती है जिसके कारण भी वह देर से गर्म व देर से ठंडा होता है। दूसरी ओर धरातल के भू-भाग उष्मा के लिए अपरादर्शी होते हैं अतएव सूर्य से प्राप्त होने वाली उष्मा धरातल के ऊपरी भाग तक ही रह जाती है जो उसे शीघ्रता से गर्म कर देती है। भू-भागों एवं जल की असमान उष्मा-धारिता का प्रभाव जलवायु पर व्यापक रूप से पड़ता है।

जलवायु के निर्धारक तत्त्वों में वायुमंडल एवं धरती के धरातल जिसमें भू-भाग एवं जल दोनों सम्मिलित हैं, के तापमान में भिन्नता का होना अन्य निर्धारक तत्त्वों को भी प्रभावित करता है। इसका सीधा प्रभाव वायुमंडल में नमी की मात्रा, बादलों का बनना एवं वर्षा पर पड़ता है। इसी से अधिकांशत: वायु-दाब के क्षेत्र बनते हैं एवं वायुधाराएँ संवहित होती हैं। अतएव उन कारकों पर भी विचार किया जाना यहाँ प्रासंगिक होगा जो किसी स्थान के तापमान को प्रभावित करते हैं।

धरती के कम अक्षांश वाले क्षेत्र अधिक अक्षांश वाले क्षेत्रों की तुलना में अधिक गर्म होते हैं जिसका प्रमुख कारण पृथ्वी का गोल होना तथा अपनी धुरी पर कुछ झुका होना है। मध्याह्न में सूरज की किरणें कम अक्षांश वाले क्षेत्र में सीधी पड़ती हैं जिसका क्षेत्रफल कम होने के कारण उष्मा की मात्रा प्रति वर्ग किलोमीटर अधिक होती है, इसलिए उस क्षेत्र का तापमान अधिक होता है, जबकि अधिक अक्षांश वाले क्षेत्र की किरणें सीधे न पड़कर एक बड़े क्षेत्र में तिरछी पड़ती हैं जिसके कारण सूर्य की किरणों को लम्बी दूरी तय करनी पड़ती है जिससे प्रति वर्ग मि.मी. प्राप्त होने वाली उष्मा की मात्रा कम होती है अतएव तापमान कम होता है। इस प्रकार हम पाते हैं कि धरातल की भौगोलिक स्थिति एवं बनावट का भी प्रभाव किसी स्थल के तापमान को प्रभावित कर सकता है।

धरातल से ऊँचे उठने पर भी तापमान कम होता जाता है। सामान्यत: प्रति 300 फीट की ऊँचाई पर तापमान में $0.6^{0}C$ की कमी आती है। सर्दियों की अपेक्षा गर्मियों में यह अन्तर और अधिक हो जाता है। उदाहरण के लिए शीतोष्ण कटिबन्ध में गर्मियों में $0.6^{0}C$ की कमी केवल 280 फीट पर ही हो जाती है जबकि सर्दियों में उतनी ही कमी 400 फीट की ऊँचाई पर होती है। उष्ण कटिबन्ध में जहाँ समुद्र की

सतह पर तापमान 27°C होता है, वहाँ यदि कोई कस्बा 4500 फीट ऊँचे पहाड़ पर बसा है तो वहाँ औसत तापमान 18°C होगा।

जल की अपेक्षा भू-भाग को उतने ही तापमान तक गर्म होने के लिए 1/3 ऊर्जा की आवश्यकता होती है। इसलिए भू भाग जल्दी गर्म व जल्दी ठंडे होते हैं। यदि भू-भाग से समुद्र दूर है तो वहाँ गर्मियों एवं सर्दियों के तापमान में काफी अन्तर होता है, वहाँ गर्मियों में गर्मी अधिक तथा सर्दियों में ठंडक अधिक पड़ती है।

महासागर की जलधाराओं एवं हवाओं का भी प्रभाव किसी स्थान-विशेष के तापमान पर पड़ता है। गर्म जल की धाराएँ गल्फ स्ट्रीम या नार्थ एट्लाण्टिक ड्रिफ्ट पश्चिमी यूरोप को गर्म रखती हैं और बन्दरगाहों को हिम से रहित बनाती हैं। उसी अक्षाश पर स्थित बन्दरगाह जहाँ ठंडी जलधाराएँ जाती हैं जैसे उत्तरी-पूर्वी कनाडा जहाँ ठंडी लैब्रोडोर धारा बहती है, वर्ष के कई महीनों तक बर्फ से ढके रहते हैं। ठंडी जलधाराएँ गर्मियों में भी तापमान कम कर देती हैं जब वे समुद्र से थल की ओर बहने वाली हवाओं द्वारा किनारों की ओर ले जाई जाती हैं। दूसरी ओर यह थलभाग में चलने वाली पछुवा हवाएँ (Westerlies) उष्णकटिबन्धीय प्रदेशों की गर्म हवा विशेषकर सर्दियों में शीतोष्ण कटिबन्धों में ले जाकर मौसम को खुशनुमा बना देती हैं। पछुवा हवाएँ जो ब्रिटेन व नार्वे में आती हैं वे सर्दियों में गर्मी व गर्मियों में ठंडक पहुँचाती हैं। इस तरह वहाँ का तापमान सामान्य बना रहता है। स्थानीय हवाएँ जैसे फॉन (Fohn), शिनूक (Chinook), सिराको (Sirocco) एवं मिस्ट्राल (Mistral) भी तापमान पर प्रभाव डालती हैं।

भू-भाग के ऊँचे पहाड़ी क्षेत्रों की ढलान, ओट तथा अभिमुखता का भी प्रभाव तापमान पर पड़ता है। उदाहरण के लिए खड़ी ढलान वाले क्षेत्र कम एवं आसान ढलान वाले भू-भाग की अपेक्षा अधिक तेजी से तापमान में परिवर्तन अनुभव करते हैं। पर्वत श्रेणियाँ, जिनका विन्यास पूरब-पश्चिम होता है जैसे आल्प्स, उनमें दक्षिण की अभिमुखता वाले क्षेत्र का तापमान धूप मिलने के कारण अधिक होता है जबकि उत्तरामुखी क्षेत्र ठंडे बने रहते हैं। अधिक धूप होने की कारण दक्षिणवर्ती ढलानें अंगूर की खेती के लिए अधिक उपयुक्त पाई गई हैं। पहाड़ी क्षेत्रों में यदि कोई दिन अधिक गर्म रहा हो और रात मेघरहित शान्त तो वहाँ हवा तेजी से ठंडी हो जाती है और भारी होने के कारण नीचे ढलानों पर उतरकर नीचे की गर्म हवा को ऊपर ठेल देती है और इस प्रकार घाटी में ठंडक हो जाती है जबकि पहाड़ों पर ऊँचे स्थित क्षेत्रों में अपेक्षाकृत गर्मी बनी रहती है। इस प्रक्रिया को तापमान प्रतिलोमन (Temperature Inversion) कहते हैं।

बहुत अधिक वनस्पतियाँ भी तापमान को नियंत्रित करती हैं। आमेजन के वनों में सूर्य का प्रकाश धरती पर सघन वनस्पतियों के कारण पहुँच ही नहीं पाता अतएव वहाँ तापमान खुले स्थलों की अपेक्षा काफी कम रहता है। दिन में पेड़ की पत्तियाँ

वाष्पीकरण के कारण जल का त्याग करती हैं जिससे उनके ऊपर की हवा ठंडी हो जाती है जिससे सापेक्षिक नमी बढ़ जाती है, जिसके कारण कुहासा या कुहरा छा सकता है। इसी तरह हलके रंग की मिट्टी उष्मा परावर्तित कर देती है जबकि गहरे रंग की मिट्टी सोख लेती है जिससे वहाँ के तापमान पर असर पड़ सकता है। इसी प्रकार सूखी मिट्टी शीघ्र ही गर्म या ठंडी होती है जबकि नमीयुक्त मिट्टी देर से ठंडी व देर से गर्म होती है।

वायुमंडलीय दाब व धरती की हवाएँ

धरती के महासागरों में जैसे ठंडी एवं गर्म जलधाराओं का एक निश्चित पैटर्न पाया जाता है उसी तरह पृथ्वी के वायुमंडल में वायुधाराएँ होती हैं जो एक निश्चित पैटर्न का अनुगमन करती हैं जिसका कारण दाब में अन्तर का होना है।

विषुवत् रेखा के समानान्तर 5^0 उत्तर तथा 5^0 दक्षिण के बीच विषुवत्‌रेखीय एक अल्पदाब-पट्टी है जिसमें भीषण गर्मी पड़ती है जिसके कारण गर्म हवा संवहनित होकर ऊपर उठती है तथा फैलकर ठंडी होती है। शान्त हवा की अल्पदाब वाली इस पट्टी को विषुव-प्रशान्त-मंडल अथवा डोलड्रम्स (Doldrums) कहते हैं जहाँ

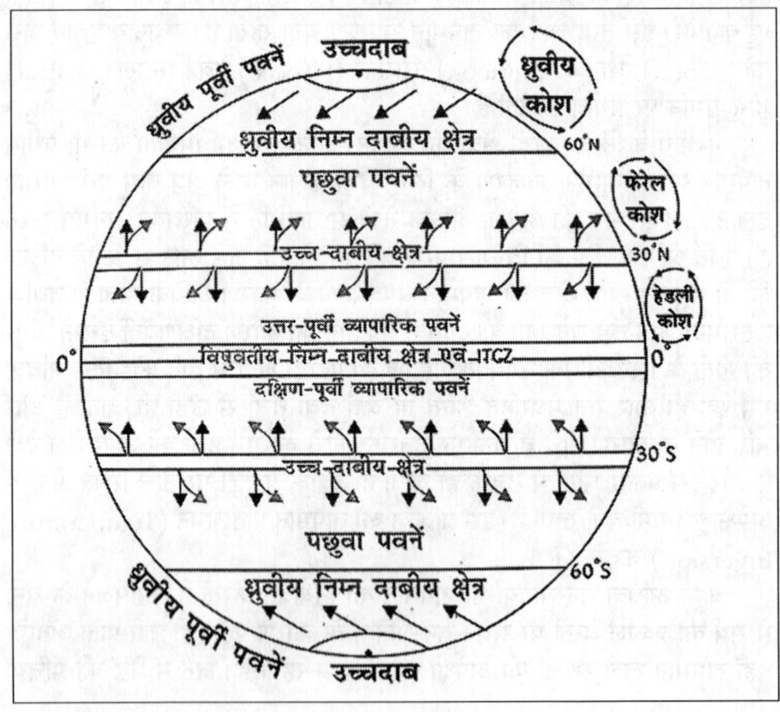

प्राचीन काल में नाविक आकर भ्रमित हो जाते थे। यह क्षेत्र वायु संयोग अथवा वायुधाराओं का मिलन क्षेत्र है।

लगभग 30^0 उत्तर एवं 30^0 दक्षिण अक्षांश के क्षेत्र को उपोष्ण कटिबन्ध (Sub Tropical Zone) कहते हैं जहाँ उपोष्ण उच्चदाब पट्टियाँ (Subtrpoical High Pressure Belts) हैं। इसकी हवा अपेक्षाकृत शुष्क, शान्त एवं हलकी है। यह नीचे उतरती हुई वायुधाराओं का क्षेत्र है जहाँ हवाएँ विलग होती हैं (Wind Divergence)। यह प्रति साइक्लोनिक क्षेत्र है जहाँ चक्रवात का रुख नीचे की ओर होता है। इसे अश्व-अक्षांश (Horse Latitude) कहते हैं।

60^0 उत्तर एवं 60^0 दक्षिण अक्षांशों पर दो समशीतोष्ण अल्पदाब पट्टियाँ (Tamperate Low Pressure Belts) हैं जो वायुधाराओं की चक्रवातीय गतिविधियों वाली संगम स्थली हैं। उपध्रुवीय कम दाब वाले क्षेत्र महासागरों के ऊपर विशेषत: विकसित होते हैं जहाँ गर्मियों एवं सर्दियों के तापमान में अन्तर नगण्य होता है।

90^0 उत्तर एवं 90^0 दक्षिण अक्षांश अर्थात् उत्तरी एवं दक्षिणी ध्रुवों पर तापमान सदैव कम रहता है जहाँ ध्रुवीय उच्च दाब की पट्टियाँ होती हैं। दक्षिणी गोलार्द्ध के उच्च अक्षांश वाले क्षेत्रों की विशाल जलराशि से उत्तरी गोलार्द्ध के उच्च अक्षांश वाले क्षेत्रों की जलराशि भिन्न एवं जटिल है क्योंकि यह भू-भाग से घिरी हुई है जिसके कारण गर्मियों एवं सर्दियों में दाब में कुछ अन्तर का होना स्वाभविक है।

इस प्रकार हम देखते हैं कि धरती पर विषुवत् रेखा से ध्रुव प्रदेशों तक उच्चदाब एवं अल्पदाब की स्थायी पट्टियाँ हैं जिनका एक निश्चित विन्यास है। वायु की प्रवृत्ति उच्चदाब वाले क्षेत्र से अल्पदाब वाले क्षेत्र में संचारित होते रहने की है जिसके कारण वायुधाराओं का एक निश्चित पैटर्न निर्मित होता है जिन्हें ग्रहीय हवाएँ या प्लेनेटरी हवाएँ (Planetary Winds) कहते हैं। सीधे एक दाब-क्षेत्र से दूसरे दाब-क्षेत्र में बहने के बजाय धरती के घूमने के कारण लगने वाले एक प्रकार के बल जिसे कोरियोलिस बल (Coriolis Force) कहते हैं, के कारण हवाओं की दिशा में विचलन हो जाता है। उत्तरी गोलार्द्ध में यह विचलन दाईं ओर तथा दक्षिणी गोलार्द्ध में बायीं ओर होता है। इसे फेरेल के विचलन का नियम (Ferrel's Law of Deflection) कहते हैं। कोरियोलिस बल विषुवत् रेखा पर शून्यवत् होता है पर जैसे-जैसे ध्रुवों की ओर बढ़ते हैं यह बल बढ़ता जाता है। यही कारण है कि उत्तरी गोलार्द्ध में उपोष्ण कटिबन्धीय उच्चदाब पट्टी से विषुवत्रेखीय अल्पदाब पट्टी में आने पर हवाएँ उत्तर-पूर्वी व्यापारिक हवाएँ तथा दक्षिणी गोलार्द्ध में दक्षिण-पूर्वी व्यापारिक हवाएँ बन जाती हैं। ये व्यापारिक हवाएँ (Trade Winds) पृथ्वी की सर्वाधिक नियमित हवाएँ हैं। ये काफी शक्तिशाली होती हैं और नियमित दिशाओं में ही बहती हैं जिसके फलस्वरूप समुद्री यातायात के लिए ये बहुत ही उपयोगी हैं जिसके कारण इनका

नाम व्यापारिक हवाएँ पड़ा। चूँकि ये हवाएँ ठंडे उपोष्ण अक्षांशों (Sub Tropical Latitude) से गर्म उष्णकटिबन्धीय क्षेत्रों में बहती हैं इसलिए इनमें नमी धारण करने की क्षमता अत्यधिक होती है। अपनी यात्रा के दौरान ये और अधिक नमी ग्रहण कर लेती हैं और उष्णकटिबन्धीय क्षेत्र में अवस्थित महाद्वीपों के पूर्वी किनारों पर भीषण वर्षा कराती हैं। चूँकि पश्चिमी किनारों पर ये प्रभावी नहीं होतीं इसलिए महाद्वीपों के ये भाग सूखे रह जाते हैं, फलस्वरूप वहाँ विशाल मरुस्थल बन जाते हैं जिन्हें ट्रेड विंड उष्ण मरुस्थल कहते हैं, जैसे सहारा (92 लाख वर्ग कि.मी.), कालाहारी (9.3 लाख वर्ग कि.मी.), आटाकामा पठार (1000 वर्ग कि.मी.) और महान् आस्ट्रेलियायी मरुस्थल जिसकी संख्या 10 है जिसमें आस्ट्रेलिया का 70 प्रतिशत भाग समाहित है तथा केवल 3 प्रतिशत आबादी उसमें रहती है।

उपोष्ण उच्चदाब पट्टियों से हवाएँ शीतोष्ण अल्पदाब पट्टियों की ओर परिवर्तनशील पछुवा हवाओं के रूप में बहती हैं। कोरियोलिस बल के प्रभाव में उत्तरी गोलार्द्ध में वे दक्षिण पछुवा एवं दक्षिणी गोलार्द्ध में उत्तर पछुवा के रूप में बहती हैं।

उत्तरी गोलार्द्ध में वे अधिक परिवर्तनीय है किन्तु विषुवत्‌रेखीय गर्म जल एवं वायु को शीतोष्ण कटिबन्ध के भू-भागों के पश्चिमी किनारों तक ले जाने में इनकी भूमिका अत्यन्त महत्त्वपूर्ण है। इसके अतिरिक्त स्थानीय वायु-दाब में अन्तर होना तथा चक्रवातीय एवं प्रतिचक्रवातीय गतिविधियों के फलस्वरूप शीतोष्ण कटिबन्ध की जलवायु अत्यन्त परिवर्तनशील होती है। इसके विपरीत दक्षिणी गोलार्द्ध में महासागरों का एक विशाल क्षेत्र है। 400 दक्षिण से 600 दक्षिण अक्षांशों के बीच पछुवा हवाएँ नियमित तौर पर काफी शक्ति के साथ पूरे वर्ष बहती हैं। महाद्वीपों के पश्चिमी किनारों पर वे खूब वर्षा कराती हैं। यहाँ मौसम नम, आकाश मेघाच्छादित, हवाएँ झंझावाती तथा समुद्र काफी उद्वेलित रहते हैं। इसीलिए इन अक्षांशों में बहने वाली पछुवा हवाओं को उनकी प्रचंडतायुक्त विशिष्टताओं के आधार पर कोलाहलपूर्ण चालीसी (Roaring Forties), क्रुद्ध पचासकी (Furious Fifties) या तूफानी साठकी (Stormy Sixties) जैसे नामों से प्राचीन नाविक सम्बोधित करते थे। अन्त में ध्रुव प्रदेशों की पूर्वी हवाएँ जो ध्रुवीय उच्चदाब पट्टी से शीतोष्ण अल्पदाब पट्टी की ओर बहती हैं, का उल्लेख करना यहाँ प्रासंगिक होगा। ये बहुत ही ठंडी हवाएँ होती हैं जो सीधे टुण्ड्रा और हिमाच्छादित क्षेत्रों से आती हैं। ये दक्षिण में तो बहुत अधिक नियमित होती हैं किन्तु उत्तर में उतनी नियमित नहीं होतीं।

जल-थल की मन्द हवाएँ (समीर) एवं मॉनसून

थल एवं जल- समीर वस्तुतः छोटे पैमाने पर मॉनसून ही होते हैं। ये दोनों ही थल एवं जल के गर्म होने की प्रक्रिया में अन्तर होने के कारण उत्पन्न होते हैं। थल एवं जल समीर का संचरण दैनिक या आह्निक आवर्तिता (Diurnal Rhythm)

लिए हुए होता है जबकि मॉनसूनी हवाओं का बहना मौसमी आवर्तिता (Seasonal Rhythm) है।

दिन में जल की अपेक्षा थल जल्दी गर्म हो जाते हैं। स्थानीय तौर पर थल के ऊपर गर्म हवाएँ ऊपर उठ जाती हैं जिसके कारण वहाँ एक अल्प वायु-दाब क्षेत्र विकसित हो जाता है। समुद्र अपेक्षाकृत ठंडा रहता है इसलिए वहाँ उच्चवायुदाब क्षेत्र ठंडी हवाओं के कारण विकसित होता है। शीतल समुद्री समीर थलभाग की ओर बढ़ता है जिसकी गति 5 से 20 मील प्रतिघंटा हो सकती है। शीतोष्ण कटिबन्धों की तुलना में उष्णकटिबन्धीय क्षेत्र में इन हवाओं की गतियाँ तेज होती हैं। समुद्र के किनारे समुद्र की ओर रुख करने पर इन्हें महसूस किया जा सकता है।

रात्रि में ठीक इसका उलटा होता है। चूँकि थलभाग जलभाग की अपेक्षा शीघ्र ठंडा हो जाता है इसलिए थलभाग के ऊपर उच्चवायुदाब क्षेत्र विकसित हो जाता है तथा समुद्र के ऊपर कम दाब वाला क्षेत्र होता है जिसके कारण हवाएँ यहाँ से जल की ओर बहने लगती हैं जिसे थल-समीर कहते हैं। इसका उपयोग मछुआरे करते हैं। वे रात्रि में मछली पकड़ने के लिए समुद्र में निकल पड़ते हैं और दूसरे दिन मछलियों के साथ सागर-समीर का सहारा लेते वापस लौटते हैं।

मॉनसून भी इसी तरह बनते हैं। गर्मियों में भारतीय उपमहाद्वीप में गर्म हवा ऊपर की ओर उठती है और अल्पवायुदाब का एक विशाल क्षेत्र बन जाता है। प्रचुर नमी से युक्त दक्षिणी-पश्चिमी मॉनसून महासागर की ओर से इस क्षेत्र में आता है और पर्याप्त वर्षा करता है।

इसी तरह सर्दियों में जब भू-भाग ठंडा रहता है और भू-भाग को घेरे हुए सागर अपेक्षाकृत गर्म रहते हैं तब एक उच्चदाब वाला क्षेत्र भारतीय उपमहाद्वीप के थल भाग पर सृजित हो जाता है और इस तरह उच्चदाब वाला उत्तरी-पूर्वी मॉनसून थलभाग से अल्पदाब वाले क्षेत्र हिन्द महासागर एवं बंगाल की खाड़ी की ओर प्रस्थान करता है।

फॉन वायु एवं शिनूक पवन (Fohn Wind and Chinook Wind)

फॉन एवं शिनूक दोनों ही नमी रहित वायु हैं जो पर्वतों की ओट वाले हिस्से लीवर्ड साइड (Leeward Side) में अनुभव की जाती हैं। शिखर के नीचे ढलान पर उतरते समय ये हवाएँ संपीडित होकर गर्म हो जाती हैं तथा एक उच्च दाबयुक्त क्षेत्र बनाती हैं। बसन्त के मौसम में फॉन वायु स्विट्जरलैंड में उत्तरी आल्प्स पर्वतों की घाटियों में बहती है। इसी तरह शिनूक पवन संयुक्त राज्य अमेरिका एवं कनाडा के राकीज की पूर्वी ढलानों पर सर्दियों में बहती हैं। सम्पीड़न के कारण ये हवाएँ चूँकि गर्म हो जाती हैं अतएव घाटियों का तापमान ये बढ़ा देती हैं। एक ही घंटे में ये हवाएँ 8^0 से 16^0C तक तापमान में वृद्धि कर सकती हैं जिससे ठंडे प्रदेशों का हिम पिघल सकता है और हिम स्खलन भी हो सकता है। उत्तरी अमेरिका में इसे शिनूक पवन इसीलिए कहा जाता है क्योंकि

जिसका अर्थ है कि हिम भक्षण करने वाली पवन। किन्तु फसलों के लिए यह एक वरदान से कम नहीं। इसके चलने से दाने विकसित होकर पकते हैं और फसलें जल्दी तैयार हो जाती हैं। राकीज में तो तापमान 16^{0}C तक मात्र 15 मिनट में ही बढ़ जाता है।

मिस्ट्राल वायु एवं सिरोको पवन (Mistral Wind and Siroccowind)

उत्तर से आने वाली ठंडी पछुवा हवाएँ फ्रांस के ऊपर से गुजरते हुए जब भूमध्यसागर के उत्तरी छोर पर पहुँच कर खाड़ी में प्रवेश करती हैं तब वे नियमित गति के पैटर्न का अनुगमन करती हैं। यह काफी तेज गति और शक्ति वाली हवाएँ हैं जिन्हें मिस्ट्राल वायु कहते हैं। सामान्यतः इनकी गति 66 कि.मी. (41 मील) प्रति घंटा या उससे भी अधिक होती है और कभी-कभी तो ये 185 कि.मी. (115 मील) प्रति घंटा की तूफानी गति से बहती हैं परन्तु मिस्ट्राल के प्रभाव वाले क्षेत्रों का आकाश निर्मल रहता है।

भूमध्यसागर में दक्षिण से उत्तर की ओर बहने वाली शुष्क एवं गर्म हवाएँ अफ्रीका के उत्तरी भाग से उठती हैं और मिस्ट्राल के प्रभावों को कम करती हैं। ये हवाएँ जब रास्ते में नमी ग्रहण कर लेती हैं तो भूमध्य सागर और दक्षिण यूरोप में वर्षा कराती हैं। इन्हें सिरोको पवन कहते हैं। पतझड़ एवं बसन्त के दिनों में सिरोको हवाएँ बहुत ही तेज गति से चलती हैं जिनकी गति 100 कि.मी. (55 नाट) प्रति घंटे हो सकती है।

सिरोको वायु में अफ्रीका के मरुस्थल के बालू के कण होते हैं अतएव जब भूमध्यसागर से नमी ग्रहण करने के बाद इटली में ये वर्षा कराती है तो इन बालू के कणों के कारण वर्षा की बूँदें लाल दिखती हैं जिसके कारण इस प्रकार की वर्षा को इटली में **रक्त की वर्षा** कहते हैं।

अध्याय-7

पृथ्वी के महासागर

पृथ्वी के धरातल का 71% भाग महासागरों से आच्छादित है। पृथ्वी पर पाए जाने वाले सम्पूर्ण जल का 97% भाग इन्हीं महासागरों में संगृहीत है। महासागरों के विषय में हम केवल 5% ही अभी तक जान पाए हैं, शेष हमारी पहुँच से बाहर है। पृथ्वी की जलवायु एवं मौसम तथा जीवन के लिए महासागरों की भूमिका सर्वाधिक है। जिस दिन महासागर नहीं होंगे, उस दिन पृथ्वी पर जीवन भी नहीं होगा।

एक वैज्ञानिक अनुमान के अनुसार पृथ्वी के धरातल का 36 करोड़ वर्ग कि.मी. क्षेत्रफल महासागरों एवं समुद्रों से आच्छादित है जिसमें 1.38 अरब घन कि.मी. खारा जल समाया हुआ है। महासागरों को पाँच भागों में बाँटा गया है जिनके नाम उनके क्षेत्रफल के घटते क्रम में क्रमशः प्रशान्त, अन्ध, हिन्द, दक्षिणी एवं आर्कटिक महासागर हैं। भौगोलिक दृष्टि से प्रशान्त महासागर एशिया एवं ओसनिया को उत्तरी एवं दक्षिणी अमेरिका से पृथक् करता है, अन्ध महासागर उत्तरी एवं दक्षिणी अमेरिका को यूरेशिया एवं अफ्रीका से, हिन्द महासागर दक्षिणी एशिया एवं अफ्रीका को आस्ट्रेलिया से पृथक् करता है तथा दक्षिणी महासागर अंटार्कटिका के चारों ओर फैला है एवं आर्कटिक महासागर उत्तरी अमेरिका के तथा यूरेशिया एवं यूरोप के उत्तरी भाग को प्लावित करता हुआ आर्कटिक के अधिकांश क्षेत्र को आच्छादित किए हुए है। महासागर एक-दूसरे से समुद्रों, उपसमुद्रों, जल संयोजी पट्टियों एवं जलडमरूमध्यों से जुड़े हुए हैं।

पृथ्वी के सम्पूर्ण जलभाग को जलमंडल या हाइड्रोस्फीयर कहते हैं जिसका द्रव्यमान 1.4×10^{18} टन अर्थात् 1.4×10^{21} कि.ग्रा. है जो सम्पूर्ण पृथ्वी के द्रव्यमान का 0.023% है। महासागरों की औसत गहराई 3790 मी. अर्थात् 12430 फुट आँकी गई है। सर्वाधिक गहराई 10923 मीटर अर्थात् 35825 फुट है जो सर्वाधिक ऊँचे पर्वत माउंट एवरेस्ट से भी 6800 फुट अधिक है। लगभग आधे विश्व के समुद्रों एवं महासागरों की औसत गहराई 3000 मीटर अर्थात् 9800 फीट से अधिक है। 200

मीटर अर्थात् 660 फुट से कम गहराई वाले जलक्षेत्र पृथ्वी के धरातल के 66% भाग हैं जिसमें वे भाग सम्मिलित नहीं हैं जो महासागरों से जुड़े हुए नहीं हैं जैसे कश्यप सागर। महासागरों का जल उसमें घुले खनिजों, लवणों, कार्बनिक एवं अकार्बनिक रसायनों तथा क्लोरोफिल ऊतकों के कारण सामान्यतया नीला दिखाई देता है। प्राचीन काल से ही समुद्री यात्राओं के दौरान नाविकों ने समुद्र के ऊपर मीलों तक फैली एक धुन्धनुमा आभा को देखा है जिसका छायांकन भी वर्ष 2005 में किया गया। इस नैसर्गिक आभा को जैवप्रभा, जीव दीप्ति, शीतल प्रकाश या बायोल्यूमीनीसेन्स कहते हैं जो समुद्री जीवों द्वारा प्रकाश उत्सर्जन के कारण होता है।

भौतिक एवं जैविक परिस्थितियों को ध्यान में रखते हुए महासागरों को विभिन्न प्रक्षेत्रों या कटिबन्धों में बाँटा गया है जिन्हें जोन (Zone) कहते हैं। महासागरों के तलहटी एवं तटवर्ती भागों को छोड़कर शेष भाग को **पेलैजिक जोन** कहते हैं। यदि महासागरों की कल्पना एक बेलनाकार जल से भरे हुए पात्र से की जाए तो उसके सतह एवं तल के बीच जल-स्तम्भ को कई भागों में विभाजित किया जा सकता है। गहराई के साथ दाब बढ़ता है, तापमान घटता है और सूर्य की किरणों का प्रकाश कम पहुँचता है।

पेलैजिक जोन के जल का आयतन 133 करोड़ घन किलोमीटर है जिसकी औसत गहराई 3.68 कि.मी. है। इस जोन में निवास करने वाले जीवों को पेलैजिक जीव कहते हैं। पेलैजिक जीवन गहराई के बढ़ने के साथ कम होता जाता है। यह मुख्यत: प्रकाश, ढाल, तापमान, लवणता, घुलनशील खनिज एवं ऑक्सीजन की मात्रा तथा जल-स्तर के नीचे की सामुद्रिक एवं भौगोलिक परिस्थितियों पर निर्भर करता है। पेलैजिक जोन को ऊपर से नीचे गहराई के क्रम में सतह के समानान्तर पाँच परतों में विभक्त किया गया है।

एपिपेलैजिक जोन सतह से 200 मीटर अर्थात् 660 फीट की गहराई तक माना गया है। इसमें सूर्य का प्रकाश पहुँचता है और प्रकाश संश्लेषण की क्रिया के लिए पर्याप्त सौर-ऊर्जा उपलब्ध रहती है। फलत: इस जोन में समुद्री जीवों एवं वनस्पतियों का सर्वाधिक उत्पादन होता है। इस जोन में पाए जाने वाले जीवों में प्लैंकटन, तैरती समुद्री घासें, जेलीफिश, ट्यूना, अधिकांश शार्क एवं डाल्फिन मछलियाँ मुख्य हैं।

मेसोपेलैजिक जोन 200 मीटर (660 फीट) से 1000 मी. (3300 फीट) की गहराई तक माना गया है। इसमें प्रकाश की कुछ ही मात्रा जा पाती है। प्रकाश संश्लेषण की क्रिया के लिए उतना प्रकाश पर्याप्त नहीं है। 500 मीटर की गहराई पर पानी में ऑक्सीजन की मात्रा भी कम हो जाती है। इस जोन में निवास करने वाले जीवों के गिल अथवा क्लोम अधिक परिष्कृत एवं दक्षतापूर्ण होते हैं जो उस गहराई पर जल में अल्प मात्रा में उपलब्ध ऑक्सीजन का उपयोग भी कर लेते हैं। इन जीवों में गतिशीलता अधिक नहीं होती क्योंकि उसमें ऐसा करने पर ऑक्सीजन की अधिक मात्रा व्यय होती है जो वहाँ अपर्याप्त है। इन जीवों में स्वार्डफिश, स्क्विड, वोल्फिश

और कटलफिश की कुछ प्रजातियाँ मुख्य हैं। इस जोन के अधिकांश जीवों में जैव-प्रभा अथवा दीप्ति उत्सर्जन के गुण पाए जाते हैं। इनमें से कुछ जीव रात्रि के समय भोजन के लिए एपिपेलेजिक जोन में आ जाते हैं।

बेथीपेलैजिक जोन 1000 मीटर (3300 फीट) से 4000 मीटर (13000 फीट) की गहराई तक माना गया है। इस गहराई पर सूर्य का प्रकाश लगभग शून्य होता है। जैवदीप्ति के कारण यदा-कदा प्रकाश की हलकी सी कौंध अवश्य दिख जाती है अन्यथा यहाँ सब कुछ काला नजर आता है। यहाँ कोई जीवित वनस्पति नहीं पाई जाती। इस जोन में निवास करने वाले समुद्री जीव ऊपर से झरने वाली खाद्य-सामग्री जिसे समुद्री-हिमपात (marine snowing) कहते हैं, पर आश्रित रहते हैं। इन जीवों में भीमकाय स्क्विड, लघु स्क्विड एवं डम्बो आक्टोपस प्रमुख हैं जिनका शिकार गहरे तक गोता लगाने वाली स्पर्म ह्वेल कर लेती हैं।

एविसोपेलैजिक जोन 4000 मीटर (13000 फीट) से सागर की तलहटी तक फैले जोन को कहते हैं। यहाँ दाब सर्वाधिक, ताप न्यूनतम, और सूर्य प्रकाश शून्य होता है। इतने ठंडे उच्चदाब वाले एवं प्रकाशविहीन जोन में रहने के लिए बहुत कम जीव अनुकूलित होकर विकसित हो पाए हैं जिनमें स्क्विड की कई प्रजातियाँ, एकिनोडर्मस जिसमें वास्केटस्टार सम्मिलित हैं, तैरते क्यूकम्बर एवं सी-पिग तथा समुद्री एन्थ्रोपाड जिसमें सी-स्पाइडर भी शामिल हैं। ये जीव अधिकांशतः पारदर्शी होते हैं जिनमें आँखें नहीं होतीं क्योंकि देखने के लिए यहाँ प्रकाश है ही नहीं।

हेडोपेलैजिक जोन गहरी गर्तों अथवा समुद्री ट्रेंचों को कहते हैं जिनके बारे में अभी बहुत कुछ ज्ञात नहीं है। बहुत कम जीव प्रजातियाँ यहाँ खुले समुद्र में निवास करती हैं किन्तु यहाँ एवं सागर के तल पर स्थित उष्ण जलीय निकास रन्धों हाइड्रोथर्मल वेण्टस (Hydrothermal Vents) के पास सूक्ष्म जीवों की रहस्यमय आबादियाँ अवश्य विकसित होते देखी गई हैं। सामान्य तौर पर हेडोपेलैजिक जोन 6000 मीटर (20000 फीट) से नीचे का जोन माना जाता है जहाँ गर्द हो भी सकती हैं और नहीं भी। प्रकाश की कमी एवं अन्य समान परिस्थितियों के कारण समुद्र विज्ञानी बेथीपेलैजिक, एविसोपेलैजिक एवं हेडोपेलैजिक जोनों को एक ही तरह के जोन में वर्गीकृत करते हैं। एविसल जोन की तलहटी में मृत जीवों के सड़े-गले अवशेष ऊपर से गिरते रहते हैं जिससे एक मुलायम कीचड़ की तह जम जाती है।

पेलैजिक पारिस्थितिक तंत्र (Pelagic Ecosystem) लगभग पूरी तरह से फाइटोप्लैंक्टन पर आश्रित है जहाँ से सामुद्रिक आहार शृंखला की शुरुआत होती है। फाइटोप्लैंक्टन अपना भोजन प्रकाश संश्लेषण क्रिया से बनाते हैं जिसके लिए उन्हें प्रचुर मात्रा में प्रकाश ऊर्जा की आवश्यकता होती है, इसलिए वे प्रकाशयुक्त ऊपरी एपिपेलैजिक जोन में रहते हैं जिसमें सागर तट एवं नेरेटिक अर्थात् उथले पानी के क्षेत्र भी सम्मिलित हैं।

पेलैजिक मछलियाँ तटवर्ती क्षेत्रों, महासागरों, समुद्रों एवं झीलों में विभिन्न जल-स्तरों पर निवास करती हैं, परन्तु वे सागर तल अथवा तलहटी में नहीं रहतीं किन्तु डिमर्सल मछालियाँ तलहटी में ही निवास करती हैं और रीफ मछलियाँ मूँगे की चट्टानों अथवा प्रवाल भित्तियों में रहती हैं। ये मछलियाँ भोजन की तलाश में आती-जाती रहती हैं जो मुख्यत: प्लैंक्टन पर निर्भर करता है और बड़ी मछलियाँ इनको अपना भोजन बनाती हैं। चारे की खोज में विचरने वाली मछलियों में हेरिंग, एन्कोवीज, कैपेलिन एवं मेनहेडेन मुख्य हैं जिन पर आश्रित रहने वाली मछलियों में विलफिश, ट्यूना एवं शार्क सर्वोपरि हैं।

महासागरों में रीढ़विहीन पेलैजिक जीवों की भरमार है। इनमें क्रिल, कोपेपाड, जेलीफिश, डिकेपाड, लारवा, हाइपेरिआइड, एम्फीपाड, रोटिफर एवं क्लैडोसेरान का उल्लेख किया जा सकता है। समुद्री सरीसृपों की 65 प्रजातियों में पेलेजिक समुद्री सर्प अपने जीवन का सम्पूर्ण भाग पेलैजिक जोन में ही गुजारते हैं। इनकी पूँछ चपटी होती है जो जल में तैरने में सहायक होती है।

महासागरों की एक अद्‍भुत विशेषता उनके खारेपन में निहित है। सबसे अधिक घनत्व वाले समुद्री जल का तापमान उसके खारेपन के साथ घटता जाता है अर्थात् जैसे-जैसे उसका खारापन बढ़ता है उसका तापमान कम होता जाता है। खारापन बढ़ने के साथ उसका हिमांक कम हो जाता है। वायुमंडलीय दाब पर समुद्री जल सामान्यत: -1.90C तापमान पर जमता है। यदि वाष्पीकरण से अवक्षेपण अधिक है जैसा कि शीत एवं शीतोष्ण कटिबन्धों में देखने को मिलता है तो सागर के जल में लवण की मात्रा घट जाएगी, तदनुसार उसका खारापन कम हो जाएगा। किन्तु जैसा कि उष्णकटिबन्धीय जोन में होता है, वाष्पीकरण यदि अवक्षेपण से अधिक हो तो वहाँ सागर के जल का खारापन बढ़ जाएगा। इस प्रकार लवण की मात्रा शीतकटिबन्धों के जल में कम और उष्णकटिबन्धीय तथा शीतोष्णकटिबन्धों में अधिक पाई जाती है।

प्रशान्त महासागर (Pacific Ocean)

16 करोड़ 52 लाख एवं 50 हजार वर्ग कि.मी. क्षेत्र में फैले पृथ्वी के इस विशालतम महासागर के सम्बन्ध में पुर्तगाली अन्वेषक फर्दिनन्द मैगेलन का मानना था कि यह बहुत ही शान्त है, इसलिए इसका नाम प्रशान्त महासागर पड़ा किन्तु अपने नाम के अनुकूल यहाँ शान्ति नहीं है। इसके उष्णकटिबन्धीय क्षेत्र चक्रवातीय तूफानों एवं झंझावातों में उफनते रहते हैं और इसके किनारों पर सुनामी लहरों का कहर रह-रहकर टूट पड़ता है। धरती के नीचे भूगर्भीय गतिविधियों के कारण उठने वाली सुनामी लहरें आधुनिक जेट यानों से भी तेज गति से खुले समुद्र में संचारित होती हैं और उनके रास्ते में जो भी आता है उसको वे अपनी चपेट में ले लेती हैं। खुले समुद्र में लहरों की ऊँचाई अधिक नहीं होती है किन्तु जब ये लहरें भू-भाग की

ओर बढ़ती हैं तब इनका आकार बढ़ जाता है और ये एक विशाल जल-भित्ति की तरह लगती हैं।

प्रशान्त महासागर संसार का सर्वाधिक गहरा महासागर है। इसकी औसत गहराई 4280 मीटर अर्थात् 14042 मीटर है तथा सर्वाधिक गहराई वाली गर्त मैरियाना ट्रेंच भी इसी में है जिसकी गहराई 11034 मीटर अर्थात् 36201 फीट है जो दुनिया के सर्वोच्च पर्वतशिखर माउंट एवरेस्ट से भी लगभग 7000 फीट अधिक है।

वस्तुत: प्रशान्त महासागर के नीचे स्थित टेक्टानिक प्लेटों में निरन्तर घर्षण एवं टक्करें होती रहती हैं और यहाँ सबडक्शन की गतिविधियों का होना बहुत ही सामान्य बात है। सबडक्शन की प्रक्रिया में मोटी परतें नीचे दब जाती हैं और पतली परतें ऊपर उठ जाती हैं। इस क्रिया के दौरान भीषण भूकम्प आते हैं जो सुनामी लहरों के प्रमुख स्रोत हैं। महासागरीय प्लेटों को ढकने वाली चट्टानें भूगर्भीय ताप पाकर पिघल जाती हैं और उर्ध्ववर्ती दाब के कारण ऊपर आने के लिए उद्यत मैग्मा जो पिघली हुई चट्टानें होती हैं, का निर्माण करती हैं जिसमें पानी की भी मात्रा होती है और यह पानी गर्मी के कारण उच्चदाब वाली भाप में बदल जाता है और यह भाप ज्वालामुखी विस्फोट के समय काफी शक्ति के साथ मैग्मा को बाहर लाने में मदद करती है। यही कारण है कि प्रशान्त महासागर के किनारे-किनारे दूर तक ज्वालामुखीय गतिविधियों की सक्रियता विस्फोटों एवं भूकम्पों को जन्म देती है। फिलीपीन्स का ज्वालामुखी पिनाटुवो पर्वत तथा वाशिंगटन राज्य का ज्वालामुखी सेंट हेलेन्स पर्वत इसके उदाहरण हैं।

प्रशान्त महासागर की दूसरी ज्वालामुखीय गतिविधियाँ अपेक्षाकृत कम विध्वंसक हैं। उदाहरण के लिए हवाई द्वीप के ज्वालामुखी अपेक्षाकृत शान्त हैं क्योंकि उनके मैग्मा के साथ पानी मिश्रित नहीं होता जिससे भाप नहीं बनती और इस कारण प्रचंड विस्फोट की स्थिति नहीं बनती। इसमें सूखा मैग्मा (जलविहीन) मैण्टल के ऊपर स्थित निकास द्वार के ऊपर जा रही नलिकाओं से ज्वालामुखी के शिखर तक जाकर उनकी ढलानों पर फैल जाता है। रात के अँधेरे में इन ज्वालामुखियों के शिखर लाल-नारंगी नजर आते हैं जिनमें सल्फरयुक्त काला गाढ़ा धुआँ निकलता रहता है। पर्वत की ढलान के नीचे एक टापू अथवा समुद्र की सतह पर हलका उभार लिए भू-भाग बन जाता है। भूगर्भीय गतिविधियों का यह सिलसिला धीरे-धीरे उत्तर-पश्चिम की ओर सरक रहा है। हवाई एम्परर सी माउंट श्रृंखला में आया मोड़ (60^0) टेक्टानिक प्लेटों की उन गतिविधियों का परिणाम है जो 4.3 करोड़ वर्ष पूर्व प्रारम्भ हुई थीं और जो अब स्पष्टत: दिखने लगी हैं।

उष्णकटिबन्धीय प्रशान्त महासागर के क्षेत्र में समुद्री जल काफी गर्म हो जाता है जिसे हवाएँ पश्चिम की ओर ढकेलती हैं और उनका स्थान नीचे से आकर ठंडा जल ले लेता है तथा पूरब की ओर भूमध्यरेखीय क्षेत्र में फैल जाता है। परन्तु कभी-कभी

ये हवाएँ कमजोर पड़ जाती हैं जिसके कारण पश्चिम की ओर ले जाई गई गर्म पानी की विशाल जलराशि आगे बढ़ने के बजाय पुन: पीछे की ओर लौट पड़ती है जिसके कारण वहाँ का समुद्र असामान्य रूप से गर्म हो उठता है। इस परिवर्तन को एल-निनो (El Nino) कहते हैं जो स्पेनी भाषा का शब्द है जिसका अर्थ है शिशुईश। यह नाम दक्षिणी अमेरिका के मछुआरों ने दिया क्योंकि यह परिघटना दिसम्बर माह में घटती है और ईशु का जन्म भी इसी माह में हुआ था जिसके कारण इसका नाम एल-निनो पड़ा। यह परिघटना सम्पूर्ण धरती के मौसम को प्रभावित करती है।

अन्ध महासागर (Atlantic Ocean)

अन्ध महासागर के पूर्व में यूरोप एवं अफ्रीका तथा पश्चिम में उत्तरी तथा दक्षिणी अमेरिका है। 8 करोड़ 24 लाख एवं 40 हजार वर्ग कि.मी. क्षेत्र में फैले इस महासागर की अधिकतम गहराई 8380 मीटर अर्थात् 27493 फीट तथा औसत गहराई 3330 मीटर अर्थात् 10924 फीट है।

मध्य अट्लांटिक पर्वत श्रेणी महासागर की बेसिन में मध्य से होती हुई गुजरती है जहाँ अक्सर होने वाले ज्वालामुखीय विस्फोट महासागर की तली की पपड़ी का निरन्तर निर्माण कर रहे हैं। ज्वालामुखीय गतिविधियाँ प्रत्यक्षत: आइसलैंड में देखी जा सकती हैं जहाँ मध्य अट्लांटिक पर्वत श्रेणियाँ सागर की सतह के ऊपर दिखती हैं। टेक्टानिक गतिविधियाँ पर्वत श्रेणियों से दूर महासागर की बेसिन में पूरब-पश्चिम दिशा में लम्बी दरारें उत्पन्न कर रही हैं। गर्म स्थलों के ऊपर टेक्टानिक प्लेटों की गतिशीलता अपने पीछे ज्वालामुखीय गतिविधियों के प्रमाण भी छोड़ती जाती है जैसा कि कुछ प्राचीन ज्वालामुखियों को देखने से विदित होता है। न्यूइंग्लैंड सी-माउंट शृंखला, वाल्विस रिज (Walvis Ridge) तथा रायो ग्रैण्डी राइज ऐसी ही पर्वतशृंखलाएँ हैं जिनका निर्माण टेक्टानिक प्लेटों के अलगाव से उत्पन्न परिस्थितियों के कारण हुआ है।

ये ज्वालामुखीय गतिविधियाँ अन्ध महासागर की गहराई में ठंडे पानी को गर्म नहीं कर पातीं किन्तु उष्णकटिबन्धीय जल क्षेत्रों से उत्तर-पूर्व की ओर बहने वाली गर्म जलधारा गल्फ स्ट्रीम पश्चिमी यूरोप के ठंडे इलाकों में गर्मी पहुँचाकर उन्हें रहने योग्य बना देती है। दूसरी जलधाराएँ जो उत्तरी अन्ध महासागर की सतह के पास गुजरती हैं, घड़ी की दिशा में एक लम्बे एवं विशाल घुमावदार पथ पर घूमती हैं जबकि दक्षिणी अट्लांटिक महासागर में ऐसी ही धाराएँ घड़ी की उलटी दिशा में घूमती हैं।

हिन्द महासागर (Indian Ocean)

7 करोड़ 34 लाख एवं 40 हजार वर्ग कि.मी. क्षेत्र में फैला हिन्द महासागर उत्तर की ओर लगभग पूरी तरह से भूभागों से घिरा हुआ है जो उसे एक ऐसी विशिष्टता प्रदान करता है जिससे मौसम, हवाएँ एवं जलधाराएँ अप्रत्याशित रूप से प्रभावित

होती हैं अथवा उनमें कोई विशेष परिवर्तन होता है, जो अन्य महासागरों में नहीं देखा जाता।

हिन्द महासागर उत्तर में भारतीय उप महाद्वीप से, पश्चिम में पूर्व अफ्रीका, पूर्व में हिन्दचीन, सुन्दा द्वीप समूह और आस्ट्रेलिया तथा दक्षिण में दक्षिण ध्रुवीय महासागर से घिरा है।

प्रमुख महासागरों में हिन्द महासागर अभी नया है और इसकी तली का निर्माण एवं फैलाव आज भी जारी है। महासागरों की तलहटी में भूगर्भीय गतिविधियाँ लगातार चलती रहती हैं तथा उष्ण स्थलों की दरारों के बीच से लावा निकलकर उभार (Ridge) के दोनों ओर दूर तक फैलकर नये कठोर तल का निर्माण करता है जिसे मध्य-सागरीय-रिज-बैसाल्ट (Mid-Ocean-Ridge-Basalt-MORB) एवं गैब्रो (Gabbro) कहते हैं। अधिकांश सागर-तल (बेसिन) 20 करोड़ वर्ष पुराना है। मन्थर गति से फैलने वाली रिजें जैसे मिड-एटलांटिक रिज (MAR) सामान्य तौर पर विशाल एवं चौड़ी रिफ्ट घाटियों का निर्माण करती है जो 10 से 20 कि.मी. चौड़ी हो सकती हैं और रिज के किनारे-किनारे फैले भू-दृश्य ऊबड़-खाबड़ होते हैं जो 1000 मीटर तक ऊँचे हो सकते हैं। इसके विपरीत तेजी से बढ़ने वाली रिजें जैसे ईस्ट पैसेफिक राइज (EPR) सँकरी, किनारे सुघड़ एवं उनके लम्बवत् मैदान दूर तक कई सौ मील तक सपाट फैले होते हैं।

सागर के मध्य तल पर ऐसे ही रिजों का एक तंत्र है जो एक-दूसरे से सम्बद्ध है जिसके फलस्वरूप एक अनवरत पर्वत श्रृंखला-तंत्र का निर्माण सागर तल पर होता है जिसकी जलमग्न लम्बाई 65000 कि.मी. है, जो धरातल पर पाई जाने वाली सर्वाधिक लम्बी पर्वत श्रृंखला एण्डीज से भी कई गुना अधिक है। सम्पूर्ण सागर-रिज-तंत्र की लम्बाई 80,000 कि.मी. आँकी गई है।

दक्षिणी हिन्द महासागर से उठने वाली नमीयुक्त हवाएँ एवं बादल जिन्हें मॉनसून कहते हैं गर्मियों में भारतीय उप महाद्वीप के मैदानों, घाटियों एवं पहाड़ी इलाकों में बरसते हैं। ये हवाएँ गर्मियों में एक विशेष तरह की जलधाराएँ उत्पन्न करती हैं। हिन्द महासागर का बेसिन भी मौसम में दीर्घकालीन बदलाव लाता है। करोड़ों वर्ष पूर्व जब भारतीय उपमहाद्वीप उत्तर में एशिया के साथ टकराया तो इसने तिब्बत के पठार को पाँच किलोमीटर ऊपर उठा दिया तथा पूर्व से पश्चिम की ओर जाने वाली हजारों किलोमीटर लम्बी पर्वतश्रृंखलाओं का निर्माण हुआ जिसे हम हिमालय के नाम से जानते हैं। उत्तर एवं दक्षिण के बीच तिब्बत के पठार और हिमालय की पर्वत श्रृंखलाएँ जो विश्व की सर्वाधिक ऊँची पर्वत श्रृंखलाएँ हैं, एक प्राकृतिक विभाजक की भूमिका निभाती हैं जिसके कारण हवाएँ इस क्षेत्र में एक विशेष ढंग से संचारित होती हैं जो मौसम को भी अपने तरीके से नियंत्रित करती हैं। उत्तर से आने वाली बर्फीली हवाओं को भारतीय उपमहाद्वीप में फैलकर सर्द करने से पर्वत श्रृंखलाओं का यह

अवरोधक ही रोकता है। भूगर्भीय एवं ज्वालामुखी गतिविधियों के कारण धरातल एवं महासागर की पेंदी में स्थित उष्ण स्थलों की दरारों से भारी मात्रा में लावा निकलकर महासागर के जल के नीचे जलमग्न पर्वत शृंखलाओं, पठारों तथा द्वीपों का निर्माण समय के साथ-साथ करता रहा है। मध्य भारतीय पर्वत शृंखलाओं से बाहर की ओर होने वाला टेक्टानिक सरकाव रियूनियन (Reunion) उष्ण स्थल के रूप में देखा जा सकता है, अन्यथा यह एक निरन्तरता लिए हुए भू-भाग था। अफ्रीकी, भारतीय-आस्ट्रेलियन एवं अंटार्कटिक टेक्टानिक प्लेटें दक्षिणी हिन्द महासागर में राड्रिग्स ट्रिपल प्वाइंट (Rodgigues Triple Point) पर मिलती हैं। प्लेटों के सन्धि स्थल अंग्रेजी लिपि के 25 वें अक्षर Y के उलटे आकार (λ) की भाँति उभरे हुए दिखते हैं जिसमें अफ्रीकी एवं भारतीय-आस्ट्रेलियन प्लेटें मध्य भारतीय रिज, अफ्रीकी एवं अंटार्कटिक प्लेटें दक्षिणी-पूर्वी भारतीय रिज का निर्माण करती हैं।

हिन्द महासागर की अधिकतम गहराई 7450 मीटर अर्थात् 24442 फीट तथा औसत गहराई 3890 मीटर अर्थात् 12762 फीट है। हिन्द महासागर मानव निर्मित स्वेज कैनाल के माध्यम से भूमध्यसागर से मिला हुआ है। नाइण्टी इस्ट रिज उत्तर से दक्षिण दूर तक बिना किसी रुकावट के चली जाती है जो हिन्द महासागर को पूर्वी एवं पश्चिमी भागों में विभाजित कर देती है।

परिवर्तनशील मानसूनी हवाएँ मौसम को ही नहीं प्रभावित करतीं वरन् महासागर के जैविक उत्पादकता को भी प्रभावित करती हैं। मई से सितम्बर माह के बीच दक्षिण-पश्चिमी हवाएँ उथली धाराओं को ढकेलती हैं जिसके कारण सागर के नीचे से पोषक तत्त्वों से भरपूर पानी सतह तक आ जाता है। इससे फाइटोप्लैंकटन सागर में दूर-दूर तक फलते-फूलते हैं जो समुद्री जीवों के लिए भोजन की प्रमुख कड़ी साबित होते हैं। उत्तरी-पूर्वी मॉनसून जो नवम्बर से मार्च तक रहता है, के दौरान जलधाराएँ विपरीत दिशा में चलने लगती हैं जो पोषक तत्त्वों को लाने वाली धाराओं को रोकती हैं। इसलिए फाइटोप्लैंकटन सागर के किनारों तक ही सीमित रहते हैं जहाँ पोषक तत्त्वों की आपूर्ति नदियों द्वारा की जाती है।

ध्रुव प्रदेशीय महासागर

ध्रुव प्रदेशीय महासागरों से तात्पर्य आर्कटिक महासागर एवं दक्षिणी महासागर से है। पृथ्वी के महासागरों का 4 से 5 प्रतिशत भाग आर्कटिक एवं 10 प्रतिशत भाग दक्षिणी महासागर में निहित है। सर्दी के दिनों में ध्रुव प्रदेशों में हिमाच्छादन पृथ्वी के धरातल के 13 प्रतिशत भाग तक हो सकता है।

हिमाच्छादित आर्कटिक को महासागर के रूप में लगभग 100 वर्ष पूर्व ही पहचाना गया है और आज भी यह कई दृष्टि से रहस्यमय बना हुआ है। वैज्ञानिक यह जानने का प्रयास कर रहे हैं कि विश्व भर में हो रहे मौसम में बदलाव तथा

तापमान में वृद्धि का असर इस पर किस प्रकार होगा क्योंकि बर्फ की मोटी परत, जो ध्रुव प्रदेश की सर्द जलवायु और महासागर के नीचे ठंडे जल को अपेक्षाकृत गर्म पानी से पृथक् करती है, की मोटाई में यदि कोई अन्तर आता है तो उसका प्रभाव वैश्विक स्तर पर कैसा होगा? एक करोड़ 40 लाख एवं 90 हजार वर्ग किलोमीटर क्षेत्र में फैले हिमाच्छादित ध्रुव प्रदेशीय महासागरों की अधिकतम गहराई 5502 मीटर अर्थात् 18051 फीट तथा औसत गहराई 988 मीटर अर्थात् 3242 फीट आँकी गई है।

दक्षिण में अट्लांटिक, प्रशान्त एवं हिन्द महासागर मिलकर एक विशाल जल-क्षेत्र का निर्माण करते हैं जिसे दक्षिणी महासागर कहते हैं। यह अंटार्कटिक महाद्वीप के चारों ओर फैला है जिससे विपरीत दिशाओं में गतिमान दो जलधाराएँ सदैव बहती रहती हैं। अंटार्कटिक महाद्वीप से लगी हुई धारा **इस्ट विंड ड्रिफ्ट** पूर्व से पश्चिम की ओर बहती है तथा उससे दूर महासागर में पश्चिम से पूर्व की दिशा में बहने वाली विपरीत धारा को **अंटार्कटिक सर्कम पोलर** धारा कहते हैं। इस विशाल जलधारा एवं हवाओं का उपयोग, जब पनामा नहर नहीं बनी थी तब, नाविक दक्षिणी अमेरिका के आखिरी किनारे से केपहार्न होते हुए अट्लांटिक से प्रशान्त महासागर में जाने के लिए करते थे। तब यह यात्रा काफी कष्टप्रद एवं खतरों से भरी मानी जाती थी।

ध्रुव प्रदेशीय महासागरों का जल अन्य महासागरों की अपेक्षा भारी होता है क्योंकि यह सर्द होता है जिसके कारण इसका घनत्व अधिक होता है। इसमें नमक की मात्रा भी अधिक होती है जो सर्दियों में और अधिक बढ़ जाती है क्योंकि अधिकांश पानी जमकर बर्फ बन जाता है और भारी तरल जल हिम की मोटी परतों के नीचे रहता है। यह जल भी काफी ठंडा होता है और नीचे-ही-नीचे यह मन्द धाराओं के माध्यम से धरती के सभी महासागरों में गतिमान् रहता है। जल के इस वैश्विक परिसंचरण को थर्मोहेलाइन परिसंचरण कहते हैं।

आर्कटिक महासागर महाद्वीपों से घिरा हुआ है। दक्षिण में महासागरों से उसका सम्पर्क बहुत उथले और पतले जल मार्गों के माध्यम से है। साइबेरिया की नदियों से आर्कटिक महासागर में प्रचुर मात्रा में पोषक तत्त्व एवं खनिज पहुँचते हैं। आर्कटिक महासागर में धरती के विशालतम महाद्वीपीय कगार पाए जाते हैं जो साइबेरिया से अलास्का तक फैले हैं जिसका विस्तार बाहर की ओर लगभग 1000 कि.मी. है। फलतः महासागर की पेंदी अपेक्षाकृत उथली है। दूसरी ओर महासागर के मध्य में धरती पर सर्वाधिक गहरी एवं सर्वाधिक मन्द विस्तार वाली जलमग्न पर्वत शृंखलाएँ पाई गई हैं, जिनमें अभी हाल तक यह समझा जाता था कि वहाँ ज्वालामुखीय गतिविधियाँ न के बराबर हैं किन्तु दर्जन भर से अधिक सक्रिय ज्वालामुखियों के विषय में जानकारी अब तक हमें हो चुकी है। साइबेरियायी नदियों का पानी भी इधर इस महासागर में अधिक गिर रहा है जिसका प्रमुख कारण मौसम में बदलाव के कारण अधिक वर्षा का होना है। इससे पोषक तत्त्वों एवं खनिजों की मात्रा भी आर्कटिक महासागर में

बढ़ रही है। वर्ष 2010 में साइबेरिया में भयंकर सूखे का असर था जिसके कारण सागर में गिरने वाली नदियों के जल में कुछ कमी अवश्य देखी गई थी। जाड़ों में 80 प्रतिशत तथा गर्मियों में 60 प्रतिशत महासागर हिमाच्छादित रहता है। उत्तरी ध्रुव के पास बर्फ हमेशा जमी रहती है जिसकी मोटाई 4 कि.मी. तक हो सकती है।

आर्कटिक महासागर में वानस्पतिक एवं जैविक विविधता अंटार्कटिका के दक्षिणी महासागर की अपेक्षा बहुत अधिक है। नदियों द्वारा लाए गए पोषक तत्त्वों की प्रचुर मात्रा में उपलब्धता के कारण आर्कटिक फाइटोप्लैंक्टन का विकास एवं वृद्धि गर्मियों में निरन्तर मिलने वाली सौर-ऊर्जा की उपस्थिति में बहुत अधिक होती है जो समुद्री जीवन के पनपने एवं कायम रहने में महत्त्वपूर्ण भूमिका निभाती है।

अंटार्कटिका का अधिकांश भाग हिमाच्छादित रहता है। पेंगुइन पक्षियों की कई प्रजातियाँ यहाँ निवास करती हैं। अंटार्कटिका महाद्वीप के जीव पूरी तरह से इसको चारों ओर से घेरे दक्षिणी महासागर की जैविक एवं वानस्पतिक सम्पदाओं पर ही आश्रित रहते हैं। समुद्री जैव सम्पदा की यहाँ कोई कमी नहीं है। अंटार्कटिका एवं दक्षिणी महासागर का दक्षिणी भाग मनुष्यों की उपस्थिति से लगभग वर्षभर वंचित रहता है इसलिए प्रदूषण की समस्या यहाँ उतनी नहीं है जितनी आर्कटिक क्षेत्र में है क्योंकि यहाँ पहले से ही मुनष्यों का आना-जाना लगा हुआ है। मौसम में बदलाव एक प्राकृतिक परिघटना है अतएव इसका असर ध्रुव प्रदेशों पर भी पड़ेगा। ध्रुव प्रदेशों में इधर कई देश पृथक्तः तथा सम्मिलित प्रयासों के तहत अध्ययनरत हैं जो अर्वाचीन तकनीकों की मदद से यहाँ की आबोहवा, हिम एवं जैविक विविधताओं का अध्ययन कर रहे हैं। वोस्टाक झील जो मोटी बर्फ के नीचे है, अभी पूरी तौर पर अनछुई है, और इस बात के भी प्रमाण मिले हैं कि वायुमंडल से उसका सम्पर्क करोड़ों वर्षों से नहीं हुआ है। इस झील का अध्ययन करना मानव के लिए काफी दिलचस्प होगा।

अजोला परिघटना (Azolla Event)

विश्व के पर्यावरण को भी ध्रुवीय महासागर समय-समय पर प्रभावित करते रहे हैं। कार्बन पृथक्करण अथवा कार्बन सिक्वेस्ट्रेशन की क्रिया से वायुमंडलीय कार्बन डाइऑक्साइड की मात्रा में बदलाव लाकर ध्रुवीय महासागर पर्यावरण को प्रभावित कर सकते हैं। उत्तरी ध्रुव के महासागर में अजोला पौधे के फलने-फूलने की घटना (Azolla Event) तथा उसके परिणामों के सम्बन्ध में जीव विज्ञानी यह मानते हैं कि इयोसीन युग (Eocene Epoch) में लगभग 4 करोड़ 90 लाख वर्ष पूर्व मृदु-जल का पौधा एजोला आर्कटिक महासागर में वृहत् पैमाने पर फैल गया था। उसके मुरझाकर डूबने से अपेक्षाकृत शान्त समुद्र की तली पर मोटी परतें बिछ गईं किन्तु इस पौधे ने वायुमंडल से कार्बन डाइऑक्साइड गैस भारी मात्रा में ग्रहण कर सूरज के प्रकाश में अपना भोजन बनाया और इस प्रक्रिया में समुद्र तल पर कार्बन एवं अन्य तत्त्व

भारी मात्रा में निक्षेपित हो गए। इस प्रक्रिया में वायुमंडल में कार्बन डाइऑक्साइड गैस का स्तर कम हो जाने पर ग्रीन हाउस प्रभाव कम हो गया और इसके पूर्व जहाँ उत्तरी-ध्रुव प्रदेश के वातावरण में इतनी गर्मी थी कि वहाँ ताड़, खजूर जैसे वृक्ष उगते थे और कछुए रहते थे वहीं ग्रीन-हाउस प्रभाव के कम हो जाने से वातावरण में शीत का प्रभाव दिखने लगा जो आज भी कायम है।

एजोला परिघटना के भूवैज्ञानिक साक्ष्य भी मिले हैं। आर्कटिक महासागर की तलहटी में सर्वत्र इसके होने की पुष्टि हुई है जिसमें जमी हुई कार्बनिक अवशेषों की परतें 8 से 20 मीटर तक पाई गई हैं। एक यूनिट जहाँ 8 मीटर मोटाई की कार्बनिक अवशेषों की जमी हुई परतें मिली हैं वहीं प्लैंक्टन जीवों की सिलिकायुक्त खंड परतों की पृष्ठभूमि में सामुद्रिक जमाव के साथ-साथ एक मि.मी. मोटाई की अश्मीभूत अजोला के अवशेषों की परत भी मिली है। गामा-विकिरण शीर्षों के रूप में भी इस कार्बनिक अवशेष को देखा जा सकता है जिनकी मौजूदगी सम्पूर्ण आर्कटिक बेसिन में पाई गई है। पैलिनोलाजिक नियन्त्रण एवं भू-चुम्बकत्व के विपर्यय (Reversal) के आँकड़ों से घटना में लगने वाली अवधि का अनुमान लगाया गया है जो लगभग 8 लाख वर्ष का है। यह अजोला घटना के दौरान कार्बन डाइऑक्साइड गैस की वायुमंडल में हुई कमी के आँकड़ों से पूर्णतया मेल खाता है जिसमें इयोसीन युग की शुरुआत में गैस का स्तर 3500 ppm से घटकर 650 ppm रह गया था।

अजोला एक ऐसा पौधा है जो प्रति एकड़ प्रति वर्ष एक टन नाइट्रोजन तत्त्व की खपत कर सकता है ($0.25kg/m^2/yr$) जो वायुमंडल से कार्बन की 6 टन प्रति एकड़ ($1.5kg/m^2/yr$) मात्रा ग्रहण करने के समतुल्य है। वायुमंडलीय नाइट्रोजन का उपयोग करने की इसकी सामर्थ्य का सीधा तात्पर्य यह है कि इसको विकसित होने के लिए जरूरी फास्फोरस (P) तत्त्व की उपलब्धता होना अनिवार्य है। कार्बन (C) नाइट्रोजन (N) एवं सल्फर (S) प्रोटीन के निर्माण के लिए आवश्यक हैं और फास्फोरस (P) DNA एवं RNA के निर्माण के लिए एवं ऊर्जा चयापचयन (Energy Metabolism) क्रिया को संचालित करने के लिए अनिवार्य है। पौधा सामान्य उष्णता एवं 20 घंटे सूर्य के प्रकाश की उपलब्धता जैसी अनुकूल परिस्थितियों में बहुत ही तीव्र गति से बढ़ सकता है तथा दो या तीन दिन के अन्दर ही इसकी जैव संहति (Biomass) बढ़कर दो गुनी हो सकती है। इयोसीन युग के शुरुआती दौर में इन परिस्थितियों के विद्यमान होने के साक्ष्य भी उपलब्ध हैं।

इयोसीन युग में महाद्वीपीय संरचना कुछ ऐसी थी कि आर्कटिक सागर शेष महासागरों से पृथक् था जिसका अर्थ यह है कि इसका पानी शेष महासागरों के पानी से मिल नहीं सकता था जैसा कि आज है। इसकी स्थिति काले-सागर (Black Sea) की तरह रही होगी। उच्च तापमान एवं वायु के कारण वाष्पीकरण की क्रिया तेज हुई होगी जिससे पानी में उपलब्ध लवणों एवं खनिजों के कारण पानी का घनत्व बढ़

गया होगा और पहले से संरक्षित महासागर का पानी काले-सागर के पानी की तरह गाढ़ा हो गया होगा। अधिक वाष्पीकरण का तात्पर्य है अधिक वर्षा जिसने नदियों के रास्ते आकर समुद्र में गाढ़े खारे पानी के ऊपर कम घनत्व वाले हलके मृदु जल की एक पर्त-सी बना दी होगी। केवल कुछ से.मी. मोटी ताजे पानी की पर्त अजोला को उगाने के लिए पर्याप्त है। इसके अतिरिक्त नदियों द्वारा लाए गए जल में खनिज जैसे फास्फोरस पर्याप्त मात्रा में विद्यमान रहते हैं। वायुमंडलीय कार्बन जो कार्बन डाइऑक्साइड गैस के रूप में वायुमंडल में विद्यमान था, की तत्कालीन प्रचुरता इसमें सहायक सिद्ध हुई और इन अनुकूल परिस्थितियों में अजोला खूब फला-फूला।

आठ लाख वर्षों में अजोला ने आर्कटिक महासागर के 40 लाख वर्ग कि.मी. क्षेत्र को आच्छादित कर लिया था जिससे केवल इस परिघटना के कारण ही वायुमंडल की कार्बन डाइऑक्साइड गैस के स्तर में 80 प्रतिशत की गिरावट आ गई थी। ग्रीन हाउस प्रभाव में कमी आने के कारण तापमान में भी कमी आने लगी जो तत्समय के तापमान स्तर 13^0 से.ग्रे. से घटकर आज के -9^0C तापमान के स्तर तक आ चुकी है। तापमान में आए बदलाव का असर विश्व के सम्पूर्ण पर्यावरण पर समग्र रूप से पड़ना स्वाभाविक था। धरती के इतिहास में पहली बार कदाचित् दोनों ध्रुवों पर एक साथ बर्फ जमी।

ध्रुव सागरों की भूमिका विश्व पर्यावरण के परिप्रेक्ष्य में वायुमंडल से कार्बन पृथक्करण तक ही सीमित नहीं है बल्कि **डाइमिथाइलसल्फोनियोप्रोपियोनेट** (DMSP/DMS) के उत्पादन के फलस्वरूप बादलों के निर्माण में भी इसका महत्त्वपूर्ण योगदान है। DMSP बादलों के निर्माण में नाभिक की भूमिका निभाते हैं जिससे क्षेत्रीय स्तर पर एलबिडो (Albedo) अर्थात् श्वेतिमा बढ़ जाती है और इस कारण सूर्य की उष्मा एवं किरणें परावर्तित हो जाती हैं। वाष्पीकरण अधिक होने से वर्षा भी अधिक होती है।

बादल तथा समुद्र की बर्फ श्वेतिमा को बढ़ा देते हैं जिससे ध्रुव प्रदेशों को उष्मा कम मिल पाती है जो उन प्रदेशों को सदैव सर्द रखने में सहायक होती है। ध्रुव प्रदेशीय समुद्र का जल गहराई में काफी ठंडा होता है जो ठंडे जल की धाराओं का निर्माण करता है और ये धाराएँ समुद्र की गहराई में संचारित होती हैं जबकि उष्ण जलधाराएँ हलकी एवं गर्म होने के कारण समुद्र की सतह पर चलती हैं। विश्वस्तर पर गर्म एवं ठंडे जल की धाराओं के कारण ही महाद्वीपों के मौसम बनते-बिगड़ते रहते हैं।

धरती का सर्वाधिक सर्द क्षेत्र इन्हीं ध्रुव प्रदेशों में है। अंटार्कटिका में वोस्टोक शोध केन्द्र पर 21 जुलाई, 1983 को सर्वाधिक कम तापमान -89.2^0C मापा गया था।

अध्याय-8

महासागर-तल की भू-आकृति

महासागरों की बेसिन बहुत कुछ भू-भागों की तरह ही होती हैं जहाँ जलमग्न पर्वत श्रेणियाँ, पठार, खाइयाँ, सपाट मैदान ठीक वैसे ही होते हैं जैसा कि हम धरातल के भू-भाग में देखते हैं।

महाद्वीपीय विस्तार सागर-तट से होता हुआ समुद्र के जल में लगभग 600 फीट की गहराई पर एक आइसोबाथ कण्टूर (Isobath Contour) का निर्माण करता है, जिसको महाद्वीपीय सैकत, रेती या कगार (Continental Shelf) कहते हैं जो एक उथले जलमग्न प्लेटफार्म की तरह दिखता है जिसकी चौड़ाई कुछ मील से लेकर 100 मील से भी अधिक हो सकती है। उत्तर अमेरिकी महाद्वीप के उत्तरी किनारों पर प्रशान्त महासागर में जलमग्न महाद्वीपीय रेती की चौड़ाई मात्र कुछ मील ही है जबकि उत्तर-पश्चिम यूरोप के किनारों पर यह 100 मील से भी अधिक है। कुछ स्थानों पर जहाँ पर्वत श्रेणियाँ हैं जैसा कि राकी पर्वत एवं एण्डियन कोस्ट्स (Andean Coasts), वहाँ समुद्र के जल में महाद्वीपीय विस्तार पूरी तरह से नहीं है। आर्कटिक साइबेरिया के समुद्री किनारे काफी निचले थल भाग हैं जिनका प्रसार समुद्र में काफी चौड़ाई लिए हुए लगभग 750 मील तक विस्तृत है। 20 से 100 मील की चौड़ाई का होना सामान्य-सी बात है। महाद्वीपीय रेती या शेल्फ की ढलान भी भिन्न-भिन्न है। यह वहाँ बहुत कम है जहाँ जलमग्न विस्तार बहुत अधिक है। ढलानों का ग्रेडियेंट (ढाल) सामान्यतः 500 में एक का पाया गया है।

महाद्वीपीय रेती या शेल्फ का निर्माण भूगर्भीय एवं ज्वालामुखीय गतिविधियों के अतिरिक्त सागर में गिरने वाली नदियों द्वारा थलभाग से प्रचुर मात्रा में बहाकर लाए गए कचड़े एवं निक्षेपों से भी होता है। हिमयुग की समाप्ति के पश्चात् महासागरों के जल-स्तर में हुई वृद्धि के कारण भी महासागरों से लगे थलभाग जलमग्न हो गए हैं जो इन्हीं महाद्वीपीय रेती या शेल्फ के भाग बन गए हैं।

महाद्वीपीय रेती या शेल्फ का भौगोलिक दृष्टि से बहुत महत्त्व है। ये उथले होते हैं जिसके कारण सूर्य का प्रकाश पूरी तरह से वहाँ पहुँचता है जिससे प्रकाश संश्लेषण

की क्रियाएँ सम्भव हो पाती हैं जिसके फलस्वरूप सूक्ष्म जीवों एवं वनस्पतियों का विकास सम्भव हो पाता है। उथले पानी में प्लैंकटन बहुतायत रूप से पाए जाते हैं जिस पर सतह एवं सतह के नीचे रहने वाले असंख्य जीव-जन्तुओं का जीवन निर्भर होता है। हलकी ढलान एवं उथलेपन के कारण गहराई में गतिमान् रहने वाली ठंडे जल की धाराओं से ये इलाके बचे रहते हैं जिसके कारण मछली पकड़ना आसान हो जाता है, जिसका अनुकूल प्रभाव विश्व के मछली-उद्योग पर पड़ता है।

महाद्वीपीय शेल्फ के कगार पर ढलान बढ़ जाती है जो 20 में एक तक हो सकती है। इसे महाद्वीपीय-ढलान (Continental Slope) कहते हैं।

महासागर की सतह से काफी गहराई में 2-3 मील नीचे लहरदार मैदान होते हैं जो महासागरों की तली के दो-तिहाई भाग हैं। इसे एबिसल-प्लेन (Abyssal Plain) कहते हैं। इस पर जलमग्न विशाल पठार, पर्वत श्रेणियाँ, खाइयाँ, बेसिन और महासागरीय द्वीप होते हैं जो महासागरों में सतह के ऊपर तक उठे होते हैं जिनके चारों ओर सैकड़ों मील तक जल-ही-जल दिखाई देता है जैसे अजोर्स (Azores) एवं एसेन्शन (Ascension) द्वीप।

इसके अतिरिक्त लम्बी गहरी खाइयाँ होती हैं जिनकी गहराई 30,000 फीट या उससे भी अधिक हो सकती है। हमारे अनुमान के विरुद्ध ये खाइयाँ महासागरों के बीच में न होकर महाद्वीपों के भू-भाग के पास ही पाई गई हैं विशेषकर प्रशान्त महासागर की खाइयाँ, जो सर्वाधिक गहरी हैं, द्वीपों अथवा महाद्वीपों के पास स्थित हैं। विश्व की सर्वाधिक गहरी मैरियाना ट्रेंच गुआम द्वीप के पास स्थित है जिसकी गहराई 36000 फीट है जो माउंट एवरेस्ट (29028 फीट) से भी लगभग 7000 फीट अधिक है। मिण्डानवा गर्त 35000 फीट गहरी है तथा टोंगा गर्त 31000 फीट गहरी है। इन दोनों की गहराई भी माउंट एवरेस्ट से अधिक है। जापानी गर्त 28000 फीट गहरी है। ये सभी गर्तें प्रशान्त महासागर में ही हैं।

महासागरों की रेतीली तली में नदियों द्वारा लायी गई पंकयुक्त मिट्टी की तहें महाद्वीपीय रेती पर जमती जाती हैं जो नीली, हरी तथा लाल होती हैं जिनके रंग उनके रासायनिक तत्त्वों एवं निक्षेपों के कारण होते हैं। समुद्री जीवों के शंख एवं प्रवाल के कठोर आवरण उनके मरने के बाद समुद्र की तली पर चले जाते हैं जिसमें कार्बन (Calcareous) या सिलिका (Siliceous) के यौगिक होते हैं। ये दलदली सिन्धुपंक (Oozes) बहुत ही मुलायम पानी में घुले हुए आटे की तरह बारीक एवं लिबलिबे होते हैं तथा सागर की तलहटी में ये पानी में तैरते रहते हैं जिसके कारण जल बहुत ही गँदला और अपारदर्शी होता है।

महाद्वीपीय रेती के आगे गहरे समुद्र में महासागरों की बेसिन पर सामान्यतया लाल रंग की मिट्टी की परत जमी है। प्रशान्त महासागर में यह अधिकाधिक है। यह समझा जाता है कि लाल मिट्टी समय-समय पर होने वाले ज्वालामुखीय उद्गारों से निकली राख एवं धूल से बनी है।

अध्याय-9

महासागरों की लवणता

धरती के मौसम, जलवायु एवं पर्यावरण को सन्तुलित एवं नियंत्रित करने में महासागरों की भूमिका सर्वोपरि है। महासागरों की विशिष्टता सबसे अधिक उसके खारेपन में निहित है। समुद्री जल में खनिज एवं लवण घुले हुए हैं जिसके कारण उसका पानी खारा होता है। साधारण खाने वाले नमक सोडियम क्लोराइड की मात्रा उसमें सर्वाधिक है। यह 77 प्रतिशत से अधिक है। शेष में कैल्सियम, मैग्नीशियम एवं पोटैशियम जैसे तत्त्व विद्यमान हैं। अन्य तत्त्व जिसमें स्वर्ण भी है, समुद्र के जल में घुले हुए हैं।

महासागरों का पानी सदैव गतिमान रहता है जिसके कारण खनिजों एवं लवणों का अनुपात पृथ्वी के सभी महासागरों में एक ही जैसा होता है। यहाँ तक कि काफी गहराई में भी वही अनुपात देखा गया है। इसे महासागरों की लवणता (Salinity) कहते हैं जो उसे अतिविशिष्ट बना देता है। इसे प्रतिशत में व्यक्त किया जाता है। औसत लवणता 3.52 प्रतिशत है। नदियों द्वारा लाए गए मीठे जल तथा हिम के पिघलने से उपलब्ध मृदुजल के अवमिश्रण से स्थानीय तौर पर लवणता में कमी आ सकती है जैसे बाल्टिक सागर में लवणता औसतन 0.7 प्रतिशत है। इसके विपरीत उष्णकटिबन्धीय क्षेत्र में जहाँ वाष्पीकरण अधिक है और मीठे जल की आपूर्ति करने वाली नदियाँ नहीं हैं अथवा कम हैं, वहाँ लवणता विश्व स्तर से कुछ बढ़ सकती है, जैसे लाल सागर की लवणता औसत से कुछ अधिक अर्थात् 3.9 प्रतिशत है। ऐसे जल क्षेत्र जो थल से घिरे हैं जैसे कश्यप सागर एवं मृत सागर जहाँ महासागरों के जल से उनका जल अवमिश्रित नहीं हो सकता, उनकी लवणता बहुत अधिक है, अर्थात् क्रमशः 18 प्रतिशत एवं 25 प्रतिशत। सर्वाधिक लवणता एशिया माइनर में वान झील (Lake Van) की है जो 33 प्रतिशत है। यह नमक की झील के नाम से विख्यात है जिसके किनारों पर नमक बिखरा रहता है जिसका व्यापारिक उपयोग किया जाता है। अत्यधिक लवणता के कारण वान झील एवं मृत सागर के जल का

घनत्व इतना अधिक होता है कि तैराक उसमें डूब नहीं सकते। इसी कारण उसमें जल क्रीड़ाएँ एवं तैराकी प्रतियोगिताएँ चलती रहती हैं।

स्थानीय तौर पर लवणता के घटने-बढ़ने के कई कारण हैं। व्यापारिक हवाओं वाले मरुस्थल की उच्चदाब वाली पट्टी में 20^0 से 30^0 और उत्तर एवं दक्षिण की पट्टियों में सागर-जल की लवणता अधिक होती है जिसका प्रमुख कारण उस क्षेत्र में अधिक तापमान एवं कम आर्द्रता का होना है जिसके कारण वाष्पन बहुत अधिक होता है। शीतोष्ण कटिबन्धीय समुद्रों में लवणता कम होती है जिसका कारण वहाँ वाष्पन का कम होना है क्योंकि वहाँ तापमान कम होता है।

विषुवत् रेखा के 5^0 उत्तर एवं 5^0 दक्षिण की पट्टी को विषुवत्रेखीय अल्पदाब की पट्टी कहते हैं जहाँ गर्मी बहुत पड़ती है, जिसके कारण उस पट्टी की हवा गर्म होकर फैलती है और ऊपर उठती है जिससे वहाँ कम दाब का क्षेत्र बन जाता है। इस क्षेत्र को डोलड्रम्स कहते हैं जहाँ प्रतिदिन दिन में दो बजे के बाद अकाश में बादल घुमड़ने लगते हैं और दो-तीन घंटे मूसलधार वृष्टि होती है। इसके अतिरिक्त विश्व की विशालतम विपुलनीरा नदियाँ जैसे—आमेजन, कांगो, गंगा, इरावदी एवं मीकांग इसमें निरन्तर प्रचुर मात्रा में मीठा जल उड़ेलती रहती हैं। इसके कारण अधिक वाष्पन के बावजूद विषुवत्रेखीय प्रदेश के सागरों की लवणता वैश्विक औसत 3.5 प्रतिशत से कुछ कम ही रहती है।

उत्तरी एवं दक्षिणी ध्रुव क्षेत्र के सागरों जैसे बाल्टिक, आर्कटिक एवं अंटार्कटिक सागरों में हिम के पिघलने से तथा ध्रुव-सागरों में गिरने वाली नदियों जैसे—आब (Ob), लेना (Lena), येनिसे (Yenisey) तथा मैकेञ्जी (Mackenzie) के माध्यम से मीठे जल की आपूर्ति होती रहती है जिसके अवमिश्रण से उस क्षेत्र की लवणता कम हो जाती है जो औसतन 3.2 प्रतिशत से कुछ कम ही रहती है।

पूर्ण अथवा आंशिक रूप से भूभागों से घिरे रहने के कारण कुछ दीर्घ जलाशयों जैसे कश्यप सागर, भूमध्य सागर, लाल सागर एवं फारस की खाड़ी में समुद्री जल का अवमिश्रण कुछ सीमा तक बाधित रहता है जिसके कारण वहाँ लवणता थोड़ी अधिक होती है जो औसतन 3.7 प्रतिशत पाई गई है।

अध्याय-10

महासागरों के जल का तापमान

धरती के थलभाग की तरह महासागरों के जल का तापमान भी सतह पर और गहराई में भिन्न-भिन्न होता है। जल की उष्माधारिता अधिक होने के नाते महासागरों का जल थल की अपेक्षा देर से गर्म होता है और ठंडा भी देर से ही होता है। इसलिए तापमान में वर्ष के दौरान अन्तर भी बहुत कम रहता है। अधिकांशतः खुले समुद्रों के लिए यह अन्तर 12^{0}C से भी कम है। सामान्यतः महासागरों के सतह का औसत वार्षिक तापमान विषुवत् रेखा पर 21^{0}C रहता है। 45^{0} उत्तर एवं 45^{0} दक्षिण अक्षांशों पर यह 13^{0}C पाया गया है। ध्रुव प्रदेशों में यह शून्य तक पहुँच जाता है। बढ़ते हुए अक्षांशों के साथ तापमान में कमी का पैटर्न स्थिर नहीं रहता क्योंकि उस पर उष्ण एवं शीत जलधाराओं का तथा हवाओं का भी प्रभाव पड़ता है। धरती के थल भाग के विपरीत महासागरों का जल गतिमान रहता है इसलिए अवमिश्रण होता रहता है जिसके कारण स्थानीय उष्णता अथवा उष्मा-ऊर्जा का वितरण एक विशाल जल-राशि में हो जाता है जिसके फलस्वरूप तापमान में अन्तर कम हो जाता है।

आर्कटिक एवं अंटार्कटिक हिमाच्छादित क्षेत्रों से चलने वाली पानी की शीतल धाराएँ जैसे कनाडा के उत्तरी-पूर्वी किनारे से बहने वाली लेब्रोडोर शीत धारा, समुद्र की सतह के जल के तापमान को कम करने का प्रयास करती है, जिसके कारण कनाडा के पूर्वी तट के बन्दरगाह 45^{0} उत्तरी अक्षांश पर होने के बावजूद वर्ष के आधे समय तक बर्फ से घिरे रहते हैं। इसी तरह गर्म जल की धाराओं से गर्म रहने वाले सागर-तट का तापमान जैसा कि हम उत्तरी अट्लांटिक धारा के सम्बन्ध में पाते हैं, बढ़ा रहता है। यही कारण है कि नार्वे के सागर-तट 60^{0} से 70^{0} उत्तर अक्षांश पर होते हुए भी पूरे वर्ष भर बर्फ से रहित रहते हैं।

सर्वाधिक जल-तापमान उष्णकटिबन्धीय क्षेत्रों के थल से घिरे हुए सागरों का पाया गया है, जैसे लाल-सागर के जल का तापमान 30^{0}C से 38^{0}C तक रहता है। आर्कटिक एवं अंटार्कटिक हिम क्षेत्रों के सागरों का जल इतना ठंडा होता है कि सदैव

कई फीट नीचे तक बर्फ की एक मोटी परत से ढका होता है। गर्मियों में जब हिम थोड़ा पिघलता है तब हिमखंडों के रूप में बहकर वह हिमरहित स्थानों को भी ठंडा कर देता है तथा इसके पिघलने से सागर के खारे जल में मीठे जल का अभिमिश्रण हो जाता है जिसके कारण उसकी लवणता में कमी आ जाती है।

महासागरों एवं सागरों में गहराई के साथ भी तापमान में परिवर्तन होता है। तापमान 1200 फीट की गहराई तक तो तेजी से गिरता है जिसकी दर प्रति 60 फीट पर 1^0F अर्थात् 17.2^0C पाई गई है। इसके पश्चात् 3000 फीट तक तापमान में गिरावट की दर काफी कम हो जाती है जिसके फलस्वरूप गिरावट की दर प्रति 600 फीट पर 17^0C से भी कम होती है। 1200 फीट की गहराई से अधिक गहराई का जल हिमांक से थोड़ा अधिक तापमान पर एक समान बना रहता है। यह एक आश्चर्यजनक तथ्य है कि सर्वाधिक गहरे सागर गर्तों में भी जिनकी गहराई 6 मील अर्थात् 32000 फीट से भी अधिक है, पानी कभी नहीं जमता। एक वैज्ञानिक अनुमान के अनुसार महासागरों के 80 प्रतिशत जल का तापमान 1.6^0C से 4.4^0C के बीच होता है।

अध्याय-11

महासागरों की जलधाराएँ

महासागरों की जलधाराएँ एक निश्चित पैटर्न का अनुगमन करती हुई महासागरों में परिचालित होती हैं। वे धाराएँ जो विषुवत्‌रेखीय कटिबन्धों से ध्रुव प्रदेशों की ओर जाती हैं उनके जल का तापमान अधिक होता है और वे महासागरों की सतह पर बहती हैं। ध्रुव प्रदेशों से विषुवत्‌रेखीय क्षेत्र में आने वाली जलधाराएँ ठंडी होती हैं जिसके कारण उनके जल का घनत्व अधिक होता है और वे भारी होती हैं इसलिए वे महासागरों की गहराइयों में परिचालित होती हैं। भूवैज्ञानिकों एवं समुद्रविज्ञानियों के लिए सदैव यह अध्ययन का विषय रहा है कि ये धाराएँ क्यों एक निश्चित पैटर्न का ही अनुगमन करती हैं? इसके कई कारण हो सकते हैं जिनमें से कुछ की चर्चा करना यहाँ प्रासंगिक होगा।

व्यापारिक हवाएँ (Trade Winds) एवं उनका प्रभाव

विषुवत्‌रेखीय एवं उष्ण कटिबन्धों के बीच की पट्टी में व्यापारिक हवाएँ बहती हैं जो विषुवत्‌रेखीय जलराशि को पश्चिम की ओर ध्रुव प्रदेशों तक ले जाती हैं और महाद्वीपों के पूर्वी किनारों को गर्म रखती हैं। उदाहरण के लिए उत्तरी-पूर्वी व्यापारिक हवाएँ उत्तर विषुवत्‌रेखीय जलधारा व उसकी सहायक धाराओं यथा फ्लोरिडा जल धारा एवं गल्फ स्ट्रीम जलधारा, को परिचालित करके अमेरिका के पूर्वी व दक्षिणी किनारों को गर्म रखती हैं। इसी तरह दक्षिण-पूर्वी व्यापारिक हवाएँ दक्षिण विषुवत्‌रेखीय जलधाराओं को परिचालित करती हैं जिनमें से ब्राजील धारा ब्राजील के पूर्वी किनारों को गर्म रखती है।

शीतोष्ण कटिबन्धों में पछुवा हवाएँ (Westerlies) चलती हैं, यद्यपि वे उतनी भरोसेमन्द नहीं हैं जितनी कि व्यापारिक हवाएँ। उत्तरी गोलार्द्ध में ये हवाएँ उत्तर-पूर्वी जलधाराओं को गतिमान करती हैं जिसके फलस्वरूप गर्म जल की धारा गल्फ स्ट्रीम यूरोप के पश्चिमी किनारों की ओर मुड़ जाती है जिसे उत्तर-अटलांटिक धारा कहते हैं और यह पश्चिमी यूरोप के किनारों को गर्म रखती है। इसी प्रकार दक्षिणी गोलार्द्ध की पछुवा हवाएँ वेस्ट विंड ड्रिफ्ट को पेरूवियन जलधारा के रूप में दक्षिणी अमेरिका

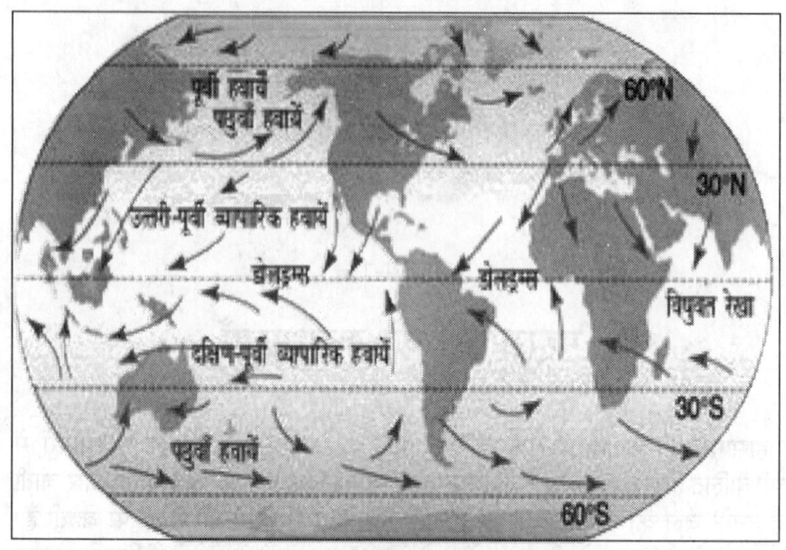

वैश्विक हवाएँ

के किनारों से तथा दक्षिणी अफ्रीका से वेनजुयेला जलधारा के रूप में विषुवत्‌रेखीय क्षेत्र की ओर परिचालित करती हैं।

महासागरों में जलधाराओं के परिचालन में धरती की ग्रहीय हवाओं (Planetary Wind) का इस प्रकार विशेष महत्त्व है। इसका सबसे बड़ा प्रमाण हमें उत्तरी हिन्द महासागर में देखने को मिलता है जब जलधाराओं की दिशाएँ मॉनसूनी हवाओं के अनुरूप हो जाती हैं। शीतकाल में इनका रुख उत्तर-पूर्व से आने वाली मॉनसून हवाओं के अनुरूप तथा गर्मियों में दक्षिण-पश्चिमी मॉनसून हवाओं के अनुरूप हो जाता है।

तापमान का प्रभाव

विषुवत्‌रेखीय क्षेत्रों एवं ध्रुव प्रदेशीय क्षेत्रों के महासागरों के जल-सतह के तापमान में काफी भिन्नता होती है। गर्म पानी हलका होने के कारण महासागर की सतह पर विषुवत्‌रेखीय कटिबन्धों से धीरे-धीरे ध्रुव प्रदेशीय कटिबन्धों की ओर जाता है। ठंडा पानी भारी होता है इसलिए यह सागर की सतह के नीचे-नीचे गहराई में ध्रुव प्रदेशों से विषुवत् प्रदेशीय महासागरों में धीरे-धीरे गमन करता है।

लवणता का प्रभाव

तापमान की तरह महासागरों की स्थानीय लवणता भिन्न-भिन्न होती है। अधिक लवणता वाला जल कम लवणता वाले जल की परतों के नीचे गहराई में बहता है।

उदाहरण के लिए भूमध्यसागर थल स्थलों से घिरा हुआ है जिसके कारण उसके जल की लवणता का स्तर खुले महासागरों के जल से अधिक होता है इसलिए अन्ध महासागर का कम लवणतायुक्त जल सतह पर बहता हुआ भूमध्यसागर में आता है और भूमध्यसागर का अधिक घनत्व व अधिक लवणतायुक्त जल नीचे गहराई में चलता हुआ अन्ध महासागर में जाता है। यह एक नियमित क्रिया है जिससे धाराएँ जन्म लेती हैं जिनकी दिशाएँ, गति व गहराई स्थानीय लवणता पर निर्भर होती हैं।

धरती की गति का प्रभाव

धरती पश्चिम से पूर्व की ओर 1042 मील प्रति घंटा अर्थात् 1677 कि.मी. प्रति घंटा की चाल से अपनी धुरी पर $23\frac{1}{2}^0$ के झुकाव के साथ घूमती है। इससे दिन और रात होते हैं। धरती के घूमने की गति का प्रभाव सर्वाधिक उसके धरातल पर पड़ता है जिससे थल की अपेक्षा महासागरों की तरल जलराशि अत्यधिक प्रभावित होती है और उसमें विभिन्न स्तरों पर धाराएँ जन्म लेती हैं। महासागरों का जल धरती की इस गति के कारण दाईं ओर विक्षेपित हो जाता है। उत्तरी गोलार्द्ध में इसके कारण जलधाराओं की गतियाँ घड़ी की सूई की दिशा में तथा दक्षिणी गोलार्द्ध में उलटी दिशा में होती हैं। उत्तरी गोलार्द्ध की जलधाराओं क्रमश: गल्फ स्ट्रीम ड्रिफ्ट व कैनारीज करेंट तथा दक्षिणी गोलार्द्ध की ब्राजीलियन करेंट एवं वेस्ट विंड ड्रिफ्ट की दिशाओं को देखकर उक्त तथ्य की पुष्टि होती है।

थल भागों का प्रभाव

धरती का भू-भाग धाराओं की गति एवं दिशा दोनों को ही प्रभावित करता है। उदाहरण के लिए जैसे चिली का दक्षिणी कोर (किनारा) वेस्ट विंड ड्रिफ्ट के कुछ भाग को उत्तर की ओर मोड़ देता है जिसे हम पेरूवियन धारा कहते हैं। इसी तरह ब्राजील का उत्तरी भू-भाग केप साओ राक (Cape Sao Roque) के पास पश्चिम की ओर बहने वाली विषुवत्रेखीय जलधारा को दो भागों क्रमश: केईन धारा (Cayenne Current) जो उत्तर-पश्चिम की ओर बहती है तथा ब्राजील धारा जो दक्षिण-पश्चिम की ओर बहती है, में विभाजित कर देता है।

इस प्रकार हम देखते हैं कि महासागरों की जलधाराओं का एक निश्चित पैटर्न दिखाई देता है जिसको स्थापित और नियंत्रित करने वाले कारक अनेक हैं और उनमें किसी भी एक का महत्त्व कम नहीं है, क्योंकि पृथ्वी की सम्पूर्ण भौगोलिक, जैविक एवं वानस्पतिक गतिविधियाँ एवं उनका विकास बहुत-कुछ इन जलधाराओं पर निर्भर करता है। विभिन्न महासागरों की भौगोलिक स्थिति, उनकी आपस में सम्बद्धता एवं उनका विस्तार तथा खुलापन जलधाराओं के पैटर्न में थोड़ा-बहुत अन्तर ला सकता है परन्तु वैश्विक स्तर पर उनका पैटर्न नियत एवं निश्चित है।

अध्याय-12

महासागरों में जलधाराओं का परिसंचरण

विषुवत्रेखीय कटिबन्ध में स्थायी तौर पर व्यापारिक हवाएँ निरन्तर पूर्व से पश्चिम की ओर दो जलधाराओं को परिसंचालित करती रहती हैं। विषुवत् रेखा के उत्तर बहने वाली धारा को उत्तरी तथा दक्षिण बहने वाली धारा को दक्षिणी विषुवत्रेखीय जलधाराएँ कहते हैं।

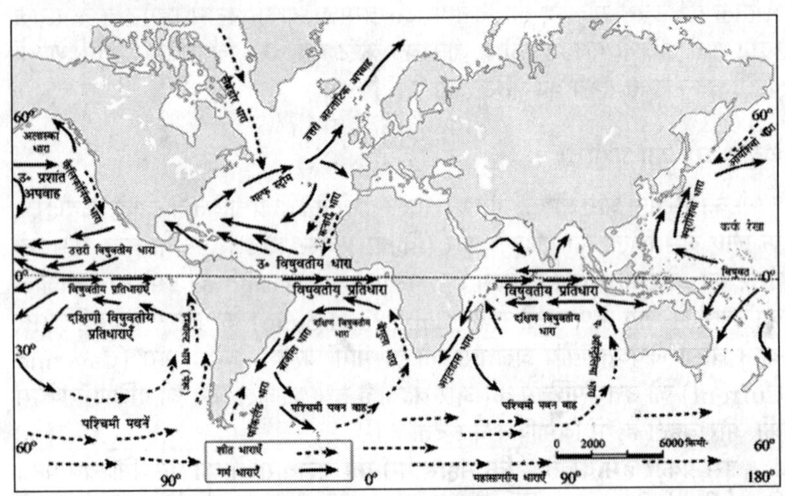

महासागरीय जल परिसंचरण

अट्लांटिक महासागर में

ब्राजील का उत्तरी-पूर्वी भू-भाग महासागर की ओर निकला है जो दक्षिणी विषुवत्रेखीय जलधारा को दो भागों में बाँट देता है—केईन धारा (Cayenne Current) जो गियना

के तट के सहारे बहती है और दूसरी ब्राजीलियन धारा जो दक्षिण की ओर ब्राजील के पूर्वी तट के साथ-साथ बहती है।

उत्तरी अट्लांटिक महासागर में केईन धारा उत्तरी विषुवत्‌रेखीय धारा के साथ मिलकर एक विशाल विषुवत्‌रेखीय गर्म जलराशि लेकर उत्तर-पश्चिम की ओर अग्रसर होते हुए कैरीबियन सागर में जाती है। इसका कुछ भाग मैक्सिको की खाड़ी में जाता है जहाँ से वह फ्लोरिडा एवं क्यूबा के बीच के जल मार्ग फ्लोरिडा जल-पट्टी (Florida Strait) से निकलकर फ्लोरिडा की धारा के रूप में आगे बढ़ जाता है। शेष विषुवत्‌रेखीय जलराशि एण्टिलीज के पूर्व उत्तर की ओर बढ़ती है जहाँ संयुक्त राज्य अमेरिका के दक्षिण-पूर्वी तट पर वह गर्म जलधारा गल्फ स्ट्रीम से मिलती है।

गल्फ स्ट्रीम ड्रिफ्ट महासागरों की अत्यन्त शक्तिशाली धाराओं में प्रमुख है जो 25 से 40 मील चौड़ी एवं 2000 फीट की गहराई लिए हुए औसतन 3 मील प्रति घंटा की चाल से आगे बढ़ती है। यह अमेरिका के तटों को छूती हुई केपहैटेरास (Cape Halteras), जो 35^0 उत्तरी अक्षांश पर स्थित है तक जाती है। उसके पश्चात् यह पछुवा हवाओं एवं धरती के घूमने के कारण उत्पन्न संयुक्त प्रभावों के वशीभूत होकर पूरब की ओर मुड़ जाती है। यह यूरोप में उत्तरी अट्लांटिक ड्रिफ्ट के रूप में पहुँचती है। यह धारा 10 मील प्रतिदिन की गति से यूरोप के लगभग 1000 मील लम्बे तट पर विषुवत्‌रेखीय गर्म जल को ले जाती है। उत्तरी अट्लांटिक में जाकर यह तीन धाराओं में बँट जाती है। पूरब की ओर जाने वाली धारा कैनरीज शीतल धारा के रूप में आइबेरियन तट के किनारे-किनारे दक्षिण की ओर बढ़ जाती है। समुद्र विज्ञान के अध्ययन से इस बात की पुष्टि हुई है कि गल्फ-स्ट्रीम द्वारा आर्कटिक क्षेत्र की ओर लाई गई विषुवत्‌रेखीय जलराशि का दो-तिहाई भाग वर्ष-भर में विषुवत्‌रेखीय कटिबन्धों की ओर सागर की गहराइयों में अधिक घनत्व वाली ठंडी ध्रुव प्रदेशीय जलधारा के रूप में वापस लौट जाता है। दक्षिण की ओर बहने वाली कैनरीज धारा अन्ततः उत्तरी विषुवत्‌रेखीय उत्तरी अट्लांटिक महासागर में दक्षिणावर्ती (घड़ी की सूई की दिशा में) परिपथ को पूरा करती है।

जलधाराओं के इस घेरे में कोई अन्य धारा नहीं बहती जिसके कारण यहाँ एक बहुत बड़ी मात्रा में बहता हुआ समुद्री मलबा एकत्रित हो जाता है। इस विशाल जल-क्षेत्र को सरगासो सागर (Sargasso Sea) कहते हैं।

उत्तरी अट्लांटिक में दक्षिणावर्ती जलधाराओं के परिगमन के अतिरिक्त उत्तर से आर्कटिक क्षेत्र में बहने वाली हवाएँ ठंडे जल की धाराओं को दक्षिण की ओर परिगमित करती हैं। इरमिंगर धारा या पूर्वी ग्रीनलैंड धारा आइसलैंड एवं ग्रीनलैंड के बीच बहती है और उत्तरी अटलांटिक धारा से मिलकर उसे शीतल करती है। ठंडी लैब्रोडोर धारा दक्षिण पूर्व की ओर पश्चिमी ग्रीनलैंड एवं वौमिन द्वीप के बीच से गुजरती हुई दक्षिण में काफी दूर जाकर लगभग 50^0 दक्षिण अक्षांश पर न्यूफाउंडलैंड

के पास गर्म जल की धारा गल्फ स्ट्रीम से मिलती है जहाँ उत्तर से बहाकर लाए गए हिमखंड पिघलते हैं।

दक्षिणी अट्लांटिक महासागर में धाराओं का परिगमन पैटर्न ठीक उसी तरह है जैसा कि उत्तरी अट्लांटिक महासागर में, किन्तु सबसे बड़ा अन्तर यह है कि धाराओं के परिगमन की दिशा दक्षिणावर्ती न होकर वामवर्ती है तथा इसके अतिरिक्त धाराओं के घेरे में अवस्थित निश्चल जल-क्षेत्र में समुद्री मलबे का जमाव वैसा नहीं है जैसा कि उत्तरी अट्लांटिक के सरगासो सागर में देखने को मिलता है।

दक्षिणी अट्लांटिक महासागर में दक्षिणी विषुवत्रेखीय धारा केप साओ राक (Cape Sao Roque) पर जाकर बँट जाती है। एक धारा ब्राजील धारा के रूप में दक्षिण की ओर चली जाती है। इसका गहरा नीला रंग आमेजन नदी से लाए गए पानी के पीले एवं गँदले रंग से जो समुद्र में सैकड़ों मील तक चला जाता है, आसानी से पहचाना जा सकता है।

लगभग 40^0 दक्षिणी अक्षांश पर पछुवा हवाओं एवं पृथ्वी के घूमने के संयुक्त प्रभावों के कारण यह धारा पूर्व की ओर मुड़ जाती है जहाँ यह दक्षिणी अट्लांटिक-धारा के रूप में बहने वाली वेस्ट विंड ड्रिफ्ट (West Wind Drift) में मिल जाती है। अफ्रीका के पश्चिमी किनारे पर पहुँचकर धारा उत्तर की ओर ठंडी बेनजुयेला धारा (Benguela Current) के रूप में मुड़ जाती है। अफ्रीका के पश्चिमी किनारे पर इसी धारा के प्रभाव के कारण ठंडक रहती है। उत्तर में इसी तरह की धारा कैनरीज है। वेनेजुएला धारा वेस्ट विंड ड्रिफ्ट का ध्रुवप्रदेशीय ठंडा जल उष्णकटिबन्धीय प्रदेशों तक लाती है। नियमित रूप से प्रवाहित होने वाली दक्षिण-पूर्वी व्यापारिक हवाएँ बेण्जुयेला धारा को विषुवत्रेखीय कटिबन्धों में उत्तर-पश्चिम दिशा में ढकेलती हैं। इससे दक्षिणी अट्लांटिक महासागर की धाराओं का परिगमन फेरा पूर्ण होता है।

पूर्व से पश्चिम की ओर बहने वाली उत्तरी एवं दक्षिणी विषुवत्रेखाओं के बीच में पश्चिम से पूर्व दिशा की ओर बहने वाली एक विषुवत्रेखीय प्रति धारा (Equatorial Counter Current) भी होती है।

प्रशान्त महासागर में

प्रशान्त महासागर की विशालता एवं खुलेपन के कारण जलधाराओं के परिसंचरण के पैटर्न में किंचित अन्तर है किन्तु अधिकांशतः उसका पैटर्न वैसा ही है जैसा कि अट्लांटिक महासागर के सन्दर्भ में पाया गया है।

उत्तरी विषुवत्रेखीय जलधारा पश्चिम की ओर बहती है जबकि विषुवत्रेखीय प्रतिगामी धारा विपरीत दिशा पूर्व की ओर बहती है। प्रशान्त महासागर के बीच में ऐसा कोई भू-भाग नहीं है जो इन धाराओं को अधिक प्रभावित करे जिसके कारण इन धाराओं द्वारा विशाल जलराशि ले जाई जाती है जो किसी भी महासागर में ले

जाई जाने वाली जलराशि से बहुत अधिक है। उत्तर-पूर्वी व्यापारिक हवाएँ उत्तरी विषुवत्रेखीय धारा को फिलीपिन्स एवं फारमोसा के तटों से होते हुए पूर्वी चीन-सागर में ले जाती हैं जहाँ इसे कुरूशियो (Kuroshio or Kuru Siwo) या जापान धारा के रूप में जाना जाता है। इसका गर्म जल ध्रुव प्रदेशों की ओर उत्तरी प्रशान्त धारा (North Pacific Drift) द्वारा ले जाया जाता है जिससे अलास्का के तट पर बने बन्दरगाह सर्दियों में भी हिमरहित बने रहते हैं।

ठंडे जल की बेरिंग धारा (Berring Current) अथवा अलास्का धारा (Alaska Current) सँकरे बेरिंग जलडमरूमध्य (Berring Strait) के रास्ते दक्षिण की ओर बढ़ती है और ओखोत्सक धारा (Okhotsk Current) से संयोगित होकर होकायडो (Hokkaido) के आगे ओयाशियो (Oyashio) धारा के रूप में गर्म जल की जापान धारा से मिलती है। ठंडा जल गर्म जल की धारा उत्तरी प्रशान्त धारा के जल के नीचे चला जाता है जिसका कुछ भाग शीतल कैलिफोर्नियाई धारा के रूप में संयुक्त राज्य अमेरिका के पश्चिमी तट के सहारे-सहारे पूर्व की ओर बढ़ता है और आगे चलकर उत्तर विषुवत्रेखीय धारा से मिलकर दक्षिणावर्ती परिसंचरण पथ को पूरा करता है।

दक्षिणी प्रशान्त महासागर की धाराओं के परिसंचरण का पैटर्न दक्षिणी अन्ध महासागर की धाराओं के परिसंचरण पैटर्न की तरह है। दक्षिणी विषुवत्रेखीय धारा दक्षिण-पूर्वी व्यापारिक हवाओं द्वारा क्वीन्सलैंड के किनारे-किनारे दक्षिण की ओर ले जाई जाती है जिसे पूर्वी आस्ट्रेलियन धारा के नाम से जाना जाता है। यह अपने साथ विषुवत्रेखीय गर्म जल शीतोष्ण कटिबन्धों तक ले जाती है। पछुवा हवाओं के प्रभाव में तस्मान सागर में यह धारा पूर्व दिशा में न्यूजीलैंड की ओर मुड़ जाती है जहाँ वह ठंडे जल की धारा वेस्ट विंड ड्रिफ्ट के एक भाग जिसे दक्षिणी प्रशान्त धारा कहते हैं, के साथ मिलती है। दक्षिणी चिली की समुद्र में निकले भू-भाग की नोक से प्रतिबाधित होकर यह धारा उत्तर की ओर मुड़ जाती है और दक्षिणी अमेरिका के पश्चिमी तट के सहारे चलते हुए यह उत्तर की ओर बढ़ती जाती है। ठंडे जल की इस धारा को हमबोल्ट (Humboldt) या पेरूवियन धारा (Peruvian Current) कहते हैं। इस धारा द्वारा ध्रुव प्रदेशों से लाया गया ठंडा जल चिली एवं पेरू के भू-भाग पर बहने वाली हवाओं को भी शीतल कर देता है जिसमें नमी नहीं रह जाती, जिसके कारण चिली एवं पेरू के पश्चिमी तट पर वर्षा न के बराबर ही होती है। यह क्षेत्र सूक्ष्म सामुद्रिक वनस्पतियों एवं जीवों के लिए जाना जाता है जहाँ भारी संख्या में इन मछलियों को अपना भोजन बनाने के लिए समुद्री परिन्दे यहाँ अपना डेरा जमाये रहते हैं। उनके बीट (Droppings) से वहाँ के द्वीप व चट्टानें सफेद दिखती हैं। अनवरत मल उत्सर्जन से चट्टानों पर उनकी एक सफेद मोटी परत-सी जमी रहती है जिसे गुआनो (Guano) कहते हैं। यह जैविक उर्वरक का एक बहुत ही उत्तम स्रोत है जिसका उपयोग कृषि उत्पादन में किया जाता है।

पेरूवियन धारा अन्ततः दक्षिणी विषुवत्रेखीय धारा के साथ संयोगित होकर दक्षिणी प्रशान्त महासागर में धाराओं के घेरे को पूरा करती है।

हिन्द महासागर में

प्रशान्त एवं अन्य महासागरों की ही भाँति दक्षिणी हिन्द महासागर की जलधाराएँ भी एक घेरा बनाती हैं। विषुवत्रेखीय जलधारा मेडागास्कर के पास से दक्षिण की ओर अगुलहास (Agulhas) अथवा मोजाम्बीक (Mozambique) धारा के रूप में बढ़ती है जहाँ पूर्व की ओर बढ़ती हुई वेस्ट विंड ड्रिफ्ट से मिलती है और फिर पश्चिमी आस्ट्रेलियन धारा के रूप में विषुवत्रेखीय प्रदेश की ओर मुड़ जाती है।

उत्तरी हिन्द महासागर में गर्मी एवं सर्दियों में मॉनसूनी हवाओं के कारण धाराएँ पूरी तरह से अपनी दिशाएँ बदल देती हैं। गर्मियों में जून से अक्टूबर माह तक दक्षिण-पश्चिम मॉनसून की हवाएँ प्रभावी होती हैं जिसके कारण धाराएँ दक्षिण-पश्चिम मॉनसून ड्रिफ्ट के नाम से दक्षिण-पश्चिम दिशा में बहती हैं। सर्दियों में उत्तर-पूर्वी मॉनसून प्रभावी हो जाता है जिसके कारण दिसम्बर माह से इन धाराओं की दिशा बदल जाती है। तब यह उत्तर-पूर्व की ओर उत्तर-पूर्व मॉनसून ड्रिफ्ट के नाम से बहने लगती है। उत्तरी हिन्द महासागर की जलधाराओं का परिसंचरण पैटर्न महासागरों की जलधाराओं पर हवाओं के पड़ने वाले प्रभाव को बखूबी दर्शाता है।

अध्याय-13

महासागरों में जीवन

पृथ्वी पर धरातल के 71 प्रतिशत भाग में जल है और धरातल का 36 करोड़ वर्ग कि.मी. क्षेत्र महासागरों से घिरा है। औसतन इसकी गहराई कुछ कि.मी. है।

महासागरों में जीवन खारे जल में लगभग चार अरब वर्ष पूर्व पनपा और आज वह अपने विविध रूपों में सम्पूर्ण पृथ्वी पर जल, थल एवं नभ तीनों में व्याप्त है।

समुद्र सदैव से ही रहस्यमय रहे हैं। इसकी गहराइयाँ आज भी अनजान हैं। वैज्ञानिक अभी केवल 10 प्रतिशत महासागरों को ही जान पाए हैं और उनकी तलहटी को तो मात्र 1 प्रतिशत क्योंकि वहाँ तक पहुँच पाना ही एक बहुत बड़ी समस्या है और वहाँ प्रकाश भी नहीं है। समुद्र-जीवविज्ञानी अधिक-से-अधिक समुद्र तट के वातावरण से ही परिचित हैं जैसे तटवर्ती क्षेत्र, मूँगे की चट्टानें (Coral Reefs), केल्प वन और कुछ ऐसे इलाके जहाँ गोताखोर आसानी से गोता लगा सकते हैं। समुद्री पर्यावरण के अधिकांश पक्ष अनछुये हैं जिन्हें जानना अभी शेष है। महासागरों के जल में सूरज का प्रकाश अधिक-से-अधिक 100 मीटर अथवा 328 फीट तक जा पाता है, उसके उपरान्त गहरे समुद्र में तो प्रकाश पहुँच ही नहीं पाता। कैसा होगा वहाँ जीवन?

समुद्र में जीवन थल की अपेक्षा काफी विविधतापूर्ण है इसलिए जैविक प्रजातियों के वैज्ञानिक वर्गीकरण को व्यापक बनाया गया है। प्राणियों का वर्गीकरण 33 जीव समूहों जिन्हें फिला (Phyla) कहते हैं में किया गया है जिनमें से 30 फिलाओं में उन प्राणियों को वर्गीकृत किया गया है जो पानी में रहते हैं और इनमें से 15 समूहों (फिला) में वर्गीकृत प्राणी या तो जमीन पर रहते हैं या ताजे पानी में। जमीन पर रहने वाले प्राणी केवल 1 प्रतिशत हैं। इससे यह संकेत मिलता है कि जीवन का प्रादुर्भाव जल में हुआ और समय के साथ विकास क्रम में कुछ जीवों ने अपने को जमीन पर रहने योग्य बना लिया।

विभिन्न प्रजातियों को यदि लें तो स्थिति उलटी नजर आती है। 15 लाख जमीन पर रहने वाली प्रजातियों का वर्गीकरण किया गया है जिनमें अधिकांशतः कीट एवं कृमियाँ हैं तथा वेस्कुलर वनस्पतियाँ हैं किन्तु कुल अनुमानित प्रजातियाँ 50 लाख

अथवा उससे अधिक हैं। समुद्र में रहने वाले प्राणियों में से दो लाख पचास हजार (2,50,000) प्रजातियाँ ही अभी तक पहचानी गई हैं जबकि कुल 4 से 4.5 लाख अनुमानित हैं। जब वैज्ञानिकों को समुद्र की गहराइयों एवं उसकी तलहटी में पनपने वाले जीवन के विषय में और अधिक जानकारी मिलेगी तब ये आँकड़े परिवर्तित हो सकते हैं और तब कुछ विशेषज्ञों को अनुमान है कि समुद्र की तलहटी में रहने वाली (Benthic) प्रजातियों की संख्या 10 लाख से 1 करोड़ तक हो सकती है जिन्हें अभी ढूँढ़ा ही नहीं जा सका है।

जल सम्पदा

थल एवं जल में रहने वाले प्राणियों एवं वनस्पतियों में काफी अन्तर है। थल पर निवास करने वाले प्राणियों को चूँकि हम अधिक जानते हैं इसलिए हमारी सोच भी कुछ बदल जाती है और इसी कारण सामुद्रिक जीवन की विविधताओं एवं उनकी विचित्रताओं को हम सहजता से स्वीकार नहीं कर पाते। इनमें से कुछ प्राणी अँधेरे में चमकते हैं और कुछ तो अत्यन्त कोमल एवं अस्थिविहीन होते हैं। अधिकांशतः खारे पानी की वनस्पतियाँ थल की वनस्पतियों के विपरीत तेजी से बढ़ती हैं और जल्दी मर जाती हैं। यह अन्तर एवं विविधताएँ सामुद्रिक जल के खारेपन एवं भौतिक, जैविक तथा रासायनिक विशिष्टताओं के कारण हैं।

समुद्र के जल का घनत्व हवा से 800 गुना अधिक होता है तथा उसका जल हवा से अधिक गाढ़ा होता है। इसलिए सामुद्रिक जीव एवं पदार्थ-कण सामुद्रिक जल में निरन्तर तैरते रह सकते हैं जबकि थल का कोई भी जीव सदैव हवा में उड़ता नहीं रह सकता। क्योंकि सूक्ष्म एवं लघु जीवन तथा कार्बनिक पदार्थ समुद्र में निरन्तर बहते रहते हैं, अतएव कुछ समुद्री जीवों का जीवन उनके आस-पास पानी में उपलब्ध भोज्य सामग्री पर ही निर्भर करता है। उन्हें थल पर निवास करने वाले प्राणियों की तरह इसके लिए अधिक परिश्रम नहीं करना पड़ता। केवल मछलियाँ ही ऐसी जीव हैं जो चुपचाप एक स्थान पर बैठकर अपने बुने जाल में कीटों को उलझाकर उन्हें अपना भोजन बना सकती हैं। पानी का उछाल समुद्री प्राणियों के भार को कम कर देता है जो सेल्यूलोज अथवा अस्थियों के बिना भी उनकी शारीरिक संरचना के बनने एवं कायम रखने में बहुत ही महत्त्वपूर्ण भूमिका निभाता है।

समुद्र के भीतर प्राणियों की एक अजीबोगरीब दुनिया है जहाँ प्रकाश बहुत ही कम है। थल भाग के सतरंगी वातावरण का वहाँ अभाव है। पानी में अधिक आवृत्तियों वाला नीले और हरे रंग का प्रकाश पीले और लाल प्रकाश की तुलना में अधिक गहराई तक चला जाता है, इसलिए सतह से 10 मीटर के नीचे पानी में नीले रंग के प्रकाश की प्रधानता होती है। कुछ सौ मीटर नीचे तो प्रकाश बिलकुल ही नहीं जा पाता, जहाँ सदैव घुप अँधेरा होता है। प्रकाश न होने के कारण वहाँ प्रकाश

आधारित संश्लेषण क्रियाएँ भी नहीं हो सकतीं। इसलिए मध्यवर्ती एवं अधिक गहराई में निवास करने वाले जल-प्राणियों को उन प्रकाश संश्लेषकों पर ही आश्रित होना पड़ता है जो सतह के पास अथवा उथले जल में पनपते हैं और जहाँ प्रकाश प्रचुर मात्रा में उपलब्ध रहता है। ये सूक्ष्म फाइटोप्लैंक्टन (Phytoplankton), जूप्लैंक्टन (Zooplankton) और सड़ी-गली वनस्पतियाँ जब डूबकर समुद्र की गहराइयों में चली जाती हैं तब यही गहरे जल में पलने वाले जीवों एवं प्राणियों के जीवन का आधार बनती हैं।

पर भोजन के लिए वनस्पतियों पर सदैव आश्रित नहीं हुआ जा सकता क्योंकि फाइटोप्लैंक्टन मौसमी होते हैं और वर्ष के दौरान सदैव नहीं होते फिर एक प्रक्षेत्र से दूसरे में वे परिवर्तित भी होते रहते हैं। इनकी बड़ी प्रजातियों में अधिकांश प्रजातियाँ समुद्री किनारों एवं भूमध्यरेखीय क्षेत्र में जहाँ पोषक तत्त्वों की प्रचुरता होती है फलती-फूलती हैं। जब ये फलती-फूलती हैं तो इनके रंगों से सागर हरा, भूरा अथवा लाल दिखाई देता है। काफी छोटी प्रजातियाँ जिन्हें प्रोक्लोरोफाइट्स (Prochlorophytes) कहते हैं उष्णकटिबन्धीय एवं मध्य सागरीय क्षेत्रों में पाई जाती हैं। तलहटी में उगने वाली विशाल एलिगी जैसे केल्प (Kelp) एवं बीज वाले पौधे जैसे सर्फघास (Surf-grasses) केवल महाद्वीपों एवं द्वीपों के किनारे-किनारे उथले पानी में ही पाए जाते हैं जिनका योगदान महासागर की कुल जैविक उत्पादकता में काफी महत्त्वपूर्ण होता है।

महासागरों में वानस्पतिक जीवन बहुत अधिक नहीं है क्योंकि वनस्पतियों के लिए आवश्यक खनिजों का भंडार महासागरों की अपेक्षा थल पर अधिक है। फास्फोरस (P) एवं नाइट्रोजन (N) के खनिजों की उपलब्धता सागरों में थल की उर्वर भूमि की तुलना में मात्र 1/10,000 है। फलस्वरूप महासागरों की वानस्पतिक सम्पदा महाद्वीपों एवं द्वीपों पर उगने वाली वनस्पतियों से काफी कम होती है। भूमि पर एक घनमीटर मिट्टी एक वर्ष में 50 कि.ग्रा. सूखा कार्बनिक पदार्थ उपजाकर दे सकती है जबकि इसी अवधि में महासागरों की सर्वाधिक उर्वरता वाला समुद्री जल भी इसकी तुलना में केवल 5 ग्राम कार्बनिक पदार्थ उपलब्ध करा सकता है।

महासागरों में पोषक तत्त्वों की उपलब्धता तापमान पर भी निर्भर करती है। उष्णकटिबन्धीय क्षेत्र में महासागरों का जल सदैव गर्म रहता है। अच्छी तरह मिश्रित समुद्री जल की सतह से नीचे गर्म एवं ठंडे जल की पट्टियों के बीच पानी की एक पतली सी पर्त होती है जिसे थर्मोक्लाइन (Thermocline) पर्त कहते हैं। यह पर्त दोनों तरह के जल को पृथक् करती है जिससे गर्म जल हलका होने के कारण सदैव ऊपर एवं ठंडा जल भारी होने के कारण सदैव नीचे बना रहता है। इसका अपवाद केवल ध्रुव प्रदेशों में देखने को मिलता है जहाँ ऊपर एवं नीचे दोनों पट्टियों का पानी ठंडा होता है।

यही ठंडा जल महासागरों में खाद्य श्रृंखला या फूड-चेन (Food chain) तैयार करता है क्योंकि यह लगातार पोषक तत्त्वों को ऊपर से प्राप्त करता रहता है।

चूँकि यहाँ सूर्य की रोशनी नहीं पहुँचती अतएव प्रकाश संश्लेषण की क्रिया सम्भव नहीं, किन्तु कुछ जीव इस कारण इसका लाभ भी उठाते हैं। इसके विपरीत सतह का जल इन पोषक तत्त्वों से रहित होता है क्योंकि प्रकाश-संश्लेषक इनका उपभोग कर चुके होते हैं। भूमध्यरेखीय कटिबन्ध में सागर की सतह के गर्म जल की मोटाई इतनी अधिक होती है कि भयंकर-से-भयंकर चक्रवात-तूफान (हरीकेन, साइक्लोन, टाइफून आदि) भी गहराई के ठंडे जल को आलोड़ित कर गर्म जल के साथ पूरी तरह मिश्रित नहीं कर पाते। इसलिए भूमध्यरेखीय कटिबन्ध के सागर-जल में पोषक तत्त्वों का अभाव रहता है और फलस्वरूप फाइटोप्लैंक्टन जो उन **खनिजों** पर आश्रित रहते हैं, भी नहीं पनप पाते। सूक्ष्म जीवों के वहाँ न होने से वहाँ के समुद्र निर्मल एवं पारदर्शी होते हैं। शीतोष्ण कटिबन्धों में सर्दियों के तूफान सागर को आलोड़ित कर पोषक तत्त्वों को नीचे से ऊपर की परतों तक लाते हैं और समुद्र तट पर हवा के थपेड़ों से जहाँ सतह का गर्म जल तटों की ओर ढकेल दिया जाता है वहीं नीचे से ठंडा जल सतह के पास आ जाता है जो अपने साथ प्रचुर मात्रा में पोषक तत्त्वों को भी लाता है जो मछलियों की विविध प्रजातियों के पनपने एवं जीवित रखने में मदद करता है। विश्व का मछली व्यवसाय बड़ी मात्रा में पोषक तत्त्वों से भरपूर इन्हीं क्षेत्रों में फल-फूल रहा है।

गहरे सागर में जीवन

सागर में जीवन के लिए तापमान एवं गहराई की अत्यन्त महत्त्वपूर्ण भूमिका होती है क्योंकि इन परिवर्तनीय राशियों (Variable components) का सम्बन्ध प्राणवायु आक्सीजन (O_2) की उपलब्धता से है। भूमि पर वनस्पतियों एवं प्राणियों को प्राणवायु की उपलब्धता सतत एक निश्चित अनुपात 21 प्रतिशत, में वायुमंडल से होती रहती है। समुद्र में, इसके विपरीत, ऑक्सीजन सतह से ही अन्दर जाती है और क्योंकि भारी मात्रा में जल जो गहराई में रहता है वह कभी-न-कभी ठंडे प्रदेशों की सतह का ठंडा जल ही होता है अतएव जब वह नीचे जाता है तब उसमें ऑक्सीजन की एक बड़ी मात्रा पहले से ही घुली होती है। गहराइयों में रहने वाली विशाल जलराशि को समुद्र की सतह पर पुनः आने में शताब्दियाँ लग जाती हैं और चूँकि गहराइयों में जीवन विरल है और उसके विकसित होने की दर बहुत कम है अतएव ऑक्सीजन का विशाल भंडार अधिकांशतः अनुपयोगी ही रहता है। यह विस्मित करने वाली बात है कि सागर की सतह के नीचे मध्यम गहराई वाले भाग में सदैव ऑक्सीजन का अभाव बना रहता है क्योंकि यही वह क्षेत्र है जहाँ उसका उपयोग जल प्राणी व वनस्पतियाँ सर्वाधिक करती हैं। उदाहरणार्थ प्रशान्त महासागर के कुछ हिस्सों में न्यूनतम ऑक्सीजन का क्षेत्र सतह से 500 से 1000 मीटर की गहराई में पाया जाता है। केवल कुछ ही जीव न्यून ऑक्सीजनयुक्त परिस्थितियों में रहने योग्य अपने को

बना पाए हैं। अधिकांश जीव यहाँ से पलायित होकर या तो सतह के पास आ जाते हैं अथवा गहराइयों में सरक जाते हैं जहाँ उनकी आवश्यकता के अनुरूप भरपूर ऑक्सीजन मिल जाती है।

सागर की गहराइयों में पनपने वाला जीवन अत्यन्त दाब भरे जलीय वातावरण को झेलने की क्षमता विकसित कर चुका है क्योंकि प्रत्येक दस (10) मीटर की गहराई पर दाब एक वायुमंडलीय दाब के समतुल्य बढ़ जाता है। एक किलोमीटर की गहराई पर दाब 100 वायुमंडलीय दाब के समतुल्य हो जाता है। एक वायु मंडलीय दाब का तात्पर्य वायुमंडल के उस दाब से है जो हम समुद्र की सतह पर महसूस करते हैं। इसका तात्पर्य यह है कि एक कि.मी. की गहराई पर धरती पर निवास करने वाला कोई भी रीढ़धारक प्राणी इतने अधिक दाब को नहीं सह पाएगा और वह मर जाएगा। समुद्र की और अधिक गहराई वाले क्षेत्र में तो दाब इससे भी अधिक होता है। प्रशान्त महासागर के मैरियाना ट्रेंच की गहराई सर्वाधिक है जहाँ दाब 1100 वायुमंडलीय दाब से भी अधिक है। कई रीढ़विहीन प्राणी एवं कुछ मछलियाँ एक किलोमीटर की गहराई से सतह तक की यात्रा करने में सक्षम हो सकती हैं यदि उनके शरीर में ऐसे कोटर न हों जहाँ हवा भरी होती है क्योंकि जब वे अधिक दाब वाले क्षेत्र से कम दाब वाले क्षेत्र में प्रवेश करेंगे तो हवा फैलेगी और कोटरों के फटने की आशंका बनी रहेगी जो उनके जीवन के लिए प्राणघातक होगी। ये प्राणी सतह के दाब पर प्रशीतित अक्वेरियम (Aquarium) में वर्षों जीवित रह सकते हैं। इस सुविधा के बावजूद गहराई के ठंडे जल एवं प्रकाशहीनता के वातावरण में निवास करने वाले प्राणियों के विषय में समुद्रविज्ञानी अभी बहुत कुछ नहीं जानते। वे केवल इतना ही अनुमान लगा सकते हैं कि वहाँ के प्राणी उन परिस्थितियों में जीवित रह पाने की अद्‌भुत क्षमता विकसित कर चुके हैं, जिसके बारे में सोच पाना भी मुश्किल है।

विचित्रताओं से भरा है गहरा समुद्र

हाल के अध्ययन से यह पता चला है कि गहरे समुद्र में यद्यपि जीवों की विभिन्न प्रजातियों की तो भरमार है, परन्तु उनकी संख्या का घनत्व काफी कम है। इन जीवों के लिए भोजन की कोई कमी नहीं है बल्कि वहाँ भोजन आवश्यकता से अधिक है। इनका भोजन सागर की ऊपरी परतों से बर्फ के फूहों की तरह नीचे झरता रहता है और इसी कारण इसे समुद्री बर्फबारी भी कहते हैं। कभी-कभी किसी बड़े जीव का शव, पेड़ एवं वनस्पतियाँ भी सागर तल तक चली जाती हैं। फिर भी समुद्री बर्फबारी से मिलने वाला भोजन गहरे समुद्र के प्राणियों के लिए वरदान है क्योंकि जब ये पानी में नीचे जाते हैं तो उस दौरान सूक्ष्म जीव, रीढ़विहीन प्राणी एवं मछलियाँ इन पर आश्रित रहती हैं। समुद्र तल तक पहुँचते-पहुँचते इसकी मात्रा काफी कम भी हो जाती है क्योंकि इसकी खपत बीच में ही हो जाती है।

भोजन की अनियंत्रित एवं कम आपूर्ति के अतिरिक्त गहरे समुद्र में अत्यधिक दाब के प्रभावों से उत्पन्न समस्याएँ भी कम रोचक नहीं हैं। गहरे समुद्र के जीवाणु एवं रीढ़विहीन सख्त खोल वाले जीवों की संरचना लिबलिबे जिलेटिन की तरह होती है जिनकी चाल अत्यन्त मन्द होती है। इनका आवरण (Shell) बहुत अच्छी तरह विकसित नहीं होता क्योंकि उच्च दाब पर कैल्सियम कार्बोनेट ($CaCO_3$) के जमने में कठिनाई होती है। यदि प्राणियों का कोई अस्थि पंजर भी है तो वह बहुत हलका होगा।

अधिकांशत: गहरे समुद्र वाले प्राणी छोटे होते हैं। मध्यम गहराई वाले समुद्रों की अधिकांश मछलियाँ 20 से.मी. से बड़ी नहीं होतीं किन्तु अपवाद हैं। विशाल स्क्विड (Giant Squid) 20 मीटर तक के हो सकते हैं। सर्वाधिक बड़ी काम्ब जेली (Comb jellies) एवं साइफ्नोफोर्स (Siphnophores) भी मध्य गहराई वाले समुद्रों में ही रहते हैं, जहाँ समुद्री धाराओं एवं विशाल लहरों की कमी उन कोमल प्राणियों को विशाल आकार ग्रहण करने में मददगार साबित होती हैं। वस्तुत: विश्व का सबसे लम्बा प्राणी प्राया (Praya) प्रजाति का **साइफ्नोफोर** है जिसकी लम्बाई 40 मीटर तक हो सकती है किन्तु मोटाई किसी मनुष्य के अँगूठे जितनी ही। काम्ब जेली का आकार एक बास्केटबाल जितना हो सकता है। विशाल टैडपोल के आकार के दुर्लभ लार्वेसियन (Larvacean) बार्थोकार्डेयस चेरान (Bathochordaeus Charon) का म्यूकस गृह (Mucus House) सर्वाधिक बड़े कुत्ते ग्रेट डेन की तरह हो सकता है। म्यूकस गृह प्रोटीन एवं सेल्यूलोज का बना होता है जिसमें ये जीव रहते हैं। इसका उपयोग पानी में बहते नन्हे खाद्य पदार्थों को अवशोषित करने के लिए होता है जिसे ये जीव ग्रहण करते हैं। जब इसके छिद्र भर जाते हैं और आगे अवशोषण नहीं हो पाता तब उसे त्यागकर ये दूसरा गृह बना लेते हैं।

मध्यम गहराई वाले इन जीवों में अधिकांश जीव अँधेरे में रोशनी छोड़ते हैं एवं चमकते-झिलमिलाते रहते हैं। जैव प्रभास (Biolumnescence) मध्यम गहराई वाले 90 प्रतिशत जीवों का एक खास गुण है। इस विशिष्टता के कारण वे अपने ही शरीर से निकलने वाले प्रकाश के सहारे आगे बढ़ते हैं। गहराई में पाए जाने वाले जीवों की आँखें बड़ी होती हैं जिसके फलस्वरूप वे अत्यधिक कम प्रकाश वाले पानी में भी देख पाते हैं। इन जीवों से जो प्रकाश निकलता है उसके कई अन्य सार्थक पहलू भी हैं जिसमें देखने के साथ-साथ अपने शिकार को लुभाने व शिकार को डसना भी शामिल है। इस जैव प्रकाश को विमेल प्रजाति के समुद्री जीव संकेत की तरह भी प्रयोग करते हैं जिसमें अपनी प्रजाति के जीवों को खतरे से आगाह करना भी शामिल है। कुछ सौ मीटर तक गहराई में इनका प्रकाश जा पाता है। प्रकाश की झिलमिलाहट में ये जीव अपने चमकीले कलेवर के कारण छिप जाते हैं तथा गहराई वाले जीवों को वे नजर नहीं आते।

मध्यम गहराई वाली मछलियाँ यद्यपि अधिकांशत: काली एवं गहरे रंग की होती हैं किन्तु वे उद्‌भासित भी होती हैं और प्रकाश छोड़ती हैं तथा अधिकांश क्रस्टेशियन

(Crustaceans) लाल रंग के होते हैं। क्योंकि लाल प्रकाश सागर की गहराई में जा नहीं पाता अतएव यह रंग उन्हें एक अनोखा छद्मावरण प्रदान करता है। कुछ बड़ी जेलीफिश एवं काम्ब जेली पर्पल एवं लाल रंग की भी होती हैं।

बड़े एवं खतरनाक परभक्षी समुद्र की सतह के पास ही रहते हैं। इनका रंग ऐसा नहीं होता। ट्यूना, विलफिश, ह्वेल, डालफिल, सील, सी-लायन और सी-वर्ड प्रतिवर्ष हजारों कि.मी. की यात्राएँ सतह के निचले भाग में जहाँ प्रकाश सदैव रहता है, करती हैं। खाने की तलाश में चाहे वे गहरे समुद्र से ऊपर आएँ अथवा सतह से कुछ नीचे रहते हुए पूरी दुनिया का चक्कर लगाएँ, पृथ्वी पर प्राणियों के देशान्तरण का अनूठा उदाहरण है।

इन प्राणियों की आदतों के बारे में जीव-विज्ञानी अभी बहुत कम जानते हैं। उदाहरण के लिए अभी यह निश्चयपूर्वक नहीं कहा जा सकता कि स्पर्म ह्वेल विशाल स्क्विड को तलाशकर शिकार करने के लिए एक किलोमीटर (1000 मीटर) की गहराई तक कैसे चली जाती है? उष्णकटिबन्धीय जल में रहने वाली पीले डैनों वाली ट्यूना शीतोष्ण कटिबन्ध की ट्यूना से संसर्ग करने के लिए हजारों किलोमीटर की यात्रा क्यों करती है? मछलियों एवं जलचरों के व्यवहार की विचित्रताओं से जुड़े अनेक ऐसे प्रश्न हैं जिनका उत्तर अभी जीव विज्ञानियों के पास नहीं हैं। इन पर नजर रख पाना भी मुश्किल है क्योंकि ये जीव देशान्तरण प्रवासों के दौरान हजारों कि.मी. की यात्राएँ करते रहते हैं। उदाहरण के लिए कुछ ह्वेल ध्रुव प्रदेशों के पास नीचे से ऊपर की ओर आने वाले ठंडे जल में उपलब्ध भोजन की तलाश में चली जाती हैं परन्तु प्रजनन के लिए पुन: गर्म पानी में लौट आती हैं। इन लम्बी यात्राओं के दौरान ह्वेल अपनी चर्बी जिसे ब्लबर (Blubber) कहते हैं का उपयोग करती हैं जिसके कारण उनका वजन 30 प्रतिशत तक गिर सकता है।

महासागरों के तट के आस-पास

शोधकर्ता कदाचित् सबसे अधिक उन्हीं प्राणियों एवं जीवों को जान पाए हैं जो समुद्र के किनारे अथवा किनारों के पास वाले क्षेत्रों में रहते हैं जैसे मूँगे की चट्टानें, समुद्री घास तथा शैवाल वाले क्षेत्र, केल्प के जंगल, समुद्री किनारों के दलदली प्रदेशों में उगने वाले पेड़ों के झुरमुट जिन्हें मैंग्रूव कहते हैं, दलदल एवं नदियों के मुहाने वाले क्षेत्र आदि। ये वे स्थान हैं जहाँ लोग मछलियों का शिकार करते हैं, गोताखोरी करते हैं, क्लैम्स (शेलफिश) ढूँढ़ते हैं या केवल बैठकर समुद्री चिड़ियों का शोर सुनते हुए आनन्दित होते हैं या किनारे रेत पर या किसी चट्टान पर बैठकर समुद्र की उठती-गिरती लहरों को देखते हुए उनसे उठती बौछारों का आनन्द लेते हुए डूबते सूरज को देखते हैं। मानव की उपस्थिति समुद्री-जीवन के इन आवासों के वातावरण को भी प्रभावित करती रहती है। यद्यपि ये स्थान समुद्र की सतह के केवल एक प्रतिशत

क्षेत्रफल के ही बराबर हैं किन्तु छिछले किनारों के पास के सागर जल में धरती के थलभाग के पास होने के कारण प्रचुर मात्रा में खनिज, लवण, भोज्य सामग्री एवं पोषक तत्त्वों की उपलब्धता सदैव बनी रहती है। इसके अतिरिक्त सागर के छिछले जल में सूर्य-प्रकाश भी पर्याप्त एवं प्रचुर मात्रा में उपलब्ध रहता है, इसलिए यहाँ समुद्री जीवन प्रचुर मात्रा में फलता-फूलता है और वर्ष भर कायम रहता है।

नदियों के मुहानों पर ताजे मृदुजल एवं समुद्र के लवणयुक्त जल के मिलन-स्थल वाले क्षेत्रों में तो मछलियों एवं अन्य जीवों की भरमार होती है। अनाड्रोमस मछलियाँ जैसे सालमन, लकीरदार बास, शाड एवं स्टर्जियान मछलियाँ नदियों के ताजे पानी में ही प्रजनन करती हैं किन्तु उनके बच्चे समुद्र में वर्षों तक पोषित होने के साथ वयस्क होने पर प्रजननचक्र का अनुसरण करते हुए नदियों के ताजे जल में ही आकर प्रजनन करते हैं। कैटाड्रोमस मछलियाँ जैसे अमेरिकी एवं यूरोपीय ईल ठीक इसके विपरीत व्यवहार करती हैं। ये जीवन भर ताजे पानी में रहती हैं किन्तु प्रजनन के लिऐ समुद्री जल में चली जाती हैं। मछलियों का इस तरह का विचित्र व्यवहार जीवविज्ञानियों के अध्ययन का मुख्य विषय है।

समुद्र के किनारों पर सर्वाधिक फलने-फूलने वाले सूक्ष्म जीवों के लिए कदाचित् वे क्षेत्र हैं जहाँ ज्वार-भाटे का असर रहता है। यहाँ सूक्ष्म एवं छोटे-छोटे जीवों के लिए हिरण, बकरियों, रैकून, भेड़ियों एवं भालुओं की यदा-कदा आवाजाही लगी रहती है तथा समुद्री चिड़ियों के लिए तो ये इलाके स्वर्ग हैं। इन इलाकों में रहने वाले जीव सूखे मौसम, धूप एवं तापमान में होने वाले परिवर्तनों को झेलने की क्षमता विकसित कर चुके हैं और यहाँ तक कि हरीकेन एवं टाइफून जैसे चक्रवातीय तूफानों से आए मौसम में बदलाव की विभीषिका तथा लहरों के संघाती प्रभावों को भी सहने की क्षमता इनमें होती है।

कठोर आवरण वाले जीवों को चट्टानों से लटकते हुए अथवा चट्टानों की दरारों में आश्रय लेते हुए देखा जा सकता है। लिम्पेट, पेरिविंकल, वार्नैकल एवं मसल जैसे प्राणियों की तो भरमार रहती है। ज्वार-भाटा के प्रभाव वाले क्षेत्र में पनपने एवं जीवित रहने वाले प्राणियों के सन्दर्भ में एक खास बात यह है कि इनका निवास-क्षेत्र पृथक्-पृथक् विशिष्टत: विभिन्न समानान्तर पट्टियों में पाया जाता है जहाँ समुद्र में गहराई के बढ़ने के साथ अधिक विविधतापूर्ण होते हुए इनकी संख्या-घनत्व में भी बढ़ोत्तरी होती जाती है क्योंकि ये वे क्षेत्र हैं जहाँ उन जीवों के लिए भोजन की प्रचुरता तो होती ही है साथ ही वे वहाँ अधिक सुरक्षित भी रहते हैं।

समुद्र के किनारों के पास के जीवों पर किनारों की संरचना का भी प्रभाव पड़ता है। उदाहरण के लिए रेतीले किनारे लहरों के आघात से बनते-बिगड़ते रहते हैं इसलिए वहाँ वनस्पतियाँ एवं जीव नियोजित ढंग से लम्बी अवधि के लिए नहीं पनप पाते बल्कि अधिकांश जीव रेत के नीचे बिल (Burrow) बनाकर आश्रय लेते हैं।

कुछ छोटे जीव जिन्हें मायोफाना (Meiofauna) कहते हैं वस्तुतः रेत और कंकरों के बीच में ही रहते हैं।

जलवायु एवं मौसम का पैटर्न और उसमें बदलाव भी ज्वार-भाटा क्षेत्र की सूरत में बदलाव ले आता है। शीतोष्ण जलवायु के समुद्री जीव अधिक सम्पन्न एवं विविधतापूर्ण होते हैं क्योंकि गर्मियों में कुहरा उन्हें सीधे पड़ने वाली सूर्य की प्रखर किरणों से बचाता है। जबकि इसके विपरीत उष्णकटिबन्धीय क्षेत्र के पथरीले किनारे अपेक्षाकृत वनस्पति विहीन होते हैं। इनमें केवल एकलकोशिकीय सूक्ष्म संरचना वाली एक प्रकार की शैवाल जिसे डायटम (Diatom) कहते हैं, कोरालाइन लाल शैवाल, साइनोबैक्टीरिया, रीढ़ एवं अंगविहीन माल्यूस्क (Mollusc) परिवार के कठोर प्लेटयुक्त आवरण वाले जीव किटन (Chitton) एवं नेराइट (Nerite) (समुद्री घोंघा) ही पाए जाते हैं।

तट से कुछ दूर समुद्र के जल में तो जैसे समुद्री जीवों एवं वनस्पतियों की सदाबहार दुनिया है जिसे हम केल्प की तलहटी एवं मूँगे की दीवारों के रूप में जानते हैं। ये दोनों अलग होते हुए भी काफी कुछ एक जैसे हैं। दोनों को भरपूर सूर्य का प्रकाश चाहिए और दोनों समुद्र की सतह से लगभग 30 मीटर अर्थात् 100 फीट नीचे विकसित होते हैं। विशाल केल्प एवं मूँगे की दीवार खड़ा करने वाले सूक्ष्म जीव विशाल त्रिआयामी संरचनाओं का निर्माण करते हैं जो सागर के जल के अन्दर मीलों तक फैली होती है और ये संरचनाएँ विभिन्न प्रजाति के जीवों की आश्रय स्थली भी हैं। मूँगे की चट्टानों की विशालता एवं भव्यता अनुपम है। ये कई रंगों में पाए जाते हैं। सागर के नीचे इनकी भव्यता देखते ही बनती है।

समानता के बावजूद इनमें भिन्नताएँ भी हैं। मूँगे की चट्टानें पूर्ण रूप से उष्णकटिबन्धीय क्षेत्र में ही पाई जाती हैं जहाँ समुद्र की सतह का तापमान 18^0C से नीचे नहीं गिरता। केल्प के जंगल इतने गर्म पानी में सामान्यतः नहीं उगते। उनके लिए तापमान 6^0C से 15^0C होना चाहिए।

केल्प के जंगल (Kelp Forests)

केल्प[1] के जंगलों में प्रधानतः भूरे रंग वाली शैवाल होती है जिसके नाम से ही इसे जाना जाता है। विशाल केल्प (मैक्रोसायस्टिस पाइरीफेरा) की लम्बाई 60 मीटर तक हो सकती है जिसके कारण यह तलहटी से 30 मीटर सतह तक आकर सतह पर 30 मीटर तक फैलकर एक मोटी छतरी की तरह तैरती रहती है। केल्प बहुत तेजी से बढ़ती हैं। कुछ स्थानों पर तो ये दिन में आधे मीटर तक बढ़ जाती हैं। इन पौधों का 90 प्रतिशत भाग इसके उगने के साथ ही खा लिया जाता है अथवा तेज हवा के

1. केल्प भूरे रंग की समुद्री शैवाल को कहते हैं जो शीतोष्ण कटिबन्धों में पाई जाती है।

थपेड़ों से उठती लहरों के साथ बहकर यह किनारों पर आ जाता है जहाँ शाकाहारी प्राणी इसे बड़े चाव से खा लेते हैं।

ये जलीय पौधे एवं वनस्पतियाँ लहरों एवं धाराओं के वेग को कम कर देती हैं जिसके कारण वहाँ जल अपेक्षाकृत शान्त रहता है जिसमें अनगिनत मछलियाँ एवं जल-प्राणी आश्रय लेते हैं। समुद्री अर्चिन, एबालोना (Abalona) मछलियाँ तथा कुछ रीढ़विहीन समुद्री प्राणी, जो मनुष्यों द्वारा बड़े चाव से तो खाये जाते ही हैं साथ ही समुद्री परभक्षी प्राणियों के भी प्रिय भोजन हैं, इन्हीं शैवालों को चरते रहते हैं। किन्हीं वर्षों में तो अर्चिन एवं कुछ रीढ़विहीन जल प्राणी इन्हें चरकर विलुप्तता की सीमा तक सफाचट कर जाते हैं, फिर विशाल केल्प के जंगलों को विकसित होने में कई वर्ष लग जाते हैं। परन्तु कई स्थानों पर जहाँ समुद्री जीव जैसे आटर (Otter) अर्चिन को अपनी खुराक बनाते रहते हैं, वहाँ एक सन्तुलन-सा बना रहता है। 18वीं एवं 19वीं शताब्दी में जब **समुद्री आटर**[1] (Sea Otter) का शिकार किया जाने लगा उसके पूर्व तो अर्चिन इतने भी बड़े नहीं हो पाते थे कि उनका वाणिज्यिक उपयोग किया जा सके।

मूँगे की चट्टानें अथवा प्रवाल-भित्तियाँ (Coral Reefs)

मूँगा (Coral) एक प्रकार का सूक्ष्म समुद्री जीव है जो करोड़ों की संख्या में एक समूह बनाकर रहता है। ये जीव अपने इर्द-गिर्द एक बहुत ही कठोर आवरण अथवा खोल बना लेते हैं जिन्हें शेल (Shale) कहते हैं जिसके अन्दर ये रहते हैं। लाखों- करोड़ों शेल मिलकर एक अत्यन्त कठोर शैलखंड जैसी संरचना का निर्माण करते हैं। समुद्र में कई स्थलों पर शृंखलाबद्ध ढंग से ये शैलखंड मिलकर प्रवाल भित्तियों का निर्माण करते हैं जिन्हे कोरल रीफ (Coral Reef) कहते हैं। मूँगे व उसके कठोर आवरण को पालिप (Polyp) कहते हैं। मूँगा उष्णकटिबन्धीय समुद्रों के उथले जल में मिलता है जो कई रंगों के हो सकते हैं पर लाल और गुलाबी रंग के मूँगे अधिकांशतः पाए जाते हैं इसलिए मूँगे को सामान्यतः उसी रंग का मान लिया जाता है तथा अलंकरण हेतु उसका उपयोग किया जाता है।

जैसा कि ऊपर व्यक्त किया जा चुका है मूँगा एक प्रकार का समुद्र-तल में रहने वाला कृमि है जो अपने चारों ओर एक कठोर खोल बना लेता हैं और उसी में रहता है। ये जीव अचर (न चलने वाले) जीवों की श्रेणी में आते हैं। ज्यों-ज्यों इनकी वंशवृद्धि होती है त्यों-त्यों इनका समूह-पिंड वृक्ष की शाखाओं की तरह बढ़ता चला जाता है। प्रशान्त महासागर के उष्णकटिबन्धीय क्षेत्र में सुमात्रा एवं जावा के निकट समुद्र तल में ऐसे समूह-पिंड हजारों किलीमीटर तक खड़े मिलते हैं। इनकी वृद्धि बहुत

1. सी आटर या आटर एक बीजल जैसा समुद्री परभक्षी है जो अर्चिन एवं एबालोना मछलियों का शिकार करता है।

तेज होती है जिसके फलस्वरूप इनके समूह एक-दूसरे के ऊपर परत-दर-परत पटते चले जाते हैं जिससे उनकी संरचना सागर की सतह के ऊपर तक आ जाती है और इस तरह टापुओं का निर्माण होता है जिसे प्रवाल-द्वीप कहते हैं। प्रशान्त महासागर में ऐसे प्रवाल-द्वीप बहुत हैं।

18वीं सदी में विलियम हरशेल ने पहली बार मूँगे को सूक्ष्मदर्शी यन्त्र से देखा और उसकी कोशिकाओं को जीवित प्राणियों की कोशिकाओं की तरह पाया। यह एक सूक्ष्म जीव है जिसकी त्वचा पतली होती है और उसके नीचे जेली (अवलेह) जैसी मुलायम संरचना होती है जिसे मेसोग्लिया कहते हैं। मूँगे के मुँह के पास नन्ही पतली उँगलियों जैसे स्पर्शक होते हैं जिन्हें टेन्टकिल्स (Tentacles) कहते हैं जो पानी में लहराते रहते हैं। जब भी कोई नन्हा प्राणी या खाने का कोई टुकड़ा पानी में बहते हुए उनके करीब उनकी पहुँच में आ जाता है उसे ये स्पर्शक मूँगे के मुँह में ढकेल देते हैं जो उनके पेट में चला जाता है।

कोरल रीफ जीवित प्राणियों का आश्रय है। यह वनस्पतियों, मछलियों एवं अन्यान्य जल प्राणियों से मिलकर बना है। यह विश्व की अभूतपूर्व संरचना है जिसमें समुद्र के 25 प्रतिशत प्राणी रहते हैं। इसमें स्पंज, समुद्री अचर जीव, क्लैम, केकड़े, झींगे, समुद्री केंचुए, स्टार फिश, समुद्री अर्चिन, जेलीफिश, समुद्री आनामोना, कई तरह की फफूँदियाँ, समुद्री कछुए और कई अन्य प्रकार की मछलियाँ निवास करती हैं। इन्हें समुद्र का सदाबहार वन कहते हैं।

कोरल रीफ लाखों-करोड़ों वर्ष से समुद्र में हैं, लगभग 0.1 प्रतिशत समुद्र तल इनसे आच्छादित है। कोरल रीफ गर्म, छिछले, साफ प्रकाश युक्त, बहते पानी में तेजी से बढ़ते हैं। यद्यपि बढ़ने की दर इनकी बहुत मंद है—लगभग 0.3 से 10 से.मी. प्रतिवर्ष। जो रीफ हम आज देखते हैं वे हजारों साल पहले निर्मित हुए हैं। कोरल-रीफ सूक्ष्म प्राणियों जिन्हें पालिप कहते हैं और जो अचर होते हैं, से बनते हैं। पालिप की खोल काफी सख्त शंख की तरह होती है जो कैल्शियस कार्बोनेट से बनी होती है। पालिप एक-दूसरे से एक जीवित ऊतक (टिश्यू) के माध्यम से जुड़कर एक समूह बना लेते हैं जिसमें उनकी करोड़ों की संख्या हो सकती है। कोरल रीफ की केवल ऊपरी परत में जीवित पालिप होते हैं। जैसे ही कोई नई परत बनती है पालिप उसी में चले जाते हैं।

ग्रेट वैरियर रीफ विश्व की सबसे बड़ी रीफ है। यह 2900 से अधिक प्रवाल-भित्तियों एवं 900 प्रवाल द्वीपों से मिलकर बनी है जो आस्ट्रेलिया के उत्तरी-पूर्वी तट पर 2600 कि.मी. तक फैली है।

प्रवाल-भित्तियाँ महासागरीय जीवन एवं पर्यावरण के लिए वरदान हैं। ये लहरों की ताकत को कम करके समुद्र तट को क्षरण से बचाती हैं। अन्यान्य समुद्री जीवों का आश्रय-स्थल होने के साथ-साथ कोरल-रीफ मछलियों के प्रजनन एवं उनके

अण्डों को सुरक्षित रखने के लिए उपयुक्त जगह है। कार्बन-चक्र को पूरा करने में प्रवाल-भित्तियों की भूमिका को वैज्ञानिकों ने आवश्यक कड़ी माना है। मानव के लिए भी ये वरदान हैं। समुद्र-तट के पास निवास करनेवालों को मछलियों की कभी कोई कमी नहीं होने पाती जिससे उनके भोजन की आवश्यकताओं की पूर्ति के साथ-साथ वाणिज्यिक गतिविधियाँ भी विकसित होती हैं। प्रवाल का उपयोग कैन्सर एवं दर्दनाशक दवाइयों में भी होता है और सबसे महत्त्वपूर्ण तो यह है कि समुद्री जल की गुणवत्ता इनसे कायम है।

प्रवाल-भित्तियों के लिए खतरा

प्रवाल भित्तियों का पर्यावरण तंत्र बहुत ही नाजुक होता है। किसी भी तरह के परिवर्तन का इन पर तत्काल प्रभाव पड़ता है, और ये विलुप्त होने लगते हैं। रासायनिक उर्वरक जो खेतों में डाली जाती हैं वर्षा के पानी के साथ नदियों तक पहुँचती है और फिर नदियों के रास्ते समुद्र में चली जाती है। इससे शैवाल (एलगी) की पैदावार बढ़ जाती है और वह मूँगे की चट्टानों के ऊपर छा जाती है जिससे मूँगा जीव मर जाते हैं तथा प्रवाल भित्तियों का बढ़ना रुक जाता है और फिर क्षरण होते-होते अन्ततः वे विलुप्त हो जाती हैं। इसके अतिरिक्त कार्बन डाइऑक्साइड के उत्सर्जन में वृद्धि हो रही है जिसके कारण समुद्र में भी कार्बन डाइऑक्साइड गैस अधिक घुल रही है और इस कारण पानी अम्लीय हो रहा है, जो प्रवाल भित्तियों एवं मूँगे के जीव के लिए खतरा उत्पन्न कर रहा है जिसके कारण मूँगे अपना शेल नहीं बना पाते। ग्रीन-हाउस प्रभाव के बढ़ने के कारण वैश्विक स्तर पर तापमान बढ़ रहा है जिससे महासागर अछूते नहीं हैं। मानवी गतिविधियाँ भी मूँगे के लिए खतरा बनी हुई हैं। मछली मारने के खतरनाक तरीके जैसे सायनाइड तथा विस्फोटकों का प्रयोग कोरल को नष्ट कर देता है।

अध्याय-14

महासागरों का पारिस्थितिक तंत्र एवं पर्यावरण

समुद्री वनस्पतियाँ भू-भाग में उगने वाली वनस्पतियों से थोड़ी भिन्न होती हैं। समुद्र में पाई जाने वाली वनस्पतियाँ अधिकांशतः एकलकोशिकीय सूक्ष्म जैविक संरचनाएँ होती हैं जिन्हें **फाइटोप्लैंक्टन** कहते हैं जो पानी में लटकते हुए उसके साथ बहते रहते हैं। जहाँ पोषक तत्त्वों का अभाव होता है वहाँ फाइटोप्लैंक्टन भी नहीं पनपते और समुद्री जल निर्मल एवं पारदर्शी होता है। किन्तु पोषक तत्त्वों की उपस्थिति में फाइटोप्लैंक्टन की वृद्धि विस्फोटक होती है और कुछ ही समय में समुद्र का जल-सतह हरे, लाल व भूरे रंगों से भर जाता है जो फाइटोप्लैंक्टनों के प्रकाश संश्लेषक रंजकों के कारण होता है। फाइटोप्लैंक्टन जलीय पर्यावरण को प्रभावित करते हैं और इनसे जल के पारिस्थितिक तंत्र में कार्बनिक तत्त्वों की वृद्धि होती है। इस प्रक्रिया को यूट्रोफिकेशन (Eutrophication) कहते हैं।

प्रदूषण प्रेरित यूट्रोफिकेशन यूरोप एवं उत्तरी अमेरिका की विशाल झीलों के लिए वर्ष 1950 एवं 1960 के दशकों तक बड़ी समस्या नहीं माना जाता था। एरी (Erie) एवं वाशिंगटन झीलें इसकी उदाहरण हैं। धरती के भूभागों में तो हरित-क्रान्ति का स्वागत हुआ था फिर ऐसा क्या है कि समुद्र में इनका विस्तार समुद्री जल जीवन एवं जल-पारिस्थितिक-तंत्र के लिए अधिक शुभ नहीं माना जाता। इसका सीधा सम्बन्ध जल में ऑक्सीजन की आपूर्ति एवं खपत से है। जल-जीवन के लिए ऑक्सीजन की उतनी ही आवश्यकता है जितना कि थल-जीवन के लिए अतएव एक बहुत ही बारीक सन्तुलन इसकी आपूर्ति एवं खपत में होना चाहिए जिसमें किंचित् मात्र भी परिवर्तन जलीय पर्यावरण एवं उसकी पारिस्थितिकी को प्रभावित कर देता है।

कुछ फाइटोप्लैंक्टन प्रकाश संश्लेषक बैक्टीरिया होते हैं और कुछ प्रोटिस्ट तथा अधिकांशतः एकल कोशीय वनस्पतियाँ। इनकी कुछ सामान्य प्रजातियों में साइनो बैक्टीरिया, सिलिका के खोल में बन्द डायटम, डाइनोफ्लैजलेट्स, हरित शैवाल (ग्रीन एलगी) और कैल्सियम कार्बोनेट की परतों से आवेष्टित कोकोलिथोपोरस विशेष रूप

से उल्लेखनीय हैं। भू-भाग की वनस्पतियों की तरह फाइटोप्लैंक्टन में भी क्लोरोफिल होता है जो प्रकाश को संश्लेषित कर प्रकाश ऊर्जा को रासायनिक ऊर्जा में परिवर्तित कर देता है। ये कार्बन डाइऑक्साइड ग्रहण करते हैं और ऑक्सीजन नि:सरित करते हैं। सभी फाइटोप्लैंक्टन प्रकाश संश्लेषण की क्रिया से ऊर्जा ग्रहण करते हैं किन्तु कुछ ऐसे भी हैं जो ऊर्जा के लिए दूसरे सूक्ष्म जीवों पर आश्रित रहते हैं।

फाइटोप्लैंक्टन का विस्तार एवं वृद्धि कार्बन डाइऑक्साइड गैस, सूर्य-प्रकाश एवं पोषक तत्त्वों की उपलब्धता पर निर्भर करती है। फाइटोप्लैंक्टन को भी जमीनी पौधों की तरह पोषक तत्त्व जैसे नाइट्रोजन (N_2), फास्फेट (-P_2O_5), सिलिकेट (-SiO_2) कैल्सियम (Ca) एवं पोटाश (K) आदि की आवश्यकता होती है। इनकी कुछ प्रजातियाँ नाइट्रोजन संग्रहीत कर सकती हैं इसलिए ये वहाँ भी उगकर पनप सकती हैं जहाँ नाइट्रोजन की कमी होती है। उन्हें लेशमात्र लौह तत्त्व (Fe) की भी आवश्यकता होती है जो बड़े पैमाने पर उनके विस्तार को सीमित कर देता है क्योंकि समुद्री जल में लौह तत्त्व की मात्रा बहुत कम होती है।

और भी कुछ कारक हैं जो फाइटोप्लैंक्टन की वृद्धि एवं विस्तार दर को प्रभावित करते हैं जैसे सागर का खारापन, पानी का तापमान, गहराई, वायु एवं उसे चरने (खाने) वाले अथवा उन पर अपने भोजन के लिए आश्रित रहने वाले अन्यान्य जीव आदि। जब परिस्थितियाँ अनुकूल होती हैं तो फाइटोप्लैंक्टन विस्फोटक दर से फैलते हैं जिसे ब्लूम (bloom) कहते हैं। ये सैकड़ों कि.मी. के क्षेत्र में देखते-ही-देखते फैल जाते हैं जिन पर उपग्रहों के माध्यम से समुद्रविज्ञानी नजर रखते हैं।

फाइटोप्लैंक्टन सागर की भोज्य-शृंखला (Food Chain) की मुख्य एवं आरम्भिक कड़ी हैं जो सूक्ष्म जीवों एवं जूप्लैंक्टन प्राणियों से लेकर विशाल आकार की ह्वेल तक को भोजन उपलब्ध कराते हैं। छोटी मछलियाँ एवं रीढ़विहीन प्राणी भी इन्हें अपना भोजन बनाते हैं। फिर इन प्राणियों को बड़े जलचर हजम कर जाते हैं और यह सिलसिला आगे चलता जाता है। मृत वनस्पतियाँ एवं प्राणियों के अवशेष छोटे जीवाणुओं एवं जल-कीटों का आहार बनते हैं। इस प्रकार सागर का भोजन-चक्र संचालित होता है।

फाइटोप्लैंक्टन बीमारियों एवं मृत्यु के कारण भी बन सकते हैं। इनकी कुछ प्रजातियाँ जैव-विष उत्पन्न करती हैं जो लाल-उफान (Red Tides) के नाम से जाना जाता है। यह हानिकारक एलगी लाल रंग की होती है। यह समुद्री जीवन को नष्ट कर सकती है।

सर्वप्रथम लाल-उफान के विषैले प्रभावों को 1844 ई. में फ्लोरिडा में देखा गया था जिसके कारण इस परिघटना को **फ्लोरिडा-लाल-उफान** भी कहते हैं। फ्लोरिडा में लाल-उफान का कारण एक प्रकार की एलगी है जो वस्तुतः सूक्ष्म वानस्पतिक जीवाणु है जिन्हें करेनिया ब्रीविस (Karenia Brevis) या मात्रा

के. ब्रीविस (K. Brevis) के नाम से जाना जाता है। इनसे एक प्रकार का जैव-विष ब्रीविटॉक्सिन (Brevitoxin) निकलता है जो मछलियों, पक्षियों, स्तनपाई जन्तुओं एवं प्राणियों के मुख्य नाड़ी-तंत्र तथा श्वास-तंत्र को प्रभावित कर देता है। अधिक मात्रा में यह जानलेवा भी हो सकता है।

जब ये सूक्ष्म जीवाणु अपने उफान पर होते हैं तब पानी का रंग लाल, हलका अथवा गाढ़ा हरा, भूरा अथवा स्वच्छ साफ दिखता है। विषैली एलगी के. ब्रीविस मैक्सिको की खाड़ी, फ्लोरिडा के पूर्वी तट तथा उत्तरी कैरोलिना के तटवर्ती समुद्र में पाई गई है, जो कभी-कभी तो वहाँ महीनों तक देखी गई है। हवा के साथ-साथ ये समुद्र में बहती रहती है। इससे उत्पन्न ब्रीविटाक्सिन जैव-विष हवा में घुलकर तटवर्ती प्रदेशों में निवास करने वाले मछुवारों, सैलानियों एवं स्थायी निवासियों में श्वास एवं नाड़ी-तंत्र से सम्बन्धित बीमारियों को जन्म दे सकते हैं।

संयुक्त राज्य अमेरिका के खाद्य एवं वृद्धि संगठन (FAO) ने 2010 ई. में एक विवरण प्रस्तुत किया था जिसमें बताया गया था कि विश्व की 2.9 अरब आबादी अपने खाने में प्रोटीन का 20% भाग मछलियों से ग्रहण करती है। समुद्र के तटवर्ती क्षेत्रों में तो यह अनुपात और भी अधिक है, पर विश्व भर के वैज्ञानिक इस बात से चिन्तित हैं कि मत्स्य-प्रोटीन पर बढ़ती आश्रिता कहाँ तक निरापद है। नवीनतम शोधों से पता चला है कि विश्व के लगभग सभी महासागरों में पाई जाने वाली मछलियों में विषैले तत्त्व मौजूद हैं, परन्तु सन्तोष की बात तो यह है कि पिछले तीन दशकों में उनके स्तर में गिरावट देखी गई है।

फाइटोप्लैंक्टन अन्य तरीकों से भी महामारी पैदा करने के लिए जाने जाते हैं। विशाल पैमाने पर ब्लूम के बाद, मृत फाइटोप्लैंक्टन सागर अथवा झीलों की तली पर परत-दर-परत बिछ जाते हैं। बैक्टीरिया जो उन्हें सड़ाते हैं पानी में ऑक्सीजन की कमी कर देते हैं जिससे पानी के जीव मर जाते हैं और इस प्रकार वह क्षेत्र 'मृत क्षेत्र' बन जाता है।

पर्यावरण एवं कार्बन चक्र

प्रकाश संश्लेषण के माध्यम से फाइटोप्लैंक्टन लगभग उतनी ही कार्बन डाइऑक्साइड गैस वायुमंडल से लेकर खपत करते हैं जितनी कि थल पर स्थित जंगल एवं अन्य वनस्पतियों द्वारा खपत की जाती है। इसमें से कुछ कार्बन समुद्र की तलहटी में जमा हो जाता है और जब फाइटोप्लैंक्टन मरते हैं तो वे पानी में डूबकर नीचे चले जाते हैं। कुछ कार्बन पानी में विभिन्न स्तरों तक उन समुद्री जीवों द्वारा लाया जाता है जो फाइटोप्लैंक्टन को खाते हैं, प्रजनन करते हैं, मल उत्सर्जन करते हैं अथवा मरते हैं। यह क्रम चलता रहता है जिसमें प्रति वर्ष एक अनुमान के अनुसार 10 गीगाटन कार्बन वायुमंडल से समुद्र की गहराइयों तक जाता है। फाइटोप्लैंक्टन की वृद्धि में थोड़ा सा

भी अन्तर वायुमंडल में कार्बन डाइऑक्साइड गैस की मात्रा में परिवर्तन ला देता है जिससे विश्व के तापमान में अन्तर आ सकता है क्योंकि कार्बन डाइऑक्साइड गैस की अधिकता ग्रीन हाउस प्रभाव में वृद्धि करती है और तापमान बढ़ता है। अतएव यदि फाइटोप्लैंक्टन की गतिविधियों के कारण कार्बन डाइऑक्साइड गैस की खपत अधिक हो जाती है तब वायुमंडल में इसकी मात्रा कम हो जाएगी जिसके कारण तापमान कम हो जाएगा जिसका सीधा असर विश्व की जलवायु पर पड़ेगा।

अध्ययन में पाया गया है कि फाइटोप्लैंक्टन समुद्र में कार्बन डाइऑक्साइड गैस स्थानान्तरित करने में प्रमुख भूमिका निभाते हैं। प्रकाश संश्लेषण की प्रक्रिया से कार्बन डाइऑक्साइड गैस की खपत होती है और कार्बन उसी तरह संग्रहीत हो जाता है जैसे वह थल की वनस्पतियों की लकड़ियों एवं पत्तियों में संगृहीत रहता है। कार्बन की अधिकांश मात्रा उन समुद्री जीवों में हस्तान्तरित हो जाती है जो फाइटोप्लैंक्टन को खाते हैं और जब वे मर जाते हैं तब उनके सड़ने-गलने से बचे उनके अवशेषों के साथ कार्बन जाकर समुद्र की तली पर जमा होता रहता है।

वैसे तो फाइटोप्लैंक्टन अति सूक्ष्म होते हैं किन्तु जब ये फलते-फूलते हैं तब ये अरबों-खरबों की तादाद में मिलकर सागर की सतह पर एक विशाल परत की तरह फैल जाते हैं। इनमें क्लोरोफिल की मात्रा इतनी अधिक हो जाती है कि वे अन्य प्रकाश-रंजकों के साथ मिलकर सागर की सतह से होने वाले प्रकाश के प्रत्यावर्तन को भी प्रभावित करने लगते हैं। इससे पानी हरा, भूरा अथवा लाल दिखने लगता है। कोकोलिथोफोरस एकलकोशिकीय समुद्री वनस्पति है जो विशाल मात्रा में समुद्र की ऊपरी सतह में रहते हैं। ये अपने चारों ओर कैलसाइट (चूने के पत्थर) का एक आवरण बना लेते हैं जिन्हें कोकोलिथ कहते हैं जो आकार में एक मि.मी. के हजारवें भाग के तीन गुने के बराबर होते हैं। एक वैज्ञानिक अनुमान के अनुसार एक वर्ष में 15 लाख टन कैल्साइट (कार्बन) का निक्षेप समुद्र में केवल इन्हीं के द्वारा किया जाता है। कोकोलिथोफोरस (Cocolithophores) को आवेष्टित करने वाला प्रवाल-कवच पानी को दूधिया श्वेत अथवा चमकदार हरा-नीला रंग प्रदान करता है। वैज्ञानिक इन रंगों का उपयोग क्लोरोफिल की मात्रा का आकलन करने के लिए करते हैं। इसी से फाइटोप्लैंक्टन की जैव-संहति (Bio-mass) का भी आकलन सम्भव है। अनुमानतः एक टन कोकोलिथोफोरस के साथ 145 किलोग्राम कार्बन समुद्र की तली में चला जाता है।

फाइटोप्लैंक्टन समुद्र के किनारे-किनारे तथा खाड़ियों में विषुवत् रेखा के सहारे प्रशान्त एवं अन्ध महासागरों में काफी दूर-दूर तक पाए जाते हैं। इनके फैलने में हवाओं एवं जलधाराओं की भूमिका अत्यन्त महत्त्वपूर्ण है क्योंकि उनके माध्यम से ही पोषक तत्त्व समुद्र की गहराइयों से आकर उन्हें फलने-फूलने के लिए उपलब्ध होते हैं। जहाँ पोषक तत्त्वों का अभाव रहता है महासागरों के उन हिस्सों में फाइटोप्लैंक्टन

कम पनपते हैं। फाइटोप्लैंक्टन के फलने-फूलने में मौसम की भी भूमिका होती है। बसन्त एवं गर्मी का मौसम इनके लिए सर्वाधिक उपयुक्त होता है। इसके विपरीत शीतोष्ण कटिबन्ध में इनकी पैदावार गर्मियों में कम हो जाती है। इसका कारण यह है कि गर्मी के मौसम में सागर की ऊपरी सतह का पानी गर्म हो जाता है जो हलका होने के कारण सागर के ठंडे पानी, जो गहराई में होता है और पोषक तत्त्वों से भरपूर होता है, से मिल नहीं पाता जिसके कारण फाइटोप्लैंक्टन को फलने-फूलने के लिए पोषक तत्त्व प्रचुर मात्रा में उपलब्ध नहीं हो पाते परन्तु जाड़ों में उठने वाले तूफान जब ठंडे और गर्म पानी को मिश्रित कर देते हैं तब फाइटोप्लैंक्टन फिर फलने-फूलने लगते हैं।

ऑक्सीजन को लेकर थलपर्यावरणविद् उतने चिन्तित नहीं हैं जितना कि समुद्र विज्ञानी। कारण स्पष्ट है। थल पर निवास करने वाले प्राणी हवा से ऑक्सीजन ग्रहण करते हैं जो वायुमंडल में प्रचुर मात्रा में उपलब्ध है। हवा के एक घन मीटर में ऑक्सीजन की मात्रा 270 ग्राम होती है जो लगभग समरस है क्योंकि यदि कहीं इसमें कमी भी होती है तो सतत चलने वाली वायुधाराएँ उसकी पूर्ति कर देती हैं, जबकि पानी वायु की अपेक्षा कम गति से गतिमान होता है और उसके एक घनमीटर आयतन में 5 से 10 ग्राम ही ऑक्सीजन होती है। वायुमंडल के सम्पर्क में आने वाला सागर का जल मुक्त रूप से ऑक्सीजन का आदान-प्रदान करता रहता है। प्रकाश संश्लेषण से जलीय वनस्पतियों द्वारा जिस ऑक्सीजन का उत्पादन होता है उसे सागर एवं वायुमंडल आपस में बाँट लेते हैं। यद्यपि जल में निवास करने वाले प्राणियों ने अपने को इसके अनुकूल बना लिया है परन्तु जल में ऑक्सीजन की मात्रा में किंचित् मात्रा भी कमी जानलेवा हो सकती है।

फाइटोप्लैंक्टन अपने को अधिक अनुकूल बना लेते हैं। वे दिन के समय पानी की सतह पर प्रचुर मात्रा में उपलब्ध सूर्य के प्रकाश में अपना भोजन प्रकाश संश्लेषण क्रिया से बना लेते हैं और रात के समय उपलब्ध ऑक्सीजन से मेटाबालिज्म की क्रिया सुनिश्चित करते हैं। किन्तु अत्यन्त अनुकूल परिस्थितियों में भी फाइटोप्लैंक्टन अल्पजीवी होते हैं। वे मरते हैं और सागर तल में नीचे चले जाते हैं तथा उनका स्थान दूसरे ले लेते हैं। जितना ही अधिक वे फलते-फूलते हैं उतना ही अधिक मरकर वे सागर-तल तक पहुँचते हैं। यहीं समस्या उत्पन्न होती है। समुद्र की तली में रहने वाले जीवाणु इनका भक्षण करते हैं और उन्हें पचाने के लिए ऑक्सीजन की आवश्यकता होती है जो वे समुद्र के जल में घुली ऑक्सीजन को लेकर पूरी करते हैं। झीलों अथवा जलाशयों में, जहाँ जल अपेक्षाकृत शान्त होता है, एक दूसरे तरह की समस्या देखी गई है। तलहटी में कार्बनिक द्रव्यों की वृद्धि के साथ वहाँ ऑक्सीजन की कमी हो जाती है क्योंकि तलहटी का जल सतह के जल से मिश्रित नहीं हो पाता। वहाँ के जीव जो अधिक ऑक्सीजन वाले क्षेत्र में नहीं जा पाते, मरने लगते हैं। मरे हुए प्राणी किनारों पर उतराकर बहने लगते हैं और वहाँ नीचे तल के पास बैक्टीरिया अपना

कब्जा जमा लेते हैं। 1970 के दशक में ऐसा ही कुछ ऐरी झील में हुआ था जब यह कहा जाने लगा था कि झील मर रही है।

कार्बन निक्षेपण अथवा यूट्रोफिकेशन से क्या मृत क्षेत्र बढ़ रहे हैं?

पचास साल पूर्व तक यह समझा जाता था कि इस तरह की स्थिति केवल झीलों एवं जलाशयों तक ही सीमित है जहाँ पानी शान्त रहता है जिसके कारण तलहटी एवं सतह के जल का अवमिश्रण नहीं हो पाता, इसलिए गहराई में ऑक्सीजन का अभाव हो जाता है। माना जाता था कि सागरों एवं महासागरों में ऐसी समस्या नहीं होगी क्योंकि इसके पीछे यह सोच थी कि सागरों एवं महासागरों की विशालता तथा लहरों एवं जलधाराओं की निरन्तर गतिशीलता पोषक तत्त्वों की हर ओर आपूर्ति सुनिश्चित कराने तथा ऑक्सीजन की मात्रा को गहराई तक समरस बनाए रखने में सहायक होती है। परन्तु वैज्ञानिक अब अपनी उक्त धारणा के विपरीत यह मानने लगे हैं कि ऐरी झील जैसी स्थिति सागरों और महासागरों की भी हो सकती है।

सागर के किनारों पर स्थित औद्योगिक केन्द्र अपने औद्योगिक उत्सर्जन को सागर में ही छोड़ते हैं जिससे प्रदूषण बढ़ रहा है। इसका दुष्प्रभाव वहाँ के पर्यावरण पर पड़ रहा है। बाल्टिक सागर, मैक्सिको की खाड़ी, वेरापीके की खाड़ी, वेनिस की समुद्री झील, उत्तर सागर और बहुत-सी नदियों के मुहाने, खाड़ियाँ, समुद्री झीलें जो औद्योगिक क्षेत्रों में हैं, के समक्ष भी इसी तरह की समस्याएँ आ खड़ी हुई हैं। ये सभी क्षेत्र ऐसे हैं जो आरक्षित हैं जहाँ न तो तेज हवाएँ बहती हैं और न ही बड़ी लहरें उठती हैं जिससे तलहटी एवं सतह का जल अच्छी तरह मिश्रित हो जाए ताकि पोषक तत्त्व व प्राणवायु ऑक्सीजन समरस ढंग से समूचे जल में घुलमिल जाए। जब कोई प्रदूषित खाड़ी अथवा नदियों के मुहाने महीनों शान्त रहते हैं तो उनके सतह एवं तली के जैविक विन्यास में अन्तर आने लगता है। सतही जल पोषक तत्त्वों से भरपूर होता है और वहाँ सूरज की किरणें भी बहुतायत में उपलब्ध रहती हैं, वहीं नीचे तली में मृत जीवों एवं वनस्पतियों को सड़ाने-गलाने में वहाँ उपलब्ध ऑक्सीजन की खपत बैक्टीरिया कर डालते हैं जिससे ऑक्सीजन की वहाँ कमी होने लगती है। पूरी खाड़ी में गहराई में रहने वाले जीव इस प्रकार घुट-घुटकर मरने लगते हैं। उदाहरण के लिए मैक्सिको की खाड़ी में गर्मियों के मौसम में लगातार यह समस्या देखने को मिल रही है जब गहराई में होने वाली ऑक्सीजन की कमी से 18 हजार वर्ग कि.मी. का क्षेत्र बंजर हो जाता है। ऐसे क्षेत्र को **'मृत क्षेत्र'** अथवा डेड जोन (Dead Zone) कहते हैं।

कार्बन निक्षेपण (यूट्रोफिकेशन) से जनित प्रभाव कई तरह से मनुष्यों के लिए भी चिन्ता के कारण बन गए हैं। खाड़ियों एवं नदियों के मुहानों पर मछली मारकर अपनी जीविका चलाने वाले मछुआरों के साथ-साथ समुद्री किनारों एवं आस-पास

के क्षेत्र में रहने वाली आबादी का पेट भर पाना भी इसके कारण कठिन होता जा रहा है क्योंकि ऑक्सीजन की कमी से मछलियाँ मर रही हैं और किनारों पर मृत जीव, वनस्पतियाँ एवं मछलियाँ सड़कर वातावरण को प्रदूषित कर रहे हैं। पोषक तत्त्वों की प्रचुरता के कारण फाइटोप्लैंकटन की कई प्रजातियाँ वहाँ तीव्रता से फलती-फूलती हैं जिनमें विषैली प्रजातियाँ भी हैं जिनको खाने से समुद्री जीव व मछलियाँ मर जाते हैं। सागर के खूबसूरत किनारों पर मरी हुई मछलियाँ देखी जा सकती हैं, जो वहाँ सड़ती हैं और प्रदूषण पैदा करती हैं। सागर के तली में रहने वाले बैक्टीरिया हाइड्रोजन सल्फाइड (H_2S) गैस छोड़ते हैं जिसकी गन्ध सड़े हुए अंडे की तरह होती है जो पूरे इलाके में सदैव छायी रहती है। ऐसे स्थलों के आस-पास का पर्यावरण प्रदूषित हो रहा है जहाँ निवास करना स्वास्थ्य की दृष्टि से निरापद नहीं रह गया है। कई ऐसे क्षेत्र जो कभी आबाद एवं खुशनुमा थे आज उजाड़ एवं वीरान हो गए हैं क्योंकि वहाँ के मूल निवासी कहीं और जाकर बस गए हैं। विभिन्न सर्वेक्षणों और अध्ययनों से यह विदित हुआ है कि यूट्रोफिकेशन अथवा पोषक तत्त्वों की प्रचुरता तथा जल में ऑक्सीजन की कमी एक विश्वव्यापी पर्यावरणीय समस्या बनती जा रही है। एशिया की 54 प्रतिशत, यूरोप की 53 प्रतिशत, उत्तरी अमेरिका की 48 प्रतिशत, दक्षिणी अमेरिका की 41 प्रतिशत तथा अफ्रीका की 28 प्रतिशत झीलें इसकी चपेट में आ चुकी हैं। कश्यप सागर के उत्तरी भाग में इसका प्रभाव तेजी से बढ़ रहा है।

समुद्री किनारों पर पोषक तत्त्वों की प्रचुरता एक दूसरे तरह की समस्या को भी जन्म दे रही है। फाइटोप्लैंक्टन की विभिन्न प्रजातियों पर भी इसका प्रभाव पड़ रहा है। डाइएटम को नाइट्रोजन की जितनी आवश्यकता होती है उतनी ही उसे सिलिकान की भी है परन्तु पोषक तत्त्वों में नाइट्रोजन तो प्रचुर मात्रा में उपलब्ध रहती है किन्तु सिलिकान नहीं जिसके कारण इनके स्थान पर फाइटोप्लैंक्टन की अन्य प्रजातियों की बाढ़ सी आ जाती है जो शेलफिश एवं अन्य मछलियों के लिए उतने उपयोगी नहीं हैं। पानी की सतह जब फाइटोप्लैंक्टन से भर जाती है तब सूर्य का प्रकाश पानी में गहराई तक नहीं जा पाता। समुद्री घास तथा वनस्पतियाँ जो सतह के नीचे उगती हैं और जहाँ कई समुद्री जीव जैसे केकड़े एवं छोटी मछलियाँ पनाह लेती हैं, प्रकाश के अभाव में वे वनस्पतियाँ नहीं उग पातीं जिसके कारण जटिल एवं लम्बी खाद्य शृंखला टूट जाती है और उन पर आश्रित रहने वाले जीव मर जाते हैं।

विकसित एवं विकासशील देशों की समस्याएँ पर्यावरण के सन्दर्भ में उद्योगों के विकास के साथ-साथ बढ़ी हैं। इससे शहरों एवं कस्बों की आबादी भी बढ़ी है जिसके बढ़ने के साथ-साथ जल आपूर्ति एवं सीवर तंत्र विकसित किया गया है। नाइट्रोजन एवं फास्फोरस चूँकि मनुष्यों के आहार के मुख्य पोषक तत्त्व हैं, अतएव इनकी खपत एवं उत्सर्जन दोनों में ही वृद्धि हुई है। वर्ष 1950 से 1985 के बीच वृद्धि दोगुनी हो गई है। पशुओं की संख्या में भी वर्ष 1980 से 2000 तक 18 प्रतिशत की वृद्धि हुई

है। इन पशुओं के आहार में भी प्रोटीन, वसा, शर्करा आदि की भरपूर मात्रा रहती है, जिनमें नाइट्रेट एवं फास्फेट भी होता है अतएव उनके उत्सर्जन में भी स्वभावत: उन्हीं तत्त्वों की प्रधानता होती है जो खेतों में उर्वरक के रूप में प्रयुक्त होते हैं। हरित क्रान्ति के दौरान 1950 के दशक से अधिक पैदावार लेने के लिए संकर प्रजाति (Hybrid Variety) के बीज बोये जाने लगे जिनसे अच्छी पैदावार लेने के लिए नाइट्रोजन, फास्फोरस एवं पोटाश से युक्त रासायनिक उर्वरकों का प्रयोग सम्पूर्ण विश्व में बड़े पैमाने पर होने लगा। फलत: विश्व भर में वर्ष 1960 से 1980 ई. के बीच नाइट्रोजन एवं फास्फेटिक उर्वरकों की खपत पाँच गुना बढ़ गई और उसके बाद तो उसका प्रयोग इतना अधिक हुआ जितना कि कृषि के इतिहास में कभी नहीं हुआ था। किसान फलीदार एवं दलहनी फसलें उगाने लगे हैं जैसे चना एवं सोयाबीन, जिनकी जड़ों में ऐसे सूक्ष्म जीवाणु होते हैं जो वायुमंडलीय नाइट्रोजन को पोषक तत्त्वों में बदल देते हैं। प्रत्येक वर्ष वर्षा के जल के साथ नदियों एवं नालों के रास्ते झीलों और समुद्र में ये तत्त्व भारी मात्रा में पहुँचकर जमा होने लगे हैं।

नाइट्रोजन उर्वरकों में मुख्य उर्वरक यूरिया एवं डाई अमोनियम फास्फेट पानी में घुलनशील हैं अतएव मैक्सिको की खाड़ी में मृत क्षेत्र का दायरा जो प्रत्येक गर्मियों में थोड़ा बढ़ जाता है, के बढ़ने का कारण यही है। खेतों से वर्षा के जल के साथ नाइट्रोजन के पोषक तत्त्व बहकर नदी-नालों के रास्ते खाड़ी में गिर रहे हैं। दुर्भाग्य से झीलों की तुलना में ये तत्त्व समुद्री किनारों के लिए अधिक हानिकारक हैं। शोधों में ज्ञात हुआ है कि फास्फोरस न कि नाइट्रोजन ताजे पानी के जलीय पौधों के फलने-फूलने में अधिक भूमिका निभाता है। झीलों के लिए यह समाचार शुभ है क्योंकि फास्फोरस के पोषक तत्त्वों पर काबू पाना नाइट्रोजन की अपेक्षा अधिक आसान है। फास्फोरस रासायनिक तौर पर अन्य तत्त्वों के साथ संयोजित होकर मिट्टी में ही रह जाता है, नाइट्रोजन की तरह पानी में घुलकर खेत के बाहर नहीं जा पाता। सीवर ट्रीटमेंट में भी फास्फोरस के इसी गुण का उपयोग कर अन्य पदार्थों के साथ संयोजित कराकर पृथक् कर दिया जाता है। इस बात के प्रमाण मिले हैं कि समशीतोष्ण कटिबन्ध में नदियों के मुहानों पर फाइटोप्लैंक्टन की जितनी वृद्धि नाइट्रोजन की उपस्थिति में हुई उतनी फास्फेट की उपस्थिति में नहीं। इसके पीछे कारण क्या है अभी पूरी तरह से नहीं समझा जा सका है।

वायुमंडल में 78 प्रतिशत नाइट्रोजन है जिसमें से कुछ भाग आकाशीय बिजली के तड़कने पर उत्पन्न उष्मा से वायुमंडलीय ऑक्सीजन से संयोजित होकर वनस्पतियों के द्वारा ग्रहण किए जाने योग्य घुलनशील आक्साइडों में बदल जाता है, जो वर्षा की बूँदों के साथ धरती पर आते हैं जिन्हें वनस्पतियाँ ग्रहण कर अपना भोजन बनाती हैं परन्तु जीवाश्म ईधनों के जलने पर नाइट्रोजन यौगिक पुन: वायुमंडल में चले जाते हैं। जब प्राकृतिक तेल, गैस और कोयला जिन्हें जीवाश्म ईंधन कहते हैं, जलते हैं तो

वे नाइट्रोजन के आक्साइड बनाते हैं जो वायुमंडल में चले जाते हैं। वर्षा का जल व हवा उन्हें पुनः धरती पर लाते हैं और समुद्री किनारों का जल जो पहले से ही सीवेज एवं खेतों से आए पोषक तत्त्वों से भरपूर रहता है उसमें ये घुलनशील आक्साइड आकर मिल जाते हैं और उसे और अधिक समृद्ध बनाते हैं। प्रत्येक वर्ष लगभग 15 प्रतिशत नाइट्रोजन ईंधनों के जलने से समुद्र में पहुँच रही है।

अमेरिका में सबसे अधिक प्रभावित क्षेत्र फ्लोरिडा के तट, उत्तरी कैरोलिना एवं चेरापीले की खाड़ी हैं जहाँ भारी मात्रा में पोषक तत्त्वों को समुद्री जल में उड़ेला जा रहा है। इन पर काबू पाने के लिए सीवेज ट्रीटमेंट प्लांट लगाए गए हैं। नाइट्रोजन को डीनाइट्रीफिकेशन की विधि से गन्दे पानी से पृथक् किया जा सकता है, जो एक तरह के बैक्टीरियम (जीवाणु) द्वारा किया जाता है। ये बैक्टीरिया सड़े-गले माहौल में ही रहते हैं अतएव सीवेज इनके लिए सर्वाधिक उपयुक्त जगह है। ये बैक्टीरिया नाइट्रेट्स खाते हैं और अहानिकारक नाइट्रोजन गैस का उत्सर्जन करते हैं जो हवा में चली जाती है। गन्दे पानी (Waste water) की अम्लता को भी डीनाइट्रीफिकेशन की यह क्रिया कम करती है और शोधित पानी पुनः सिंचाई आदि अन्य कार्यों के लिए उपयोग में लाया जा सकता है।

अध्याय-15

महासागरों का जल-स्तर क्या बढ़ रहा है?

1 फरवरी, 1953 का दिन नीदरलैंड के निवासियों को कभी नहीं भूलेगा। उस दिन आधी रात को समुद्री झंझावात एवं समुद्र की विशाल लहरों ने मिलकर कहर ढा दिया था। उत्तरी सागर का जल-स्तर बढ़ने लगा था और नीदरलैंड को समुद्री जल से सुरक्षित रखने वाली दीवारों के ऊपर से पानी बहने लगा था। 10 लाख से भी अधिक डच नागरिक अपने जीवन एवं धन की सलामती के लिए ईश्वर से प्रार्थना कर रहे थे कि तभी कई स्थानों पर बाँध टूट गए और समुद्र का पानी तेजी से आबादी एवं खेतों में फैलने लगा। समुद्री जल 64 कि.मी. (40 मील) भीतर तक घुस आया जिससे 2 लाख हेक्टेयर खेत जलमग्न हो गए, 2000 लोग काल-कवलित हो गए और एक लाख से भी अधिक आश्रयविहीन हो गए। नीदरलैंड का 18 प्रतिशत भाग समुद्री पानी से आप्लावित हो गया था।

ऐसा नहीं कि नीदरलैंड में पहली बार ऐसा हुआ था। नीदरलैंड का अधिकांश क्षेत्र समुद्र की सतह से नीचे है इसलिए वहाँ जल-प्लावन का खतरा सदैव बना रहता है। वर्ष 1975, 1808, 1894, 1916 ई. में भी इसी तरह की बाढ़ आई थी परन्तु वर्ष 1953 की बाढ़ का स्तर सर्वाधिक था जिसके कारण तबाही भी बहुत अधिक हुई थी। बाढ़ से बचने के लिए जो बाँध बनाए गए थे वे वर्ष 1916 के अधिकतम जल-स्तर को ही ध्यान में रखकर बनाए गए थे, किन्तु वर्ष 1953 की बाढ़ का स्तर वर्ष 1916 के स्तर से भी काफी अधिक था। नीदरलैंड के अलावा उस तूफान से इंग्लैंड एवं स्काटलैंड का पूर्वी किनारा, बेल्जियम एवं जर्मनी के तटवर्ती क्षेत्र तथा उनके पास-पड़ोस के भू-भाग भी प्रभावित हुए थे जिससे व्यापक जन-धन की क्षति हुई थी।

नीदरलैंड का 20 प्रतिशत क्षेत्र समुद्र की सतह से नीचे है और 50 प्रतिशत भाग सतह से केवल एक मीटर अर्थात् 3.3' ही ऊपर है परन्तु वर्ष 1953 ई. में जब उस समुद्र में ज्वार आया तब जल-स्तर अपने सामान्य स्तर से 5.6 मीटर (18.4 फीट) ऊँचा उठ गया जो भयानक तबाही का कारण बना। पर हमारी धरती पर एक-दूसरे

ही तरह का खतरा मंडरा रहा है। वायुमंडल में कार्बन डाइऑक्साइड (CO_2) एवं ग्रीन हाउस प्रभाव उत्पन्न करने वाली अन्य गैसों का स्तर बढ़ने के साथ धरती का तापमान बढ़ रहा है जिससे समुद्र का जल-स्तर भी बढ़ेगा। एक वैज्ञानिक अनुमान के अनुसार अगले 100 वर्षों में 30 से.मी. जल-स्तर बढ़ने की आशंका है।

धरती का तापमान बढ़ने से दूसरी समस्या जो आ रही है वह यह कि पहाड़ों पर जमी बर्फ पिघलेगी जिससे नदियों का जल-स्तर बढ़ेगा और निचले इलाकों में बाढ़ आने की समस्या और अधिक बढ़ जाएगी। नदियों का पानी विश्वस्तर पर जब समुद्र में गिरेगा तब वह भी जल-स्तर को बढ़ाएगा। पिछले 100 वर्षों में बर्फ के पिघलने से समुद्री जल-स्तर में हुई वृद्धि 5 से.मी. आँकी गई है। इधर हाल के वर्षों में तापमान वृद्धि की दर बढ़ी है जिसका तात्पर्य यह है कि पहाड़ों की बर्फ और अधिक तेजी से पिघलेगी और हिमनदों का दायरा सिमटता जाएगा तथा पहाड़ों की हिम-रेखा (Snow Line) और ऊपर सरकती जाएगी।

तीसरी समस्या और अधिक विकट है। अंटार्कटिक एवं आर्कटिक महासागरों की बर्फ के पिघलने से जो खतरा उत्पन्न हो जाएगा उससे बचने का उपाय किसी के पास दिखाई नहीं देता। यदि ऐसा हुआ तो सागर का जल-स्तर 5 से 6 मीटर (16 से 20 फीट) तक बढ़ जाएगा जिसके कारण धरती के अधिकांश देशों के तटवर्ती इलाके पानी के अन्दर समा जाएँगे। वर्तमान में पिछले कई दशकों के आँकड़ों के विश्लेषण से वैज्ञानिक इस निष्कर्ष पर पहुँचे हैं कि सागर का जल-स्तर प्रतिवर्ष लगभग 2 मिलीमीटर की दर से बढ़ रहा है।

प्रो. निकलस मार्नर, जो गत तीस-चालीस वर्षों से समुद्र के जल-स्तर पर नजर रखे हुए हैं, का मानना है कि इस शताब्दी में जल-स्तर में वृद्धि 4 से 8 इंच तक हो सकती है। उनका कहना है कि पिछले हिमयुग के बाद अब तक 11400 वर्षों में समुद्र का जल-स्तर औसतन 4 फीट प्रति शताब्दी की दर से बढ़ा है जिसका अर्थ यह है कि हिमयुग के बाद सागर के जल-स्तर में 456 फीट अर्थात् 139 मीटर की वृद्धि हो चुकी है। परन्तु अब यह जल-स्तर काफी धीमी गति से बढ़ रहा है, लगभग 7-8 इंच प्रति शताब्दी जिसका कारण यह है कि कम ऊँचाई वाली बर्फ अब लगभग पूरी तरह से पिघलकर बह चुकी है।

समुद्री जल-स्तर के बढ़ने की सम्भावनाएँ फिर भी कम नहीं हैं। धरती का 70 प्रतिशत मृदुजल दोनों ध्रुवों के हिमावरण, ग्रीन लैंड एवं अंटार्कटिक के जमी हुई बर्फ में समाहित है। एक वैज्ञानिक अनुमान के अनुसार यदि मात्र ग्रीनलैंड का सम्पूर्ण हिम पिघलकर समुद्र के जल में मिल जाए तो उसी से सम्पूर्ण महासागरों का जल-स्तर 6 मीटर (20 फीट) तक बढ़ सकता है। दूसरी तरह यदि कहा जाए तो ग्रीनलैंड के हिम का मात्र 1 प्रतिशत यदि पिघल जाए तो उसी से जल-स्तर में 6 से.मी. की वृद्धि हो सकती है। यदि पश्चिमी अंटार्कटिक की हिम चादर पिघलकर सागर जल में मिल

जाए तो जल-स्तर में वृद्धि 6 मीटर (20 फीट) हो जाएगी और यदि पूर्वी हिम पट्टी भी पिघल जाए तब समुद्र का जल-स्तर 70 मीटर (230 फीट) और अधिक बढ़ जाएगा। वर्तमान में तीनों हिमावरण कुछ-न-कुछ पिघल रहे हैं। केवल एक प्रतिशत पिघलने मात्र से ही समुद्री जल-स्तर में 76 से.मी. अर्थात् 2.5 फीट की वृद्धि हो सकती है। विश्व की सुरक्षा एवं पर्यावरण के लिए यह शुभ संकेत नहीं है। जलीय स्तर में एक मीटर (3.3 फीट) की ही वृद्धि हालैंड, लन्दन, फ्लोरिडा एवं अन्य औद्योगिक नगर जो समुद्र-तट पर बसे हैं, को जल-प्लावित करने के लिए पर्याप्त है।

अंटार्कटिक की अनिश्चितता

वैश्विक तापमान में वृद्धि के सन्दर्भ में चिन्ता व्यक्त करने वाले वैज्ञानिकों में ओहायो विश्वविद्यालय के ख्यातिप्राप्त वैज्ञानिक जे.एच. मर्सर (J.H. Mercer) ने वर्ष 1978 ई. के अपने एक शोधपत्र में कहा कि तापमान वृद्धि के फलस्वरूप अंटार्कटिक हिमावरण के पिघलने से धरती पर प्रलय जैसी स्थिति आने से कोई नहीं रोक सकता क्योंकि पश्चिमी अंटार्कटिक की मोटी हिम-परत जिस आधार शैल अथवा तलशिला (Bed Rock) पर टिकी है वह सागर के जल-स्तर से नीचे है जिसके कारण उसका स्थिर न होना अन्तर्निहित है। उनका अनुमान है कि ग्रीन-हाउस प्रभाव के कारण दक्षिणी ध्रुव प्रदेश का तापमान यदि मात्र 5^0C बढ़ता है तो उतनी ही वृद्धि पर चारों ओर ध्रुव क्षेत्र में तैर रही हिम-परतें एवं बड़े-बड़े हिमखंड पिघलना प्रारम्भ कर देंगे। हिम के इस प्राकृतिक रक्षण के समाप्त हो जाने के बाद आधार शैल पर टिकी हिम की मोटी परत जो अन्तिम हिमयुग की निशानी है, गलकर समुद्र के जल में मिलने लगेगी और इससे वैश्विक रूप से समुद्री तटवर्ती क्षेत्रों में जलप्लावन की स्थिति आ जाएगी।

यद्यपि मर्सर द्वारा प्रस्तुत जल-प्रलय की भविष्यवाणी की पुष्टि में और अधिक साक्ष्यों की आवश्यकता होगी किन्तु उनके अध्ययन में यह भी स्पष्ट हुआ है कि पश्चिमी अंटार्कटिक की बर्फ कम-से-कम एक बार पहले भी पिघल चुकी है। 130000 वर्ष पूर्व से 110000 वर्ष पूर्व की अवधि में मानवों के उभयनिष्ठ पूर्वज जब अफ्रीका से निकलकर एशिया एवं यूरोप की ओर गए थे तभी धरती की जलवायु के इतिहास में ठीक वैसा ही एक अप्रत्याशित-सा बदलाव आया था जैसा कि तब हुआ जब गत 20000 वर्ष पूर्व अचानक महाशीत युग से निकल कर धरती गर्म होने लगी।

तत्समय धरती के गर्म होने से परिस्थितियाँ आज की अपेक्षा कुछ अधिक सुहानी रही होंगी। उस समय के भूवैज्ञानिक साक्ष्य जिन्हें **अन्तर हिमानी प्रक्रम 5 ई** (Inter Glacial Stage 5e) कहते हैं, अधिक स्पष्ट नहीं हैं फिर भी भू-विज्ञानी ऐसा विश्वास करते हैं कि उस समय समुद्र का जल-स्तर आज के जल-स्तर से कम-से-कम 5 मीटर (16.5 फीट) अधिक रहा होगा। आज की अपेक्षा उस समय का अधिक जल-स्तर कदाचित् पश्चिमी अंटार्कटिक की बर्फ के पिघलने के कारण

ही रहा होगा। यदि बढ़े हुए तापमान के कारण उस समय ऐसा हुआ था तो उसकी पुनरावृत्ति के आसार आज के तापमान के बढ़ने की प्रवृत्ति को देखते हुए विद्यमान हैं।

इस विषय पर गहन शोध की आवश्यकताओं को देखते हुए अमेरिकी वैज्ञानिकों के एक दल ने वर्ष 1990 ई. में सी राइज शोध परियोजना (Sea level Response to Ice Sheet Evolution-sea-RISE) की स्थापना की है जिसकी प्रथम कार्यशाला की रिपोर्ट में ही अंटार्कटिक महाद्वीप के हिम-क्षेत्र में अशुभ संकेत देखने को मिले जिसमें पाँच सक्रिय हिमनदों द्वारा पश्चिमी अंटार्कटिक के अन्दरूनी भाग से हिम लाकर रास सागर (Ross sea) में उड़ेलने की भी चर्चा की गई थी। इसे इस बात का संकेत माना गया कि अंटार्कटिक हिमावरण के पिघलने की प्रक्रिया प्रारम्भ हो चुकी है। इसकी ओर वैज्ञानिकों द्वारा यह भी तर्क दिया जा रहा है कि ग्रीन हाउस प्रभाव के कारण वाष्पीकरण अधिक होगा और ध्रुव प्रदेशों में वायुमंडलीय वाष्प जमकर पुनः हिम के रूप में अवतरित होगी और इस प्रकार हिमीकरण एवं हिम के पिघलने में एक सन्तुलन बना रहेगा। यह भी आशा व्यक्त की गई है कि ध्रुवीय समुद्रों में हिमाच्छादित क्षेत्र का विस्तार भी होगा। यदि ऐसा हुआ जैसा कि कुछ कम्प्यूटर माडलों में दर्शाया गया है, तो समुद्र का जो पानी वाष्प बनकर वायुमंडल में चला जाता है और जो ध्रुव प्रदेशों में हिम के रूप में संचित होकर अवरुद्ध हो जाता है अन्ततः समुद्री जल-स्तर को कम कर देगा। इस प्रकार तापमान बढ़ने के परिणामस्वरूप समुद्री जल-स्तर के बढ़ने व घटने दोनों के ही तर्क एवं साक्ष्य दिए जा रहे हैं।

हिमनद विज्ञानी उन पाँच हिमनदों पर नजर रखे हुए हैं जिनके विषय में कहा गया था कि वे अंटार्कटिक हिमीकरण से हिम की आपूर्ति रास सागर में कर रहे हैं। नई जानकारी के अनुसार ऐसा नहीं पाया गया कि हिम की आपूर्ति रास सागर में निरन्तर एवं अबाध गति से हो रही है बल्कि इसके विपरीत यह पता चला कि विशालतम हिमनदों में से एक हिमनद ने 130 वर्ष पूर्व खिसकना बन्द कर दिया था। कदाचित् उसके आधार में पर्याप्त चिकनाहट नहीं रह गई है अथवा अन्दरूनी तौर पर ही कोई अवरोध आ गया है।

हिमनद **बी-15** धरती का सबसे बड़ा हिमनद है जिसका क्षेत्रफल 11000 वर्ग कि.मी. (295×37 वर्ग कि.मी.) है जो जमैका से भी बड़ा है। वर्ष 2003 में यह दो भागों में टूट गया जिसमें से एक **बी-15 ए** उत्तर की ओर रास सागर में गया। वर्ष 2005 के अक्टूबर में यह कई भागों में टूट गया। वैज्ञानिक इसे सामान्य प्रक्रिया मानते हैं जो 50 से 100 वर्षों के अन्तराल में होती रहती है। बी-15 ए हिमनद 6400 वर्ग कि.मी. क्षेत्र का निर्माण करता है। अक्टूबर, 2006 में एक अध्ययन से यह पता चला कि अलास्का की खाड़ी में उठे तूफान ने विशाल लहरें पैदा कीं जिसने बी-15 ए हिमनद के टूटने में सहयोग किया। ये लहरें 6 दिन में 13500 कि.मी. चलकर अलास्का से अंटार्कटिक पहुँचीं। हाल के एक अध्ययन

से ज्ञात हुआ है कि केप आदरे (Cape Adare) विक्टोरिया लैंड में किनारों की रगड़ से भी टूटन होती है।

बी-15 बी के अतिरिक्त कुछ अन्य हिमनदों जैसे बी-9 (5390 वर्ग कि.मी) बी-17बी (140 वर्ग कि.मी.), सी-19 (5500 वर्ग कि.मी.), ए-38 (6900 वर्ग कि.मी.) बी-15ए (3100 वर्ग कि.मी.) एवं बी-31 (660 वर्ग कि.मी.), पर भी वैज्ञानिक अपनी नजर गड़ाये हुए हैं।

वास्तविकता क्या है? जल-स्तर ऊपर या नीचे

अब तक के अध्ययनों के आधार पर पृथ्वी के तापमान में वृद्धि एवं पश्चिमी अंटार्कटिक के हिम के पिघलने के बीच के सम्बन्धों के विषय में कोई निश्चयात्मक निष्कर्ष नहीं निकाला जा सका है। ओहायो स्टेट विश्वविद्यालय के बायर्ड पोलर रिसर्च सेंटर (Byrd Polar Research Centre) के एलन मोजली तथा थामसन का कहना है कि हिमनद चलते हैं, फिर रुक जाते हैं। कोई नहीं जानता कि क्यों? मोजली ने अपने सर्वेक्षण में पाया कि तापमान वृद्धि के बावजूद पिछले दशकों में दक्षिणी ध्रुव के पास हिमपात में पर्याप्त वृद्धि हुई है। अंटार्कटिक के अन्य स्थलों पर भी उसी तरह के परिणाम मिले।

पश्चिमी अंटार्कटिक के विशाल हिमाच्छादित क्षेत्र में जब वैज्ञानिक दो हिमनदों के बीच की जमी हुई बर्फ में सुराख कर नीचे के नमूने निकालेंगे तो सम्भव है कि उससे कुछ जानकारी मिले। मोजली-थामसन का कथन है कि हिमावरण के स्थायी होने के विषय में भी निश्चयात्मक तौर पर तभी कुछ कहा जा सकेगा।

जो भी परिणाम सामने आएँ पर अधिकांश वैज्ञानिक इस बात के लिए सहमत हैं कि समुद्र का जल-स्तर बढ़ रहा है किन्तु इसे प्रमाणित कर पाना उतना ही कठिन है। पिछले कुछ दशाब्दियों से ज्वार-भाटे के कारण बढ़ते-घटते जल-स्तर का लेखा-जोखा सम्पूर्ण विश्व में रखा जा रहा है। प्राप्त आँकड़ों के अध्ययन से जल-स्तर के बढ़ने या घटने की स्थिति स्पष्ट होती है किन्तु कठिनाई तब आती है जब वे स्थल ही ऊपर-नीचे होने लगते हैं जहाँ उपकरण लगाए गए हैं। कुछ क्षेत्र जैसे स्कैंडेनेविया, जो पिछले हिमयुग के दौरान विशाल हिमनदों के अरबों टन भार से दब गए थे, बर्फ के पिघलने के उपरान्त आज भी ऊपर उठ रहे हैं। हिमयुग के समाप्त होने पर ऐसे ही कई स्थलों में उठान देखा गया है। स्टाकहोम में इसी कारण समुद्र के जल-स्तर में प्रत्येक वर्ष 4 मि.मी. की गिरावट देखी गई है और होनोलोलू जो बहुत ही ठोस जमीन पर बसा है, में 1.5 मि.मी. जल-स्तर में वृद्धि पाई गई है। इसके अतिरिक्त टेक्टानिक प्लेटों का गतिमान होना भी सटीक मापन में कठिनाई उत्पन्न करता है जिसके कारण किसी ठोस नतीजे पर नहीं पहुँचा जा सकता।

इस बात के प्रमाण मिले हैं कि उत्तरी अमेरिका का पूर्वी किनारा आज भी दब रहा है क्योंकि यह पूर्वी कनाडा की उभरी हुई परिसीमाओं पर स्थित है जिसके भीतर

वाला क्षेत्र 20000 वर्ष पूर्व जमी हुई खरबों टन हिम के भार से धँस गया था। टोरन्टो विश्वविद्यालय के विलियम आर. पेल्टियर एवं ए.एम. तुशिंघम ने इन सभी हालात पर ध्यान देते हुए पिछले कई दशकों के आँकड़ों के आधार पर जो गणनाएँ की हैं उससे विदित होता है कि जल-स्तर 2 मि.मी. प्रति वर्ष की दर से बढ़ रहा है। अन्य शोधकर्ताओं के भी लगभग यही निष्कर्ष हैं जिन्होंने गणना के लिए दूसरी विधियों एवं आँकड़ों का सहारा लिया है।

भूवैज्ञानिक यह भी अध्ययन कर रहे हैं कि अतीत में घटित घटनाओं के क्रम में समुद्र के जल-स्तर में उतार-चढ़ाव किस प्रकार आए। उदाहरण के लिए कोलम्बिया के फेयर बैंक्स ने कोरल (मूँगे) की एक प्रजाति ऐक्रोपोरा पालमाटा (Acropora Palmata) का अध्ययन किया है जो समुद्र की सतह के पास ही पनपते हैं। इसके लिए कैरीबियन के आस-पास का क्षेत्र चुना गया। कोरल रीफ में गहरे तक छेद करके पानी की सतह के पास रहने वाली इस प्रजाति के पुरातन नमूनों को लेकर शोधकर्ताओं ने पिछले हिमयुग के बाद समुद्र जल-स्तर की वृद्धि का इतिहास जानने की कोशिश की है। हिमयुग की समाप्ति के समय आज की अपेक्षा समुद्र जल-स्तर 120 मीटर (394 फीट) नीचे था। अध्ययन में ज्ञात हुआ कि हिमयुग के बाद कई अवसरों पर जलवृद्धि दो से तीन से.मी. प्रति वर्ष रिकार्ड की गई। फेयर बैंक्स का कहना है कि उस समय की दुनिया आज की दुनिया से अलग थी क्योंकि 10000 से 20000 वर्ष पूर्व हिम की विशाल चादर, जिसने उत्तरी अमेरिका एवं यूरोप के अधिकांश भाग को ढक रखा था, पिघलने लगी थी और महासागरों में इसके कारण तरल जल की आपूर्ति अधिकाधिक होने लगी थी। हाल के कुछ हजार वर्षों में वृद्धि दर कम होती गई क्योंकि महाद्वीपों पर जमी बर्फ तब तक लगभग पिघल चुकी थी इसलिए जल-स्तर में वृद्धि लगभग थम-सी गई है, जो स्वाभाविक है। राइस विश्वविद्यालय के समुद्र विज्ञानी जान बी. एंडरसन इन निष्कर्षों से सहमत नहीं हैं। उनका कहना है कि पिछले 10000 वर्षों में कम-से-कम तीन अवसर आए जब समुद्र के जल का स्तर अचानक बढ़ा परन्तु इसका कोई साक्ष्य अथवा चिह्न कोरल-अध्ययन में नहीं मिला क्योंकि उसमें गलती की सम्भावना 5 मीटर तक है। एंडरसन एवं उनके सहशोधकर्मियों ने उन स्थलों के साक्ष्य जुटाए जहाँ नदियाँ समुद्र में मिलती हैं जैसे मैक्सिको की खाड़ी में गाल वेस्टन क्षेत्र। नदियों के मुहानों पर पिघले हिमयुग के बाद के मिट्टी के जमाव का भूकम्पी अध्ययन जल-स्तर बढ़ने के परिप्रेक्ष्य में किया गया। जल-स्तर में एक समान सुस्थिर वृद्धि पानी के नीचे के पर्यावरण को इस तरह प्रभावित करेगी कि मुहानों के अन्य भाग भूमि की ओर क्रमशः बढ़ेंगे किन्तु गालवेस्टन खाड़ी में नाटकीय बदलाव देखे गए जो इस तथ्य की ओर संकेत करते हैं कि प्राचीन काल में अचानक बाढ़ आई थी। अभी हाल में जो बाढ़ आई थी वह एंडरसन के अनुसार 2000 ई. पूर्व का समय था जब वैश्विक स्तर पर धरती के वातावरण में गर्मी उसी तरह बढ़ गई थी जैसा कि वर्तमान समय में है।

एंडरसन का शोध यह तो बता पाने में सफल रहा कि कुछ ही शताब्दियों में जल-स्तर कैसे काफी बढ़ गया परन्तु कितना यह निश्चित तौर पर नहीं कहा जा सकता। इसके लिए पुरातत्त्व विज्ञानियों का भी सहयोग लिया जाना आवश्यक होगा जो यह बताएँगे कि कौन-से भूस्थल कब बढ़ते हुए समुद्र के भीतर समा गए और उनका समय क्या था? इस तरह के कई विश्लेषण भूमध्यसागर में किए गए किन्तु पिछले 2000 ई.पू. तक के ही साक्ष्यों का आधार लेकर यह कहा जा सकता है कि एक वर्ष में एक मि.मी. के पंचांश के बराबर ही वृद्धि हुई है। इसके बावजूद पुरातात्त्विक विश्लेषण यह बताने में असमर्थ है कि आज से 4 हजार वर्ष पूर्व समुद्र के जल-स्तर में अचानक वृद्धि कैसे हुई थी। पुरातात्त्विक साक्ष्य यह भी बताने में असमर्थ हैं कि जल-स्तर में वृद्धि की वर्तमान दर 2 मिलीमीटर प्रतिवर्ष कब होनी प्रारम्भ हुई।

उपर्युक्त अनिश्चितताओं एवं सम्भावित कमियों के बावजूद जलवायु परिवर्तन के सन्दर्भ में अन्तरराष्ट्रीय पैनल ने बताया है कि 21वीं सदी के अन्त तक जल-स्तर 20 से.मी. से 1 मीटर तक बढ़ सकता है।

अध्याय-16

जलवायु, ऋतुएँ एवं मौसम तथा प्रभावित करने वाले कारक

किसी भी स्थान की जलवायु एवं मौसम में अन्तर होता है। जलवायु का तात्पर्य एक लम्बे समय तक कायम रहने वाली औसत वायुमंडलीय दशाओं एवं परिस्थितियों से है जबकि मौसम स्थानीय तौर पर शीघ्रता से परिवर्तनीय है जिसके लम्बे समय तक एक ही जैसा बने रहने की सम्भावनाएँ नहीं रहती हैं।

जलवायु के अध्ययन के लिए सामान्यतया 35 वर्षों की न्यूनतम अवधि उपयुक्त मानी गई है जिसमें विभिन्न अवयवों जैसे वर्षा, तापमान आर्द्रता, हवा का दाब, हवाएँ, बादल एवं सूर्य का प्रकाश एवं उष्मा आदि के अध्ययनोपरान्त निष्कर्ष निकाले जाते हैं। जैसे मलेशिया की जलवायु का वर्णन करते समय यह कहते हैं कि वहाँ की जलवायु उष्ण, बरसाती एवं विषुवत्रेखीय है जो वर्ष भर के अध्ययन का निचोड़ है।

किसी भी देश की जलवायु एवं मौसम में परिवर्तन उस देश की भौगोलिक स्थिति पर निर्भर करेगा जैसे उष्णकटिबन्धीय क्षेत्र में स्थित देशों की भौगोलिक स्थिति ऐसी है कि उनकी जलवायु एवं मौसम पूरे वर्ष भर लगभग एक ही जैसे होते हैं जिसमें परिवर्तन का होना बहुत कम देखा गया है, जबकि शीतोष्ण कटिबन्ध के देशों में जलवायु में परिवर्तन का होना अधिक पाया गया है। ब्रिटेन द्वीप समूहों की जलवायु इतनी अधिक परिवर्तनशील है कि लोग यहाँ तक कहते हैं कि उसकी कोई अपनी जलवायु एवं मौसम ही नहीं है। इसके विपरीत मिस्त्र की जलवायु इस कदर स्थायी है कि उसके विषय में कहा जाता है कि मिस्त्र का अपना कोई मौसम ही नहीं है, केवल उसकी जलवायु है।

पृथ्वी का अपने घूर्णन अक्ष से झुका होना, उसकी दीर्घ वृत्तीय कक्षा के कारण उसका कभी सूर्य से दूर अथवा कभी पास होना तथा वायुमंडलीय एवं धरातल की विभिन्न गतिविधियों के कारण पृथ्वी के किसी भाग को सूर्य की ऊर्जा एवं उष्मा पूरे

वर्ष एक जैसी नहीं मिलती जिसके कारण उसके औसत तापमान में वर्ष के दौरान अन्तर रहता है जिसके फलस्वरूप उस भाग की ऋतुएँ एवं मौसम एक जैसे नहीं रहते हैं और उनमें बदलाव आता है।

समशीतोष्ण (Temperate) जलवायु वाले क्षेत्र में जहाँ वर्ष के दौरान तापमान में काफी अन्तर होता है वहाँ गर्मी, वर्षा, शीत एवं उनके बीच में बसन्त तथा पतझड़ जैसी ऋतुएँ हमें देखने को मिलती हैं। हमें ऋतुओं में अन्तर साफ नजर आता है। पर जैसे-जैसे हम विषुवत्‌रेखीय प्रदेश की ओर बढ़ते जाते हैं ऋतुओं में अन्तर मिटता जाता है और उष्ण कटिबंधों में तो ग्रीष्म एवं वर्षा ऋतु ही पूरे वर्ष भर रहती है।

जब हम ध्रुव प्रदेशों की ओर बढ़ते हैं तब ऋतुओं में अन्तर और अधिक दिखने लगता है। सूर्य की किरणें तिरछी पड़ती हैं जिसके कारण सौर ऊर्जा एवं उष्मा का घनत्व प्रति इकाई क्षेत्रफल कम हो जाता है जिसके कारण गरमियाँ भी ठंडी होती हैं और दिन छोटे होते हैं। ध्रुवों पर तो वर्ष के दौरान छह माह का दिन एवं छह माह की रात होती है और पूरे वर्ष भर थोड़े-बहुत अन्तर के साथ तापमान काफी कम बना रहता है जिसके कारण मौसम सर्द रहता है।

कभी-कभी कुछ अन्य कारण भी किसी स्थान की ऋतुओं एवं मौसम को प्रभावित करते हैं जिसके कारण वहाँ सामान्य से बहुत अधिक अथवा बहुत कम गर्मी, वर्षा एवं शीत पड़ती है और यदि यही क्रम काफी दिनों तक कायम रहता है तब वहाँ सूखा अथवा बाढ़ की स्थिति आ जाती है जो वहाँ की फसलों को प्रभावित करती है जिसका अन्तिम परिणाम भुखमरी हो सकता है। औद्योगिक विकास के पूर्व जब संचार एवं आवागमन के उपयुक्त साधन उपलब्ध नहीं थे तब स्थिति और भी अधिक भयावह हो जाती थी। वर्तमान समय में भी कभी-कभी स्थिति अत्यन्त विकट हो जाती है जब भारी संख्या में लोग मरने लगते हैं। वर्ष 1877 एवं 1878 में चीन में अकाल के कारण 95 लाख व्यक्ति काल-कवलित हो गए थे। इसी प्रकार प्रथम विश्वयुद्ध के उपरान्त सोवियत रूस में 50 लाख व्यक्ति मर गए थे। सहारा मरुस्थल के दक्षिण स्थित अफ्रीका के साहेल में वर्ष 1968 से 1973 के बीच भयंकर सूखा पड़ा था जिसमें मरनेवालों की संख्या दस लाख के ऊपर पहुँच गई थी और इससे भी अधिक लोग मरने की कगार पर आ खड़े हुए थे।

इसके विपरीत अतिवृष्टि के कारण कहीं-कहीं जलभराव एवं जलप्लावन की स्थिति भी आ जाती है तथा नदियाँ अपने तटबंधों को तोड़कर मैदानी क्षेत्र में फैल जाती हैं जिससे धन एवं जन दोनों की हानि होती है। ह्वांगहो अथवा पीत नदी को चीन का अभिशाप कहते हैं क्योंकि बाढ़ के कारण यह अत्यधिक विनाशकारी हो जाती है। वर्ष 1931 में आई बाढ़ में 37 लाख लोग मारे गए थे।

चक्रवात तथा उसके साथ भीषण वर्षा का संयोग एक जलप्रलय जैसी स्थिति पैदा कर देता है। 13 नवम्बर, 1970 को साइक्लोन के कारण गंगा के मुहाने से पानी बाँग्लादेश

के भीतर घुस गया और किनारे की बस्तियाँ एवं फसलें तबाह हो गईं। अनुमानत: 3 लाख से अधिक लोग मारे गए। इस तरह के तूफान धरती के विभिन्न भागों में अक्सर आते रहते हैं जिनके विषय में मौसम विभाग समय-समय पर चेतावनी प्रसारित करता रहता है, परन्तु उसकी विभीषिका का प्रभाव अवश्य पड़ता है।

सर्द इलाकों में जहाँ बर्फ एवं झंझावात का संयोग अक्सर दिखाई देता है वहाँ बर्फीले तूफान (Blizzards) आते हैं। 11 से 14 मार्च, 1888 तक तीन दिन लगातार बिना रुके एक ऐसे ही बर्फीले तूफान ने उत्तरी-पूर्वी अमेरिका में कहर ढा दिया था जिसमें 4000 लोग मारे गए थे और उसी वर्ष 30 अप्रैल को भारत के शहर मुरादाबाद में तूफान के साथ उपल वृष्टि से 246 लोग मारे गए थे।

चक्रवातीय तूफानों में टारनैडो की गणना स्थानीय महाविनाशक के रूप में की जाती है जिसमें 480 कि.मी. (300 मी.) गति से हवाएँ सर्पिल आकार में ऊपर की ओर उठती हैं जिनके मार्ग में जो कुछ भी होता है उसे समूल नष्ट कर देती हैं। संयोगवश इनका दायरा छोटा होता है और ये बहुत देर तक नहीं ठहरते। उत्तरी अमेरिका के मध्यवर्ती क्षेत्रों में इनका आना एक आम बात है।

विश्व मौसम विज्ञान संगठन (WMO) के अनुसार वर्ष 1970 से 2012 के बीच घटने वाली प्राकृतिक आपदाओं से होने वाली जन-धन की क्षति में अप्रत्याशित रूप से पाँच गुने से भी अधिक की वृद्धि हुई है। इनमें 80 प्रतिशत आपदाएँ तो केवल बाढ़ एवं तूफानों के कारण हैं। तापमान में होने वाले अप्रत्याशित बदलाव से मौसम अचानक बदल जाता है और इस तरह की आपदाएँ घटती हैं। केवल रूस में ही वर्ष 2010 में तापमान में होने वाली अप्रत्याशित वृद्धि से 55000 व्यक्ति काल-कवलित हो गए थे। एक अनुमान के अनुसार गत दशाब्दी में इस तरह की आपदाओं से विश्वस्तर पर 864 अरब अमेरिकी डालर की क्षति हुई है। वर्ष 1970 से 2012 के बीच 42 वर्षों में प्राकृतिक आपदाओं से मरनेवालों की संख्या 20 लाख से अधिक आँकी गई है।

ऋतुओं और मौसम में होने वाले व्यतिक्रम से जो विक्षोभ पैदा होता है वह क्या इतना विनाशकारी भी हो सकता है कि धरती से जीवन ही समाप्त होने का खतरा बढ़ जाए? जैसे धरती पर सहारा मरुस्थल जैसी परिस्थितियाँ लम्बे समय तक के लिए पैदा हो जाएँ या पूरी धरती ग्रीनलैंड की तरह हिम की मोटी चादर से ढक जाए। धरती के इतिहास में पूर्णत: ऐसी स्थिति तो कभी नहीं आई और उसी अनुभव के आधार पर यह भी कहा जा सकता है कि कदाचित् भविष्य में भी कभी नहीं आएगी, परन्तु यदा-कदा ऐसी परिस्थितियाँ उत्पन्न हो सकती हैं जो ऋतुओं और मौसम को अस्थायी तौर पर बदल दें। उदाहरण के लिए **माउंडर न्यूनतम** (Maunder Minimum) की घटना को ही लें जब सत्रहवीं सदी में औसत तापमान सामान्य से नीचे था पर इतना भी नहीं कि जीवन पर ही खतरा मँडराने लगे। वर्ष 1893 में ब्रिटिश

खगोलविद् एडवर्ड वाल्टर माउंडर (1851-1928) को यह जानकर आश्चर्य हुआ कि वर्ष 1645 से 1715 के बीच खगोलीय प्रेक्षणों में सूर्य कलंकों (Sun spots) का कोई उल्लेख नहीं पाया गया था। 70 वर्षों के प्रेक्षण में सूर्य कलंकों की संख्या किसी एक वर्ष में सामान्यतः दिखने वाले सूर्य कलंकों से भी कम थी। इस अवधि में ध्रुव प्रकाश भी नहीं दिखे। प्रारम्भ में इस पर विशेष ध्यान नहीं दिया गया, पर बीसवीं सदी में सूर्य कलंकों एवं सौर ज्वालाओं तथा सौर वायु के विषय में हमारी जानकारी जब बढ़ी और पृथ्वी की ऋतुओं एवं मौसम पर इनसे पड़ने वाले प्रभावों का पता चला तब इस पर पुनः वैज्ञानिकों का ध्यान गया। वर्ष 1645 से 1715 के बीच 70 वर्ष की अवधि को **माउंडर न्यूनतम** कहा गया।

अपरोक्ष रूप से सूर्य के चुम्बकीय क्षेत्र में परिवर्तन होने का प्रभाव, जिसका सीधा सम्बन्ध सूर्य-कलंक-चक्र से है, पृथ्वी के वायुमंडल में कार्बन-14 (C-14) जो कार्बन तत्त्व का एक रेडियो सक्रिय समस्थानिक है, की मात्रा पर भी पड़ता है। वायुमंडल के साथ ब्रह्मांडीय किरणों (Cosmic rays) के संसर्ग से कार्बन-14 अस्तित्व में आता है। अधिकतम सूर्य कलंकों की स्थिति में सूर्य के चुम्बकीय क्षेत्र का विस्तार हो जाता है जो कास्मिक किरणों को विचलित करके उनके विनाशकारी प्रभावों से धरती को बचाता है। सूर्य कलंक जब न्यूनतम होता है तब सूर्य का चुम्बकीय क्षेत्र सिकुड़ जाता है तब कास्मिक किरणें बिना विचलित हुए पृथ्वी के वायुमंडल में प्रवेश कर जाती हैं। परिणामतः जब सूर्य कलंक अधिकतम होता है तब कार्बन-14 की मात्रा कम होती है और जब न्यूनतम होता है तब कार्बन-14 की मात्रा अधिकतम होती है। कार्बन, जिसमें कार्बन-14 भी सम्मिलित है, वायुमंडल की कार्बन डाइऑक्साइड के रूप में, वनस्पतियों द्वारा सोख लिया जाता है। इस प्रकार कार्बन तथा उसका समस्थानिक कार्बन-14 वनस्पतियों के तनों, पत्तियों आदि को निर्मित करने वाले अणुओं के साथ जुड़ जाता है। कार्बन-14 की मात्रा ज्ञात करने वाली विधियाँ विकसित कर ली गई हैं जिससे इसका मापन अत्यन्त सटीकता के साथ करना सम्भव है, अतएव पुराने वृक्षों में वर्ष-दर-वर्ष पड़ी मेखलाओं में, जिससे वनस्पति विज्ञानी पेड़ों की आयु का अनुमान लगाते हैं, कार्बन-14 की मात्रा ज्ञात की जा सकती है जिससे यह पता लगाया जा सकता है कि समय के किसी अन्तराल में वायुमंडल में कार्बन-14 के घटने या बढ़ने का क्या पैटर्न रहा है। सूर्य कलंक जब कम होते हैं, तब यह अधिक होता है और जब सूर्य कलंक अधिक होता है तब यह कम होता है। माउंडर न्यूनतम के समय वर्ष 1645 से 1715 के बीच कार्बन-14 वायुमंडल में बहुत अधिक था।

सौर-निष्क्रियता के अन्य प्रकरण भी प्रकाश में आए हैं जिनमें कुछ तो कम समय के लिए लगभग 50 वर्षों तक और कुछ काफी लम्बे समय शताब्दियों तक कायम रहे हैं। 3000 बी.सी. से अब तक ऐसे 12 प्रकरणों को चिह्नित किया गया है। सामान्यतया सूर्य का सक्रियता-चक्र 10-12 वर्षों के अन्तराल पर चलता रहता

है जिसमें सूर्य कलंकों का घटना- बढ़ना होता रहता है। आज भी सूर्य की आन्तरिक गतिविधियों एवं उनसे पृथ्वी पर पड़ने वाले प्रभावों से हम पूरी तरह परिचित नहीं हैं।

वर्ष 1859 का सौर-तूफान आज तक के सभी सौर-तूफानों में सर्वाधिक ऊर्जावान था। कैरीबियन के आकाश तक ध्रुवीय प्रकाश छा गया था, कुतुबनुमा की सूइयाँ अनियंत्रित होकर दिशाओं की जानकारी नहीं दे पा रही थीं। इस तरह के शक्तिशाली सौर-तूफान 500 वर्षों में एक बार आते हैं किन्तु इससे कम शक्तिशाली तूफान जो 50 वर्षों के अन्तराल पर आते रहते हैं, भी इतने शक्तिशाली होते हैं कि हमारे उपग्रहों को बेकार कर सकते हैं, रेडियो तंत्र को छिन्न-भिन्न कर सकते हैं और बिजली की ग्रिडों को नाकाम कर सकते हैं। अन्तिम बार ऐसा तूफान नवम्बर, 13,1960 को आया था जिसने विश्व भर के चुम्बकीय एवं रेडियो प्रणाली को ध्वस्त कर दिया था। 11 वर्षों के चक्र में सौर-कलंक सूर्य की चुम्बकीय गतिविधियों को बढ़ाते-घटाते रहते हैं। वर्तमान चक्र जनवरी, 2008 में प्रारम्भ हुआ जो वर्ष 2019 तक चलेगा। पूर्व के 11 वर्षीय चक्रों में 21000 सौर-ज्वालाएँ एवं 13000 आयनीकृत गैस अथवा प्लाज्मा के मेघों में विस्फोट सूर्य की सतह पर हुआ। इन्हीं परिघटनाओं को समेकित तौर पर सौर-तूफानों का नाम दिया गया है जो सूर्य में तप्त प्लाज्मा गैसों के अनवरत मंथन एवं विलोड़न से होने वाली चुम्बकीय गतिविधियों के फलस्वरूप उत्पन्न होते हैं। कारोनल मास इजेक्सन्स (CMEs) ऊर्जावान आवेशयुक्त कणों के उत्सर्जन हैं जो विशाल बुलबुलों की तरह होते हैं जिनका आकार लाखों किलोमीटर तक हो सकता है, आकाश में लाखों-करोड़ों टन प्लाज्मा मेघों को लाखों किलोमीटर प्रति घंटे की गति से प्रक्षेपित कर देते हैं।

पृथ्वी का चुम्बकीय घेरा (मैग्नेटोस्फीयर) 60,000 कि.मी. तक फैला है, किन्तु वर्ष 1859 के सौर-तूफान ने इसे 7000 कि.मी. तक सम्पीडित कर दिया था जिससे **वान-एलेन विकिरण** पट्‌टी, जो मेखला की तरह पृथ्वी के चारों ओर रहती है, अस्थायी रूप से लुप्त हो गई थी, और इस कारण भारी मात्रा में आवेशयुक्त प्रोटान एवं इलेक्ट्रान कण ऊपरी वायुमंडल में भर गए थे जिससे विश्व के अधिकांश हिस्सों में ध्रुवीय प्रकाश रंगीन पताकाओं की तरह आकाश में लहराता झिलमिलाता रहा।

सौर-ज्वालाओं एवं कारोनाई द्रव्यमान उत्सरण (CMEs) ने प्रोटानों को त्वरणित कर उन्हें 3 करोड़ वोल्ट या उससे भी अधिक ऊर्जा प्रदान कर दी। पृथ्वी के ध्रुवों पर जहाँ पृथ्वी का चुम्बकीय कवच न्यूनतम सुरक्षा दे पाता है, ऊर्जित कण 50 कि.मी. की ऊँचाई तक आ गए थे और **आयनोस्फीयर** में अतिरिक्त ऊर्जा भर दिये। इसके अतिरिक्त ओजोन परतों में 5 प्रतिशत की कमी आ गई थी जिसके पूर्वावस्था में आने में पुन: 4 वर्ष लग गए थे। अति ऊर्जावान प्रोटानों में जिनकी ऊर्जा एक अरब इलेक्ट्रान-वोल्ट से अधिक रही होगी, वायुमंडल के नाइट्रोजन एवं ऑक्सीजन के नाभिकों के साथ क्रिया करके न्यूट्रानों का एक सैलाब पैदा कर दिया तथा नाइट्रेट

प्रचुरता के फलस्वरूप अनेक विसंगतियाँ पैदा हो गईं। न्यूट्रानों की वर्षा धरातल पर हुई किन्तु भाग्यवश इससे कोई क्षति नहीं पहुँची।

ध्रुवीय प्रकाश की गतिविधियाँ जब उच्च अक्षांशों से कम अक्षांशों (ध्रुवों से भूमध्य रेखा की ओर) तक आईं तो उनके साथ आई आयनमंडलीय एवं आरोरल विद्युत् धाराओं ने धरती के काफी बड़े भू-भाग में विद्युत् धाराओं को अभिप्रेरित (Induce) कर दिया जिसने अपना रास्ता टेलीग्राफ के फैले तारों के बीच ढूँढ़ा और इससे तमाम टेलीग्राफ के केन्द्रों में तबाही मच गई जिससे सम्पूर्ण संचार व्यवस्था ठप पड़ गई। सौर-तूफानों का असर विद्युत् वितरण व्यवस्था पर भी पड़ता है जिसके कारण अधिकांश विद्युत्-वितरण-उपकरण ध्वस्त हो गए। जो देश उत्तरी ध्रुव के जितना ही निकट थे सौर-तूफानों का असर उन पर उतना ही अधिक पड़ा। विद्युत् व्यवस्था के साथ-साथ जी.पी.एस. (ग्लोबल पोजीशनिंग सिस्टम) भी छिन्न-भिन्न हो सकता है।

जलवायु एवं मौसम पर ज्वालामुखीय गतिविधियों का प्रभाव स्थानीय एवं व्यापक दोनों ही तरह से पड़ता है। वर्ष 1816 में ताम्बोरो ज्वालामुखी में भयंकर विस्फोट हुआ था जिससे इतनी अधिक धूल व राख निकलकर वायुमंडल में छा गई थी कि सूर्य का प्रकाश अधिकांशतः उनकी परतों से प्रत्यावर्तित होकर पुनः अन्तरिक्ष में चला जाता था जिससे धरती का तापमान कम हो गया जिसके परिणामस्वरूप उस वर्ष धरती पर गर्मी का मौसम आया ही नहीं। न्यू इंग्लैंड में तो प्रत्येक माह बर्फबारी होती रही यहाँ तक कि जुलाई एवं अगस्त के महीने में भी बर्फ गिरती रही जबकि सामान्यतः ऐसा पहले कभी नहीं हुआ था। ऐसी स्थिति यदि कुछ समय के लिए ही रहे तो उससे धरती की आबोहवा पर कोई खास प्रभाव नहीं पड़ता, परन्तु यदि लम्बे समय तक कायम रहे तो उसके प्रतिकूल प्रभाव दिखने लगते हैं।

भू-वैज्ञानिक दृष्टिकोण से धरती के धरातल के कुछ भूदृश्य वैज्ञानिकों के लिए चिन्ता का विषय बने हुए हैं—उदाहरण के लिए अठारहवीं सदी में जब भू वैज्ञानिक अध्ययन किए जा रहे थे तब वैज्ञानिकों को यह देखकर आश्चर्य हुआ कि कुछ शिलाखंड ऐसे स्थानों पर पाए गए जहाँ उन्हें नहीं होना चाहिए था। इसी तरह दूसरे स्थानों पर बालू तथा छोटे-छोटे पत्थर मिले जो कहीं और से आए लग रहे थे। इसके लिए एक ही स्पष्टीकरण वैज्ञानिकों को सूझ रहा था और वह यह कि कदाचित् कोई बड़ी बाढ़ आ गई रही हो जिससे भूदृश्य बदल गए। कई स्थलों पर मिले विशालकाय पत्थरों पर खुरचने के समानान्तर निशान बने हुए हैं और उन्हें यदि एक साथ जोड़कर देखा जाए तो सीधी लकीरें बनती हुई दिखेंगी, जिसका तात्पर्य यह है कि अतीत में उनके ऊपर से काफी वजनदार नुकीले पत्थर उन्हें रगड़ते हुए गुजरे हैं जिन्होंने उन पर गहरे निशान छोड़ दिए हैं। यह कार्य अकेले पानी नहीं कर सकता। बालू और छोटे-छोटे शिलाखंड तो बहकर आ सकते हैं, पर वे वैसा निशान नहीं बना पाएँगे।

1820 के दशक में दो स्विस भूवैज्ञानिक जोहान वान कार्पेंटियर (Johann von charpentier : 1786-1855) एवं जे. वेनेज (J. Venetz) ने इस परिघटना का अध्ययन विस्तार से किया था जिसमें उन्होंने स्विस आल्प्स के हिमनदों के सम्बन्ध में पाया कि गर्मियों में जब हिमनद पिघलते हैं और धीरे-धीरे आगे बढ़ते हैं तब उनमें पाशित बड़े शिलाखंड आधारशिलाओं पर वैसे ही निशान बनाते हुए हिमनदों के साथ सरकते चलते हैं जैसे-जैसे हिमनद आगे की ओर अग्रसर होते हैं। हिमनद जब पूरी तरह पिघल जाते हैं तब वे अपने रास्ते में छोटे-बड़े शिलाखंडों के अम्बार भी छोड़ते जाते हैं। कार्पेंटियर एवं वेनेज ने यह निष्कर्ष निकाला कि अतीत में वर्तमान की अपेक्षा हिमाच्छादित क्षेत्र अधिक व्यापक था और हिमनदों का आकार भी बड़ा था। गर्मियों में ये सरकते थे और पिघलते थे जिससे इनका आकार सिकुड़ जाता था, पर सर्दियों में ये पुनः बढ़ जाते थे। हिमनदों के सरकने, पिघलने, सिकुड़ने तथा पुनः बढ़ने और फिर सिकुड़ने की क्रमिक गतिविधियों की अवधारणा को प्रारम्भ में अधिक समर्थन नहीं मिला।

कार्पेंटियर के ही एक युवा मित्र जीन एल.आर. अगासीज (Jean L.R. Agassiz) (1807-73) जो एक प्रकृति विज्ञानी थे, ने इस अवधारणा की पुष्टि के लिए वर्ष 1839 में एक हिमनद में 6 मीटर (20 फीट) गहरे खम्भे (Stakes) हिमनद के आर-पार एक ही सीध में गाड़ दिए। दो वर्ष बाद वर्ष 1841 में जब अगासीज ने देखा तो पाया कि हिमनद अपने स्थान से काफी आगे सरक गया है परन्तु खम्भे एक सीध में न होकर, अंग्रेजी वर्णमाला के अक्षर सी (C) के आकार में दिखे जिसका तात्पर्य यह था कि बीच में खम्भों के सरकने की गति किनारों की अपेक्षा अधिक थी। सी (C) का खुला भाग पर्वत की ढलान के विपरीत दिशा में था। हिमनदों का भार बहुत अधिक होता है जिसके कारण आधारशिला पर हिम की एक तरल पर्त बन जाती है जिससे उनके बीच घर्षण कम हो जाता है और हिमनद अपने भार के कारण ढलान पाकर सरकने लगता है।

वस्तुतः अगासीज ने अपने अध्ययन के लिए यूरोप और अमेरिका का गहन दौरा किया और कई हिमनदों के सम्बन्ध में विस्तृत जानकारी एकत्रित की। उन्हें कई स्थानों पर धसकन से बने गड्ढे जिन्हें केटिल होल्स कहते हैं, मिले जो तब बनते हैं जब कोई बहुत भारी चीज उनके ऊपर से गुजरी हो। ऐसा हिमनदों के गुजरने से भी हो सकता है। उनमें से कुछ में तो पानी भरा है जो झील बन गए हैं। उत्तरी अमेरिका की विशाल झीलों (Great Lakes) का निर्माण हिम के भार के कारण धरातल के धसकने से ही हुआ है। यह वैसा ही है जैसे कम भार को वहन करने वाली सड़क पट्टियों पर यदि काफी अधिक भार के वाहन गुजरते हैं तो सड़कें स्थान-स्थान पर धँस जाती हैं। धरातल पर हिम का अत्यधिक भार हो जाने के कारण धरातल में धसकनें उसी तरह हो जाती हैं।

भूवैज्ञानिक अध्ययनों से पता चला है कि आल्प्स के हिमनदों का काल लगभग वही था जो हिमयुग का काल था। इस बात के प्रमाण मिले हैं कि ध्रुव प्रदेशों से दक्षिण की ओर काफी दूर तक हिमाच्छादन पिछले 10 लाख वर्षों में होता रहा है और साथ ही हिमाच्छादित क्षेत्र उत्तर की ओर सिकुड़ता भी रहा है जिससे यह विदित होता है कि हिमनदों के आगे बढ़ने व पीछे हटने का क्रम चलता रहा है। दो हिमयुगों के बीच के समय अन्तराल को **अन्तर हिमयुगीन काल** (Interglacial Age) कहते हैं और वर्तमान में एक ऐसे ही काल में हम रह रहे हैं। गत हिमयुग के अवशेष चिह्न अभी देखे जा सकते हैं—ग्रीनलैंड का हिमटोप उसी हिमयुग का अवशेष है।

क्या हिमयुग पुनः आएगा? यह प्रश्न भूवैज्ञानिकों के लिए उतना ही महत्त्वपूर्ण है जितना कि यह विचार करना कि यदि कोई ऐसी परिस्थिति उत्पन्न होती है तो उससे कैसे निपटेंगे क्योंकि हिमयुग पहले भी आ चुके हैं और पुनः नहीं आएँगे इसको कोई दावे के साथ नहीं कह सकता।

आज भी प्रत्येक वर्ष सर्दियों में उत्तरी अमेरिका एवं यूरोशिया के उत्तरी भाग में कुछ से.मी. से कुछ मीटर तक मोटी बर्फ उसी तरह जम जाती है जैसा कि हिमयुग में होता रहा होगा।

सभी जलाशय, नदियाँ, झीलें जम जाती हैं और जब गर्मियाँ पड़ती हैं, तब सब पिघल जाता है अर्थात् सर्दियों में जितनी बर्फ गिरती है लगभग उतनी ही गर्मियों में यदि पिघल जाती है तो एक सन्तुलन बना रहता है।

परन्तु कुछ ऐसा हो कि सर्दियाँ कुछ और सर्द हो जाएँ—मात्र 20 या 30 से.ग्रे. तापमान में कमी आ जाए जो कदाचित् किसी को पता भी नहीं चलेगा और गर्मियाँ कुछ और अधिक सुहानी हो जाएँ अर्थात् तापमान अधिक न बढ़े तो इससे भी एक असन्तुलन की स्थिति आ जाएगी अर्थात् गर्मियों में बर्फ उतनी नहीं पिघलेगी जितनी सर्दियों में पड़ी थी। इस तरह ध्रुव प्रदेशों एवं पर्वतीय क्षेत्रों के ग्लेशियर सर्दियों में थोड़े बड़े हो जाएँगे तथा गर्मियों में उतने नहीं सिकुड़ेंगे। इतना-सा ही अन्तर काफी कुछ बदलाव ला देगा।

हिम 90 प्रतिशत सूर्य का प्रकाश परावर्तित कर देता है जबकि मिट्टी और पथरीली भूमि 10 प्रतिशत से भी कम प्रकाश प्रत्यावर्तित कर पाती है। हिम का क्षेत्र बढ़ जाने से सूर्य की उष्मा एवं प्रकाश अधिक प्रत्यावर्तित हो जाएँगे जिससे तापमान कम हो जाएगा। यदि यह क्रम लगातार कुछ समय तक चलता रहा तो धीरे-धीरे हिमाच्छादन बढ़ता जाएगा और एक क्रान्तिक स्तर के बाद यह एक न रुकने वाली प्रक्रिया की तरह जिसे वैज्ञानिक **रनअवे (Runaway) हिमाच्छादन** कहते हैं, धरती के विशाल क्षेत्र में फैल जाएगा। हिम का क्षेत्र बढ़ जाने से हिम की एक चादर धरती को ढक लेगी और अन्ततः हिमयुग आ जाएगा।

इसके विपरीत गर्मियों में यदि तापमान सामान्य से कुछ अधिक हो जाए तो गर्मियों में बर्फ अधिक पिघलेगी और बर्फ के गिरने व पिघलने में सन्तुलन बिगड़

जाएगा और पर्वतीय क्षेत्रों की हिम रेखा और ऊपर तक सरक जाएगी तथा हिम टोपों की बर्फ पिघलने से महासागरों का जल-स्तर बढ़ने के साथ-साथ ग्लोबल वार्मिंग का भी खतरा बढ़ जाएगा। इस तरह दोनों ही परिस्थितियाँ खतरनाक हैं क्योंकि इससे ऋतुएँ और मौसम भी प्रभावित हो जाते हैं।

हिमयुगों के आने के अन्य कारण भी हैं। धरती सूर्य की परिक्रमा करती है और सूर्य सम्पूर्ण सौरमंडल के साथ आकाशगंगा के केन्द्र की परिक्रमा लगभग 22 से 25 करोड़ वर्षों में एक बार कर लेता है। इस यात्रा के दौरान आकाशगांगेय गैस और धूल के बादलों के बीच से सौरमंडल के गुजरने की सम्भावनाएँ बनी रहती हैं। ये गैस और धूल के बादल वैसे नहीं हैं जैसा कि हम पृथ्वी पर पाते हैं। इनमें हाइड्रोजन एवं हीलियम गैसें ही प्रमुख हैं। धूल के कण जिनमें हिमकण भी होते हैं द्रव्यमान की दृष्टि से बादल के कुल द्रव्यमान के मात्र 1 प्रतिशत ही होंगे किन्तु ये सूर्य प्रकाश को सोख सकते हैं जिससे धरती पर आने वाला प्रकाश एवं उष्मा कम आएगी। यदि यह सिलसिला काफी समय तक ऐसे ही कायम रहे, तो धरती का तापमान कम हो जाएगा और हिमयुग की सम्भावनाएँ बढ़ जाएँगी। गत महा हिमयुग 25 करोड़ वर्ष पूर्व आया था जब सौरमंडल धूल एवं गैसों के बादलों के बीच से गुजरा होगा। यदि आज भी वे मेघ अस्तित्व में होंगे तो उसकी पुनरावृत्ति हो सकती है।

वर्ष 1978 में कुछ फ्रांसीसी वैज्ञानिकों ने कहा था कि हमारा सौरमंडल एक-दूसरे मेघमंडल की ओर 20 कि.मी. (12.5 मील) प्रति सेकंड की गति से बढ़ा चला जा रहा है जिसको दृष्टि में रखते हुए अनुमान है कि 50,000 वर्षों में यह उसमें से होकर गुजरेगा तब कदाचित् सूर्य का प्रकाश कुछ सीमा तक बाधित हो जाएगा जिसके फलस्वरूप धरती पर उतनी उष्मा नहीं पहुँच पाएगी जितने की आवश्यकता उसे होती है। तापमान गिरने से हिमीकरण की प्रक्रिया तेज होगी और फिर ऋतुएँ एवं मौसम व्यतिक्रमित होंगे, तत्पश्चात् हिमयुग आएगा।

सूर्य का प्रकाश जो धरती पर पहुँचता है उसमें दृश्य प्रकाश एवं अवरक्त प्रकाश की ही प्रधानता होती है। पराबैंगनी प्रकाश एवं एक्स-किरणें वायुमंडल द्वारा ही सोख ली जाती हैं। रात्रि में पृथ्वी का धरातल भी अन्तरिक्ष में ऊर्जा विकरित करता है, परन्तु वह ऊर्जा अवरक्त प्रकाश (Intra red Rays) के दायरे में होती है। सामान्य परिस्थितियों में इनमें एक तरह का सन्तुलन बना रहता है और धरती की ऋतुएँ और मौसम सामान्य बने रहते हैं।

धरती का वायुमंडल मुख्यत: ऑक्सीजन (21 प्रतिशत) तथा नाइट्रोजन (78 प्रतिशत) गैसों से बना है जो दृश्य प्रकाश एवं अवरक्त विकिरण के लिए पूर्णतया पारदर्शी हैं। वायुमंडल की कार्बन डाइऑक्साइड गैस एवं जल वाष्प दृश्य प्रकाश के लिए तो पारदर्शी हैं परन्तु अवरक्त विकिरण के लिए नहीं। यद्यपि वायुमंडल में कार्बन डाइऑक्साइड गैस 0.03 प्रतिशत ही है और जल वाष्प की मात्रा घटती-बढ़ती रहती

है पर उसका स्तर भी कम रहता है, इसलिए अवरक्त विकिरण को वे पूरी तरह नहीं रोक पाते पर वायुमंडल में उनकी उपस्थिति से धरती पर पहुँचने वाली तथा धरती से पुनः विकरित होने वाली अवरक्त किरणों की मात्रा में अन्तर अवश्य आएगा। यदि इन गैसों की मात्रा में किसी कारण कमी आ जाए तो रात्रि में अवरक्त विकिरण अधिक मात्रा में अन्तरिक्ष में वापस विकरित हो जाएगा जिससे सतह सामान्य की अपेक्षा अधिक ठंडी हो जाएँगी और दिन में मिलने वाला अवरक्त विकिरण रात्रि में अधिक ठंडे हो चुके धरातल को सामान्य स्तर तक गर्म करने के लिए अपर्याप्त होगा जिसके कारण दिन का तापमान भी कम हो जाएगा।

कार्बन डाइऑक्साइड गैस एवं जल वाष्प की मात्रा यद्यपि हमारे वायुमंडल में बहुत कम है किन्तु धरती पर उष्मा के स्तर को सन्तुलित करने में ये गैसें निर्णायक भूमिका निभाती हैं। इसीलिए इन्हें ग्रीन हाउस गैस कहते हैं। यदि इन गैसों का स्तर वायुमंडल में बढ़ जाए तो प्रत्यावर्तित होने वाला अवरक्त विकिरण बाधित होगा जिससे धरती का तापमान बढ़ेगा। इससे वाष्पीकरण की क्रिया तेज होगी और महासागरों एवं अन्य जलाशयों का जल वाष्पित होकर वायुमंडल में पहुँचेगा जिससे ग्रीन हाउस प्रभाव बढ़ेगा जिससे धरती और गर्म हो जाएगी तथा वाष्पीकरण और अधिक होगा। ग्रीन हाउस प्रभाव के बढ़ते रहने पर ऋतुएँ, मौसम सभी कुछ अस्त-व्यस्त हो जाएगा जिससे हिमटोपों की बर्फ पिघलने लगेगी और महासागरों के जल-स्तर में वृद्धि होने लगेगी, फलतः समुद्री तट आप्लावित हो जाएँगे। अधिकांश भू-भाग तो जलमग्न हो जाएँगे। यह एक प्रकार की जलप्रलय जैसी स्थिति होगी।

इसके विपरीत कार्बन डाइऑक्साइड गैस की मात्रा वायुमंडल में कम होने पर विपरीत परिस्थितियाँ उत्पन्न होंगी जिससे धरती का तापमान कम हो जाएगा और शीतयुग की आहट हमें मिलने लगेगी। पृथ्वी के इतिहास में यह क्रम चलता रहा है और भविष्य में भी चलता रहेगा।

ऋतुओं और मौसम पर पृथ्वी की गतियों का प्रभाव: मिलानकोविच चक्र

वर्ष 1920 में यूगोस्लाविया के एक भौतिकविद गणितज्ञ मिल्यूटिन मिलानकोविच (Milutin Milan Kovitch : 1879-1958) ने कहा था कि पृथ्वी की कक्षीय गति में आने वाले अत्यन्त अल्प अन्तर तथा अक्षीय झुकाव के कारण भी ऋतुएँ पूर्वकाल में प्रभावित हुई हैं और उससे मौसम में भारी बदलाव आया है। उन्होंने इसे दीर्घशीत जिसे हिमयुग भी कहते हैं तथा दीर्घ ग्रीष्म जो अन्तर हिमयुगीन काल का परिचायक है, की संज्ञा दी और कहा कि ये एक दोलन-चक्र की तरह पृथ्वी के इतिहास में कई बार आए, और गए। इनके बीच की अवधि को उन्होंने दीर्घ बसन्त (Great Summer) एवं दीर्घ पतझड़ (Great Fall) कहा। तत्समय मिलानकोविच के कथन को बहुत गम्भीरता के साथ नहीं लिया गया, पर पिछले 100 वर्षों में वैज्ञानिकों का

ध्यान पृथ्वी की जलवायु और मौसम के विभिन्न पहलुओं पर अधिकाधिक गया है। मिलानकोविच की सोच को अब एक नये परिवेश में देखा जा रहा है। पृथ्वी की कक्षा की **उत्केन्द्रता, अक्षीय झुकाव एवं अग्रसरण** तीनों का ही प्रभाव पृथ्वी की ऋतुओं और मौसम पर पड़ता है।

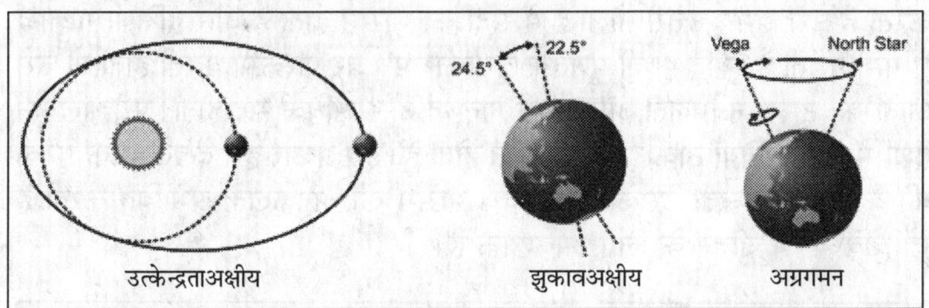

मिलानकोविच चक्र

सूर्य की परिक्रमा करते समय पृथ्वी पूर्णतया वृत्ताकार पथ का अनुसरण नहीं करती बल्कि एक दीर्घवृत्तीय कक्षा में परिक्रमा करती है जिसके दो केन्द्रों (Focii) में से एक केन्द्र पर सूर्य होता है। दीर्घवृत्तीय कक्षा में घूमने के कारण वर्ष में पृथ्वी सूर्य से एक बार सर्वाधिक दूर (Aphelion Position) तथा एक बार सर्वाधिक कम दूरी (Perihelion Position) पर होती है। धरती के दीर्घवृत्तीय कक्षा की उत्केन्द्रता (Eccentricity) की बहुत ही कम मात्रा 0.01675 है जिससे उसकी सूर्य से सर्वाधिक दूरी 15.2 करोड़ कि.मी. (9.45 करोड़ मील) तथा सर्वाधिक न्यून दूरी 14.7 करोड़ कि.मी. (9.14 करोड़ मील) है जिसमें अन्तर 50 लाख कि.मी. (31 लाख मील) का है। यह अन्तर खगोलीय दृष्टि से बहुत ही कम अर्थात् लगभग 3.3 प्रतिशत ही है पर स्थानीय तौर पर पृथ्वी से चन्द्रमा की दूरी के 12 गुना से भी अधिक है। **पेरीहीलियान** पर सूर्य कुछ बड़ा दिखेगा और **एपहीलियान** पर थोड़ा छोटा पर यह अन्तर कदाचित् खगोलविद् ही जान पाएँगे, सामान्य जन को तो इसका पता भी नहीं चलेगा। इसी प्रकार इस दौरान वर्ष पृथ्वी की कक्षीय गति पेरीहीलियान पर सर्वाधिक होगी क्योंकि उस बिन्दु पर सूर्य का गुरुत्वाकर्षण सर्वाधिक होगा और एपहीलियान पर न्यूनतम क्योंकि सर्वाधिक दूरी पर होने के कारण गुरुत्वाकर्षण सर्वाधिक न्यून होगा। इस प्रकार वर्ष के छह माह तक पृथ्वी की कक्षीय गति बढ़ेगी और वह सूर्य के निकट आएगी तथा अगले छह माह तक गति घटेगी जब वह सूर्य से दूर जाएगी। सामान्यत: यह अन्तर भी हमें नहीं दिखता, परन्तु पेरीहीलियान दशा में हमें सूर्य से अधिक विकिरण ऊर्जा प्राप्त होती है क्योंकि ऊर्जा की मात्रा जो पृथ्वी पर हमें प्राप्त होती है वह सूर्य और पृथ्वी के बीच की दूरी के वर्ग के प्रतिलोमी अनुपात में होती है। इस कारण प्राप्त होने वाली ऊर्जा में यह अन्तर 7 प्रतिशत होता है। प्रत्येक

वर्ष पृथ्वी 2 जनवरी को पेरीहीलियान एवं 2 जुलाई को एपहीलियान दशाओं में पहुँचती है जो क्रमश: शारदीय अयनान्त (Winter Solstice) एवं ग्रीष्म अयनान्त (Summer Solstice) की तिथियों से 12 दिन बाद की तिथियाँ हैं। इसका अर्थ यह हुआ कि जब पृथ्वी सूर्य के सर्वाधिक निकट होती है और सर्वाधिक ऊष्मा ग्रहण करती है उस समय उत्तरी गोलार्द्ध में सर्दी का मौसम होता है और दक्षिणी गोलार्द्ध में गर्मी पड़ती है। यदि पृथ्वी पूर्णतया वृत्ताकार पथ पर परिक्रमा करती होती तो उसे अतिरिक्त ऊष्मा न मिलती और उत्तरी गोलार्द्ध और अधिक सर्द होता। पेरीहीलियान दशा में परिस्थितियाँ ठीक इसके विपरीत होती हैं। इस प्रकार हम देखते हैं कि पृथ्वी की कक्षीय उत्केन्द्रता उसके जलवायु व मौसम को अनुकूलत: प्रभावित करती है जो वैविध्यपूर्ण जीवन के लिए आवश्यक है।

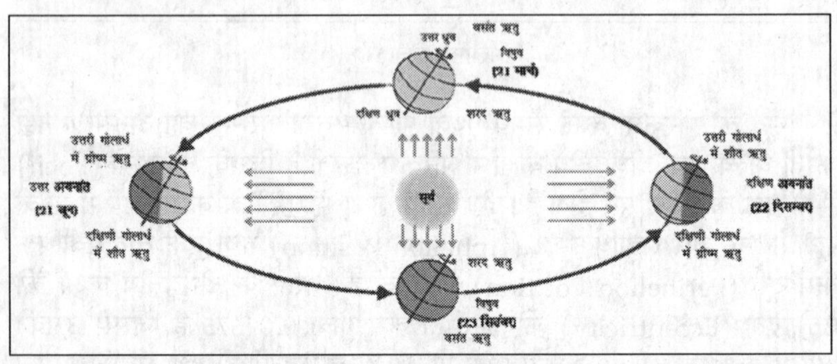

इसके अतिरिक्त पृथ्वी अपने लम्बवत् अक्ष से 23.50^0 झुकी हुई है। ग्रीष्म अयनान्त (Summer solstice) 21 जून को होता है जब पृथ्वी का उत्तरी कोना सूर्य की ओर उन्मुख होता है जबकि शारदीय अयनान्त (Winter Solstice) अर्थात् 21 दिसम्बर को यह कोना सूर्य से दूर होता है। उल्लेखनीय तथ्य यह है कि सदैव यह स्थिति ऐसे ही नहीं रहती। चन्द्रमा के गुरुत्वाकर्षण के कारण पृथ्वी के विषुवत्रेखीय क्षेत्र में होने वाले खिंचाव से पृथ्वी की धुरी अत्यन्त मंद गति से डगमगाती है तथा अपनी पूर्व स्थिति से थोड़ा हट जाती है। 25780 वर्षों में इस तरह यह एक वृत्तीय पथ का अनुसरण करते हुए दोनों गोलार्द्धों में काल्पनिक शंकुओं का निर्माण करती है जिसके शीर्ष पृथ्वी के केन्द्र पर तथा आधार धरती के उत्तरी एवं दक्षिणी पृष्ठ तल पर होंगे। इस प्रकार धरती की धुरी की दिशा 12890 वर्षों में बदल जाती है अर्थात् ग्रीष्म अयनान्त (Summer Solstice) 12890 वर्षों के बाद 21 दिसम्बर को होगा और शारदीय अयनान्त (Winter Solstice) 21 जून को, परन्तु ग्रीष्म अयनान्त (Summer Solstice) के समय तब पेरीहीलियान की स्थिति होगी और उत्तरी गोलार्द्ध काफी गर्म हो जाएगा तो स्थिति उलट जाएगी

अर्थात् उत्तरी गोलार्द्ध में अधिक गर्मी तथा अधिक सर्दी पड़ेगी और दक्षिणी गोलार्द्ध में कम गर्मी तथा कम सर्दी पड़ेगी।

पेरीहीलियान एवं एपहीलियान बिन्दु भी स्थायी नहीं हैं, बल्कि सूर्य के चारों ओर पृथ्वी की कक्षा में प्रति वर्ष आगे सरक जाते हैं जिसे अग्रगमन या प्रेसीसन (Precession) कहते हैं। इस तरह वे एक चक्र पूरा करके 21310 वर्षों में पुनः उसी बिन्दु पर आ जाते हैं। प्रत्येक 58 वर्षों के बाद हमारे कैलेण्डर में पेरीहीलियान का एक दिन आगे सरक जाता है।

धरती की **धुरी का झुकाव** (Axial Tilt) भी स्थायी नहीं है। यह वस्तुतः डगमगाता रहता है। वर्ष 1900 ई. में यह झुकाव 23.45229^0 था जो वर्ष 2000 में घटकर 23.43928^0 रह गया। प्रत्येक 100 वर्षों में इसमें 0.01301^0 की कमी आ जाती है, परन्तु दोलित क्रम में यह झुकाव घटता-बढ़ता रहेगा। यह कभी भी 22^0 से कम नहीं होगा और 24.5^0 से अधिक नहीं होगा। इस दोलन-चक्र की अवधि 41000 वर्ष आकलित की गई है। कम झुकाव का तात्पर्य यह है कि दोनों गोलार्द्धों के अन्तिम छोरों को सर्दियों में कम धूप तथा गर्मियों में अधिक धूप मिलेगी जिससे दोनों गोलार्द्धों में कम गर्मी एवं कम सर्दी पड़ेगी। इसके विपरीत अधिक झुकाव का तात्पर्य यह कि सामान्य से अधिक गर्मी एवं सर्दी दोनों गोलार्द्धों में पड़ेगी। गत अधिकतम झुकाव 8700 ईसा पूर्व में था और न्यूनतम 11800 ई. में होगा। वर्तमान में कम सर्दी तथा कम गर्मी का दौर रहेगा।

पृथ्वी की **उत्केन्द्रता** (Eccentricity) का मान भी घटता-बढ़ता रहता है। वर्तमान में यह 0.01675 है जो घट रहा है। अन्ततः इसका मान 0.0033 रह जाएगा, फिर यह बढ़ेगा और अधिकतम मान 0.0211 होना अनुमानित है। न्यूनतम उत्केन्द्रता की स्थिति में कक्षा का आकार लगभग वृत्ताकार होगा पर उस समय पेरीहीलियानिक एवं एपहीलियानिक दूरियों में अन्तर होगा पर उस समय पेरीहीलियानिक एवं एपहीलियानिक दूरियों में अन्तर न्यूनतम लगभग 9,90,000 कि.मी. (6,10000 मील) ही होगा और इसके बाद उत्केन्द्रता बढ़ने लगेगी और अधिकतम उत्केन्द्रता की स्थिति में यह अन्तर बढ़कर 63,10,000 कि.मी. (39,20,000 मील) हो जाएगा। इसका भी ऋतुओं एवं मौसम पर प्रभाव पड़ेगा। उत्केन्द्रता जब कम हो जाएगी तब सौर ऊर्जा पूरे वर्ष लगभग एक जैसी ही मिलती रहेगी और सर्दियों में कम सर्दी तथा गर्मियों में कम गर्मी पड़ेगी। मौसम खुशनुमा बना रहेगा।

यदि अक्षीय झुकाव एवं कक्षीय उत्केन्द्रता की उपर्युक्त परिस्थितियों पर विचार किया जाए तो ऋतुएँ एवं मौसम सामान्य एवं चरम दोनों ही स्थितियों से गुजरेंगे और यह सब एक दोलित क्रम में होगा जिसके एक चक्र की अवधि 100000 वर्ष अनुमानित की गई है। इसे **मिलानकोविच-चक्र** कहते हैं।

हवाएँ, बादल व वर्षा

हवाओं को उनकी गतियों एवं उनके द्वारा पड़ने वाले प्रभावों के अनुसार वर्गीकृत किया गया है जिसे न्यूफोर्ट पैमाने पर संख्याओं द्वारा शून्य से 12 तक प्रदर्शित किया जाता है।

शक्ति	वायुगति (नॉट्स मील)	वर्गीकरण
0	1 से कम	शान्त वायु
1	1-3	हलकी वायु
2	4-6	मन्द वायु
3	7-10	मन्द समीर
4	11-16	मध्यम समीर
5	17-21	ताजी हवा
6	22-27	तेज हवा
7	28-33	आँधी जैसी हवा
8	34-40	आँधी
9	41-47	तेज आँधी
10	56-63	उग्र तूफान
11	64+	हरिकेन-प्रचंड झंझावात

जब हवा का तापमान ठंडा होते-होते ओसांक (Dew Point) के नीचे चला जाता है तो हवा में विद्यमान धूल के कणों के इर्द-गिर्द जल वाष्प की नन्ही बूँदें संघनित होकर घनी होने लगती हैं और जब हवा इन्हें एक साथ संचारित करती है तब ऊँचाई पर जाकर ये संघननशील वाष्पकण नन्ही बूँदों अथवा क्रिस्टलीय बर्फ के कणों के रूप में एकजुट होकर बादलों का निर्माण करते हैं। इन बादलों का आकार-प्रकार उनकी ऊँचाई, विद्यमान वाष्पकणों की मात्रा एवं तापमान आदि पर निर्भर करता है। इन्हें मुख्यत: तीन भागों में बाँटा जा सकता है—**साइरस, क्यूमुलस** व **स्ट्रेटस**। जब हवा में अवलम्बित वाष्पकण धरातल के पास ही संघनित होने लगते हैं तो वे धुन्ध, कुहासे अथवा कुहरे का निर्माण करते हैं।

उच्च अक्षांश वाले क्षेत्र अथवा ऊँचाई वाले स्थलों पर जहाँ हवा का तापमान हिमांक से भी नीचे चला जाता है, वायुमंडल में उपस्थित जलवाष्प संघनित होकर हिम के रूप में धरातल पर आने लगती है जिसे हिमपात (Snow Fall) कहते हैं। जब नमीयुक्त हवा तेजी से वायुमंडल के ठंडे स्तरों तक उठती है, तब जलकण हिम के छर्रों अथवा छोटी-छोटी गोलियों के रूप में गिरते हैं जिसे उपलवृष्टि

(Hail Storms) कहते हैं। ये बड़े भी हो सकते हैं और फसलों, घरों आदि को हानि पहुँचा सकते हैं। बहुधा हिम के छर्रे जमी हुई वर्षा के बूँदों के रूप में होते हैं जो नीचे आते समय पिघलते हैं पर पुनः जम जाते हैं और हिममय वर्षा (Sleet) के रूप में जमीन पर गिरते हैं। बादलों में जब सूक्ष्म जलकण मिलकर 0.2 मिलीमीटर से 0.6 मिलीमीटर का आकार ग्रहण कर लेते हैं, तभी वर्षा होती है।

मुख्यतः जल वर्षा को तीन भागों में विभाजित किया जाता है—**संवहनीय** (Convectional), **पर्वतीय** (Orographic) एवं **चक्रवातीय** (Cyclonic) वर्षा।

संवहनीय वर्षा सामान्यतः उन क्षेत्रों में होती है जहाँ अत्यधिक गर्मी पड़ती है जैसे उष्णकटिबन्धीय प्रदेश तथा शीतोष्ण कटिबन्धों के अन्दरूनी भागों में जहाँ दिन में काफी गर्मी रहती है। धरातल की गर्मी पाकर नमीयुक्त हवाएँ संवहन धाराओं के रूप में ऊपर उठकर फैलती हैं और ठंडी होती हैं तथा ऊँचाई तक विस्तृत क्यूमुलोनिम्बस बादलों का निर्माण करती हैं। उष्णकटिबन्धीय प्रदेशों में मध्यान्ह के बाद प्रतिदिन गरज एवं चमक के साथ ये बादल घनघोर वर्षा करते हैं। शीतोष्ण कटिबन्धों में गर्मी के मौसम में इसी तरह की वर्षा गरज एवं चमक के साथ होती है, पर प्रतिदिन नहीं, बल्कि गर्मियों में कुछ दिनों तक रुक-रुककर अथवा लगातार वर्षा हो सकती है। थोड़े समय में ही इस तरह की वर्षा में इतना अधिक जल गिर जाता है कि धरती उसे सोख नहीं पाती और वह अधिकांशतः बहकर नदी-नालों के रास्ते, बड़े जलाशयों अथवा समुद्र में चला जाता है और साथ ही धरातल की ऊपरी सतह से प्रचुर मात्रा में खनिज एवं लवण भी बहा ले जाता है।

पर्वतीय वर्षा की क्रियाविधि संवहनीय वर्षा से भिन्न होती है। नमीयुक्त वायु जब किसी पर्वत जैसे अवरोधक से टकराती है तब वह उसकी ढलानों के सहारे ऊपर चढ़ने लगती है जहाँ वह ठंडी होती है और संघनन से जलकण मिलकर बादलों का निर्माण करते हैं जो पर्वत की ढलानों के सहारे नीचे उतरकर मैदानी क्षेत्र में बरसते हैं। पश्चिमी मलेशिया के उत्तरी-पूर्वी ढलानों पर, पश्चिमी न्यूजीलैंड, पश्चिमी स्काटलैंड एवं वेल्स तथा भारतीय उपमहाद्वीप की आसाम की पहाड़ियों पर होने वाली वर्षा पर्वतीय वर्षा ही है।

पहाड़ की दूसरी ओर की ढलान जिसे लीवर्डस्लोप (Leeward Slope) या अनुवातिक ढलान कहते हैं, से उतरते समय हवा सघन होने लगती है जिसका दाब व तापमान दोनों बढ़ने लगता है जिसके कारण सापेक्षिक नमी कम हो जाती है और वहाँ वर्षा नहीं होती या होती भी है तो बहुत कम होती हैं। इस तरह के अनुवाती क्षेत्र को वर्षा-छाया क्षेत्र (Rain Shadow Area) कहते हैं। साउथ आइलैंड का कैण्टरबरी मैदान, न्यूजीलैंड उत्तरी एवं मध्य एण्डीज, तथा ऐसे ही अन्य क्षेत्र इसके उदाहरण हैं।

चक्रवातीय वर्षा उक्त दोनों प्रकार की वर्षा से भिन्न है। यह पूरी तरह से चक्रवातीय गतिविधियों से जुड़ी हुई है। वास्तव में यह दो तरह की हवाओं के

संगम का परिणाम है जिनका तापमान व अन्य भौतिक विशिष्टताएँ पृथक्-पृथक् होती हैं। ठंडी हवा सघन होती है और इसकी प्रवृत्ति धरातल से चिपककर रहने की है जबकि गर्म हवा कम सघन तथा उसकी प्रवृत्ति ठंडी हवा के ऊपर रहने की होती है। ऊपर उठने की प्रक्रिया में हवा ठंडी होती है और दाब कम हो जाता है फलतः संघनन की क्रियाएँ प्रारम्भ हो जाती हैं जो वर्षा का कारण बनती हैं। इसे चक्रवातीय वर्षा कहते हैं।

बादल

बादलों का वर्गीकरण उनके आकार-प्रकार एवं ऊँचाई को देखते हुए किया जाता है। इन्हें मुख्यतः चार भागों में वर्गीकृत किया गया है जिनमें प्रत्येक के कई उपभाग हो सकते हैं जिनकी कुल संख्या 10 है।

(अ) ऊँचे बादलों की श्रेणी में मुख्यतः **साइरस** (Cirrus-Ci) आते हैं जो पंख जैसे प्रतीत होते हैं और जिनकी ऊँचाई धरातल से 20000 से 40000 फीट होती है। इन्हें भी तीन उपश्रेणियों में विभाजित किया जा सकता है—

- (i) साइरस (Ci) बादल सफेद रेशों जैसे नीले आकाश में दिखते हैं और खुले मौसम का आभास कराते हैं।
- (ii) साइरोक्यूमुलस (Cirrocumulus-Ce) बादल सफेद लहरदार घनखंडों के रूप में छाये रहते हैं जिससे आकाश चित्रित-सा (Mackerel Sky) लगता है।
- (iii) साइरोस्ट्रेटस (Cirrostratus-Cs) बादल एक पतली सफेद चादर की तरह छाये रहते हैं जिनकी सफेदी दूध जैसी होती है और सूर्य अथवा चाँद जब आकाश में होते हैं तब उनके चारों ओर एक घेरा (Halo) बन जाता है।

(ब) मध्यम बादल आल्टो (Alto-Alt) मध्य ऊँचाई 7000 से 20000 फीट तक पाए जाते हैं जिन्हें दो श्रेणियों में विभाजित किया गया है—

- (i) आल्टोक्यूमुलस (Altocumulus-alt-cu) बादल ऊन के गोलों की तरह परतदार लहरों जैसी आकृति बनाते हैं जिनसे खुले एवं साफ मौसम का अभास होता है।
- (ii) आल्टोस्ट्रेटस (Altostratus-Alt-st) बादल घने एवं गहरे रंग के होते हैं जिनसे छन कर सूर्य का प्रकाश बहुत कम आ पाता है। इनमें पानी की मात्रा अधिक होती है।

(स) निचले बादलों को स्ट्रेटस (Stratus) या शीट (Sheet) कहते हैं जिनकी ऊँचाई 7000 फीट से कम होती है। इन्हें तीन श्रेणियों में रखते हैं—

(i) स्ट्रेटोक्यूमुलस (Stratocumulus-St-cu) बादल खुरदरे एवं ऊबड़-खाबड़ होते हैं जिनकी लहरदार संरचना एवं श्वेत-श्याम रंगत आटोक्यूमुलस से अधिक स्पष्ट होती है।

(ii) स्ट्रेटस (Stratuo-st) बादल वर्षा वाले बादल हैं जो बहुत नीचे गहरे श्वेत-श्याम रंग के मोटाई लिए हुए होते हैं। इसमें दूर तक दिखाई नहीं देता जिसके कारण हवाई यात्राएँ बाधित हो जाती हैं। ये बादल धीरे-धीरे बरसते रहते हैं।

(iii) निम्बोस्ट्रेटस (Nimbostratus-Ni-st) बादल गहरे रंग के परतदार संरचना वाले वर्षा के बादल हैं जो निरन्तर बरसते रहते हैं इसलिए इन्हें बरसने वाले बादल कहते हैं। ठंडे प्रदेशों में बर्फ एवं ओले भी गिरते हैं।

(द) काफी ऊँचाई तक विस्तृत बादलों की कोई निश्चित ऊँचाई नहीं होती बल्कि वे दो हजार से 30 हजार फीट तक पाए जाते हैं जिसमें दो तरह के बादलों को रखा जा सकता है—

(i) क्यूमुलस (Cumulus-cu) बादलों का आधार बड़ा एवं शीर्ष गोलाकार होता है जो खास तौर पर उष्णकटिबन्धीय प्रदेशों में पाए जाते हैं जिनकी यह विशिष्टता विषुवत्रेखीय संवहन हवाओं के कारण है जो इन्हें काफी ऊपर तक उठा देती है। इनके विशाल श्वेत घनखंड सूर्य की चमकदार पृष्ठभूमि के कारण गहरे श्यामवर्ण के दिखते हैं। किन्तु ये बादल बरसते नहीं अतएव सूखे मौसम के द्योतक हैं।

(ii) क्यूमुलोनिम्बस (Cumulonimbus-Cu-Ni) बादल में विशाल क्यूमुलस बादल हैं जो 2000 से 30000 फीट की ऊँचाई तक विस्तारित होते हैं। ये श्वेत-श्याम वर्णी सघन बादल हैं जो किसी भी आकार के हो सकते हैं। गोभी के फूल की तरह इनका शीर्ष ऊपर की ओर फैलाव लिए हुए होता है। उष्णकटिबन्धीय प्रदेशों में दोपहर के बाद ये बादल आकाश में छा जाते हैं, बिजली कड़कती है और मूसलाधार वृष्टि होती है।

वायुमंडल में नमी के कारण धरातल पर धुन्ध (Haze) कुहासा (Mist) एवं कुहरा (Fog) हो जाता है जिससे यातायात प्रभावित होता है। धुएँ तथा धूल कणों वे कारण वातावरण की नमी धुन्ध पैदा कर देती है जिससे दृष्टि-सीमा लगभग 2000 मीटर तक ही रह जाती है। नमी से वाष्पकण संघनित होकर वायुमंडल में छाये रहते हैं जो प्रकाश के अवरोधक हैं जिसके कारण एक ऐसा कुहासा हो जाता है जिसमें केवल 1000 मीटर तक ही देखा जा सकता है। जब 75 प्रतिशत से अधिक नमी हवा में

होती है तभी ऐसी स्थिति आती है। कुहरे में वाष्पकण एक गहरा अपारदर्शी आवरण बना देते हैं जिसमें दृष्टि सीमा सिमटकर कुछ मीटर तक ही रह जाती है और यातायात बिलकुल ठप हो जाता है।

महासागर एवं मौसम

पृथ्वी पर वायुमंडल की ही तरह मौसम को नियंत्रित एवं विनियमित करने में महासागरों की भूमिका अत्यन्त महत्त्वपूर्ण है। वायुमंडल और महासागर दोनों ही अपने-अपने तरीकों से इसे प्रभावित करते रहते हैं। हाल के वर्षों में मौसम में आकस्मिक तौर पर होने वाले बदलावों तथा उससे उत्पन्न दुष्प्रभावों से हम परिचित हैं जब वर्षा एवं तूफानों का एक लम्बा सिलसिला प्रारम्भ हुआ था जिसके कारण बाढ़ एवं सूखे की चपेट में धरती का अधिकांश हिस्सा आ गया था। इसका प्रभाव सम्पूर्ण विश्व की आर्थिकता पर भी पड़ा और अधिकांश देश तो विपन्नता की कगार पर पहुँच चुके हैं। पूरे विश्व में मौसम-विज्ञानी मौसम के मिजाज में आने वाले इन अप्रत्याशित बदलावों का पूर्वानुमान लगाने की दिशा में दिन-रात शोधरत हैं ताकि उससे होने वाली जन-धन की क्षतियों को न्यूनीकृत किया जा सके।

कुछ ऐसी मौसमी गतिविधियाँ, जिनसे हम परिचित हैं, मध्यवर्ती अक्षांशों पर होती हैं जिनको शक्ति वस्तुतः महासागरों से मिलती है जो वहाँ से काफी दूर होते हैं। विषुवत् रेखा के पास स्थित समुद्र गर्म होते हैं क्योंकि सूरज की किरणें वहाँ सीधे पड़ती हैं जिसके कारण अन्य क्षेत्रों की तुलना में प्रति वर्ग कि.मी. उष्मा की मात्रा वहाँ अधिक मिलती है। इसके उत्तर या दक्षिण पृथ्वी के गोल होने के कारण सूरज का प्रकाश एवं उष्मा बड़े क्षेत्र में फैल जाती है जिसके कारण उन क्षेत्रों को गर्मी कम मिलती है। पृथ्वी के अक्षीय झुकाव के कारण भी ऊँचे अक्षांशों पर गर्मी कम मिलती है और सर्दियों में तो और भी कम।

जैसे किसी गर्म वस्तु को ठंडे पानी में डुबोने पर उसकी गर्मी पानी को हस्तान्तरित होने लगती है वैसे ही ठंडे अन्तरिक्ष में पृथ्वी भी अपनी गर्मी हस्तान्तरित करती रहती है। विषुवत् रेखा के पास के क्षेत्र जितनी गर्मी बाहर अन्तरिक्ष में भेजते हैं उससे अधिक गर्मी उन्हें सूर्य से मिल जाती है जिसके कारण वे क्षेत्र उष्मा के हस्तान्तरण के बावजूद गर्म ही बने रहते हैं। सर्द प्रदेशों एवं पर्वतीय क्षेत्र के स्थल सर्द ही बने रहते हैं क्योंकि उन्हें सूर्य से उतनी गर्मी मिलती ही नहीं जितनी कि वे औसतन वितरित कर देते हैं। इन विषमताओं के कारण कम अक्षांशों पर अवस्थित प्रदेश जहाँ उबलते रहते हैं वहीं उच्च अक्षांशों के प्रदेश ठंडे एवं बर्फ से ढके होते हैं। तापमान में अन्तर काफी होता है। विषुवत्‌रेखीय प्रदेशों का अधिकतम तापमान जहाँ $50^{0}C$ से भी कहीं-कहीं अधिक हो जाता है वहीं ठंडे प्रदेशों का तापमान शून्य से काफी नीचे चला जाता है।

महासागर एवं वायुमंडल मिलकर एक वृहत् थर्मोस्टैट की तरह काम करते हैं। विषुवत्रेखीय प्रदेशों की उष्मा-ऊर्जा का हस्तान्तरण ठंडे प्रदेशों में करने में दोनों बराबर की भूमिका निभाते हैं। कुछ गर्मी उष्ण जलधाराओं जैसे गल्फ स्ट्रीम के माध्यम से ठंडे प्रदेशों को हस्तान्तरित की जाती है किन्तु उष्णकटिबन्धीय महासागर विपुल मात्रा में गर्मी वायुमंडल को भी हस्तान्तरित कर देते हैं। गर्म नमीयुक्त हवा हलकी होने के कारण ऊपर उठती है। यदि धरती घूम नहीं रही होती तो यह नमीयुक्त गर्म हवा सीधे ध्रुव प्रदेशों की ओर जाती और ध्रुव प्रदेशों की सर्द हवाएँ नीचे-नीचे धरातल को छूती हुई बिना किसी रोक-टोक के उष्ण प्रदेशों की ओर आती। किन्तु धरती के घूमने के कारण वायुधाराएँ सृजित होती हैं जो सर्पिल पथ निर्मित करते हुए सम्पूर्ण धरती को सभी दिशाओं से आवेष्टित करती हैं। यह पैटर्न उष्ण कटिबन्ध से ध्रुव प्रदेशों की ओर उष्मा के सीधे संचरण को रोकता है। बल्कि इस पैटर्न से मध्यवर्ती अक्षांशों पर गर्म एवं सर्द हवाएँ टकराती हैं और उनसे चक्रवात पैदा होते हैं। इस प्रक्रिया में गर्म हवा ऊपर उठती है और सर्द हवाएँ नीचे घुसती हैं। ऊपर उठने पर नम एवं गर्म हवाएँ ठंडी होकर बादलों का निर्माण करती हैं और वर्षा करती हैं। इस प्रक्रिया में जल वाष्प में छिपी गुप्त उष्मा (Latent Heat) विशाल मात्रा में उत्सर्जित होती है और वायु धाराओं के सन्धि स्थल से परे उष्मा, नमी एवं वायु ऊर्जा के साथ चली जाती है। चार से छह दिनों के अन्दर ही यह तूफानी सन्धि-स्थल पश्चिम से पूरब की ओर सरक जाता है और रास्ते में वर्षा होती जाती है। अन्ततः बादलों का गरजना-बरसना धीरे-धीरे थमने लगता है और एक तरह का सन्तुलन कायम होने लगता है। इस समय उष्णकटिबन्धीय एवं ध्रुवीय प्रदेशों के बीच तापमान असन्तुलन न्यूनतम हो जाता है। पर यह प्रक्रिया एक चक्रीय प्रक्रिया की तरह पुनः घटित होती है और उष्मा का असन्तुलन बढ़ जाता है और उसके कारण बादल बनते रहते हैं तथा जल संघनित होकर वर्षा के रूप में धरती पर आता रहता है।

पर सदैव ऐसा नहीं रहता बल्कि कभी-कभी महासागरों एवं तूफानों का संयोग अत्यन्त विध्वंसकारी हो सकता है। जाड़ों में अक्सर अत्यन्त सर्द ध्रुवीय हवाएँ मध्यवर्ती भाग में फैलकर उन्हें सर्द कर देती हैं। ये हवाएँ जब उष्ण जलधाराओं जैसे गल्फ स्ट्रीम एवं कुरोशियो जो उष्णकटिबन्धीय क्षेत्रों से उत्तर की ओर क्रमशः अन्ध महासागर एवं प्रशान्त महासागर के पश्चिमी किनारों की ओर से होती हुई जाती है, के सम्पर्क में आती हैं तो सर्द हवाएँ उष्मा एवं नमी पाकर समुद्र के ऊपर तेजी से उठती हैं, जो विध्वंसकारी भीषण तूफान जिसे बाम्ब (Bomb) कहते हैं, के बनने में सहयोग करती हैं। बाम्ब तूफान बहुत तेजी से बनते हैं जिनका पूर्वानुमान लगा पाना कठिन होता है और इनकी विध्वंसकारी क्षमता बहुत अधिक होती है। इन तूफानों के मध्यवर्ती भाग का वायु दाब बहुत कम होता है जो 960 मिली बार तक कम हो सकता है, जो एक निर्वात जैसी अत्यन्त अल्प दाब की स्थिति बनाता है जिसमें आस-पास

की हवा एक धमाके के साथ अत्यन्त तीव्र गति से प्रवेश करती है जिसके कारण इसे बाम्ब (बम) का नाम दिया गया है। शीतकाल में कम-से-कम प्रत्येक वर्ष एक ऐसा तूफान पश्चिमी अन्ध महासागर और पश्चिमी प्रशान्त महासागर में अवश्य आता है। ये कई दिनों तक बने रह सकते हैं फिर धीरे-धीरे ये पूरब और उत्तर की तरफ बढ़ जाते हैं और इस बीच इनके रास्ते में कई वाणिज्यिक जलमार्ग आ सकते हैं। हवाएँ इतनी तेज होती हैं (लगभग 100 कि.मी.प्रति घंटा) तथा समुद्र इस तरह उफनता है कि बड़े जहाज भी आसानी से गुम हो सकते हैं। उदाहरण के लिए सितम्बर, 1978 में आए ऐसे ही एक तूफान की चपेट में आकर मछली पकड़ने वाला एक विशालकाय ट्रालर **कैप्टन कारगो** उत्तरी अन्धमहासागर में डूब गया था और एक यात्री जलपोत **क्वीन एलिजाबेथ-II** बुरी तरह से क्षतिग्रस्त हो गया था। इसी तरह 1987 में आए एक तूफान जिसकी गति 160 कि.मी. प्रति घंटा थी, ने ब्रिटेन एवं फ्रांस के तटों पर भयंकर तबाही मचा दी थी जिसमें 25 लोग मारे गए थे, 120 जख्मी हुए तथा चार करोड़ 50 लाख पेड़ तबाह हो गए थे।

चक्रवातीय गतिविधियाँ

साइक्लोन, टाइफून, हरीकेन एवं टारनैडो विभिन्न प्रकार के उष्णकटिबन्धीय चक्रवात हैं जो पूर्ण विकसित अल्पदाब वाले तंत्र के रूप में काम करते हैं जिसमें प्रचंड झंझावती हवाएँ प्रबल वेग से बहती हैं। धरती पर निरन्तर तूफान उठते रहते हैं। अनुमान है कि प्रतिदिन 50,000 तूफान उठते हैं और प्रति सेकंड 100 से भी अधिक बार बिजली चमकती है अथवा धरती पर गिरती है। आकाशीय विद्युत् अत्यन्त शक्तिशाली होती है जिसमें 10 करोड़ वोल्ट या उससे भी अधिक शक्ति होती है। यद्यपि यह केवल 1/5 सेकंड तक ही प्रभाव में रहती है किन्तु इतनी ही अवधि में वायुमंडल की रासायनिक संरचना पर इसका व्यापक प्रभाव पड़ता है जो नाइट्रोजन स्थिरीकरण की प्रक्रिया के लिए अनिवार्य है। तूफान शहरों पर अधिक शक्तिशाली होते हैं क्योंकि गर्म नमीयुक्त हवा ऊपर उठकर इन्हें और अधिक ताकतवर बना देती है। वर्ष 1970 में उष्णकटिबन्धीय चक्रवात ने समुद्र में ऊँची लहरें उठा दीं जिसके कारण गंगा नदी के मुहाने से बंगलादेश में पानी घुस गया जिसमें 3 लाख से अधिक लोग काल-कवलित हो गए।

चीन सागर में उठने वाले चक्रवातीय तूफान को टाइफून (Typhoons) कहते हैं। हिन्द महासागर में उष्णकटिबन्धीय साइक्लोन (Cyclones), कैरीबियन सागर के वेस्ट इण्डियन द्वीप समूहों के क्षेत्र में हरीकेन (Hurricanes) तथा पश्चिमी अफ्रीका के गीनिया भू-भाग एवं दक्षिणी यू.एस.ए. के बीच के समुद्रों में उठने वाले तूफानों को टारनैडो (Tornados) कहते हैं। ये सभी चक्रवातीय तूफान हैं जिन्हें विभिन्न स्थानीय नामों से इंगित किया जाता है।

टाइफून सामान्यत: विषुवत् रेखा के 6^0 एवं 20^0 उत्तर एवं दक्षिण की पट्टियों में जुलाई से अक्टूबर माह के बीच सक्रिय होते हैं। विस्तार में ये शीतोष्ण साइक्लोनों से छोटे होते हैं जिनका दायरा केवल 50 से 200 मील का होता है किन्तु इनका दाब-ग्रेडियेंट (Pressure Gradient) अति प्रखर (Steep) होता है। प्रचंड हवाएँ चलती हैं जिनकी गति 100 मील प्रतिघंटा हो सकती है। आकाश मेघाच्छादित रहता है और मूसलधार वर्षा गरज एवं चमक के साथ होती है। टाइफून काफी हानिप्रद होते हैं जैसे वर्ष 1922 में टाइफून के कारण उठने वाली विशाल लहरों ने स्वाताऊ (Swatow) के तटों पर 50,000 से भी अधिक लोगों को डुबो दिया था।

दूसरे उष्णकटिबन्धीय चक्रवातों की विशिष्टताएँ समान होती हैं किन्तु उनकी तीव्रता, कालावधि एवं स्थानिकता में अन्तर हो सकता है। हरीकेन का केन्द्र अशान्त एवं वर्षाविहीन होता है जहाँ दाब न्यूनतम (लगभग 965 mb) होता है और तूफान के केन्द्र (आँख) के गिर्द वायु की ताकत ब्यूफोर्ट पैमाने (Beaufort Scale) पर 12 आँकी जाती है जिस पर उसकी गति 75 मील प्रति घंटा हो सकती है। गहरे काले बादल उठते हैं और तूफानी मौसम घण्टों बना रह सकता है। 1780 ई. में उठे एक भयानक हरीकेन ने वेस्टइंडीज के बारबडोस द्वीप पर तबाही मचा दी थी जिसमें विशाल पेड़ उखड़ गए थे, इमारतें ध्वस्त हो गई थीं और लगभग 6000 निवासी काल के गाल में समा गए थे।

टारनैडो चक्रवात आकार में तो छोटे होते हैं किन्तु वे बेहद प्रचंड होते हैं जिनकी चक्रवातीय वायु घूर्णन करते हुए प्रचंड गति लगभग 500 मील प्रति घंटा की गति से ऊपर उठती है। 250 से 1400 फीट के व्यास वाले दायरे में टारनैडो काले बादलों की घुमड़ती हुई चिमनी जैसा लगता है। जहाँ से यह गुजरता है वहाँ एक तबाही का मंजर होता है जैसे किसी ने तोड़-मरोड़ कर बड़ी ताकत से पेड़ों, मकानों, ऊँची इमारतों आदि को उखाड़कर फेंक दिया हो। वायुदाब में इतना अधिक अन्तर होता है कि मकानों व इमारतों में विस्फोट हो जाता है। ये बसन्त एवं गर्मियों में अधिकांशत: आते हैं। वैसे ये कभी भी आ सकते हैं। भाग्यवश ये हर जगह नहीं आते और इनका दायरा सीमित होता है। टारनैडो उत्तरी अमेरिका में अधिकांशत: आते हैं जिसमें मिसीसिपी बेसिन मुख्य है।

साइक्लोन अधिकांशत: शीतोष्ण कटिबन्धों तक ही सीमित रहते हैं। केन्द्र में दाब न्यूनतम होता है किन्तु समदाब क्षेत्र बहुत पास-पास ही होते हैं। कम दाब वाले क्षेत्र 150 से 2000 मील तक विस्तृत हो सकते हैं। सामान्यतया कम दाब वाले ये क्षेत्र स्थिर होते हैं किन्तु कभी-कभी एक दिन में कई सौ मील तक गतिमान भी हो सकते हैं। साइक्लोन का आगमन तेज हवाओं और वर्षा से जाना जा सकता है। हवाएँ कम दाब वाले क्षेत्र में आती हैं और उत्तरी गोलार्द्ध में उनकी चक्रवातीय गति घड़ी की उलटी दिशा में तथा दक्षिणी गोलार्द्ध में घड़ी की सीधी दिशा में होती है। वर्षा का मुख्य कारण उष्णकटिबन्धीय गर्म हवाओं एवं ध्रुव प्रदेशों से बहने वाली ठंडी हवाओं

का मिलन है। इससे अग्रभाग विकसित होते है जहाँ संघनन होता है और वर्षा होती है, हिम गिरता है अथवा सहिम वर्षा (sleet) होती है।

प्रतिगामी साइक्लोन का केन्द्र उच्च दाब वाला होता है और समदाब वाले क्षेत्र दूर तक फैले होते हैं। दाब की ढलान हलकी होती है और हवाएँ मन्दगामी होती हैं। प्रतिगामी साइक्लोन (Anti cyclones) अच्छे मौसम का पैगाम लेकर आते हैं। जाड़ों में घना कुहरा छाया रह सकता है। उत्तरी गोलार्द्ध में हवाएँ घड़ी की दिशा में तथा दक्षिणी गोलार्द्ध में घड़ी की उलटी दिशा में संचरित होती हैं।

उष्णकटिबन्धीय तूफान (8^0 से 20^0 अक्षांश के बीच की पट्टी)

कम अक्षांशों पर स्थित क्षेत्रों में भी महासागर तूफान के बनने में सहयोग करते हैं। मैक्सिको एवं कैलिफोर्निया के तटों पर पश्चिमी अन्ध महासागर एवं पूर्वी प्रशान्त महासागर में उठने वाले तूफानों को हरीकेन (Hurricanes) कहते हैं। हिन्द महासागर में उत्तरी आस्ट्रेलिया के पास से उठने वाले समुद्री तूफानों को सायक्लोन कहते हैं। उत्तरी-पश्चिमी प्रशान्त महासागर के तूफानों को टाइफून (Typhoons) तथा फिलीपींस के तूफानों को बाग्यो (Bagyo) कहते हैं।

नामों में अन्तर के बावजूद इन चक्रवातीय तूफानों की आन्तरिक एवं बाह्य गतिविधियाँ एवं यांत्रिकी लगभग एक ही तरह की होती है। हरीकेन उस समय बनते हैं जब समुद्र के सतह का तापमान 27^0C (81^0F) से अधिक हो जाता है। यही कारण है कि ये गर्मियों के अन्तिम चरण में बनते हैं जब महासागर के जल सतह का तापमान सर्वाधिक होता है।

चक्रवातीय तूफान विषुवत् रेखा से दूर बनते हैं जहाँ पृथ्वी का घूर्णन उन्हें सर्पिल आकार देकर ध्रुवों की ओर ढकेलता है। प्रत्येक हरीकेन में एक नाभि होती है जिसे तूफान की आँख भी कहते हैं जहाँ अल्पदाब का क्षेत्र विकसित हो जाता है, जो प्रारम्भ में दिखाई नहीं देता पर इनमें से लगभग 10 प्रतिशत, परिस्थितियों के अनुकूल होने पर, विशाल एवं भयानक आकार ग्रहण कर लेते हैं। अपने जीवन-चक्र की अवधि में ये तूफान 10000 हाइड्रोजन बमों की विध्वंसक क्षमता रखते हैं। इनकी क्रियाविधि के सन्दर्भ में वैज्ञानिकों का कथन है कि तूफान के केन्द्र वाले क्षेत्र में सागर के सम्पर्क वाली प्रचुर मात्रा में नमीयुक्त गर्म हवा तेजी से अन्दर आती है और फैलने के लिए पर्याप्त स्थान न मिलने के कारण ऊपर उठने लगती है, जहाँ गरजने व बरसने वाले बादलों का निर्माण होता है जो वर्षा के माध्यम से अपनी नमी एवं गुप्त उष्मा (Latent Heat) का परित्याग करते हैं। बादलों में बिजली चमकने से विद्युत्-आवेश के विसर्जन के फलस्वरूप वायु अत्यधिक गर्म होकर बादलों को और अधिक ऊपर उठा ले जाती है जहाँ उन्हें फैलने का अवसर मिलता है जिसके फलस्वरूप समुद्र की सतह पर अल्प वायु-दाब का एक क्षेत्र विकसित हो जाता है और तूफान की आँख के चारों ओर वायु

उत्तरी गोलार्द्ध में घड़ी की उलटी दिशा में तथा दक्षिणी गोलार्द्ध में घड़ी की सीधी दिशा में त्वरित गति से घुमड़ने लगती है। समुद्र के जल सतह से घर्षण के कारण ये हवाएँ और अधिक सर्पिल गति से तूफान के अपेक्षाकृत गर्म केन्द्र में प्रवेश करने लगती हैं।

समुद्र की सतह का तापमान इसमें एक विशिष्ट भूमिका निभाता है। उष्णकटिबन्धीय क्षेत्र में तापमान अधिक होने से वाष्पीकरण अधिक होता है जिससे वातावरण पर्याप्त नमीयुक्त हो जाता है और गर्म हवा के साथ यह नमी जब ऊँचाई पर पहुँचती है तो संघनित लेकर गरजने और बरसने वाले बादलों का निर्माण करती है। चक्रवातीय तूफानों को शक्ति समुद्र से ही मिलती है जहाँ समुद्र की सतह के सम्पर्क में आने वाली ठंडी हवा भी गर्म हो जाती है और अपने साथ प्रचुर मात्रा में जल वाष्प लेकर अनवरत ऊपर उठती रहती है जिसके कारण तूफान का दायरा बढ़ता जाता है। नोआ (NOAA) के नेशनल हरीकेन सेंटर के अनुसार एक औसत हरीकेन की आँख का दायरा 30 मील या 48 कि.मी. होता है किन्तु कभी-कभी यह 120 मील या 200 कि.मी. तक विस्तृत हो सकता है। जब हरीकेन प्रबल हो जाता है तब यह दायरा सिकुड़कर 10 मील या 16 कि.मी. के दायरे में ही सिमट जाता है किन्तु इसका प्रभाव-क्षेत्र व्यापक होता है।

परन्तु सन्तुलन की स्थिति सदैव कायम नहीं रहती। तेज हवाओं के घर्षण से उद्वेलित समुद्र की गहराइयों में स्थित ठंडा जल समुद्र की सतह के गर्म जल में मिश्रित होने लगता है जिसके कारण सतह का तापमान गिरने लगता है और तूफान को मिलने वाली शक्ति में कमी आने लगती है। हरीकेन निर्मित होने वाले क्षेत्र में गर्म जल की परत की मोटाई सामान्यतया 60 मीटर होती है अन्यथा कम मोटाई की स्थिति में समुद्र की गहराइयों में स्थित ठंडा जल ऊपर आकर शीघ्र ही समुद्र की सतह का तापमान गिरा देगा तथा वाष्पन क्रिया कम होते-होते क्रान्तिक दर से भी कम हो जाएगी और हरीकेन शिथिल पड़ जाएगा।

तूफानों का वर्गीकरण हवा की गति को ध्यान में रखकर किया जाता है जिसे **सफीर-सिम्पसन हरीकेन वायु गति पैमाने** पर दर्शित किया जाता है। ये तूफान भूमध्य रेखा के 300 से 500 मील उत्तर अथवा दक्षिण की पट्टियों में बनते हैं जिसे कैरियोलिस-प्रभाव (Cariolis Effect) के नाम से जाना जाता है। उष्णकटिबन्धीय तूफान की गति सामान्यत: 39 मील प्रतिघंटा या 34 नाट होती है। वायुगति 74 मील प्रतिघंटा या 65 नाट होने पर तूफान को हरीकेन कहते हैं। 111 मील प्रतिघंटा या 96 नाट की गति होने पर उसे इण्टेन्स हरीकेन (प्रबल हरीकेन) की संज्ञा दी गई है। 150 मील प्रतिघंटा या 132 नाट गति के आर.पी.एम. वाले तूफान को सुपर टायफून कहते हैं। सर्वाधिक शक्तिशाली हरीकेनों की गति 155 मील प्रतिघंटा या 135 नाट आँकी गई है जिन्हें वर्ग-5 में वर्गीकृत किया गया है। छोटे आकार के भी हरीकेनों द्वारा मस्तिष्क को चकरा देने वाले 50 से 200 ट्रिलियन बार के समतुल्य या

10 मेगा टन शक्ति वाले 20-20 मिनट के अन्तराल पर फटने वाले हाइड्रोजन बमों के बराबर ऊर्जा नि:सरित की जाती है।

चक्रवातीय तूफान अन्ध महासागर में कैरीबियन एवं मैक्सिको की खाड़ी में वर्ष के दौरान जून से नवम्बर के बीच उठते हैं। पश्चिमी-उत्तरी प्रशान्त महासागर में इनके उठने का समय सामान्यत: 15 जून से दिसम्बर के मध्य होता है। उत्तरी हिन्द महासागर में अप्रैल से दिसम्बर माह तक इनका प्रकोप रहता है। दक्षिणी-पश्चिमी प्रशान्त महासागर एवं हिन्द महासागर में नवम्बर से मई के मध्य तूफानों के उठने की सम्भावना रहती है।

मॉनसून

समुद्र में जहाँ विनाशकारी तूफानों का सिलसिला जारी रहता है वहीं समुद्र मौसम में जीवनोपयोगी अनुकूल बदलाव लाकर वरदान भी साबित होता है। समुद्र की सतह से जल-वाष्पन की क्रिया सदैव होती रहती है। उष्णकटिबन्धीय क्षेत्र में जहाँ समुद्र की सतह के जल का तापमान अधिक होता है वहाँ वाष्पन क्रिया भी अधिक होती है। यही जलवाष्प गर्म हवा के साथ ऊपर उठकर बादलों का स्वरूप लेती है और फिर वर्षा के रूप में धरती पर आती है। यदि ऐसा न होता तो विविध प्रकार के जीवन एवं वनस्पतियों का अस्तित्व भी न होता। प्रकृति के इस वरदान को मॉनसून कहते हैं।

गर्मी के मौसम में उत्तरी गोलार्द्ध में एशिया एवं उत्तरी अफ्रीका के भू-भाग काफी गर्म हो जाते हैं जिसके कारण गर्म हवा ऊपर उठकर हिमालय, तिब्बत के पटार एवं मध्य अफ्रीका की पर्वतशृंखलाओं के ऊपर उठ जाती है जिसके कारण उन क्षेत्रों के नीचे भूतल के पास हवा का दबाव कम हो जाता है जिसके फलस्वरूप भूमध्यसागर के दक्षिण से ठंडी हवाओं को आने का अवसर मिल जाता है। पृथ्वी का घूर्णन उन्हें अरब सागर, दक्षिणी अन्ध महासागर एवं हिन्द महासागर की ओर ढकेल देता है जहाँ समुद्र की सतह का तापमान अधिक रहता है। वहाँ से नमी ग्रहण कर ये हवाएँ एशिया एवं उत्तरी अफ्रीका के तप्त भू-भागों को वर्षा से अभिषिक्त कर देती हैं। इसे दक्षिणी-पश्चिमी मॉनसून कहते हैं क्योंकि ये दक्षिण-पश्चिम में बनते हैं और इनका आगमन भीषण गर्मी के मौसम के बाद होता है।

दक्षिणी-पश्चिमी मॉनसून का असर उत्तरी गोलार्द्ध में सर्दियों के पहले तक होता है और इन क्षेत्रों का भू-भाग वर्षा के कारण तब तक ठंडा हो जाता है। हवाएँ तब अपना रुख बदल देती हैं और वे दक्षिणी गोलार्द्ध की ओर अपना रुख कर लेती हैं। भूमध्य रेखा के ऊपर से गुजरते समय वे पर्याप्त नमी भी ग्रहण कर लेती हैं और दक्षिणी अफ्रीका एवं उत्तरी आस्ट्रेलिया में वर्षा करती हैं। ऐसा ही उत्तरी एवं दक्षिणी अमेरिका के भू-भाग में होता है। गर्मी के मौसम में उत्तरी गोलार्द्ध के दक्षिणी अमेरिका के उत्तरी भाग तथा मध्य अमेरिका के दक्षिणी भाग में वर्षा होती है तथा दक्षिणी अमेरिका के मध्यवर्ती एवं दक्षिणी भाग में सर्दियों के मौसम में वर्षा होती है।

मॉनसून वर्ष के दौरान निरन्तर सक्रिय नहीं रहता वरन् एक अवधि होती है जब इसकी सक्रियता अत्यधिक होती है और जब भू-भाग वर्षा के कारण ठंडे हो जाते हैं तब वायु का प्रवाह भी मन्दित हो जाता है क्योंकि ऐसे समय में भूतल के सम्पर्क में आकर हवाएँ भी शीतल हो चुकी होती हैं तथा सघन एवं भारी होने के कारण वे ऊपर नहीं उठ पातीं जिससे समुद्र की ओर से नमीयुक्त गर्म हवाओं को आने देने के लिए कम दाब वाला क्षेत्र सृजित नहीं हो पाता। जब भू-भाग सूख जाते हैं और उनके सम्पर्क में आने वाली गर्म हवा ऊपर उठने लगती है तब नमीयुक्त समुद्री हवाएँ पुनः आने लगती हैं और पुनः वर्षा होती है। समुद्र-तट से भू-भागों की ओर आने वाली नमी की मात्रा समुद्र की सतह के तापमान पर निर्भर करती है। समुद्र की सतह का जल जितना ही गर्म होगा वाष्पन की क्रिया भी उतनी ही तेज होगी और हवा में नमी की मात्रा भी उतनी ही अधिक होगी। यही कारण है कि गर्मियों में अरब सागर से उठने वाले मॉनसून में नमी बहुत अधिक होती है और यह मॉनसून एशिया महाद्वीप के दक्षिणी-पूर्वी भाग में तीन से चार माह तक सक्रिय रहता है।

भारतवर्ष में होने वाली मॉनसून की वर्षा में 35 प्रतिशत का अन्तर एक अन्य परिघटना के फलस्वरूप आता है जिसे एल-निनो (El Nino) परिघटना कहते हैं जो सम्पूर्ण विश्व के मौसम के पैटर्न को प्रभावित कर देती है।

एल-निनो एवं ला-निनॉ

महासागरों एवं वायुमंडल का गठजोड़ प्रशान्त महासागर में एक अनोखी एवं रहस्यमयी भूमिका में नजर आता है।

भूमध्यरेखीय क्षेत्र में प्रशान्त महासागर का विशाल एवं विस्तृत जल भाग जितनी सौर-ऊर्जा ग्रहण करता है उतना कोई भी महासागर नहीं करता। सामान्यतः व्यापारिक हवाएँ (Trade Winds) प्रशान्त महासागर के उष्णकटिबन्धीय गर्म जल के एक बड़े भाग को ढकेलकर पश्चिम की ओर इण्डोनेशिया के पास एक विशाल क्षेत्र में एकत्रित कर देती हैं। पूर्वी प्रशान्त महासागर में दक्षिणी अमेरिका के पश्चिमी तट के समुद्र का अपेक्षाकृत ठंडा जल नीचे से आकर पश्चिम की ओर आने वाले गर्म जल को परे ढकेल देता है। उत्तरी गोलार्द्ध में जैसे ही बसन्त ऋतु का आगमन होता है, व्यापारिक हवाओं की शक्ति भी घटने लगती है। मध्य एवं पूर्वी प्रशान्त महासागर के जल का तापमान कुछ अंश बढ़ जाता है और पूर्व तथा पश्चिम के जल के तापमानों में अन्तर घटने लगता है, किन्तु मध्य क्षेत्र में जल तापमान के बढ़ने का क्रम अधिक समय तक कायम नहीं रहता क्योंकि एशियाई ग्रीष्म मॉनसून के साथ आने वाली ताजी हवा विक्षोभ पैदा करती है जो सागर की सतह के नीचे से ठंडे जल को हिलोड़कर ऊपर ले आती है जहाँ वह गर्म जल से मिलता है और इस तरह मिश्रित जल का तापमान कम हो जाता है।

इस प्रकार वायु एवं सागर-जल मिलकर एक गत्यात्मक किन्तु बेहद नाजुक सन्तुलन स्थापित करते हैं जो अत्यन्त संयमित रहते हुए भी कभी-कभी बिगड़ कर विक्षोभित हो जाता है। प्रत्येक तीन से सात वर्षों के अन्तराल में व्यापारिक हवाएँ गर्मी में उतनी शक्ति अर्जित नहीं कर पातीं जितनी सामान्यत: अपेक्षित है। बसन्त ऋतु में मध्य प्रशान्त महासागर में जल की सतह के गर्म होने का जो सिलसिला प्रारम्भ होता है वह ग्रीष्म ऋतु के आने तक काफी गर्म हो जाता है और उसका दायरा पूर्व की ओर बढ़ता है, फिर उसमें गिरावट आने लगती है।

समुद्र की सतह के नीचे अदृश्य अन्दरूनी लहरें गहराई के ठंडे एवं ऊपर सतह के साथ लगी गर्म पानी की परतों के सन्धि-स्थल के बीच उनके साथ-साथ लम्बाई में हजारों किलोमीटर तक चली जाती हैं। ये लहरें वस्तुत: पश्चिमी प्रशान्त महासागर के गर्म कुंड से पूरब की ओर पानी नहीं ले जातीं बल्कि ये पूर्वी प्रशान्त महासागर के नीचे से ठंडे जल को ऊपर आने से रोकती हैं। इस तरह सतह के गर्म जल का दायरा पूर्व की ओर बढ़ते हुए पूरे प्रशान्त महासागर में फैल जाता है। एनचोवी मछलियाँ (Anchovy Fishes) जो पोषक तत्त्वों से भरपूर ठंडे पानी में फलती-फूलती हैं ठंडे पानी के ही साथ पेरू के तटवर्ती समुद्र में आती हैं और शीघ्र ही गायब भी हो जाती हैं। चूँकि पूर्वी प्रशान्त महासागर के विशाल जल भाग के गर्म होने का सिलसिला क्रिसमस के पास दिसम्बर माह में होता है अतएव पेरू के मछुआरे काफी पहले से ही इस परिघटना को एल-निनो (El Nino) अर्थात् नवजात शिशु के नाम पर नन्हा बालक कहते आ रहे हैं। इसके विपरीत जब पुन: पूर्वी प्रशान्त महासागर का पानी काफी ठंडा हो जाता है तब, उस परिघटना को ला-निना (La Nina) अर्थात् नन्ही बालिका कहकर सम्बोधित करते हैं।

यदि एल-निनो का सम्बन्ध सागर तक ही सीमित रहता तो उसका प्रभाव केवल पेरू के मछुवारों पर ही पड़ता परन्तु जब गर्म जलराशि पूर्व की ओर बढ़ती है तब वह वातावरण में एवं समुद्र की सतह के सम्पर्क में आने वाली हवाओं को अपनी गर्मी हस्तान्तरित कर देती हैं। गर्म पानी की पूर्व की ओर बढ़ने की प्रक्रिया इस तरह वायुमंडल को प्रभावित करती है जिसके कारण हवाएँ संचरित होकर सम्पूर्ण धरती को प्रभावित करती हैं साथ ही उन स्थलों को भी जहाँ वर्षा होती है।

एल-निनो परिघटना उदाहरण के लिए, आस्ट्रेलिया एवं इण्डोनेशिया में भयंकर सूखे की स्थिति पैदा कर सकती है जिसके साथ अन्य आपदाएँ जैसे जंगल में भीषण आग एवं आकाश में धुंध छाने जैसी घटनाएँ भी घटती हैं। यह दक्षिण एशिया में आने वाले गर्मियों के मॉनसून को शिथिल कर सकता है जिससे वर्षा कम होगी परन्तु अक्सर यह दक्षिण-अमेरिका के प्रशान्त महासागर वाले तट पर भीषण वर्षा एवं बाढ़ लाकर तबाही फैला सकता है। एल-निनो तूफानों एवं चक्रवातों के रास्तों, उनकी विध्वंसक क्षमता एवं गतिविधियों तथा उनकी आवृत्तियों को भी प्रभावित कर

सकता है जिससे अन्ध महासागर में उठने वाले चक्रवातों (hurricanes) में कमी आने की सम्भावनाएँ बढ़ जाती हैं।

उष्णकटिबन्धीय क्षेत्र के बाहर भी एल-निनो मौसम को प्रभावित करता है। उदाहरण के लिए यह पश्चिमी प्रशान्त महासागर की जैट स्ट्रीम को प्रभावित कर उसे शक्तिशाली बनाते हुए पूर्व की ओर स्थानान्तरित कर सकता है जिसके फलस्वरूप सर्द मौसम में कैलिफोर्निया एवं उत्तरी अमेरिका के दक्षिण में भीषण चक्रवातीय तूफान के साथ भयंकर बाढ़ आ सकती है एवं भूस्खलन जैसी घटनाएँ घट सकती हैं। पिछले दो-तीन दशकों में कई बार विश्व इसके दुष्प्रभावों को झेल चुका है। वर्ष 1982 ई. एवं 1983 ई. में एल-निनो के प्रभावों से हजारों लोग मारे गए और विश्व-भर में लगभग 13 अरब अमेरिकी डालर का नुकसान हुआ था। वर्ष 1986, 1987 एवं 1992 ई. में भी तबाही हुई परन्तु अपेक्षाकृत कम। वर्ष 1997 ई. की गर्मियों में भूमध्यरेखीय कटिबन्धों में प्रशान्त महासागर अप्रत्याशित रूप से उष्ण हो गया था और तापमान में बढ़ोत्तरी का क्रम सामान्य से अधिक तेज होता रहा जिसके फलस्वरूप अक्टूबर, 1997 ई. तक उसके पिछले वर्ष की तुलना में पूर्वी प्रशान्त महासागर के तापमान में 6^0C से भी अधिक की वृद्धि हो गई। यद्यपि तापमान धीरे-धीरे घट गया परन्तु विश्व के सभी स्थानों पर इसके प्रभावों को देखा गया।

वर्ष 1982 एवं 1983 ई. की तबाही के बाद विश्व-भर के समुद्र एवं मौसम विज्ञानी गहराई से इस परिघटना का अध्ययन करते रहे ताकि ऐसी घटनाओं का पूर्वानुमान लगाया जा सके। प्रशान्त महासागर के उष्णकटिबन्धीय क्षेत्र में कई देशों के सम्मिलित प्रयास से स्थान-स्थान पर ओसनोग्राफिक-सेंसर लगाए गए हैं जिसके कारण वर्ष 1997 ई. में आए एल-निनो की शक्ति का अनुमान पहले से ही लग गया और तदनुसार सुरक्षात्मक कदम उठा लिए गए थे। किसानों ने सम्भावित भारी वर्षा को नजर में रखते हुए दुष्प्रभावों से बचने के लिए धान की फसल जिसे अधिक पानी की आवश्यकता होती है, उगायी तथा कपास की खेती कम की। कुछ स्थानों पर आगामी सूखे को ध्यान में रखते हुए जलाशयों में वर्षा जल के संरक्षण की भी योजनाएँ बनाकर क्रियान्वित किया गया।

अध्याय-17

जलवायु के आधार पर क्षेत्र-विभाजन

जलवायु को दृष्टि में रखते हुए धरती को विभिन्न प्रक्षेत्रों में बाँटा जा सकता है जिनकी अपनी-अपनी विशिष्टियाँ हैं जिसमें प्राकृतिक वन एवं वनस्पतियाँ, घास के मैदान, मरुस्थल, फसलें, मानवी गतिविधियाँ आदि सभी सम्मिलित हैं।

विषुवत् रेखा अर्थात् 0^0 से 10^0 उत्तर एवं दक्षिण विषुवत्रेखीय प्रक्षेत्र हैं जो बहुत ही उष्ण एवं वर्षा वाले प्रक्षेत्र हैं जहाँ वर्ष भर औसतन 80 इंच वर्षा होती है। विषुवत्रेखीय वन एवं वनस्पतियाँ यहाँ की प्रमुख विशिष्टिताएँ हैं।

उष्ण कटिबन्ध 10^0 से 30^0 उत्तर तथा दक्षिण में पट्टियों के रूप में चिह्नित किया गया है जहाँ कई तरह की जलवायु पाई जाती है जिसमें उष्णकटिबन्धीय जलवायु मॉनसूनयुक्त होती है जिसमें गर्मियों में 60 इंच तक वर्षा हो सकती है जिसके कारण मॉनसूनवन एवं वनस्पतियाँ इन पट्टियों में प्रचुर मात्रा में होती हैं। दूसरी तरह की जलवायु में उष्णकटिबन्धीय समुद्री जीव एव वनस्पतियाँ पाई जाती हैं जहाँ गर्मियों में जलवृष्टि 70 इंच तक होती है। तीसरे तरह की जलवायु इन कटिबन्धों में सूडान जैसी है जिसमें गर्मियों में वर्षा 30 इंच तक होती है और सवाना जैसे उष्णकटिबन्धीय विशाल घास के मैदान पाए जाते हैं। चौथे तरह की जलवायु में सहारा जैसे मरुस्थल पाए जाते हैं जहाँ बहुत कम वर्षा लगभग 5 इंच तक ही होती है। यहाँ झाड़ियाँ एवं मरुस्थल की वनस्पतियाँ ही पाई जाती हैं।

गर्म शीतोष्ण प्रक्षेत्र 30^0 से 45^0 उत्तर एवं दक्षिण अक्षांशों के बीच स्थित हैं। इनकी जलवायु भी उसी तरह की होती है। उदाहरण के लिए जैसे पश्चिमी सीमांतिक (Western Margin) अथवा भूमध्यसागरीय जलवायु जिसमें सर्दियों में 35 इंच तक वर्षा हो सकती है और जहाँ भूमध्यसागरीय वनस्पतियाँ उगती हैं। मध्य महाद्वीपीय स्टेपी जैसी जलवायु में गर्मियों में 20 इंच वर्षा होती है और स्टेपीय अथवा शीतोष्ण घास के मैदान पाए जाते हैं। स्टेपीय (Steppes) विशाल घास के मैदान होते हैं जिनमें पेड़ नहीं होते और ये पूर्वी यूरोप एवं तत्कालीन सोवियत यूनियन के दक्षिणी

भाग से साइबोरिया तक फैले हैं। इसके अतिरिक्त पूर्वी सीमान्तिक जलवायु चीन जैसी, खाड़ी जैसी तथा नैटाल जैसी पाई जाती है जिसमें गर्मियों में 45 इंच तक वर्षा होती है जिसमें गर्म वर्षा वन एवं बाँस के वन पाए जाते हैं। स्टेपी (Steppe) की ही तरह सवाना (Savanna) के विशाल घास के मैदान अफ्रीका में पाए जाते हैं।

शीतल शीतोष्ण प्रक्षेत्र 45^0 से 65^0 उत्तर एवं दक्षिण पट्टियों के रूप में पाए जाते हैं जहाँ की जलवायु पश्चिमी सीमान्तिक ब्रिटिश जैसी, मध्य महाद्वीपीय, साइबेरियायी, तथा पूर्वी सीमान्तिक लारेन्शियन जैसी होती है।

पश्चिमी सीमान्तिक ब्रिटिश जैसी जलवायु में पतझड़ एवं जाड़ों में 30 इंच पानी बरसता है तथा वहाँ पतझड़ी एवं पर्णपाती वन (Deciduous Forests) पाए जाते हैं।

मध्य महाद्वीपीय साइबेरियायी जलवायु वाले क्षेत्र में गर्मियों में 25 इंच वर्षा हो सकती है जहाँ सदाबहार शंकुधारी वृक्षों के वन पाए जाते हैं।

पूर्वी सीमान्तिक जलवायु वाले क्षेत्र में वर्षा गर्मियों में 40 इंच तक हो जाती है और यहाँ मिश्रित वन जिसमें पतझड़ी एवं शंकुधारी दोनों तरह के पेड़ होते हैं, पाए जाते हैं।

शीत प्रक्षेत्र 65^0 से 90^0 उत्तर एवं दक्षिण की पट्टिका में पाए जाते हैं जहाँ आर्कटिक अथवा ध्रुव प्रदेशीय जलवायु पाई जाती है। यहाँ बहुत ही कम वर्षा लगभग 10 इंच गर्मियों में होती है। शीत प्रक्षेत्र में अत्यधिक ठंड के कारण बहुत कम वनस्पतियाँ उगती हैं। यहाँ लिचेन (शैवाल), काई (मास) एवं टुण्ड्रा (अनुर्वक क्षेत्र) में पाई जाने वाली सूक्ष्म वनस्पतियाँ ही उग सकती हैं।

इसके अतिरिक्त पर्वतीय क्षेत्रों की जलवायु की भी अपनी विशिष्टताएँ हैं जिन्हें अल्पाइन प्रक्षेत्र कहते हैं। यहाँ पहाड़ी जलवायु है जिसमें काफी वर्षा होती है। पहाड़ की ढलानों पर बड़े-बड़े चरागाह तथा शंकुधारी वृक्षों के जंगल हैं। चीड़ के वृक्ष एवं वर्च (Birch) भी यहाँ की विशिष्टताएँ हैं।

जलवायु एवं जैव मंडल (Biosphere)

पृथ्वी के धरातल पर जैविक तत्त्वों और उनके पर्यावरण की पतली पर्त को जैव मंडल कहते हैं जिसमें वनस्पतियाँ, पशु एवं वन्य जीव आते हैं। जलवायु एवं मिट्टी के अन्त:सम्बन्ध से ही वनस्पतियाँ उगती हैं। जलवायु के घटक मुख्यत: तापमान, वर्षा, पवनें एवं प्रकाश हैं। मिट्टी में वनस्पतियों के लिए आवश्यक तत्त्व नाइट्रोजन, फास्फोरस, पोटाश, सल्फर, जिंक आदि होते हैं और सबसे अधिक महत्त्वपूर्ण तो वे सूक्ष्म जीवाणु हैं जो वनस्पतियों को बढ़ने और समस्त जैवमंडल को कायम रखने के लिए उत्तरदायी हैं।

तापमान और वनस्पतियों में गहरा सम्बन्ध पाया जाता है। वनस्पति के विकास के लिए कम-से-कम तीन माह का तापमान 10^0C से अधिक होना चाहिए अतएव

जुलाई माह की 10^0C की समताप रेखाएँ उत्तरी गोलार्द्ध में वृक्ष सीमा (Tree Line) बनाती हैं, यह टुण्ड्रा तथा टैगा क्षेत्रों की सीमा निर्धारित करती है। इससे कम तापमान के निकटवर्ती क्षेत्र प्रायः वनस्पति शून्य होते हैं। उष्ण मरुस्थलों में अधिक ऊँचे तापमानों के कारण ऐसी वनस्पति पाई जाती है जिसमें पत्तियाँ कम एवं जड़ें अधिक व गहरी होती हैं। शीत मरुस्थलों में ऐसी वनस्पतियाँ पाई जाती हैं जो सामान्यतः छोटी-छोटी झाड़ियों एवं घास के रूप में फैली होती हैं। इनकी जड़ें बहुत छोटी और पतली होती हैं। काई और लिचेन (Mass & Lichen) यहाँ की मुख्य वनस्पति है। उष्ण कटिबन्ध में चौड़ी पत्ती वाली वनस्पति एवं शीत कटिबन्ध में शंकुल या नुकीली पत्तियों वाली वनस्पति पाई जाती है।

तापमान के द्वारा वनस्पतियों की भिन्न-भिन्न प्रजातियाँ निश्चित होती हैं और जल पूर्ति के द्वारा उनकी विरलता या सघनता का निश्चय होता है। जल के पौधों को हाइड्रोफाइट्स (Hydrophytes) कहते हैं जिनके तने लम्बे व पतले, जड़ें छोटी, पत्तियाँ चौड़ी व पतली होती हैं, परन्तु सहारा जैसी शुष्क भूमि में घास, कंटीले और कम पत्ती वाले वृक्ष होते हैं जिन्हें जेरोफाइट्स (Xerophytes) कहते हैं जिनकी जड़ें लम्बी होती हैं।

प्राकृतिक तौर पर सामान्यतया पृथ्वी के धरातल पर तीन प्रकार की वनस्पतियाँ पाई जाती हैं—1. वन, 2. घास के मैदान तथा 3. कँटीली झाड़ियाँ। वन प्रायः उन भागों में मिलते हैं जहाँ वर्षा अधिक होती है अथवा मिट्टी पर शीतकाल में गिरी हिम पिघलकर यथेष्ट मात्रा में नमी प्रदान कर देती है और जहाँ तापमान भी अधिक होता है। विश्व के सभी महाद्वीपों में वनों का विस्तार इस कारण एक जैसा नहीं है जैसा कि निम्न तालिका से स्पष्ट है—

भू-मंडल पर वनों का क्षेत्रफल

महाद्वीप	वन-क्षेत्र (प्रतिशत में)	कुल क्षेत्रफल के सन्दर्भ में वन-क्षेत्र (प्रतिशत में)
यूरोप	4	25
रूस	18	58
उ. अमेरिका	18	36
द. अमेरिका	23	40
अफ्रीका	19	25
एशिया	16	18
प्रशान्त क्षेत्र	2	10
विश्व का योग	100	28

विश्व के कुल वन-क्षेत्र का 60 प्रतिशत ही उपयोगी है जिनसे लकड़ियाँ प्राप्त होती हैं। इससे लगभग 15 लाख हेक्टेयर भूमि आच्छादित है। अगम्य वन क्षेत्र सामान्यत: रूस के भीतरी भाग, कनाडा, अलास्का तथा एशिया व दक्षिणी अमेरिका के मुख्यतः पर्वतीय, दलदलों व असुगम स्थानों पर पाए जाते हैं। यूरोप, चीन एवं भारत के अधिकांश सुगम वन क्षेत्र नष्ट हो चुके हैं। अफ्रीका महाद्वीप का क्षेत्रफल तो काफी है किन्तु वनसम्पदा सीमित है, पर अधिकांशत: दुर्गम है।

घास के मैदानों को दो भाग में बाँटा गया है—उष्ण-कटिबन्धीय (Tropical) तथा शीतोष्ण कटिबन्धीय (Temperate)। उष्ण कटिबन्धीय घास के मैदान को सवाना भी कहते हैं जो भूमध्य रेखा के 30^0 उत्तर एवं 30^0 दक्षिण अक्षांश तक पाए जाते हैं। इनका सर्वाधिक विस्तार सूडान, बेनेजुएला, जाम्बेजी नदी के बेसिन और ब्राजील के दक्षिणी भाग में है। केवल वर्षा ऋतु में घास हरी-भरी होती है पर शीत एवं बसन्त ऋतु में सूख जाती है। नदियों के तटों पर पानी मिलने के कारण वृक्ष अधिक संख्या में मिलते हैं परन्तु नदियों से दूर घास के विशाल मैदान नजर आते हैं।

अफ्रीका, एशिया तथा आस्ट्रेलिया में घास के इन मैदानों को जहाँ घास की पत्तियाँ कड़ी, लम्बी और चौड़ी होती हैं, सवाना कहते हैं। आमेजन नदी के उत्तर में ओरीनीको नदी संग्रहण क्षेत्र में लावोस, ब्राजील में केम्पोस और अफ्रीका में इन मैदानों को पार्कलैंड कहते हैं।

शीतोष्ण कटिबन्धीय घास के मैदान वहाँ पाए जाते हैं जो स्थान समुद्र से दूर हैं और वर्षा अधिक नहीं होती। इनकी घास अपेक्षाकृत अधिक छोटी, कोमल और कम सघन किन्तु पौष्टिक होती है। इन्हें भी विभिन्न नामों से पुकारते हैं। मध्य एशिया तथा कालासागर तटवर्ती यूरोप में इन्हें स्टेपी, उत्तरी अमेरिका में प्रेयरी, दक्षिण अमेरिका में पेम्पास, आस्ट्रेलिया में डाउनलैंड्स तथा अफ्रीका में वेल्ड कहते हैं। वर्षाकाल में तो हरे-भरे किन्तु गर्मियों में ये मैदान भूरे दिखते हैं। इन घास के मैदानों में तेज दौड़ने वाले तथा घास पर आश्रित रहने वाले पशु जैसे घोड़े, खच्चर, नीलगाय, हिरन, ऐमू, शुतुरमुर्ग तथा उन पर निर्भर रहने वाले हिंसक पशु बहुतायत में पाए जाते हैं।

विश्व के सम्पूर्ण धरातल के लगभग 16 प्रतिशत भाग पर मरुस्थल और 15.65 प्रतिशत भाग पर अर्द्ध-मरुस्थलीय क्षेत्र विस्तृत हैं। इस प्रकार कुल क्षेत्र के 31.65 प्रतिशत भाग पर मरुस्थल एवं अर्द्ध मरुस्थलीय अवस्थाएँ पाई गई हैं। इसमें वर्षा केवल 10 से 50 सेमी. के बीच होती है, अत: यहाँ जल के अभाव में घास भी पनप नहीं पाती। यहाँ दिन में प्रचंड गर्मी और रातें अत्यधिक सर्द होती हैं। ऐसे मरुस्थलीय क्षेत्र कर्क एवं मकर रेखाओं के पश्चिमवर्ती स्थल खंडों में पाए जाते हैं। मॉनसून पश्चिम में शिथिल पड़ जाता है। इसलिए वर्षा कम होती है या नहीं होती है जिसके कारण यहाँ की वनस्पतियों में कँटीली झाड़ियाँ या छोटी-छोटी घास के अलावा कुछ भी नहीं होता। इसी प्रकार जब ध्रुवों की ओर बढ़ते हैं तब घास कम

होती जाती है और ये मैदान भी मरुस्थल जैसे ही दिखने लगते हैं। शीत तथा बर्फ पड़ने के कारण इसे **शीत मरुस्थल** कहते हैं।

विश्व के ध्रुवीय एवं बर्फीले प्रदेशों को छोड़कर शेष भाग में से 40 प्रतिशत भाग वनों के लिए अनुकूल है। 30 प्रतिशत भाग पर कृषि की जाती है और शेष भाग पहाड़ी है अथवा आबादी, सड़कें, मरुस्थल, घास तथा झाड़ियों से युक्त हैं। आरम्भ में वन-क्षेत्र 40 प्रतिशत था पर औद्योगिक विकास एवं कृषि के लिए जंगल काटे गए जिसके कारण केवल 26 प्रतिशत भाग पर ही वन अब रह गए हैं जिनके कारण धरती के पारिस्थितिक तंत्र का सन्तुलन बिगड़ गया है जो एक गम्भीर चिन्ता का विषय है। परन्तु विभिन्न विश्व संगठनों एवं सरकारों ने इस पर गम्भीरता से सोचना प्रारम्भ कर दिया है जिसके अन्तर्गत वृक्षारोपण एवं वृक्ष-संरक्षण के व्यापक अभियान विश्व भर में चलाए जा रहे हैं।

अध्याय-18

भारत की भौगोलिक स्थिति व विस्तार

भौगोलिक दृष्टि से भारत का मुख्य भूभाग $8^{0}4'$ से लेकर, $37^{0}6'$ उत्तर अक्षांश के बीच है और $68^{0}7'$ पूर्व देशान्तर से $97^{0}25'$ पूर्व देशान्तर के मध्य फैला है।

भारत का कुल भौगोलिक क्षेत्रफल 32,87,263 वर्ग कि.मी. है। कर्क रेखा ($23^{0}30'$ उत्तरी अक्षांश) इस देश को दो बराबर भागों में बाँटती है। 2004 के पूर्व इसका सबसे दक्षिणी छोर इंदिरा पॉइंट के नाम से जाना जाता था। यह 2004 की सुनामी लहरों में जलमग्न हो गया। देश का अक्षांशीय और देशान्तरीय विस्तार लगभग 30^{0} है।

भारत का पूर्व पश्चिम विस्तार 2933 किलोमीटर तथा उत्तर-दक्षिण विस्तार 3214 कि.मी. है।

22^{0} उत्तर अक्षांश के दक्षिण भारत का पूर्व-पश्चिम विस्तार घटता गया है। दक्षिणतम बिन्दु कन्याकुमारी के निकट बंगाल की खाड़ी, अरब सागर और हिन्द महासागर का संगम है।

मुख्य भूमि की तटीय लम्बाई 6100 किलोमीटर तथा द्वीपों को मिलाकर तट की कुल लम्बाई 7516.6 किलोमीटर है।

भारत की स्थल सीमा की कुल लम्बाई 15,200 किलोमीटर है। क्षेत्रफल की दृष्टि से भारत विश्व का सातवाँ देश है जिसके पास विश्व के कुल क्षेत्रफल का 2.4% भाग है।

पठारी प्रदेश महाद्वीपीय भारत कहलाता है। अरुणाचल प्रदेश तथा गुजरात के बीच सूर्योदय में 2 घंटे का अन्तर होता है। भारत के अक्षांशीय और देशान्तरीय विस्तार का प्रभाव समय, तापमान, मौसम आदि पर पड़ता है। केरल और तमिलनाडु जैसे राज्यों में विषुवत् रेखा के निकट होने के कारण हमेशा तापमान अधिक रहता है। इसी तरह विषुवत् रेखा से दूर और ऊँचाई पर होने के कारण जम्मू-कश्मीर का तापमान बहुत कम होता है।

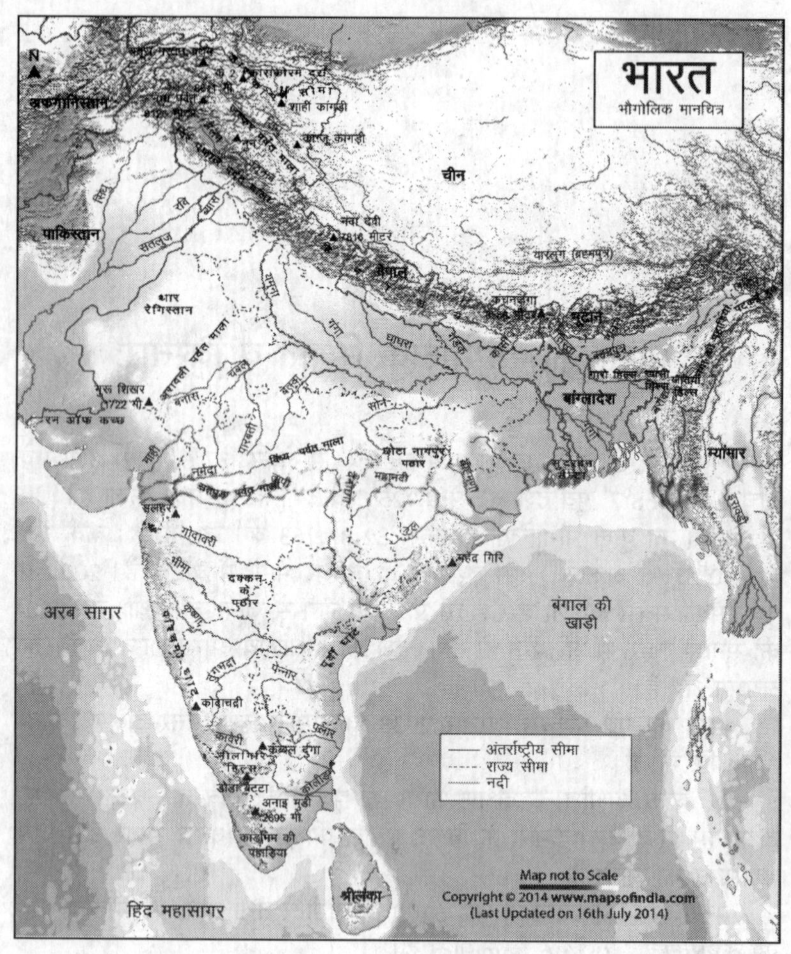

अक्षांशीय दूरी बढ़ने से दिन-रात की अवधि में अंतर आता है। केरल और तमिलनाडु में सबसे छोटे और सबसे बड़े दिन में 45 मिनट का अंतर होता है जबकि लेह में यह अंतर 5 घंटे का होता है। देश का उत्तरी भाग शीतोष्ण क्षेत्र में पड़ता है। $82^0 30'$ पूर्व देशान्तर रेखा को भारत की मानक यमोत्तर माना जाता है जो उत्तर प्रदेश में मिर्जापुर से होकर गुजरती है। भारत पूर्ण रूप से विषुवत् रेखा से उत्तर में स्थित है। देश के दक्षिणी भाग की आकृति लगभग त्रिभुजाकार है।

स्वेज नहर बनने के बाद भारत व यूरोप के बीच लगभग 7000 किलोमीटर की दूरी कम हो गई है। भारत की सीमा सात देशों को छूती है जो क्रमश: पाकिस्तान,

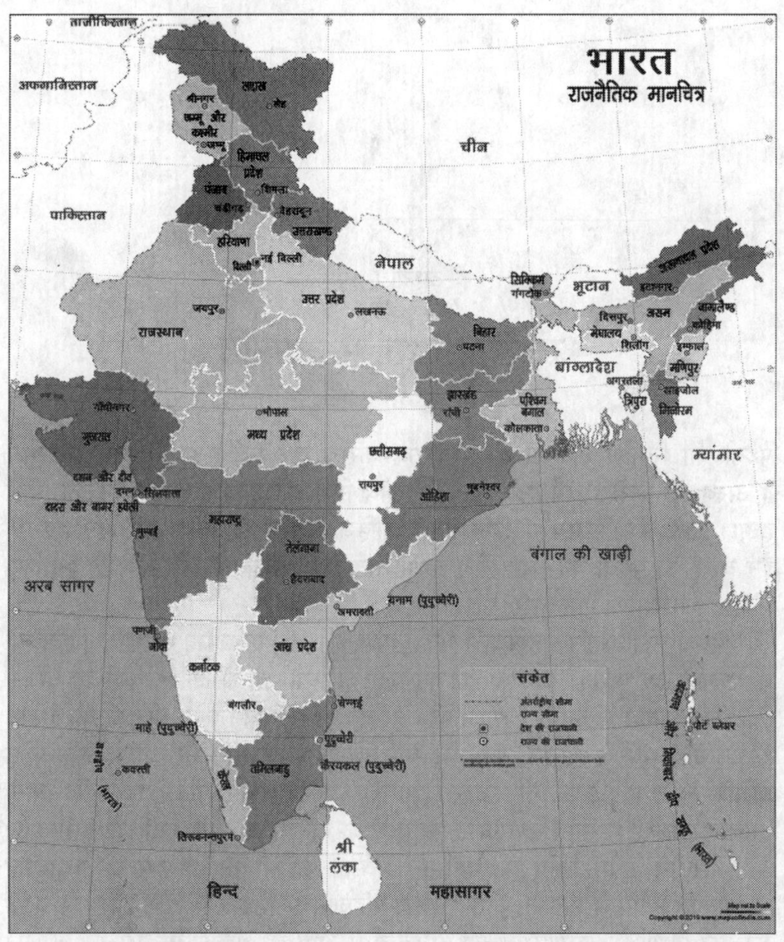

अफगानिस्तान, नेपाल, चीन, भूटान, म्यांमार और बांग्लादेश हैं। लक्षद्वीप अरब-सागर में तथा अंडमान व निकोबार द्वीप समूह बंगाल की खाड़ी में स्थित हैं। श्रीलंका मन्नार की खाड़ी और पाक जल-संधि से भारत से अलग होता है। भारत और पाकिस्तान के बीच रेडक्लिफ और भारत तथा चीन के बीच मैकमोहन रेखा स्थित है जो इन्हें पृथक करते हैं। राजनैतिक दृष्टि से परस्पर हितों की रक्षा हेतु भारत तथा अन्य पड़ोसी देशों ने मिलकर 8 दिसम्बर, 1985 को दक्षिण एशिया क्षेत्रीय सहयोग संगठन (SAARC) का निर्माण किया है।

अध्याय-19

संरचना तथा भू-आकृति

पृथ्वी का निर्माण लगभग 4 अरब 54 करोड़ वर्ष पूर्व हुआ था और लगभग 4 अरब 50 करोड़ वर्ष पूर्व एक खगोलीय पिंड की टक्कर से चन्द्रमा का जन्म हुआ। इतने लम्बे समय में अन्तर्जात व वहिर्जात बलों से अनेक परिवर्तन हुए हैं। इन बलों की पृथ्वी की धरातलीय व अधरातलीय आकृतियों की रूपरेखा निर्धारण में एक महत्त्वपूर्ण भूमिका रही है।

पृथ्वी की विवर्तनिक हलचलों (Plate Tectonics) एवं अन्य भूगर्भीय गतिविधियों के फलस्वरूप करोड़ों वर्ष पूर्व इंडियन प्लेट भूमध्य रेखा से दक्षिण में स्थित थी।

यह आकार में काफी विशाल थी और तब आस्ट्रेलियन प्लेट भी इसी का हिस्सा थी। करोड़ों वर्षों के दौरान, यह प्लेट कई हिस्सों में टूट गई और आस्ट्रेलियन प्लेट दक्षिण-पूर्व तथा इंडियन प्लेट उत्तर दिशा की ओर खिसकने लगी। इसका खिसकना आज भी जारी है। इसका भारतीय उपमहाद्वीप के भैतिक पर्यावरण पर विशेष प्रभाव है।

भारतीय उपमहाद्वीप की वर्तमान भूवैज्ञानिक संरचना व इसके क्रियाशील भू-आकृतिक प्रक्रम मुख्यत: अंतर्जनित व बहिर्जनिक बलों व प्लेट के क्षैतिज संचरण की अंत:क्रिया के परिणामस्वरूप अस्तित्व में आए हैं। भूवैज्ञानिक संरचना व शैल समूहों की भिन्नता के आधार पर भारत को तीन भूवैज्ञानिक खंडों में विभाजित किया जा सकता है जो भौतिक लक्षणों पर आधारित है—

(क) प्रायद्वीपीय खंड।

(ख) हिमालय और अन्य अतिरिक्त प्रायद्वीपीय पर्वत मालाएँ।

(ग) सिंधु-गंगा-ब्रह्मपुत्र मैदान।

प्रायद्वीपीय खंड

प्रायद्वीपीय खंड की उत्तरी सीमा कटी-फटी है जो कच्छ से आरम्भ होकर अरावली पहाड़ियों के पश्चिम से गुजरती हुई दिल्ली तक और फिर यमुना व गंगा नदी के

समानान्तर राजमहल की पहाड़ियों व गंगा डेल्टा तक चली जाती है। इसके अतिरिक्त उत्तर-पूर्व में कर्बी ऐंगलाँग व मेघालय का पठार तथा पश्चिम में राजस्थान भी इसी खंड के विस्तार में है।

पश्चिम बंगाल में मालदा भ्रंश उत्तरी-पूर्वी भाग में स्थित मेघालय व कर्बी ऐंगलाँग पठार को छोटा नागपुर पठार से अलग करता है। राजस्थान में यह प्रायद्वीपीय खंड मरुस्थल व मरुस्थल जैसी स्थलाकृतियों से ढका हुआ है।

प्रायद्वीप मुख्यतः नाइस व ग्रेनाइट से बना है। कैम्ब्रियन कल्प से यह भूखंड एक कठोर खंड के रूप में खड़ा है। अपवाद स्वरूप पश्चिमी तट समुद्र में डूबा होने और कुछ हिस्से टेक्टानिक गतिविधियों से उत्पन्न विवर्तनिक क्रियाओं से परिवर्तित होने के उपरांत भी इस भूखंड के वास्तविक आधार तल पर प्रभाव नहीं पड़ता है। इंडो आस्ट्रेलियन प्लेट का हिस्सा होने के कारण यह उर्ध्वाधर हलचलों व खंड भ्रंश से प्रभावित है।

नर्मदा, तापी और महानदी की रिफ्ट घाटियाँ और सतपुड़ा ब्लाक पर्वत इसके उदाहरण हैं। प्रायद्वीप में मुख्यतः अवशिष्ट पहाड़ियाँ शामिल हैं, जैसे—अरावली, नल्लामाला, जावादी, वेलीकोंडा, पालकोंडा श्रेणी और महेन्द्रगिरि पहाड़ियाँ आदि।

यहाँ की नदी-घाटियाँ उथली और उनकी प्रवणता कम होती है। पूर्व की ओर बहने वाली अधिकांश नदियाँ बंगाल की खाड़ी में गिरने के पूर्व डेल्टा निर्माण करती हैं। महानदी, कृष्णा, कावेरी नदियों द्वारा निर्मित डेल्टा इसके उदाहरण हैं।

हिमालय एवं अन्य अतिरिक्त प्रायद्वीपीय पर्वतमालाएँ

कठोर एवं स्थिर प्रायद्वीपीय खंड के विपरीत हिमालय और अतिरिक्त प्रायद्वीपीय पर्वतमालाओं की भूवैज्ञानिक संरचना तरुण, दुर्बल और लचीली है। ये पर्वत वर्तमान में भी बहिर्जनिक एवं अन्तर्जनित बलों की अन्तः क्रियाओं से प्रभावित हैं। इसके फलस्वरूप इसमें वलन (Folds), भ्रंष (Faults) और क्षेप (Thrust) बनते हैं। इन पर्वतों की उत्पत्ति विवर्तनिक हलचलों अथवा टेक्टानिक गतिविधियों से जुड़ी है। तेज बहाव वाली नदियों से अपरिदित (Eroded) ये पर्वत अभी भी अपने निर्माण की प्रक्रिया से गुजर रहे हैं और युवा हैं। गार्ज, V-आकार की घाटियाँ, क्षिप्रिकायें (Rapids) व जल-प्रपात (Water Fall) इत्यादि इसके प्रमाण हैं।

सिंधु-गंगा-ब्रह्मपुत्र मैदान

भारत का तृतीय भू-वैज्ञानिक खंड सिंधु गंगा एवं ब्रह्मपुत्र नदियों के मैदान हैं। मूलतः यह एक भू-अभिनति गर्त है जिसका निर्माण मुख्य रूप से हिमालय पर्वतमाला की निर्माण प्रक्रिया के तीसरे चरण में लगभग 6.4 करोड़ वर्ष पूर्व हुआ था। तब से

हिमालय और प्रायद्वीप से निकलने वाली नदियाँ इसे अपने साथ लाए हुए अवसादों से पाट रही हैं। इन मैदानों में जलोढ़ (Alluvial) परत की औसत गहराई 1000 से 2000 मीटर है।

इस प्रकार हमें विदित होता है कि भारत के विभिन्न क्षेत्रों की भूवैज्ञानिक संरचना में महत्त्वपूर्ण अंतर है जिसके कारण धरातल और भू-आकृति पर दूरगामी प्रभाव पड़ता है।

भू-आकृति

किसी स्थान की भू-आकृति, उसकी संरचना, प्रक्रिया और विकास की अवस्था का परिणाम है। भारत में धरातलीय भिन्नताएँ बहुत महत्त्वपूर्ण हैं। इसके उत्तर में एक बड़े क्षेत्र में ऊबड़-खाबड़ भू दृश्य हैं जिसमें हिमालय की पर्वत शृंखलाएँ, अनेक चोटियाँ, सुन्दर घाटियाँ व महाखड्ड हैं। दक्षिण में कटा-फटा पठार है जहाँ अपरदित चट्टानों और कगारों की भरमार है। इन दोनों के बीच उत्तर भारत का विशाल मैदान है।

भारत को निम्नलिखित भू आकृतिक खंडों में विभाजित किया जा सकता है—

- उत्तर तथा उत्तरी-पूर्वी पर्वतमाला।
- उत्तरी भारत का मैदान।
- प्रायद्वीपीय पठार।
- मरुस्थल।
- तटीय मैदान।
- द्वीप समूह।

उत्तर तथा उत्तरी-पूर्वी पर्वतमाला

इसमें हिमालय पर्वतमालाएँ तथा उत्तरी-पूर्वी पहाड़ियाँ शामिल हैं। हिमालय में कई समानान्तर पर्वत शृंखलाएँ हैं। इसमें वृहत हिमालय, पार हिमालय शृंखलाएँ, मध्य हिमालय और शिवालिक प्रमुख श्रेणियाँ हैं, जो दक्षिण-पूर्व दिशा की ओर फैली हैं। दार्जिलिंग और सिक्किम क्षेत्रों में ये श्रेणियाँ पूर्व-पश्चिम दिशा में फैली हैं, जबकि अरुणाचल प्रदेश में ये दक्षिण-पश्चिम से उत्तर-पश्चिम की ओर घूम जाती हैं। मिजोरम, नागालैंड और मणिपुर में ये पहाड़ियाँ उत्तर-दक्षिण दिशा में फैली हैं।

वृहत हिमालय शृंखला जिसे केन्द्रीय अक्षीय श्रेणी भी कहते हैं, की पूर्व-पश्चिम लम्बाई लगभग 2500 कि.मी. तथा उत्तर से दक्षिण चौड़ाई 160 से 400 कि.मी. है। हिमालय भारतीय उपमहाद्वीप तथा मध्य एवं पूर्वी एशिया के देशों के बीच एक मजबूत लम्बी दीवार के रूप में खड़ा है। हिमालय एक प्राकृतिक अवरोधक ही नहीं अपितु जलवायु, अपवाह और सांस्कृतिक विभाजक भी है।

हिमालय पर्वतमाला में भी अनेक क्षेत्रीय विभिन्नताएँ हैं। उच्चावच (Epeirogenetic), पर्वत श्रेणियों के संरेखण और दूसरी भू-आकृतियों के आधार पर हिमालय को निम्नलिखित उपखंडों में विभाजित किया जा सकता है—

- कश्मीर या उत्तरी-पश्चिमी हिमालय।
- हिमांचल और उत्तरांचल हिमालय।
- दार्जिलिंग और सिक्किम हिमालय।
- अरुणाचल हिमालय।
- पूर्वी पहाड़ियाँ एवं पर्वत।

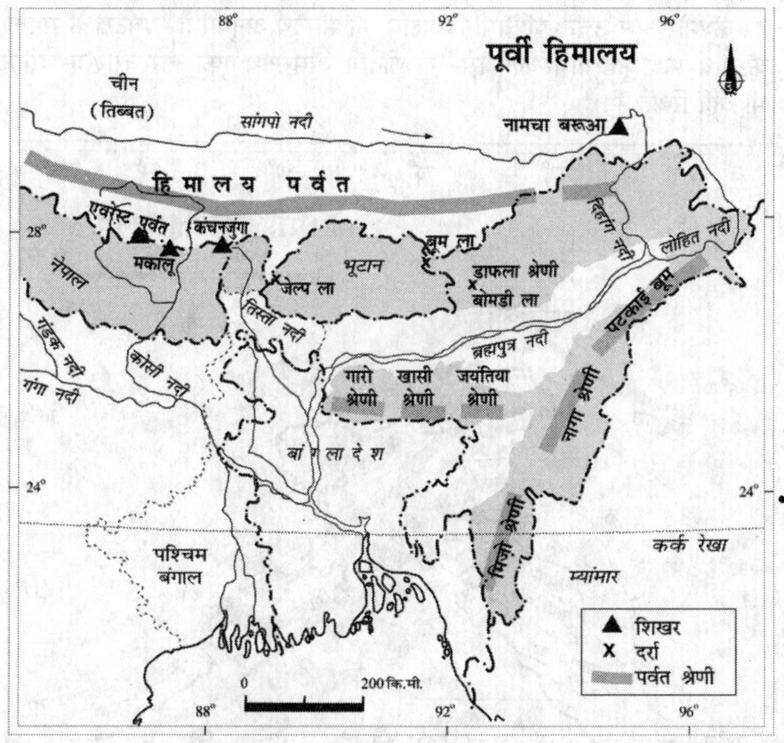

कश्मीर या उत्तरी-पश्चिमी हिमालय

कश्मीर-हिमालय में अनेक पर्वत श्रेणियाँ है, जैसे—कराकोरम, लद्दाख, जास्कर और पीरपंजाल। कश्मीर हिमालय का उत्तरी-पूर्वी भाग, जो वृहत हिमालय और कराकोरम श्रेणियों के बीच स्थित है, एक ठंडा मरुस्थल है। वृहत हिमालय व पीरपंजाल के बीच विश्वप्रसिद्ध कश्मीर घाटी और डल झील

है। दक्षिण एशिया की महत्त्वपूर्ण हिमानी नदियाँ बलटोरो और सियाचिन इसी प्रदेश में हैं।

कश्मीर हिमालय करेवा के लिए प्रसिद्ध है जहाँ जाफरान की खेती की जाती है। वृहत हिमालय में जोजीला, पीरपंजाल में बानिहाल, जास्कर श्रेणी में फोटुला और लद्दाख श्रेणी में खर्दूगला जैसे महत्त्वपूर्ण दर्रे स्थित हैं। महत्त्वपूर्ण मृदुजल की झीलें, जैसे—डल और वुलर तथा लवणयुक्त जल की झीलें, जैसे पाँगाँग सो (Pangong Tso) और सोमूरीरी (Tsomoeriri) भी इसी क्षेत्र में पाई जाती हैं। सिंधु तथा इसकी सहायक नदियाँ, झेलम और चेनाब, इस क्षेत्र को अपवाहित करती हैं। कश्मीर और उत्तरी-पश्चिमी हिमालय का सौन्दर्य अनुपम है। पर्यटन के महत्त्व के साथ-साथ कुछ तीर्थस्थल जैसे—वैष्णोदेवी, अमरनाथ गुफा और चरार-ए-शरीफ भी वहीं स्थित हैं।

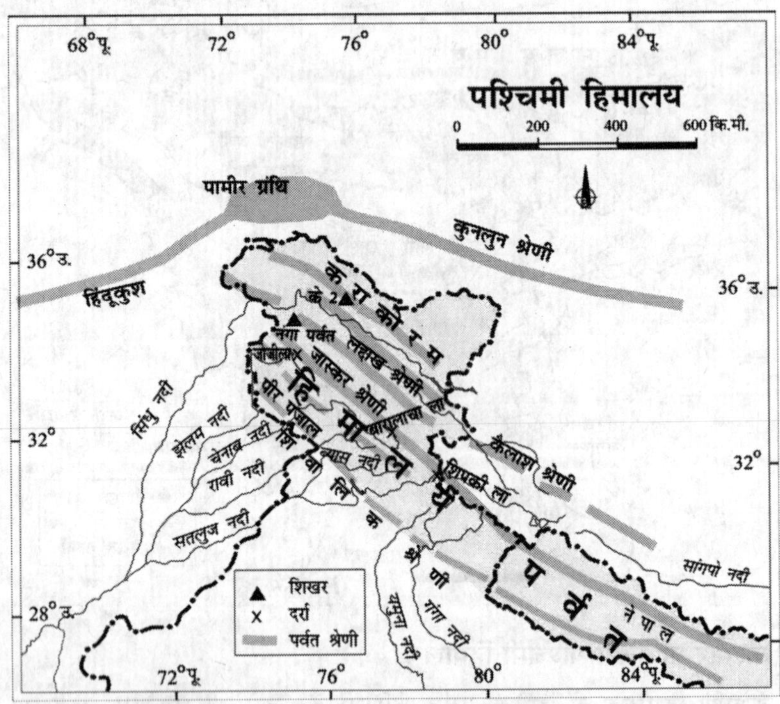

श्रीनगर झेलम नदी के किनारे बसा है, जहाँ विख्यात डल झील है। कश्मीर घाटी में झेलम नदी अपनी युवावस्था में बहती है तथापि नदीय स्थल रूप के विकास में प्रौढ़ावस्था में निर्मित होने वाली विशिष्ट आकृति-विसर्पों का निर्माण करती है। मैदानी क्षेत्र में नदी की धारा दाएँ-बाएँ होते हुए प्रवाहित होती है और

विसर्प बनाती है। ये विसर्प अंग्रेजी के 'S' के आकार के होते हैं। नदियों का ऐसा घूमना अधिक अवसादी बोझ के कारण होता है। झेलम के संदर्भ में विसर्पी बहाव पूर्व समय में स्थित एक बड़ी झील के कारण है जिसका एक हिस्सा वर्तमान डल-झील है। यह बड़ी झील झेलम नदी के लिए एक स्थानीय निम्नतम आधार रही है।

प्रदेश के दक्षिणी भाग में अनुदैर्ध्य (Longitudinal) घाटियाँ पाई जाती हैं जिन्हें दून कहते हैं। इनमें जम्मू-दून और पठान कोटदून प्रमुख हैं।

हिमाचल एवं उत्तरांचल हिमालय

हिमालय का यह हिस्सा पश्चिम में रावी नदी और पूर्व में काली (घाघरा की सहायक) नदी के बीच स्थित है। यह भारत की दो मुख्य नदियों , सिन्धु व गंगा द्वारा अपवाहित है। इस प्रदेश में रावी, ब्यास और सतलुज नदियाँ सिन्धु की सहायक नदियों के रूप में बहती हैं तथा यमुना और घाघरा, गंगा की सहायक नदियाँ हैं, जो दो प्रमुख नदी-तंत्रों का निर्माण करती हैं। हिमाचल हिमालय का सुदूर उत्तरी भाग लद्दाख के ठंडे मरुस्थल का विस्तार है और लाहौल एवं स्पिति जिले के स्पिति उपमंडल में है। हिमालय की तीनों मुख्य पर्वत-श्रृंखलाएँ—वृहत हिमालय, लघु हिमालय, जिन्हें हिमाचल में धौलाधर और उत्तरांचल में नागतीमा कहते हैं, और उत्तर-दक्षिण में फैली शिवालिक श्रेणी इस हिमालय खंड में स्थित है। शिवालिक शब्द की उत्पत्ति देहरादून के निकट शिवाबाला में पाई जाने वाली भूगर्भिक रचनाओं से हुई है।

लघु हिमालय में 1000 से 2000 मीटर की ऊँचाई वाले पर्वत ब्रिटिश प्रशासन के लिए मुख्य आकर्षण के केन्द्र रहे हैं और आज भी पर्यटन की दृष्टि से उनका विशेष महत्त्व है—धर्मशाला, मसूरी, कासौली, अल्मोड़ा, लैंसडाउन, कौसानी और रानीखेत इसी क्षेत्र में स्थित हैं।

इस क्षेत्र की दो स्थलाकृतियाँ—शिवालिक एवं दून हैं। यहाँ स्थित कुछ महत्त्वपूर्ण दून, चंडीगढ़-कालका का दून, नालागढ़ दून, देहरादून, हरीकेदून तथा कोटादून शामिल हैं। इनमें देहरादून सबसे बड़ी घाटी है जिसकी लम्बाई 25 से 45 कि.मी. और चौड़ाई 22 से 25 कि.मी. है।

वृहत हिमालय की घाटियों में मोटि्या या भूटिया प्रजाति के लोग निवास करते हैं। ये खानाबदोश हैं जो गर्मियों में ऊँचाई पर स्थित बुगथाल के घास-मैदानों में चले जाते हैं और शरद ऋतु में सर्दी बढ़ने पर पुनः घाटियों में उतर आते हैं। प्रसिद्ध धार्मिक स्थल—गंगोत्री, जमुनोत्री, बद्रीनाथ, केदारनाथ एवं हेमकुंड साहिब भी इसी क्षेत्र में हैं। विश्व प्रसिद्ध फूलों की घाटी भी यहीं है। इस क्षेत्र में पाँच प्रसिद्ध प्रयाग (नदी-संगम) स्थित हैं जिनका पौराणिक महत्त्व है और यह सम्पूर्ण क्षेत्र आध्यात्मिक

दृष्टि से तपस्थली की तरह है जहाँ आज भी स्थान-स्थान पर लोग साधनारत हैं। ये पंच प्रयाग क्रमशः विष्णु प्रयाग, नंद प्रयाग, कर्ण प्रयाग, रुद्र प्रयाग एवं देव प्रयाग हैं जहाँ से गंगा हरिद्वार होते हुए मैदानों में बहती है।

दार्जिलिंग और सिक्किम हिमालय

इसके पश्चिम में नेपाल हिमालय एवं पूर्व में भूटान हिमालय है। यह एक छोटा किन्तु हिमालय का बहुत ही महत्त्वपूर्ण भाग है। यहाँ तेज बहाव वाली तिस्ता नदी, कंचनजंगा जैसी ऊँची चोटियाँ और गहरी घाटियाँ पाई जाती हैं। इन पर्वतों के ऊँचे शिखरों पर लेपचाजन जाति और दक्षिणी भाग विशेषकर दार्जिलिंग हिमालय में मिश्रित जनसंख्या, जिसमें नेपाली, बंगाली और मध्य भारत की जनजातियाँ शामिल हैं, पाई जाती हैं।

यहाँ की प्राकृतिक पृष्ठभूमि एवं जलवायु जैसे मध्यम ढाल, गहरी व जीवाश्म युक्त मिट्टी, वर्ष भर वर्षा का होते रहना, और मंद शीत ऋतु की आबोहवा के कारण ब्रिटिश काल से ही चाय के बागान विकसित किए गए हैं, जिसके फलस्वरूप यह क्षेत्र हिमालय के अन्य क्षेत्रों से सर्वथा भिन्न है। यह क्षेत्र अपने प्राकृतिक सौन्दर्य के साथ-साथ वानस्पतिक एवं प्राणी-जगत की विविधताओं तथा रंग-बिरंगे फूलों विशेषकर आर्किड के लिए विख्यात है।

अरुणाचल हिमालय

भूटान-हिमालय से पूर्व में डिफू दर्रे तक फैले क्षेत्र को अरुणाचल हिमालय के रूप में जाना जाता है। इस पर्वत-श्रेणी की सामान्य दिशा दक्षिण-पूर्व से उत्तर-पूर्व है। इस क्षेत्र की मुख्य चोटियों में काँगतु और नमचा बरवा शामिल हैं। ये पर्वत श्रेणियाँ उत्तर से दक्षिण की ओर तीव्रगति से बहने वाली नदियों द्वारा विच्छेदित होती हैं। नामचा बरूआ को पार करने के बाद ब्रह्मपुत्र नदी एक गहरी नद कन्दरा (Gorge) बनाती है। कामेंग, सुबनसरी, दिहांग, दिबांग और लोहित यहाँ की प्रमुख नदियाँ हैं। ये सदानीरा बारहमासी नदियाँ (Perennial) हैं जो बहुत से जल प्रपात्रों का निर्माण करती हैं।

इस क्षेत्र में पश्चिम से पूर्व में बसी कुछ जनजातियाँ क्रमशः मानपा, डफ्फला,अबोर, मिशमी, निशी और नागा हैं। इनमें से ज्यादातर जनजातियाँ झूम (Jhumming) खेती करती हैं , जिसे स्थानान्तरी कृषि या स्लैश और बर्न कृषि भी कहते हैं। यह क्षेत्र जैव विविधता के कारण भी महत्त्वपूर्ण है जिनका संरक्षण देशज समुदायों ने किया। यह क्षेत्र अत्यंत ऊबड़-खाबड़ है जिसके कारण परिवहन दुःसाध्य है, अतएव अरुणाचल-असम सीमा पर स्थित दुआर क्षेत्र से होकर ही यहाँ कारोबार किया जा सकता है।

पूर्वी पहाड़ियाँ और पर्वत

हिमालय पर्वत के इस भाग की पहाड़ियों की दिशा उत्तर से दक्षिण है। ये पहाड़ियाँ विभिन्न स्थानीय नामों से जानी जाती हैं, जैसे—उत्तर में ये पटकाई बूम, नागा पहाड़ियाँ, मणिपुर पहाड़ियाँ और दक्षिण में इन्हें मिजो या लुसाई पहाड़ियों के नाम से जाना जाता है। यह एक नीची पहाड़ियों का क्षेत्र है जहाँ झूम या स्थानान्तरी खेती की जाती है।

यहाँ अधिकांशत: पहाड़ियों का अलगाव नदी-नालों से होता है। बराक मणिपुर व मिजोरम की एक मुख्य नदी है। मणिपुर के मध्य पहाड़ियों से घिरी एक झील है जिसे लोकताल कहते हैं।

मिजोरम जिसे मोलेसिस बेसिन भी कहते हैं मृदुल व असंगठित चट्टानों से बना है।

नागालैंड में बहने वाली अधिकांश नदियाँ ब्रह्मपुत्र की सहायक नदियाँ हैं। मिजोरम और मणिपुर की दो नदियाँ बराक की सहायक नदियाँ हैं, जो स्वयं मेघना नदी की एक सहायक नदी है। मणिपुर के पूर्वी भाग में बहने वाली नदियाँ चिदंबिन नदी की सहायक नदियाँ है जो कि म्यांमार में बहने वाली इरावदी नदी की एक सहायक नदी है।

उत्तरी भारत का मैदान

उत्तरी भारत का मैदान सिंधु, गंगा और ब्रह्मपुत्र नदियों द्वारा बहाकर लाए गए जलोढ़ निक्षेप से बना है। इस मैदान की पूर्व से पश्चिम लम्बाई लगभग 3200 कि.मी. है। इसकी औसत चौड़ाई 150 से 300 कि.मी. है। जलोढ़ निक्षेप की गहराई 1000 से 2000 मीटर है। उत्तर से दक्षिण दिशा में इन मैदानों को तीन भागों में बाँटा जा सकता है—भाभर, तराई और जलोढ़ मैदान।

भाभर 8 से 10 कि.मी. चौड़ाई वाला क्षेत्र है जो शिवालिक गिरिपाद (Foothill) के समानान्तर चला गया है। हिमालय पर्वत श्रेणियों से नीचे उतरती नदियाँ यहाँ पर भारी जल भार जैसे बड़े शैल व गोलाश्म जमा कर देती हैं और कभी-कभी स्वयं इसी में लुप्त हो जाती हैं।

भाभर के दक्षिण में तराई क्षेत्र है जिसकी चौड़ाई 10 से 20 कि.मी. है। भाभर क्षेत्र की लुप्त नदियाँ इस प्रदेश में धरातल पर निकलकर प्रकट होती हैं और क्योंकि इनकी निश्चित वाहिकायें नहीं होतीं, यह क्षेत्र अनूप बन जाता है, जिसे तराई कहते हैं। यह क्षेत्र प्राकृतिक वनस्पतियों से ढका रहता है और विभिन्न प्रकार के प्राणियों का आश्रय स्थल है।

तराई के दक्षिण में मैदान है जो पुराने और नये जलोढ़ से बना होने के कारण बाँगर और खादर कहलाता है।

इस मैदान में नदी की प्रौढ़ावस्था में बनने वाली अपरदनी और निक्षेपण स्थलाकृतियाँ, जैसे बालू रोधिका, विसर्प, गोखुर झीलें और गुंफित नदियाँ पाई जाती हैं। ब्रह्मपुत्र घाटी का मैदान नदीय द्वीप और बालू-रोधिकाओं की उपस्थिति के लिये जाना जाता है। यहाँ ज्यादातर क्षेत्र में समय-समय पर बाढ़ आती रहती है और नदियाँ अपना रास्ता बदल कर गुंफित वाहिकायें बनाती रहती हैं।

उत्तर-भारत के मैदान में बहने वाली विशाल नदियाँ अपने मुहाने पर विश्व के बड़े-बड़े डेल्टाओं का निर्माण करती हैं, जैसे—सुन्दरवन डेल्टा। सामान्य तौर पर यह एक सपाट मैदान है जिसकी समुद्र तल से ऊँचाई 50 से 100 मीटर है। और जो बंगाल की खाड़ी में गिरने वाली गंगा, ब्रह्मपुत्र व मेघना नदियों के मुहाने पर निर्मित है जिसका क्षेत्रफल 14,600 वर्ग कि.मी. है।

हरियाणा और दिल्ली राज्य सिंधु व गंगा नदी तंत्रों के बीच जल विभाजक है। ब्रह्मपुत्र नदी अपनी घाटी में उत्तर-पूर्व से दक्षिण-पश्चिम दिशा की ओर बहती है, परन्तु बांग्लादेश में प्रवेश करने के पूर्व घुबरी के समीप यह नदी दक्षिण की ओर लम्बवत् मुड़ जाती है। ये मैदान उपजाऊ जलोढ़ मिट्टी से बने हैं जहाँ कई प्रकार की फसलें, जैसे गेहूँ, धान, गन्ना, जूट, मक्का आदि उगाई जाती हैं। धन-धान्य प्रचुर मात्रा में होने के कारण यहाँ जनसंख्या का घनत्व अधिक है।

प्रायद्वीपीय पठार

नदियों के मैदान से 150 मीटर ऊँचाई से ऊपर उठता हुआ प्रायद्वीपीय पठार तिकोने आकार वाला कटा-फटा भूखंड है जिसकी ऊँचाई 600 से 900 मीटर है। उत्तर-पश्चिम में दिल्ली, कटक (अरावली विस्तार) पूर्व में राजमहल पहाड़ियाँ, पश्चिम में गिर पहाड़ियाँ और दक्षिण में इलायची (कादीमोम) पहाड़ियाँ, प्रायद्वीप पठार की सीमाएँ निर्धारित कराती हैं। उत्तर-पूर्व में शिलांग तथा कार्बी-एंगलोंग पठार भी इसी भूखंड का विस्तार है।

प्रायद्वीपीय भारत अनेक पठारों से मिलकर बना है, जैसे—हजारीबाग पठार, पालायू पठार, राँची पठार, मालवा पठार, कोयेम्बटूर पठार और कर्नाटक पठार। यह भारत के प्राचीनतम एवं स्थिर भूभागों में से एक है।

सामान्य तौर पर प्रायद्वीपीय ढाल पश्चिम से पूरब की ओर होता है जिसके कारण नदियाँ बंगाल की खाड़ी में गिरती हैं।

भारत में 9 नदियाँ विशेष महत्त्व की हैं जो भारत के एक बड़े भूभाग को सींचती चलती हैं। वे नदियाँ क्रमशः गंगा, यमुना (जो प्रयाग में गंगा में मिल जाती है), ब्रह्मपुत्र, महानदी, नर्मदा, गोदावरी, तापी, कृष्णा एवं कावेरी हैं। सिंधु नदी भारत के उत्तरी-पश्चिमी भागों से बहती हुई पाकिस्तान चली जाती है, जो अंततः अरबसागर में गिरती है। नर्मदा और ताप्ती पश्चिम की ओर बहने वाली नदियाँ हैं

जो अरबसागर में गिरती हैं। दक्षिणी प्रायद्वीपीय नदी गोदावरी दूसरी सबसे बड़ी बेसिन बनाती है जो भारत का 10% क्षेत्रफल है।

नर्मदा नदी भारत की प्राचीनतम नदी है। भारत की सबसे बड़ी नदी गंगा है जिसके बाद गोदावरी है।

प्रायद्वीपीय पठार की कुछ मुख्य प्राकृतिक स्थलावृतियों में टार, ब्लॉंक पर्वत भ्रंश घाटियाँ, पर्वत स्कन्ध, नग्न चट्टान संरचना, टेकरी (Hummocky) पहाड़ी श्रृंखलाएँ और क्वार्टजाइट भित्तियाँ (Dykes) शामिल हैं जो प्राकृतिक जल संग्रह के स्थल हैं। इस पठार के पश्चिमी और उत्तर-पश्चिमी भाग में मुख्य रूप से काली मिट्टी पाई जाती है।

प्रायद्वीपीय पठार के अनेक हिस्से भू-उत्थान व निमज्जन, भ्रंश तथा विभंग निर्माण प्रक्रिया के अनेक पुरावर्ती दौर से गुजरे हैं जिसमें भीमा भ्रंश का उल्लेख करना उचित प्रतीत होता है क्योंकि वहाँ बार-बार भूकम्पीय हलचलें होती रहती हैं। पुनावर्ती भूकम्पीय गतिविधियों के कारण ही प्रायद्वीपीय पठार पर धरातलीय विविधतायें पाई जाती हैं। इस पठार के उत्तरी-पश्चिमी भाग में नदी-खड्ड और महाखड्ड इसके धरातलीय भू दृश्यों को जटिल बनाते हैं। चंबल, पिंड और मोरेना खड्ड इसके उदाहरण हैं।

मुख्य उच्चावच लक्षणों के अनुसार प्रायद्वीपीय पठार को तीन भागों में बाँटा जा सकता है—

(1) दक्कन का पठार।

(2) मध्य उच्च भूभाग।

(3) उत्तरी-पूर्वी पठार।

दक्कन का पठार

इसके पश्चिम में पश्चिमघाट पूर्व में पूर्वीघाट और उत्तर में सतपुड़ा, मैकाल और महादेव पहाड़ियाँ हैं।

पश्चिमी-घाट को स्थानीय तौर पर कई नामों से पुकारते हैं जैसे—महाराष्ट्र में इसे सहयाद्रि, कर्नाटक और तमिलनाडु में नीलगिरि और केरल में अनामलाई और इलायची (कादीमोम) पहाड़ियों के नाम से जाना जाता है।

पूर्वी घाट की तुलना में पश्चिमी घाट ऊँचे और अविरत हैं जिनकी औसत ऊँचाई 1500 मीटर है, जो कि उत्तर से दक्षिण की ओर बढ़ती जाती है। प्रायद्वीपीय पठार की सर्वाधिक ऊँची चोटी ऊन्नाई मुडी (2695 मीटर) है जो अन्नामलाई पहाड़ियों में स्थित है। दूसरी सबसे ऊँची चोटी डोडाबेटा है और यह नीलगिरि की पहाड़ियों में है।

अधिकांशत: प्रायद्वीपीय नदियों की उत्पत्ति पश्चिमी घाट में है। पूर्वी घाट अविरत नहीं है और महानदी, गोदावरी, कृष्णा, कावेरी नदियों द्वारा अपरदित हैं। यहाँ की कुछ मुख्य श्रेणियाँ जावादी, पालकोंडा, नल्लामाला और महेन्द्रगिरि पहड़ियाँ हैं। पूर्वी और पश्चिमी घाट आपस में नीलगिरि की पहाड़ियों में मिलते हैं।

मध्य उच्च भूभाग

पश्चिम में अरावली पर्वत, दक्षिण में सतपुड़ा पर्वत, उत्तर में दक्कन पठार इसकी सीमाएँ बनाते हैं। प्रायद्वीपीय पठार के इस भाग का विस्तार जैसलमेर तक है जहाँ यह अनुदैर्ध्य रेत के टिब्बों और चापाकार (बरखान) रेतीले टिब्बों से ढका है। अपने भू-गर्भीय इतिहास में यह क्षेत्र कायांतरित प्रक्रियाओं से गुजर चुका है और कायांतरित चट्टानों जैसे—संगमरमर, स्लेट और नाइस की उपस्थिति इसका प्रमाण है।

समुद्र तल से मध्य उच्च भूभाग की ऊँचाई 700 से 1000 मीटर के बीच है और उत्तर तथा उत्तर-पूर्व दिशा में इसकी ऊँचाई कम होती चली जाती है। यमुना की अधिकतर सहायक नदियाँ विंध्याचल और कैमूर श्रेणियों से निकलती हैं। मध्य उच्च भूभाग का पूर्वी विस्तार राजमहल की पहाड़ियों तक है जिसके दक्षिण में स्थित छोटा नागपुर पठार खनिज पदार्थों का भंडार है।

उत्तर-पूर्व पठार

वस्तुतः यह प्रायद्वीपीय पठार का ही एक विस्तारित भाग है। वैज्ञानिकों का अनुमान है कि हिमालय उत्पत्ति के समय इंडियन प्लेट के उत्तर-पूर्व दिशा में खिसकने के कारण, राजमहल पहाड़ियों और मेघालय के पठार के बीच भ्रंश घाटी बनने से यह अलग हो गया था। बाद में यह नदियों द्वारा जमा किए गए जलोढ़ द्वारा पाट दिया गया। आज मेघालय और कार्बी ऐंगलोंग पठार इसी कारण मुख्य प्रायद्वीपीय पठार से अलग-थलग हैं। इसमें निवास करने वाली जनजातियों के नाम के आधार पर मेघालय के पठार को तीन भागों में विभाजित किया गया है—

(1) गारो पहाड़ियाँ।

(2) खासी पहाड़ियाँ।

(3) जयंतिया पहाड़ियाँ।

असम की कार्बीऐंगलोंग पहाड़ियाँ भी इसी का विस्तार हैं।

छोटा नागपुर के पठार की तरह मेघालय के पठार भी कोयला, लोहा, सिलीमेनाइट चूने के पत्थर और यूरेनियम जैसे खनिज पदार्थों का भंडार है।

इस क्षेत्र में अधिकतर वर्षा दक्षिण-पश्चिमी मॉनसून से होती है परिणामस्वरूप मेघालय का पठार एक अति अपरदित भूतल है। चेरापूँजी नग्न चट्टानों से ढका स्थल है जहाँ वनस्पति लगभग न के बराबर है।

भारतीय मरुस्थल

अरावली पहाड़ियों से उत्तर-पूर्व में विशाल भारतीय मरुस्थल स्थित है जो एक ऊबड़-खाबड़ भूतल है जिस पर बहुत से अनुदैर्ध्य रेतीले टीले और बरखान पाए

जाते हैं। यहाँ वर्षा 150 मिलीमीटर से कम होती है जिसके परिणामस्वरूप यह एक शुष्क एवं वनस्पति रहित क्षेत्र है। इसी कारण इसे मरुस्थल कहते हैं। भू वैज्ञानिक मानते हैं कि मेसोजोइक काल (25.2 करोड़ वर्ष से 6.6 करोड़ वर्ष पूर्व) में यह क्षेत्र समुद्र का हिस्सा था। इसकी पुष्टि आकल में स्थित काष्ठ जीवाश्म पार्क में उपलब्ध प्रमाणों तथा जैसलमेर के निकट ब्रह्मसर के आसपास के समुद्री निक्षेपों से होती है। काष्ठ जीवाश्मों की आयु लगभग 18 करोड़ वर्ष आँकी गई है।

यद्यपि इस क्षेत्र की भूगर्भिक चट्टान संरचना प्रायद्वीपीय पठार का ही विस्तार है, तथापि अत्यंत शुष्क दशाओं के कारण इसकी धरातलीय आकृतियाँ भौतिक अपक्षय और पवन क्रियाओं द्वारा निर्मित हैं। यहाँ की प्रमुख स्थलाकृतियाँ स्थानान्तरी रेतीले टीले, पत्रक चट्टानें और मरु उद्यान (दक्षिणी भाग में) हैं।

ढाल के आधार पर मरुस्थल को दो भागों में बाँटा जा सकता है—

(1) सिंध की ओर ढाल वाला उत्तरी भाग;

(2) कच्छ के रन की ओर ढाल वाला दक्षिणी भाग।

यहाँ की अधिकांश नदियाँ अल्पकालिक हैं। दक्षिणी भाग में बहने वाली लूनी नदी महत्त्वपूर्ण है। अल्पवृष्टि तथा अधिक वाष्पीकरण के कारण यहाँ सदैव जल की कमी रहती है। कुछ नदियाँ तो मरुस्थल में कुछ दूर चलने के बाद लुप्त हो जाती हैं। यह अंत: अपवाह का उदाहरण है जहाँ नदियाँ झील या प्लाया में मिल जाती हैं। इन प्लाया झीलों का जल खारा होता है जिससे नमक बनाया जाता है। राजस्थान की सांभर, डिडवाना, लून, कनाझ, पंचमद्रा ऐसी झीलें हैं।

तटीय मैदान

भारतीय तटरेखा बहुत लम्बी है। स्थिति एवं सक्रिय भूआकृतिक प्रक्रियाओं के आधार पर तटीय मैदानों को दो भागों में बाँटा जा सकता है—

(1) पश्चिमी तटीय मैदान।

(2) पूर्वी तटीय मैदान।

पश्चिमी तटीय मैदान जलमग्न तटीय मैदानों के उदाहरण हैं। पौराणिक नगर द्वारिका किसी समय पश्चिमी तट का मुख्य भूमि पर स्थित प्रमुख नगर था जो कालांतर में जलमग्न हो गया। पुरातात्त्विक अन्वेषण में उसके अवशेष मिले हैं। जलमग्न होने के कारण पश्चिमी तटीय मैदान एक सँकरी पट्टी के रूप में है तथा पवनों एवं बन्दरगाह विकास के लिए प्राकृतिक परिस्थितियाँ प्रदान करता है। यहाँ स्थित प्राकृतिक बंदरगाहों में कांटला, मजगाँव, जे एन एल नावहा शेवा, मर्गागावों, मैंगलोर, कोचीन शामिल हैं।

उत्तर में गुजरात तट से दक्षिण में केरल तट तक फैले पश्चिमी तटीय मैदान को क्रमश: गुजरात का कच्छ और काठियावाड़ तट, महाराष्ट्र का कोंकण तट,

गोवा तट, कर्नाटक तथा केरल के क्रमशः मालाबार तट में विभाजित किया जा सकता है।

पश्चिमी तटीय मैदान मध्य में संकीर्ण किन्तु उत्तर एवं दक्षिण में फैला हुआ है। इस मैदान में बहने वाली नदियाँ डेल्टा नहीं बनाती हैं। मालाबार तट की विशेष स्थलाकृति कयाल (Back waters) है, जिसे मछली पकड़ने और अंतः स्थलीय नौकायन के लिए प्रयोग किया जाता है, पर्यटकों के लिए विशेष आकर्षण का केन्द्र है। केरल में प्रतिवर्ष प्रसिद्ध—नेहरू ट्राफी वलामकाली (नौका-दौड़) का आयोजन पुन्ना मदा कयाल में किया जाता है।

पश्चिमी तटीय मैदान की तुलना में पूर्वी तटीय मैदान चौड़ा है और उसके तट उभरे हुए हैं। पूर्व की ओर बहने वाली नदियाँ बंगाल की खाड़ी में गिरती हैं, जो लम्बे-चौड़े डेल्टा बनाती हैं। इसमें महानदी, गोदावरी, कृष्णा व कावेरी के डेल्टा सम्मिलित हैं। उभरा तट होने के कारण यहाँ पत्तन और पोताश्रय (बन्दरगाह) कम हैं।

यहाँ पर महाद्वीपीय शेल्फ की चौड़ाई 500 कि.मी. है जिसके कारण यहाँ पत्तनों व बन्दरगाहों का विकास कठिन है।

द्वीप समूह

भारत में दो प्रमुख द्वीप समूह हैं—बंगाल की खाड़ी के तथा अरब सागर के द्वीप समूह।

बंगाल की खाड़ी के द्वीप समूह में लगभग 572 द्वीप हैं जो 6^0 से 14^0 उत्तर और 92^0 पूर्व से 94^0 पूर्व के बीच स्थित हैं। रीची और लबरीन्थ द्वीप यहाँ के दो प्रमुख द्वीप समूह हैं। इन द्वीप समूहों को भी दो श्रेणियों में बाँटा जा सकता है—उत्तर में अंडमान और दक्षिण में निकोबार। इन द्वीपों का निर्माण ज्वालामुखीय गतिविधियों से हुआ है और ये जलमग्न पवर्तों का हिस्सा हैं। वैसे आइलैंड नामक भारत का एकमात्र जीवंत ज्वालामुखी भी निकोबार द्वीप समूह में स्थित है। यह द्वीप असंगठित कंकड़, पत्थरों और गोलाश्मों से निर्मित है।

इस द्वीप-समूह की प्रमुख चोटियों में उत्तरी अंडमान की सैडल चोटी (738 मीटर), मध्य अंडमान की माउंट डियोवोली (515 मीटर) और ग्रेट निकोबार की माउंट थुइल्लर (642 मीटर) चोटियाँ उल्लेखनीय हैं।

पश्चिमी तट के साथ कुछ प्रवाल निक्षेप तथा खूबसूरत पुलिन हैं। यहाँ के द्वीपों पर संवहनी वर्षा होती है और भूमध्यरेखीय प्रकार की वनस्पतियाँ उगती हैं।

अरब-सागर के द्वीपों में लक्षद्वीप व मिनिकॉय शामिल हैं। ये द्वीप 80^0 उत्तर से 12^0 उत्तर और 71^0 पूर्व से 74^0 पूर्व के बीच बिखरे हुए हैं। ये केरल तट से 280 से 480 कि.मी. दूर स्थित हैं। सम्पूर्ण द्वीप समूह प्रवाल निक्षेप से बना है। यहाँ 36 द्वीप हैं जिनमें 11 पर मानव आबादी है। मिनीकाय सबसे बड़ा द्वीप है जिसका क्षेत्रफल 453 वर्ग कि.मी. है।

पूरा द्वीप समूह 11^0 चैनल द्वारा दो भागों में बाँटा गया है, उत्तर में अमीनी द्वीप और दक्षिण में कनानोरे द्वीप। इस द्वीप समूह पर तूफान निर्मित पुलिन है जिस पर अबद्ध गुटिकाएँ, शिंगिल, गोलाश्मिकाएँ तथा गोलाश्म पूर्वी समुद्र तट पर पाए जाते हैं।

अध्याय-20

अपवाह तंत्र

निश्चित वाहिकाओं के माध्यम से हो रहे जल प्रवाह को 'अपवाह' कहते हैं। इन वाहिकाओं की जालनुमा संरचना को 'अपवाह तंत्र' कहते हैं।

किसी भी क्षेत्र का अपवाह तंत्र वहाँ की भूवैज्ञानिक समयावधि, भूदृश्य, चट्टानों की प्रकृति एवं संरचना, ढाल, बहे जल की मात्रा और बहाव की अवधि का परिणाम है।

मुख्य अपवाह प्रतिरूप

(1) जो अपवाह प्रतिरूप वृक्ष की शाखाओं की तरह हो उसे वृक्षाकार (Dendritic) प्रतिरूप कहते हैं, जैसे उत्तरी मैदान की नदियाँ।

(2) जब नदियाँ किसी पर्वत से निकलकर उसकी ढालों के अनुरूप सभी दिशाओं में बहती हैं, तो उसे अरीय (Radial) प्रतिरूप कहते हैं। अमरकंटक पर्वत शृंखला से निकली नदियाँ इसका उदाहरण हैं।

(3) जब मुख्य नदियाँ एक-दूसरे के समांतर बहती हों तथा सहायक नदियाँ उनसे समकोण पर मिलती हों तो ऐसे प्रतिरूप को जालीनुमा प्रतिरूप (Trellis) कहते हैं।

(4) जब अनेक दिशाओं से आकर नदियाँ किसी झील, वृहत जलाशय अथवा गर्त में विसर्जित होती हैं तो ऐसे अपवाह तंत्र को अभिकेन्द्री प्रतिरूप (Centri petal) कहते हैं।

एक नदी जिस विशिष्ट क्षेत्र से अपना जल बहाकर आती है, उसे उसका जलग्रहण (Catchment) क्षेत्र कहते हैं।

एक नदी एवं उसकी सहायक नदियों द्वारा अपवाहित क्षेत्र को अपवाह द्रोणी कहते हैं। एक अपवाह-द्रोणी को दूसरे से पृथक करने वाली सीमा को जल-विभाजक या जल-संभर (Water shed) कहते हैं।

बड़ी नदियों के जलग्रहण क्षेत्र को नदी द्रोणी जबकि छोटी नदियों एवं नालों द्वारा अपवाहित क्षेत्र को जल-संभर ही कहते हैं।

नदी द्रोणी का आकार बड़ा जबकि जल-संभर का आकार छोटा होता है। ये एक संयुक्त तंत्र की तरह कार्य करते हैं। इनके एक भाग में परिवर्तन का प्रभाव अन्य भागों व पूर्ण क्षेत्र में देखा जा सकता है। इसीलिए इन्हें सूक्ष्म, मध्यम व वृहत् नियोजन इकाइयों व क्षेत्रों के रूप में लिया जाता है।

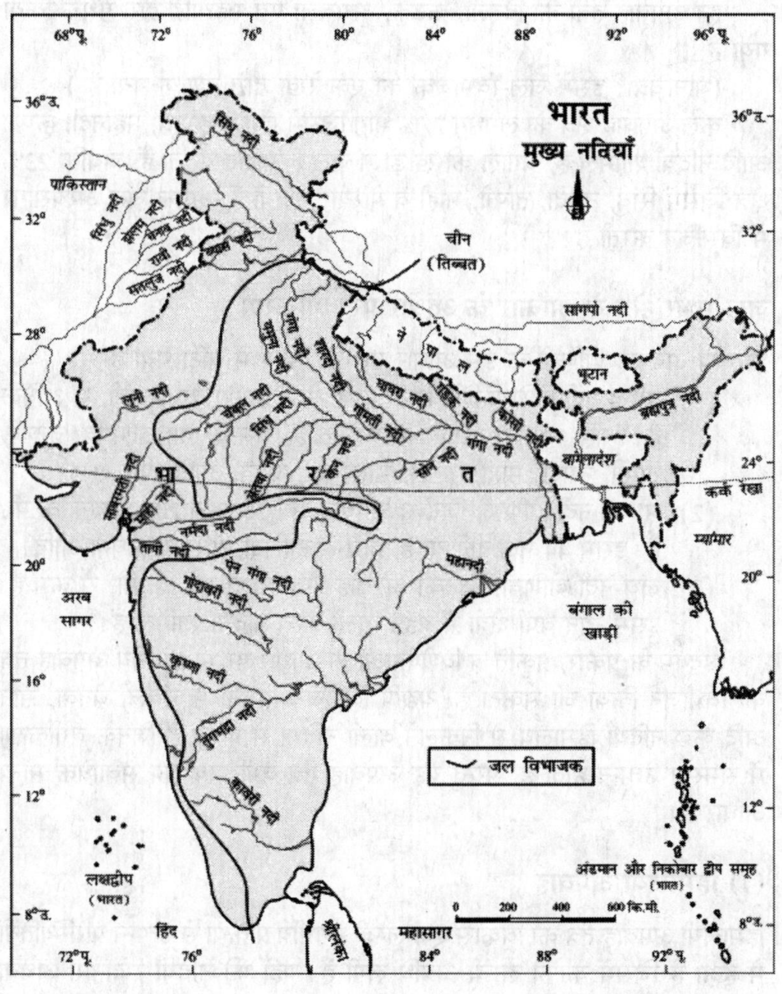

भारतीय अपवाह तंत्र

जल विसर्जन के आधार पर वर्गीकरण

समुद्र में जल विसर्जन के आधार पर इसे दो समूहों में विभाजित किया जा सकता है—

(1) अरब सागर का अपवाह तंत्र।

(2) बंगाल की खाड़ी का अपवाह तंत्र।

इन अपवाह तंत्रों को दिल्ली, कटक, अरावली एवं सहयाद्रि द्वारा पृथक किया गया है

(मानचित्र : इसमें जल-विभाजक को एक रेखा द्वारा दर्शाया गया है)

कुल अपवाह क्षेत्र का लगभग 77% भाग जिसमें गंगा, ब्रह्मपुत्र, महानदी, कृष्णा आदि नदियाँ शामिल हैं, बंगाल की खाड़ी में जल विसर्जित करती हैं, जबकि 23% क्षेत्र जिसमें सिंधु, नर्मदा, ताप्ती, माही व पेरियार नदियाँ हैं, अपना जल अरबसागर में विसर्जित करती हैं।

जल-संभर क्षेत्र के आकार के आधार पर वर्गीकरण

भारतीय अपवाह द्रोणियों के इस आधार पर तीन भागों में बाँटा गया है—

(1) प्रमुख नदी द्रोणियाँ जिनका अपवाह क्षेत्र 20000 वर्ग कि.मी. से अधिक है। इसमें 14 नदी द्रोणियाँ सम्मिलित हैं, जैसे—गंगा, ब्रह्मपुत्र, कृष्णा, ताप्ती, नर्मदा, माही, पेन्नार, साबरमती, बराक आदि (परि. 3)।

(2) मध्यम नदी द्रोणियाँ, जिनका अपवाह क्षेत्र 2000 से 20000 वर्ग कि.मी. है। इसमें 44 नदी द्रोणियाँ हैं, जैसे—कालिंदी, पेरियार, मेघना आदि।

(3) लघु नदी द्रोणियाँ, जिनका अपवाह क्षेत्र 2000 वर्ग कि.मी. से कम है। इसमें न्यून वर्षा क्षेत्रों में बहने वाली अन्य नदियाँ शामिल हैं।

उद्गम के प्रकार, प्रकृति व विशेषताओं के आधार पर भी भारतीय अपवाह तंत्र का विभाजन किया जा सकता है। यद्यपि विभाजन योजना में चंबल, बेतवा, सोन अदि कुछ नदियाँ हिमालय से निकलने वाली नदियों से पुरानी हैं जिनके वर्गीकरण में समस्या उत्पन्न होती है, परन्तु यह अपवाह तंत्र वर्गीकरण का सर्वाधिक मान्य आधार है।

(1) हिमालयी अपवाह

हिमालयी अपवाह तंत्र का विकास एक लम्बी भूगर्भीय प्रक्रिया से उत्पन्न परिस्थितियों में हुआ है जिसमें काफी लम्बी अवधि लगी है। यहाँ की नदियाँ सदानीरा अथवा बारहमासी हैं, जिनमें सदैव जल प्रवाहित होता रहता है, क्योंकि इनमें जल की आपूर्ति

हिमालय की बर्फ पिघलने व वर्षा दोनों से वर्ष भर होती रहती है। इसमें मुख्यत: गंगा, ब्रह्मपुत्र व सिंधु जैसी विशाल नदी-द्रोणियाँ शामिल हैं।

ये नदियाँ पर्वत से उतरते समय गहरे महाखड्डों (Gorges) से गुजरती हैं जो हिमालय की निर्माण प्रक्रिया से निर्मित हैं।

महाखड्डों के अतिरिक्त ये नदियाँ अपने पर्वतीय मार्ग में V-आकार की घाटियाँ, क्षिप्रिकाएँ व जल प्रपात भी बनाती हैं। जब ये मैदान में प्रवेश करती हैं, तो निक्षेपणात्मक (Depository) स्थलाकृतियाँ—जैसे समतल घाटियाँ, गोखुर झीलें, बाढ़कृत मैदान, गुंफित वाहिकाएँ और नदी के मुहाने पर डेल्टा का निर्माण करती हैं। हिमालय क्षेत्र में इसका रास्ता टेढ़ा-मेढ़ा (Meander) है, पर मैदानी क्षेत्र में ये अधिकांशत: सर्पीला अथवा सर्पाकार (Serpentine) मार्ग अपनाती हैं और अपना रास्ता बदलती रहती हैं। कोसी नदी, जिसे बिहार का शोक (Sorrow of Bihar) कहते हैं अपना गमन पथ बदलने के लिये कुख्यात रही है। ऐसा इसलिए होता है क्योंकि नदियाँ अपने साथ पर्वतों के ऊपरी क्षेत्र से इतना अधिक अवसाद (Sedimentary material) लाती हैं कि मैदान में पहुँचते-पहुँचते जब उनकी गति कम होने लगती है तो ये अवसाद वहीं निक्षेपित होने लगते हैं और जब काफी अधिक अवसाद बहाव-मार्ग में निक्षेपित हो जाता है तब बहाव अवरोधित होने लगता है और नदियाँ अपना रास्ता बदल लेती हैं।

हिमालय पर्वतीय अपवाह तंत्र का विकास

भूवैज्ञानिक मानते हैं कि मायोसीन कल्प में (2.4 करोड़ वर्ष से 50 लाख वर्ष पूर्व) एक विशाल नदी जिसे शिवालिक या इंडो-ब्रह्म कहा गया है, हिमालय के सम्पूर्ण अनुदैर्ध्य (देशांतरीय) विस्तार के साथ असम से पंजाब तक बहती थी और अंत में निचले पंजाब के पास सिंधु की खाड़ी में अपना जल विसर्जित करती थी। शिवालिक पहाड़ियों की असाधारण निरंतरता, इनका सरोवरी उद्गम और इनका जलोढ़ से बना होना जिसमें रेत, मिट्टी (मृत्तिका), चिकनी मिट्टी, गोलाश्म व कोंगलोमरेट (संगुटिका, मिश्रसंगुटिकाश्म संचय) शामिल हैं , इस अवधारणा की पुष्टि करते हैं।

कालांतर में यह विशाल नद (इंडो-ब्रह्म) तीन मुख्य अपवाह तंत्रों में भूगर्भिक एवं भौगोलिक गतिविधियों के कारण बँट गया।

(1) पश्चिम में सिंध और उसकी पाँच सहायक नदियाँ।

(2) मध्य में गंगा व हिमालय से निकलने वाली उसकी सहायक नदियाँ।

(3) पूर्व में ब्रह्मपुत्र का भाग व उसकी सहायक नदियाँ।

यह विभाजन कदाचित प्लीस्टोसीन काल में (26 लाख से 11700 वर्ष पूर्व) हिमालय के पश्चिमी भाग में व पोटवार पठार अथवा दिल्ली रिज (150 करोड़ वर्ष पूर्व) की उठान के कारण हुआ ।

दिल्ली रिज के कारण राजस्थान की गर्म हवाएँ दिल्ली में नहीं आने पातीं जिससे दिल्ली हरी-भरी दिखती है। इसकी तुलना में हिमालयी संरचना काफी बाद में लगभग 5 करोड़ वर्ष पूर्व अस्तित्व में आई।

इसी तरह मध्य प्लीस्टोसीन काल (26 लाख से 11700 वर्ष तक) में राजमहल पहाड़ियों और मेघालय पठार के मध्य स्थित माल्दा गैप का अधोक्षेपण हुआ जिसमें गंगा व ब्रह्मपुत्र नदी-तंत्रों का दिशा परिवर्तन हुआ और वे बंगाल की खाड़ी की ओर प्रवाहित हुईं।

हिमालयी अपवाह तंत्र की नदियाँ

सिंधु नदी तंत्र

यह विश्व के सबसे बड़े नदी द्रोणियों में से एक है, जिसका क्षेत्रफल 11.65 लाख वर्ग कि.मी. है किन्तु भारत में इसका क्षेत्र विस्तार 3.21 लाख वर्ग कि.मी. है। इसकी कुल लम्बाई 2880 कि.मी. है, परन्तु भारत में इसकी लम्बाई 1114 कि.मी. है। भारत की हिमालयी नदियों के पश्चिम में यह है जिसका उद्‌गम तिब्बती क्षेत्र में कैलाश पर्वत श्रेणी में, बोखर चू (Bokhar chu) के निकट एक हिमनद ($31^0 15'$ N Latitude and 81^0 $40'$E Longitude) से 4164 मीटर ऊँचाई पर स्थित स्रोत से हुआ है। तिब्बत में इसे सिंगी खंबान अथवा शेर-मुख कहते हैं। लद्‌दाख व जास्कर श्रेणियों के बीच से उत्तर-पश्चिम दिशा में बहती हुई यह लद्‌दाख व बालतिस्तान से गुजरती है। लद्‌दाख श्रेणी को काटते हुए यह नदी जम्मू व कश्मीर में गिलगित के समीप एक दर्शनीय महाखड्ड का निर्माण करती है। पाकिस्तान में यह चिल्लड़ के समीप दरदिस्तान प्रदेश में प्रवेश करती है।

सिंधु नदी की अधिकांश सहायक नदियों का उद्‌गम हिमालय ही है जैसे—शयोक, गिलगित, जास्कर, हूंजा, नुबरा शिगार, गास्टिंग व द्रास। अंततः यह नदी अटक के निकट पहाड़ियों से बाहर निकलती है जहाँ दाहिने से आकर काबुल नदी इसमें मिलती है। इसके दाहिने तट पर मिलने वाली अन्य सहायक नदियाँ खूर्रम, तोची, गोमल, विबोआ और संगर हैं। ये सभी नदियाँ सुलेमान पर्वत से निकलती हैं। यह नदी दक्षिण की तरफ बहती हुई मीथनकोट के निकट पंचनद का जल प्राप्त करती है। पंचनद पंजाब की पाँच मुख्य नदियाँ हैं जो क्रमशः सतलुज, व्यास, रावी, चेनाब और झेलम हैं। अंत में सिंधु नदी कराची के पूर्व में अरब सागर में गिरती है। भारत में सिंधु, जम्मू व कश्मीर केन्द्र शासित प्रदेश के केवल लेह जिले में बहती है। झेलम, सिंधु की मुख्य सहायक नदी है जो कश्मीर घाटी के दक्षिण-पूर्वी भाग में पीर-पंजाक गिरिपद में स्थित वेरीनाग झरने से निकलती है। पाकिस्तान में प्रवेश करने के पूर्व यह श्रीनगर व वूलर झील से बहते हुए एक तंग व गहरे महाखड्ड से गुजरती है। पाकिस्तान में झंग के निकट यह चेनाब से मिलती है।

चेनाब, सिन्धु की सबसे बड़ी सहायक नदी है जो चंद्रा व भाग दो सरिताओं के मिलने से बनती है, जो हिमाचल प्रदेश के केलाँग के निकट तांडी में मिलती हैं जिसके कारण इसे चंद्रभागा के नाम से भी जाना जाता है। पाकिस्तान में प्रवेश होने के पूर्व यह नदी 1180 कि.मी. बहती है।

रावी हिमांचल प्रदेश की कुल्लू पहाड़ियों में रोहतांग दर्रे के पश्चिम से निकलती है और चंबा घाटी में बहती है। पाकिस्तान में प्रवेश करने व सराय सिंधु के निकट चेनाब नदी से मिलने के पूर्व यह नदी पीरपंजाल के दक्षिण-पूर्वी भाग व धौलाधर के बीच प्रदेश से प्रवाहित होती है।

व्यास नदी रोहतांग दर्रे के निकट 4000 मीटर ऊँचे व्यास-कुंड से निकलती है तथा कुल्लू घाटी से गुजरते हुए धौलाधर श्रेणी में काती और लारगी में महाखड्ड का निर्माण करती है। पंजाब में हरिके के पास सतलुज नदी में जा मिलती है।

सतलुज नदी तिब्बत में 4555 मीटर की ऊँचाई पर मानसरोवर झील के निकट राक्षस-ताल से निकलती है जहाँ इसे लाँगचेन खंबाब के नाम से जाना जाता है। भारत में प्रवेश करने के पूर्व लगभग 400 कि.मी. यह सिंधु के समांतर बहती है और रोपड़ में एक महाखड्ड से निकलती है। हिमालय पर्वत श्रेणी में यह शिवकीला से बहती हुई पंजाब के मैदान में प्रवेश करती है। यह एक अत्यंत महत्त्वपूर्ण सहायक नदी है, क्योंकि यह भाखड़ा नांगल परियोजना के नहर-तंत्र का पोषण करती है।

सिंधु

सिंधु नदी भारतवर्ष की ही नहीं विश्व की विशाल नदी है।

उद्गम स्थल—तिब्बत में स्थित कैलाश मानसरोवर के पास।

बहाव—तिब्बत में 250 कि.मी.। जम्मू कश्मीर में 550 कि.मी.। शेष 2380 कि.मी. पाकिस्तान में। कुल लम्बाई 3180 कि.मी.।

वैदिक संस्कृति का विकास इसी के किनारे हुआ। मोहन जोदड़ो व हड़प्पा संस्कृति इसी के किनारे थी।

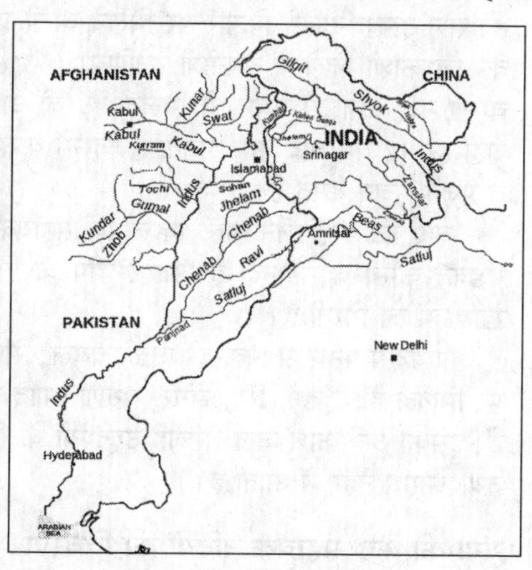

गंगा नदी तंत्र

अपनी द्रोणी और सांस्कृतिक महत्त्व दोनों ही दृष्टि से यह भारत की सबसे महत्त्वपूर्ण नदी है। यह उत्तरांचल राज्य के उत्तर काशी जिले में गोमुख के निकट गंगोत्री

हिमनद से 3900 मीटर की ऊँचाई से निकलती है। यहाँ यह भागीरथी के नाम से जानी जाती है जो आगे चलकर देवप्रयाग में चमोली जिले से निकलकर आने वाली अलकनंदा से मिलती है, जहाँ इसे गंगा नाम मिलता है। अलकनंदा का स्रोत बद्रीनाथ के ऊपर सतोपथ हिमनद है जो आगे चलकर जोशी मठ या विष्णु प्रयाग में धौली और विष्णु गंगा धाराओं से मिलती है और फिर कुछ आगे चलकर कर्ण प्रयाग में पिंडार धारा से मिलती है और मंदाकिनी या काली गंगा से रुद्र प्रयाग में मिलती है।

देव प्रयाग में अलकनंदा और भागीरथी अंग्रेजी के अक्षर Y की दो भुजाओं की तरह प्रतीत होती हैं, और मिलने के बाद गंगा नदी एक बेहद शक्तिशाली धारा के रूप में पहाड़ों से उतरती हुई हरिद्वार के मैदान में प्रवेश करती है। यहाँ से यह पहले दक्षिण की ओर फिर दक्षिण-पूर्व की ओर और फिर पूरब की ओर बहती है। अंत में यह दक्षिणामुखी होकर दो जल वितरिकाओं (धाराओं) भागीरथी और हुगली में विभाजित हो जाती है ।

इस नदी की लम्बाई 2525 कि.मी. है। यह उत्तरांचल में 110 कि.मी., उत्तर प्रदेश में 1450 कि.मी., बिहार में 445 कि.मी. तथा पश्चिम बंगाल में 520 कि.मी. का मार्ग तय करती है। गंगा द्रोणी केवल भारत में लगभग 8.6 लाख वर्ग कि.मी. क्षेत्र में फैली हुई है। यह भारत का सबसे बड़ा अपवाह तंत्र है जिसमें उत्तर में हिमालय एवं दक्षिण में प्रायद्वीप से निकलने वाली बारहमासी व अनित्यवाही नदियाँ शामिल हैं। सोन इसके दाहिने किनारे पर मिलने वाली प्रमुख सहायक नदी है। उत्तरांचल के उत्तरकाशी जिले में यमनोत्री ग्लेशियर (6316 मीटर ऊँचा) से निकलने वाली यमुना नदी, गंगा से प्रयाग में मिलती है, जो अत्यंत धार्मिक महत्त्व का स्थल है जहाँ हर 12 वर्ष बाद कुंभ लगता है जिसमें करोड़ों श्रद्धालु पावन संगम पर स्नान व पूजन-भजन करते हैं।

बाएँ तट पर मिलने वाली महत्त्वपूर्ण सहायक नदियाँ राम गंगा, गोमती, घाघरा गंडक, कोसी व महानंदा हैं। सागर द्वीप के निकट यह नदी अंततः बंगाल की खाड़ी में जा गिरती है।

प्रायद्वीप पठार से निकलने वाली चंबल, सिंध, बेतवा व केन इसके दाहिने तट पर मिलती हैं। हिंडन, रिंद, सेंगर, वरुणा आदि नदियाँ इसके बाएँ तट पर मिलती हैं। इसका अधिकांश जल सिंचाई उद्देश्यों के लिए पश्चिमी व पूर्वी यमुना नहरों तथा आगरा नहर में आता है।

गंगा की कुछ सहायक नदियों का विवरण

चंबल नदी

चंबल नदी मध्य प्रदेश के मालवा पठार में महु के पास निकलती है और उत्तर मुखी होकर एक महाखड्ड से बहती हुई राजस्थान में कोटा पहुँचती है। कोटा

से यह बूँदी, सवाई माधोपुर और धौलपुर होती हुई यमुना नदी में मिल जाती है। चंबल अपनी उत्खात भूमि वाली भू-आकृति के लिए प्रसिद्ध है जिसे चंबल खड्ड (Ravines) कहते हैं।

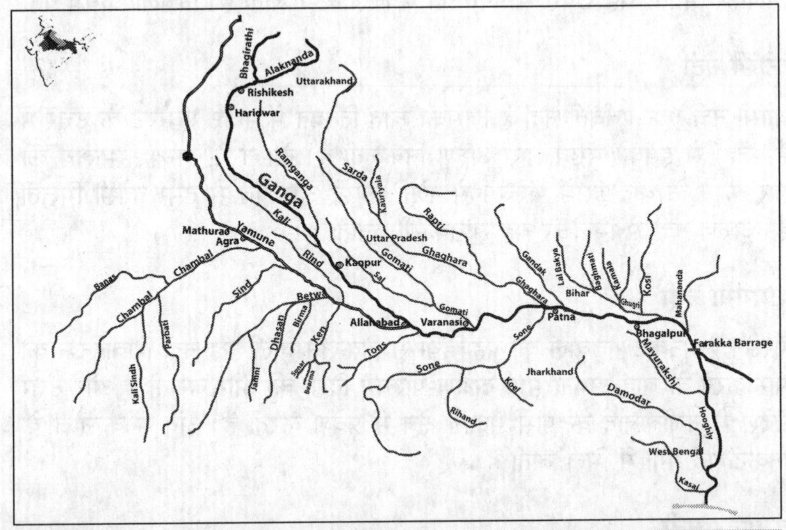

गंगा

गंगा भारत की पवित्रतम नदी है। सूर्यवंशी राजा भगीरथ इसे धरती पर लाए।
उद्गम स्थल—उत्तर काशी जिले में गंगोत्री शिखर पर गोमुख।
गंगा किनारे प्रमुख स्थल—ऋषिकेश, हरिद्वार, प्रयाग, काशी, पाटलीपुत्र आदि।
गोमुख से गंगासारग तक 1450 कि.मी. लम्बाई।

गंडक नदी

गंडक नदी दो धाराओं काली गंडक और त्रिशूल गंगा के मिलने से बनती है। यह नेपाल हिमालय में धौलागिरी और एवरेस्ट पर्वत के बीच से निकलती है और मध्य नेपाल को अपवाहित करती है। बिहार के चंपारन में यह गंगा-मैदान में प्रवेश करती है तथा पटना के निकट सोनपुर में गंगा से मिलती है।

घाघरा नदी

घाघरा नदी तिब्बत के पठार की मानसरोवर झील के पास 3962 मीटर ऊँचे मापचा चुंगों हिमनद से निकलती है जो नेपाल से होते हुए भारत में ब्रह्मघाट के पास शारदा नदी से मिल जाती है जो सम्मिलित रूप से गंगा की प्रमुख सहायक नदियों

में से एक है। यह नेपाल की सबसे लम्बी (507 कि.मी.) नदी है। अपने उद्गम से गंगा से मिलने की इसकी दूरी 1080 कि.मी. है। यह जलपूर्ति की दृष्टि से गंगा की सबसे बड़ी तथा यमुना के बाद सबसे लम्बी सहायक नदी है। शारदा नदी से मिलकर अंततः यह छपरा में गंगा नदी में विलीन हो जाती है। निचली घाघरा को।

कोसी नदी

कोसी नदी एक पूर्ववर्ती नदी है जिसका स्रोत तिब्बत में माउंट एवरेस्ट के उत्तर में है, जहाँ से इसकी मुख्य धारा अरुण निकलती है। नेपाल में, मध्य हिमालय को पार करने के बाद इसमें पश्चिम से सोन, कोसी और पूर्व से तमुर कोसी मिलती है। अरुण नदी से मिलकर यह सप्तकोसी बनाती है।

रामगंगा नदी

गैरसेन के निकट गढ़वाल की पहाड़ियों से निकलने वाली यह नदी शिवालिक को पार करने के बाद अपना मार्ग दक्षिण-पश्चिम दिशा की ओर बनाती है और उत्तर प्रदेश में नजीबाबाद के पास मैदानी क्षेत्र में प्रवेश करती है। अंत में कन्नौज के निकट यह गंगा में मिल जाती है।

दामोदर नदी

यह छोटा नागपुर पठार के पूर्वी किनारे पर बहती है और भ्रंशघाटी से होती हुई हुगली नदी में गिरती है। बराकर इसकी मुख्य सहायक नदी है। इसे पहले बंगाल का शोक (Sorrow of Bengal) कहते थे परन्तु इस नदी को दामोदर घाटी परियोजना के माध्यम से वश में कर लिया गया है और इसके जल से बड़े पैमाने पर सिंचाई होती है।

शारदा नदी या सरयू नदी

इसका उद्गम नेपाल हिमालय के मिलान हिमनद से है जहाँ इसे गौरी गंगा के नाम से जाना जाता है। यह भारत-नेपाल सीमा के साथ बहती हुई, जहाँ इसे काली या चाइक कहा जाता है, घाघरा नदी में मिल जाती है।

महानंदा नदी

दार्जिलिंग पहाड़ियों से निकलने के बाद यह नदी पश्चिमी बंगाल के मैदानों से बहती हुई गंगा के बाएँ तट पर मिलने वाली अंतिम सहायक नदी है।

सोन नदी

गंगा के दक्षिणी तट पर सोन एक बड़ी सहायक नदी है जो अमरकंटक पठार से निकलती है। पठार के उत्तरी किनारे पर जल-प्रपातों की शृंखला बनाती हुई यह नदी पटना से पश्चिम में आरा के पास गंगा में मिल जाती है।

राष्ट्रीय गंगा परिषद

राष्ट्रीय गंगा परिषद की स्थापना वर्ष 2016 में हुई थी जिसकी अध्यक्षता प्रधानमंत्री द्वारा की जाती है। इसका कार्य गंगा व उसकी सहायक नदियों सहित गंगा नदी बेसिन के प्रदूषण निवारण और कायाकल्प का अधीक्षण (देखरेख) करना है। राष्ट्रीय स्वच्छ गंगा मिशन राष्ट्रीय गंगा परिषद की कार्यान्वयन शाखा के रूप में कार्य करता है।

नमामि गंगे कार्यक्रम के तहत राष्ट्रीय गंगा नदी बेसिन प्राधिकरण को नमामि गंगे परियोजना की सम्पूर्ण योजना, क्रियान्वयन तथा निगरानी आदि का कार्य सौंपा गया है।

ब्रह्मपुत्र नदी तंत्र

विश्व की सबसे बड़ी नदियों में एक ब्रह्मपुत्र नदी का उद्‌गम कैलाश पर्वत श्रेणी में मानसरोवर झील के निकट चेमा युग डुंग हिमनद में है। यहाँ से यह पूर्व दिशा में बहती हुई दक्षिणी तिब्बत के शुष्क व समतल मैदान में लगभग 1200 कि.मी. की दूरी तय करती है जहाँ इसे सांग्पो (Tsangpo) के नाम से जाना जाता है जिसका अर्थ शोधक है।

तिब्बत में रागोंसांग्पो इसके दाहिने तट पर एक प्रमुख सहायक नदी है। मध्य हिमालय में नमचा बरवा (7755 मीटर) के निकट एक गहरे महाखड्ड का निर्माण करती हुई यहाँ एक तेज बहाव वाली नदी के रूप में बाहर निकलती है। अरुणाचल प्रदेश में सादिया कस्बे के पश्चिम में यह नदी भारत में प्रवेश करती है। दक्षिण-पश्चिम दिशा में बहते हुए इसके बाएँ तट पर इसकी प्रमुख सहायक नदियाँ दिबांगाया सिकांग और लोहित मिलती हैं, और इसके बाद यह ब्रह्मपुत्र के नाम से जानी जाती है।

असम घाटी में 750 कि.मी. की यात्रा के दौरान कई नदियाँ इससे मिलती हैं। बाएँ तट पर बूढ़ी दिहिंग, धनसरी और कालांग तथा दाएँ तट पर सुबनसिरी, कामेग, मानस व संकोष नदियाँ इससे मिलती हैं।

इसके पश्चात् यह बांग्लादेश में प्रवेश करती है और फिर दक्षिण दिशा में बहती है। बांग्लादेश में तिस्ता नदी इसके दाहिने किनारे पर मिलती है और इसके बाद यह जमुना कहलाती है। अंत में यह नदी पद्‌मा के साथ मिलकर बंगाल की खाड़ी में जा गिरती है।

> **ब्रह्मपुत्र**
> उद्गम स्थल—पवित्र मानसरोवर के पास एक विशाल हिमानी है।
> बहाव—तेजपुर, गुवाहटी, डिब्रूगढ़, शिवसागर आदि। तिब्बत में इसको सांपो तथा अरुणाचल व असम में इसे लोहित कहा जाता है।
> लम्बाई—2900 कि.मी.

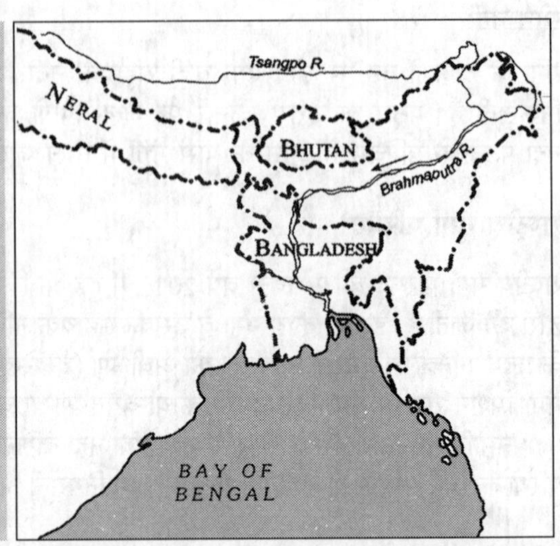

ब्रह्मपुत्र नदी बाढ़, मार्ग परिवर्तन एवं तटीय अपादन के लिए जानी जाती है। ऐसा इसलिए है क्योंकि इसकी अधिकतर सहायक नदियाँ बड़ी हैं। और इसके जल ग्रहण क्षेत्रों में भारी वर्षा के कारण इसमें अत्यधिक अवसाद बहकर आ जाता है जो इसके मार्ग को मोड़ देता है।

गंगा ब्रह्मपुत्र तंत्र विश्व का तीसरा सबसे बड़ा अपवाह तंत्र है जिसके माध्यम से प्रति सेकंड 30770 घन मीटर (1086500 घन फीट) जल समुद्र में गिरता है जिसमें लगभग 19800 घनमीटर (700000 घन फीट) जल ब्रह्मपुत्र द्वारा ही वाहित किया जाता है। संयुक्त रूप से इस नदी तंत्र द्वारा प्रतिवर्ष 1.84 अरब टन निक्षेपण किया जाता है जो विश्व का सर्वाधिक निक्षेपण है।

प्रायद्वीपीय अपवाह तंत्र

प्रायद्वीपीय अपवाह तंत्र हिमालयी अपवाह तंत्र से पुराना है। नदियों की प्रौढ़ावस्था, नदी घाटियों का चौड़ा होना व उथला होना इसका प्रमाण है। पश्चिमी तट के समीप स्थित पश्चिमी घाट अरबसागर व बंगाल की खाड़ी में गिरने वाली नदियों के बीच जल-विभाजक का कार्य करता है। नर्मदा और तापी को छोड़कर अधिकांश नदियाँ पश्चिम से पूर्व की ओर बहती हैं। प्रायद्वीप के उत्तरी भाग से निकलने वाली चंबल, सिंध, बेतवा, केन व सोन नदियाँ गंगा-नदी-तंत्र का अंग हैं।

प्रायद्वीप के अन्य प्रमुख नदी-तंत्र महानदी, गोदावरी, कृष्णा और कावेरी हैं।

प्रायद्वीपीय नदियों की विशेषता है कि ये एक सुनिश्चित मार्ग पर चलती हैं, विसर्प नही बनातीं और ये बारहमासी नहीं हैं, यद्यपि भ्रंश घाटियों में बहने वाली नर्मदा व तापी इसका अपवाद हैं।

प्रायद्वीपीय अपवाह तंत्र का उद्‌विकास

अतीत की तीन प्रमुख भूगर्भिक घटनाओं ने आज के प्रायद्वीपीय भारत के अपवाह तंत्र को स्वरूप प्रदान किया है—

(1) आरम्भिक टर्शियरी काल के दौरान प्रायद्वीप के पश्चिमी पार्श्व का अवतलन या धँसाव जिसके कारण यह समुद्रतल से नीचे चला गया। इससे मूल जलसंभर के दोनों ओर नदी की सामान्यत: संयमित योजना में व्यतिक्रम या गड़बड़ी हो गई।

(2) हिमालय में होने वाले प्रोत्थान या उभार के कारण प्रायद्वीप खंड के उत्तरी भाग का अवतलन हुआ, परिणामस्वरूप भ्रंश-द्रोणियों का निर्माण हुआ। नर्मदा व तापी इन्हीं भ्रंश घाटियों में बह रही हैं और अपरद पदार्थ से मूल दरारों को भर रही हैं जिसके कारण इन नदियों में जलोढ़ व डेल्टा निक्षेप की कमी पाई जाती है।

(3) इसी काल में प्रायद्वीप खंड उत्तर-पश्चिम दिशा से, दक्षिण-पूर्व दिशा में झुक गया जिसके परिणामस्वरूप इसका अपवाह बंगाल की खाड़ी की ओर उन्मुख हो गया।

प्रायद्वीपीय नदी-तंत्र

(1) **महानदी**—छत्तीसगढ़ के रायपुर जिले में सितावा के निकट निकलती है। यह 851 कि.मी. लम्बी व इसका जल ग्रहण क्षेत्र लगभग 1.42 लाख वर्ग कि.मी. है। इसके निचले भाग में नौकायन होता है। इसकी अपवाह -द्रोणी का 53% भाग मध्यप्रदेश व छत्तीसगढ़ में तथा 47% भाग उड़ीसा राज्य में विस्तृत है। यह उड़ीसा से बहती हुई बंगाल की खाड़ी में गिरती है।

महानदी

उद्‌गम स्थल—रायपुर जिले (मध्य प्रदेश) के दक्षिण पूर्व में सिंघावा पर्वत से निकलकर उड़ीसा में कटक के पास सागर में मिलती है।

बहाव—रायपुर, बस्तर, बिलासपुर आदि।

लम्बाई—860 कि.मी.

विश्व का सबसे लम्बा बाँध हीराकुंड महानदी पर ही बना है।

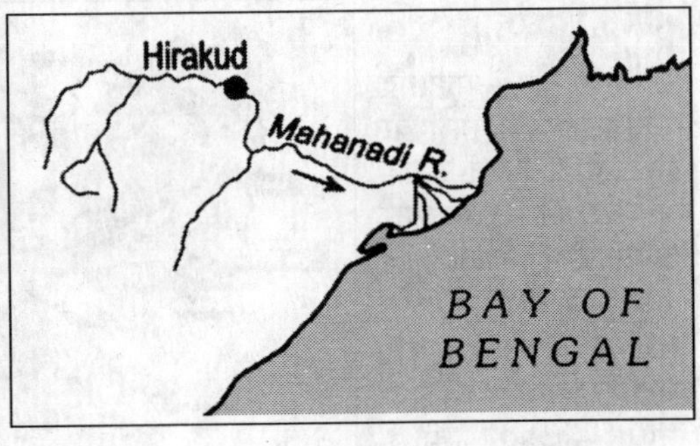

(2) **गोदावरी**—यह सबसे बड़ा प्रायद्वीपीय तंत्र है। इसे दक्षिण-गंगा के नाम से जाना जाता है। यह महाराष्ट्र में नासिक से निकलती है और बंगाल की खाड़ी में अपना जल विसर्जित करती है। इसकी सहायक नदियाँ महाराष्ट्र, मध्यप्रदेश, उड़ीसा व आंध्रप्रदेश राज्यों से गुजरती हैं। यह 1465 कि.मी. लम्बी है जिसका जल ग्रहण क्षेत्र 3.13 लाख वर्ग कि.मी. है। इसके जल ग्रहण क्षेत्र का 49% महाराष्ट्र, 20% मध्यप्रदेश एवं छत्तीसगढ़, और शेष आंध्रप्रदेश में पड़ता है। इसकी मुख्य सहायक नदियों में पेनगंगा, इंद्रावती, प्राणहिता एवं मंजरा हैं।

गोदावरी

उद्गम स्थल—ब्रह्मगिरी (त्रयंबकेश्वर, नासिक) से निकलकर गंगासागर में मिलती है।

बहाव—पंचवटी, पैठण, राजमहेन्द्री, नांदेड़, कोटा, पल्ली आदि।

यह दक्षिण भारत की गंगा भी कहलाती है।

लम्बाई—1450 कि.मी.

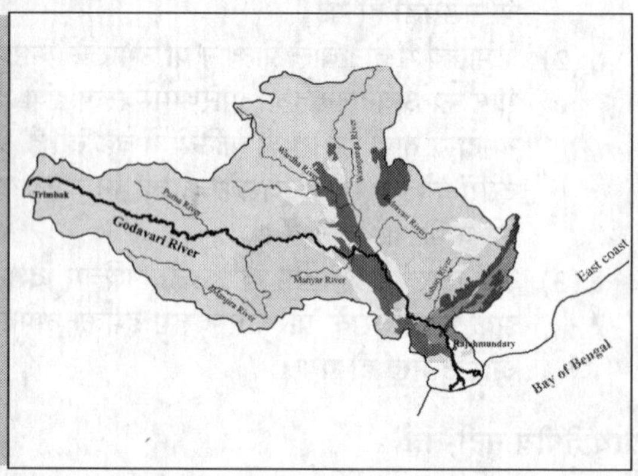

पोलावरम् के दक्षिण में जहाँ इसके निचले भागों में भारी बाढ़ें आती हैं गोदावरी एक सुन्दर प्रपात की रचना करती है। इसके निचले मैदानी व डेल्टाई भाग में ही नौसंचालन सम्भव है। राजमुन्द्री के बाद यह नदी कई धाराओं में विभक्त होकर एक बृहत् डेल्टा का निर्माण करती है।

(3) **कृष्णा**—दूसरी बड़ी प्रायद्वीपीय नदी जो सहयाद्रि में महाबलेश्वर के निकट निकलकर पूर्व दिशा में बहती है। इसकी लम्बाई 1401 कि.मी. है तथा कोयना, तुंगभद्रा और भीमा इसकी प्रमुख सहायक नदियाँ हैं। इसके कुल जल ग्रहण क्षेत्र का 27% भाग महाराष्ट्र में, 44% भाग कर्नाटक में तथा 29% भाग आंध्रप्रदेश में पड़ता है।

कृष्णा

उद्गम स्थल—सह्याद्रि पर्वत माला में महाबलेश्वर के उत्तर में स्थित कराड नामक स्थान से निकलकर गंगासागर में मिलती है।

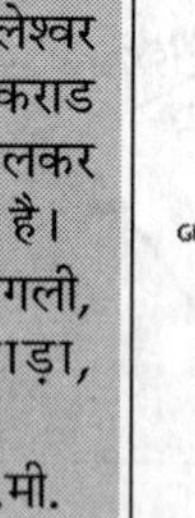

बहाव—सतारा, सांगली, रायचूर, विजयवाड़ा, नागार्जुन सागर।

लम्बाई—1280 कि.मी.

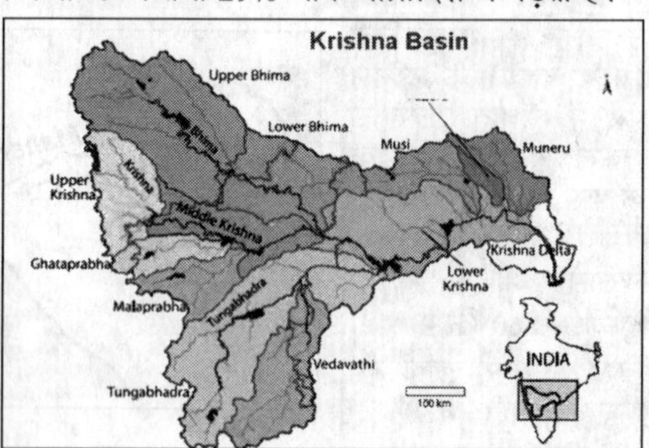

(4) **कावेरी**—यह कर्नाटक के कोगाडु जिले में ब्रह्मगिरि पहाड़ियों (1341मीटर) से निकलती है। इसकी लम्बाई 800 कि.मी. है और यह 81155 वर्ग कि.मी. क्षेत्र को अपवाहित करती है। प्रायद्वीप की अन्य नदियों की अपेक्षा लगभग वर्षभर यह बहती है क्योंकि इसके ऊपरी जल ग्रहण क्षेत्र में दक्षिण-पश्चिम मॉनसून (गर्मी) से और निचले क्षेत्रों में उत्तर-पूर्वी मॉनसून (सर्दी) से वर्षा होती है जिसके जल से यह नदी वर्ष भर भरी रहती है। इस नदी की द्रोणी का 3% भाग केरल में, 41% भाग कर्नाटक में और 56% भाग तमिलनाडु में पड़ता है। इसकी महत्त्वपूर्ण सहायक नदियाँ काबीनी, मवानी और अमरावती हैं।

कावेरी

उद्गम स्थल—कुर्ग जिले (सह्याद्रि पर्वत) से निकलकर सागर में मिलती है।

बहाव—श्रीरंगपत्तन, शिव समुद्रम, श्रीरंगम, तंजाबूर, कुंभकोणम, त्रिचिरापल्ली

लम्बाई—800 कि.मी.

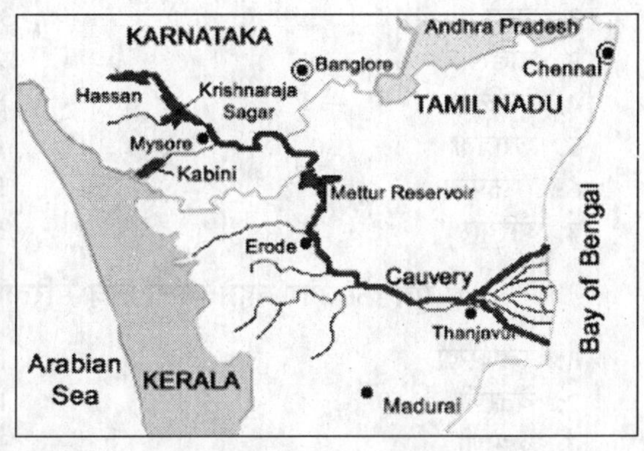

(5) **नर्मदा**—नर्मदा नदी अमरकंटक पठार के पश्चिमी पार्श्व से लगभग 1057 मीटर की ऊँचाई से निकलती है। दक्षिण में सतपुड़ा व उत्तर में विन्ध्याचल श्रेणियों के बीच भ्रंश घाटी से बहती हुई संगमरमर की चट्टानों में खूबसूरत महाखंड और जबलपुर के पास धुआँधार जल प्रपात बनाती है। लगभग 1312 कि.मी. की दूरी तक बहने के बाद यह भडौच के दक्षिण में अरब सागर से मिलती है और 27 कि.मी. लम्बा ज्वारनदमुख (Estuary) बनाती है। सरदार सरोवर परियोजना इसी नदी पर बनी है।

(6) **तापी**—यह पश्चिम दिशा की ओर बहने वाली एक महत्त्वपूर्ण नदी है जो मध्यप्रदेश के बेतूल जिले में मुलताई से निकलती है। यह 724 कि.मी. लम्बी है और लगभग 64145 वर्ग कि.मी. क्षेत्र को अपवाहित करती है। इसके अपवाह क्षेत्र का 79% भाग महाराष्ट्र में, 15% भाग मध्यप्रदेश में और शेष 6% भाग गुजरात में पड़ता है।

(7) **लूनी**—अरावली के पश्चिम में लूनी राजस्थान का सबसे बड़ा नदी-तंत्र है। यह पुष्कर के समीप दो धाराओं (सरस्वती व सागरमती) के रूप में उत्पन्न होती

है, जो गोविन्द गढ़ के निकट आपस में मिल जाती हैं। यहाँ से यह नदी अरावली पहाड़ियों से निकलती है और लूनी कहलाती है। तलवाड़ा तक यह पश्चिम वाहिनी और तत्पश्चात दक्षिण-पश्चिम वाहिनी होकर बहती हुई कच्छ के रूप में जा मिलती है। यह सम्पूर्ण नदी-तंत्र अल्पकालिक है।

पश्चिम की ओर बहने वाली लघु सरिताएँ

नदी	*जल ग्रहण क्षेत्र (वर्ग कि.मी. में)*
1. साबरमती	21,674
2. माही	34,842
3. ढाढर	2,770
4. कालिंदी	5,770
5. शरावती	2,029
6. भरतपूजा	5,397
7. पेरियार	5,243

पूर्व की ओर बहने वाली लघु सरिताएँ

1. स्वणरिखा	19,296
2. वैतरणी	12,789
3. ब्रह्मणी	39,033
4. पेन्नर	55,213
5. पालार	17,870

नदी बहाव प्रवृत्ति

एक नदी के चैनल में पूरे वर्ष जल प्रवाह के प्रारूप (Pattern) को नदी प्रवाह प्रवृत्ति (River Regime) कहा जाता है।

उत्तर भारत में हिमालय से निकलने वाली नदियाँ बारहमासी हैं, क्योंकि ये अपना जल बर्फ पिघलने तथा वर्षा से प्राप्त करती हैं।

दक्षिण भारत की नदियाँ हिमनदों से नहीं निकलतीं इसलिए इनकी बहाव प्रवृत्ति में उतार-चढ़ाव देखा जा सकता है जो वर्षा द्वारा नियंत्रित होती हैं और महाद्वीपीय पठार के एक स्थान से दूसरे स्थान पर भिन्न होती हैं।

जल विसर्जन—नदी में समयानुसार जल-प्रवाह के आयतन के माप को जल विसर्जन अथवा डिस्चार्ज (Discharge) कहते हैं। इसे क्यूसेक्स (क्यूबिक फुट प्रति सेकंड) या क्यूमैक्स (क्यूबिक मीटर प्रति सेकंड) में मापा जाता है।

हिमालयी व प्रायद्वीपीय नदियों का तुलनात्मक विवरण			
क्र.सं	**पक्ष**	**हिमालयी नदी**	**प्रायद्वीपीय नदी**
1	उद्गम	हिमालयी पर्वत	प्रायद्वीपीय पठार व मध्य उच्च भूमि
2	प्रवाह प्रकृति	बारहमासी : हिमनद एवं वर्षा से जल प्राप्ति	मौसमी मॉनसून वर्षा पर निर्भर
3	प्रवाह के प्रकार	पूर्ववर्ती व अनुवर्ती; मैदानी भाग में वृक्षाकार प्रारूप	अध्यारोपित, पुनर्युवमित नदियाँ, अरीय या आयताकार प्रारूप बनाती हुई
4	नदी की प्रकृति	बड़ी व लम्बी, ऊबड़-खाबड़ पर्वतों से गुजरती है। इनकी तली की चट्टानें कठोर नहीं होतीं, जमावटी होती हैं जिनका अपरदन आसानी से होता है। इनमें पहाड़ी जल धाराएँ मिलती हैं और मैदानों में ये मार्ग बदलती हैं और विसर्प बनाती हैं	सुसमायोजित घटियों के साथ छोटे, निश्चित मार्ग
5	घाटियों का आकार	V-आकार	U-आकार
6	जल-विसर्जन स्थल की आकृति	बड़े डेल्टा बनाती हैं	जल- विसर्जन स्थल छोटा होता है
7	नदियों की प्रवाह-प्रकृति	इनका प्रवाह पूर्ववर्ती (Antecedent) होता है अर्थात् ये अपना पूर्व पथ एवं प्रवाह-पैटर्न बनाए रखती हैं, भले ही शिलाओं की टापोलॉजी बदल जाए	ये परिणामी (Consequent) नदियाँ होती हैं अर्थात् इनका प्रवाह ढाल की दिशा में होता है
8	जल ग्रहण क्षेत्र	बहुत बड़ी द्रोणी	अपेक्षाकृत छोटी द्रोणी
9	नदी की आयु	युवा, क्रियाशील व घाटियों को गहरा करना	प्रवणित परिच्छेदिका वाली प्रौढ़ नदियाँ जो अपने आधार तक जा पहुँची हैं

हिमालयी एवं प्रायद्वीपीय उद्‌गम की नदियों की प्रवाह-प्रकृति में तुलना के लिए हम तीन नदियों को लेते हैं—गंगा व नर्मदा तथा गोदावरी।

गंगा नदी में न्यूनतम जल प्रवाह जनवरी से जून की अवधि के दौरान होता है। अधिकतम प्रवाह अगस्त व सितम्बर में होता है उसके पश्चात् गिरावट आनी शुरू हो जाती है जिसका कारण उत्तरी भारत में मॉनसून वर्षा का होना है जो अधिकतम जुलाई और अगस्त के महीनों में होती है।

गंगा-द्रोणी के पूर्व व पश्चिमी भागों की जल बहाव प्रकृति में चौंकाने वाले अंतर नजर आते हैं। बर्फ पिघलने के कारण मॉनसून आने के पूर्व भी गंगा नदी का प्रवाह बहुत अधिक होता है। फरक्का में गंगा नदी का औसत अधिकतम जल प्रवाह लगभग 55000 क्यूसेक्स है जबकि न्यूनतम औसत केवल 1300 क्यूसेक्स है।

प्रायद्वीप की दो नदियों की प्रवाह-प्रकृति हिमालयी नदियों की तुलना में रोचक अंतर प्रस्तुत करती हैं—

नर्मदा नदी में जल-विसर्जन का स्तर जनवरी से जुलाई माह तक बहुत कम रहता है किन्तु अगस्त में इसका जल प्रवाह अधिकतम हो जाता है और तब यह उफान पर आ जाती है और फिर अक्टूबर में गिरावट आ जाती है। इसका अधिकतम बहाव 2300 क्यूसेक्स तथा न्यूनतम बहाव 15 क्यूसेक्स है।

गोदावरी में न्यूनतम प्रवाह मई में व अधिकतम जुलाई-अगस्त में होता है अगस्त के बाद प्रवाह में कमी आती जाती है किन्तु फिर भी अक्टूबर और नवम्बर में प्रवाह का आयतन जनवरी से मई तक किसी भी माह की तुलना में अधिक रहता है। गोदावरी नदी का औसत अधिकतम विसर्जन 3200 क्यूसेक्स और न्यूनतम केवल 50 क्यूसेक्स है।

इन आँकड़ों से दोनों मूल की नदियों के प्रवाह की प्रकृति एवं प्रवृत्ति की झलक मिलती है। हम यह पाते हैं कि बारहमासी नदियाँ वर्ष भर जल का वहन करती हैं, परंतु अनित्यवाही नदियों में शुष्क ऋतु में बहुत कम जल होता है। वर्षा-ऋतु में अधिकांश जल बाढ़ में व्यर्थ हो जाता है। इस समस्या का समाधान जल-संरक्षण, जल-संग्रहण एवं वितरण को एक सुनियोजित स्वरूप देकर करने का विचार कई बार भूवैज्ञानिकों के मस्तिष्क में आया है, पर कोई स्थाई कार्य योजना ठोस तरीके से विकसित नहीं की जा सकी है। कुछ परियोजनाओं का उल्लेख यहाँ करना प्रासंगिक होगा।

नदियों पर बाँध बनाकर उनके जल को संग्रहीत कर विद्युत उत्पादन एवं नि:सरित जल का उपयोग सिंचाई कार्यों तथा पीने के लिए करने की व्यवस्था कई स्थानों पर आजादी के पूर्व व बाद में की गई है। उदाहरण के लिए **मुला पेरियार बाँध** केरल राज्य में पेरियार नदी पर बनाया गया है (1887 से 1898 के बीच)। इसके जलाशय (रिजरवायर) की क्षमता, 44,32,30,000 घन मीटर है, सक्रिय

क्षमता 29,91,30,000 घन मीटर और इसके 13 ढालनुमा निकास द्वारों की क्षमता 3454.62 घन मीटर प्रति सेकंड है। इससे 161 मेगावाट विद्युत उत्पादन का लक्ष्य रखा गया है।

इंदिरा गाँधी नहर परियोजना भारत की सबसे बड़ी नहर परियोजना है जो हरिके बैराज से निकलती है और जो सतलज-व्यास नदियों के संगम के कुछ किलोमीटर नीचे स्थित है। इंदिरा गाँधी नहर की लम्बाई 650 कि.मी. है जो राजस्थान के सात जिलों से होकर गुजरती है जो क्रमशः बारमर, बीकानेर, चुरू, हनुमानगढ़, जैसलमेर, जोधपुर और श्री गंगानगर हैं। राजस्थान की हरितक्रांति में इस नहर-जल का प्रमुख योगदान है।

कुरनूल - कडप्पा नहर—यह आंध्रप्रदेश के कुरनूल एवं कडप्पा जिलों में स्थित है और सिंचाई हेतु जल उपलब्ध कराती है। इसका निर्माण 1863 से 1870 के बीच हुआ था और यह सिंचाई एवं परिवहन नहर के रूप में जानी जाती है। यह नहर पेनेर नदी एवं तुंगभद्रा नदी को जोड़ती है। वर्तमान में नहर द्वारा सिंचित क्षेत्र 170000 एकड़ है और कृष्णा नदी से 4 लाख क्यूबिक फीट जल का उपयोग सुनिश्चित करती है।

गंगा-कावेरी लिंक कैनाल

भारत सरकार के अनुरोध पर संयुक्त राष्ट्र संघ ने गंगा-कावेरी लिंक कैनाल की एक रूपरेखा 1950 के दशक में तैयार की जिसका मूल उद्देश्य गंगा के अतिरिक्त जल को नहरों के माध्यम से कावेरी आदि नदियों तक पहुँचाना था जो वर्ष के अधिकांश भाग में, बहुत कम पानी दे पाने की स्थिति में होती हैं। भारत में उत्तरी-पूर्वी क्षेत्र में काफी वर्षा होती है जबकि दक्षिणी-पश्चिमी भाग में अधिक समय तक सूखे की स्थिति बनी रहती है। ऐसे में बाढ़ग्रस्त क्षेत्रों से पानी सूखाग्रस्त क्षेत्रों में पहुँचाने के लिए गंगा-कावेरी लिंक नहर परियोजना के सम्बन्ध में विचार किया गया।

इस परियोजना में एक 2636 कि.मी. लम्बी नहर का निर्माण करना था जिसके प्राथमिक उद्देश्यों में इसके प्रभाव क्षेत्र में आने वाले इलाकों में पीने के पानी के साथ-साथ सिंचाई व साफ-सफाई हेतु प्रचुर जल की आपूर्ति कराना था। जल विद्युत परियोजनाएँ, जल-यातायात, बाढ़-नियंत्रण, पर्यावरण संरक्षण, पर्यटन तथा मनोरंजन के साधन उपलब्ध कराना भी इसका उद्देश्य था। इस प्रकार यह एक विविध उद्देश्यों वाली महती परियोजना थी, जिसके पूर्ण होने पर देश के किसी भी भाग में पानी की कमी की समस्या का निदान हो जाता।

इस परियोजना के तहत गंगा नदी से 60000 क्यूसेक पानी पटना के पास एक बैराज (बाँध) बनाकर विशाल पंपों के माध्यम से उठाकर गंगा और नर्मदा की बेसिनों के संधिस्थल (Boundary) तक ले जाया जाएगा जहाँ से गुरुत्वीय ढाल का उपयोग करते हुए नहरों तथा उपलब्ध नदियों अथवा सरिताओं के माध्यम से

पश्चिमी-दक्षिणी क्षेत्रों तक पहुँचाया जाएगा। नर्मदा एवं गोदावरी के बाढ़ के जल का भी उपयोग एक पृथक जल-संवाहक (Grid) द्वारा सुनिश्चित कराया जा सकता है। अन्तर बेसिन जल का हस्तांतरण गंगा नदी से वर्षा के मौसम में जुलाई से अक्टूबर तक ही किया जाएगा जब औसत प्रवाह 2850 क्यूसेक अर्थात् 100000 क्यूसेक से बढ़ जाएगा।

गंगा कावेरी लिंक नहर की लम्बाई 2400 से 3200 कि.मी. प्रस्तावित है जिसमें सामान्य तौर पर सूखाग्रस्त क्षेत्रों में नहर-तंत्र का विकास भी पृथक से किया जाएगा। इसके अतिरिक्त सामान्य दिनों में गंगा के जल की आपूर्ति बिहार, झारखंड, उ.प्र., छत्तीसगढ़, मध्य प्रदेश और राजस्थान को भी किया जाना प्रस्तावित है।

इसी तरह 50000 क्यूसेक जल की आपूर्ति वर्ष में 150 दिनों (5 माह) तक पंप से उठाकर, जब गंगा में प्रचुर जल उपलब्ध हो, सूखाग्रस्त क्षेत्रों में विशेषकर राजस्थान, गुजरात, मध्यप्रदेश, छत्तीसगढ़, महाराष्ट्र, आंध्रप्रदेश, कर्नाटक एवं तमिलनाडु तक बीच-बीच में घाटियों में जलाशयों का निर्माण कर संग्रहण करते हुए जल की आपूर्ति पश्चिम की ओर बहने वाली नदियों—नर्मदा व तापी तथा पूर्व की ओर बहने वाली नदियों—गोदावरी, कृष्णा, पेनेर व कावेरी की बेसिनों में करते रहने की महती योजना है।

इस सम्पूर्ण परियोजना में अपार धन व्यय होने की सम्भावना को देखते हुए अभी इस पर कोई निर्णय नहीं लिया जा सका है, किन्तु भारत की जलापूर्ति की दृष्टि से विषमता युक्त परिस्थितियों को देखते हुए, इस परियोजना का क्रियान्वित किया जाना राष्ट्रहित और जनहित में होगा।

भारत के मुख्य बाँध (Dam)

क्रम सं.	नाम	प्रदेश	ऊँचाई	लम्बाई	प्रकार	रिजरवायर क्षमता (एकड़-फिट)	विद्युत उत्पादन क्षमता	
1	टेहरी डैम	उत्तराखंड भागीरथी	260 मी.	575 मी.	राक-फिल	21,00,000	1000mw	सर्वाधिक ऊँचा
2	भाखरा नंगल	हिमाचल प्रदेश सतलज	—	520 मी.	कांक्रीट ग्रेविटी	75,01,775	1325 MW	
3	हीराकुंड	उड़ीसा महानदी	96 मी.	8कि.मी.	कम्पोजिट डैम	47,79,965	50 MW	सर्वाधिक लंबा
4	नागार्जुन सागर	आन्ध्र प्रदेश कृष्णा	124 मी.	1450 मी.	मैसनरी डैम	93,71,845	816MW	

5	सरदार डैम	गुजरात नर्मदा	163 मी.	1210 मी.	ग्रेविटी डैम	77,01,775	1450 MW	
6	हिन्द डैम	उ.प्र. रिहन्द नदी	299 फीट, (91.4 मी.)	934 मी.	ग्रेविटी डैम	2,52,500	300	

सबसे पुराना डैम

तमिलनाडु का कालानाई डैम कावेरी नदी पर बनाया गया है जिसका निर्माण 100 BC-100 AD के बीच हुआ है। यह प्राचीन भारत के अभियांत्रिकीय कौशल का एक सुन्दर नमूना है जो आज भी अच्छी हालत में है और एक बहुत बड़े क्षेत्र में सिंचाई का आधार है। कावेरी नदी की धारा को तमिलनाडु की उपजाऊ भूमि की ओर मोड़ने के प्रयास में इस बाँध का निर्माण किया गया है जो आज सिंचाई के साथ-साथ पर्यटन का केन्द्र बन गया है। ऐसा माना जाता है कि बाढ़ का लगभग 186000 क्यूसेक पानी इस बाँध के माध्यम से डिस्चार्ज कर दिया जाता है और खतरे एवं क्षति से राहत मिल जाती है।

यह बाँध 1080 फीट लम्बा और 60 फीट चौड़ा है। इससे 69000 एकड़ भूमि का सिंचन होता था। 20 वीं सदी के प्रारम्भ में यह क्षमता बढ़कर 10 लाख एकड़ हो गई थी।

संसार का सबसे पुराना बाँध क्वातिनाह बाँध या होमस डैम (Homs Dam) है जो मिस्त्र के फराओं सेथी ने 1319-1304 BC के बीच बनवाया था।

अध्याय-21

भारत की जलवायु व मौसम

मौसम वायुमंडल की अल्पकालीन अवस्था है, जबकि जलवायु का तात्पर्य अपेक्षाकृत लम्बे समय की मौसमी दशाओं के औसत से होता है। मौसम में बदलाव जल्दी-जल्दी होता है जैसे कि एक दिन में या एक सप्ताह में, परन्तु जलवायु में बदलाव 50 अथवा इससे भी अधिक वर्षों में आता है।

भारत की जलवायु में अनेक प्रादेशिक भिन्नताएँ हैं जिन्हें पवनों के प्रतिरूप, तापक्रम व वर्षा, ऋतुओं की लय तथा आर्द्रता एवं शुष्कता की मात्रा में भिन्नता के रूप में देखा जा सकता है। दक्षिण में केरल तथा तमिलनाडु की जलवायु उत्तर में उत्तर प्रदेश व बिहार से भिन्न है, फिर भी सम्पूर्ण भारत की जलवायु मॉनसून प्रकार की है।

तापमान, पवनों तथा वर्षा की प्रादेशिक विषमताएँ भारत के विभिन्न भागों में देखने को मिलती हैं। गर्मियों में पश्चिमी मरुस्थल में तापक्रम कई बार 55 डिग्री सेल्सियस तक चला जाता है, जबकि सर्दियों में लेह का तापमान 45 डिग्री सेल्सियस तक गिर जाता है। राजस्थान में चुरू जिले में जून माह में किसी एक दिन का तापमान 50 डिग्री सेल्सियस अथवा इससे अधिक हो जाता है जबकि उसी दिन अरुणाचल प्रदेश के तवांग जिले में तापमान कठिनता से 19 डिग्री सेल्सियस तक पहुँच पाता है। दिसम्बर में किसी रात जम्मू और कश्मीर के पास में तापमान -45 डिग्री सेल्सियस तक गिर जाता है जबकि चेन्नई में उसी रात 20 या 22 डिग्री सेल्सियस रहता है।

किसी एक स्थान पर चौबीस घंटे के तापमान परिवर्तन पर दृष्टि डाली जाए तो किसी स्थान पर अंतर कम और कहीं अंतर अधिक दिखेगा। उदाहरण के लिए केरल या अंडमान द्वीप समूह में यह अंतर 7 या 8 डिग्री सेल्सियस का होगा जबकि थार के रेगिस्तान में दिन का तापमान तो 50 डिग्री सेल्सियस हो जाता है, परन्तु रात का तापमान गिरकर 15 या 20 डिग्री सेल्सियस तक पहुँच जाता है ।

इसी प्रकार वर्षा की मात्रा में भी अंतर है। मेघालय की पहड़ियों में स्थित चेरापूँजी और मॉसिनराम में औसत वार्षिक वर्षा 1080 से.मी. से अधिक होती है

जबकि इसके विपरीत जैसलमेर, राजस्थान में औसत वार्षिक वृष्टि 9 से.मी. से अधिक नहीं होती। मेघालय में उत्तर-पूर्व में चेरापूँजी की तुलना में वर्षा कम होती है, जो वार्षिक 400 से.मी. के आस-पास पाई गई है।

जुलाई या अगस्त में गंगा के डेल्टा तथा उड़ीसा के तटीय मार्गों में हर तीसरे या पाँचवें दिन प्रचंड तूफान आते हैं और मूसलाधार वर्षा होती है, पर इन्हीं महीनों में मात्र 1000 कि.मी. दक्षिण में तमिलनाडु का कोरामंडल तट शान्त एवं शुष्क रहता है। देश के अधिकांश भागों में वर्षा जून व सितम्बर के बीच होती है, किन्तु तमिलनाडु के तटीय प्रदेशों में वर्षा शरद ऋतु में प्रारम्भ होती है।

इन सभी भिन्नताओं एवं विविधताओं के बावजूद भारत की जलवायु अपनी लय और विशिष्टता से मॉनसूनी है।

भारत उष्ण मॉनसूनी जलवायु प्रदेशों के अन्तर्गत आता है, जो उत्तरी व दक्षिणी गोलार्द्धों में 8 डिग्री एवं 30 डिग्री अक्षांशों के मध्य महाद्वीपों के पूर्वी एवं मध्यवर्ती मार्गों में स्थित है। अत: ये उष्ण कटिबंध में सन्मार्गी पवनों के अधीन है।

इन प्रदेशों में—

1. दक्षिणी एशिया में भारत, म्याँमार, पाकिस्तान, बांग्लादेश, श्री लंका, थाइलैंड, कम्बोडिया, वियतनाम, लाओस, दक्षिणी चीन व ताइवान द्वीप आते हैं।
2. उत्तरी अमरीका में पश्चिमी द्वीप समूह और दक्षिणी फ्लोरिडा।
3. मध्य अमरीका में पश्चिमी तट और पनामा का तटीय प्रदेश।
4. दक्षिणी अमरीका में कोलम्बिया और वेनेजुएला का उत्तरी तथा ब्राजील का उत्तरी-पूर्वी तट।
5. अफ्रीका में पूर्वी अफ्रीका का तटीय भाग—मोजाम्बीक और मेडागास्कर द्वीप।
6. आस्ट्रेलिया का उत्तरी तटीय भाग और न्यूगिनी का उत्तरी-पूर्वी भाग दोनों सम्मिलित किए जाते हैं।

यद्यपि चीन, कोरिया और जापान में भी मॉनसूनी पवनों द्वारा वर्षा होती है किन्तु इनके शीतोष्ण कटिबंध में होने से यहाँ के प्रदेश शीतोष्ण मॉनसूनी या चीन शुष्क जलवायु के अन्तर्गत आते हैं।

जलवायु—मॉनसूनी प्रदेश में ग्रीष्म ऋतु गर्म और तर तथा शीत ऋतु सामान्यत: ठंडी और शुष्क होती है।

तापमान—यहाँ वार्षिक तथा दैनिक तापान्तर अधिक नहीं होता है। यहाँ ग्रीष्म ऋतु का औसत तापमान 27 डिग्री से 32 डिग्री सेल्सियस तथा शीतऋतु में 18 डिग्री से 22 डिग्री सेल्सियस तक रहता है। ये भाग संशोधित सन्मार्गी पवनों

के मार्ग में पड़ते हैं और इन मार्गों में शीतऋतु सामान्यतः शुष्क रहती है। विशेष वायुदाब व्यवस्था के कारण इन प्रदेशों में 6 माह पवनें सागर से स्थल की ओर (ग्रीष्मऋतु में) तथा 6 माह स्थल से सागर की ओर (शीतकाल में) चलती हैं जिन्हें मॉनसून पवनें कहते हैं।

वर्षा—मॉनसूनी जलवायु प्रदेश में 85% वर्षा ग्रीष्मऋतु में होती है। इन प्रदेशों में वर्षा की मात्रा प्राकृतिक दशा, वायुदाब और वायु की दिशा पर निर्भर करती है, जैसे भारत में चेरापूँजी में औसत वार्षिक वर्षा 1125 से.मी. होती है। जबकि पश्चिमी घाट पर यह औसत 200 से.मी. रहता है। मैदानी मार्गों में 150 से.मी. तक तथा कभी-कभी चक्रवातों से भारी वर्षा होती है। इन चक्रवातों को चीन में टाइफून, पश्चिमी द्वीप-समूह में हरीकेन, फिलीपिन में, उत्तरी-पश्चिमी आस्ट्रेलिया में, बिलीविलीज तथा बंगाल की खाड़ी में तूफानी चक्रवात कहते हैं।

प्राकृतिक वनस्पति—इन प्रदेशों में पर्याप्त वर्षा और गर्मी के कारण प्राकृतिक वनस्पतियों की प्रचुरता पाई जाती है जो वर्षा का अनुसरण करती हैं। जिन भागों में वर्षा 200 से.मी. से अधिक होती है वहाँ सदाबहार वन पाए जाते हैं किन्तु ये वन भूमध्य सागरीय वनों की भाँति सघन झाड़ीदार नहीं होते हैं। इनके नीचे अनेक प्रकार के पौधे उग आते हैं। इन वनों में साल, सागौन, शीशम, बाँस, आब, जामुन, शहतूत आदि अधिक बहुमूल्य वृक्ष मिलते हैं। जहाँ वर्षा 50 से 100 से.मी. के बीच होती है वहाँ घास के मैदान तथा खैर, बबूल, नीम, बड़, पीपल, गूलर, हर्र, बेहड़ा, कीकर आदि के वृक्ष पाए जाते हैं। 50 से.मी. से कम वर्षा वाले भागों में केवल शुष्क कँटीली झाड़ियाँ ही पैदा होती हैं।

आर्थिक विकास—इन प्रदेशों का मुख्य उद्यम कृषि व पशुपालन है। यहाँ के उपजाऊ भागों में चावल, जूट, चाय, कपास तिहलन, गन्ना, गेहूँ, तम्बाकू, मक्का, दालें, फल-सब्जियाँ एवं बागानी फसलें रबड़, काजू, केला, नारियल, गरम मसाला, चाय, कहवा प्रमुख उत्पादन हैं। फलों के अन्तर्गत आम, लीची, जामुन, केला, पपीता, अमरूद, अनार, सेब, अंगूर, सन्तरा, मौसमी, कटहल आदि पैदा किए जाते हैं।

भारत वर्तमान एशिया का प्रधान दुग्ध व डेयरी उत्पादक देश बनता जा रहा है। विश्व का अधिकांश चावल व बड़ी मात्रा में कपास, गन्ना और चाय के उत्पादन में यह देश प्रसिद्ध है।

खनिज सम्पत्ति—भारत में लौह-अयस्क, कोयला, मैंगनीज, अभरक, खनिज तेल, सोना आदि निकाले जाते हैं। लौह, अभरक एवं कोयला का निर्यात किया जाता है।

उद्योग—भारत, पूर्वी ब्राजील एवं पूर्वी आस्ट्रेलिया में अनेक उद्योगों का तेजी से विकास किया गया है। लोहा-इस्पात उद्योग, वस्त्र उद्योग, पेट्रो रसायन व अन्य

रसायन उद्योग, और चीनी, सीमेन्ट, यातायात मशीनी उपकरण, भारी विद्युत मशीनें एवं जूट यहाँ के प्रमुख उद्योग हैं।

निवासी—मॉनसूनी देशों में जनसंख्या का घनत्व विश्व में अत्यधिक पाया जाता है। मानव आवास की प्रमुख इकाइयाँ गाँव हैं जो नदियों की घाटी अथवा मैदानों में किसी नदी, झील अथवा अन्य जल स्रोतों के निकट स्थित होते हैं। बांग्लादेश, केरल, गंगा की निचली घाटी-क्षेत्र एवं दक्षिणी चीन विशेष रूप से सघन बसे हैं।

भारत की जलवायु को प्रभावित करने वाले कारक

भारत की जलवायु को नियंत्रित करने वाले अनेक कारक हैं, जिन्हें सामान्यत: दो भागों में बाँटा जा सकता है—

(क) स्थिति तथा उच्चावच सम्बन्धी कारक।

(ख) वायुदाब एवं पवन सम्बन्धी कारक।

(क) स्थिति तथा उच्चावच सम्बन्धी कारक—

1. अक्षांश—कर्क रेखा पूर्व-पश्चिम दिशा में भारत के मध्य भाग से गुजरती है, जिसके कारण भारत का उत्तरी भाग शीतोष्ण कटिबंध में और कर्क रेखा के दक्षिण में स्थित भाग उष्ण कटिबन्ध में पड़ता है। उष्ण कटिबंध के भूमध्य रेखा के अधिक पास होने के कारण पूरे वर्ष इस कटिबंध में तापमान अधिक रहता है और ताप में अंतर कम रहता है। कर्क रेखा से उत्तर में स्थित भाग में भूमध्य रेखा से दूर होने के कारण उच्च दैनिक तथा वार्षिक तापांतर के साथ विषम जलवायु पाई जाती है।

2. हिमालय पर्वत—उत्तर में हिमालय की ऊँची श्रेणियाँ एवं उनका विस्तृत विस्तार एक प्रमुख जलवायु विभाजक की भूमिका निभाता है। उत्तरी ध्रुव के पास पैदा होने वाली ठंडी पवनों से यह अभेद्य सुरक्षा प्रदान करता है। इसी प्रकार हिमालय पर्वत मॉनसून पवनों को रोककर उपमहाद्वीप में वर्षा कराता है।

3. जल तथा स्थल का वितरण—भारत के दक्षिण में तीन ओर सागर व उत्तर की ओर ऊँची और निरन्तरता लिये हुए पर्वत श्रेणियाँ हैं। स्थल की अपेक्षा जल देर से गरम व देर से ठंडा होता है। जल और स्थल के इस विभेदी तापन के कारण भारतीय उपमहाद्वीप में विभिन्न वायु प्रदेश विकसित हो जाते हैं। वायुदाब में क्षेत्रीय भिन्नता मॉनसूनी पवनों के उत्क्रमण का कारण बनती है।

4. समुद्र तट से दूरी—लंबी तटीय रेखा के कारण भारत के विस्मित तटीय प्रदेशों में समकारी जलवायु पाई जाती है जिसके प्रभाव से अंदरूनी भाग वंचित रह जाते हैं। ऐसे भागों में विषम जलवायु पाई जाती है। यही कारण है कि मुंबई तथा कोंकण तट के निवासी तापमान की विषमता और ऋतु परिवर्तन का अनुभव नहीं कर पाते। दूसरी ओर समुद्र तट से दूर देश के आंतरिक भागों में स्थित दिल्ली, कानपुर और अमृतसर में मौसमी परिवर्तन पूरे जीवन को प्रभावित करते हैं।

5. समुद्र तल से ऊँचाई—ऊँचाई के साथ तापमान घटता जाता है। विरल वायु के कारण पहाड़ी क्षेत्र मैदानी भागों की तुलना में ठंडे होते हैं। आगरा और दार्जिलिंग एक ही अक्षांश पर स्थित हैं परन्तु जनवरी में आगरा का तापमान 16 डिग्री सेल्सियस के आसपास रहता है जबकि दार्जिलिंग का 4 डिग्री सेल्सियस।

6. उच्चावच—भारत का भौतिक स्वरूप अथवा उच्चावच तापमान, वायुदाब, पवनों की गति एवं दिशा तथा ढाल की मात्रा और वितरण को प्रभावित करता है। उदाहरणत: जून और जुलाई के मध्य पश्चिमी घाट तथा असम के पवनामुखी ढाल अधिक वर्षा प्राप्त करते हैं। जबकि पश्चिमी घाट से लगा दक्षिणी पठार इस बीच पवन विमुखी स्थिति के कारण कम वर्षा प्राप्त करता है या सूखा रहता है।

(ख) वायुदाब एवं पवनों से जुड़े कारक—

भारत की स्थानीय जलवायुओं में पाई जाने वाली विविधता को समझने के लिए निम्नलिखित तीन कारकों की क्रियाविधि को जानना आवश्यक है—

1. वायुदाब एवं पवनों का धरातल पर वितरण।
2. भूमंडलीय मौसम को नियंत्रित करने वाले कारकों, विभिन्न वायु संहतियों (Differential Wind Mass) एवं जेट प्रवाह के अंतर्वाह द्वारा उत्पन्न ऊपरी वायुसंचरण।
3. शीतकाल में पश्चिमी विक्षोभ (Western Disturbances) तथा दक्षिण पश्चिमी मॉनसून काल में उष्ण कटिबंधीय अवदाबों के भारत में अन्तर्वहन के कारण उत्पन्न वर्षा की अनुकूल दशाएँ।

उपर्युक्त तीन कारकों की क्रिया विधि को शीत व ग्रीष्म ऋतु के संदर्भ में पृथक-पृथक समझा जा सकता है।

मौसम की शीतकालीन क्रिया विधि

(1) धरातलीय वायुदाब तथा पवनें—शीत ऋतु में भारत का मौसम मध्य एवं पश्चिम एशिया में वायुदाब के वितरण से प्रभावित होता है। इस समय हिमालय के उत्तर में तिब्बत के ऊपर उच्च वायुदाब केन्द्र स्थापित हो जाता है जिसके फलस्वरूप इसके दक्षिण में भारतीय उपमहाद्वीप के निचले भागों में धरातल के साथ-साथ पवनों का प्रवाह प्रारम्भ हो जाता है। मध्य एशिया से बाहर की ओर चलने वाली ये पवनें नमीयुक्त नहीं होतीं अत: शुष्क महाद्वीपीय पवनों के रूप में ये भारत में पहुँचती हैं। उत्तर-पश्चिमी भारत में व्यापारिक पवनों के सम्पर्क में आती हैं किन्तु इस सम्पर्क क्षेत्र की स्थिति स्थाई नहीं होती। कई बार तो इसकी स्थिति खिसक कर पूर्व में मध्य गंगा घाटी के ऊपर पहुँच जाती है। परिणामस्वरूप मध्य गंगाघाटी तक सम्पूर्ण उत्तर-पश्चिमी तथा उत्तरी भारत इन शुष्क उत्तर-पश्चिमी पवनों के प्रभाव में आ जाता है।

(2) जेट प्रवाह व ऊपरी वायु संचरण—जिन पवनों का ऊपर उल्लेख किया गया है वे धरातल के निकट तथा वायुमंडल की निचली सतहों में चलती हैं। निचले वायुमंडल के क्षोभमंडल पर धरातल से लगभग तीन किलोमीटर ऊपर बिलकुल भिन्न प्रकार का वायुसंचरण होता है। ऊपरी वायुसंचरण के सृजन में पृथ्वी के धरातल के निकट वायुमंडलीय दाब की भिन्नताओं की कोई भूमिका नहीं होती। समस्त मध्य एवं पश्चिमी एशिया 9 से 13 कि.मी. की ऊँचाई पर पश्चिम से पूर्व की ओर बहने वाली पछुआ पवनों (Westerly Winds) के प्रभाव के अधीन होता है। ये पवनें तिब्बत के पठार के समानान्तर हिमालय के उत्तर में एशिया महाद्वीप पर बहती हैं। इन्हें जेट-प्रवाह कहा जाता है। तिब्बत का उच्च भू-भाग इन जेट प्रवाहों के मार्ग में अवरोधक की भूमिका निभाता है जिसके कारण ये दो भागों में बँट जाती हैं। इसकी एक शाखा तिब्बत के पठार के ऊपर से बहती है तथा इसकी दक्षिणी शाखा हिमालय के दक्षिण में पूर्व की ओर बहती है। इस दक्षिणी शाखा की औसत स्थिति फरवरी में लगभग 25 उत्तरी-अक्षांश रेखा के ऊपर होती है तथा इसका दाब-स्तर 200 से 300 मिली बार होता है। ऐसा माना जाता है जेट-प्रवाह की यही दक्षिणी शाखा भारत में जाड़े के मौसम पर महत्त्वपूर्ण प्रभाव डालती है।

वायुमंडल में जेट पवन प्रवाह क्षोभमंडल (Troposphere) एवं समताप मंडल (Stratosphere) के बीच वाले संघ-क्षेत्र जिसे हलचल युक्त ट्रोपोपाज (Tropopause) कहते हैं के मध्य पश्चिम से पूर्व की ओर दोनों गोलार्द्धों में 8 से 15 कि.मी. की ऊँचाई पर तीव्र गति से सम्पूर्ण धरती पर चक्कर लगाती है जिसकी गति 129 कि.मी. से 225 कि.मी. प्रति घंटा होती है। कभी-कभी उसकी गति 443 कि.मी. प्रति घंटा हो सकती है। अतः वह विश्व भर के मौसम व जलवायु पर प्रभाव डालती है।

पश्चिमी चक्रवातीय विक्षोभ तथा उष्ण कटिबंधीय चक्रवात

पश्चिमी विक्षोभ जो भारतीय उप महाद्वीप में जाड़े के मौसम में पश्चिम तथा उत्तर-पश्चिम में प्रवेश करते हैं, भूमध्य सागर में उत्पन्न होते हैं। भारत में इनका प्रवेश पश्चिमी जेट प्रवाह द्वारा होता है। शीतकाल में रात्रि के तापमान में वृद्धि इन विक्षोभों के आने का पूर्व संकेत माना जाता है।

उष्ण कटिबंधीय चक्रवात बंगाल की खाड़ी तथा हिंद महासागर में उत्पन्न होते हैं। इन उष्णकटिबंधीय चक्रवातों से तेज गति की हवाएँ चलती हैं और भारी वर्षा होती है। ये चक्रवात तमिलनाडु, आंध्रप्रदेश और उड़ीसा के तटीय भागों पर टकराते हैं। मूसलाधार वर्षा और पवनों की तीव्र गति के कारण ऐसे चक्रवात कभी-कभी अत्यंत विनाशकारी हो जाते हैं।

ग्रीष्म ऋतु में मौसम की क्रिया विधि

धरातलीय वायुदाब तथा पवनें—गर्मी का मौसम प्रारम्भ होने पर सूर्य उत्तरायण हो जाता है जिसके कारण उपमहाद्वीप के निम्न तथा उच्च दोनों स्तरों पर वायु परिसंचरण में उत्क्रमण (बदलाव) हो जाता है।

जुलाई के मध्य तक धरातल के निकट निम्न वायुदाब पेटी जिसे अंत: उष्ण कटिबंधीय अभिसरण क्षेत्र (Inter tropical Convergence Zone) या ITCZ कहते हैं, उत्तर की ओर खिसक कर हिमालय के लगभग समानांतर 20 से 25 उत्तरी अक्षांश पर स्थित हो जाता है। इस समय तक पश्चिमी जेट प्रवाह भारतीय क्षेत्र से लौट चुका होता है।

अंत: उष्णकटिबंधीय अभिसरण (ITEZ) पृथ्वी पर भूमध्य रेखा के पास एक वृत्ताकार क्षेत्र है। पृथ्वी पर यह वह क्षेत्र है, जहाँ उत्तरी और दक्षिणी गोलार्द्धों की व्यापारिक हवाएँ तथा दक्षिण पूर्व की व्यापारिक हवाएँ एक जगह मिलती हैं जिसे अभिसरण (Convergence) कहते है। भूमध्य रेखा पर सूर्य का तीव्र ताप महासागरों से जलवाष्प (ITEZ) में हवा को साथ में ऊपर उठाते हुए उसकी आर्द्रता को बढ़ा देता है और निम्न वायुदाब का क्षेत्र होने के कारण विभिन्न दिशाओं से यह अपनी ओर पवनों को आकर्षित करता है। दक्षिणी गोलार्द्ध से उष्ण कटिबंधीय सामुद्रिक वायु सहति (Dceanie Wind Mass) विषुवत वृत्त को पार करके सामान्यत: दक्षिण-पश्चिमी दिशा में इसी कम दाब वाली पेटी की ओर अग्रसर होती है, और यही नमीयुक्त आर्द्र वायुधारा दक्षिण-पश्चिम मॉनसून कहलाती है। ऊपर की ओर उठने वाली यह हवा फैलती है और ठंडी होती है जिससे झंझावात तथा भारी बारिश प्रारम्भ हो जाती है।

जेट प्रवाह एवं ऊपरी वायु संचरण

वायुदाब एवं पवनों का उपर्युक्त प्रतिरूप केवल क्षोभमंडल (Troposphere) के निम्न स्तर पर पाया जाता है। जून में प्राय: द्वीप के दक्षिणी भाग पर पूर्वी जेट-प्रवाह 90 कि.मी. प्रतिघंटा की गति से चलता है। यह जेट प्रवाह अगस्त में 15 उत्तर अक्षांश पर तथा सितम्बर में 22 उत्तर अक्षांश पर स्थित हो जाता है। ऊपरी वायुमंडल में पूर्वी जेट-प्रवाह सामान्यत: 30 उत्तर अक्षांश से पार नहीं जाता।

पूर्वी जेट प्रवाह तथा उष्ण कटिबंधीय चक्रवात

पूर्वी जेट प्रवाह उष्ण कटिबंधीय चक्रवातों को भारत में लाता है। ये चक्रवात भारतीय उप महाद्वीप में वर्षा के वितरण में महत्त्वपूर्ण भूमिका निभाते हैं। इन चक्रवातों के मार्ग भारत में सर्वाधिक वर्षा वाले भाग हैं। इन चक्रवातों की बारम्बारता, दिशा, गहनता एवं प्रवाह का प्रभाव एक लम्बे दौर में भारत की ग्रीष्मकालीन मॉनसूनी वर्षा के प्रतिरूप निर्धारण पर पड़ता है।

भारतीय मॉनसून की प्रकृति

दक्षिण एशियाई क्षेत्र में वर्षा के कारणों का व्यवस्थित अध्ययन मॉनसून के कारणों को समझने में सहायता करता है। इसके कुछ विशेष पक्ष इस प्रकार हैं—

1. मॉनसून का आरंभ तथा इसका स्थल की ओर बढ़ना।
2. वर्षा लाने वाले तंत्र जैसे उष्ण कटिबंधीय, चक्रवात तथा मॉनसूनी वर्षा की आवृत्ति एवं वितरण के बीच सम्बन्ध।
3. मॉनसून में विच्छेद।

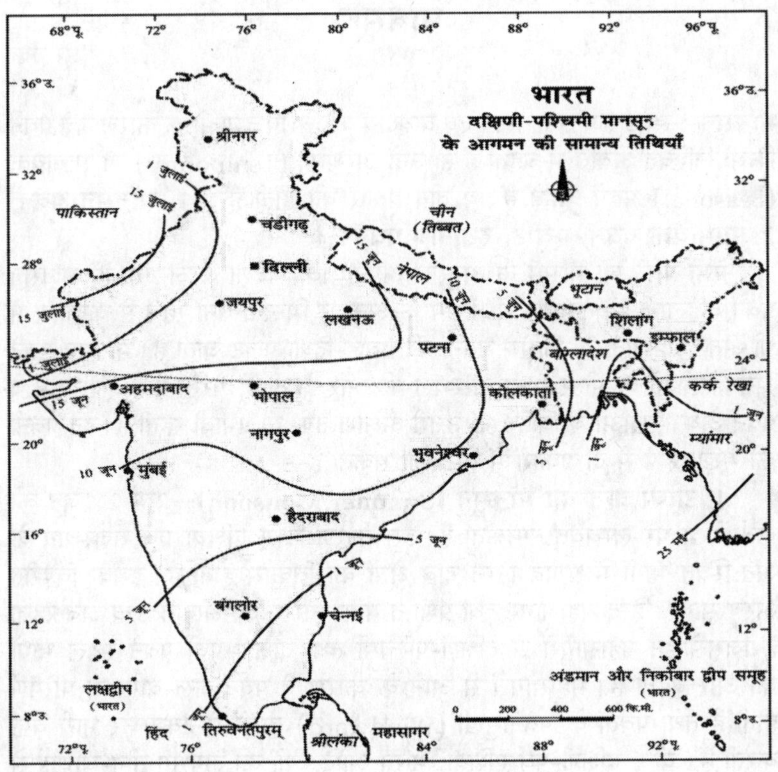

अध्याय-22

मॉनसून

मॉनसून—स्थाई रूप से तापमान एवं वायुदाब की विशेष दशाओं के कारण जब पवनें किसी निश्चित अवधि में बहती हैं तो उन्हें अस्थायी (Temporary) या सामयिक (Seasonal) पवनें कहते हैं। ये तीन प्रकार की होती हैं : **1. मॉनसून पवनें, 2. सामयिक पवनें, एवं 3. स्थानीय पवनें।**

ऐसी पवनें जो मौसम के अनुसार अपनी प्रवाह-दिशा बदल देती हैं, मॉनसून पवनें कहलाती हैं। तापमान में मौसम के अनुसार भिन्नता बनी रहने से वायुदाब में भी अंतर आ जाता है, जिससे पवनों की प्रवाह-दिशा पलट जाती है। मॉनसून पवनें अयन रेखाओं के भीतर सागर से स्थल की ओर बहती हैं, परन्तु पूर्वी एशिया में ये पवनें अयन रेखाओं के बाहर 60 उत्तरी अक्षांश तक भी प्रभावी रहती हैं। इन पवनों को मुख्य रूप से दो प्रकारों में बाँटा जा सकता है—

1. ग्रीष्म ऋतु का मॉनसून (Summer Monsoon)—सूर्य 21 जून को कर्क रेखा पर लम्बवत् चमकता है। इस कारण मध्य एशिया एवं राजस्थान के अंत:स्थित भागों में प्रगाढ़ निम्न दाब क्षेत्रों का विकास होता है। इसके विपरीत अरब सागर, हिन्द महासागर तथा प्रशान्त महासागर में अपेक्षाकृत उच्च दाब रहता है जिससे इन महासागरों से दक्षिण-पश्चिमी तथा दक्षिण-पूर्वी पवनें स्थल भागों की ओर बहती हैं। महासागरों से आने के कारण ये पवनें जल-वाष्प से परिपूर्ण होती हैं तथा पर्वतों के पवनामुखी (Windward) ढालों से टकराकर भारी वर्षा करती हैं। चीन, दक्षिण-पूर्व एशिया, भारत आदि देशों की लगभग तीन-चौथाई से अधिक वर्षा इन्हीं ग्रीष्मकालीन मॉनसून से प्राप्त होती है। मध्य एशिया का निम्न दाब क्षेत्र भी प्रगाढ़ होता है। इसी कारण प्रशान्त महासागर से उठने वाली पूर्वी पवनें वेग से बहती हैं और पूर्वी चीन के तटवर्ती पवर्तों से टकराकर भारी वर्षा करती हैं। कभी-कभी यहाँ प्रबल तूफान उठते हैं जिन्हें टायफून (Typhoon) कहते हैं। ये बहुत विनाशकारी हो सकते हैं। ये तूफान मॉनसून से पहले (अप्रैल-

मई) व समाप्ति के बाद (अक्टूबर-नवम्बर) में आते हैं। इनके प्रभाव में पूर्वी ब्राजील, दक्षिण-पश्चिमी संयुक्त राज्य, पूर्वी अफ्रीका, उत्तरी आस्ट्रेलिया आदि अन्य क्षेत्र भी आते हैं।

2. शीत ऋतु का मॉनसून (Winter Monsoon)—शीत ऋतु में सूर्य 22 दिसम्बर को मकर रेखा पर लम्बवत् चमकता है। उत्तरी गोलार्द्ध में इस समय कम दाब के कारण मध्य एशिया में उच्च दाब क्षेत्र स्थापित हो जाता है। इसकी अपेक्षा अरब सागर, हिन्द महासागर, व प्रशान्त महासागर में तापमान के अपेक्षाकृत ऊँचे रहने के कारण वहाँ निम्न दाब क्षेत्र वाले महासागरों की ओर उत्तरी गोलार्द्ध में पवनें बहने लगती हैं। स्थल की ओर से आने के कारण ये हवाएँ काफी शुष्क एवं ठंडी होती हैं। मध्य एशिया का उच्च दाब क्षेत्र अधिक प्रगाढ़ होने के कारण वहाँ से चलने वाली पवनें अधिक शक्तिशाली व ठंडी होती हैं। ये उत्तर-पश्चिमी एवं उत्तरी चीन में विशाल भू-भाग पर फैल जाती हैं और प्रचंड सर्दी पड़ती है। इसके दूसरी ओर दक्षिणी गोलार्द्ध में उत्तरी अस्ट्रेलिया, दक्षिणी पूर्वी अफ्रीका एवं मध्य पूर्वी ब्राजील के तटीय भागों में इस मौसम में पर्याप्त वर्षा हो जाती है।

मॉनसून का भारत प्रवेश

अंततः उष्ण कटिबंधीय अभिसरण क्षेत्र की स्थिति में परिवर्तन का सम्बन्ध हिमालय के दक्षिण में उत्तरी मैदान के ऊपर से पश्चिमी जेट-प्रवाह द्वारा अपनी स्थिति के प्रत्यावर्तन से भी है, क्योंकि पश्चिमी जेट-प्रवाह के इस क्षेत्र से खिसकते ही दक्षिणी भारत में 15 उत्तर अक्षांश पर पूर्वी जेट-प्रवाह विकसित हो जाता है। इसी पूर्वी जेट-प्रवाह को भारत में मॉनसून के प्रस्फोट (Burst) के लिये उत्तरदायी माना जाता है।

दक्षिण-पश्चिमी मॉनसून सामान्यतः केरल तट पर जून के प्रथम सप्ताह में पहुँचता है और शीघ्र ही ये आर्द्र पवनें दो से तीन सप्ताह में मुंबई व कोलकाता तक पहुँच जाती हैं। मध्य जुलाई तक सम्पूर्ण उपमहाद्वीप दक्षिण-पश्चिमी मॉनसून के प्रभाव में आ जाता है।

वर्षावाही तंत्र तथा मॉनसूनी वर्षा का वितरण

भारत में वर्षा लाने वाले दो तंत्र प्रतीत होते हैं—

पहला तंत्र उष्णकटिबंधीय वायुदाब है, जो बंगाल की खाड़ी या उससे भी आगे पूर्व में दक्षिणी चीनी सागर में पैदा होता है तथा उत्तरी भारत के मैदानों में वर्षा करता है।

दूसरा तंत्र अरब-सागर से उठने वाली दक्षिण-पश्चिम मॉनसून धारा है, जो भारत के पश्चिमी तट पर वर्षा करती है।

पश्चिमी घाट के साथ-साथ होने वाली अधिकतर वर्षा पर्वतीय है, क्योंकि यह आर्द्र हवाओं से अवरुद्ध होकर घाट के सहारे ऊपर उठने से होती है। भारत के पश्चिमी तट पर होने वाली वर्षा की तीव्रता दो कारणों से सम्बन्धित है—

1. समुद्र तट से दूर घटित होने वाली मौसमी दशाएँ।

2. अफ्रीका के पूर्वी तट के साथ भूमध्य रेखीय जेट-प्रवाह की स्थिति।

बंगाल की खाड़ी में उत्पन्न होने वाले उष्ण कटिबंधीय अवदाबों की बारम्बारता हर वर्ष बदलती रहती है। भारत के ऊपर भी इनके मार्ग का निर्धारण मुख्यतः अंतः उष्ण कटिबंधीय अभिसरण क्षेत्र, जिसे मॉनसून श्रेणी भी कहा जाता है, की स्थिति द्वारा होता है।

जब भी मॉनसून द्रोणी का अक्ष दोलायमान होता है, विभिन्न वर्षों में इन अवदाबों के मार्ग, दिशा, वर्षा की गहनता और वितरण में भी पर्याप्त उतार-चढ़ाव आते हैं। वर्षा कुछ दिनों के अंतराल में आती है।

भारत के पश्चिमी तट पर पश्चिम से पूर्व-उत्तर-पूर्व की ओर तथा उत्तरी भारतीय मैदान एवं प्रायद्वीप के उत्तरी भाग में पूर्व-दक्षिण-पूर्व से उत्तर-पश्चिम की ओर वर्षा की मात्रा में घटने की प्रवृत्ति पाई जाती है।

मॉनसून में विच्छेद

दक्षिण-पश्चिम मॉनसून काल में एक बार कुछ दिनों तक वर्षा होने के बाद कई दिनों तक वर्षा न हो तो इसका कारण मॉनसून में विच्छेद होना है। ये विच्छेद विभिन्न क्षेत्रों में विभिन्न कारणों से होते हैं जिन्हें निम्नानुसार क्रमबद्ध किया जा सकता है—

1. उत्तरी भारत के विशाल मैदान में मॉनसून-विच्छेद उष्ण कटिबंधीय चक्रवातों की संख्या कम हो जाने से तथा अंतः उष्ण कटिबंधीय अभिसरण क्षेत्र की स्थिति में बदलाव आने से होता है।
2. पश्चिमी तट पर मॉनसून विच्छेद तब होता है जब आर्द्र पवनें तट के समानान्तर बहने लगें।
3. राजस्थान में मॉनसून विच्छेद तब होता है , जब वायुमंडल के निम्न स्तरों पर तापमान की विलोमता वर्षा कारक आर्द्र पवनों को ऊपर उठने से रोक देती है।

मॉनसून का निवर्तन

मॉनसून के पीछे हटने या लौट जाने को मॉनसून निवर्तन कहते हैं। सितम्बर के आरम्भ से उत्तर-पश्चिमी भारत से मॉनसून पीछे हटने लगता है और मध्य अक्टूबर तक यह दक्षिणी भारत को छोड़कर शेष समय भारत से निवर्तित हो जाता है। लौटती

हुई मॉनसून पवनें बंगाल की खाड़ी से जलवाष्प ग्रहण करके उत्तर-पूर्वी मॉनसून के रूप में तमिलनाडु में वर्षा करती हैं।

ऋतुओं की लय

भारत की जलवायुवी दशाओं को उनके वार्षिक ऋतु-चक्र के माध्यम से व्यक्त किया जा सकता है। वर्ष को निम्नलिखित चार ऋतुओं में बाँटा जा सकता है—

1. शीत ऋतु।
2. ग्रीष्म ऋतु।
3. दक्षिण-पश्चिमी मॉनसून की ऋतु और।
4. मॉनसून के निर्वतन की ऋतु।

शीत ऋतु

तापमान—उत्तरी भारत में शीतऋतु का प्रारम्भ नवम्बर के मध्य से होता है और दिसम्बर, जनवरी व फरवरी काफी ठंडे होते हैं। दिन का औसत तापमान 21^0 सेल्सियस तथा रात्रि में तापमान काफी कम हो जाता है। राजस्थान व पंजाब में शून्य के पास चला जाता है। उत्तर-भारत में अधिक ठंड पड़ने के मुख्यत: तीन कारण हैं—

1. समुद्र के समकारी प्रभाव से दूर होना।
2. निकटवर्त्ती हिमालय की श्रेणियों में हिमपात के कारण शीत लहर का आना।
3. फरवरी के आस-पास कैस्पियन सागर व तुर्कमेनिस्तान की ठंडी पवनें उत्तरी भारत में शीतलहर ला देती हैं जिसके कारण उत्तर-पश्चिमी भारत में पाला, कोहरा पड़ता है।

प्रायद्वीपीय भारत में कोई निश्चित शीत ऋतु नहीं होती। तटीय भागों में समुद्र के समकारी प्रभाव तथा भूमध्य रेखा की निकटता के कारण तापमान में विशेषत: कोई अंतर नहीं होता। उदाहरणत: तिरुवनंतपुरम् में जनवरी का मध्य अधिकतम तापमान 31 डिग्री सेल्सियस तक रहता है, जबकि जून में यह 29.5 डिग्री सेल्सियस पाया जाता है। पश्चिमी घाट की पहाड़ियों में अपेक्षाकृत कुछ कम तापमान होता है।

वायुदाब तथा पवनों का प्रभाव भी मौसम एवं ऋतुओं पर पड़ता है। दिसम्बर के अंत में (22 दिस.) सूर्य दक्षिणी गोलार्द्ध में मकर रेखा पर सीधा चमकता है जिससे उत्तर भारत में एक क्षीण उच्च वायुदाब पट्टी का निर्माण होता है और दक्षिणी भारत में अपेक्षाकृत अल्प वायुदाब रहता है। 1019 मिली बार तथा 1013 मिली बार की समभार रेखाएँ उत्तर-पश्चिमी भारत तथा सुदूर दक्षिण से होकर गुजरती हैं। परिणामस्वरूप उत्तर-पश्चिमी उच्च वायुदाब क्षेत्र

से दक्षिण में हिंद महासागर पर स्थित निम्न वायुदाब क्षेत्र की ओर पवनें चलना आरम्भ कर देती हैं, जिनकी गति 3 से 5 कि.मी. प्रति घंटा होती है, जो मंद गति कही जाएगी।

भू-आकृति भी पवनों की दिशा को प्रभावित करती हैं। गंगा घाटी में इनकी दिशा पश्चिमी व उत्तर-पश्चिमी होती है। गंगा-ब्रह्मपुत्र डेल्टा में इनकी दिशा उत्तरी हो जाती है। भू-आकृति के प्रभाव से मुक्त इन पवनों की दिशा बंगाल की खाड़ी में स्पष्ट तौर पर उत्तर-पूर्वी होती है।

सर्दियों में भारत का मौसम कभी-कभार हल्के चक्रवातीय अपदाबों से प्रभावित हो जाता है। पश्चिमी विक्षोभ कहे जाने वाले ये चक्रवात पूर्वी भू मध्यसागर पर उत्पन्न होते हैं और पूर्व की ओर चलते हुए पश्चिमी एशिया, ईरान, अफगानिस्तान तथा पाकिस्तान को पार करके भारत के उत्तरी-पश्चिमी भागों में पहुँचते हैं। मार्ग में उत्तर में कैस्पियन सागर तथा दक्षिण में ईरान की खाड़ी से गुजरते हुए इनकी आर्द्रता में वृद्धि हो जाती है तथा पश्चिमी जेट-प्रभाव इन अपदाबों को भारत की ओर उन्मुख करने में भूमिका निभाते हैं।

शीतकालीन मॉनसून पवनें स्थल से समुद्र की ओर चलने के कारण वर्षा नहीं करतीं क्योंकि इनमें नमी नहीं रहती और साथ ही स्थल से घर्षण के कारण ये गरम भी हो जाती हैं जिससे वर्षा की सम्भावना अत्यंत न्यून हो जाती है। अत: शीत ऋतु में अधिकांश भारत में वर्षा नहीं होती परन्तु अपवादस्वरूप कुछ क्षेत्रों में स्थानीय कारणों से वर्षा होती भी है। इसके अतिरिक्त उत्तर-पश्चिमी भारत में भूमध्य सागर से आने वाले कुछ क्षीण शीतोष्ण कटिबंधीय चक्रवात, पंजाब, हरियाणा, दिल्ली तथा पश्चिमी उत्तर प्रदेश में कुछ वर्षा कर जाते हैं जो रबी की फसल के लिए बहुत उपयोगी होती है। शीतकाल में ही वर्षा हिमालय पर हिम के रूप में गिरती है जो गर्मियों में पिघलकर नदियों के जल के रूप में प्रवाहित होती है। सर्दियों में वर्षा की मात्रा मैदानों में पश्चिम से पूर्व की ओर तथा पर्वतों में उत्तर से दक्षिण की ओर घटती जाती है। सर्दियों में दिल्ली में औसत वर्षा 53 मि.मी. होती है तथा पंजाब और बिहार के बीच 18 से 25 मि.मी. के बीच रहती है।

कभी-कभी देश के मध्य भागों एवं दक्षिणी प्रायद्वीप के उत्तरी भागों में भी कुछ शीतकालीन वर्षा हो जाती है। इसके अतिरिक्त अरुणाचल प्रदेश तथा असम में भी 25 से 50 मि.मी. वर्षा हो जाती है।

उत्तर-पूर्वी मॉनसून पवनें बंगाल की खाड़ी को अक्टूबर से नवम्बर के बीच पार करते समय नमी ग्रहण कर लेती हैं और तमिलनाडु, दक्षिण आंध्रप्रदेश, दक्षिण-पूर्वी कर्नाटक तथा केरल में झंझावती वर्षा करती हैं।

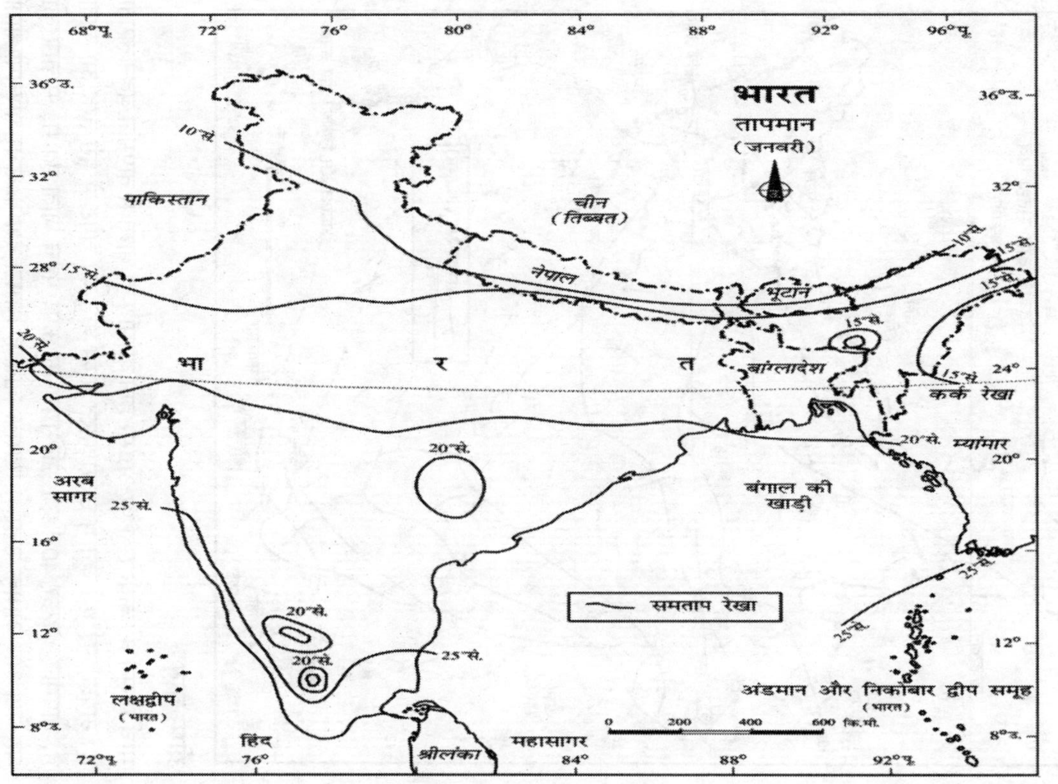

भारत
तापमान
(जनवरी)
पाकिस्तान
चीन
(तिब्बत)
नेपाल
भूटान
भा
र
त
बांग्लादेश
कर्क रेखा
म्यांमार
अरब
सागर
बंगाल की
खाड़ी
समताप रेखा
लक्षद्वीप
(भारत)
अंडमान और निकोबार द्वीप समूह
(भारत)
0 200 400 600 कि.मी.
हिंद
श्रीलंका
महासागर

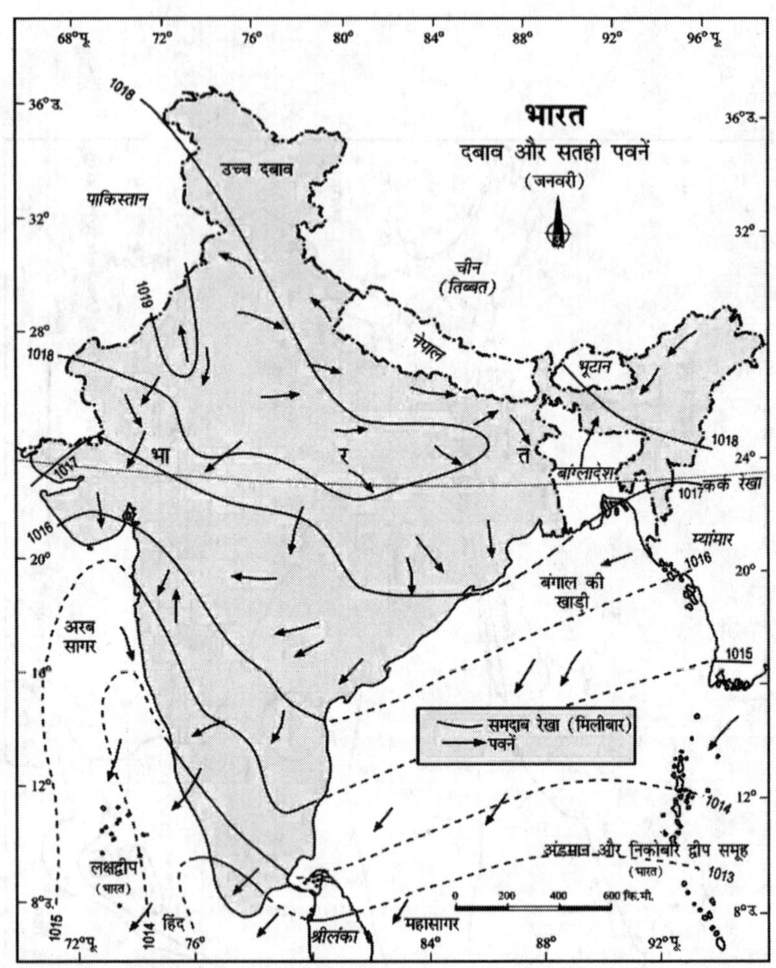

ग्रीष्म ऋतु

मार्च में सूर्य की कर्क रेखा पर अग्रसर होने के साथ ही भारत में तापमान बढ़ने लगता है। अप्रैल, मई एवं जून में उत्तरी भारत ग्रीष्म ऋतु की चपेट में पूरी तरह आ जाता है, तापमान बढ़कर 40 डिग्री सेल्सियस के ऊपर पहुँच जाता है। मई में ताप की यह पेटी और अधिक उत्तर में खिसक जाती है जिससे देश के उत्तर-पश्चिमी भागों में 48 डिग्री सेल्सियस के आस-पास तापमान का पहुँच जाना सामान्य सी बात है।

दक्षिण भारत में उत्तर भारत की तरह ग्रीष्म ऋतु प्रखर नहीं होती। समुद्र के समकारी प्रभाव के कारण यहाँ का तापमान 26 से 32 डिग्री सेल्सियस के बीच

रहता है। पश्चिमी घाट की पहाड़ियों के कुछ क्षेत्रों में ऊँचाई के कारण तापमान 25 डिग्री सेल्सियस से भी कम रहता है। तटीय भागों में समताप रेखाएँ तट के समानान्तर उत्तर-दक्षिण दिशा में फैली हैं जिसका तात्पर्य यह है कि तापमान उत्तर से दक्षिण भारत की ओर न बढ़कर तटों के भीतर की ओर बढ़ता है। गर्मी के महीनों में न्यूनतम दैनिक औसत तापमान भी 26 डिग्री सेल्सियस से नीचे नहीं जाता।

वायुदाब और पवनें

देश के उत्तरी भाग में गरमी के दिनों में वायुदाब में कमी आती है जिससे उष्ण कटिबंधीय अभिसरण क्षेत्र उत्तर की ओर खिसककर लगभग 25 सेल्सियस उत्तरी अक्षांश पर स्थिर हो जाता है। निम्न दाब की यह पट्टी उत्तर-पश्चिम में थार मरुस्थल से पूर्व व दक्षिण-पूर्व में पटना और छत्तीसगढ़ पठार तक विस्तृत होती है। अंत: उष्ण कटिबंधीय अभिसरण क्षेत्र की स्थिति पवनों के धरातलीय संचरण को आकर्षित करती है, जिनकी दिशा पश्चिमी तट, पश्चिम बंगाल के तट तथा बांग्लादेश के साथ दक्षिण-पश्चिम की ओर होती है। उत्तरी बंगाल और बिहार में इन पवनों की दिशा पूर्वी व दक्षिण-पूर्वी होती है। दक्षिण-पश्चिमी मॉनसून की ये धाराएँ वास्तव में विस्थापित भूमध्यरेखीय पछुवा पवनें हैं। मध्य जून तक इन पवनों का अंत: प्रवेश मौसम का वर्षा ऋतु की ओर बदलाव करता है।

उत्तर-पश्चिम में अंत: उष्ण कटिबंधीय अभिसरण क्षेत्र के केन्द्र में दोपहर के बाद 'लू' के नाम से विख्यात शुष्क एवं तप्त हवाएँ चलती हैं, जो कई बार आधी रात तक चलती रहती हैं। मई में दोपहर बाद पंजाब, हरियाणा, पूर्वी राजस्थान एवं उत्तर प्रदेश में धूल भरी आँधियाँ चलती हैं और कभी-कभी अपने साथ हल्की बारिश व शीतल हवाओं के झोंके भी लाती हैं। शुष्क एवं आर्द्र वायुसंहतियों के अचानक सम्पर्क से स्थानीय स्तर पर तेज तूफान पैदा होते हैं जिसके साथ तेज हवाएँ मूसलाधार बारिश ले आती हैं और कभी-कभी ओले भी गिरते हैं।

वर्षा-ऋतु

मई के महीने में उत्तर-पश्चिमी मैदानों के ऊपर बनी निम्न दाब की पट्टियाँ जून तक काफी विस्तृत और इतनी शक्तिशाली हो जाती हैं कि हिन्द महासागर से आने वाली दक्षिणी गोलार्द्ध की व्यापारिक पवनों को आकर्षित कर लेती हैं। ये दक्षिण-पूर्वी व्यापारिक पवनें भूमध्य रेखा को पार करके बंगाल की खाड़ी व अरब सागर में प्रवेश कर जाती हैं जहाँ ये भारत के ऊपर विद्यमान वायु-परिसंचरण में मिल जाती हैं। भूमध्य रेखीय गर्म समुद्री धाराओं के ऊपर से गुजरने के कारण ये पवनें अपने साथ पर्याप्त मात्रा में आर्द्रता लाती हैं। भूमध्य रेखा को पार करके इनकी दिशा दक्षिण-पश्चिमी हो जाती है। इसी कारण इन्हें दक्षिण-पश्चिमी मॉनसून कहते हैं।

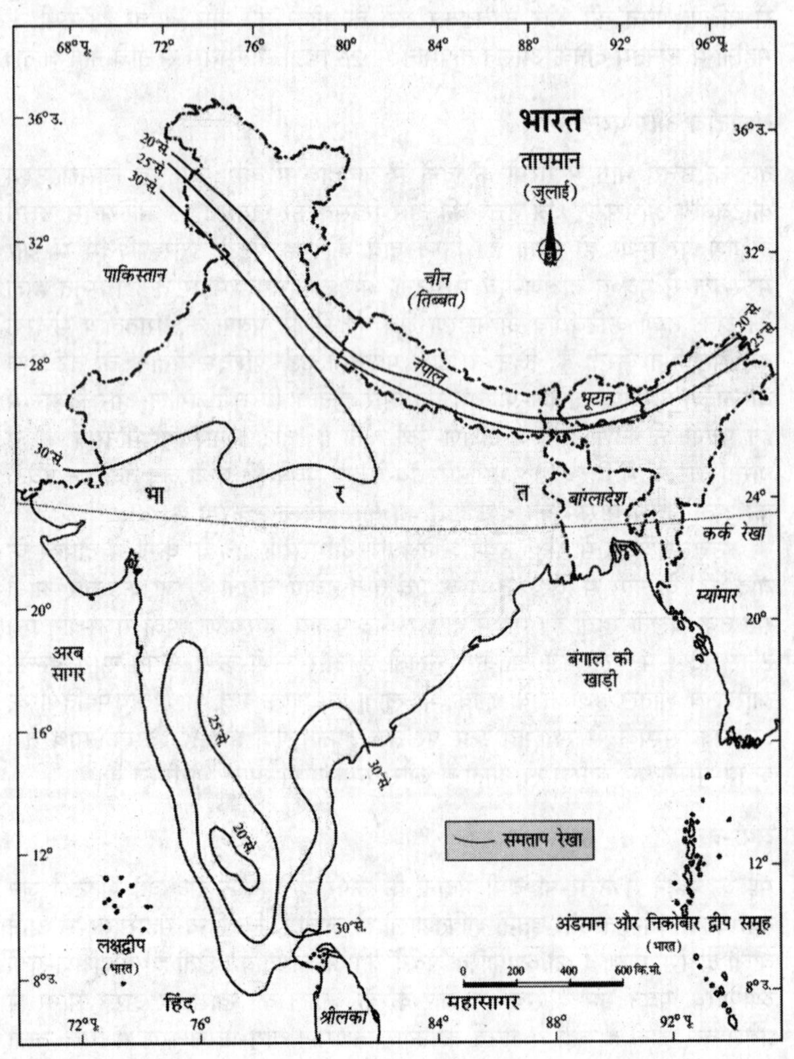
भारत
तापमान
(जुलाई)
पाकिस्तान
चीन
(तिब्बत)
नेपाल
भूटान
बांग्लादेश
भा
र
त
कर्क रेखा
म्यांमार
अरब
सागर
बंगाल की
खाड़ी
समताप रेखा
अंडमान और निकोबार द्वीप समूह
(भारत)
लक्षद्वीप
(भारत)
हिंद
महासागर
श्रीलंका
0 200 400 600 कि.मी.
68° पू.
72°
76°
80°
84°
88°
92°
96° पू.
36° उ.
32°
28°
24°
20°
16°
12°
8° उ.
20°से.
25°से.
30°से.

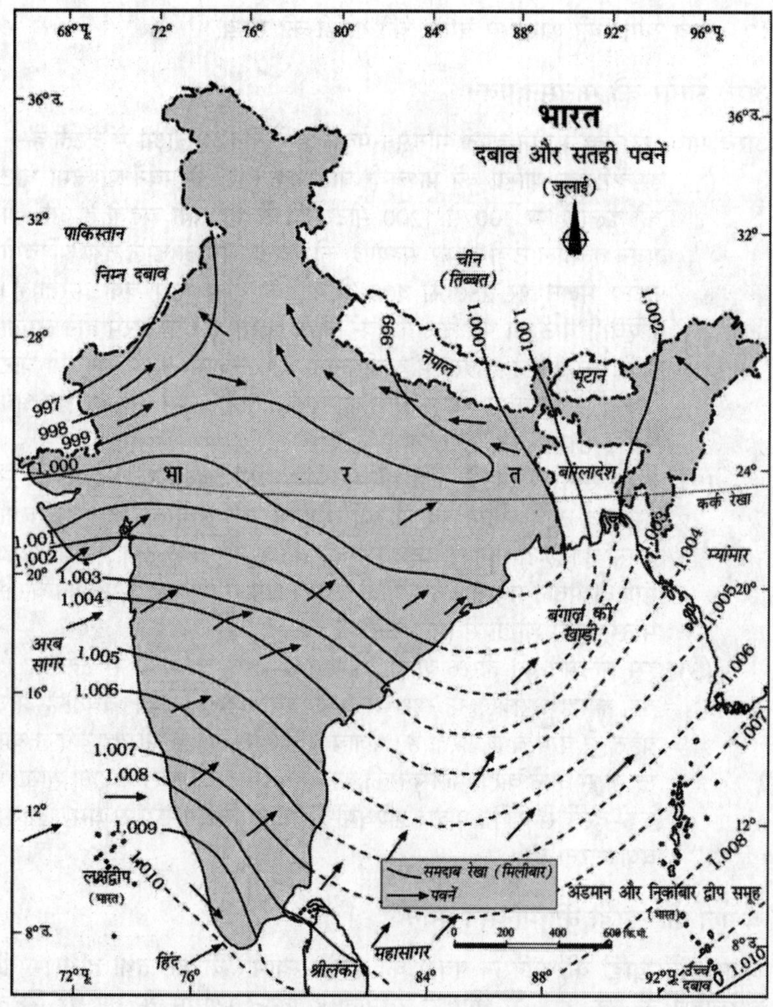

प्रचंड गर्जन और बिजली की कड़क के साथ इन आर्द्रता भरी पवनों का अचानक चलना प्राय: मॉनसून का 'प्रस्फोट' कहलाता है। जून के प्रथम सप्ताह में केरला, कर्नाटक, गोवा व महाराष्ट्र के तटीय भागों में मॉनसून फट पड़ता है, जबकि देश के अंत: भागों में यह जुलाई के पहले सप्ताह तक हो पाता है।

ज्यों ही ये पवनें स्थल पर पहुँचती हैं उच्चावच और उत्तर-पश्चिमी भारत पर स्थित तापीय निम्न दाब इनकी दक्षिण-पश्चिमी दिशा को संशोधित कर देते हैं।

भूखंड पर मॉनसून दो शाखाओं में पहुँचती है—

अरब सागर की शाखा व बंगाल की खाड़ी की शाखा।

अरब सागर की मॉनसून पवनें

अरब सागर से उत्पन्न होने वाली मॉनसून पवनें आगे तीन शाखाओं में बँटती हैं—

(1) इसकी एक शाखा को पश्चिमी घाट रोकते हैं। ये पवनें पश्चिमी घाट की ढलानों पर 100 से 1200 मीटर की ऊँचाई तक चढ़ती हैं अत: ये पवनें तत्काल ठंडी होकर सह्याद्रि की पवना भिमुखी ढाल तथा पश्चिमी तटीय मैदान पर 250 से 400 से.मी. के बीच भारी वर्षा करती हैं। पश्चिमी घाट को पार कर ये पवनें नीचे उतरती हैं और गरम होने लगती हैं जिससे इनकी आर्द्रता में कमी आती है। परिणामस्वरूप पश्चिमी घाट के पूर्व में इन पवनों से नाममात्र की वर्षा होती है। कम वर्षा का यह क्षेत्र 'वृष्टि-छाया' क्षेत्र कहलाता है।

(2) अरब सागर से उठने वाले मॉनसून की दूसरी शाखा मुंबई के उत्तर में नर्मदा व तापी नदियों की घाटियों से होकर मध्य भारत में दूर तक वर्षा करती है। छोटा नागपुर पठार में इनसे 15 से.मी. वर्षा होती है। यहाँ यह गंगा के मैदान में प्रवेश कर जाती है और बंगाल की खाड़ी से आने वाली मॉनसून की शाखा से मिल जाती है।

(3) इस मॉनसून की तीसरी शाखा सौराष्ट्र प्रायद्वीप व कच्छ से टकराती है वहाँ से यह अरावली के साथ-साथ पश्चिमी राजस्थान को लाँघती है और बहुत ही कम वर्षा करती है। पंजाब और हरियाणा में भी यह बंगाल की खाड़ी से आने वाली मॉनसून की शाखा से मिल जाती है। ये दोनों शाखाएँ एक-दूसरे से शक्ति पाकर पश्चिमी हिमालय विशेष रूप से धर्मशाला में वर्षा करती हैं।

बंगाल की खाड़ी की मॉनसून पवनें

बंगाल की खाड़ी की मॉनसून पवनों की शाखा म्यांमार के तट तथा दक्षिण-पूर्वी बांग्लादेश के एक थोड़े से भाग से टकराती हैं किन्तु म्यांमार के तट पर स्थित अराकान पहाड़ियाँ इस शाखा के एक भाग को भारतीय उपमहाद्वीप की ओर विक्षेपित कर देती हैं। इस प्रकार मॉनसून पश्चिम बंगाल और बांग्लादेश में दक्षिण-पश्चिमी दिशा की अपेक्षा दक्षिणी व दक्षिणी-पूर्वी दिशा से प्रवेश करती है। यहाँ से यह शाखा हिमालय पर्वत तथा भारत के उत्तर-पश्चिम में स्थित तापीय निम्नदाब के प्रभावाधीन दो भागों में बँट जाती है—

एक शाखा गंगा के मैदान के साथ-साथ पश्चिम की ओर बढ़ती है और पंजाब के मैदान तक पहुँचती है।

दूसरी शाखा उत्तर व उत्तर-पूर्व में ब्रह्मपुत्र घाटी में बढ़ती है। यह शाखा यहाँ विस्तृत क्षेत्रों में वर्षा करती है। इसकी एक उप शाखा से मेघालय में स्थित गारो विश्व की सर्वाधिक औसत वार्षिक वर्षा प्राप्त करता है।

तमिलनाडु तट वर्षा ऋतु में शुष्क क्यों रह जाता है, इसके लिए दो कारण उत्तरदायी हैं—

(1) तमिलनाडु तट बंगाल की खाड़ी की मॉनसून पवनों के समानान्तर पड़ता है,

(2) यह दक्षिण-पश्चिमी मॉनसून की अरब सागर शाखा के वृष्टि-क्षेत्र में स्थित है।

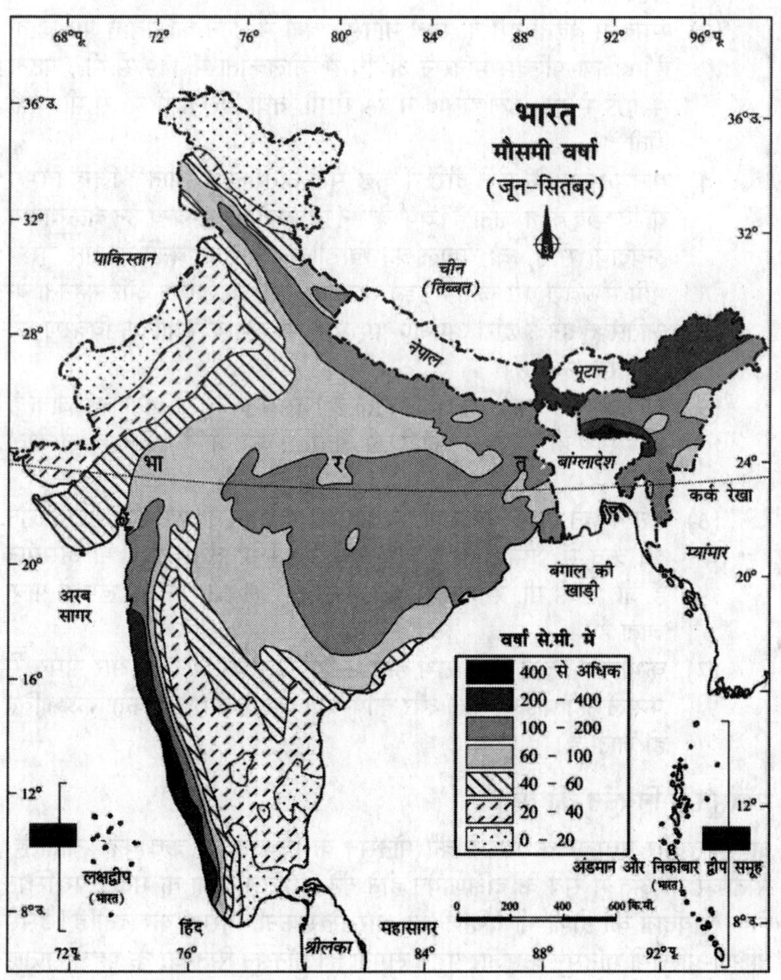

मॉनसून वर्षा की विशेषताएँ

(1) दक्षिण-पश्चिमी मॉनसून से प्राप्त होने वाली वर्षा मौसमी है, जो जून से सितम्बर के दौरान होती है।

(2) मॉनसून वर्षा मुख्यत: उच्चावच अथवा भू-आकृतियों से नियंत्रित होती है। उदाहरण के तौर पर पश्चिमी घाट की पवनाभिमुखी ढाल 250 से.मी. से अधिक वर्षा दर्ज करती है। इसी प्रकार उत्तर-पूर्वी राज्यों में होने वाली भारी वर्षा के लिये भी वहाँ की पहाड़ियाँ और पूर्वी हिमालय उत्तरदायी है।

(3) समुद्र से बढ़ती दूरी के साथ मॉनसून वर्षा में घटने की प्रवृत्ति पाई जाती है। दक्षिण-पश्चिम मॉनसून अवधि में कोलकाता में 119 से.मी., पटना में 105 से.मी., इलाहाबाद में 76 से.मी. तथा दिल्ली में 56 से.मी. वर्षा होती है।

(4) मॉनसून वर्षा के गीले दौरों में कुछ सूखे अंतराल भी आते हैं जिन्हें विभंग या विच्छेद कहा जाता है। वर्षा के इन विच्छेदों का सम्बन्ध उन चक्रवातीय अवदाबों से है, जो बंगाल की खाड़ी के शीर्ष पर बनते हैं और मुख्य भूमि में प्रवेश कर जाते हैं। इन अवदाबों की बारम्बारता और गहनता के अतिरिक्त इनके द्वारा अपनाए गए मार्ग भी वर्षा के स्थानिक विवरण को निर्धारित करते हैं।

(5) ग्रीष्मकालीन वर्षा मूसलाधार होती है जिससे बहुत सा पानी बह जाता है और साथ ही उपजाऊ मिट्टी का अपरदन कर अपने साथ बहा ले जाता है।

(6) देश में होने वाली कुल वर्षा का तीन-चौथाई भाग दक्षिण-पश्चिमी मॉनसून की ऋतु में प्राप्त होता है और वर्षा का स्थानिक वितरण भी असमान है जो 12 से.मी. से लेकर 250 से.मी. से अधिक वर्षा के रूप में पाया जाता है।

(7) कभी-कभी वर्षा के प्रारम्भ होने में व्यतिक्रम हो जाता है और समय से फसलें नहीं बोई जा पातीं और कृषि-प्रधान भारत की आर्थिकता कुप्रभावित हो जाती है।

मॉनसून में निवर्तन की ऋतु

अक्टूबर और नवम्बर के महीनों को मॉनसून के निर्वतन की ऋतु कहा जाता है। सितम्बर के अंत में सूर्य के दक्षिणायन होने की स्थिति में गंगा के मैदान पर स्थित निम्न वायुदाब की द्रोणी भी दक्षिण की ओर खिसकना आरम्भ कर देती है। इससे दक्षिण-पश्चिमी मॉनसून कमजोर पड़ने लगता है। मॉनसून सितम्बर के पहले सप्ताह

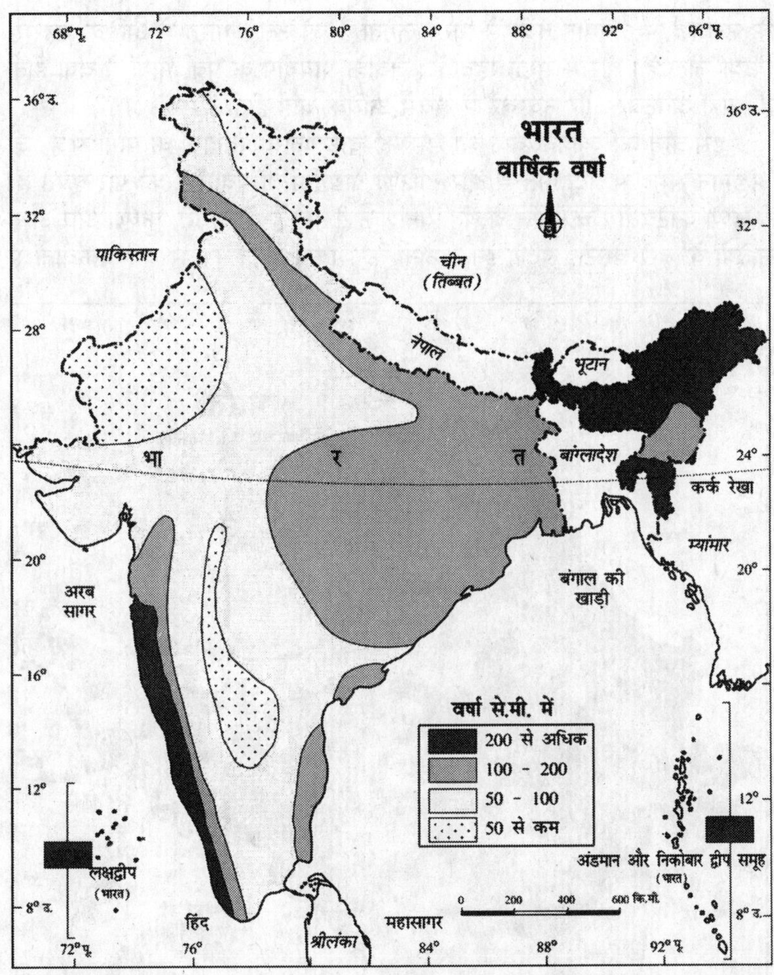

में पश्चिमी राजस्थान से लौटता है। इस माह के अंत तक मॉनसून राजस्थान, गुजरात, पश्चिमी गंगा मैदान तथा मध्यवर्ती उच्च भूमियों से लौट चुका होता है। अक्टूबर के आरम्भ में यह बंगाल की खाड़ी के उत्तरी भागों में स्थित हो जाता है तथा नवम्बर के प्रारम्भ में यह कर्नाटक और तमिलनाडु की ओर बढ़ जाता है। दिसम्बर के मध्य तक निम्न वायुदाब का केन्द्र प्रायद्वीप से पूरी तरह से हट चुका होता है।

मॉनसून के निर्वतन की ऋतु में आकाश मेघ रहित हो जाता है और तापमान बढ़ने लगता है। भूमि में अभी नमी रहती है और वातावरण में भी नमी रहती है जिससे मौसम कष्टकारी हो जाता है। इसे 'कार्तिक मास की उष्मा' कहते हैं। अक्टूबर माह

के उत्तरार्द्ध में तापमान तेजी से गिरने लगता है जो उत्तरी भारत में अधिक महसूस किया जाता है। मौसम सूखा रहता है। जबकि प्रायद्वीप के पूर्वी भागों में वर्षा होती है। यहाँ अक्टूबर और नवम्बर में सबसे अधिक वर्षा होती है।

इस ऋतु की व्यापक वर्षा का सम्बन्ध चक्रवातीय अवदाबों के मार्गों से है, जो अंडमान समुद्र में पैदा होते हैं और दक्षिणी प्रायद्वीप के पूर्वी तट को पार करते हैं। ये उष्ण कटिबंधीय चक्रवात अत्यंत विनाशकारी होते हैं। गोदावरी, कृष्णा और अन्य नदियों के बसे डेल्टाई प्रदेश इन तूफानों के शिकार बनते हैं। हर वर्ष चक्रवातों से

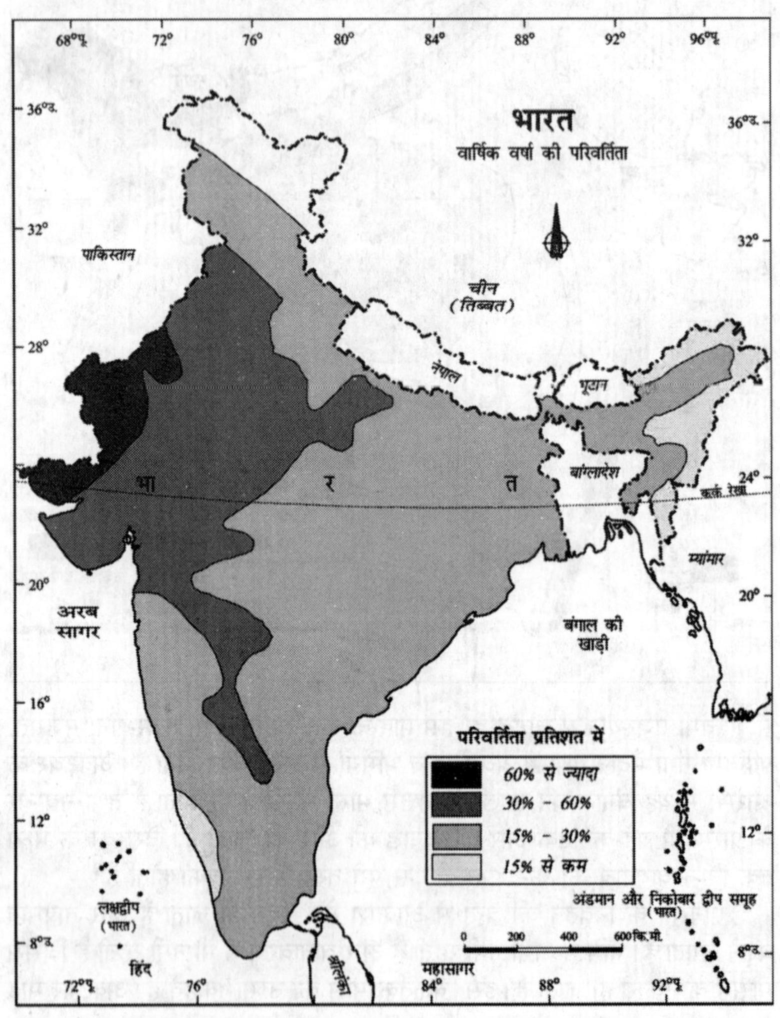

यहाँ आपदा आती है। चक्रवातीय तूफान दक्षिण बंगाल, बांग्लादेश और म्यांमार के तट से भी टकराते हैं। कोरोमंडल तट पर होने वाली अधिकांश वर्षा इन्हीं अवदाबों और चक्रवातों से प्राप्त होती है। ऐसे चक्रवातीय तूफान अरब सागर में कम उठते हैं।

वर्षा का वितरण

भारत में औसत वार्षिक वर्षा लगभग 125 से.मी. है किन्तु इसमें क्षेत्रीय विभिन्नता पाई जाती है।

अधिक वर्षा वाले क्षेत्र

पश्चिम तट, पश्चिमी घाट, उत्तर-पूर्व के उप-हिमालयी क्षेत्र तथा मेघालय की पहाड़ियाँ। यहाँ वर्षा 200 से.मी. से अधिक होती है। खासी और जयंतिया पहाड़ियों के कुछ भागों में वर्षा 200 से.मी. से कम होती है। ब्रह्मपुत्र घाटी व निकटवर्ती पहाड़ियों में वर्षा 200 से.मी. से कम होती है।

मध्यम वर्षा क्षेत्र

गुजरात के दक्षिणी भाग, पूर्वी तमिलनाडु, उड़ीसा सहित उत्तर-पूर्वी प्रायद्वीप, झारखंड, बिहार, पूर्वी मध्यप्रदेश, उपहिमालय के साथ संलग्न गंगा का उत्तरी मैदान, कद्दार घाटी और मणिपुर में वर्षा 100 से 200 से.मी. के बीच होती है।

न्यून वर्षा के क्षेत्र

पश्चिमी उत्तर प्रदेश, दिल्ली, हरियाणा, पंजाब, जम्मू व कश्मीर, पूर्वी राजस्थान, गुजरात तथा दक्कन के पठार पर वर्षा 50 से 100 से.मी. के बीच होती है।

अपर्याप्त वर्षा के क्षेत्र

प्रायद्वीप के कुछ भागों विशेषकर आंध्रप्रदेश, कर्नाटक और महाराष्ट्र में व लद्दाख और पश्चिमी राजस्थान के अधिकतर भागों में 50 से.मी. से कम वर्षा होती है।

हिमपात हिमालयी क्षेत्रों तक सीमित रहता है।

भारत के जलवायु प्रदेश

तापमान व वर्षा जलवायु के दो महत्त्वपूर्ण तत्त्व हैं, जिन्हें जलवायु वर्गीकरण की सभी पद्धतियों में निर्णायक माना जाता है। तथापि जलवायु निर्धारण की अनेक पद्धतियाँ हैं, कोपेन की पद्धति पर आधारित भारत की जलवायु के प्रकारों का वर्गीकरण निम्न प्रकार किया जा सकता है—

कोपेन ने अपने जलवायु वर्गीकरण का आधार तापमान तथा वर्षण के मासिक मानों को रखा है जिसके अनुसार उन्होंने जलवायु के पाँच प्रकार निर्धारित किए हैं। जिनके नाम हैं—

(1) उष्णकटिबंधीय जलवायु, जहाँ सारा वर्ष औसत तापमान 18 सेल्सियस से अधिक बना रहता है।

(2) शुष्क जलवायु, जहाँ तापमान की तुलना में वर्षण बहुत कम होता है जिसके कारण यह शुष्क है। शुष्कता कम होने पर यह अर्द्ध-शुष्क मरुस्थल (S) कहलाता है; शुष्कता अधिक है तो यह मरूथल (W) होता है।

(3) गर्म जलवायु, जहाँ सबसे ठंडे माह का औसत तापमान 18 डिग्री सेल्सियस और 3 डिग्री सेल्सियस से कम रहता है;

(4) हिम जलवायु, जहाँ सबसे गर्म महीने का तापमान 10 डिग्री सेल्सियस से अधिक और सबसे ठंडे माह का औसत तापमान 3 डिग्री सेल्सियस से कम रहता है।

(5) बर्फीली जलवायु, जहाँ सबसे गर्म महीने का तापमान 10 डिग्री सेल्सियस से कम रहता है।

केपेन ने जलवायु प्रकारों को व्यक्त करने के लिए वर्ण-संकेतों का प्रयोग किया है। वर्षा तथा तापमान के वितरण प्रतिरूप में मौसमी भिन्नता के आधार पर प्रत्येक प्रकार को उप प्रकारों में बाँटा गया है जैसे अर्द्ध मरूथल के लिए अंग्रेजी वर्णमाला का बड़ा अक्षर S और मरुस्थल को W वर्ण संकेत दिया गया है। इसी प्रकार उप प्रकार निम्नानुसार छोटे अक्षरों से परिभाषित है—

(1) पर्याप्त वर्षण	f
(2) शुष्क मॉनसून होते हुए वर्षा वन	m
(3) शुष्क शीत ऋतु	w
(4) शुष्क और गर्म	h
(5) चार महीनों से कम अवधि में औसत तापमान 10 डिग्री सेल्सियस से अधिक	c
(6) गंगा का मैदान	g

इस प्रकार भारत को आठ जलवायु प्रदेशों में बाँटा जा सकता है—

कोपेन की योजना के अनुसार भारत के जलवायु प्रदेश

जलवायु के प्रकार	**क्षेत्र**
Amw-लघु शुष्क ऋतु वाला मॉनसून प्रकार	गोवा के दक्षिण में भारत का पश्चिमी तट
As-शुष्क ग्रीष्म ऋतु वाला मॉनसून प्रकार	तमिलनाडु का कोरोमंडल

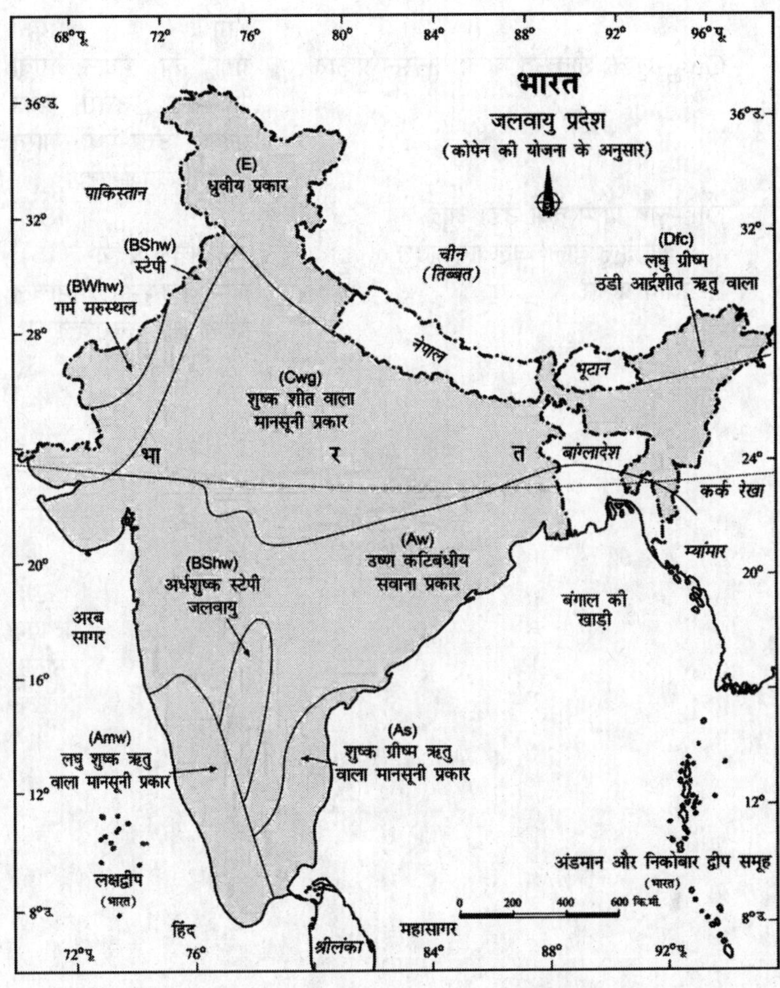

	तट
Aw-उष्ण कटिबंधीय सवाना प्रकार	कर्क वृत्त के दक्षिण में प्रायद्वीपीय पठार का अधिकांश भाग
BShw-अर्द्ध शुष्क स्टेपी जलवायु	उत्तर-पश्चिमी गुजरात, पश्चिमी राजस्थान और पंजाब के भाग
BWhw-गर्म मरुस्थल	राजस्थान का सबसे पश्चिमी

	भाग
Cwg-शुष्क शीतऋतु वाला मॉनसून प्रकार	गंगा का मैदान, पूर्वी राजस्थान, उत्तरी मध्य प्रदेश, उत्तर-पूर्वी भारत का अधिकांश प्रदेश
Dte-लघु ग्रीष्म तथा ठंडी आर्द्र शीतऋतु वाला जलवायु प्रदेश	अरुणाचल प्रदेश
E-ध्रुवीय प्रकार	जम्मू व कश्मीर, हिमाचल प्रदेश और उत्तरांचल

अध्याय-23

भू-संचलन एवं आंतरिक बल

(Movement of Earth's Crust & Endogenetic Forces)

भू-पटल की स्थलाकृतियाँ कभी स्थिर नहीं रहती हैं। इन पर निरन्तर आंतरिक एवं बाह्य शक्तियों या बलों का प्रभाव पड़ता रहता है। आंतरिक बल (Internal or Endogentic Forces) भूपटल पर बदलाव लाते रहते हैं और बाह्य बल इन विषमताओं अथवा भूआकृतियों में आए बदलाव को कम करने हेतु भूतल को समतल करते रहते हैं।

भूपटल के उन सभी संचलन (गतियों) अथवा भ्रंशों व मोड़ों की क्रिया व उनके प्रभाव से पृथ्वी की पपड़ी के झुकने, मुड़ने अथवा टूट जाने के परिणामस्वरूप धरातल पर अनेक विषमताएँ उत्पन्न होती हैं, जिन्हें पटल-विरूपण (Diastrophism) कहते हैं। यह सम्पूर्ण प्रक्रिया भूसंचलन कहलाती है।

धरातल का यह पटल विरूपण दो प्रकार का होता है—

(1) महादेशीय उच्चावचनकारी (Epeirogenetic)
(2) बालनिक या पर्वत निर्माणकारी (Orogenetic)

(1) महादेशीय उच्चावचनकारी—ये परिवर्तन पृथ्वी के धरातल पर होते हैं जिन्हें भू-विज्ञान में उदग्र या लम्बवत् गतियाँ (Vertical Motions) कहते हैं जो सदैव लम्बवत् दिशा में क्रियाशील रहती हैं जिसके कारण समतल धरातल विषम हो जाता है अर्थात् भूपटल के कुछ भाग ऊपर उठ जाते हैं और कुछ नीचे बैठ जाते हैं। इन स्वरूपों को क्रमश: उन्मज्जन (Emergence) और निमज्जन (Sub mergence) कहा जाता है।

(2) बालनिक या पर्वत निर्माणकारी (Orogenetic)—ये परिवर्तन धरातल के नीचे होने वाली भूगर्भीय गतिविधियों के कारण होते हैं जिनका प्रभाव धरातल पर दिखता है। इस प्रकार की घटनाएँ क्षैतिज (Horizontal) गतियाँ कहलाती हैं।

यद्यपि इनका प्रभाव भूपटल के सीमित क्षेत्र में होता है, किन्तु इनसे भूपटल की चट्टानों में काफी उथल-पुथल हो जाती है। इससे भूपटल का अवनमन (Crustal Bending) और भूपटल का भ्रंश (Crustral Fracture) पड़ जाते हैं। इन्हीं शक्तियों से पृथ्वीतल पर बलन (Folding) और भ्रंशन (Faulting) की क्रिया होती है।

भूपटल पर इन परिवर्तनों को लाने वाले बलों को निम्न प्रकार वर्गीकृत किया जा सकता है—

(1) अन्तर्जात बल (Endogenetic Force)।

(2) बहिर्जात बल (Exogenetic Force)।

अन्तर्जात बल (Endogenetic Force)

यह बल पृथ्वी के आंतरिक भाग में उत्पन्न होता है। पृथ्वी के अंदर तापीय विषमता, पदार्थों की भौतिक अवस्थाओं में परिवर्तन होने से उनमें संकुचन अथवा विस्तार होना अथवा रेडियोसक्रिय तत्त्वों के द्वारा ताप-विकिरण आदि कारणों का प्रभाव धरती पर पड़ता है।

अन्तर्जात बल के अन्तर्गत पर्वत निर्माणकारी हलचलों में प्राय: क्षैतिज रूप से बल का प्रभाव पड़ता है—जब विभिन्न दिशाओं की ओर कार्य करता है तो उसे तनावमूलक गति कहते हैं, और जब बल आमने-सामने से आता है तब उसे सम्पीड़नात्मक बल (Compressional Force) कहते हैं। इन दोनों बलों का सम्बन्ध आपस में है और वे एक-दूसरे के कारक हैं अर्थात् यदि कहीं सम्पीड़न हो रहा है तो अन्य स्थान पर तनाव (खिंचाव) होगा, इसी तरह यदि कहीं तनाव है तो उसका परिणामी प्रतिफल कहीं अन्यत्र सम्पीड़न के रूप में होगा।

पर्वत निर्माणकारी हलचलों का भूपटल पर निम्नलिखित चार प्रभाव पड़ता है—

(क) बलन (Folding)।

(ख) भ्रंशन (Faulting)।

(ग) संवलन (Compatibility)।

(घ) संधि (Joint)।

मोड़ या बलन (Folding)

भूपटल पर जब अवसादी चट्टानों (Sedimentary Rocks) की रचना होती है तब प्रारम्भ में उनके स्तर (Layers) समतल होते हैं किन्तु पृथ्वी की सम्पीड़न गति के कारण जब इन पर एक या दो ओर से दबाव पड़ता है तो बीच वाले भाग में सिकुड़नें पड़ जाती हैं और वे मुड़ जाती हैं। चट्टानी स्तरों के इस प्रकार बहुत अधिक मुड़ जाने (Bending) को ही बलन (Folding) कहते हैं।

बलन में चट्टानों की संरचना लहरदार हो जाती है जिससे उनमें उर्ध्व एवं

गर्त बन जाते हैं। लहरदार मोड़ के उर्ध्व को अपर्नात या प्रतिनति (Anticline) और गर्त को सन्र्नात या अभिनति (Syncline) कहते हैं। बलन के दोनों पार्श्वों की भुजाओं और मध्यवर्ती रेखा को बलन का अक्ष (Folding Axis) कहते हैं। **प्रतिर्नात** में चट्टान-स्तर मोड़ शिखर से विपरीत दिशा की ओर झुके रहते हैं। इनके शीर्ष भाग में तनाव बहुत अधिक होता है जिसके कारण वहाँ तोड़-मरोड़ होती रहती है। **अभिर्नात** में शिला-स्तर की भुजाओं का झुकाव एक-दूसरे के सम्मुख रहता है और वे दोनों मोड़ों से पेंदे में मिलती हैं।

हिमालय तथा आल्पस तथा उनसे सम्बन्धित पर्वतमालाएँ, संयुक्त राज्य अमेरिका के अपत्लेशियन पर्वत की रिज और घाटियाँ इसी प्रकार के बलनीकरण का परिणाम है।

अपर्नात और अभिर्नात

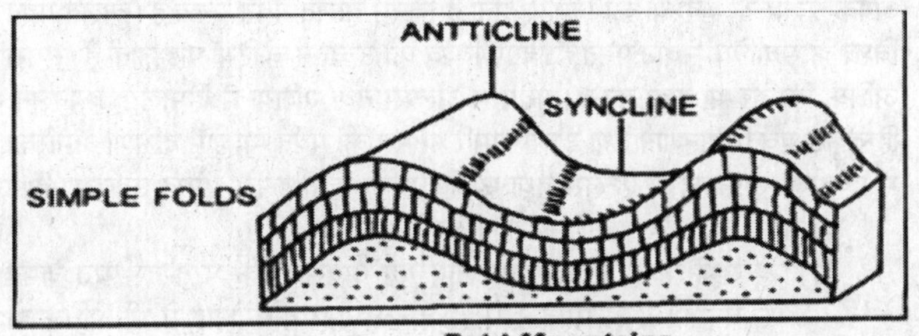

Fold Mountains

बलनों के कई प्रकार होते हैं जैसे—

(1) सममित या सुडौल बलन (Symmetrical Fold)।

(2) असममित या बेडौल बलन (Asymmetrical Fold)।

(3) एकनत बलन (Monoctinal Fold)—तब बनता है जब बलन की एक भुजा बिलकुल लम्बवत् होती है और दूसरी का झुकाव बहुत कम होता है। इसका निर्माण पृथ्वी की सम्पीड़न गति द्वारा न होकर पृथ्वी की उदग्र गति (Vertical Motion) द्वारा होता है।

(4) समनत बलन (Isoclinal Fold)।

(5) परिबलन (Recubment Fold)—जब किसी जिला स्तर पर सम्पीड़न के कारण विपरीत दिशा में इतना अधिक दबाव पड़े कि उसकी एक भुजा दूसरे पर चढ़ जाए तो उसे परिबलन कहते हैं। जब सम्पीड़न शक्ति अधिक होती है तब यह बलन टूट जाता है जिससे विस्थापित भाग दूर जाकर ग्रीवा खंड कहलाता है।

(6) पंखाकार बलन (Fan Fold)।

(7) ग्रीवा खंड (Nappes)—आल्पस तथा हिमालय में अनेक ग्रीवा खंड

पाए जाते हैं।

(8) अधिक्षिप्त बलन (Overthrust Fold)—जब भूपटल की चट्टानों पर सम्पीड़न अत्यधिक बढ़ जाता है तब परिबलित मोड़ अपनी धुरी पर टूट जाता है और उसका वृहत शिलाखंड खिसककर दूसरे पर आरोपित हो जाता है। इस प्रकार चट्टानों के क्रम उलट-पुलट हो जाने को उत्क्रम कहते हैं। जिस तल से होकर शिलाखंड आगे बढ़ता है उसे उत्क्रम तल (Thrust Plane) कहते हैं। बलन का ऊपरी उठा हुआ भाग अधिक्षिप्त बलन कहलाता है।

बलन के फलस्वरूप बनने वाले भूदृश्य

अनेक प्रकार के भूदृश्यों का निर्माण होता है जिनमें बलित पर्वत मुख्य हैं। बलित पर्वत विश्व के सर्वाधिक नवीन पर्वत हैं जिनमें विश्व की उच्चतम चोटियाँ पाई जाती हैं। सबसे अधिक विस्तार भी इन्हीं का है। यूरोप में अल्पस तथा एशिया में हिमालय, क्यूनलुन, हिन्दुकुश एवं थियानशान तथा उत्तरी अमेरिका में राँकी पर्वत मालाएँ, दक्षिणी अमेरिका में एण्डीज, अफ्रीका में एटलस तथा न्यूजीलैंड के पर्वत इसके प्रमुख उदाहरण हैं।

इन पर्वतों की विशेषताएँ निम्नलिखित हैं—

(1) ये सभी पर्वत नदियों द्वारा लाए गए अवसादों के परत-दर-परत जमने से बने हैं। ये अवसाद 8 से 12 हजार मीटर की मोटाई से भी अधिक हो सकते हैं।

(2) विश्व की प्रमुख पर्वत मालाएँ प्रायः समुद्रतट के समानान्तर स्थित हैं तथा इनकी आकृति आर्क (Arc) अर्थात् चाप के आकार की अथवा वृत्ताकार (Circular) होती है। इनकी आकृति इन पत्थरों से पूर्व बने हुए भू-भागों की आकृति से मिलती-जुलती है जैसे हिमालय की आकृति तलवार की भाँति अथवा चन्द्रकार है जो दक्षिण पठार के उत्तरीय भाग तथा पूर्व में हिमालय के स्थान पर टेथीज समुद्र (Tethys sea) की आकृति के अनुरूप है। आल्पस पर्वत फ्रांस के पठार और बोहेमिया के पठार की आकृति के अनुसार टेढ़ा हो गया है। इन पर्वतों में कई श्रेणियाँ होती हैं, पर बलन अथवा मोड़ सब में पाया जाता है। इन पर्वतों की रचना धरातल पर खिंचाव तथा दबाव पड़ने पर ही होती है।

(3) इन पर्वतों के अध्ययन से यह पता चला है कि इनकी परतें जिन पदार्थों के भारी जमाव से बनी हैं वहाँ के प्रवेश सँकरे, लम्बे एवं धँसने वाले तल के रहे होंगे जिन्हें अब भू-अभिनति कहते हैं। भूसंनति के छिछले धँसने वाले तल के कारण ही वहाँ छिछले सागरों के जीवाश्म पाए जाते हैं।

(4) इनकी चट्टानों में समुद्री जल-जीवों के जीवाश्मों के अंश मिलते हैं जो

इस बात के प्रमाण हैं कि ये सागर के नितल में बनी हैं।

(5) अपरदन शक्तियों के कार्यरत होने से बलित पर्वतों में अनेक प्रकार के परिवर्तन हो जाते हैं। अत्यधिक अपरदन के कारण इन पर्वतीय क्षेत्रों की स्थलाकृति (Topography) विलोम या व्युत्क्रम हो जाती है।

भ्रंश (Faults)

जब भूमंडल के किसी भाग में सम्पीड़न होता है तो उसी समय दूसरे किसी क्षेत्र में तनाव उत्पन्न होता है। इस सम्पीड़न के कारण बलन एवं भ्रंशन की उत्पत्ति होती है। जब किसी क्षेत्र में आग्नेय और कायान्तरित चट्टानें मिल जाती हैं तो आंतरिक बल के फलस्वरूप क्षैतिज हलचलें होने पर प्राय: चट्टानों में चटकनें, दरारें (Cracks) अथवा भ्रंश (Faults) पड़ जाते हैं। यदि तनाव की शक्ति सामान्य होती है तब भूपटल पर केवल चट्टानें विस्थापित हो जाती हैं, परन्तु जब शक्ति प्रबल होती है तो चट्टानों के स्तरों में स्थानान्तरण हो जाता है, जिसे विभंग (Fracture) कहते हैं। जब कभी विभंग तल के सहारे चट्टानों का स्थानान्तरण बड़े पैमाने पर होता है तब उसे भ्रंशन कहा जाता है।

भ्रंशन के प्रकार

(1) **समानान्तर भ्रंश** (Parallel Fault)—जब किसी पर्वत श्रेणी की रचना सम्पीड़न की अधिकता से होती है तब उसमें अनुदैर्ध्य के समानान्तर भ्रंशों का निर्माण होता है। ऐसे भ्रंश समानान्तर भ्रंश कहलाते हैं।

(2) **सामान्य भ्रंश** (Normal Fault)—जब भ्रंश तल के एक ओर शिला स्तर टूटकर नीचे धँस जाते हैं और शीर्ष-भित्ति अध: क्षेपित खंड की ओर होती है, तो उसे सामान्य भ्रंश कहते हैं। इसमें प्राय: भ्रंश के दोनों किनारे विपरीत दिशा में खिसक जाते हैं।

(3) **उत्क्रम भ्रंश** (Reverse Fault)—जब भ्रंश तल का झुकाव तथा अध: क्षेप की दिशा दोनों ही (दाईं अथवा बाईं) ओर होती है, तब उत्क्रम भ्रंश का निर्माण होता है। भ्रंश तल के ऊपरी भाग की चट्टानें सम्पीड़न के कारण निचले भाग की अपेक्षा ऊपर अधिक उठ जाती हैं और भ्रंशतल के एक ओर की चट्टानें दूसरी ओर की जिला स्तरों पर चढ़ जाती हैं। इस भ्रंश के शीर्ष-भित्ति उत्क्षेपित खंड की ओर होती हैं।

(4) **नति या नमन भ्रंश** (Dip Fault)—जब किसी भ्रंश की क्रिया के समय चट्टानें नमन की दिशा में अर्थात् क्षैतिज तल के सहारे कुछ डिग्री का कोण बनाकर ही खिसकें तो उसे नमन भ्रंश कहते हैं।

(5) **तिर्यक भ्रंश** (Oblique Fault)—ऐसे भ्रंशों का विकास भूकम्प या

ज्वालामुखी प्रभावित क्षेत्रों में अधिक होता है। इसमें लम्बवत् व क्षैतिज दोनों प्रकार से चट्टानों में भ्रंश तल के सहारे खिसकाव हो सकता है। इसमें भ्रंश तल तिरछा या वक्राकार या विषम रचना वाला होता है।

(6) **अधिक्षेप भ्रंश** (Overthrust Fault)—जब सम्पीड़न का दबाव बहुत अधिक बढ़ जाता है, तब चट्टानों का एक खंड एक ओर से आगे बढ़कर भ्रंश तल के आगे उछलकर आगे की ओर के चट्टानी भाग पर चढ़ जाता है, तब अधिक्षेप भ्रंश का विकास होता है।

भ्रंशन के परिणामस्वरूप बनने वाले भू-दृश्य

इससे दो प्रकार के भू-दृश्यों का विकास होता है—

(1) **भ्रंश घाटी** (Rift Valley)—जब दो समानान्तर भ्रंशों का मध्यवर्ती भाग नीचे धँस जाता है तो उसे द्रोणी घाटी या भ्रंश घाटी कहते हैं। पूर्वी अफ्रीका की महान भ्रंश घाटी विश्वविख्यात है। इस घाटी में ही अफ्रीका की प्रमुख झीलें-न्यासा, विक्टोरिया, रूडोल्फ, टैंगानिका, स्थित हैं। यह भ्रंश घाटी सीरिया से आरम्भ होकर जोर्डन घाटी, अकाबा की खाड़ी, लालसागर, अबीसीनिया और पूर्वी अफ्रीका होती हुई जाम्बेजी नदी तक लगभग 5 हजार कि.मी. की लम्बाई में फैली है।

भ्रंश घाटी

विश्व की अन्य प्रसिद्ध घाटियाँ—यथा जर्मनी में वाँसजेस और काले-जंगल के बीच **राइन भ्रंश घाटी** (Rhine Rift Valley) और स्काटलैंड में **मिडलैंड भ्रंश घाटी** (Midland Rift Valley) उल्लेखनीय हैं। बेकाल झील और लाल-सागर

भी भ्रंश-घाटियाँ ही हैं। भारत में नर्मदा और ताप्ती नदियों की घाटियाँ भ्रंश घाटी की उदाहरण हैं।

(2) **भ्रंशोत्थ या ब्लॉक पर्वत** (Black Mountains)—पृथ्वी के धरातल पर जब कभी दरारें पड़ जाती हैं तब समान्तर भ्रंशों के बीच का भाग नीचे खिसकने की अपेक्षा ऊपर उठा रह जाता है और आस-पास के खंड नीचे की ओर खिसक जाते हैं। ऊँचे भाग सैकड़ों मीटर ऊँचाई के होते हैं तथा ढाल सपाट (ऊबड़-खाबड़ नहीं) होता है। इसके उदाहरण सब जगह मिलते हैं। यूरोप-वासजेस, ब्लैक फारेस्ट, एशिया-

भ्रंशोत्थ पर्वत

पाकिस्तान की साल्ट रेंज, संयुक्त राज्य अमेरिका—स्कीन्स माउंटेन तथा वारनर, एल्वर्ड एवं वलालमथ झीलों के चारों ओर तथा यूटाह प्रांत में वासाच रेंज, कैलिफोर्निया में सियरानेवादा पर्वत इसके कुछ उदाहरण हैं।

अध्याय-24

ज्वालामुखी
(Volcanoes)

ज्वालामुखियों का वितरण (Distribution Volcanoes)

ज्वालामुखी अधिकांशत: द्वीपों अथवा महाद्वीपों के समुद्री किनारों पर पाए जाते हैं। यह इस बात का द्योतक है कि पृथ्वी के निर्बल क्षेत्रों से इसका विशेष सम्बन्ध है। ज्वालामुखी की मेखलाएँ सामान्यत: भूकम्प के साथ-साथ ही पाई जाती हैं। जहाँ कहीं भी ज्वालामुखी महाद्वीपों के भीतर स्थित हैं वहाँ वे या तो नवीन बलित पर्वतों के पार्श्व में या भूपटल पर पड़ी दरारों के निकट अथवा ज्वालामुखी के पास पाए जाते हैं। अफ्रीका की भ्रंश घाटी के समीप ज्वालामुखियों की स्थिति इसका प्रमाण है।

ज्वालामुखी प्राय: सभी क्षेत्रों में पाए जाते हैं। ये उत्तर में आइसलैंड से लेकर सुदूर दक्षिण में अंटार्कटिका महाद्वीप तक फैले हुए देखे जाते हैं, किन्तु अधिकतर इनके क्षेत्र निश्चित मेखलाओं में ही स्थित हैं।

विश्व में ज्वालामुखी की 3 मुख्य मेखलाएँ हैं—

(1) **परि-प्रशान्त (महासागर) मेखला या आग की अँगूठी** (Circum Pacific or Fire Ring)—प्रशान्त महासागर में स्थित द्वीपों व उसके चारों ओर तटीय-भाग में ज्वालामुखी अधिक पाए जाते हैं। इस मेखला का प्रधान केन्द्र इंडोनेशिया है। अकेले जावा-द्वीप में ही 43 ज्वालामुखी हैं। यह शृंखला छोटे-छोटे द्वीपों में होती हुई, फिलीपीन द्वीप समूह फिर वहाँ से उत्तर फिलीपीन, ताइवान व रिक्यू द्वीपों से होती हुई जापान चली जाती है। जापान में 200 से अधिक ज्वालामुखी हैं। जापान से आगे यह क्यूराउल द्वीप समूह, कमबटका प्रायद्वीप और एल्यूशियन द्वीपों से होकर अलास्का में प्रकट होती है। इस मेखला में अनेक जीवित या सक्रिय ज्वालामुखी हैं।

अलास्का के पश्चिमी तट से यह शृंखला कनाडा और संयुक्त राज्य अमेरिका के पश्चिमी तटों से होती हुई मध्य अमेरिका में पहुँचती है। यहाँ से आगे यह मेखला

दक्षिणी अमेरिका के पश्चिमी तट के सहारे एण्डीज पर्वत श्रेणियों के साथ सुदूर दक्षिणी छोर पर टैराडलफ्यूगों तक चली गई है। यही शृंखला अंटार्कटिका महाद्वीप के निकट ग्राहम द्वीप से निकलकर न्यूजीलैंड के द्वीपों में होती हुई न्यूहैब्रीडीज, सोलोमान द्वीप तथा न्यूगिनी के तट से होकर फिलीपीन द्वीप समूह के दक्षिणी द्वीपों में पहुँच जाती है। इस मेखला को **प्रशान्त महासागर की अग्निवलय** भी कहा जाता है। विश्व के दो तिहाई ज्वालामुखी इसी मेखला में पाए जाते हैं।

(2) **यूरेशिया की मध्य महाद्वीपीय मेखला** (Mid Continental Belt [Fire] of Eurasia)—यह यूरेशिया की मध्य महाद्वीपीय अग्नि मेखला मध्यवर्ती भागों में नवीन बलित पर्वतों के सहारे पूर्व से पश्चिम में फैली हुई है। यह आइसलैंड से प्रारम्भ होकर स्काटलैंड होती हुई अफ्रीका के कैमरून पर्वत की ओर जाती है। कनारी द्वीप पर इसकी दो शाखाएँ हो जाती हैं—एक पश्चिम तथा दूसरी पूर्व की ओर।

पूर्वी शाखा स्पेन, इटली, सिसली, तुर्की, काकेशिया, आरमेनिया, ईरान, अफगानिस्तान, पाकिस्तान, भारत, म्यांमार और मलेशिया होती हुई इंडोनेशिया तक चली गई है।

इसके अतिरिक्त अरब में जार्डन की भ्रंश घाटी एवं लाल सागर होती हुई एक शृंखला अफ्रीका की विशाल भ्रंश घाटी तक फैली हुई है।

पश्चिम की ओर वाली शाखा कनारी द्वीप से पश्चिम द्वीप तक जाती है। यूरोप की राइन भ्रंश घाटी में अनेक विलुप्त ज्वालामुखी पाए जाते हैं।

(3) **अंध महासागरीय मेखला** (Altantic Belt)—अंध महासागर में केवल मध्य अमरीका की ज्वालामुखी शृंखला लघु एण्टीलोज द्वीपों में प्रवेश कर पश्चिमी केप वर्डी तथा कनारी द्वीपों में चली गई है। आइसलैंड में भी सक्रिय ज्वालामुखी पाए गए हैं।

ज्वालामुखी के प्रभाव (Effects of Volcanoes)

पृथ्वी के धरातल पर घटित होने वाली प्राकृतिक घटनाओं में कोई भी इतनी भीषण और विनाशकारी नहीं होती जितना कि ज्वालामुखी का फूटना। जब हजारों परमाणुबमों की ऊर्जा के साथ इनमें विस्फोट होता है तो ऐसा लगता है जैसे प्रलय आ गया हो। परन्तु इनका प्रभाव भी दीर्घकालीन होता है और धरातल की भू-आकृति एवं परिदृश्य बदल जाते हैं।

(1) **नवीन भू-आकारों का निर्माण**—इनसे निकले लावा के कारण कहीं पहाड़ तो कहीं पठार बन जाते हैं। जापान का फ्यूजीयामा पर्वत और भारत के मध्यप्रदेश में मालवा तथा राजस्थान का ऊपरमाल पठार लावा से ही बना है।

(2) **उपजाऊ मिट्टी की प्राप्ति**—अनेक स्थलों पर लावा के जमने से बनी काली तथा रेगड़ मिट्टी उपजाऊ होती है। दक्षिण भारत का लावा का पठार या

कपास की काली मिट्टी का प्रदेश इसका सुन्दर उदाहरण है। यहाँ चावल, गन्ना, गेहूँ, कपास, अण्डी, सोयाबीन, केला आदि खूब पैदा होता है। यह अति उपजाऊ मिट्टी है, जो ज्वालामुखी उद्‌गारों की ही देन है।

(3) **खनिज पदार्थों का मिलना**—ज्वालामुखी के उद्‌गारों में भूगर्भ से अनेक बहुमूल्य खनिज पदार्थ प्राप्त होते हैं जैसे गन्धक, बोरिक एसिड, प्यूमिस आदि। कई स्थानों पर दरारों में जमे हुए लावा से चाँदी, जस्ता, ताँबा, सोना, सीसा, गन्धक आदि वस्तुएँ मिलती हैं। स्वीडन में लोहा इसी प्रकार प्राप्त होता है।

(4) **गरम जल के स्त्रोतों का जन्म**—कहीं-कहीं ज्वालामुखी पर्वतों के समीप गरम जल के स्रोत बन जाते हैं जिसमें अन्यान्य खनिज पदार्थ मिले होते हैं जिनमें औषधीय गुण होते हैं। अर्थराइटिस व चर्म रोगों से पीड़ित व्यक्तियों को इन गरम-कुंडों में स्नान करने से लाभ होता है।

(5) **झीलों का निर्माण**—कभी-कभी निष्क्रिय ज्वालामुखियों के मुख क्रेटर झीलों के रूप में बदल जाते हैं। अफ्रीका की रूडोल्फ, एडवर्ड टैंगानिका, न्यासा और अलबर्ट झीलें ज्वालामुखीय गतिविधियों से बनी दरार घाटी की झीलें हैं। इन झीलों से कई महत्त्वपूर्ण नदियाँ निकलती हैं जो हजारों-लाखों हेक्टर जमीनों को सींचती हैं और वहाँ के निवासियों के जीवन का आधार बनती हैं।

(6) **विनाशकारी प्रभाव**—ज्वालामुखी विस्फोट के समय भाप व गरम धूल की आँधी आती है जो अपने रास्ते के समस्त जीवन एवं वनस्पतियों को समाप्त कर सकती है। इसके अतिरिक्त दहकता हुआ लावा जिस ओर बह चलता है उधर विनाश ही विनाश दिखाई देता है।

अध्याय-25

भूकम्प

(Earthquakes)

भूगर्भीय गतिविधियों से उत्पन्न हलचलों के कारण जब धरातल का कोई भाग काँप उठता है तो उसे भूकम्प कहते हैं। भू-वैज्ञानिक आर्थर होम्स ने इसको परिभाषित करते हुए कहा है कि जिस प्रकार किसी तालाब के जल में पत्थर फेंकने से चारों ओर लहरों की मेखलाएँ बन जाती हैं, उसी प्रकार चट्टानों के आकस्मिक विक्षोभ द्वारा विक्षोभ स्थल से सभी दिशाओं की ओर कम्पन होता है। इन कम्पनों का संक्रमण ही भूकम्प कहलाता है।

भूकम्प आने के कारण (Causes of Earthquakes)

(1) प्रसिद्ध भूगर्भ विज्ञानी हम्बोल्ट का मत था कि जिन कारणों से ज्वालामुखीय विस्फोट होते हैं, वही कारण भूकम्प के भी हैं। उनके विचार से ज्वालामुखीय उद्गारों के साथ भूकम्प का आना एक अपरिहार्य परिघटना है।

(2) कुछ विद्वानों का मत है कि पृथ्वी के भीतर का तापमान समय के साथ कम हो रहा है जिसके कारण निम्न स्तरों में सिकुड़न होती है, फलस्वरूप स्तर-भ्रंश (Layer Fault) होता है और भूकम्प आता है।

(3) जब किन्हीं कारणों से पृथ्वी के धरातल की चट्टानों का सन्तुलन बिगड़ जाता है तो उसको व्यवस्थित करने के लिए मेंटल का लावा जो अर्द्ध-तरल अवस्था में होता है, अपना स्थान बदलता है जिससे चट्टानों में भयंकर हलचल हो सकती है और झटके लगते हैं।

(4) समुद्र तल की दरारों से समुद्री जल रिसकर मेंटल में पहुँच जाता है जहाँ की गर्मी के कारण भाप (Steam) बन जाती है। कभी-कभी इस भाप का दाब इतना अधिक हो जाता है कि वह धरातल को फाड़कर ऊपर आ जाती है और साथ में लावा और खनिज पदार्थ भी ले आती है। विस्फोट से

बहुत अधिक कम्पन उत्पन्न होता है। 1967 का कोयना-भूकम्प कदाचित इसी कारण आया था।

(5) भू-पृष्ठ की चट्टानों पर तनाव व खिंचाव पड़ने से चट्टानें चिटक जाती हैं और इस कारण भी कम्पन उठते हैं।

(6) कभी-कभी भूगर्भ में रासायनिक क्रियाओं से भूमि भीतर से खोखली हो जाती है और कुछ समय बाद ऊपरी धरातल का कुछ भाग धँस जाता है जिसके कारण कम्पन हो सकता है।

(7) अपक्षय की क्रियाओं से पहाड़ी भागों में आधार कमजोर पड़ जाने से विशालकाय शिलाखंड जब टूटकर नीचे गिरते हैं तब उनके पतन-भार के कारण धरती में कम्पन उत्पन्न हो जाता है।

(8) मानव द्वारा अणु एवं परमाणु बमों के परीक्षणों के समय हुए विस्फोटों से भी धरती हिल जाती है और भूकम्पीय हलचलें महसूस होती हैं।

भूकम्पों के प्रकार (Kinds of Earthquakes)

(1) **ज्वालामुखी भूकम्प** (Volcanic Earthqueakes)—ज्वालामुखी उद्भेदन के फलस्वरूप आने वाले भूकम्पों को ज्वालामुखी भूकम्प कहते हैं। भूमि पर कम्पन तब तक होता रहता है जब तक लावा आदि पदार्थों का उद्वेग के साथ उद्भेदन होता रहता है, जिसका प्रभाव काफी विस्तृत क्षेत्र में अनुभव किया जाता है। वर्ष 1883 में क्राकाटोआँ तथा 1968 में एटना का भूकम्प इसी तरह का था।

(2) **विवर्तनिक अथवा भ्रंशमूलक भूकम्प** (Tectonic Earthquakes)—धरती के अंदर टेक्टानिक गतिविधियाँ सदैव होती रहती हैं जिसके कारण टेक्टानिक प्लेटों में टक्करों अथवा विलगाव की घटनाएँ घटती हैं। टक्कर होने पर सबडक्शन क्रिया के अन्तर्गत मोटी परत नीचे धँस जाती है तथा हल्की परत ऊपर उठ जाती है जो भूकम्प का कारण बनती है। यदि यह सागर तल के नीचे होता है तो भीषण सुनामी लहरें भी पैदा होती हैं और भयंकर तबाही होती है। इसी तरह जब टेक्टानिक प्लेटें पृथक होती है तो दरारें (Rift) पैदा हो जाती हैं जिससे भी भयंकर हलचलें होती हैं और भूकम्प आते हैं। जापान में 1923 का सगामी की खाड़ी का भूकम्प, 1934 में बिहार तथा 1950 में असम में आने वाले घातक भूकम्प विवर्तनिक भूकम्पों के उदाहरण हैं।

(3) **पातालीय भूकम्प** (Plutonic Earthquakes)—इसके सम्बन्ध में अधिक जानकारी नहीं मिल पाती क्योंकि इसका उद्गम स्थल भूगर्भ में 250 से 680 कि.मी. की गहराई में होता है। इतनी गहराई पर दबाव बहुत अधिक रहता है, इसलिए भूगर्भ शास्त्रियों का मत है कि वहाँ किसी प्रकार चट्टानों का आकस्मिक हलचलों से टूटना या भ्रंशन का होना सम्भव नहीं है क्योंकि उतनी गहराई में चट्टानें अर्द्ध

तरल अवस्था में होती हैं। ऐसे भूकम्पों के बारे में एक मान्यता यह है कि आंतरिक उष्मा द्वारा खनिजों के पुनर्गठन की क्रिया से स्थानीय तौर पर भूगर्भ में घनत्व व आयतन में परिवर्तन हो जाता है जिसको संतुलित करने के लिये अर्द्ध तरल मैग्मा तेजी से गतिमान होता है जिससे ऊपर की ठोस परत में हलचल उत्पन्न हो जाती है और भूकम्प के झटके लगते हैं।

उद्गम केन्द्र की गहराई के आधार पर भूकम्पों का वर्गीकरण

भू वैज्ञानिक ओल्डहम ने इटली के 5605 भूकम्पों का अध्ययन करने के बाद यह निष्कर्ष निकाला कि 90% भूकम्पों का उद्गम केन्द्र मूल भूपटल से 8 कि.मी. से कम गहराई में होता है। 8% भूकम्पों का उद्गम केन्द्र 8 से 30 कि.मी. की गहराई में होता है और केवल 2% भूकम्पों का उद्गम केन्द्र 90 कि.मी. से अधिक गहराई में होता है। अब तक सर्वाधिक गहराई पर स्थित उद्गम केन्द्र 720 कि.मी. मापा गया है।

गहराई के आधार पर भी भूकम्पों को वर्गीकृत करने की परिपाटी है। अधिकांश टेक्टानिक भूकम्प 10 कि.मी. से अधिक गहराई में उत्पन्न होने वाले भूकम्प **छिछले केन्द्र के भूकम्प** कहलाते हैं, जबकि 70-300 कि.मी. के बीच की गहराई से उत्पन्न होने वाले भूकम्प—'मध्य केन्द्रीय' या अन्तर-मध्य केन्द्रीय' भूकम्प कहलाते हैं।

निम्न स्खलन क्षेत्र (सडक्शन) में जहाँ पुरानी और ठंडी समुद्री परत अन्य टेक्टानिक प्लेटों के नीचे खिसक जाती है, वहाँ गहरे केन्द्रित भूकम्प अधिक गहराई पर (300-700 कि.मी.) आ सकते हैं। सीस्मिक रूप से सबडक्शन (Subduction) के ये सक्रिय क्षेत्र वदाती-बेनियाफ क्षेत्र (Wadati-Benioff Zone) कहलाते हैं।

गहरे केन्द्र के भूकम्प उस गहराई में उत्पन्न होते हैं जहाँ उच्च तापमान और दबाव के कारण निम्न स्खलित (Subducted) स्थलमंडल भंगुर नहीं होना चाहिए। गहरे केन्द्र के भूकम्प से उत्पन्न होने के लिए एक सम्भावित क्रियाविधि है, ओलिवाइन के कारण उत्पन्न दोष, जो स्पिनेल संरचना (Spinel) में एक अवस्था संक्रमण के दौरान होता है।

ओलिवाइन एक पीले धानी रंग का बहुमूल्य खनिज है जिसे रत्नों की श्रेणी में रखा जाता है और जिसे चन्द्रकान्ता मणि भी कहते हैं। रासायनिक दृष्टि से यह मैगनीशियम-लौह-सिलिकेट बनाता है जो उल्कापिंडों में भी पाया गया है। यह एक ओलिवाइन खनिज समूह बनाता है जिसमें टैफाइट, माँटीसेलाइट एवं किर्श्टेनाइट होते हैं।

भूकम्प व ज्वालामुखी गतिविधि

भूकम्प अक्सर ज्वालामुखी क्षेत्रों में ही उत्पन्न होते हैं जिससे यह अनुमान निकाला गया है कि इनका ज्वालामुखी गतिविधियों के साथ गहरा सम्बन्ध है। इसके दो

प्रमुख कारण हैं—टेक्टानिक दोष तथा ज्वालामुखी में लावा की गतियाँ। ऐसे भूकम्प ज्वालामुखी विस्फोट की पूर्व चेतावनी होते हैं।

भूकम्प समूह

एक क्रम में होने वाले अधिकांश भूकम्प, स्थान एवं समय के संदर्भ में एक-दूसरे से सम्बन्धित हो सकते हैं।

भूकम्प झुंड

यदि ऐसा कोई झटका न आए जिसे स्पष्ट रूप से मुख्य झटका कहा जा सके, तो इन झटकों के क्रम को भूकम्प झुंड कहते हैं।

भूकम्प तूफान

कई बार भूकम्पों की एक श्रृंखला भूकम्प तूफान के रूप में उत्पन्न होती है, जहाँ भूकम्प, समूह में दोष उत्पन्न करता है, प्रत्येक झटके में पूर्व झटके के तनाव का पुनर्वितरण होता है। ये बाद के झटके के समान है लेकिन दोष का अनुगामी भाग है, ये तूफान कई वर्षों की अवधि में उत्पन्न होते हैं और कई दिनों बाद आने वाले भूकम्प उतने ही हानिकारक होते हैं।

भूकम्प की तीव्रता

भूकम्प को सीस्मोग्राफ से मापा जाता है। भूकम्प से क्षति तथा उसका परिमाण पारम्परिक रूप से माप कर अनुमान लगाया जाता है। 7 रिक्टर की तीव्रता से आने वाला भूकम्प गम्भीर क्षति पहुँचाने वाला होता है। इससे अधिक तीव्रता के भूकम्प प्रलयंकारी और अति विनाशक होते हैं। मानव निर्मित इमारतों, बाँध, पुल आदि को क्षति पहुँचने के साथ प्राकृतिक घटनाएँ भी घटती हैं, जैसे भूस्खलन व हिम स्खलन जिसके कारण पर्वतीय क्षेत्रों को क्षति पहुँचती है, बिजली के तार टूटने से आग लग सकती है, वहीं समुद्र के भीतर सुनामी आ सकती है, भूकम्प से बाँध टूटने के कारण बाढ़ आ सकती है।

अब तक आए बड़े भूकम्प

26 जनवरी 2001—भारत के गुजरात में 7.9 रिक्टर पैमाने की तीव्रता वाला भूकम्प अत्यंत शक्तिशाली था जिसकी विनाश लीला के कारण 30000 लोग मारे गए और लगभग 10 लाख लोग बेघर हो गए और अरबों रुपए मूल्य की क्षति हुई।

17 अगस्त 1999—तुर्की की राजधानी इस्तांबुल और इमिट शहरों में 7.4

रिक्टर पैमाने की तीव्रता का भूकम्प आया था जिसमें 70000 से अधिक लोग मारे गए और इससे भी अधिक घायल हुए।

1990—ईरान के उत्तरी राज्य गिलान में आए शक्तिशाली भूकम्प ने 40000 से भी अधिक लोगों की जान ले ली थी।

दिसम्बर 1988—आर्मेनिया के उत्तर-पश्चिम में 6.9 रिक्टर पैमाने की तीव्रता वाला भूकम्प आया था जिसमें 25000 से अधिक लोग मारे गए थे।

1923—जापान की राजधानी टोक्यो में ग्रेट कांटो नाम का यह शक्तिशाली भूकम्प आया था जिसमें 142800 लोगों की जान चली गई थी।

भारत के भूकम्प—क्षेत्रों का निर्धारण

पिछले भूकम्पीय इतिहास के आधार पर, भारतीय मानक ब्यूरो ने देश को चार भूकम्पीय क्षेत्रों अर्थात् जोन-II, जोन-III, जोन-IV और जोन-V में वर्गीकृत किया है। जोन-II सबसे कम सक्रिय एवं तीव्रता वाले जोन हैं जबकि जोन-V सर्वाधिक सक्रिय क्षेत्र हैं।

यह देखा गया है कि भूकम्प के झटके आने के पूर्व उस क्षेत्र के वातावरण में रेडान गैस की मात्रा बढ़ जाती है।

जिस बिन्दु पर भूकम्पीय तरंगें उत्पन्न होती हैं उसे भूकम्प का **फोकस** (Focus) कहते हैं जो भूमि की सतह से नीचे होता है। जबकि वह स्थान जो उसके ऊपर लम्बवत् होता है जहाँ भूकम्प के झटके सर्वप्रथम महसूस किए जाते हैं एपिसेंटर (Epicentar) कहलाता है। फोकस से अलग होने वाली ऊर्जा को इलास्टिक एनर्जी (Elastic Energy) कहते हैं।

भूकम्पीय तरंगें

भूकम्प के दौरान उत्पन्न होने वाली तरंगों को भूकम्पीय तरंगों के रूप में जाना जाता है जिन्हें तीन वर्गों में वर्गीकृत किया गया है—

(1) **प्राथमिक या अनुदैर्ध्य तरंगें** (Longitudinal Waves)—इन तरंगों को पी. वेव्स (P-Waves) के रूप में भी जाना जाता है। ये तरंगें ध्वनि तरंगों की तरह होती हैं।

(2) **माध्यमिक या अनुप्रस्थ तरंगें** (Transverse Waves)—इन तरंगों को एस-वेव्स (S-Waves) के रूप में जाना जाता है। ये प्रकाश तरंगों के अनुरूप ट्रांसवर्सल (Transversal) तरंगें हैं।

(3) **सरफेस या लांग पीरियड वेव्स** (Long Period Waves)—इन्हें एल-वेव्स (L-Waves) भी कहते हैं। ये तब उत्पन्न होती हैं जब पी-वेव्स सतह से टकराती हैं।

सीस्मो ग्राफ (Seismo grapha)

वह उपकरण जो भूगर्भीय तरंगों के प्रति संवेदनशील होता है और भूकम्प की तीव्रता मापने में मदद करता है, उसे सीस्मोग्राफ कहते हैं। इसके पैमाने अलग-अलग हैं, जैसे—(1) रासी-फोरेल स्केल (Rassi - Forel Scale), (2) मर केली स्केल (Mercalli - Scale) और (3) रिक्टर पैमाना (Ricttar Scale)। समान भूकम्पीय तीव्रता वाले क्षेत्रों में शामिल होने वाली रेखाओं को आइसोसिस्मल (Isoseismal Lines) कहते हैं।

भूकम्पीय - क्षेत्र तालिका

भूकम्पीय क्षेत्र		**एम. एम. स्केल पर तीव्रता**
जोन-II	कम तीव्रता वाला क्षेत्र	6 या कम
जोन-III	मध्यम तीव्रता वाला क्षेत्र	7
जोन-IV	गम्भीर तीव्रता क्षेत्र	8
जोन-V	अति गंभीर तीव्रता क्षेत्र	9 या उससे ऊपर

भारत में भूकम्पीय जोन के अन्तर्गत आने वाले क्षेत्र

जोन-V—जोन-V में पूरा पूर्वोत्तर भारत, जम्मू-कश्मीर के कुछ भाग, लद्दाख, हिमांचल प्रदेश, उत्तराखंड, गुजरात के कच्छ के कुछ भाग, उत्तर बिहार, अंडमान और निकोबार द्वीप समूह के कुछ भाग सम्मिलित हैं।

जोन-IV—जोन-IV में जम्मू-कश्मीर, लद्दाख और हिमाचल प्रदेश के शेष भाग, दिल्ली, सिक्किम, उ. प्र., बिहार और पश्चिमी बंगाल के उत्तरी हिस्से, गुजरात और राजस्थान के कुछ हिस्से तथा पश्चिमी तट के पास महाराष्ट्र के हिस्से शामिल हैं।

जोन-III—जोन-III में केरल, गोवा, लक्षद्वीप समूह, उत्तर प्रदेश, गुजरात, पश्चिमी बंगाल के शेष भाग, पंजाब के कुछ भाग, राजस्थान, बिहार, महाराष्ट्र, मध्य प्रदेश, झारखंड के कुछ हिस्से, छत्तीसगढ़, ओड़ीशा, आंध्रप्रदेश, तमिलनाडु और कर्नाटका शामिल हैं।

जोन-II—इसमें देश के बचे शेष हिस्से शामिल हैं।

भारत का भूकम्पीय जोनिंग मैप भारत में सबसे कम, मध्यम, अधिक व खतरनाक भूकम्प क्षेत्रों की पहचान में मदद करता है, साथ ही यदि भवन निर्माण आदि से सम्बन्धित कोई परियोजना विचाराधीन है तो उसके लिए उपयुक्त जमीन व क्षेत्र का चयन करने में भी मदद करता है।

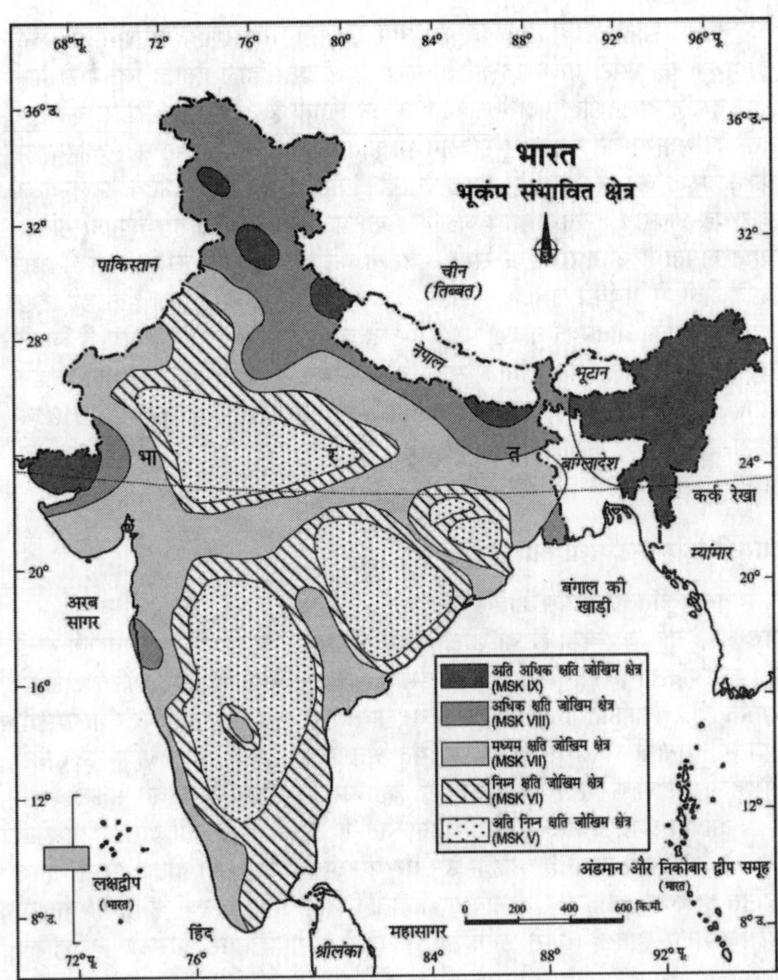

भूकम्प के प्रभाव

भूतल पर	मानवकृत ढाँचों पर	जल पर
छरारें बस्तियाँ भू-स्खलन द्रवीकरण भू-दबाव सम्भावित श्रृंखला प्रतिक्रिया	दरारें पड़ना खिसकना उलटना आकुंचन निवात सम्भावित श्रृंखला प्रतिक्रिया	लहरें जल-गतिशीलता दबाव सुनामी सम्भावित श्रृंखला प्रतिक्रिया

इसके अतिरिक्त भूकम्प के कुछ और दूरगामी पर्यावरणीय परिणाम हो सकते हैं। पृथ्वी की पर्पटी पर धरातलीय भूकम्पी लहरें दरार डाल देती हैं जिनमें से पानी और दूसरा ज्वलनशील पदार्थ बाहर निकलने लगता है और आस-पड़ोस को डुबो देता है। भूकम्प के कारण भू-स्खलन भी होता है, जो कभी-कभी नदी वाहिकाओं को अवरुद्ध कर जलाशयों में बदल देता है। किसी भूकम्पीय घटना के फलस्वरूप जब यह अवरोध हटता है, तब जलाशय का पानी ढाल देखते हुए तूफ़ानी गति से बहने लगता है और रास्ते के सभी अवरोधों को तोड़ता हुआ उसके मार्ग में आने वाले क्षेत्रों में भयंकर तबाही ला देता है। पहाड़ों पर अक्सर ऐसा होते हुए देखा गया है। इसके अतिरिक्त नदियों पर बड़े-बड़े बाँधों का निर्माण किया गया है जिनके जलाशयों का जल स्तर क्रांतिक सीमा तक पहुँचने पर अतिरिक्त जल को छोड़ना (Discharge) पड़ता है, तब भी बाढ़ की स्थिति आ जाती है। सितम्बर, 2010 का टेहरी-डैम सक्रिय हिमालयी भ्रंश (Fault) के निकट है, जहाँ भूगर्भीय गतिविधियाँ कभी भयंकर तबाही ला सकती हैं।

प्राकृतिक संकट तथा आपदाएँ

परिवर्तन प्रकृति का नियम है। यह लगातार चलती रहने वाली प्रक्रिया है, जो विभिन्न तत्त्वों में, चाहे वह बड़ा हो या छोटा, पदार्थ हो या अपदार्थ, अनवरत चलती रहती है। यह प्रक्रिया हर जगह व्याप्त है। इसके परिणाम मंदगामी और त्वरित दोनों हो सकते हैं। स्थलाकृतियों और जीवों में बदलाव धीमी गति से होते हैं पर ज्वालामुखी, भूकम्प, सुनामी, बाढ़ के कारण सीमित क्षेत्र में हो सकता है जबकि कुछ जैसे भूमंडलीय उष्मीकरण एवं ओजोन परत का ह्रास, अत्यंत व्यापक हो सकता है।

आपदा प्रायः एक अनपेक्षित घटना होती है, जो ऐसी ताकतों द्वारा घटित होती है, जो दैवी मानी जाती हैं क्योंकि उन पर मानवी नियंत्रण नहीं होता। परन्तु मानव जनित आपदाएँ भी कम खतरनाक नहीं होतीं जिसके लिए मानवों के क्रिया-कलाप ही जिम्मेदार होते हैं। जैसे उदाहरण के लिये—भोपाल गैस त्रासदी, चेरनोबिल नाभिकीय आपदा, युद्ध, सी.एफ.सी (क्लोरो फ्लोरो कार्बन) गैसों का वायुमंडल में छोड़ना तथा ग्रीन हाउस प्रभाव उत्पन्न करने वाली गैसों का उत्सर्जन, ध्वनि, वायु, जल तथा मृदा का प्रदूषण तथा पर्यावरण को अन्य तरीकों से दूषित करना आदि हैं।

इस पर रोकथाम के लिए विश्व स्तर पर व भारत में अनेक कदम उठाए गए हैं। भारतीय राष्ट्रीय आपदा प्रबन्धन संस्थान की स्थापना, 1993 में रियो दि जनेरो, ब्राजील में भू-शिखर सम्मेलन (Earth Summit) और मई 1994 में याकोहामा, जापान में आपदा प्रबन्ध पर विश्व संगोष्ठी आदि का आयोजन किया जाना, इस दिशा में उठाए गए महत्त्वपूर्ण कदम हैं।

1948 से अब तक (2005 तक) की प्रमुख प्राकृतिक आपदाएँ एक दृष्टि में

वर्ष	स्थान	प्रकार	मृत्यु
1948	सोवियत संघ (अब रूस)	भूकम्प	1,10,000
1949	चीन	बाढ़	57,000
1954	चीन	बाढ़	30,000
1965	पूर्वी पाकिस्तान (बांग्लादेश)	उष्णकटिबंधीय चक्रवात	36,000
1968	ईरान	भूकम्प	30,000
1970	पेरू	भूकम्प	66,794
1970	पूर्वी पाकिस्तान (अब बांग्लादेश)	उष्णकटिबंधीय चक्रवात	5,00,000
1971	भारत	उष्णकटिबंधीय चक्रवात	30,000
1976	चीन	भूकम्प	7,00,000
1990	ईरान	भूकम्प	50,000
2004	इंडोनेशिया, श्रीलंका, भारत आदि	सुनामी	5,00,000
2005	पाकिस्तान	भूकम्प	70,000

EM-DAT आँकड़ों के आधार पर 1994 से 2013 के बीच 6873 प्राकृतिक आपदाएँ घटित हुईं जिनमें 13,50,000 लोगों की जान गई और 21.8 करोड़ लोग प्रभावित हुए। इस प्रकार 20 वर्षों के अंतराल में औसतन प्रतिवर्ष 88000 की दर से लोगों ने अपनी जान से हाथ धोये।

प्राकृतिक आपदाओं का वर्गीकरण

वायुमंडलीय	भौमिक	जलीय	जैविक
बर्फानी तूफान	भूकम्प	बाढ़	पौधे व जानवर उ.प्र निवेशक के रूप में जैसे टिड्डियाँ आदि,
तड़ित झंझा	ज्वालामुखी	ज्वार	कीट ग्रसन - फँफूद, बैक्टीरिया और वायरल संक्रमण, बर्ड फ्लू, डेंगू कोरोना इत्यादि
तड़ित	भू-स्खलन	महासागरीय धाराएँ	
टारनेडो	हिमघाव	तूफान महीर्मि	
उष्णकटिबंधीय चक्रवात	टवतलन	सुनामी	
सूखा	मृदा अपरदन		
करकापात			
पाला,लू, शीतलहर			

जैविक आपदाओं में वर्तमान समय में कोविड-19 महामारी से सम्पूर्ण विश्व त्रस्त है जो कोरोना-वायरस के कारण फैलता है।

जुलाई 8, 2020 तक विश्व के 213 देश कोरोना के चपेट में आ चुके हैं जिनमें 1,19,65,938 लोग संक्रमित हो चुके हैं और 5,47,002 व्यक्तियों की मृत्यु हो चुकी है। बीमारी अभी बढ़ती ही जा रही है। मानव इतिहास में अब तक इतनी बड़ी त्रासदी कभी नहीं आई थी।

भारत में 5 जुलाई, 2020 तक 6,48,315 संक्रमित मामले प्रकाश में आए थे जिनमें 18,655 व्यक्तियों की मृत्यु हो चुकी है।

अध्याय-26

सुनामी
(Tsunami)

भूकम्प और ज्वालामुखी से महासागरीय धरातल में अचानक हलचल पैदा होती है और विशाल जलराशि का अचानक विस्थापन होता है। परिणामस्वरूप उर्ध्वाधर ऊँची एवं उत्ताल तरंगें पैदा होती हैं जिन्हें सुनामी (बंदरगाह तरंगें) या भूकम्पीय समुद्री लहरें कहा जाता है। सामान्यत: प्रारम्भ में सिर्फ एक उर्ध्वाधर तरंग पैदा होती है, परन्तु कालांतर में देखते-देखते जल-तरंगों की एक श्रृंखला बन जाती है क्योंकि प्रारम्भिक तरंग की ऊँची शिखर एवं नीची गर्त के बीच जल अपना स्तर बनाए रखने की कोशिश करता है।

महासागर में जल-तरंग की गति जल की गहराई पर निर्भर करती है, उथले समुद्र में गति अधिक व गहरे में कम होती है। परिणामत: अंदरूनी भाग कम प्रभावित होते हैं और तटीय क्षेत्रों में ये तरंगें अधिक प्रभावी होती हैं और व्यापक क्षति पहुँचाती हैं। इसलिए किनारे से दूर जलपोतों पर सुनामी का कोई विशेष प्रभाव नहीं पड़ता, बल्कि वहाँ तो उसे महसूस भी कभी-कभी नहीं किया जाता। ऐसा इसलिए है कि गहरे समुद्र में सुनामी लहरों की लम्बाई अधिक होती है किन्तु ऊँचाई कम (लगभग एक या दो मीटर तक)। इसके विपरीत जब सुनामी उथले समुद्र में प्रवेश करती है, इसकी तरंग लम्बाई कम होती चली जाती है और ऊँचाई बढ़ती जाती है और कभी-कभी तो वह 15 मीटर अर्थात् चार मंजिली इमारत इतनी ऊँची हो जाती है। उथले सागर में जल की ये लहरें जल-प्रलय ला सकती हैं।

सुनामी आमतौर पर प्रशान्त महासागरीय तट पर जिसमें अलास्का, जापान, फिलीपीन, दक्षिण-पूर्व एशिया के दूसरे द्वीप, इंडोनेशिया और मलेशिया आते हैं तथा हिंद महासागर में म्यांमार, श्रीलंका और भारत के तटीय भागों में आती है।

तट पर पहुँचने पर सुनामी तरंगें बहुत अधिक मात्रा में ऊर्जा निर्मुक्त करती हैं

और समुद्र का जल तेजी से तटीय क्षेत्रों में घुस जाता है और बन्दरगाह, शहरों, कस्बों, अनेक प्रकार के ढाँचों, इमारतों और बस्तियों को तबाह करता है। चूँकि विश्व भर में तटीय क्षेत्रों में जनसंख्या सघन होती है और ये क्षेत्र अन्यान्य मानवी गतिविधियों के क्षेत्र होते हैं, अत: यहाँ दूसरी आपदाओं की तुलना में सुनामी अधिक जान-माल की क्षति पहुँचाती है।

सुनामी लहरें बहुत लम्बी होती हैं, लगभग 100 कि.मी., और काफी दूर-दूर होती हैं, लगभग एक घंटे की दूरी इनमें हो सकती है। ये पूरे महासागर में संतरण कर सकती हैं जैसे हिन्द महासागर की सुनामी ने 500 कि.मी. की यात्रा अफ्रीका के पूर्वी तट तक की और तब भी इसमें इतनी शक्ति थी कि व्यापक क्षति पहुँची। वैज्ञानिकों का अनुमान है कि उत्तरी-पश्चिमी प्रशान्त महासागर में 9 रिक्टर शक्ति के एक भूकम्प ने वर्ष 1700 में सुनामी को जन्म दिया जिसने जापान के किनारों पर भीषण तबाही मचाई।

सुनामी लहरों की गति एक जेट वायुयान की गति के बराबर होती है, लगभग 800 कि.मी. प्रति घंटा, जिससे चलकर एक दिन से भी कम समय में वह महासागरों को पार कर सकती है। उनकी गति से उनके विभिन्न स्थलों तक पहुँचने का अनुमान लगाया जा सकता है। खुले समुद्र में इन लहरों की ऊँचाई 30 से. मी. (एक फुट से भी कम) होती है जिसके कारण अनुभवी से अनुभवी जहाज-नाविक उन्हें नहीं समझ पाते। किन्तु शक्तिशाली ऊर्जा से भरपूर शाक-वेव जेट की गति से चलती हैं। किनारों तक पहुँचते-पहुँचते इन लहरों की ऊँचाई चार मंजिली इमारत के बराबर हो जाती है। वर्ष 2006 की हिन्द महासागर की सुनामी अत्यंत विनाशक थी जिसमें 150000 लोगों की जान गई। इसी तरह 1782 की सुनामी में 40000, 1883 में 36500 तथा 1868 में 25000 लोग क्रमश: दक्षिण चीन सागर, दक्षिण जावा सागर एवं उत्तरी चाइल में मारे गए थे।

सुनामी सबसे अधिक प्रशान्त महासागर में आती है जिसका सम्बन्ध भूकम्पों से है। इसीलिए भूकम्प आने पर सुनामी के आने की सम्भावनाएँ बढ़ जाती हैं। इसी तरह यदि अप्राकृतिक ढंग से सागर तट छोड़कर भीतर सिमटने लगे तो समझना चाहिए कि वह सुनामी के संकेत हैं। ऐसा होने में केवल कुछ ही मिनटों का समय मिल पाता है।

उष्ण कटिबंधीय चक्रवात

उष्ण कटिबंधीय चक्रवात कम दबाव वाले उग्र मौसम तंत्र हैं जो 30 अंश उत्तर एवं 30 अंश अक्षांशों के बीच पाए जाते हैं। ये आमतौर पर 500 से 1000 कि.मी. के क्षेत्र में फैले होते हैं जिनकी उर्ध्वाधर ऊँचाई 12 से 14 कि.मी. हो सकती है। उष्ण कटिबंधीय चक्रवात या प्रभंजन एक उष्मा-इंजन की तरह होते हैं, जिन्हें समुद्र सतह से प्राप्त जलवाष्प की संघनन प्रक्रिया में छोड़ी गई गुप्त उष्मा (Latent

Heat) से ऊर्जा मिलती है।

उष्ण कटिबंधीय चक्रवात की उत्पत्ति के बारे में वैज्ञानिक एकमत नहीं हैं, परन्तु इनकी उत्पत्ति के लिए निम्नलिखित प्रारम्भिक परिस्थितियों का होना आवश्यक है—

(1) लगातार और पर्याप्त मात्रा में उष्ण व नमीयुक्त आर्द्र वायु की सतत् उपलब्धता जिससे बहुत अधिक मात्रा में इसको शक्ति देने के लिये गुप्त-उष्मा निर्मुक्त हो।

(2) तीव्र कोरियोलिस बल, जो केन्द्र के निम्न वायुदाब को भरने न दे। भूमध्यरेखा के आस-पास 0 से 5 अक्षांश में कोरियोलिस बल कम रहता

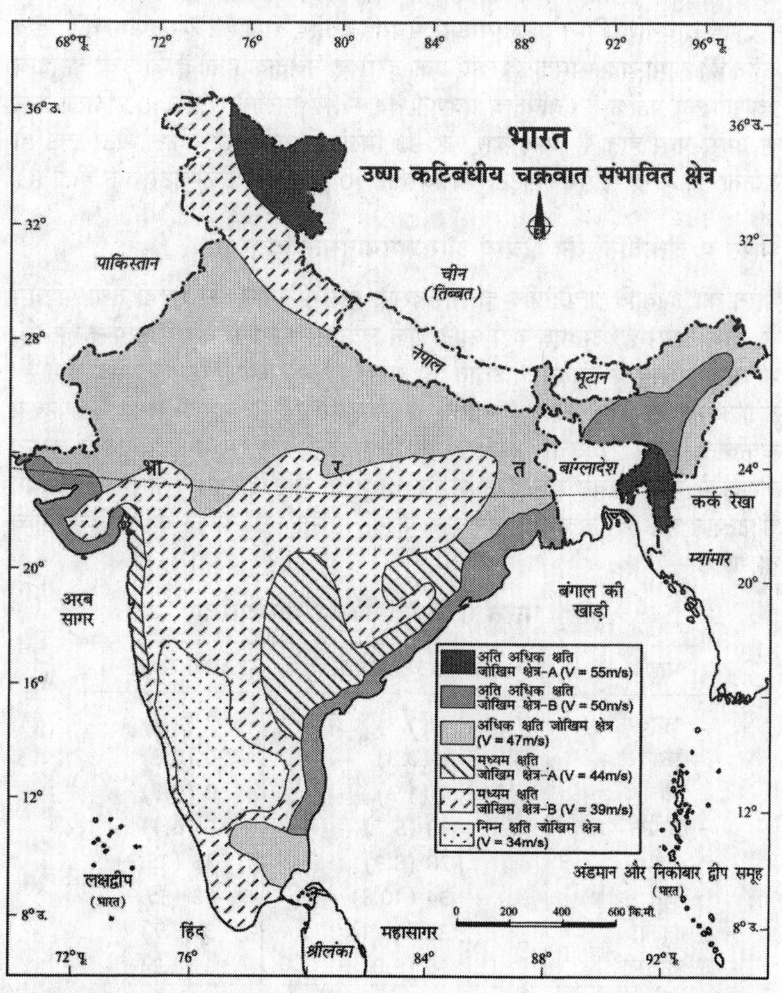

है जिसके कारण यहाँ ये चक्रवात उत्पन्न नहीं होते।

(3) क्षोभ-मंडल में अस्थिरता, जिससे स्थानीय स्तर पर निम्न वायुदाब क्षेत्र बन जाते हैं। इन्हीं के चारों ओर चक्रवात भी विकसित हो सकते हैं।

(4) मजबूत उर्ध्वाधर वायुफान (Wedge) की अनुपस्थिति, जो नम और गुप्त उष्मायुक्त वायु के उर्ध्वाधर बहाव को अवरुद्ध करे।

उष्ण कटिबंधीय चक्रवात की संरचना

उष्ण कटिबंधीय चक्रवात में वायुदाब प्रवणता बहुत अधिक होती है। चक्रवात का केंद्र गर्म वायु तथा निम्न वायुदाब और मेघरहित क्रोड होता है जिसे तूफान की आँख कहते हैं। सामान्यत: समदाब रेखाएँ एक-दूसरे के नजदीक होती हैं जो उच्च वायुदाब प्रवणता का प्रतीक है। वायुदाब प्रवणता 14 से 17 मिलीबार प्रति 100 किलोमीटर के आस-पास होता है। कई बार यह 60 मिलीबार प्रति 100 किलोमीटर तक हो सकता है। केन्द्र से पवन-पट्टी का विस्तार 10 से 150 किलोमीटर तक होता है।

भारत में चक्रवातों का क्षेत्रीय और समयानुसार वितरण

भारत की आकृति प्रायद्वीपीय है और इसके पूर्व में बंगाल की खाड़ी तथा पश्चिम में अरब सागर है, अतएव यहाँ आने वाले चक्रवात इन्हीं सागरों में उत्पन्न होते हैं। मॉनसूनी मौसम के दौरान चक्रवात 10 से 15 उत्तर अक्षांशों के बीच पैदा होते हैं। बंगाल की खाड़ी में चक्रवात अधिकतर अक्टूबर एवं नवम्बर में बनते हैं। यहाँ ये चक्रवात 16 से 21 उत्तर तथा 92 पूर्व देशान्तर से पश्चिम में पैदा होते हैं, परन्तु जुलाई में ये सुन्दरवन डेल्टा के करीब 18 उत्तर और 90 पूर्व देशान्तर से पश्चिम में उत्पन्न होते हैं। चक्रवातों की बारम्बारता, रास्ता और समय की तालिका नीचे दी गई है—

भारत में चक्रवातों की बारम्बारता

माह	बंगाल की खाड़ी	अरब सागर
जनवरी	4 (1.3)	2 (2.4)
फरवरी	2 (0.3)	0 (0.0)
मार्च	4 (1.3)	0 (0.0)
अप्रैल	18 (5.7)	5 (6.1)
मई	28 (8.9)	13 (15.9)
जून	34 (10.8)	13 (15.9)
जुलाई	38 (12.1)	3 (3.7)
अगस्त	25 (8.0)	1 (1.2)

सितम्बर	27 (8.6)	4 (4.8)
अक्टूबर	53 (16.9)	17 (20.7)
नवम्बर	56 (17.8)	21 (25.6)
दिसम्बर	26 (8.3)	3 (3.7)
कुल	314 (100)	82 (100)

कोष्ठक में दिये गए आँकड़े साल में कुल चक्रवातों का प्रतिशत हैं।

समुद्र से दूरी बढ़ने पर चक्रवात का बल कमजोर पड़ जाता है। तटीय क्षेत्रों में प्राय: ये चक्रवात 180 कि.मी. प्रतिघंटा की गति से टकरते हैं। इससे महासागर तल भी असाधारण रूप से ऊपर उठा होता है जिसे तूफान महोर्मि (Storm Surge) कहते हैं।

अध्याय-27

बाढ़

बाढ़ तब आती है जब नदी जल-वाहिकाओं में इनकी क्षमता से अधिक बहाव होता है। कई बार तो झीलों और आंतरिक जल-क्षेत्रों में भी क्षमता से अधिक जल भर जाता है। बाढ़ आने के और भी कई कारण हो सकते हैं, जैसे तटीय क्षेत्रों में तूफानी महोर्मि, लंबे समय तक होने वाली तेज बारिश, हिम का पिघलना, जमीन की अंतः स्पंदन (Infoltration) दर में कमी आना और अधिक मृदा अपरदन के कारण नदी जल में जलोढ़ की मात्रा में वृद्धि होना। यद्यपि बाढ़ विश्व के विस्तृत क्षेत्र में आती है और काफी तबाही भी लाती है परन्तु दक्षिण, दक्षिण-पूर्व एवं पूर्व एशिया के देशों, विशेषकर चीन, भारत और बांग्लादेश में इसकी बारम्बारता और होने वाले नुकसान अधिक हैं।

मानवीय क्रियाकलापों, अंधाधुंध वन कटाव, अवैज्ञानिक कृषि पद्धतियाँ, प्राकृतिक अपवाह तंत्रों का अवरुद्ध होना, नदी में अवसाद जम जाने से उसका उथला होना, पानी के प्राकृतिक फैलाव-क्षेत्र में मानव द्वारा बस्तियाँ बसाना आदि ऐसे कारण हैं जो बाढ़ की विभीषिका को बढ़ा देते हैं और वह एक आपदा बन जाती है।

राष्ट्रीय बाढ़ आयोग ने देश में 4 करोड़ हेक्टेयर भूमि को बाढ़ प्रभावित क्षेत्र घोषित किया है। असम, पश्चिम बंगाल और बिहार राज्य सबसे अधिक प्रभावित क्षेत्रों के अन्तर्गत आते हैं। इसके अतिरिक्त, उत्तर भारत की अधिकांश नदियाँ, विशेषकर पंजाब व उत्तर प्रदेश में बाढ़ लाती रहती हैं। कई बार बाढ़ लौटती मॉनसून द्वारा बारिश होने के कारण उत्तरी भारत में अगस्त-सितम्बर माह में आती है और दक्षिण भारत में नवम्बर से जनवरी माह के बीच बाढ़ आती है।

बाढ़ परिणाम और नियंत्रण

बाढ़ न सिर्फ फसलों को नुकसान पहुँचाती है वरन मानव द्वारा निर्मित आधारभूत ढाँचों, जैसे—सड़कें, पुल, रेल पटरियाँ, भवन आदि को भी क्षति पहुँचाती है।

बाढ़ग्रस्त क्षेत्र में कई प्रकार की बीमारियाँ भी पैदा हो जाती हैं, जैसे—हैजा, आंत्रशोथ, हेपेटाइटिस और अन्य दूषित जल जनित बीमारियाँ। दूसरी ओर बाढ़ से लाभ भी हैं, जैसे—हर वर्ष बाढ़ खेतों में उपजाऊ मिट्टी लाकर जमा करती है जो फसलों के लिए बहुत लाभदायक है। ब्रह्मपुत्र नदी में स्थित मजौली (असम) जो सबसे बड़ा नदीय द्वीप है, प्रत्येक वर्ष बाढ़ से प्रभावित होता है किन्तु चावल की फसल यहाँ बहुत अच्छी होती है।

बाढ़ प्रभावित क्षेत्रों में तटबंध बनाना, नदियों पर बाँध बनाना, वनीकरण आदि कुछ ऐसे उपाय हैं जो बाढ़ को कम करने में मदद करते हैं।

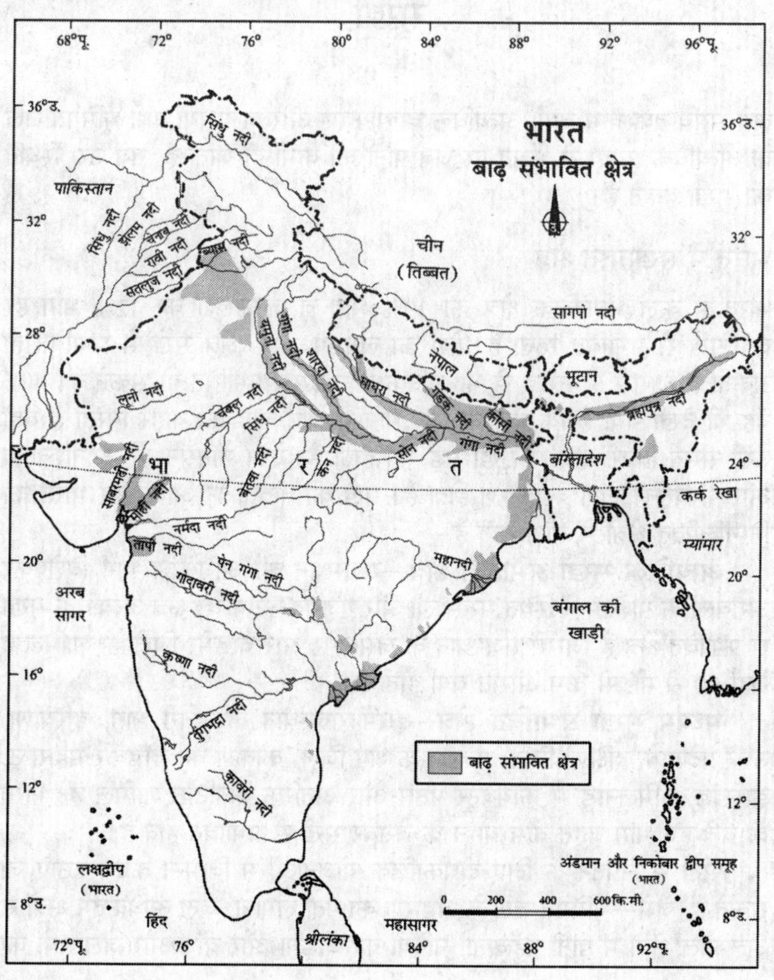

अध्याय-28

सूखा

लंबे समय तक कम वर्षा, अत्यधिक वाष्पीकरण और जलाशयों तथा भूमिगत जल के अत्यधिक प्रयोग से भूतल पर जब पानी की कमी हो जाती है, तब उस स्थिति को सूखा कहते हैं।

भारत में सूखाग्रस्त क्षेत्र

भारत में कुल भौगोलिक क्षेत्र का 19% भाग व जनसंख्या का 12% भाग हर वर्ष सूखे से प्रभावित रहता है। देश का लगभग 30% क्षेत्र सूखे से प्रभावित हो सकता है जिससे 5 करोड़ से भी अधिक लोग इससे प्रभावित हो सकते हैं। प्रायः यह भी देखा गया है कि देश के एक भाग में जहाँ बाढ़ का कहर गिरता है वहीं उसी समय किसी क्षेत्र में सूखा पड़ रहा होता है। ऐसा मॉनसून की अनिश्चितता और परिवर्तनशीलता के कारण होता है। सूखे की तीव्रता के आधार पर भारत को निम्नलिखित क्षेत्रों में बाँटा गया है—

अत्यधिक सूखा प्रभावित क्षेत्र—राजस्थान का अधिकांश भाग विशेषकर अरावली के पश्चिम में स्थित मरुस्थली और गुजरात का कच्छ क्षेत्र अत्यधिक सूखा से प्रभावित क्षेत्र है जिसमें राजस्थान के जैसलमेर और बाड़मेर जिले भी शामिल हैं जहाँ 90 से.मी. से कम औसत वर्षा होती है।

मध्यम सूखा प्रभावित क्षेत्र—इसमें राजस्थान के उत्तरी भाग, हरियाणा, उत्तर प्रदेश के दक्षिणी जिले, गुजरात के शेष जिले, कोंकण को छोड़कर महाराष्ट्र, झारखंड, तमिलनाडु में कोयंबटूर पठार और अंतरिक कर्नाटक शामिल हैं। भारत के बचे हुए भाग बहुत कम या न के बराबर सूखे से प्रभावित होते हैं।

सूखे से निपटने के लिए दीर्घकालिक योजनाओं में विभिन्न कदम उठाए जा सकते हैं, जैसे—भूमिगत जल के भंडारण का पता लगाना, जल अधिकतम क्षेत्रों से अल्पजल क्षेत्रों में पानी पहुँचाना, नदियों का जोड़ना और बाँध और जलाशयों का

निर्माण कर, नहरों का जाल बिछाकर सूखाग्रस्त क्षेत्रों में जल की आपूर्ति कराना आदि योजनाएँ भारत सरकार द्वारा क्रियान्वित कराई जा रही हैं और आजादी के बाद भारत में विभिन्न योजनाओं के क्रियान्वयन के बावजूद वर्ष 2013-14 में केवल 36.7% कृषि योग्य भूमि को ही भरोसेमंद सिंचाई की सुविधा उपलब्ध हो पाई थी, और शेष लगभग दो-तिहाई भूमि की सिंचाई के लिये आज भी मॉनसून के भरोसे रहना पड़ रहा है। सिंचाई के साधनों में 65% सिंचाई भूमिगत जल पर ही आश्रित है। परन्तु आज 51% कृषि योग्य भूमि सिंचाई की योजनाओं से अभिसिंचित है और शेष 49% आज भी वर्षा पर आश्रित है।

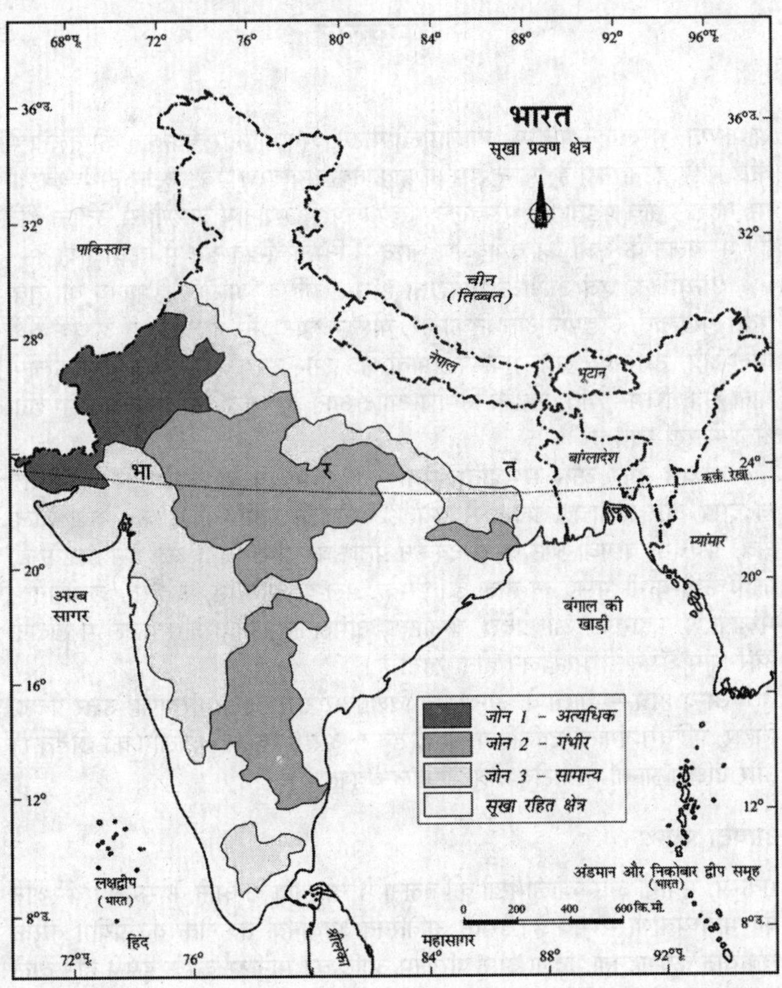

अध्याय-29

भूस्खलन

सामान्यत: भूस्खलन भूकम्प, ज्वालामुखी फटने, सुनामी और चक्रवात की तुलना में कोई बड़ी घटना नहीं है, परन्तु इसका प्राकृतिक पर्यावरण एवं राष्ट्रीय अर्थव्यवस्था पर गहरा प्रभाव पड़ता है। भूस्खलन मुख्य रूप से स्थानीय कारणों से उत्पन्न होते हैं। भूस्खलन के क्षेत्रों का वर्गीकरण भारत में निम्नलिखित ढंग से किया गया है—

अत्यधिक एवं अधिक सुभेद्यता क्षेत्र—अधिक अस्थिर हिमालय की युवा पर्वत शृंखलाएँ, अंडमान और निकोबार, पश्चिम घाट और नीलगिरि में अधिक वर्षा वाले क्षेत्र, उत्तर-पूर्व क्षेत्र, भूकम्प प्रभावी क्षेत्र और अत्यधिक मानव क्रियाकलापों वाले क्षेत्र, जिसमें बाँध, सड़क निर्माण आदि आते हैं, अत्यधिक भूस्खलन सुभेद्यता क्षेत्रों में रखे जाते हैं।

मध्यम और कम सुभेद्यता क्षेत्र—पार हिमालय के कम वृष्टि वाले क्षेत्र लद्दाख और हिमाचल प्रदेश में स्पिती, अरावली पहाड़ियों में कम वर्षा वाला क्षेत्र, पश्चिमी व पूर्वी घाट के व दक्कन पठार के वृष्टि-छाया क्षेत्र ऐसे इलाके हैं, जहाँ कभी-कभी भूस्खलन होता है। इसके अलावा झारखंड, उड़ीसा, छत्तीसगढ़, मध्यप्रदेश, महाराष्ट्र, आंध्रप्रदेश, कर्नाटक, तमिलनाडु, गोवा और केरल में खदानों और भूमि धँसने से भूस्खलन होता रहता है।

अन्य क्षेत्र— भारत के अन्य क्षेत्र विशेषकर राजस्थान, हरियाणा, उत्तर प्रदेश, बिहार, पश्चिम बंगाल, दार्जिलिंग को छोड़कर, असम (कार्बी अनलोंग को छोड़कर) और दक्षिण प्रान्तों के तटीय क्षेत्र भूस्खलन युक्त हैं।

आपदा प्रबन्धन

भूकम्प, सुनामी और ज्वालामुखी की तुलना में चक्रवात के आने के समय एवं स्थान की भविष्यवाणी सम्भव है। इसके अतिरिक्त आधुनिक तकनीक का प्रयोग करके चक्रवात की गहनता, दिशा और परिणाम आदि को मानीटर करके इससे होने वाले

नुकसान को कम किया जा सकता है। चक्रवात शेल्टर, तटबंध , डाइक, जलाशय निर्माण तथा वायुवेग को कम करने के लिये वनीकरण जैसे कदम उठाए जा सकते हैं, फिर भी भारत, बांग्लादेश, म्याँमार आदि देशों के तटीय क्षेत्रों में रहने वाली जनसंख्या की सुभेद्यता अधिक है, इसीलिए यहाँ जान-माल की क्षति बढ़ रही है।

आपदा प्रबन्धन अधिनियम-2005

इस अधिनियम से आपदा को किसी क्षेत्र में घटित एक महाविपत्ति दुर्घटना, संकट या गम्भीर घटना के रूप में परिभाषित किया गया है, जो प्राकृतिक या मानवकृत कार्यों, कारणों, दुर्घटना या लापरवाही का परिणाम हो और जिससे बड़े स्तर पर जान की क्षति, मानव पीड़ा, पर्यावरण को हानि एवं विनाश हो और जिसकी प्रकृति या परिमाण प्रभावित क्षेत्र में रहने वाले मानव समुदाय की सहन क्षमता से परे हो।

निष्कर्ष यह है कि आपदाएँ प्राकृतिक या मानवकृत दोनों प्रकार की हो सकती हैं, परन्तु हर संकट या विपदा आपदा भी नहीं होती। आपदाओं, विशेषकर प्राकृतिक आपदाओं जिसमें महामारी का भी फैलना सम्मिलित है, पर नियंत्रण कठिन है किन्तु इनका कुछ न कुछ पूर्वानुमान करके, बचाव के बेहतर साधन जुटाकर, मुकाबला किया जा सकता है जिससे इनकी विभीषिका कम हो सके।

आपदा निवारण एवं प्रबन्धन—इसकी तीन अवस्थाएँ हैं—

(1) **आपदा से पूर्व**—आपदा के बारे में आँकड़े और सूचना एकत्र करना, आपदा संभावी क्षेत्रों का मानचित्र तैयार करना, लोगों को जानकारी देकर उन्हें जागरूक बनाना और बचाव के लिये उपाय करना।

(2) **आपदा के समय**—युद्धस्तर पर बचाव व राहत कार्य, जैसे—आपदाग्रस्त लोगों को निकालना, आश्रय स्थल निर्माण, राहत कैंप, जल, भोजन व दवाई की आपूर्ति।

(3) **आपदा के पश्चात्**—प्रभावित लोगों का बचाव और पुनर्वास। भविष्य में आपदाओं से निपटने के लिए क्षमता - निर्माण पर ध्यान केन्द्रित करना।

भारत जैसे देश में, जहाँ दो तिहाई क्षेत्र में कोई न कोई आपदा आती रहती है इसके कारण इन उपायों का विशेष महत्त्व है। आपदा प्रबन्धन अधिनियम, 2005 और राष्ट्रीय आपदा प्रबन्धन संस्थान की स्थापना इस दिशा में भारत सरकार द्वारा उठाए गए सकारात्मक कदम हैं।

अध्याय-30

मृदा
(Soil)

मृदा भू-पर्पटी की सबसे महत्त्वपूर्ण परत है जिस पर समस्त वनस्पतियाँ, पशु-पक्षी एवं मानवों का जीवन आश्रित है। हम अपनी आवश्यकताओं की पूर्ति के लिए जिस मिट्टी पर निर्भर करते हैं उसका विकास हजारों वर्षों में होता है। अपक्षय और क्रमण के विभिन्न कारक जनक सामग्री पर कार्य करके मृदा की एक पतली परत का निर्माण करते हैं।

मृदा शैल, मलबा और जैव-सामग्री का समिश्रण होती है जो पृथ्वी की सतह पर विकसित होते हैं। मृदा निर्माण के प्रमुख कारक हैं—उच्चावच, जनक सामग्री, जलवायु, वनस्पति तथा अन्य जीव रूप तथा समय। इनके अतिरिक्त मानवीय गतिविधियाँ एवं उसके कार्यकलाप भी पर्याप्त सीमा तक उसे प्रभावित करते हैं। मृदा के घटक—खनिज कण, ह्यूमस, जल तथा वायु होते हैं। इनमें से प्रत्येक की मात्रा मृदा के प्रकार पर निर्भर करती है। कुछ मृदाओं में, इनमें से एक या अधिक घटक कम या अधिक मात्रा में हो सकते हैं और कुछ मृदाओं में इन घटकों का संयोजन निम्न प्रकार का पाया जाता है।

भूमि पर यदि कोई गड्ढा खोदा जाए तो उसमें हमें मृदा की तीन परतें दिखेंगी जिन्हें 'संस्तर' कहते हैं। जिनका वर्गीकरण 'क', 'ख' एवं 'ग' के रूप में किया जाता है। 'क' संस्तर सबसे ऊपरी खंड होता है, जहाँ पौधों की वृद्धि के लिए अनिवार्य जैव पदार्थों, खनिजों, पोषक तत्त्वों तथा जल का संयोग होता है। 'ख' संस्तर 'क' एवं 'ग' संस्तरों के बीच संक्रमण खंड होता है जिसे ऊपर एवं नीचे दोनों से पदार्थ प्राप्त होते हैं। इसमें कुछ जैव पदार्थ होते हैं किन्तु खनिज पदार्थों का अपक्षय भी दृष्टिगोचर होता है। 'ग' संस्तर मृदा निर्माण की प्रक्रिया में प्रथम

अवस्था होती है और अंतत: ऊपर की दो परतें इसी से बनती हैं।

परतों की इस व्यवस्था को मृदा परिच्छेदिका कहते हैं। इन तीन संस्तरों के नीचे एक चट्टान होती है जिसे जनक चट्टान अथवा आधारी-चट्टान कहते हैं। मृदा, जिसका एक जटिल तथा भिन्न अस्तित्व है, सदैव मृदा-वैज्ञानिकों को आकर्षित करती रही है।

मृदा का वर्गीकरण

भारतीय कृषि अनुसंधान परिषद (आई.सी.ए.आर.) के तत्त्वावधान में राष्ट्रीय मृदा सर्वेक्षण ब्यूरो तथा भूमि-उपयोग आयोजन संस्थान ने भारत की मृदाओं पर विस्तृत अध्ययन किया, तदनुसार आई.सी.ए.आर. ने भारतीय मृदाओं को उनकी प्रकृति और उनके गुणों के आधार पर वर्गीकृत किया है जो संयुक्त राज्य अमेरिका की कृषि विभाग (यू.एस.डी.ए.) मृदा वर्गीकरण पद्धति पर आधारित है।

भारत की मिट्टियों का वर्गीकरण

क्रम सं.	क्रम	क्षेत्र (हजार हेक्टेयर में)	प्रतिशत
1.	इंसेप्टी सोल्स	130372.90	39.74
2.	एंटी सोल्स	92131.71	28.08
3.	एल्फी सोल्स	44448.68	13.55
4.	बर्टी सोल्स	27960.00	8.52
5.	एरीडी सोल्स	14069.00	4.28
6.	अल्टी सोल्स	8250.00	2.51
7.	मली सोल्स	1320.00	0.40
8.	अन्य	9503.10	2.92
		328055.39	100

स्रोत—भारतीय मृदा-राष्ट्रीय भू सर्वेक्षण एवं भू उपयोग ब्यूरो, प्रकाशन संख्या-94

उत्पत्ति, रंग, संयोजन तथा अवस्थिति के आधार पर भारत की मिट्टियों को निम्नलिखित प्रकारों में वर्गीकृत किया गया है—

(1) जलोढ़ मृदाएँ
(2) काली मृदाएँ
(3) लाल और पीली मृदाएँ
(4) लैटेराइट मृदाएँ
(5) शुष्क मृदाएँ
(6) लवण मृदाएँ
(7) पीटमय मृदाएँ
(8)वन मृदाएँ

(1) **जलोढ़ मृदाएँ**—उत्तरी मैदान और नदी घाटियों के विस्तृत भागों में पाई

जाती हैं। ये मृदाएँ देश के कुल क्षेत्रफल के लगभग 40% भाग को ढके हुए है। ये निक्षेपण मृदाएँ हैं जिन्हें नदियों और सरिताओं ने वाहित तथा निक्षेपित किया है। राजस्थान के एक संकीर्ण गलियारे से होती हुई ये मृदाएँ गुजरात के मैदान में फैली मिलती हैं। प्रायद्वीपीय प्रदेश में ये पूर्वी तट की नदियों के डेल्टाओं और नदियों की घाटियों में पाई जाती हैं।

जलोढ़ मृदाएँ गठन में बलुई दुमट से चिकनी मिट्टी की प्रकृति की पाई जाती हैं। सामान्यत: इनमें पोटाश (K) की मात्रा अधिक और फास्फोरस (P) की मात्रा कम होती है। गंगा के ऊपरी और मध्यवर्ती मैदान में 'खादर' और 'बांगर' नाम की दो भिन्न मृदाएँ विकसित हुई हैं। खादर प्रतिवर्ष बाढ़ों के द्वारा निक्षेपित होने वाला नया जलोढ़क है, जो महीन गाद होने के कारण मृदा की उर्वरता बढ़ा देता है। बांगर पुराना जलोढ़क होता है जिसका जमाव बाढ़कृत मैदानों से दूर होता है। खादर एवं बांगर मृदाओं में कैल्सियमी संग्रंथन अर्थात् कंकड़ पाए जाते हैं। निम्न तथा मध्य गंगा के मैदान और ब्रह्मपुत्र घाटी में ये मृदाएँ अधिक दुमटी और भृण्मय हैं। पश्चिम से पूर्व की ओर इनमें बालू की मात्रा घटती जाती है।

जलोढ़ मृदाओं का रंग हल्के धूसर से राख धूसर जैसा होता है। इसका रंग निक्षेपण की गहराई, जलोढ़ के गठन और निर्माण में लगने वाली समयावधि पर निर्भर करता है। जलोढ़ मृदाओं पर गहन कृषि की जाती है।

(2) **काली मृदाएँ**—काली मृदाएँ दक्कन के पठार के अधिकतर भाग पर पाई जाती हैं। इसमें महाराष्ट्र के कुछ भाग, गुजरात, आंध्रप्रदेश तथा तमिलनाडु के कुछ भाग शामिल हैं। गोदावरी और कृष्णा नदियों के ऊपरी भागों और दक्कन के पठार के उत्तरी-पश्चिमी भाग में गहरी काली मृदा पाई जाती है। इन मृदाओं को 'रेगर' या कपास वाली काली मिट्टी कहते हैं। आमतौर पर काली मृदाएँ भृण्मय, गहरी और अपारगम्य होती हैं। ये मृदाएँ गीली होने पर फूल जाती हैं और चिपचिपी हो जाती हैं। सूखने पर, सिकुड़ जाती हैं और दरारें पड़ जाती है। नमी के धीमे अवशोषण और नमी के क्षय की विशेषता के कारण काली मृदा में एक लम्बी अवधि तक नमी बनी रहती है।

इसके इसी गुण के कारण फसलों को शुष्क ऋतु में भी नमी मिलती रहती है और वे फलती-फूलती रहती हैं।

इसमें चूने, लौह, मैग्नीशियम तथा एल्युमिनियम के तत्त्व काफी मात्रा में पाए जाते हैं। इसमें पोटाश भी होता है। किन्तु इसमें नाइट्रोजन, फास्फोरस एवं जैव पदार्थों की कमी होती है। इस मृदा का रंग गाढ़े काले और स्लेटी रंग के बीच की विभिन्न आभाओं का होता है।

(3) **लाल और पीली मृदाएँ**—लाल मृदा का विकास दक्कन के पठार के पूर्वी तथा दक्षिणी भाग में कम वर्षा वाले उन क्षेत्रों में हुआ है जहाँ खेदार आग्नेय

चट्टानें पाई जाती हैं। पश्चिमी घाट के गिरिपद क्षेत्र की एक लम्बी पट्टी में लाल दुमटी मृदा पाई जाती है। पीली और लाल मृदाएँ उड़ीसा तथा छत्तीसगढ़ के कुछ भागों और मध्यगंगा के मैदान के दक्षिणी भागों में पाई जाती हैं। इसका लाल रंग लोहे के व्यापक विसरण के कारण होता है। जलयोजित होने के कारण यह पीली दिखती है। महीन कणों वाली लाल और पीली मृदाएँ सामान्यत: उर्वर होती हैं जबकि मोटे कणों वाली उच्च भूमियों की मृदाएँ अनुर्वर होती हैं। इनमें सामान्यत: नाइट्रोजन, फास्फोरस और ह्यूमस की कमी होती है।

(4) **लैटेराइट मृदाएँ**—ये ईंट वाली मृदाओं के नाम से भी जानी जाती हैं जो उच्च तापमान व भारी वर्षा के क्षेत्र में विकसित होती हैं। ये मृदाएँ उष्ण कटिबंधीय वर्षा के कारण हुए तीव्र निक्षालन का परिणाम हैं। वर्षा के साथ चूना व सिलिका तो निक्षलित हो जाते हैं और लौह आक्साइड तथा अल्यूमिनियम के यौगिक से भरपूर मृदाएँ शेष रह जाती हैं। उच्च तापमानों में आसानी से पनपने वाले जीवाणु ह्यूमस की मात्रा को तेजी से नष्ट कर देते हैं। इन मृदाओं में जैव पदार्थ, नाइट्रोजन, फास्फेट और कैल्सियम की कमी होती है तथा लौह आक्साइड तथा पोटाश की अधिकता होती है। फलत: ये कृषि के लिए अधिक उपयुक्त नहीं हैं। अतएव उपजाऊ बनाने के लिए खाद और उर्वरकें अधिक मात्रा में डालनी पड़ती हैं।

तमिलनाडु, आंध्रप्रदेश एवं केरल में काजू के लिए काफी उपयुक्त होती हैं। ईंटें बनाने के लिए भी इसका उपयोग करते हैं। इन मृदाओं का विकास मुख्य रूप से प्रायद्वीपीय पठार के ऊँचे क्षेत्रों में हुआ है। ये सामान्यत: कर्नाटक, केरल, तमिलनाडु, मध्यप्रदेश, उड़ीसा व असम के पहाड़ी क्षेत्रों में पाई जाती हैं।

(5) **शुष्क मृदाएँ**—इनका रंग लाल से लेकर किशमिशी रंग तक का होता है। ये बलुई व लवणीय होती हैं। नमक की मात्रा इतनी अधिक होती है कि पानी को वाष्पीकृत कर लवण प्राप्त किया जा सकता है। शुष्क जलवायु, तीव्र वाष्पीकरण के कारण इनमें नमी व ह्यूमस कम होते हैं। नाइट्रोजन की कमी व फास्फेट तत्त्व सामान्य होते हैं। नीचे की ओर चूने की मात्रा पाए जाने के कारण निचली परतों में कंकड़ों की परतें पाई जाती हैं जिससे नमी नीचे नहीं रिसती और पौधों को पानी मिलता रहता है। इनका विकास शुष्क स्थला-कृति वाले पश्चिमी राजस्थान में हुआ है। ये उर्वर नहीं हैं।

(6) **लवण मृदाएँ**—इन्हें ऊसर कहते हैं। इनमें सोडियम पौटैशियम और मैग्नीशियम का अनुपात अधिक होता है अत: ये अनुर्वर होती हैं, इसमें किसी प्रकार की वनस्पति नहीं उगती। शुष्क जलवायु व खराब अपवाह के कारण इनमें लवण की मात्रा बढ़ जाती हैं। इनका प्रसार पश्चिमी गुजरात, पूर्वीतट के डेल्टाओं और पश्चिमी बंगाल के सुंदर वन क्षेत्रों में है। कच्छ के रन में दक्षिणी-पश्चिमी मॉनसून के साथ नमक के कण आते हैं, जो एक पपड़ी के रूप में ऊपरी सतह पर जमा

हो जाते हैं। डेल्टा प्रदेश में समुद्री जल से भर जाने के कारण लवण मृदाओं के विकास को बढ़ावा मिलता है।

अत्यधिक सिंचाई वाले गहन कृषि के क्षेत्रों में उपजाऊ जलोढ़ मृदाएँ भी लवणीय होती जा रही हैं। अत्यधिक सिंचाई केशिका क्रिया (Capillary action) को बढ़ावा देती है जिससे नमक ऊपर बढ़ता है और ऊपरी परत में जमा हो जाता है। इसका उपचार जिप्सम डालकर किया जाता है।

(7) **पीटमय मृदाएँ**—ये मृदाएँ भारी वर्षा और उच्च आर्द्रता से युक्त उन क्षेत्रों में पाई जाती हैं जहाँ वनस्पति की वृद्धि अच्छी हो। अत: इन क्षेत्रों में मृत जैव

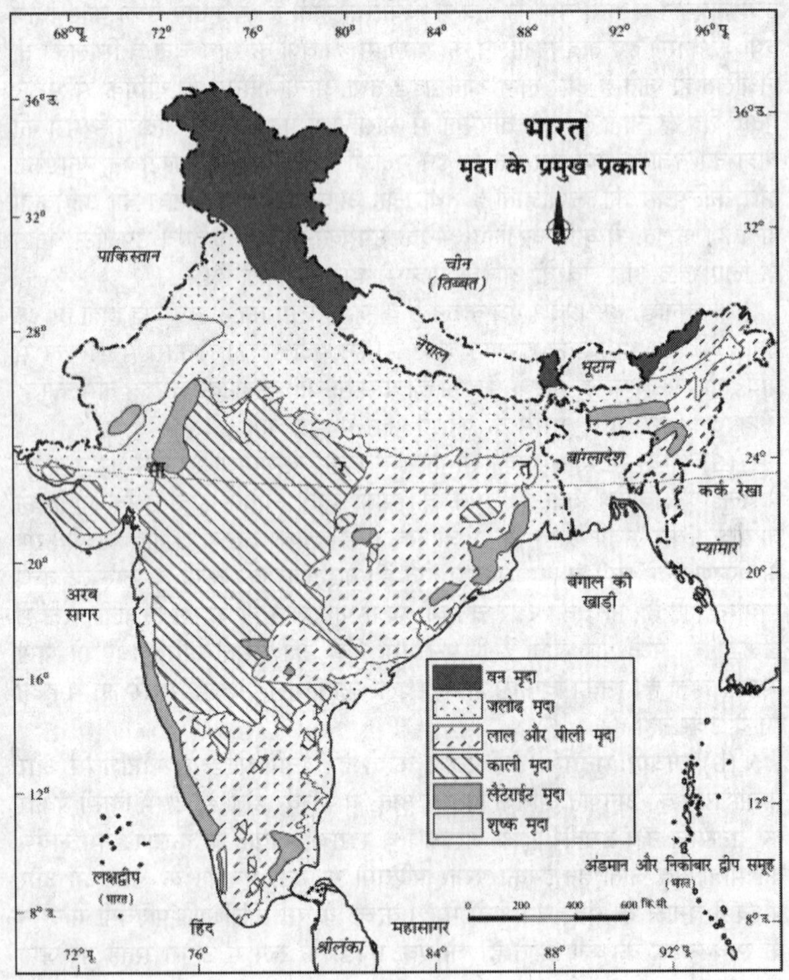

पदार्थ काफी बड़ी मात्रा में इकट्ठे हो जाते हैं जो मृदा को पर्याप्त मात्रा में ह्यूमस और जैव-पदार्थ प्रदान करते हैं। इन मृदाओं में जैव पदार्थों की मात्रा 40 से 50 प्रतिशत तक होती है जिसके कारण इनका रंग गाढ़ा काला होता है। यह बिहार के उत्तरी भाग, उत्तरांचल के दक्षिणी भाग, पश्चिम बंगाल के तटीय क्षेत्रों, उड़ीसा और तमिलनाडु में पाई जाती है।

(8) **वन मृदाएँ**—ये पर्याप्त वर्षा वाले वन क्षेत्रों में बनती हैं। इनका निर्माण पर्वतीय पर्यावरण में होता है। इस पर्यावरण में परिवर्तन के अनुसार मृदाओं का गठन और संरचना बदलती रहती है। घाटियों में यह दुमटी और पांशु होती हैं तथा ऊपरी ढालों पर ये मोटे कणों वाली होती हैं। हिमालय के हिमाच्छादित क्षेत्रों में इन मृदाओं का अनाच्छादन होता रहता है और ये अम्लीय तथा कम ह्यूमस वाली होती हैं। निचली घाटियों में पाई जाने वाली मृदाएँ उर्वर होती हैं।

मृदा अवकर्षण

मोटे तौर पर मृदा अवकर्षण को मृदा की उर्वरता के ह्रास के रूप में परिमाणित किया जा सकता है। इसमें मृदा पोषण तत्त्व गिर जाता है तथा अपरदन व दुरुपयोग से मृदा की गहराई कम हो जाती है। भारत में मृदा संसाधनों के क्षय का कारक मृदा अवकर्षण है। मृदा अवकर्षण की दर भू आकृति पवनों की गति तथा वर्षा की मात्रा के अनुसार एक स्थान से दूसरे स्थान पर भिन्न होती है।

मृदा अपरदन

मृदा के आवरण का विनाश या क्षय अपरदन कहलाता है। बहते जल और पवनों की अपरदनात्मक प्रक्रियाएँ तथा मृदा निर्माणकारी प्रक्रियाएँ साथ-साथ घटित होती रहती हैं जिनमें सामान्यत: एक सन्तुलन बना होता है। धरातल के सूक्ष्म कणों के हटने की दर लगभग वही होती है जो मिट्टी की परत में कणों के जुड़ने की होती है।

कई बार प्राकृतिक अथवा मानवीय कारणों से यह सन्तुलन बिगड़ जाता है जिससे मृदा के अपरदन की दर बढ़ जाती है। मृदा को हटाने और उनका परिवहन कर सकने के गुण के कारण पवन और जल मृदा अपरदन के दो महत्त्वपूर्ण कारक हैं। पवन द्वारा अपरदन शुष्क एवं अर्द्धशुष्क प्रदेशों में अधिक होता है, इसी प्रकार भारी वर्षा व ढाल वाले प्रदेशों में बहते जल द्वारा किया गया अपरदन काफी महत्त्वपूर्ण होता है। जल अपरदन काफी गम्भीर हो सकता है और भारत में यह विस्तृत क्षेत्रों में हो रहा है।

जल-अपरदन दो रूपों में होता है—(1) परत अपरदन तथा (2) अवनालिका अपरदन।

परत अपरदन समतल भूमियों पर मूसलाधार वर्षा के बाद होता है और इसमें

मृदा का हटना आसानी से दिखता भी नहीं, किन्तु यह अधिक हानिकारक है क्योंकि इसमें मिट्टी की सर्वाधिक उर्वर परत हट जाती है।

अवनालिका अपरदन सामान्यतः तीव्र ढालों पर होती है। वर्षा से गहरी हुई अवनालिकाएँ कृषि भूमियों को छोटे-छोटे टुकड़ों में खंडित कर देती हैं जिससे वे कृषि के लिए अनुपयुक्त हो जाती हैं।

जिस प्रदेश में अवनालिकाएँ अथवा बीहड़ अधिक संख्या में होते हैं उसे उत्खात भूमि स्थलाकृत कहते हैं। अर्द्धशुष्क प्रदेशों में स्थित असमान धरातल वाली उच्चस्थ भूमि जिस पर आकस्मिक तीव्र वर्षा हो जाने से गहरी-गहरी अवनालिकाओं (Gullies) की पंक्तियाँ बन जाती हैं और सम्पूर्ण भूमि ऊबड़-खाबड़ बन जाती है। विभेदी अपरदन के कारण कठोर और प्रतिरोधी शैलें समीपस्थ भूमि के ऊपर लम्बे स्तम्भ अथवा उच्च सपाट भूमि के रूप में दिखती हैं। यह भूमि पशुचारण तथा कृषि के लिए अनुपयुक्त होती हैं। पश्चिम संयुक्त राज्य अमेरिका के दक्षिणी डकोटा प्रांत के पश्चिमी भाग में स्थित उत्खात भूमि इसका उत्कृष्ट उदाहरण है।

उत्खात भूमि बंजर पठार जहाँ पहाड़ियों का नाटकीय क्षरण होता है, उन पर अनेक जीवाश्म अवसाद भी मिलते हैं। उत्खात भूमि चिकनी मिट्टी से भरपूर प्रायः सूखा पहाड़ी क्षेत्र होता है जिसमें खड्ड, अवनालिकाएँ एवं अन्य प्रकार की स्थलाकृतियाँ पाई जाती हैं। राजस्थान में उत्खात भूमि या डांग या चम्बल के बीहड़ चम्बल नदी के आस-पास क्षेत्र में स्थित हैं। इसके अतिरिक्त ये तमिलनाडु और पश्चिमी बंगाल में भी पाए जाते हैं। देश की लगभग 8000 हेक्टेयर भूमि प्रतिवर्ष बीहड़ में परिवर्तित हो जाता है।

मृदा अपरदन भारतीय कृषि के लिए एक गम्भीर समस्या बन गई है। इसके दुष्प्रभाव अन्य क्षेत्रों में भी दिखाई पड़ते हैं। नदियों में अपरदित पदार्थों के जमा होने से उनकी जल प्रवाह क्षमता घट जाती है। इससे प्रायः बाढ़ें आती हैं तथा कृषि-भूमि को क्षति पहुँचाती हैं।

वनोन्मूलन, मृदा अपरदन के प्रमुख कारणों में से एक है। पौधों की जड़ें, मृदा को बाँधे रखकर अपरदन को रोकती हैं। पत्तियाँ और टहनियाँ गिरकर मृदा में ह्यूमस की मात्रा में वृद्धि करती हैं। वास्तव में भारत में वनों का कटाव हुआ है जिससे मृदा अपरदन बढ़ा है, विशेषकर पहाड़ी क्षेत्रों में।

भारत के सिंचित क्षेत्रों में कृषि योग्य भूमि का अधिकांश भाग अति सिंचाई के प्रभाव से लवणीय होता जा रहा है। मृदा के निचले स्तर में जमा हुआ नमक धरातल के ऊपर आकर उर्वरता को नष्ट कर देता है।

रासायनिक उर्वरक भी मृदा को अनुर्वरक बना देते हैं। यह समस्या नदी घाटी की परियोजनाओं के उन सभी समादेशी क्षेत्रों (Command Areas) में अधिक है, जो हरित क्रांति के आरम्भिक भाग के भोगी थे। एक अनुमान के

अनुसार भारत की कुल भूमि का लगभग आधा भाग किसी न किसी मात्रा में अवकर्षण से प्रभावित है।

मृदा संरक्षण

मृदा संरक्षण एक ऐसी विधि है, जिसमें मिट्टी की उर्वरता बनाए रखी जाती है, मिट्टी के अपरदन और क्षय को रोका जाता है और मिट्टी की दशाओं को सुधारा जाता है।

ढालों की कृषि योग्य भूमि पर सीढ़ीदार खेतों का निर्माण कर खेती की जानी चाहिए। खेतों की मेड़बन्दी, सीढ़ीदार खेत, नियमित वानिकी, नियंत्रित चराई, आवरण फसलें उगाना, मिश्रित खेती तथा शस्यावर्तन आदि ऐसे उपचार हैं जिनका उपयोग मृदा अपरदन को कम करने के लिए किया जाता है।

अवनालिका अपरदन को रोकने तथा उनके बनने पर नियंत्रण के प्रयत्न किए जाने चाहिए। अंगुल्याकार अवनालिकाओं को सीढ़ीदार खेत बनाकर समाप्त किया जा सकता है। बड़ी अवनालिकाओं में जल की अपरदनात्मक तीव्रता को कम करने के लिये रोक-बाँधों की शृंखला बनानी चाहिए। अवनालिका के शीर्ष की ओर फैलाव को नियंत्रित करने के लिये अवनालिकाओं को बंद करके, सीढ़ीदार खेत बनाकर अथवा आवरण वनस्पति का रोपण करके, कारगर उपाय किए जा सकते हैं।

शुष्क और अर्द्धशुष्क क्षेत्रों में कृषि योग्य भूमि पर बालू के टीलों के प्रसार को वृक्षों की रक्षक मेखला बनाकर तथा वन्य-कृषि करके रोकने का प्रयास किया जाना चाहिए। कृषि के लिये अनुपयुक्त भूमि को चरागाहों में बदल दिया जाना चाहिए। केन्द्रीय शुष्क कृषि अनुसंधान संस्थान (सीए जेड आर आई) ने पश्चिमी राजस्थान में बालू के टीलों को स्थिर करने के प्रयोग किए हैं।

भारत सरकार द्वारा स्थापित केन्द्रीय मृदा संरक्षण बोर्ड ने देश के विभिन्न भागों में मृदा संरक्षण के लिए अनेक योजनाएँ बनाई हैं। ये योजनाएँ जलवायु की दशाओं, भूमि संरूपण तथा लोगों के सामाजिक व्यवहार पर आधारित हैं। खेतों में खूँटी तथा ठूँठ छोड़ना तथा मृदा पर वनस्पतियों या घास के सघन आवरण को बनाए रखना भी अपरदन क्षति को कम करने के लिए कारगर उपाय हैं जो कृषक परम्परागत तरीके से करते चले आए हैं। इसी तरह सीढ़ीदार खेतों का निर्माण भूसंरक्षण का एक स्थायी तथा संतोषजनक तरीका है जिसे कृषक अकेले नहीं कर सकता अतएव सरकार द्वारा आर्थिक और तकनीकी मदद यथासम्भव दी जानी चाहिए क्योंकि अपरदन की समस्या राष्ट्रव्यापी समस्या है।

भू-रक्षण के लिए उचित फसल-चक्र का उपयोग करना भी एक कारगर उपाय है। फसल चक्र या सश्यावर्तन का अर्थ है उसी खेत पर एक निश्चित अवधि में फसलों को नियमित तरीके से एक के बाद एक उगाना। कम वनस्पतियों वाली फसलों को लगातार उगाने से अपरदन अधिक होता है। मृदा संरक्षण कार्य में ऐसी

फसलों का चयन करना चाहिए जिससे अधिकाधिक समय तक घास व दाल वाली फसलें भूमि को आच्छादित रखें।

इसके अलावा सिंचाई व जल निकास का उचित प्रबन्ध करना तथा कृषि योग्य भूमि तक सिंचाई की सुविधा का विस्तार करना भी जरूरी है। अपरदित क्षेत्रों में वनस्पतियाँ, घासें व वृक्ष एक छतरी का कार्य करते हैं। वे वर्षा-जल से मृदा पर होने वाले संघातों को रोकते हैं और उनकी जड़ों का विन्यास मृदाकणों को बाँध कर रखता है। जल अंतः संचरण को बढ़ाकर मृदा के गुणों को विकसित कर देता है। वृक्षों के झुरमुट एवं कतारें नदियों से कटान को भी रोकते हैं और बहाव को नियंत्रित रखते हैं।

मिट्टी एक बहुमूल्य सम्पदा है और एक आधारभूत संसाधन है। विश्व की समस्त सभ्यताओं का उद्‌भव एवं विकास उपजाऊ मिट्टी वाले नदी घाटी क्षेत्र में ही हुआ है तथा अन्य संसाधनों का जन्म, विकास और उपयोग भूमि पर ही होता है। किन्तु जिस तरह मानवी-गतिविधियों के कारण प्रकृति के सभी संसाधनों, जिसमें मृदा भी है, का अंधाधुंध उपयोग हुआ है, उससे प्राकृतिक सन्तुलन के स्थाई रूप से बिगड़ जाने का संकट प्रबल हो गया है। अतएव यदि विभिन्न देशों की सरकारें समय रहते सचेत नहीं हुईं तो यह संकट एक कभी न ठीक होने वाली त्रासदी में बदल जाएगा और सम्पूर्ण सृष्टि के अस्तित्व पर ही खतरा मंडराने लगेगा।

अध्याय-31

प्राकृतिक वनस्पति व वन

प्राकृतिक वनस्पति से अभिप्राय उस पौधा-समुदाय से है, जो लम्बे समय तक बिना किसी बाहरी हस्तक्षेप के उगता है और इसकी विभिन्न प्रजातियाँ वहाँ पाई जाने वाली मिट्टी और जलवायु की परिस्थितियों में यथासम्भव अपने को ढाल लेती हैं।

भारतीय वनों को निम्न प्रकार वर्गीकृत किया जा सकता है—

(1) उष्ण कटिबंधीय सदाबहार एवं अर्द्ध सदाबहार वन।

(2) उष्ण कटिबंधीय पर्णपाती वन।

(3) उष्ण कटिबंधीय काँटेदार वन।

(4) पर्वतीय वन।

(5) बेलांचली व अनूप वन।

(1) **उष्ण कटिबंधीय सदाबहार एवं अर्द्ध सदाबहार वन**—ये वन पश्चिमी घाट की पश्चिमी ढाल पर, उत्तर-पूर्वी क्षेत्र की पहाड़ियों पर और अंडमान-निकोबार द्वीप समूह में पाए जाते हैं। ये उन उष्ण एवं आर्द्र प्रदेशों में पाए जाते हैं, जहाँ वार्षिक वर्षा 200 से.मी. से अधिक होती है और औसत तापमान 22^0 सेल्सियस से अधिक होता है।

उष्ण कटिबंधीय वन सघन और पत्तों वाले होते हैं जहाँ भूमि के नजदीक झाड़ियाँ और बेलें होती हैं, इनके ऊपर छोटे कद वाले पेड़ और सबसे ऊपर लंबे और ऊँचे पेड़ होते हैं जिनकी ऊँचाई 60 मीटर या उससे भी अधिक हो सकती है। चूँकि इन पेड़ों के पत्ते झड़ने, फूल आने और लगने के समय भिन्न-भिन्न हैं अतएव ये वर्ष भर हरे-भरे दिखते हैं। इनमें मुख्य वृक्ष-प्रजातियों में रोजवुड, महोगनी, ऐनी और एबनी हैं। वर्ष भर हरे-भरे दिखने के कारण ही इन वनों को सदाबहार वन कहते हैं।

अर्द्ध सदाबहार वन, इन्हीं क्षेत्रों में, अपेक्षाकृत कम वर्षा वाले क्षेत्रों में पाए जाते हैं जो सदाबहार और आर्द्र पर्णपाती वनों के मिश्रित रूप हैं। इनमें मुख्य वृक्ष प्रजातियाँ—साइडर, होलक और कैल हैं।

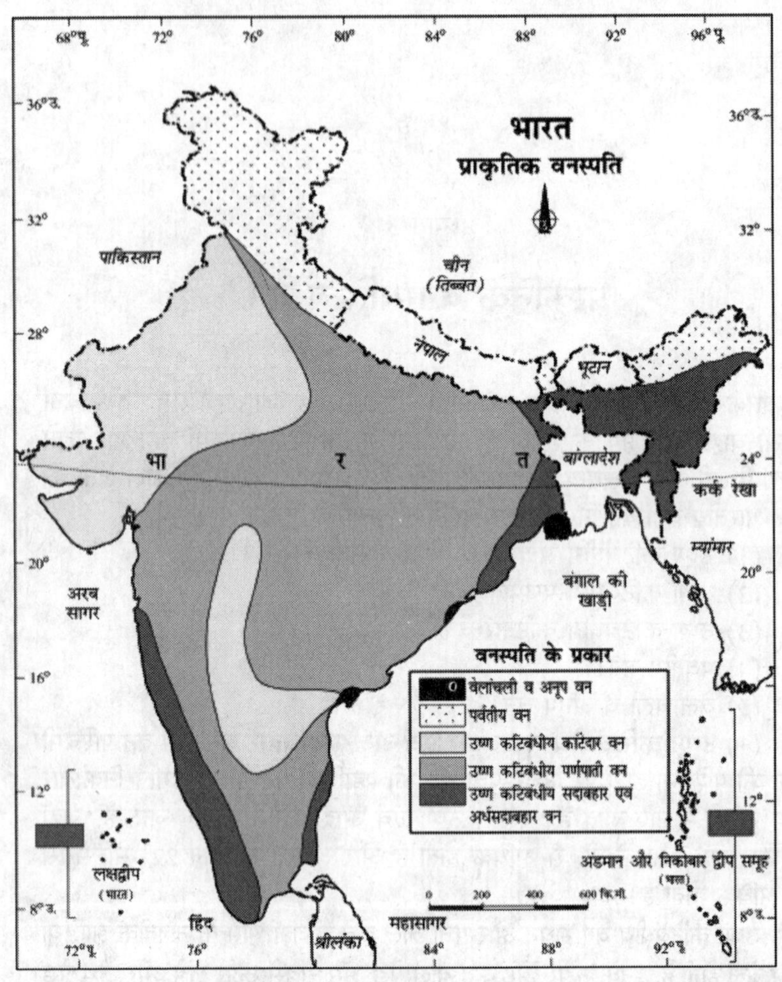

वनों के व्यावसायिक उपयोग के कारण उनकी प्राकृतिक संरचना भी बदलती चली गई। गढ़वाल व कुमाऊँ की पहाड़ियों पर पाए जाने वाले ओक के स्थान पर चीड़ के वृक्ष उगाये गए जिनका उपयोग रेल की पटरियाँ बिछाने के लिए स्लीपरों के निर्माण में किया गया। इसी तरह चाय, कॉफी व रबड़ के बागान लगाने के लिए प्राकृतिक तौर पर उगे वृक्षों को काटा गया। इमारती लकड़ी के वृक्ष जैसे सागौन आदि भी लगाए गए।

(2) **उष्ण कटिबंधीय पर्णपाती वन**—भारत में ये बहुतायत हैं। इन्हें मॉनसूनी वन भी कहते हैं। ये उन क्षेत्रों में पाए जाते हैं जहाँ वर्षा 70 से 200 से.मी. होती

है। जल उपलब्धता के आधार पर इन्हें आर्द्र एवं शुष्क पर्णपाती वनों में विभाजित किया जाता है।

आर्द्र पर्णपाती वन उन क्षेत्रों में पाए जाते हैं जहाँ वर्षा 100 से 200 से.मी. होती है। ये वन उत्तर-पूर्वी राज्यों और हिमालय के गिरिपद, पश्चिमी घाट के पूर्वी ढालों और उड़ीसा में उगते हैं। सागवान, साल, शीशम, हुर्रा, महुआ, आँवला, सेमल, कुसुम और चंदन आदि प्रजातियों के वृक्ष इन वनों में पाए जाते हैं।

शुष्क पर्णपाती वन, देश के उन विस्तृत भागों में मिलते हैं जहाँ वर्षा 70 से 100 से.मी. होती है। आर्द्रक्षेत्रों की ओर ये वन आर्द्र पर्णपाती तथा शुष्क क्षेत्रों की ओर काँटेदार वनों में मिल जाते हैं। ये वन प्रायद्वीप में अधिक वर्षा वाले भागों और उत्तर-प्रदेश व बिहार के मैदानी भागों में पाए जाते हैं। अधिक वर्षा वाले प्रायद्वीपीय पठार और उत्तर-भारत के मैदानों में ये वन पार्कनुमा भूदृश्य बनाते हैं, जहाँ सागवान व अन्य पेड़ों के बीच हरी-भरी घास होती है। शुष्क ऋतु आते ही पत्ते झड़ जाते हैं। इन वनों में तेंदू, पलाश अमलतास, बेल, खैर और अक्सल वुड (Axlewood) आदि हैं। राजस्थान के पश्चिमी और दक्षिणी भागों में कम वर्षा और अत्यधिक पशुचारण के कारण प्राकृतिक वनस्पति बहुत विरल है।

(3) **उष्ण कटिबंधीय काँटेदार वन**—ये उन भागों में पाए जाते हैं जहाँ वर्षा 50 से.मी. से कम होती है। इन वनों में कई प्रकार की घास व झाड़ियाँ शामिल हैं। इसमें दक्षिणी-पश्चिमी पंजाब, हरियाणा, राजस्थान, गुजरात, मध्यप्रदेश और उत्तर प्रदेश के अर्द्ध शुष्क क्षेत्र शामिल हैं। इन वनों में पौधे लगभग पूरे वर्ष पर्णरहित रहते हैं और झाड़ियों जैसे लगते हैं। इनमें बबूल, बेर, खजूर, खैर, नीम, खेजड़ी और पलाश इत्यादि हैं। इन वृक्षों के नीचे लगभग 2 मीटर लम्बी गुच्छ घास उगती है।

(4) **पर्वतीय वन**—पर्वतीय क्षेत्रों में ऊँचाई के साथ तापमान घटने के साथ-साथ प्राकृतिक वनस्पति में भी बदलाव आ जाता है। इन्हें दो भागों में बाँटा जा सकता है—

(1) उत्तरी पर्वतीय वन, (2) दक्षिणी पर्वतीय वन।

हिमालय के गिरिपद पर पर्णपाती वन पाए जाते हैं। इसके बाद 1000 से 2000 मीटर की ऊँचाई पर आर्द्र शीतोष्ण कटिबंधीय प्रकार के वन पाए जाते हैं।

उत्तर-पूर्वी भारत, उच्चतर पहाड़ी श्रृंखलाओं, पश्चिम बंगाल और उत्तरांचल के पहाड़ी इलाकों में चौड़े पत्ते वाले ओक और चेस्टनट जैसे सदाबहार वन पाए जाते हैं। इस क्षेत्र में 1500 से 1750 मीटर की ऊँचाई पर व्यापारिक महत्त्व वाले चीड़ के वन पाए जाते हैं। हिमालय के पश्चिमी भाग में बहुमूल्य वृक्ष प्रजाति देवदार के वन पाए जाते हैं जिसकी लकड़ी काफी मजबूत होती है, इसलिए भवन निर्माण में काम आती है। इसी तरह चिनार और वालन हैं जिनकी लकड़ी कश्मीर हस्तशिल्प के लिए इस्तेमाल होती है।

पश्चिमी हिमालय क्षेत्र में चिनार और वालन प्रचुर मात्रा में मिलते हैं। वल्यूपाइन एवं स्प्रूस 2225 से 3048 मीटर की ऊँचाई पर मिलते हैं। इस ऊँचाई पर कई स्थानों पर शीतोष्ण कटिबंधीय घास भी उगती है। इससे अधिक ऊँचाई पर एल्पाइन वन और चरागाह पाए जाते हैं। 2000 से 4000 मीटर की ऊँचाई पर सिल्वर फर, जूनिपर, पाईन, वर्च और रोडोडेन्ड्रान आदि वृक्ष मिलते हैं।

ऋतु प्रवास करने वाले समुदाय जैसे गुज्जर, बकरवाल, गड्ढी, भुटिया इन चरागाहों का पशुचारण के लिए भरपूर उपयोग करते हैं। शुष्क उत्तरी ढालों की तुलना में अधिक वर्षा वाले हिमालय के दक्षिणी ढालों पर अधिक वनस्पति पाई जाती है। अधिक ऊँचाई वाले भागों में टुण्ड्रा वनस्पति जैसे मॉस व लाइकन आदि पाई जाती है।

दक्षिणी पर्वतीय वन मुख्यतः प्रायद्वीप के तीन भागों में मिलते हैं—पश्चिमी घाट, विंध्याचल और नीलगिरि पर्वत शृंखलाएँ। चूँकि ये उष्णकटिबंध में पड़ती हैं और इनकी समुद्रतल से ऊँचाई लगभग 1500 मीटर ही है, इसलिए यहाँ ऊँचाई वाले क्षेत्र में शीतोष्ण कटिबंधीय और निचले क्षेत्रों में उपोष्ण कटिबंधीय प्राकृतिक वनस्पति पाई जाती है। केरल, तमिलनाडु और कर्नाटक प्रांतों में तथा पश्चिमी घाट में इस तरह की वनस्पति विशेष रूप से पाई जाती है।

नीलगिरि, अन्नामलाई और पालनी पहाड़ियों पर पाए जाने वाले शीतोष्ण कटिबंधीय वनों को 'शोलास' के नाम से जाना जाता है। इन वनों में पाए जाने वाले वृक्षों मगनोलिया, लैरेल, सिनकोना और वैटल का आर्थिक महत्त्व है। ये वन सतपुड़ा और मैकाल श्रेणियों में भी पाए जाते हैं।

(5) **वेलांचली व अनूप वन**—भारत में विभिन्न प्रकार के आर्द्र व अनूप आवास पाए जाते हैं। इसमें 70% भाग पर चावल की खेती की जाती है। भारत में लगभग 39 लाख हेक्टेयर भूमि आर्द्र है। उड़ीसा में चिलका और भरतपुर में केवलादेव राष्ट्रीय पार्क, अन्तर्राष्ट्रीय महत्त्व की आर्द्र भूमियों के अधिवेशन (रामसर अधिवेशन) के अन्तर्गत रक्षित जलकुक्कुट आवास हैं।

हमारे देश की आर्द्र भूमि को आठ वर्गों में रखा गया है—

(1) दक्षिण में दक्कन पठार के जलाशय और दक्षिण-पश्चिमी तटीय क्षेत्र की लैगून व अन्य आर्द्र भूमि।
(2) राजस्थान, गुजरात और कच्छ की खारे जल वाली भूमि।
(3) गुजरात-राजस्थान से पूर्व (केवलादेव राष्ट्रीय पार्क) और मध्यप्रदेश की ताजा जल वाली झीलें व जलाशय।
(4) भारत के पूर्वी तट पर डेल्टाई आर्द्र भूमि व लैगून (चिलका झील) आदि।
(5) गंगा के मैदान में ताजा जल वाले कच्छ-क्षेत्र।
(6) ब्रह्मपुत्र घाटी में बाढ़ के मैदान व उत्तरी-पूर्वी भारत और हिमालय के गिरिपद के कच्छ एवं अनूप क्षेत्र।

(7) कश्मीर और लद्दाख की पर्वतीय झीलें और नदियाँ।
(8) अंडमान व निकोबार द्वीप समूह के द्वीप-चापों के मैंग्रोव वन और दूसरे आर्द्र क्षेत्र।

मैंग्रोव लवण कच्छ, ज्वारीय सँकरी खाड़ी, पंक मैदानों और ज्वारनद मुख के तटीय क्षेत्रों पर उगते हैं। इनमें बहुत से लवण से प्रभावित न होने वाले पौधे होते हैं। बँधे जल व ज्वारीय प्रवाह की सँकरी खाड़ियों से आड़े-तिरछे ये वन विभिन्न किस्म के पक्षियों को आश्रय प्रदान करते हैं।

भारत में मैंग्रोव वन 6,740 वर्ग कि.मी. क्षेत्र में फैले हैं जो विश्व के मैंग्रोव क्षेत्र का 7% है। ये अंडमान-निकोबार द्वीप समूह व पश्चिम बंगाल के सुन्दर वन डेल्टा में अत्यधिक विकसित हैं। इसके अतिरिक्त ये महानदी, गोदावरी और कृष्णा नदियों के डेल्टाई भाग में पाए जाते हैं। इन वनों में बढ़ते अतिक्रमण के कारण इनका संरक्षण आवश्यक हो गया है।

भारत में वन आवरण

राजस्व विभाग से प्राप्त आँकड़ों के अनुसार भारत में 23.28% भाग पर वन हैं। ये अधिसूचित क्षेत्र है, चाहे वहाँ वृक्ष हों या न हों, जबकि वन आवरण वास्तविक रूप में वनों से ढका है जिसकी पहचान वायुचित्रों एवं उपग्रहों से प्राप्त जानकारी के अनुसार की गई है। वर्ष 2001 में वास्तविक वन आवरण केवल 20.53% था जिसमें 12.6% सघनवन और 7.8% पर विवृत वन पाए गए हैं।

वन क्षेत्र व वन आवरण में भिन्नता पाई गई है। जहाँ लक्ष्यद्वीप में वन क्षेत्र शून्य है वहीं अंडमान व निकोबार में 86.93% क्षेत्र वन के अधीन है।

10% से कम वनक्षेत्र वाले राज्य मुख्य तौर पर देश के उत्तर और उत्तर - पश्चिम भाग में स्थित हैं। ये राज्य राजस्थान, गुजरात, पंजाब, हरियाणा और दिल्ली हैं। गुजरात, राजस्थान और हरियाणा तो अर्द्धशुष्क क्षेत्र हैं। पंजाब और हरियाणा के अधिकांश वन क्षेत्र का सफाया कृषि के लिए कर दिया गया है।

तमिलनाडु और पश्चिम बंगाल उन राज्यों में हैं जिनके 10 से 20% भाग वनाच्छादित हैं।

प्रायद्वीपीय भारत में दादर व नागर हवेली, तमिलनाडु व गोवा को छोड़कर शेष सभी राज्यों में 20 से 30% भूमि वनों के अधीन है। उत्तर-पूर्वी राज्यों में 30% से अधिक वर्षा वन विकास के लिये उपयुक्त होती है।

वन क्षेत्र की तरह वास्तविक वन आवरण में भी राज्यवार भिन्नता पाई जाती है जैसा कि जम्मू-कश्मीर में 9.5% तो अंडमान-निकोबार में 84.01% है। वनों की वितरण-तालिका से स्पष्ट है कि 15 राज्यों में कुल भूमि के 33% से अधिक भाग पर वन पाए जाते हैं, जो कि पारिस्थितिक सन्तुलन बनाए रखने के लिए एक अधारभूत आवश्यकता है।

जनजातीय समुदायों के लिए वनों की महत्ता सर्वविदित है। वन उनके जीवन व आर्थिक क्रियाओं के आधार हैं। भारत के 593 जिलों में से 187 जनजातीय जिले हैं जो भारत के कुल भौगोलिक क्षेत्र का 33.6% हैं किन्तु देश का लगभग 60% वन आवरण इन्हीं जिलों में पाया जाता है। इससे यह विदित होता है कि जनजातीय जिलों में वन संपदा की प्रचुरता है।

वन संरक्षण

भारत की वन संरक्षण नीति 1952 में बनी जिसे 1988 में संशोधित किया गया। इसमें वन संसाधनों के संरक्षण व विकास के साथ स्थानीय लोगों की आवश्यकताओं की पूर्ति का उद्देश्य निहित है—

(1) देश में 33% भाग पर वन लगाना, जो वर्तमान राष्ट्रीय स्तर से 6% अधिक है।
(2) पर्यावरण सन्तुलन बनाए रखने के लिये वन लगाना।
(3) देश की प्राकृतिक धरोहर, जैव विविधता तथा आनुवंशिक पूल का संरक्षण।
(4) मृदा अपरदन और मरुस्थलीकरण रोकना तथा बाढ़ व सूखा नियंत्रण।
(5) निम्नीकृत भूमि पर सामाजिक वानिकी एवं वनरोपण द्वारा वन आवरण का विस्तार।
(6) वनों की उत्पादकता बढ़ाना तथा वनों पर आश्रित लोगों की आर्थिकता में सुधार का प्रयास किया जाना।
(7) पेड़ की कटाई रोकना तथा वृक्षारोपण को बढ़ावा देना।

सामाजिक वानिकी

वन संरक्षण नीति के अन्तर्गत किए गए उपायों में सामाजिक-वानिकी का विशेष महत्त्व है।

सामाजिक वानिकी का अर्थ है पर्यावरणीय, सामाजिक व ग्रामीण विकास में मदद के उद्देश्य से वनों का प्रबन्ध और सुरक्षा तथा ऊसर भूमि पर वनरोपण।

राष्ट्रीय कृषि आयोग (1976-79) ने सामाजिक वानिकी को तीन भागों में बाँटा है—शहरी वानिकी, ग्रामीण वानिकी और फार्म वानिकी।

शहरों व उनके इर्द -गिर्द निजी व सार्वजनिक भूमि जैसे—हरित पट्टी, पार्क, सड़कों के किनारे औद्योगिक व व्यापारिक स्थलों पर वृक्ष लगाना और उनका प्रबन्ध करना शहरी वानिकी के अन्तर्गत आता है।

ग्रामीण वानिकी में कृषि वानिकी और समुदाय कृषि वानिकी को बढ़ावा दिया जाता है।

कृषि वानिकी का अर्थ है—कृषि योग्य तथा बंजर भूमि पर पेड़ व फसलें एक साथ लगाना। इसका अभिप्राय है वानिकी व खेती साथ-साथ करना जिससे खाद्यान्न, चारा, ईंधन, इमारती लकड़ी और फलों का उत्पादन एक साथ किया जाए।

समुदाय वानिकी में सार्वजनिक भूमि जैसे—गाँव ,चरागाह, मन्दिर भूमि, सड़कों के दोनों ओर, नहर-किनारे, रेल-पट्टी के साथ व विद्यालयों में पेड़ लगाना है।

फार्म वानिकी

किसान व्यापारिक महत्त्व वाले पेड़ अपने खेतों में लगाते हैं। वन विभाग इसे प्रोत्साहित करने के लिये छोटे व मध्यम वर्ग के किसानों को निःशुल्क पौधे उपलब्ध कराते हैं। इस योजना के तहत कई तरह की भूमि जैसे—खेतों की मेढ़ें, चरागाह, घास के मैदान, घर के पास पड़ी खाली जमीन और पशुओं के बाड़े में भी पेड़ लगाए जाते हैं।

वन्य प्राणी

यह अनुमान लगाया गया है कि विश्व के ज्ञात पौधों और प्राणियों की किस्मों में से 4-5% किस्में भारत में पाई जाती हैं। इतने बड़े पैमाने पर जैव-विविधता पाए जाने का कारण यहाँ पर पाए जाने वाले विभिन्न प्रकार के पारिस्थितिक तंत्र हैं, जिन्हें युगों से संरक्षित रखा गया है। समय के साथ पारिस्थितिक तंत्रों के आवास मानवीय गतिविधियों के कारण प्रभावित हुए हैं और जैव प्रजातियों की संख्या भी कम हो गई है। इसी कारण कुछ जैव-प्रजातियाँ विलुप्त होने के कगार पर हैं।

वन्य प्राणियों की संख्या कम होने के प्रमुख कारण निम्न हैं—

1. औद्योगिकी और तकनीकी विकास के कारण वनों के दोहन की गति तेज हुई है।
2. खेती, मानवीय बस्ती, सड़कों, खदानों, जलाशयों इत्यादि के लिए जमीन से वनों को साफ किया गया।
3. स्थानीय लोगों ने चारे, ईंधन, इमारती लकड़ी के लिए वनों के पेड़ काटे और वनों पर दबाव बढ़ाया।
4. पालतू पशुओं की संख्या में वृद्धि के साथ नये चरागाहों की तलाश में वन्य जीवों के प्राकृतिक आवासों को नष्ट किया गया।
5. व्यापारिक महत्त्व के लिये आज भी जैव तस्करी जारी है, यद्यपि इसको रोकने के लिये कड़े कानून बन चुके हैं, जिन्हें कठोरता से क्रियान्वित करने की आवश्यकता है।
6. आग लगने की घटनाएँ वनों में आम बात है जिसके कारण भी जैव-मंडल को क्षति पहुँचती है।

प्राकृतिक धरोहर को बचाने और पारिस्थितिक पर्यटन (Eco-Tourism) को बढ़ावा देने के लिये भारत सहित अन्य देशों में वन्य प्राणियों के संरक्षण के लिए कई महत्त्वपूर्ण कदम उठाए गए हैं।

भारत में वन्य प्राणी संरक्षण

वन्य प्राणी संरक्षण अधिनियम, 1972 में पारित किया गया, जो वन्य प्राणियों के संरक्षण एवं रक्षण की दिशा में एक अति महत्त्वपूर्ण कानूनी कदम है। अधिनियम के तहत् अनुसूची में सूचीबद्ध संकटापन्न प्रजाातियों को सुरक्षा प्रदान करना तथा नेशनल पार्क, पशु विहार जैसे संरक्षित क्षेत्रों को कानूनी सुरक्षा प्रदान करना इस अधिनियम का प्रथम उद्‌देश्य था। इस अधिनियम को 1991 में पूर्णतया संशोधित कर अधिनियम की मंशा के विरुद्ध कार्य करने वालों के लिए कठोर दंड का प्रावधान किया गया है।

देश में 92 नेशनल पार्क और 492 वन्य-प्राणी अभयवन हैं और ये 1.57 करोड़ हेक्टेयर भूमि पर फैले हैं।

वन्य प्राणी संरक्षण का दायरा काफी बड़ा है और इसमें मानव-कल्याण की असीम सम्भावनाएँ निहित हैं।

यूनेस्को के 'मानव व जीवमंडल योजना' (Man and Biospheres Programmar) के तहत् भारत सरकार ने वनस्पति जात एवं प्राणि-जात के संरक्षण के लिये महत्त्वपूर्ण कदम उठाए हैं।

प्रोजेक्ट टाइगर (1973) एवं प्रोजेक्ट एलिफेंट (1992) योजनाएँ बाघों एवं हाथियों के संरक्षण के लिए चलाई जा रही हैं। प्रारम्भ में प्रोजेक्ट टाइगर योजना 9 बाघ निचयों (आरक्षित क्षेत्रों) में चलाई गई थी जिसमें 16,339 वर्ग कि.मी. का अभयारण्य विकसित किया गया था, अब यह 50 बाघ निचयों (आरक्षित क्षेत्रों) में लागू है जो 37,761 वर्ग किलोमीटर और 17 राज्यों में फैला है।

बाघों की आबादी 2014 में 1400 से बढ़कर 2019 में 2977 हो गई है। पर्यावरण मंत्रालय ने 2005 में नेशनल टाइगर कन्जरवेशन एथार्टी (NTCA) का गठन किया है जिसको प्रोजेक्ट टाइगर के क्रियान्वयन की जिम्मेदारी सौंपी गई है।

हाथियों के प्राकृतिक आवास-स्थलों में उनका दीर्घकालीन जीवन सुनिश्चित करने के लिये 1992 में गजमते नामक हाथी संरक्षण परियोजना चलाई गई जिसका शुभारंभ, झारखंड के सिंहभूम जिले से किया गया। वर्तमान में यह 16 राज्यों में चल रही है जिनमें 32 हाथी संरक्षण केन्द्र घोषित किए गए हैं जो 60,000 वर्ग कि.मी. क्षेत्र में फैला है। केन्द्रीय पर्यावरण वन एवं जलवायु परिवर्तन मंत्रालय द्वारा 22 अक्टूबर, 2010 को हाथी को राष्ट्रीय विरासत पशु (National Heritage animal) घोषित किया गया है। भारत में हाथियों की कुल संख्या 37,312 दर्ज की गई है।

इसी तरह अन्य वन्य पशुओं के संरक्षण के लिए भारत सरकार द्वारा परियोजनाएँ बनाई गई हैं जैसे—मगरमच्छ प्रजनन परियोजना, हंगुल परियोजना और हिमालय कस्तूरी मृग परियोजना।

जीव मंडल निचय

जीव मंडल निचय (आरक्षित क्षेत्र) विशेष प्रकार के भौमिक और तटीय पारिस्थितिक तंत्र हैं, जिन्हें यूनेस्को (UNESCO) के मानव और जीवमंडल प्रोग्राम (MAB) के अन्तर्गत मान्यता प्राप्त है।

भारत में 18 संरक्षित जीव मंडल निचय हैं जिनमें से 11 जीव मंडल निचयों को यूनेस्को द्वारा जीव मंडल निचय विश्व नेटवर्क पर मान्यता प्राप्त है। ये क्रमश: नीलगिरि, नंदा देवी, सुन्दर वन और मन्नार की खाड़ी हैं जिन्हें पहले मान्यता दी गई थी। उसके पश्चात् 7 अन्य जीव मंडल निचयों को भी मान्यता दी गई। ये निम्नवत् हैं—

क्र.सं.	नाम	राज्य	यूनेस्को की मान्यता-वर्ष
1.	नीलगिरि संरक्षित जैविक क्षेत्र	तमिलनाडु,केरल, कर्नाटक	2000
2.	मन्नार की खाड़ी	तमिलनाडु	2001
3.	सुन्दरवन जैव मंडल रिजर्व	पश्चिम बंगाल	2001
4.	नन्दा देवी जैव मंडल रिजर्व	उत्तराखंड	2004
5.	नोकेरक जैवमंडल रिजर्व	मेघालय	2009
6.	पचमढ़ी बायोस्फीयर रिजर्व	मध्य प्रदेश	2009
7.	सिमलिपाल जैव मंडल रिजर्व	उड़ीसा	2009
8.	बड़ा निकोबार जैव मंडल रिजर्व	बड़ा निकोबार	2013
9.	अचनकमार-अमरकंटक बायोस्फीयर रिजर्व	छत्तीसगढ़, मध्य प्रदेश	2012
10.	अगस्त्य मलाई बायोस्फीयर रिजर्व	केरल व तमिलनाडु	2016
11.	कंचन जंगा	सिक्किम	2018

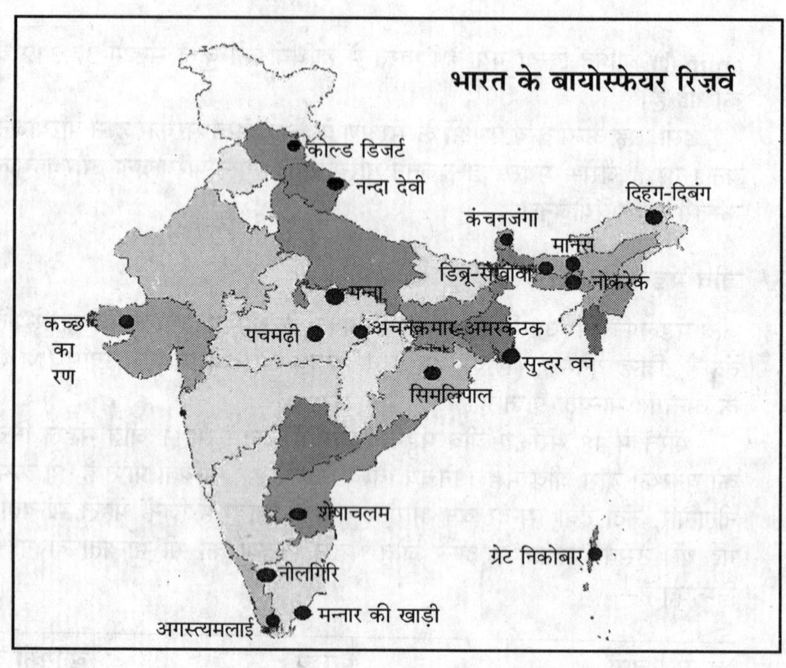

भारत के जैव मंडल रिजर्व (क्षेत्रफल के अनुसार)

क्र.सं.	वर्ष	जैव मंडल रिजर्व	राज्य	(क्षेत्र वर्ग कि.मी.)
1	1986	नीलगिरि	तमिलनाडु, केरल, कर्नाटक	5520
2	1988	नन्दा देवी	उत्तराखंड	5860
3	1988	नोकरेक	मेघालय	820
4	1989	मन्नार की खाड़ी	तमिलनाडु	10500
5	1989	सुन्दर वन	पश्चिम बंगाल	9630
6	1989	मानस	असम	2837
7	1994	सिमलिपाल	उड़ीसा	4374
8	1998	दिहंग-दिबंग	अरुणाचल प्रदेश	5112
9	1999	पचमढ़ी	मध्यप्रदेश	4982
10	2005	अचनकमार-अमरकंटक	मध्यप्रदेश, छत्तीसगढ़	3835
11	2008	कच्छ का रण	गुजरात	12454

12	2009	कोल्ड डिजर्ट	हिमाचल प्रदेश	7770
13	2000	कंचनजंगा	सिक्किम	2620
14	2001	अगस्त्यमलाई	केरल, तमिलनाडु	3500
15	1989	ग्रेट निकोबार	अंडमान और निकोबार	885
16	1997	डिब्रू-सैखोवा	असम	765
17	2010	शेषाचलम	आंध्रप्रदेश	4755
18	2011	पन्ना	मध्यप्रदेश	2999

जीव मंडल निचय के उद्देश्यों में—(1) जीव विविधता और पारिस्थितिक तंत्रों का संरक्षण, (2) पर्यावरण और विकास का मेल-जोल तथा (3) अनुसंधान और देख-रेख के लिए अन्तर्राष्ट्रीय नेटवर्क की व्यवस्था सुनिश्चित कराना सम्मिलित है।

विश्व के सम्पूर्ण भू-क्षेत्र का 2.1% भाग भारत भूमि का है किन्तु विश्व के सम्पूर्ण जैव मंडल की 7-8% प्रजातियाँ भारत में निवास करती हैं। इस तरह इस देश में वनस्पतियों की 45000 प्रजातियाँ तथा पशु-पक्षियों की 91000 प्रजातियाँ हैं जिनके संरक्षण के लिए भारत सरकार प्रतिबद्ध है।

परिशिष्ट-1

अंग्रेजी-हिन्दी शब्दावली एवं परिभाषाएँ

A

Abalona : एक प्रकार की मछली

Abrasion : हिमनद जब सरकते हैं तब इनकी रगड़ से तली व घाटी की खड़ी पहाड़ियाँ साफ हो जाती हैं जिसे एब्रैजन कहते हैं।

Acid Lava : गाढ़े रंग का हल्का लावा जिसमें सिलिका तत्त्व कम होता है।

Acropora Palmata : समुद्र के सतह के पास पनपने वाली मूँगे की प्रजाति जिसने मैक्सिको की खाड़ी में केरेबियन प्रवाल भित्तियों का निर्माण किया।

Afro-Arabian Rift Valley : एफ्रो-एरेबियन रिफ्ट घाटी

Alder : सर्द देशों का एक पौधा

Alp : एक प्रकार की मछली

Alto : 7000 से 20000 फुट तक ऊँचाई वाले बादल

Altocumulus : ऊन के गोलों की तरह परतदार बादल

Altostratus : घने एवं गहरे रंग के नमीयुक्त बादल

Anchovy Fishes : समुद्री मछलियों की एक प्रजाति जो पोषक तत्त्वों से भरपूर ठंडे पानी में फलती-फूलती है। पेरू के तटवर्ती समुद्र में पाई जाती हैं।

Anoxia : अल्प या शून्य ऑक्सीजन स्तर

Anthropic Principle : इस सिद्धान्त में कहा गया है कि ब्रह्मांड का अस्तित्व में आना सोद्देश्य है।

Anti cyclones : प्रतिगामी साइक्लोन

Apes : वनमानुष, वानर

Aphelion Position : सूर्य से पृथ्वी की सर्वाधिक दूरी

Aquarium : जल कुंड

Archaea : एकलकोशिकीय नाभिविहीन जीव
Archaeopteryx : प्रागैतिहासिक पक्षी
Archeon : 3.80 से 2.70 अरब वर्ष पूर्व तक।
Archicebus Achilles : मानवों की एक आदि प्रजाति
Archipelago : द्वीपों का समूह
Archosaurs : पूर्ववर्ती ट्रायसिक काल के जीव जैसे मगरमच्छ, पक्षी एवं अन्य सरीसृप
Autosomes : समजात गुणसूत्र
Autumnal Equinox : शारद विशुव
Axial Tilt : धरती का अक्षीय झुकाव जो 22^0 से 24.5^0 के बीच समय के साथ दोलित होता रहता है।
Azolla Event : अजोला परिघटना

B

Bagyo : फिलीपींस के तूफानों को बाग्यो कहते हैं।
Basic Lava : हल्के रंग का गाढ़ा लावा जिसमें सिलिका तत्त्व अधिक होता है।
Batholiths : आग्नेय चट्टानों द्वारा निर्मित एक विशाल भूसंरचना
Beaufort Scale : ब्यूफोर्ट पैमाना जिससे हवाओं की गति एवं तूफान की ताकत का पता चलता है।
Bed Rock : आधार शैल
Benthic : समुद्र की तलहटी में रहने वाली प्रजातियाँ
Biolumnescence : जैव प्रभा या जैव ज्योति
Bio-mass : जैव संहति
Biosphere : धरातल पर जैविक तत्त्वों और उनके पर्यावरण की पतली पर्त को जैव मंडल कहते हैं।
Birches : भूर्जदंड
Blizzards : बर्फीले तूफान
Bloom : फूलना या उफनाना
Blubber : ह्वेल मछली की चर्बी जिसका उपयोग लम्बी यात्राओं में वे करती हैं।
Blue Shifted : नील विस्थापित वर्णक्रम से तात्पर्य है कि पिंड धरती के पास आ रहा है।
Bolide : ऐसे अग्निपुंज जिनकी आभासी कांति-14 या उससे अधिक होती है।
Bomb : तूफान जिसमें बम के विस्फोट जैसी शक्ति एवं ध्वनि होती है।

Breccia : नुकीले कोणयुक्त पत्थर

C

Calcareous : खटीमय चूनेदार पत्थर जैसे खड़िया

Calcite : चूने का पत्थर (कैल्सियम कार्बोनेट)

Caldera Lake : कालडेरा झील एक प्रकार की क्रेटर झील है जो ज्वालामुखियों के शंकुशीर्ष के भीतर की ओर ढहने से बनती है।

Cambrian Explosion : कैम्ब्रियन जैव विस्फोट

Capacitor : एक विद्युत उपकरण

Carban rich : कार्बन तत्त्व से भरपूर

Coriolis Effect : कोरियोलिस प्रभाव के कारण भूमध्य रेखा के 300 से 500 मील उत्तर एवं दक्षिण की पट्टियों में तूफान बनते हैं।

Catalyst : उत्प्रेरक जो रासायनिक क्रियाओं को तेज कर देते हैं।

Cell membranes : कोशिकीय झिल्ली

Chitton : मालूस्क परिवार के प्लेटयुक्त कठोर आवरण वाले जीव

Chromosomes : गुणसूत्र

Circum Pacefic Belt : मेखलायुक्त प्रशान्त पट्टी

Cirque : हिमज गह्वर जिसमें पानी भरने से झील बन जाती है।

Cirrocumulus : सफेद लहरदार बादल

Cirrostratus : पतली सफेद चादर जैसे बादल

Cirrus : साइरस बादलों की ऊँचाई 20000 से 40000 फीट होती है।

Cocolithophores : एकल कोशिकीय समुदी जैव वनस्पति जो चूने के पत्थर के सूक्ष्म आवरण से घिरी होती है।

Coded programmes : कूटबंधित प्रोग्राम

Comb jellies : एक प्रकार की मछली

Concave : अवतल

Conglomerate : सुघड़ गोलाकार बलुआ पत्थर

Convectional : संवहनयुक्त; संवहनीय वर्षा

Converge : अभिसरित

Coombes : उन घाटियों में जहाँ नदियाँ बहती थीं वहाँ अब वे सूखी पड़ी हैं। इन्हें कूम्ब्स कहते हैं।

Coral Reefs : मूँगे की चट्टान। समुद्र में कई स्थलों पर श्रृंखलाबद्ध ढंग से ये शैलखंड मिल कर प्रवाल भित्तियों का निर्माण करते हैं, जिन्हें कोरल रीफ कहते हैं।

Coriolis Force : कोरियोलिस बल

Coronal Mass Ejections (CMEs) : सूर्य से ऊर्जावान आवेशयुक्त कणों का उत्सर्जन

Corrie	:	हिमज गह्वर जिसमें पानी भरने से झील बन जाती है।
Cosmic rays	:	ब्रह्मांडीय किरणें जिसमें आवेशयुक्त कण जैसे प्रोटान एवं इलेक्ट्रान होते हैं।
Crater	:	ज्वालामुखी के शीर्ष पर बनी झील
Crustaceans	:	लाल रंग के समुद्री जीव जैसे समुद्री केकड़े एवं जेलीफिश
Cryogenian Ice Age	:	क्रायोजीनियन हिमकाल जब धरती हिमगोला बन गई थी।
Cumulonimbus	:	गोभी के फूल जैसे बादल जो 2000 से 30000 फीट की ऊँचाई तक रहते हैं तथा उष्णकटिबंधीय क्षेत्र में वर्षा कराते हैं।
Cumulus	:	बादलों का आधार बड़ा एवं शीर्ष गोलाकार होता है जो उष्ण कटिबंधीय प्रदेशों में पाए जाते हैं
Cyclones	:	हिन्द महासागर में उठने वाले चक्रवातीय तूफान
Cyclonic Rains	:	चक्रवातीय वर्षा
Cynodonts	:	डायनासोरों के पूर्वज सरीसृप
Cytology	:	कोशिका विज्ञान

D

Dead sea	:	मृत-सागर
Deciduous Forests	:	पतझड़ी एवं पर्णपाती वन जहाँ 30 इंच तक पानी बरसता है।
Denudation	:	अनावरणीकरण जिससे चट्टानें दिखने लगती हैं।
Depressions	:	धसकनें जहाँ पानी इकठ्ठा हो जाता है।
Dew Point	:	जलवाष्प के संघनित होने (ओस बनने) का तापमान
Diatom	:	एक प्रकार की शैवाल
Dimetrodon	:	विशाल सरीसृप, लम्बाई 4.5 मीटर
DNA	:	डीआक्सी राइबो न्यूक्लीइक अम्ल
Doldrums	:	विषुवत प्रशान्त मंडल; भूमध्य रेखा के 5^0 उत्तर तथा 5^0 दक्षिण के बीच की पट्टी को डोलड्रम्स कहते हैं।
Doline	:	चूने के चट्टानों में छोटे-छोटे जल सोखने वाले छिद्र एक बड़ा सा छिद्र अथवा पोल बना लेते हैं जिसे डोलाइन कहते हैं।
Dolomite	:	चूने के पत्थर में मैग्नीशियम भी विद्यमान है तो उसे डोलोमाइट कहते हैं।
Dreadnoghtus Schrani	:	डायनासोरों की एक प्रजाति जो बहुत बड़ी थी।
Droppings	:	पक्षियों का अवशिष्ट
Drying strategy	:	सूखन तकनीक
Dunes	:	बालू की लहरदार संरचना

E

East African Rift Valley	:	ईस्ट अफ्रीकन रिफ्ट घाटी

Eccentricity : उत्केन्द्रता
Ecliptics : परिभ्रमण तल
El Nino : प्रशान्त महासागर में जल गरम हो जाने पर एल निनो परिघटना घटती है जिससे असामान्य तौर पर कहीं सूखा पड़ता है तो कहीं वर्षा होती है। यह दिसम्बर माह के आसपास होता है।
Endosymbiosis : परस्पर रहने के दौरान होने वाले बदलाव
Entropy : उष्मा गतिकी के दूसरे नियम में परिभाषित है जिसके अनुसार ब्रह्मांड की आनियमितता एवं अव्यवस्था समय के साथ बढ़ती जाती है।
Environmental Struggle : पर्यावरणीय-संघर्ष
Enzyme : एक विशिष्ट प्रकार का प्रोटीन जो जैव रासायनिक क्रियाओं में उत्प्रेरक का कार्य करते हैं।
Hadean : हैडियन कल्प 4.50 अरब वर्ष पूर्व से 3.80 अरब वर्ष तक।
Archeon : आर्कीयन कल्प 3.80 से 2.70 अरब वर्ष तक।
Proterozoic : प्रोटेरोजोइक कल्प 2.7 से 0.59 अरब वर्ष तक।
Phanerozoic : फेनरोजोइक कल्प 0.59 अरब वर्ष पूर्व से वर्तमान तक।
EPR (East Pacefic Rise) : प्रशांत महासागर के तल का पूर्वी उभार
Equatorial Counter Current : विषुवत् रेखीय प्रति धारा
Equinoxes : विशुव या सायन
Eskimos : ठंडे प्रदेश में रहने वाले लोग
Eukariyotes : जटिल एकल-कोशिकीय जीव जिसमें नाभिक होता है।
Eutrophication : समुद्र या झील के जल में पोषक तत्त्वों की वृद्धि होने के कारण जलीय वनस्पतियों में वृद्वि होती है और जल का पारिस्थितिक सन्तुलन बिगड़ जाता है।
Evolutionary Clock : उद्विकास-घड़ी
Exponential Growth : पराघातांकी वृद्धि
Extremophiles : परास्थितियों में भी जीवित रहने वाले जीवाणु
Extrusive : वहिर्बेधी रिसाव

F

Faint Young Sun Paradox : मद्धिम युवा सूर्य विरोधाभास
Festoon : द्वीपों का घेरा
Fireballs : अग्निपुंज : आकाश में ही फट जाने वाले उल्कापिंडों को अग्नि-पुंज या फायर वाल कहते हैं।
Fog : कुहरा
Foldings : पर्वतों के मोड़

Food chain : खाद्य श्रृंखला
Frost : पाला
Functionality : प्रकार्यात्मकता
Furious Fifties : क्रुद्ध पाचासकी (हवाएँ)

G

Galectic Plain : आकाशगंगेय तल
Gas Phase : गैस प्रावस्था
Gene : जीन जिसमें जैविक संदेश कूटबद्ध होते हैं।
Gene Clock : जैविक घड़ी
Genetic Code : जैविक संदेश
Genetic Homeostasis : आनुवांशिक समस्थिरता
Geysers : गर्म पानी के सोते, कुंड
Glaciers : हिमनद
Gneiss : पट्टिताश्म
Gorge : तंग घाटी या दर्रा
Great Dying : महामारक घटना
Great Fall : दीर्घ पतझड़
Great summer : दीर्घ ग्रीष्म या बसंत
GTS
(Geological Time scale) : भू-वैज्ञानिक काल पैमाना
Great Ordovician Bio
diversification Event : महान आर्डोवीसियायी-जैव-विविधीकरण-परिघटना

H

Hail Storms : उपल वृष्टि तथा बर्फीला तूफान
Halo : सूर्य अथवा चाँद के चारों ओर बादलों के कारण दिखने वाला घेरा।
Hamada : पथरीले मरुस्थल
Haze : धुंध
Heterosomes : विषमजात गुणसूत्र जो लिंग निर्धारण करते हैं।
Hominins : मनुष्य जैसी दिखने वाली प्रजाति
Homoerectus : मानवों की पूर्वज-प्रजाति
Homosapiens : आधुनिक मानव प्रजाति
Horse Latitude : अश्व अक्षांश
Hurricanes : कैरीबियन सागर के वेस्ट इंडियन द्वीप समूहों के तूफान।
Hybrid Variety : संकर प्रजाति

Hydrophytes : जल के पौधों को हाइड्रोफाइट्स कहते हैं जिनके तने लम्बे व पतले, जड़ें छोटी, पत्तियाँ चौड़ी व पतली होती हैं जैसे कमल।
Hydrothermal Vents : उष्ण जलीय निकास रंध्र

I

Ice Scouring : हिम निर्घर्षण
Ice sheets : हिम पट्टी
Ichthyosaurs : मीन सरीसृप
Igloo : बर्फ के गोलाकार घर जिसमें भीतर की दीवारों पर जानवरों की खाल लगाई जाती है।
Infra-red Radiation : अवरक्त विकिरण
Insolation : सूर्यतपन—सूर्य की वह ऊर्जा जो धरती को मिलती है। कुल ऊर्जा का वह 51 प्रतिशत भाग है।
Inter Speciesic Struggle : अन्तर्जातीय संघर्ष
Interglacial Age : हिमयुगों की अंतरकालीन अवधि
Intra red Rays : अवरक्त किरणें
Intrusive : अन्तर्बेधीय रिसाव जिससे सिल व डाइक्स बनते हैं।
Ionosphere : वायुमंडल में विद्युत विभवयुक्त आयनों के कारण वायुमंडल के उस भाग को आयनोस्फीयर कहते हैं जहाँ से रेडियो एवं दूरदर्शन तरंगे टकराकर परावर्तित होती हैं।
Isotopic analysis : समस्थानिक विश्लेषण

K

Karenia Brevis : एक प्रकार की शैवाल
Karst : चूने के पत्थर एवं खाड़िया मिट्टी के विशाल क्षेत्र
Kelp Forests : उथले समुद्र में भूरे रंग वाली शैवाल जो जल की सतह पर तैरती रहती है और समुद्री खाद्यशृंखला की महत्त्वपूर्ण कड़ी है।

L

La Nina : प्रशान्त महासागर में जल ठंडा हो जाने पर मौसम में विक्षोभ हो जाता है जिससे लॉ निना परिघटना होती है जो एल निनों के विपरीत है।
Laccoliths : तश्तरी के आकार की भूसंरचना
Lapilli : ज्वालामुखी विस्फोट में धरती पर गिरने वाले पत्थरों के छोटे टुकड़े
Larvacean Bathochordaeus

Charon : एक समुद्री जीव जो अपने चारों ओर म्यूकस (लिबलिबा पदार्थ) का खोल बना लेता है जिसे म्यूकस हाउस (गृह) कहते हैं। पानी में बहते हुए जो जीव इसमें चिपक जाते हैं उन्हें वह खा लेता है।

Latent Heat : गुप्त उष्मा

Lava Shield : लावा गुम्बद

Leads & Polynyas : हिम की पट्टी में सूराख हो जाते हैं जो बड़ी झील की तरह दिखते हैं जहाँ से उष्मा बाहर निकलती है। लीड्स आयताकार होते हैं तथा पालीन्यास झील की तरह।

Leeward Side : पर्वतों की ओट वाले हिस्से

Leeward Slope : पहाड़ की दूसरी ओर की अर्थात् अनुवातिक ढलान जहाँ वायु में नमी न होने के कारण वर्षा नहीं होती।

Lichen : एक किस्म की शैवाल

Lithosphere : धरती की ऊपरी ठोस परत

Lopoliths : विशाल फफोले के आकार की गुम्बदनुमा भूसंरचना

M

Magma : पिघली हुई चट्टानें

Mammoth : हाथियों की एक आदिम प्रजाति जो विलुप्त हो गई है।

MAR (Mid Atlantic Ridge Baisalt) : मध्य-एटलांटिक रिज

Morganucodon : प्रागैतिहासिक स्तनयायी, एक 4 इंच लम्बा जीव जो ट्रायसिक युग के अंत में (21.5 करोड़ वर्ष पूर्व) विद्यमान था।

Margin : पश्चिमी सीमांतिक अथवा भूमध्य सागरीय जलवायु जिसमें सर्दियों में 35 इंच तक वर्षा हो सकती है।

Marine snowing : समुद की ऊपरी सतह से झरने वाली खाद्य-सामग्री जिसे समुद्री-हिमपात कहते हैं।

Mastrichtian Age : मास्ट्रिचियन काल के उत्तरार्ध अर्थात् 6.7 करोड़ वर्ष पूर्व से 6.5 करोड़ वर्ष पूर्व के बीच की अवधि।

Meiofauna : कुछ छोटे जीव जो रेत और कंकरों के बीच में रहते हैं।

Meridians of Longitudes : देशांतर रेखाएँ

Mesosphere : मैंटल एवं पपड़ी के बीच का भाग

Mesosphere : वायुमंडल में 30 कि.मी. से 80.5 कि.मी. तक की पट्टी

Metabolism Pathway : उपापचयन पथ

Metamorphised (Rocks) : रूपांतरित चट्टानें

Meteor : वायुमंडल में प्रवेश करने वाले उल्कापिंड जब गरम होकर चमकने लगते हैं उसे मीटियार कहते हैं।

Meteorite : ऐसे उल्का पिंडों को जो धरती से टकराते हैं, मीटियोराइट

कहते हैं।

Meteoroids : वायुमंडल सीमा में प्रवेश करने के पूर्व उल्का पिंड को मीटियोरायड कहते हैं।

Methanosarcina : मीथेन गैस उत्पन्न करने वाले बैक्टीरिया

Microbes : सूक्ष्म जीवाणु

Mist : कुहासा

MOID (Minimum Orbit Interjection Distance) : ऐसे पिंड जिनकी न्यूनतम कक्षीय अन्तर्दशा दूरी 75 लाख कि.मी. से कम होती है।

Morain : नदियों में निपेक्षित पत्थर के कण

MORB (Mid-Ocean--Ridge-Basalt) : मध्य-सागरीय-रिज-बैसाल्ट

Moss & Lichen : काई और लिचेन शैवाल

Mosses : काई

Mucus House : म्यूकस-गृह

Musk-Ox : सुगन्ध छोड़ने वाले वृषभ

Mycoplasma : एक तरह के अतिसूक्ष्म बैक्टीरिया हैं जिनकी कोशिकीय झिल्ली के बाहर आवरण नहीं होता जिससे इन पर एन्टीबायटिक दवाओं का प्रभाव कम पड़ता है।

N

Natural Random Mutations : अनियोजित प्राकृतिक उत्परिवर्तन

Natural Selection : प्राकृतिक या स्वाभाविक वरण

Natural Vent : प्राकृतिक निकास

NEO (Near Earth Object) : धरती के समीपवर्ती पिंड

Nerite : समुद्री घोंघा

Nibiru /Nemesis : जहाँ से जीवन के बीज धरती पर आने की सम्भावना व्यक्त की गई है।

Nimbostratus : गहरे रंग के परतदार बादल

Nucleotides : न्यूक्लीयोटाइड एक कार्बनिक अणु है जो पृथ्वी पर पाए जाने वाले समस्त जैव वानस्पतिक कोशिकाओं के मुख्य घटक : DNA एवं RNA (न्यूक्लिइक अम्ल पालीमर) की निर्माण इकाई हैं जिनके तीन भाग क्रमश: एक नाइट्रोजन झार, एक पाँच कार्बन छल्ले वाली शर्करा (राइबोज या डी आक्सीराइ-बोज) तथा एक फास्फेट ग्रुप हैं। इसे फास्फेट न्यूक्लियोसाइड भी कहते हैं। नाइट्रोजन क्षार एवं शर्करा अणु

को न्यूक्लियोसाइड कहते हैं।

Nuee Ardente : धधकता सैलाब (ज्वालामुखी उद्गार)

O

Olivine : हल्के हरे रंग की खनिज चट्टानें (मैग्नीशियम-आयरन सिलिकेट) जो मुख्यत: नार्वे में पाई जाती हैं।

Origin of Species : जीव जाति का उद्भव

Orographic Rains : पर्वतीय वर्षा

Otter (Sea Otter) : एक प्रकार के समुद्री प्राणी

P

Pangea : अखंड विशालकाय भूभाग

Panspermia : पान्सपर्मिया के सिद्धान्त की यह मान्यता है कि जीवन के बीजाणु ब्रह्मांड में व्याप्त हैं और वह वहीं से धरती पर आए।

Parallels of Latitudes : अक्षांश रेखाएँ

Parasitic Cones : पराश्रयिक शंकु

Pelagic Ecosystem : सामुद्रिक पारिस्थितिक तंत्र

Pelagic Zone : समुद्री कटिबंध

Perihelion Position : सूर्य से पृथ्वी की न्यूनतम दूरी

Permafrost : ध्रुव प्रदेशों तथा हिमशिखरों की कभी न गलने वाली बर्फ

Perrels Law of Deflection : पेरेल के विचलन का नियम

PHA (Potentially Hazardous Asteroid) : ऐसे कुछ पिंड तथा ग्रहिकाएँ जिनके धरती से टकराने का खतरा है।

Phacoliths : लेंस के आकार की भूसंरचना

Photons : प्रकाश-कण

Phyla : जैविक प्रजातियों के समूह का वैज्ञानिक वर्गीकरण

Phytoplankton : सूक्ष्म जैविक वनस्पति जो छिछले समुद्र में उगती है और प्रकाश संश्लेषण से ऊर्जा बनाती है। यह समुद्री खाद्य श्रृंखला के लिए अत्यन्त महत्त्वपूर्ण है।

Piedmont Glacier : अलग-अलग रास्तों से आकर कई हिमनद मिलकर एक बड़ा हिमनद बनाते हैं उसे पीड्मॉट ग्लेशियर कहते हैं।

Planet of Crossing : पारगामी ग्रह

Planet-x : जहाँ से जीवन के बीज धरती पर आने की सम्भावना व्यक्त की गई है।

Planetary wind : ग्रहीय हवाएँ, वैश्विक हवाएँ, व्यापारिक हवाएँ

Playas /Salt lakes : रेगिस्तानों की नमक की झीलें
Pleistocene Age : प्लाइस्टोसीन युग (26 लाख वर्ष पूर्व से 11700 वर्ष पूर्व तक)
Plucking : हिमनद जब किसी घाटी से गुजरते हैं तब रास्ते के पत्थरों आदि को उखाड़कर उनको लेकर अपने साथ आगे बढ़ते हैं। इसे प्लकिंग कहते हैं।
Polje : विशाल गर्त/धसकन
Polyp : मूँगे के जीव
Praya : सरीसृपों की एक प्रजाति जिसमें साइफनोफोरस जैसे जीव हैं।
Pressure Gradient : दाब-ढलान
Primates : वानरों एवं मनुष्यों की पूर्वज प्रजाति
Prochlorophytes : सूक्ष्म संश्लेषक वैक्टीरिया का समूह
Pterosaurs : प्रागैतिहासिक पक्षियों की प्रजाति
Pumice : झाँवा पत्थर जो ज्वालामुखी उद्गार में निकलते हैं।
Punctuated Equilibrium : विकास-क्रम का खंडबाधित सन्तुलन
Punctuation : विराम लगाना
Pyroclasts : ज्वालामुखी विस्फोट में प्रक्षेपित पत्थर के टुकड़े जिसमें लापिली एवं प्यूमिस भी आते हैं।

Q

Quantum Speciation : क्वांटम् जाति उद्भवन

R

Radiation : जाति उद्भवन
Rain Shadow Area : अनुवाती क्षेत्र को वर्षा-छाया क्षेत्र कहते हैं।
Rare Elements : दुर्लभ तत्त्व
Ravines : तंग दर्रे एवं गहरी सँकरी घाटियाँ
Red algae : लाल शैवाल
Red Giant : लाल-दैत्य ; सूर्य जैसे तारों की अंतिम परिणति
Red Shifted : वर्णक्रम में लाल-सरकाव जिसका अर्थ है कि पिंड हमसे दूर जा रहा है।
Red Tides : लाल ज्वार जिसका कारण एक एलगी है।
Reg Or Stony Desert : रेग या पथरीले मरुस्थल
Relegation : बर्फ जमने की अवक्षेपण प्रक्रिया
Replica : अनुकृति
Replication Process : प्रतिरूपण प्रक्रिया

Reversal : प्रत्यावर्तन
Rhythm Seasonal : मौसमी आवर्तिता
Rhythm Diurnal : आह्निक आवर्तिता
Rifts : धरती की दरारें
RNA : राइबो न्यूक्लीइक अम्ल
Roaring Forties : कोलाहल पूर्ण चालीसी (हवाएँ)
Rock Flour : आँटा जैसे पत्थर के चूरे
Rock Hollow Lakes : हिमानी स्त्रोतों वाली राक-हालो झीलें
Rock Salts : सेडीमेंटरी अथवा जमावदार चट्टानें
Runaway : हिमाच्छादन की न रुकने वाली अवस्था

S

Savanna : अफ्रीका के वृक्षविहीन विशाल घास के मैदान
Saver Tooth : सिंह की आदिम प्रजाति जो विलुप्त हो गई है।
Schumann Resonance : शूमान अनुनाद अर्थात् धरती की धड़कन
Scoria : धातु मल
Scratching : हिमनदों के रगड़ के निशान
Sedge : फूलों वाली घास जैसी वनस्पतियाँ ; नरकट
Sedimentary Rocks : जमावटी चट्टानें ; तलहटी चट्टानें
Selective Breeding : वरणात्मक प्रजनन
Self Replication : स्वत: अपनी प्रतिलिपि तैयार करना
Sequence : सिलसिलेवार अनुगामित विन्यास
Serir : लीबिया एवं मिस्त्र में मरुस्थलों को सरिर कहते हैं
Sessile : स्थानबद्ध समुद्री प्राणी
Shale : मूँगे की जीव का कठोर आवरण
Shell : जल जीवों के कठोर आवरण
Sidereal Time : नाक्षत्र काल
Siderophile : लौह-आसक्ति वाले तत्त्व सीडरोफाइल जैसे निकिल, कोवाल्ट, स्वर्ण आदि।
Sink Holes : चूने से बनी चट्टानों के तल पर असंख्य छेद होते हैं जिन्हें सिंक होल्स कहते हैं।
Siphnophores : लम्बे पतले समुद्री सरीसृप
Sleet : सहिम वृष्टि (हिम के साथ वर्षा)
Snow : Ball Earth : हिमगोला धरती
Fall : हिमपात
Line : हिमरेखा, जिसके नीचे बर्फ नहीं जमती।
Solstice : अयनांत

Speciation	: पूर्वज प्रजाति से नई प्रजातियों के अस्तित्व में आने में लगने वाले समय को स्पेशियेशन अथवा रेडियेशन कहते हैं।
Spores	: बीजाणु
Stalactites	: चूने की चट्टानों के नीचे निर्मित गुफाओं एवं कन्दराओं में जब बहता हुआ पानी गिरता है तब गुफा की छत से एक छड़ी जैसी संरचना बन जाती है उसे स्टैलेक्टाइट्स कहते हैं।
Stalagmites	: जहाँ पानी गिरता है वहाँ चूने के जम जाने पर उभार लिये हुए जो संरचना बनती है उसे स्टैलेग्माइट कहते हैं।
Steep	: ढलान, जिसका आधार से कोण अधिक हो; अति प्रखर उठान।
Steppes	: विशाल घास के मैदान जिसमें वृक्ष नहीं होते।
Stormy Sixties	: तूफानी साठकी (हवाएँ)
Stratocumulus	: श्वेत-श्याम खुरदरे बादल
Stratosphere	: ट्रोपोस्फीयर के ऊपर 80.5 कि.मी. तक वायुमंडल का भाग स्ट्रैटोस्फीयर कहलाता है।
Stratus	: 7000 फीट से कम ऊँचाई वाले बादल
Striation	: हिमनदों के रगड़ के निशान
Struggle of Existence	: जीवन-संघर्ष
Sub Tropical Zone	: उपोष्ण कटिबंध
Sublimation	: पदार्थ की तीन अवस्थाओं में किसी पदार्थ का ठोस से बिना द्रव बने गैसीय अवस्था में रूपांतरित होना सब्लिमेशन कहलाता है। यह गुण आयोडिन तत्त्व में पाया जाता है।
Summer	: उत्तर अयनांत या कर्क संक्रान्ति
Summer Solstice	: ग्रीष्म अयनांत
Suome	: झीलों का देश फिनलैंड
Super Bolide	: उल्कापिंडों की आभासी कांति-17 या उससे अधिक है तो उसे सुपर बोलाइड कहते हैं।
Supercritical Fluid	: अतिक्रांतिक तरल से तात्पर्य एक तापमान व दाब पर ऐसे तरल से है जो द्रव व गैस दोनों के गुण रखता हो।
Surfgrasses	: समुद्र की सर्फघास
Symmetry Forbidden	: सममित प्रतिबंधन

T

Tectanic Plates/Lakes	: टेक्टानिक पट्टियाँ / झीलें
Temperature Inversion	: तापमान प्रतिलोमन
Temperate Low Pressure Belts	: समशीतोष्ण अल्पदाब पट्टियाँ
Temperate	: शीतोष्ण कटिबंधी

Template : ढाँचा

Tentacles : स्पर्शक

Thermocline : समुद्री जल में गर्म एवं ठंडे जल की पट्टियों के बीच पानी की एक पतली पर्त जो उन्हें पृथक करती है।

Thermo heline : सागर की धाराओं का थर्मोहेलाइन अर्थात् तापमान आधारित

Circulation : परिसंचरण

Thermosphere : वायुमंडल में 80.5 कि.मी. के ऊपर थर्मोस्फीयर है।

Tidal Waves : ज्वारीय लहरें

Tornados : अफ्रीका के गीनिया भू-भाग एवं दक्षिणी यू.एस.ए. के बीच के समुद्रों में उठने वाले तूफान।

Trade Winds : व्यापारिक हवाएँ

Trade Winds Desert : व्यापारिक हवाएँ मरुस्थल

Transcription : लिप्यांतरण

Transhumance : चारा के तलाश में मवेशियों के आवागमन को कहते हैं।

Traversodontidae : वनस्पतियों पर आश्रित जीव

Tree Line : 10^0c की समताप रेखाएँ उत्तरी गोलार्द्ध में वृक्ष सीमा का निर्माण करती हैं। इससे कम तापमान पर वृक्ष नहीं उगते।

Triassic Extinction : ट्रायसिक महाविनाश जिसका समय 20 करोड़ वर्ष पूर्व का था जिसमें विशालकाय मगरमच्छों जैसे सरीसृप विलुप्त हो गए थे पर डायनासोर बच गए थे। ऐसा क्यों हुआ अब भी शोध का विषय है। एक अवधारणा यह है कि उस समय ज्वालामुखियों से कार्बन डाइऑक्साइड गैस निकली जिससे वायुमंडल एवं महासागरों में उसका अनुपात बढ़ गया जो महाविनाश का कारण बना।

Tropical Zone : उष्ण कटिबंधीय

Troposphere : वायुमंडल की 10 कि.मी. ऊँचाई तक की पट्टी

Tsunami : सुनामी लहरें

Typhoons : चीन सागर में उठने वाले चक्रवातीय तूफान

Tyrannosaurus Rex : डायनासोर की एक प्रजाति

U

Ultraviolet Radiation : पराबैंगनी विकिरण

Uvala : कई डोलाइन छिद्र मिलकर गर्त जैसा बड़ा गड्ढा बना लेते हैं जिसे उवाला कहते हैं।

V

Van Allen Radiation Belt : धरती के चारों ओर आवेशयुक्त कणों की दो पट्टियाँ।

Variable Components : परिवर्तनीय राशियाँ

Vernal Equinox : बसन्त विषुव
Vertebrate Embryos : मेरुदंडी भ्रूण
Visible light : दृश्य प्रकाश
Volcanic Rocks : ज्वालामुखीय चट्टानें
Volcano : ज्वालामुखी पर्वत

W

Weak base : तनुक्षार
Westerlies : पछुवा हवाएँ
Willow : चिकनी छाल वाला सर्द देशों का एक पौधा
Wind - Fohn : फान वायु
Chinook : शिनुक पवन
Mistral : मिस्ट्राल पवन (66 कि.मी. प्रति घंटा)
Sirocco : सिरोको पवन् (100 कि.मी. प्रति घंटा)
Wind Divergence : वायु-धाराओं का विलगाव
Winter Solstice : शारदीय अयनांत

X

Xerophytes : सहारा जैसी मरुस्थल में उगने वाले कंटीले और कम पत्ती वाले वृक्षों को जीरोफाइट कहते हैं।

Z

Zooplankton : एक प्रकार की सूक्ष्म जैविक वनस्पति जंतुप्लवक जो पानी पर तैरती रहती है।

सन्दर्भ सूची

1. **A CHOICE OF CATASTROPHES** : ISACC ASIMOV. ARROW BOOK LTD., 1981
2. **DEEP SEA BIOLOGY** : J.D. GAGE & P.A. TYLER. CAMBRIDGE UNIV. PRESS, 1992
3. **THE OPEN SEA** : ITS NATURAL HISTORY. A. HARDY. HOUGHTON-MIFFLIN, 1956
4. **UNDERSTANDING MARINE BIODIVERSITY** : NATIONAL RESEARCH COUNCIL, NATIONAL ACADEMY PRESS, 1995
5. **MARINE BIOLOGY** : AN ECOLOGICAL APPROACH. 4TH EDITION, JAME W. NYBAKKER, ADDISON WESLEY LONG-MAN, 1997
6. **MONSOONS** : J.S. KEIN & P.L. STEPHENS. JOHN WILEY & SONS, 1987
7. **AN INTRODUCTION TO THE WORLD OCEANS** : ALYN C. DUXBURY & ALISON B. DUXBURY, WILLIAM C. BROWN PUBLISHERS, 1994
8. **CURRENTS OF CHANGE** : EL NINOS IMPACT ON CLIMATE AND SOCIETY, MICHAEL H. GLANTZ, CAMBRIDGE UNIV. PRESS, 1996
9. **UNKNOWN KNOWLEDGE** : AL MC DOWELL, AUTHOR HOUSE, 2010
10. **FROM EARTH TO HEAVEN** : ISACC ASIMOV, MERCURY PRESS, 1966
11. **NINE CRAZY IDEAS IN SCIENCE** : ROBERT EHRLICH, PRINCETON UNIV. PRESS, 2001
12. **ORIGINS OF LIFE** : F. DYSON, CAMBRIDGE UNIV. PRESS-1999
13. **POWER FROM THE EARTH** : T. GOLD; J M. DENT & SONS, LONDON-1987

14. **IS THE TEMPERATURE RISING? : THE UNCERTAIN SCIENCE OF GLOBAL WARMING**; PHILANDER S.G., PRINCETON UNIV. PRESS, PRINCETON, N.J., 1998

✪✪✪